小川剛生著

中世和歌史の研究

―撰歌と歌人社会―

塙書房刊

[illegible]
九条[illegible]一巻　名所[illegible]一巻　和歌[illegible]
[illegible]御記[illegible]　御[illegible]一巻
[illegible]抄[illegible]一巻　万葉集[illegible]一巻　百首[illegible]作一通
高野[illegible]一巻　林[illegible]一通　将[illegible]一通
足[illegible]　代集[illegible]一通
一　[illegible]
平野[illegible]一通　[illegible]
和歌[illegible]
和歌[illegible]作法　[illegible]
十書[illegible]　[illegible]
[illegible]
一　蹴鞠　[illegible]
[illegible]十帖　[illegible]　[illegible]十帖　拾遺抄[illegible]
[illegible]　[illegible]
[illegible]　[illegible]一巻　[illegible]
[illegible]十巻
一　[illegible]
代々集[illegible]
一　[illegible]
[illegible]　御[illegible]物一[illegible]　和歌[illegible]
[illegible]　[illegible]一通
[illegible]　[illegible]一通　[illegible]
[illegible]
代々[illegible]集[illegible]
[illegible]

某相伝文書書籍等目録断簡（大津平野神社蔵）第一紙　『蹴鞠』（霞会館発行）より

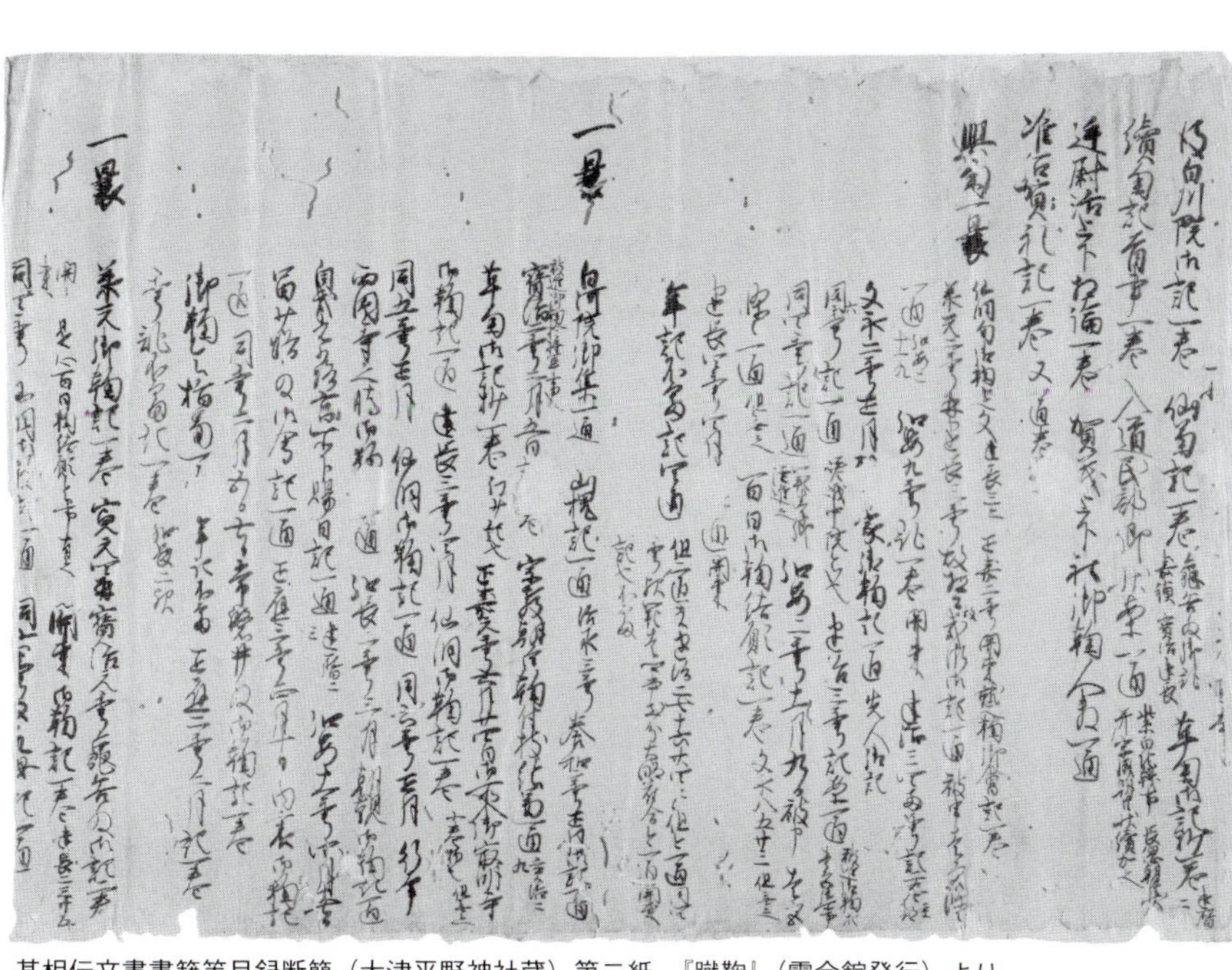

後白河院御記一巻　仙洞記一巻　[illegible]
続[illegible]記[illegible]一巻　入道[illegible]御[illegible]一通
[illegible]一巻
[illegible]記一巻[illegible]
一　[illegible]
[illegible]
一　[illegible]
白河院御集一通　[illegible]鞠記一通　[illegible]
[illegible]
一　[illegible]
[illegible]御鞠記一巻　[illegible]
[illegible]

某相伝文書書籍等目録断簡（大津平野神社蔵）第二紙　『蹴鞠』（霞会館発行）より

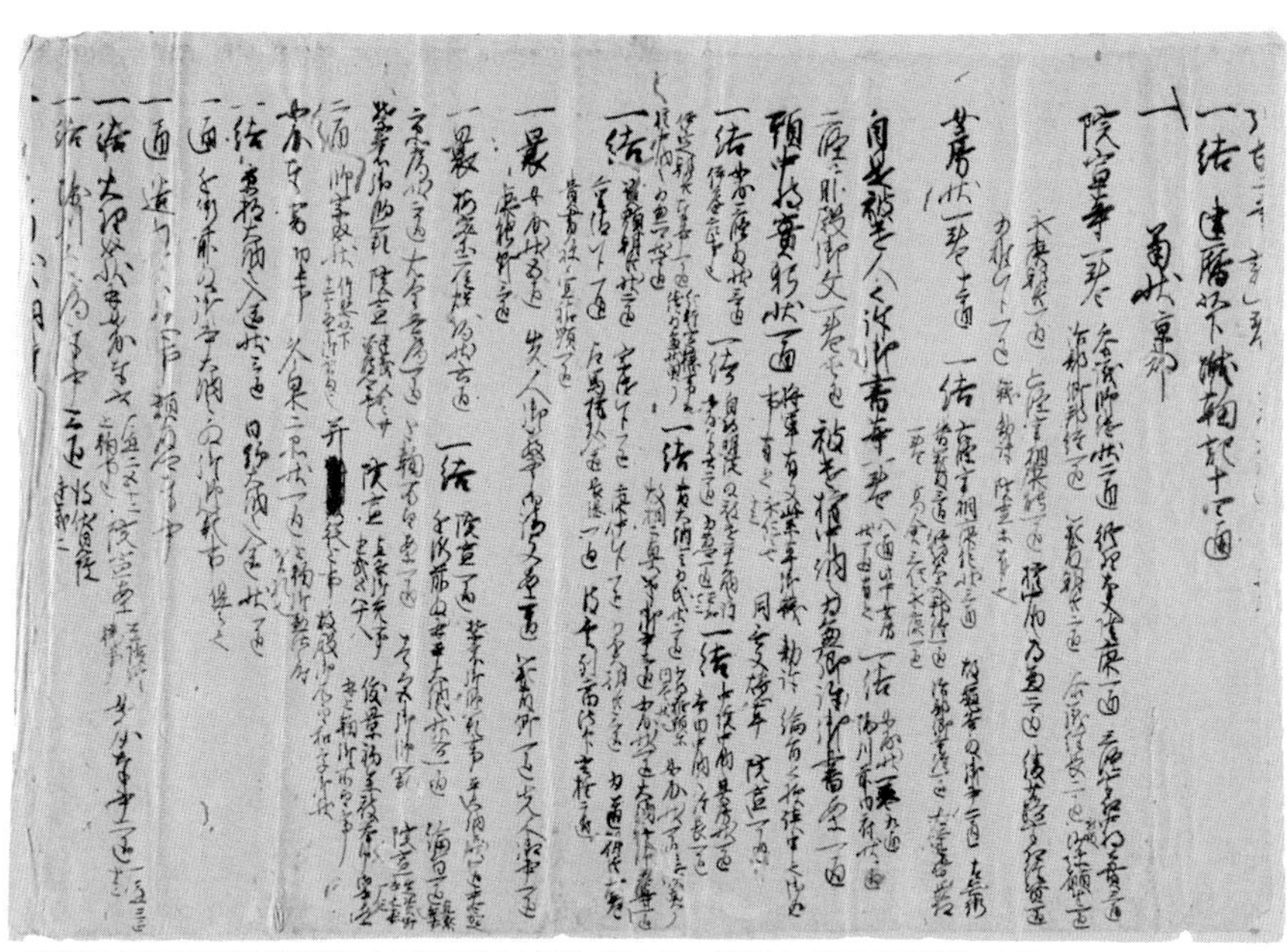

某相伝文書書籍等目録断簡（大津平野神社蔵）第三紙　『蹴鞠』（霞会館発行）より

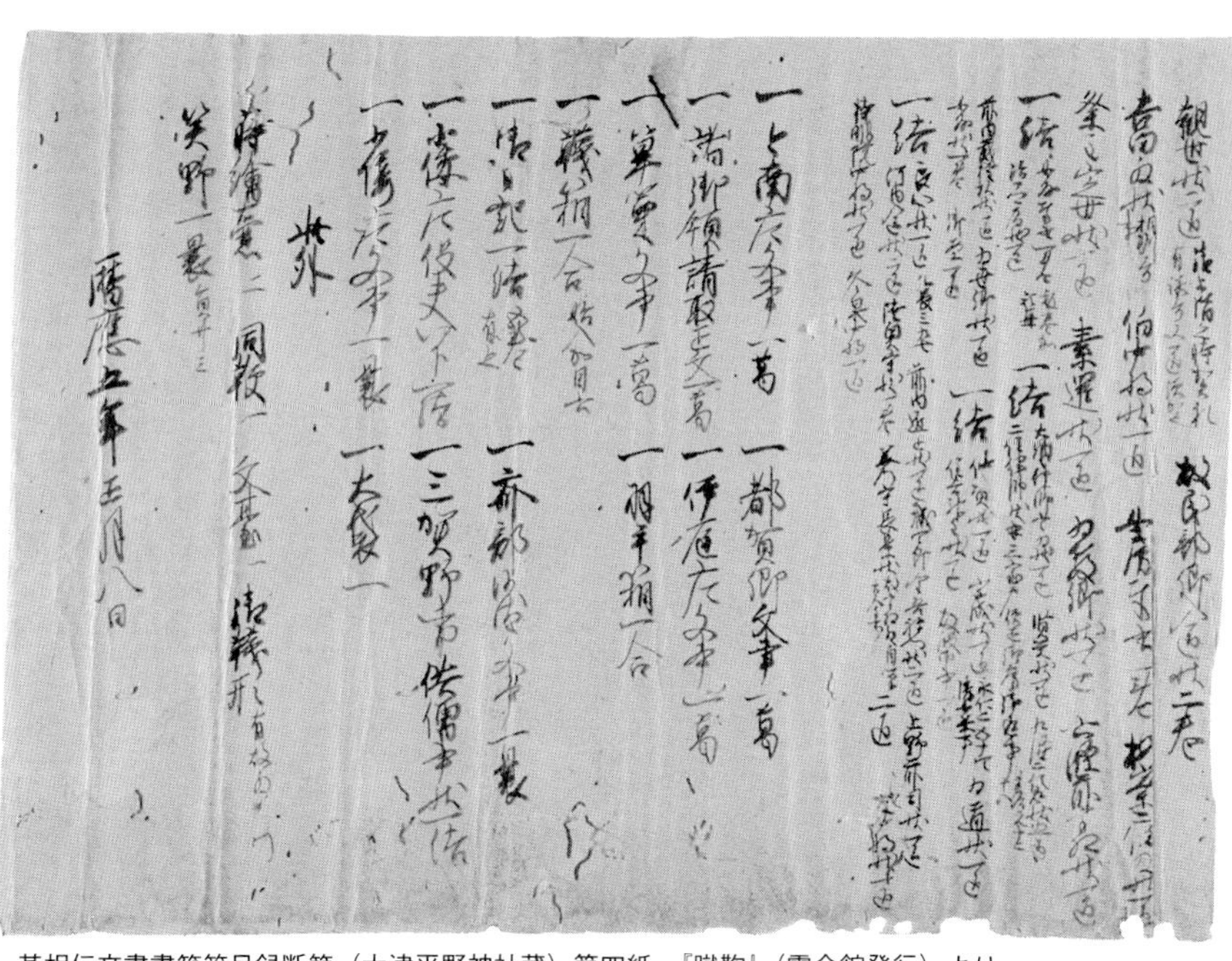

某相伝文書書籍等目録断簡（大津平野神社蔵）第四紙　『蹴鞠』（霞会館発行）より

目次

目次

序章――「撰歌」の時代……三

第一部　勅撰和歌集と公武政権

第一章　鎌倉武士と和歌――続後拾遺集……一九

一、はじめに……一九
二、雑歌中の「歌道」を詠んだ歌群……二一
三、六位の「侍」の扱い……二四
四、追加される作者……二七
五、修訂の痕跡……三〇
六、おわりに……三三

第二章　歌道家の人々と公家政権――「延慶両卿訴陳」……三九

一、はじめに……三九
二、鎌倉期の家門相論……四〇
三、永仁勅撰の議……四三
四、「課試」の季節……四六
五、「訴陳」の時代……四八

目　次

六、譜代か器量か……五二
七、おわりに……五五
第三章　勅撰集入集を辞退すること——新千載集と冷泉家の門弟たち……六三
一、はじめに……六三
二、新千載集と武家歌人……六四
三、新千載集作者不競望子細事……六九
四、奉行人斎藤道恵について……七六
五、冷泉為秀と門弟たち……七九
六、おわりに……八二
第二部　歌道師範家の消長
第四章　二条家と古今集注釈書——二条為忠古今集序注……九一
一、はじめに……九一
二、二条為忠について……九二
三、伝本・伝来……九四
四、成立事情……九六

五、構成・注釈態度……一〇〇
六、為忠の庭訓と宗匠家説……一〇二
七、為明の古今集講説との関係……一〇五
八、おわりに……一〇七
第五章　為右の最期――二条家の断絶と冷泉家の逼塞……一一七
第六章　飛鳥井家の家学と蔵書――新続古今集まで……一二七
一、はじめに……一二七
二、雅孝の文書……一二九
三、諸雑記・和歌両神之事・雑々記……一三三
四、雅縁の歌学……一三八
五、雅世と新続古今集……一四〇
六、おわりに……一四三
第七章　南北朝期飛鳥井家の和歌蹴鞠文書
――大津平野神社蔵某相伝文書書籍等目録断簡考証……一四七
一、解題……一四七
二、翻刻……一六二

三、考証……一七一

第三部　私家集の蒐集と伝来

第八章　「伏見殿家集目録」をめぐる問題……一九五
一、はじめに……一九五
二、目録の排列……一九五
三、伏見宮における家集三合の櫃……一九八
四、室町殿打聞と伏見殿家集目録……二〇〇
五、おわりに……二〇一

第九章　伏見院の私家集蒐集……二〇七
一、はじめに……二〇七
二、永仁年間の京極派歌人と私家集……二〇八
三、三手文庫蔵今井似閑本における「伏見院本私家集」……二一〇
四、現存私家集の伝本と伏見院本（1）――伏見殿家集目録による遡源……二一七
五、現存私家集の伝本と伏見院本（2）――本文系統の検討……二二一
六、伏見院本と資経本……二二四

七、おわりに……二二七
第十章　足利義尚の私家集蒐集……二三五
一、はじめに……二三五
二、足利義教の歌書蒐集……二三六
三、足利義政の歌書蒐集――「武家御双紙」の書写……二三八
四、足利義尚の歌書蒐書（1）――家集の部類と奥書……二四一
五、足利義尚の歌書蒐書（2）――柳営亜槐本金槐集について……二四六
六、おわりに……二五一
第四部　古歌の集積と再編
第十一章　類聚から類題へ――夫木和歌抄の成立と扶桑葉林……二六一
一、はじめに……二六一
二、成立説の再検討（1）――「異本抜書」の跋文……二六二
三、成立説の再検討（2）――攀枝抄の識語……二六六
四、扶桑葉林をめぐって（1）――巻第六十八・宴歌十八について……二七〇
五、扶桑葉林をめぐって（2）――逸文の集成と考証……二七五

六、扶桑葉林をめぐって（3）——史上最大の和歌資料集成……二八〇
七、扶桑葉林と夫木和歌抄（1）——歌合詠の資料源として……二八一
八、扶桑葉林と夫木和歌抄（2）——「類聚」から「類題」へ……二八四
九、おわりに……二八七
第十二章　禁裏における名所歌集編纂——方輿勝覧集……三〇七
一、はじめに——類題集と名所歌集……三〇七
二、三系統の伝本……三〇九
三、系統間の比較……三一二
四、自筆草稿の検討……三一五
五、後陽成天皇と名所歌集……三一七
六、祝穆の方輿勝覧——宋代類書の将来と受容……三二〇
七、おわりに……三二三
第五部　勅撰作者部類をめぐって
第十三章　歌人伝史料としての勅撰作者部類……三四三
一、はじめに……三四三

二、構成と特色……三四五
三、注記「至一一年」の問題……三四七
四、五位と六位の間……三五〇
五、南北朝期武家歌人の新情報……三五四
六、追加・追顕名の作者……三五八
七、成立時期……三六三
八、おわりに……三六六
第十四章　勅撰作者部類伝本考……三七一
一、はじめに……三七一
二、「目録」と「部類」……三七二
三、「作者部類」と題する写本群……三七六
四、伝本と系統……三八五
五、共通祖本について……三九三
六、おわりに……三九六
附録一　勅撰作者部類・続作者部類　翻刻……三九九
附録二　勅撰作者部類・続作者部類　索引……六二五

凡　例

一、文献の引用は、文学作品は新旧日本古典文学大系・新編日本古典文学全集・日本思想大系・歌論歌学集成、記録・文書は大日本古記録・史料纂集・大日本古文書などの最新の校訂テキストにより、ついで大日本史料や自治体史などの史料集を参看した。自筆本ないしそれに準ずる古写の善本が遺されている場合は必要に応じて校訂した。勅撰集・私撰集・秀歌撰は新編国歌大観に、家集は新編私家集大成に拠った。番号も同様である。但し万葉集は旧国歌大観番号を使用した。太平記は流布本に拠った。

一、引用にあたっては適宜漢字を充て、句読点を打ち、清濁を分かつなど、よみやすい形にして掲げた。但し未翻刻・未紹介の文献に限っては、なるべく底本表記をとどめるようにした。虫損その他の理由で判読不明の文字は字数をはかり□で、字数不明の場合は［　］で、抹消字は■で表した。

一、注は各章ごとに記し、通し番号を付して末に掲げた。

一、人名は鎌倉時代以前は原則姓を、それ以後は便宜家名を冠した。出家者も俗名で通したが、元盛（藤原盛徳）、了俊（今川貞世）等、通行の称によった場合もある。

一、年号は全て北朝年号を用いた。南朝に関わる事柄のみ南朝年号によった。

一、年齢は全て数え年である。

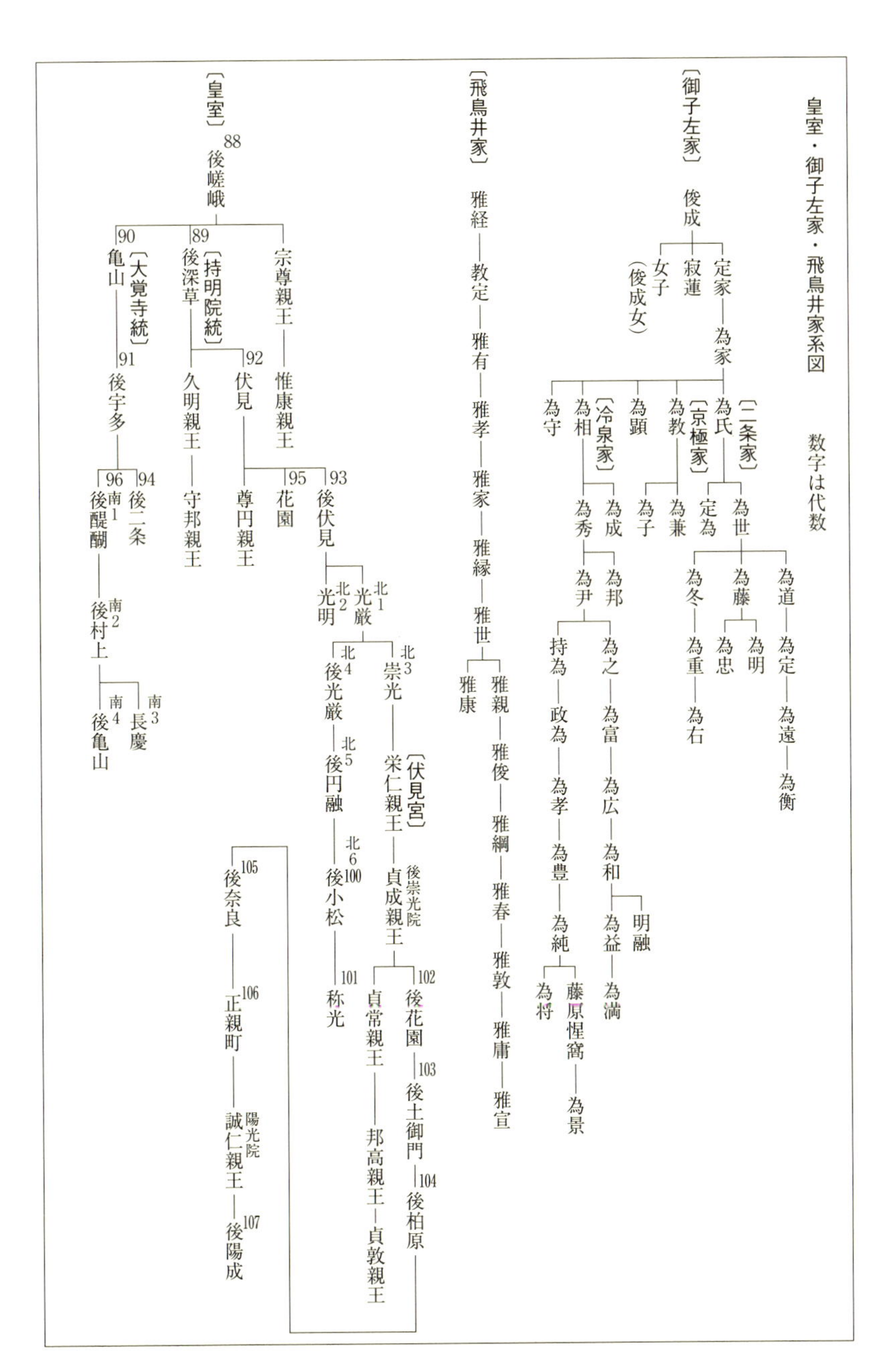

皇室・御子左家・飛鳥井家系図
数字は代数
〔御子左家〕
俊成
定家
寂蓮
女子
（俊成女）
為家
為氏
〔二条家〕
為教
〔京極家〕
為顕
為相
〔冷泉家〕
為守
為世
定為
為兼
為子
為成
為秀
為道
為藤
為冬
為定
為明
為忠
為重
為遠
為右
為衡
為邦
為尹
為之
持為
為富
政為
為広
為孝
為和
為豊
明融
為益
為純
為満
藤原惺窩
為将
為景
〔飛鳥井家〕
雅経
教定
雅有
雅孝
雅家
雅縁
雅世
雅親
雅康
雅俊
雅綱
雅春
雅敦
雅庸
雅宣
〔皇室〕
88
後嵯峨
宗尊親王
惟康親王
89
後深草
〔持明院統〕
90
亀山
〔大覚寺統〕
92
伏見
久明親王
守邦親王
91
後宇多
93
後伏見
95
花園
尊円親王
94
後二条
96
南1
後醍醐
北1
光厳
北2
光明
北3
崇光
北4
後光厳
南2
後村上
南3
長慶
南4
後亀山
〔伏見宮〕
栄仁親王
北5
後円融
後崇光院
貞成親王
北6
100
後小松
101
称光
102
後花園
貞常親王
103
後土御門
邦高親王
104
後柏原
貞敦親王
105
後奈良
106
正親町
陽光院
誠仁親王
107
後陽成

勅撰集一覧

歌数は新編国歌大観第一巻に（異本歌は除く）、歌人数は深津睦夫『中世勅撰和歌集史の構想』に拠る。

	集名	下命	撰者	成立年時	歌数	作者数
1	古今和歌集	醍醐天皇	紀友則・紀貫之・凡河内躬恒・壬生忠岑	（序）延喜五・四・一五	一一一一	一二九
2	後撰和歌集	村上天皇	源順・大中臣能宣・清原元輔・坂上望城・紀時文	（完成）天暦五以後	一四二五	二二一
3	拾遺和歌集	花山法皇	親撰	（完成）寛弘六頃	一三五一	一九六
4	後拾遺和歌集	白河天皇	藤原通俊	（序）応徳三・九・一六	一二一八	三二三
5	金葉和歌集	白河法皇	源俊頼	（二度本完成）天治二か	六六五	二三六
6	詞花和歌集	崇徳上皇	藤原顕輔	（完成）仁平元	四一五	一九七
7	千載和歌集	後白河法皇	藤原俊成	（序）文治三・九・二〇（奏覧）文治四・四・二二	一二八八	三八五
8	新古今和歌集	後鳥羽上皇	源通具・藤原有家・同定家・同家隆・寂蓮	（竟宴）元久二・三・二六	一九七八	四一一
9	新勅撰和歌集	後堀河天皇	藤原定家	（奏覧）貞永元年・一〇・二（完成）文暦二・三・一二	一三七四	三九四
10	続後撰和歌集	後嵯峨上皇	藤原為家	（奏覧）建長三・一二・二七	一三七一	四二二
11	続古今和歌集	後嵯峨上皇	藤原基家・同家良・同為家・同行家・同光俊	（序）文永二・一二・二六（竟宴）文永三・三・一二	一九一五	四七八
12	続拾遺和歌集	亀山上皇	二条為氏	（奏覧）弘安元・一二・二七	一四五九	四三六
13	新後撰和歌集	後宇多上皇	二条為世	（奏覧）嘉元元・一二・一九	一六〇七	五〇六
14	玉葉和歌集	伏見上皇	京極為兼	（奏覧）正和元・三・二八	二八〇〇	七六二
15	続千載和歌集	後宇多法皇	二条為世	（奏覧）文保三・四・一九（返納）元応二・七・二五	二一四三	七一八
16	続後拾遺和歌集	後醍醐天皇	二条為藤・同為定	（奏覧）正中二・一二・一八（返納）嘉暦元・六・九	一三五三	五五九
17	風雅和歌集	光厳上皇	親撰	（竟宴）貞和二・一一・九（完成）貞和五・九頃	二二一一	五六〇
18	新千載和歌集	後光厳天皇・足利尊氏執奏	二条為定	（奏覧）延文四・四・二八（返納）同・一二・二五	二三六五	八八〇
19	新拾遺和歌集	後光厳天皇・足利義詮執奏	二条為明・頓阿助成	（奏覧）貞治三・四・二〇（返納）同・一二・	一九二〇	七五八
20	新後拾遺和歌集	後円融天皇・足利義満執奏	二条為遠・同為重	（奏覧）永徳二・三・一七（返納）永徳三・一〇・二八	一五五四	六五八
21	新続古今和歌集	後花園天皇・足利義教執奏	飛鳥井雅世	（奏覧）永享一〇・八・二三（返納）同一一・六・二七	二一四四	七七〇
	新葉和歌集	長慶天皇	宗良親王	（准勅撰）弘和元・一〇・三	一四二六	一五一

中世和歌史の研究

——撰歌と歌人社会——

序章――「撰歌」の時代

本書は中世を対象に、長らく文化の根幹であった和歌について、その働きを歴史的・実証的に考察したものである。「中世和歌」を冠する研究書は夥しく刊行されており、似たようなタイトルの一書を加えることは躊躇も感じているが、それでも先行書との相違がないわけではない。

まず「中世」と言っても文学史の関心は院政期から新古今時代に偏し、それ以降はところどころに光が当たるだけで、かえって闇が深くなっている。本書は鎌倉後期から室町中期にかけての時期を中心に扱った。この時期には、作歌人口は拡大し、作品も厖大に残存しており、社会に和歌は不可欠であった。中世社会は形骸化したはずの和歌と官職によって辛うじて統一性が保たれていたとさえ思える。そのような時代における和歌史の基底を追尋することにした。もとより和歌史の領域は広大で、本書も個別のテーマを扱った論文を集成しているが、「撰歌」を基底に据えることで全体を統一し得ると考えた。以下、そのことについて述べる。

一

和歌の詠まれる場は数々あり、中世の歌合や歌会の場にも近年では強い関心が向けられているが、そのようにして生まれた作品は、まず自身の評価を経て家集（詠草）に記録され、さらに第三者によって評価され、撰集

（アンソロジー）に収められることで新たな生命を得る。古歌は当然であるが、たとえ同時代の作歌でも、優れた歌を蒐集し、分類し、排列することに、和歌史上では厖大なエネルギーが傾注されたのである。撰集は時代の歌風をもっとも体現するものであった。

「撰」とは、事物を集めて揃えることである。たとえば、論語に「対曰、異㆓乎三子者之撰㆒（対へて曰く、三子者の撰に異なれり）」（先進篇）とある。孔子の門弟たちが、理解ある主君の下ではどんな政治を執りたいか、めいめいがひとしきり述べた後で、曾点（字は晳）が自分のしてみたいことは先輩三人の「撰」と異なる、と答える。古注ではこれを「撰、具也、為㆑政之具也」とする。揃えるのは何かを主張するためであり、揃えたものこそ自分の考えである。しかるべき題材を揃え集めて文辞を凝らして文章をつくることを「撰」とするのも同じ理由である。

和歌を自身の歌観その他の見識に基づいて撰ぶことが「撰歌」であるが、「撰歌」とは単なる和歌資料の編集などではなく、創作にも准じられる仕事であり、和歌史は一面では撰歌史でもある。歌才と比較して正面から話題にされることは少ないが、優れた撰歌眼もまた専門歌人には必須であった。後鳥羽院御口伝は「歌を心得ることは詠むよりは大事なり」あるいは「歌を見知り心得ること、この道の至極なり」とまで断言し、定家の歌才は否定しても、その撰歌眼には「歌見知りたる気色ゆゆしげなりき」と無条件で敬服したのであった。

さらに「撰歌」の語は、「戌半歟、撰歌事、可談合雅世卿（飛鳥井）并尭孝僧都之由、蒙仰了」（満済准后日記永享五年〔一四三三〕八月九日条）、「撰哥奏覧目出御礼、公方（足利義教）へ進御剣」（看聞日記同十年八月二十四日条）などと勅撰和歌集やその企画自体を指すことが多くなってくる。もとより「撰歌」は撰集成立までの一プロセスであり、その語法も併用されるが、たとえば「打聞」などと区別されていたことは注意されるのである。勅撰集ではない足利義尚の室町殿打聞を指しても「撰歌」と称した(和歌深秘抄)。純然たる私撰集でも、和歌を撰ぶ所為が公的な権威を帯びていたからであろう。

もとより勅撰集の撰進——中世国家の事業としてのそれ——が確立して、「撰歌」の意味は重くなった。本書の多くの章はそのことを問い直している。もちろん、これまでも一首々々より、撰集それ自体に関心を向ける試みはあった。その手がかりとして、たとえば袋草紙に「故撰集子細」があり、ついで八雲御抄巻二・撰集事もあり、知識が与えられていないわけではない。しかし、これらは八代集時代を対象にごく概略を語っているに過ぎないし、実はこうした撰集の妙味が本当に発揮されたのは、いわゆる十三代集の時代なのである。この時代の勅撰集の撰進には撰者は自身の文学的良心より、政治的な妥協を優先することも少なくなく、撰集が開始されれば、殺到する入集希望に現実的な対応をしなければならない。しかしそれ故に文学的価値が低いと断ずるのは性急に過ぎよう。撰者を出す歌道師範家(宗匠家)では編纂体制を構築し、撰集のノウハウを蓄積して子孫に相伝した。文学史では玉葉・風雅の二集を除いて冷遇されているが、編纂物として評価した時、完成度の高いアンソロジーであるというべきである。

なぜならば勅撰集はまた当時の社会秩序を反映する公器であり、あるいはまたその秩序の源泉でもあった。そのために撰集故実がある。井上宗雄氏「勅撰集の作者表記」[1]は小論ではあるが、こうした方面の研究成果、あるいは方針としても貴重である。たとえば詞書の書式、作者表記は後拾遺集に濫觴があるが[2]、八代集ではまだ揺れがある。十三代集では確乎たる規範として定まった。

そして歴代の治天の君、室町殿は、例外なく歌道に熱心であり、和歌に政教の役割を期待したため、晴儀初度歌会・応製百首・勅撰和歌集などの和歌行事が定例化し、政治日程に組み込まれたことも考え合わせたい。そのために中世史学の近年の成果を大いに反映させるべきであろう。武家政権と和歌との係わりは重要である。公家社会は存続しており、人材がいなかったわけではないが、室町幕府の衰頽によって勅撰和歌集が断絶したことの意味は問い直されてよい。

歌道師範家の研究も、院政期や鎌倉前期は盛んであるが、史料が豊富で社会的影響力もはるかに大きかった南北朝期・室町期はかえって低調である。ことに歌壇指導者であった二条家への関心は低い。二条家の権威はやはり勅撰集を撰進し続けた実績にある。そして南北朝期の同家の内訌と衰頽そして断絶、飛鳥井家の興隆、冷泉家の不遇なども、個別の史実の紹介と分析にはなるが、いずれも勅撰集との関係が不可分であり、文学史上にも逸すべからざる出来事なので、できるかぎり新しい視点と史料によって具体的に記す必要がある。

二

それでは、勅撰集は具体的にどうやって編纂されたのか——自明のことのようで、分からないことは頗る多い。勅撰集の実証的な研究としては、古くは東野州聞書の「勅撰目録」、拾芥抄上・和歌家部二十九があるが、各集の撰者・部立・巻頭歌などを挙げる程度で、八雲御抄などの引用の域を出ない。その後も撰集や評価に関する諸史料の集成が中心で、吉田令世編歴代和歌勅撰考（天保十五年四月序）のような浩瀚なものがある。巻六に和歌師資・古今伝授・撰和歌所・撰集故実・勅撰盛知衰運といった項目を立て論じていて興味深い。とはいえ水戸学の著作なので、「たけきまこゝろ」の上古を理想とし、陸続と編まれた勅撰集はかえって「後の世のことくよわらにのみなりもてきては、歌まきあつめられてさかりなるかことくなるにつけて、世の衰はかへりて知らるゝ、わさそかし」などと酷評する（イデオロギーとは無縁のはずの現代人の十三代集への評価に近い）。

研究者の関心は圧倒的に八代集に偏している。本文批判はもとより、序文・部立・題の設定、排列などの問題は実証的に論じられているが、いずれも個別の集の分析であるし、そもそも同時代の史料が残らない。それは勅撰集を生み出し迎え取る歌人社会との関係がほとんど分からないことでもある。わずかに松野陽一氏が千載集を取り上げ、時代に翻弄された勅撰集編纂上のさまざまな仕掛けに触れられていて、[3]たいへん有益であるが、総じて八代集の時代は、勅撰集を継続した事業としてとらえる視角を持ちにくい。

そのなかで拠るべき先学の研究は、前記井上氏の研究のほか、福田秀一氏「勅撰和歌集の成立過程——主として十三代集について[4]」である。

勅撰集の成立過程を、「発企」「撰者の人選」「撰集の下命」「選歌範囲の決定」「和歌所の設置」「百首歌の詠進」「資料の蒐集」「資料の整理」「最終的整理」「目録の作成」「奏覧と返納」「披露・竟宴」「批判・非難」の十三段階に分かって記述したもので、非常に明晰な整理である。

ところが、福田氏の論文は既に五十年を経過する。もちろん、個別の集の成立事情が井上氏によって鮮明となっている。[5]但し勅撰集そのものへの関心は乏しく、後藤重郎氏編『勅撰和歌　十三代集研究文献目録』（和泉書院、昭56）および同書所収の同氏「十三代集基礎的研究枝折」もあるものの、問題提起を受け止めて発展させているのは深津睦夫氏の研究だけであろう。[6]また後述する撰歌の具体的手順が明らかになったほかは、撰集の決まりごとへの理解は深化が見られない。かつて福田氏自身が「多分に文学研究以前の問題である」と韜晦したように、こうした基礎的考察を軽視する傾向があったことは否めない。

しかし現在、たとえば出版や流通の知識、さらに書肆や読者層への配慮を欠いた近世文学研究があり得ないように、このような事柄には大いに注意が払われてしかるべきで、むしろこれまで無頓着に過ぎたように見える。直接関係する同時代史料が乏しいことを理由にしてはならない。勅撰集は歌道師範家によって事実上独占的に編纂されたから、蓄積された知識は厖大でありかつ伝統として相当早くから形成されていた可能性があり、新古今時代や中古の歌集を考えるのにも有効である。たとえば以下に述べるような事柄は、マニアックな、瑣末な知識にとどまらないはずである。

*

和歌文学は、「写本」を媒体とすることが一つの目安ではないかと思われる。写本はその形態にも注意しなくてはならない。勅撰和歌集の伝本がしばしば巻子本の形をとることは既に考察があるが、[7] 撰集の過程でもそうであった。これには物理的な理由もあった。新たに和歌を加除する、いわゆる切り継ぎ・切り出しも巻子本ならば容易である。

佐藤恒雄氏が証したように、[8] 新古今集の編纂では、まず各撰者が資料からの採歌と排列とを同時に行い、四季・恋・雑に分類排列し、歌集の形に整えた歌稿を進覧した。定家の歌稿断簡は近年国文学研究資料館の所蔵となり「新古今和歌集撰歌草稿」と命名され、知見が深められた。[9] これは続古今集でも同じで、「哥仙四人（藤原基家・同為家・同行家・同光俊）所書進之集、被部類也」（民経記文永二年閏四月十八日条）とある。[10]

こうした作業こそ「撰歌」であるが、「源相公（通具）已奏覧撰歌云々、予自昨日書之」（明月記建仁三年四月十九日条）とあるように、そこで整えられた歌稿もまま「撰歌」と呼ばれるのである。下命者の御前で「撰歌」を披露してさらに撰入歌を絞り込んだ後、再部類・排列を行い、未定稿本（中書本）が繰り返し繰り返し作成され、完成稿（清書本）へ近づいていく、そのプロセスは以後の集でも基本的に同様であろう。定家単独撰の新勅撰集でも、

「旧歌」「近代歌」「現存歌」という三つの資料群からそれぞれ「撰歌」し、一つの歌稿にまとめられたのである。この事実は以後の勅撰集の成立を考えるにも不可欠の視点である。

飛鳥井雅縁の諸雑記（一三三頁参照）は、新後拾遺集の時の二条家和歌所における有名な撰歌方法を伝えている。小短冊風に切断した紙片に、撰者（実際には寄人であろう）が諸資料から採った和歌を記入し、部立名を記した紙袋に投じて分類し、排列に取り掛かるという、現在のカード・システムにも似たやり方である。これは実は方法として古いものではなく、かつ部類まではこのやり方を採るにしても、小短冊を排列した結果はまず続紙などに書写され、そうした中書本を訂正することが依然行われていたのであろう。

撰者が自身の「撰歌」を繰り返し作成し訂正していく、こうした作業を通じて生み出される「撰歌」の点数あるいはヴァリエーションもまた厖大となり、さきの「新古今和歌集撰歌草稿」のように、古筆切・断簡などでしか伝えられない佚名の撰集にはそうしたものが含まれる可能性がある。その形態は撰歌の実態のみならず、さまざまな示唆を与える。

＊

さらに次のような事柄もある。中世勅撰集の成立は二段階を経る。十三代集、ことに鎌倉後期の続千載集以後は、まず四季部六巻を奏覧し、ついで恋部・雑部などを撰び、二十巻を周備してから返納することが定例となっている。福田氏が明らかにしたように、集そのものの成立は返納時と見るべきである。しかし、こうしたやり方が踏襲されたのは相応の事情がある。次頁の表は十三代集の歌数を一覧したものである。十三代集では総歌数とともに歌人数も増大し[11]、群小歌人の増加が歌集の文学的評価を下げる結果となっている。ところが四季部六巻（続後撰と風雅のみ八巻）の歌数（数値A）は、どんなに全歌数が膨脹しても、意外に増えておらず、ことに二条派

表　勅撰集四季部の比重

集名	A	B	A/B
新古今	706	1272	0.56
新勅撰	442	932	0.47
続後撰	530	841	0.63
続古今	685	1230	0.56
続拾遺	469	990	0.47
新後撰	531	1076	0.49
玉葉	1036	1764	0.59
続千載	704	1439	0.49
続後拾遺	500	853	0.59
風雅	898	1313	0.68
新千載	734	1631	0.45
新拾遺	676	1244	0.54
新後拾遺	576	978	0.59
新続古今	744	1400	0.53
新葉	507	919	0.55

A：四季部歌数　B：それ以外の歌数

勅撰集では七百首を上限としてさして変動しない。四季部以外の歌数をBとした時、A／Bの値が続拾遺集辺りから低下するのは、恋部・雑部の歌数が増加することを意味する。ところが京極派の勅撰集ではこの値は高くなる。

勅撰集が六位の武士や出家者の入集を許容するようになった時も、こうした歌人の入集はことごとく恋部・雑部に限られ、特に初入集の場合は四季部への入集はまず見られない。また勅撰集が披露された時、入集して喜ぶ者がいれば不平不満を抱く者も必ずいて、どうしても拒めない要望も寄せられる。これを恋部・雑部に追加することは比較的容易であるし、かつ角も立たない。

奏覧の後、反応を見定めた上で返納を遂げることは、かなりよく考えられたシステムと言えるであろう。とすれば、勅撰集の、四季部とそれ以降の巻々とはある意味では別の撰集である――少なくとも撰歌の方針も評価の規準も異なっていたと考えざるを得ない。四季部こそ集のオモテ（晴）なのである。玉葉集・風雅集が四季部をかなり拡大したことは従来と異なった評価ができるであろう。

撰者や歌道師範家では家の秘事であるからか、こうしたことを明確に書き残すことはせず、歌集を再三読むことと、断片的な史料から帰納するしかないのだが、事の性格上、決して思い付きなどではなく、かなり早い時代から始められて定着し、当時の人々も承知していた決まりごとに違いない。和歌史の一翼である撰集について、こうした事柄を可能な限り掘り起こし、歴史的な展開ないし消長を描いて文学史に役立てることが本書のねらいの一つである。

三

家集や詠草がまとめられたり書写される動機として、勅撰集の企画があることはこれまでも指摘があった。また撰歌資料として、撰者の側でも頻りに家集を蒐集していた。南北朝期の後光厳天皇は「抑打聞有増事、近日如勅撰頗不思寄之時分候、家集内々令用意候者、如後拾遺例、自然可出来候歟」と述べており、家集さえ用意すれば、撰歌は何とかなる、後拾遺がそうだったから、という考えさえあった（二二八頁参照）。ところが、この家集の書写・蒐集について最も熱心に取り組んだはずの歌道師範家には意外に具体的な史料・証言が乏しい。というより沈黙していると言ってもよい。中世には家集目録がほとんど遺されていないのである。南北朝末期に二条家から冷泉家へと私家集を含む蔵書が譲渡されたことは明らかになっているが、その形成過程となるとなお闇の中である。

ところで、歌道師範家が分裂したり衰頽したため、治天の君や室町殿が撰歌に積極的に関与した時期には、家集の書写・蒐集の具体的な手続きを知ることができる。このことは、いくつかの中古中世私家集の本文系統について考え直す契機となるのである。

つまり家集はある群で伝えられ、あるいは組織的に書写蒐集されることが多いから、現存する伝本も系統を辿ればそうやって集められた本に発することが多い。

既に中古中世の家集の本文研究は、早くに和歌史研究会編『私家集伝本書目』（明治書院、昭40）という礎石が据えられ、そこから「私家集大成」の大冊が刊行され、安定した本文が供給された。恩恵は量り知れないものがある。そこで底本に選択されたのは、多く御所本と呼ばれる宮内庁書陵部所蔵の写本であった。これは江戸前中期の禁裏において、後西天皇・霊元天皇の指揮によって組織的に書写されたもので、古写本の精度の高い転写であることが推測されたが、冷泉家時雨亭文庫本の公開と影印の刊行によって、御所本の親本が多く冷泉家本であることが判明した。これは単に冷泉家の動向にとどまらず、これまでの御所本（禁裏本）に代わる、我が国の書物文化の淵源が新たに出現したことになろう。これを受けて新編私家集大成（古典ライブラリー）が企てられて、先年完結した。

写本を対象とした書誌学的研究は、客観性をどのように保つかという課題があるものの、この点は確実に進化している。宮内庁書陵部・国立歴史民俗博物館などに所蔵される古典籍のデジタル画像公開は、写本同士の比較検討を容易にした。筆跡はもちろんであるが、従前の活字目録の記載では困難であった、表紙や装訂、書式などによる書物の伝来・旧蔵者の同定も、かなり可能となってきている。もちろん最終的には原本に就いて調査することが欠かせないが、特定の人物の蔵書についての知識情報を、その気になれば詳しく集めることができる時代となった。蔵書形成という新たな視点を得たことで、「撰歌」によって組織的に形成された家集群の伝来の経路、さらにはその親本の性格までも考慮に入れて、現存私家集の本文を考え直すことにしたい。

四

勅撰和歌集は新続古今集をもって中絶、復興することはなかったが、「撰歌」が跡絶えたわけではない。むしろ盛んに行われている。室町期の歌人は、大量の詠作を遺す一方、他人の詠作を蒐集し部類することにも精力を注いでいたのである。その多くは類題和歌集の形式をとった。

この類題和歌集とは、主として題詠の流行と証歌検索の必要によって、単一または複数文献に収載される和歌を、立項明記した項目ないし歌題の下に分類排列した私撰集である。平安中期の古今和歌六帖を嚆矢とするが、盛んに編まれるのは作歌人口が増えた鎌倉後期以後、わけても室町中期以後である。

夫木和歌抄、題林愚抄、明題和歌全集などを頂点にして、巨大な集がつぎつぎと出現している。歌枕名寄に代表される名所歌集もまた類題集の一つである。しかもこれらを母胎として抄出した撰集も多数成立しており、たとえば歌人名を冠して私家集に擬装した私撰集もそれに含まれる[12]。

これらの類題集は少数の例外を除いては撰者も成立年代も確実には判明せず、最も著名な夫木和歌抄さえ、その成立事情は曖昧模糊としている。しかし、かなりのものが室町中期以後、武家歌人の手で編纂されたと推測されている。したがって室町時代もまた「撰歌」の時代であり、類題集もまた和歌史上の現象として正当に評価しなくてはならない。私家集の蒐集や類題集の分析は、和歌史のみならず、前代の文化をいかに継承して現代に活かすか、という古典知の営みそのものの考察ともつながってくるであろう。

鎌倉末期から南北朝期に成立した勅撰作者部類もまた、歌道師範家による資料の蒐集と部類の成果であった。勅撰集では入集した作者を一覧し、出自経歴を注して、身分階層別に部類した目録を編纂し、返納時に提出するしきたりとなっているが、これは恐らくその目録を統合し、再度部類したものである。もとより和歌所に備え付けられ、爾後の勅撰集撰進のための実用的な書であった。同名異人や院号・謚号などの異名をまとめた作者異議や、いわゆる撰集作者異同考のごとき考証もこの頃に成立した。

但し、この勅撰作者部類は、歌人の脱落・重複なども多く、また身分階層別の分類は検索には不便であった。江戸中期以後は分類方法を違え、本来の情報を削除した改編本が流布している。歌人伝史料として役立てるために諸本研究と本文批判が急務である。

それにしても、およそ社会全体を把握しようという試みが絶えたかのような中世に、勅撰集を通じてであるが、文学者名鑑の如きものが成立し、歌道師範家が各層各地の歌人を管理していた事実はもう少し顧慮されてもよいであろう。

以上、本書の問題意識を述べた。史実の細部を取り上げるので、家名・人名・書名・史料名が多く現れるが、人名については系図を、書名は索引を活用されることを願うものである。

注

(1)『中世歌壇と歌人伝の研究』(笠間書院、平19)Ⅱ第一章1(初出昭43)。
(2)武田早苗「『後拾遺集』作者表記についての一考察」(和歌文学研究64、平4・11)参照。
(3)『セミナー［原典を読む］3、千載集　勅撰和歌集はどう編まれたか』(平凡社、平6)。
(4)『中世和歌史の研究　続篇』(岩波出版サービスセンター、平19)第三篇第一章(初出昭42)。
(5)『中世歌壇史の研究　南北朝期』(明治書院、昭40〔改訂新版、昭62〕)、『中世歌壇史の研究　室町前期』(風間書房、昭36〔改訂新版、昭59〕)。
(6)『中世勅撰和歌集史の構想』(笠間書院、平17)。
(7)佐々木孝浩『日本古典書誌学論』(笠間書院、平28)第二編第一章「勅撰和歌集と巻子装」。

（8）『藤原定家研究』（風間書房、平13）第三章「新古今集定家進覧本考」（初出昭63・平3）。
（9）寺島恒世「国文学研究資料館蔵「新古今和歌集撰歌草稿」について」（調査研究報告33、平25・3）。
（10）佐藤恒雄『藤原為家研究』（笠間書院、平20）第三章第八節「続古今和歌集の撰集について」（初出平16）第九節「続古今和歌集の御前評定」（初出平17）参照。
（11）注6前掲著の調査による。
（12）三村晃功『中世私撰集の研究』（和泉書院、昭60）。

第一部　勅撰和歌集と公武政権

第一章　鎌倉武士と和歌——続後拾遺集

一、はじめに

続後拾遺和歌集は鎌倉時代最末期に成立した、第十六番目の勅撰和歌集である。元亨三年（一三二三）七月二十二日、権中納言二条為藤が後醍醐天皇の勅を奉じたが、翌年七月十七日急逝したため、甥で養子の右兵衛督為定が後継し、正中二年（一三二五）十二月十八日に四季部を奏覧した。もっともこれは形式に過ぎず、翌嘉暦元年（一三二六）六月九日の返納をもって実質的な完成とすることは中世の勅撰集の例に違わない。全二十巻、最善本とされる吉田兼右筆二十一代集所収本では一三五三首を収める。

直前の続千載集から僅か六年しか隔てないこと、京極派の沈滞期における二条派の勅撰集であること、注目すべき定数歌や歌合などの催しに乏しいこと（正中百首は内々のものでまとまった形では現存しない）、そして比較的小規模であるためか、歌風に際立った特色が見出せないとされるのが実情で、十三代集のうちでもかなり影が薄い。成立事情は井上宗雄氏の考察があり[1]、また深津睦夫氏による校注書が刊行され[2]、周到な解説が歌風・性格を一層鮮明にしているにもかかわらず、この集を対象とした専論はいまも皆無に等しい。

しかしながら、後醍醐にとっては、自らの意志で撰ばせた最初の勅撰集であり（正確には在位中に二度目の撰集となるが、続千載集は父後宇多法皇の院宣による）、かつ撰集の最中には正中の変が起こり、東西の緊張が高まった時期に相当し、政治史的・文化史的な意義は決して小さくない。増鏡によれば後醍醐は頗る満足であったというが、新しい勅撰集が毀誉褒貶に晒されないことはあり得ない。京極派を奉ずる花園院が手厳しい批評を加えたのは当然として、二条派廷臣歌人の正親町三条実任も、撰者為定の子息の夭折に託けて、「今度勅撰有偏頗、其徴歟、如何々々」（継塵記嘉暦元年十月十五日条）と、この集の「偏頗」を批判している。

「偏頗」の実体が何かはひとまず措き、この勅撰集では、武家歌人の存在を無視し得ない。この集の作者は全て五六〇人弱であるが、武家歌人は鎌倉幕府の関係者に限っても六〇人に上る。[3] もとよりその大半は一、二首の入集にとどまり、集全体の歌風を左右するようなことはないが、作者層として見れば決して小さなものではあるまい。

鎌倉中後期に武家歌人が勅撰集に多く採られるようになったことはこれまでも何度も指摘されてきた。分かりやすい和歌史上の変化として注目されることも多い。但し、これには勅撰集という書物の性格をも考慮に入れる必要がある。

十三代集を通観すれば、歌道師範家の内紛や歌壇の党派抗争に左右される面は少なくないが、公・武・僧の諸権門に対しては不満を与えないように努力し、かつ優れた作品を掬い上げて、下命者である院・天皇の治世に光華を添えた成果は認めざるを得ない。多少の出来不出来はともかく、公的な事業として編纂された書物として、総じてよく秩序を保ち続けたと評価できる。そうした視点から武家歌人の扱いを論ずるべきである。

あたかも、古今集から続後拾遺集まで十六の勅撰集を対象とした勅撰作者部類が、二条家の門弟である藤原盛徳（元盛法師）の手によって成立している。[4] これは勅撰集に入集した歌人を官位など社会的な身位によって三十三の部門に分類し、各部門の中では初出勅撰集の順に排列し、世系・極官位・没年などの略歴と、各集への入集状況を示した便覧である。現存諸本は後に風雅集・新千載集の情報を付加した増補本を源流とするが、原形はもっと早くから成立していて、頻繁な勅撰企画に利用されていたことは想像に難くない。古代から当代までの名鑑というべきこの書を活用すれば、勅撰集の構造をこれまでとは違った観点で評価することも可能である。

二、雑歌中の「歌道」を詠んだ歌群

勅撰和歌集という書物をいかに読むかは、続後拾遺集のみならず、十三代集ではほとんど手探りの状態であるが、しかし個々の和歌を取り出すだけではなく、巻ないし歌群として読み解く努力が必要であろう。もとより部分的な試みにとどまるが、子細に読めば、いろいろな仕掛けがあることに気付く。巻十六・雑歌中・一〇八一から始まる十一首の歌群を示す（本文引用は正保四年版二十一代集所収本により、適宜表記を改めた。歌頭には新編国歌大観番号を付した）。

前大納言為世よませ侍りし春日社三十首歌中に
民部卿為藤

1081 身ひとつを立つるぞからきもしほ焼く浦の苫屋の煙ならねど

百首歌奉りし時
前大納言経継

1082 もしほ草かきあつめずは何をして老の心のなぐさめにせん

題しらず
平貞直

1083 かひもなき和歌の浦わのもしほ草かきおくまでを思ひ出にせん
源高氏

1084 かきすつるもくづなりとも此度はかへらでとまれ和歌の浦波
藤原範秀

1085 数ならぬ水屑ながらも和歌の浦の浪にひかれて名をやかけまし
大江高広

1086 白波のよるべも知らでいたづらにこぎはなれたる和歌の浦舟
侍従隆教

1087 うきにのみ袖はぬるとも代々へぬる跡をば残せ和歌の浦波
前中納言定資

1088 代々の跡と思へば和歌の浦千鳥まよふ方にぞ音もなかれける
法眼源承わづらひ侍りける時、相伝の文台とて
送りつかはして侍ければ
法眼行済

1089 和歌のうらや代々にかはらずすむたづのふみをく跡を形見ともみん
返し
法眼源承

1090 あしたづの代々にふみおく跡なれば忘れずしのべ和歌の浦風
題しらず
藤原長遠

1354 和歌の浦や雲井を知らぬあしたづは聞こえん方も波になくなり

雑部は広く人事や事物に関する詠を集め、同じ主題の和歌を一群にして排列することが原則である。井上氏が「廷臣・歌道家・法体・武家、各々の境遇で和歌にたずさわる感懐を吐露したもので、当時の人々がどのような気持で和歌の道に対していたか、という心境を窺いえて興味深い[5]」と述べた通り、この十数首は歌道あるいは和歌そのものをテーマにした歌群である。隣接する詠が互いに歌語を共通させ、少しずつ歌境を変化させていく排列の妙が看て取れる。

まずは撰者二条為藤、ついで二条派廷臣歌人の長老中御門経継の詠が置かれる。為藤の歌は正和三年（一三一四）の作であり、また必ずしも歌道に関する述懐ではないが、ここでは経継詠の「藻塩」と呼応する。この詠は詞書にある通り、正中百首の作者となり詠進した喜びを謳うものである。

その後、一〇八三～六には「題知らず」が四首連続する。その作者、北条（大仏）貞直・足利高氏（尊氏）・小串範秀・長井高広は、いずれも鎌倉幕府ないし六波羅探題に仕える関東出身の武家である。続く一〇八七～九〇はいずれも公家社会に属する人々であり、意図的な構成である。強弱の程度は異なるにしろ、集めた自詠が入集するように希望する内容である。そして、四人とも揃ってこの集には一首のみの入集である。「和歌の浦」とは紀伊国の歌枕であるが、同時に歌壇の暗喩となる。「藻塩草」「藻屑」はその縁語であるが、しばしば書かれた作品、特に詠草を意味する。そして「かきあつむ」「かきおく」とは、製塩のために海人がこれらを掻き集める作業を指すが、もとより広く和歌を集めることを掛けている。すると、為藤の詠は撰集の業にたいへん苦労しているのだ、という述懐と読めるようになり、入集希望の作と呼応しているかの如くである。

一〇八四は、足利尊氏の最も早い和歌である。当時は北条高時の偏諱を受け、高氏と名乗っている。この詠によって晴れて勅撰歌人となったわけであるが[6]、しかし既に言及がある通り、続千載集の時にも撰者に詠草を送ったことがあったが、採られなかったため今度はとどまって欲しいと哀願する歌である。続千載集返納の元応元年（一三一九）に十五歳であり、いかに家格が高い足利氏の嫡子でも若過ぎたのであろう。

以上、この歌群は鎌倉武家も勅撰歌人になることにいかに熱意を傾けたかを端的に物語るのである。

三、六位の「侍」の扱い

大仏貞直・足利高氏・小串範秀・長井高広みな鎌倉幕府関係者であるが、範秀は北条氏一門の六波羅探題北条（常盤）範貞の被官である。貞直・高広・高氏は既に叙爵（叙従五位下）されていたが、範秀は六位の左衛門尉であり、官位の上で明確な差があった。六位の入集は勅撰集の性格を考える上で注目すべき現象である。

第十三章でも触れるが、勅撰和歌集は原則として五位（諸大夫層）以上を撰歌対象とし、六位（侍層）以下は排除していた。六位で入集するには、隠名（よみ人しらず）かあるいは出家して法名で採られるしかなかった。

この「四位」「五位」「六位」といったカテゴリーは、その人が最終的に達した位階であるのはもちろんとして、当時公家社会の階層で言う「殿上人」「諸大夫」「侍」に相当することに注意しなくてはならない。たとえば「侍」とは、貴人の側近くに仕え、奉公する者の称であるが、馬允・八省丞・衛門尉・兵衛尉などの六位相当の官に任じられることをもって身分指標とした。辞退後その功労をもって叙爵されることもあるが、同じ五位でも殿上人・諸大夫出身者とは明らかな差別がある。

このことは鎌倉幕府でも同じで、その構造は「公卿」（三位以上）の将軍を頂点として、殿上人（四位）・諸大夫（五位）が祗候し、御家人はあくまで六位の「侍」として仕える者であった。とはいえ、幕府草創の頃こそ御家人の官位は厳しく制限されていたが、実朝の治世には緩和され、北条氏をはじめとする有力御家人には叙爵される者も多くなっていった[7]。勅撰集もまたこうした武家歌人には好意的にならざるを得ず、足利高氏のように若輩でありながら実名で入集するなど、鎌倉末期にはその壁はかなり低くなっていた。しかし依然として六位には制限があり、十三代集を通じて六位の入集数は極めて少ない（三五一頁参照）。

勅撰集における武家歌人の増加は、このような秩序変動を視野に入れる必要がある。最も深刻であるのは、御家人の地位の向上にともなって、その被官までもが入集してくる現象である。

小串範秀はまさにそのケースであった。小串氏はもと上野国の御家人であったが、常盤（葉）と号した執権北条政村の家に仕え、政村流の当主がしばしば六波羅探題として赴任するのに従って、在京するようになった[8]。六郎衛門尉と名乗った範秀も在京して活動している。宴曲の作者としてかねて知られるほか、禅に帰依して雲巌居士と名乗り、雪村友梅を請じて京西禅寺の開基となったこと、琵琶も嗜み西流の名手藤原孝章から灌頂を受けるなど文化的事績が著しいが、和歌も愛し、六条有房から古今集の講義を受け、為兼にも一時接近していたらしい（古今集六巻抄）。

ところで、勅撰作者部類に付属する作者異議に、この範秀について、次のように記述されている。

玉―藤範秀号小串六郎衛門尉

撰者大納言為兼卿適處（ママ）、依有関東之免一族家人不可入勅集之由、最勝園禅門（北条貞時）被誡云々、被書入于玉葉早、是無先例歟、以平大納言経親為執筆云々、

範秀は玉葉集にも入集するが、それは奏覧時ではなく、後から書き入れられた作者であるというのが趣旨である。この記事は既に井上氏も取り上げているが[9]、さらに考察を進めることができる。まず「適處」は「謫處」の

誤写ないし誤記であろう。かつて北条貞時は一門の家人（被官）は、勅撰集に入集させてはならないと禁じていた。これは範秀個人に対してではなく、広く一門にわたる禁制である。しかし、範秀は特に許されて入集した。この時に撰者京極為兼は「謫處」に在ったため、伏見院近臣で京極派歌人でもある平経親が執筆して撰入させた、前例のないことだ、というのである。ところで、為兼は正和五年（一三一六）正月に土佐に配流、経親は同六年九月に出家するので、この一年半ほどの間に範秀が追加されたと解さざるを得ない。玉葉集奏覧後、四ないし五年も経っている。異常な入集事情であり、範秀の懇望に懸かることは疑いない。

他に小串氏出身の勅撰歌人には、宗行（新後撰以下）、範行（続千載のみ、三六〇頁参照）、秀信（風雅のみ）がおり、いずれも鎌倉後期の京都で活動した。

宗行のみが五位で勅撰作者部類には、「藤宗行 下野権守 小串 大炊御門油小路篝」とある。[10] つまり洛中篝屋の武士で、「大炊御門油小路篝」に常駐したのである。暦仁元年（一二三八）将軍藤原頼経の命で、洛中に設置された篝屋は、中世武士の都市における活動拠点として注目されている。[11] 当時は六波羅探題の配下の武士が常駐し、洛中の警備のほか、犯罪者の逮捕拘禁なども担当する、恒常的な施設となっていた。勅撰作者部類の情報は、「篝屋」についての貴重な同時代史料となる。

範行も六波羅探題北方常葉範貞の被官で、太平記によって、正中の変で首謀者多治見国長を討ったことで知られる「小串三郎左衛門尉範行」（巻一・頼員回忠事）その人である。

秀信は元弘の乱に際し、大塔宮の配下殿法印良忠を拘禁した人物で、やはり太平記に「大炊御門油小路ノ篝、小串五郎兵衛尉秀信」（巻四・笠置囚人死罪流刑事付藤房卿事）とある。

この大炊御門油小路の篝屋はどうやら小串氏の拠点となっていたと考えられ、いずれも洛中の治安維持、六波羅探題直轄の軍事力として顕著な活動を見せている。

頓阿の井蛙抄には、新勅撰集以後の勅撰集にはしばしば不名誉な渾名がついたとし、続拾遺集には「鵜舟集」の異名を伝える。これは「かがりの多く入りたる故なり」、すなわち篝屋の武士が多く採られたから、と解かれているが、その素性は、小串氏の如く都市に本拠を据えて活動する六位の武士であった。「かがり」とはいかにも蔑視した感がある。公家社会にとっては洛中治安を維持してくれるありがたい存在であったが、一方で日常接するだけに、この層が勅撰集にまで入り込むことに違和感が生じたとしても不思議はないであろう。

四、追加される作者

続後拾遺集に初めて入集した著名な武家歌人として、他に源氏物語研究で知られる源知行（行阿）がいる。曾祖父光行以来、河内守に任じ、鎌倉幕府に仕える御家人であった。巻十四に次の一首が入集している。

（題不知）　　源知行

恋ひわぶる涙のひまはなきものをなどあふ事のとだえそめけん（恋四・九二六）

しかし、この歌の作者表記は、国立歴史民俗博物館蔵高松宮家伝来禁裏本二十一代集所収本[12]など一部の伝本で「よみ人しらず」（源知行イ）となっており、「源知行」は他本と校合された注記の形で傍記されている。少なくともその親本では「よみ人しらず」になっていたと考えられる。

知行も当時六位であった。上述の通りであるから、はじめは隠名となっていたのを、後から顕名とすることに成功し、それが伝本間の異同となって現れていると考えられる。

実際、勅撰作者部類の知行の記載は、「五位」の部に

源知行(河内)　続後一追加　新千二

とある。「追加」という肩注は、右のことを受けるに違いない。まず隠名で追加されたが、それにもあきたらない作者の不満によって顕名に改められたという経緯も考えられる。撰者に入集を強要することは珍しくないが、既に為家が為氏に対して「続後撰の時、親行、奏覧之後、歌たびて追て入る、又むつかしかりき」（為家卿続古今和歌集撰進覚書）と、続後撰集の時、知行の祖父親行も奏覧後に歌を追加させたと記す。河内源氏の歴代はいわば勅撰クレーマーで、承知しておけというのである。他にも勅撰作者部類に「追」「追加」「追顕名」などと注記された作者がいるが、成立（正確には返納）後に撰入されたり、隠名入集であったのが顕名に改められたものであろう。その多くが新後撰集・続千載集初出の、武家歌人である（第十三章参照）。

さらに特異であるのは安東重綱の事例である。北条時宗の代から得宗家に仕えた老臣で、幕府の命令で当の為兼の逮捕連行を指揮した「案(ママ)藤左衛門入道」その人である。(13) やはり作者異議にこのようにある。

ｵｰ藤重綱号安東左衛門尉、

如藤範秀、依有関東免、挙玉葉集、奏覧了後、隔一代集、被書加新後撰集云々、撰者宗匠(二条為世)右筆不能左右、

右の記事も難解であるが、範秀の例を踏まえて、次のように解すべきであろう。「小串範秀のように、幕府の許可を得て、玉葉集への入集を推挙された、奏覧した後、この集を飛び越えて、新後撰集の作者に追加されたという。撰者の為世が筆を執ったのだから、どうしようもないことだ」と。

新後撰集の諸本のうち兼右本など大多数の本で「藤原重綱」は二首入集する（新編国歌大観で三九〇・七七六）。ところが尊経閣文庫蔵伝蜷川親元筆本には重綱の歌は二首とも存しない。伝親元筆本は重要な伝本と目されて

おり[14]、この異同は作者異議の証言を裏付けているのではないかと思われる。井上氏は「初め為世は重綱の歌を入集せしめたが、その後関東からの干渉で削り、許されて正和元年以後にまた加えたというのではなかろうか」とするが、新後撰集・玉葉集の撰歌時は、貞時の存命中であり、六位の得宗被官である重綱は希望を出すことも許されなかったと見るべきであろう。

また勅撰作者部類では、重綱の入集状況は、

藤重綱　号安東左衛門尉　扌　載四　続後二　新千一

となっている。新後撰集の歌数は空欄である。後年に重綱が作者となったことを知りながら、歌数を記入しないままで終わった可能性がある。

重綱も勅撰集入集を切望していたであろう。貞時没後、重綱は新後撰集への入集を希望し、撰者為世も応じたのである。直近の玉葉集でない理由は判然としないが、これが範秀と同じく正和五年頃とすれば、重綱が為兼を捕縛した当人であり、伏見院の治世を厳しく糾弾する立場にあったためではないか。ともあれ新後撰集成立からは既に十余年を経過している。そして現在ほとんどの諸本はこの形で流布しているのである。

勅撰和歌集の奏覧本は巻子本の形態をとった[15]。巻子本ならば、和歌の加除の作業も比較的容易である（たとえ返納後でも、奏覧本には撰者に編集権限が温存されていたことになる。とはいえ既に世上に流布してしまった本文をどう処理するのかという問題は残る）。

勅撰集の本文は不動のものと考えられがちだから、この事実は重大である。ここまで露骨ではないにしても、微修正は長期間にわたり行われていたことを示唆する。勅撰歌人たらんとする願望はこれほど強いもので、北条氏一門の被官に特に顕著に見られるのは興味深い。貞時の「一族家人不可入勅集」という禁制は、六位は勅撰集

に入れない原則に応じたものであったが、貞時没後には歯止めがなくなり、続後拾遺集も容赦なくその奔流に巻き込まれるのである。

五、修訂の痕跡

鎌倉後期、北条氏嫡流たる得宗家の被官が実力を貯え、幕府政治を壟断したことはよく知られている。[16]このうち長崎・尾藤・諏方の三家がその筆頭であり、得宗家公文所の執事で内管領を務めたのであった。

彼らが当時の歌壇にも足跡を遺したことは注目されてよいであろう。続後拾遺集に入集した武家歌人のうちには得宗被官である六位が少なくとも五名もいる。

まず上述の安東重綱。巻十六・雑歌中・一〇七四に一首入集。ただ、続千載集には四首も入っているから、総歌数の比率（続千載集は兼右本で二一四三首）を勘案しても、冷遇のように思える。

ところで巻六・冬歌・四七一に、

題しらず　　藤原季綱

なつみ川さゆる嵐もふくる夜に山陰よりやまづこほるらん

という歌がある。前掲高松宮家伝来禁裏本二十一代集所収本などでは詞書と作者に異同があり、「氷をよめる（題しらすイ）藤原重綱」とする。

深津氏によれば、続後拾遺集の現存伝本は二類に大別され、両系統間の本文異同は、初撰本から精撰本へという、撰集作業の進捗を反映しているとのことである。[17]しかし、多くの伝本は他本との度重なる校合を経ているようで、本文異同は個別に判断していく必要がある。右の箇所についても、第一類・第二類にわたって、「重綱」とする本が多く、かつ勅撰作者部類でも重綱の入集を二首としていた。「季綱」は勅撰作者部類も掲載せずかつ伝未詳の人物であるから、四七一の作者は重綱とすべきであろう。他の得宗被官は全て一首作者であるから、歌歴の最も古い重綱の二首は妥当な扱いである。ただ出家して久しいのに、俗名であるのは優遇であろう。

些細な異同のようであるが、このことは長く定本とされてきた兼右本をどのように評価するかという問題にも関わってくる。兼右本は初撰本とされる第一類本の筆頭に挙げられてはいるが、第一類本のうちにも、より整理が進んだ段階を反映する伝本が複数あるということになる。

ついで尾藤六郎左衛門尉頼氏。尾藤氏は古くからの得宗被官で、幕府崩壊の直前まで北条氏のために活動した実力者であった。頼氏は既に玉葉・続千載二代の作者で、続後拾遺集に一首採られている（雑上・一〇二一）。

題しらず　　　　藤原頼氏

袖にをく露にはかはる色もなし草葉のうへや秋もみゆらん

露は涙を暗示するが、述懐色も薄く、秋部に入集しても問題ない。それが雑歌とされたのは、安東重綱とのバランスに配慮したのかも知れない。なお了俊歌学書に「尾藤六良左衛門と云ひける数寄物」「尾藤は為相卿の弟子にて」などとあり、頼氏は冷泉為相の門弟であった。一方、同族とおぼしき尾藤弾正左衛門尉資広もかねて撰者に詠草を送っていたが、これは入集できなかった[18]。

それから、前に掲げた雑歌中の歌群の最末尾に「藤原長遠」という作者がいた。

題しらず　　　　藤原長遠

和歌の浦や雲井を知らぬあしたづは聞こえん方も波になくなり

この一首は兼右本には見えないため、新編国歌大観では異本歌として扱われているが、やはり第一類・第二類に亘る相当数の伝本に載せられている。勅撰作者部類でも六位の部に、

藤長遠 号塩飽左衛門尉　　続後一

として掲載され、正式な作者として遇しており、かつ塩飽左衛門尉と称した武士であることが分かる。

塩飽氏もまた得宗被官である。吾妻鏡建長二年（一二五〇）十二月十八日条に北条時頼に仕える「塩飽左衛門大夫信貞」が史料上の初見、その後も一族は時宗・貞時・高時に近侍した。長遠の世系は未詳であるが、正応五年（一二九二）から三年間にわたる親玄僧正日記に「塩飽宗遠」が、元亨三年（一三二三）の北条貞時十三回忌供養記に「塩飽藤次高遠」がそれぞれ登場し、その頃は「遠」を通字としていた一門であると分かる。

太平記巻十「塩飽入道自害事」には、鎌倉滅亡の時「塩飽新左近入道聖遠」が、曲彔に結跏趺坐し、辞世の頌を書してから、従容として高時に殉ずるありさまを描き出す。得宗被官のうちでも、禅に心を潜めた人物であった。元徳二年（一三三〇）に来朝した明極楚俊は建長寺に住したが、この時「元帥高時公、別駕高景藤公、塩飽新左近入道聖遠、安東左衛門入道聖秀、機語投契、交参者若干人」（明極和尚行状）とあり、塩飽聖遠が安達高景の次に見える。もっとも、この書は太平記に基づいて後世記されたらしいが、同時代史料にも幕府の御恩方奉行を務める「塩飽（新）右近入道」が登場し[19]、同一人と思われ、権勢があったらしい。ところで、為世の続現葉集に一首入集した「聖遠法師」がいて、これも塩飽聖遠であろう。聖遠もまた和歌に関心があり、二条家でもそれを承知していた証拠である。それでも勅撰集入集には至らなかったのである。

続後拾遺集の塩飽長遠の歌は、「波」は「無み」の掛詞であるから、六位の自分は高きを知らず、聞いてくれる人もいないが鳴（泣）いている、という意である。足利高氏と同じく、大した歌歴も縁故も持たないとする、

初学の者の述懐である。歌群の最末に位置することからも（武家の歌は武家でまとめる傾向がある）、後になって挿入されたか、切り出された疑いがある。恐らくは前者なのであろう。

同じく、北条高時の内管領として有名な長崎高資の歌も、本集巻十六・雑歌中に入集している。深津氏によれば、第一類の諸本では「よみ人しらず」の隠名入集であったものが、第二類本では歌の位置を換え、かつ「平高資」と名を顕しているという。高資もまた続現葉集の作者であるから、歌道の嗜みがあった。しかし太平記によれば、正中の変に際して、高資は後醍醐の配流を声高に主張し、二階堂貞藤（道蘊）らと対立したという。少なくとも幕閣では強硬派であったのは確かであろう。すると、深津氏の推定するように、後醍醐の側が懐柔のために名を顕わした可能性はかなり高い。但し高資だけは勅撰作者部類にも見えない。返納後であったために、改訂が十分に行き亘らないままで終わったという想定もできる。

以上の如く得宗被官の入集和歌にはどれも何らかの曲折があった形跡があり、続後拾遺集が外圧を受け、数度の修訂を余儀なくされていたことが明らかになってくる。歌道師範家の側の史料が乏しいため、比較的この点は等閑視されていたが、そうした修訂作業の結果が現存伝本の異同にも反映されているわけで、今後注意深く考察すべきであろう。

六、おわりに

勅撰集への武家歌人の入集をめぐっては、さまざまな政治的な力学が働いていた。自身和歌を愛した北条貞時が一門の被官に入集を禁じたのは、「六位は入れない」という原則に抵触するからであろうが、まずは被官たちが勅撰集の中で自分たちと肩を並べることは許容し難かったであろうし、また歌道を介して公家社会の思惑に巻き込まれることを警戒したのかも知れない。しかし被官たちの和歌好尚は、そんな禁制くらいでとどめられるものではなかった。勅撰集に名をとどめることを切望した結果は本章に見た通りである。純粋な願望とも言えるが、それは完全に主君の意向に反していたと言える。続後拾遺集における得宗被官の扱いは、こうした層が政治・文化の諸相を実質的に動かしていくことさえ予想させるのである。

とはいえ、権勢の絶頂期にあり、それにものを言わせて入集したはずの彼らの和歌には、穏やかではあるが沈鬱な作が目立つ。

うきことのなほも聞こえばいかがせん世のかくれ家と思ふ山路に（重綱）

うき世には聞くぞさびしき山里にすまばならひの松風の声（高資）

の類で、厭世観をストレートに、そして山林隠遁への志向を吐露するものが実に多い。もちろん文学上のポーズであるが、時代風潮として興味深い。ただ、これは撰者の側の事情も問題にしなければならない。この手の歌は、雑部では「題しらず」で一括してまとめられて、同工異曲の歌が多く立ち並ぶため、埋没してしまう。詞書の有無もまた歌人の経歴や力量に応ずるものであったらしい。こういった歌人の作に、いちいち作歌事情を説明してやる必要もあるまい。

勅撰集では四季部六巻が集のオモテである。一、二首程度の、初めて入集を遂げた作者は雑部に入れるのが故実であった[20]。その意味では安東重綱が巻六冬歌に入ったことは、優遇と言わなければならない。そうした配慮は当事者にはもちろんよく分かっていたことであろう。

このようなしきたりは、決して続後拾遺集に限られることではあるまい。文藝的に高い価値があるとして数多くの研究者の関心を惹き付け、さまざまな角度から分析されている恵まれた集とて、事情は同じであろう。これを文学とは関係のない事柄であると無視して歌集を研究することは、非生産的で危険なことではないかと思うのである。知り得ることは当時の人の知っていたことの何十分の一であるとしても、それを追尋復原する試みは続けるべきであろう。

注

(1)『中世歌壇史の研究　南北朝期』(明治書院、昭40〔改訂新版　昭62〕)二六七～七二頁。

(2)『続後拾遺和歌集』(和歌文学大系9、明治書院、平9)。解題は『中世勅撰和歌集史の構想』(笠間書院、平17)に再収。

(3)入集作者のうち「武家歌人」を認定する試みは複数あり、既に西畑実「武家歌人の系譜—鎌倉幕府関係者を中心に」(大阪樟蔭女子大学論集10、昭47・11)が五五人(八二首)、深津氏は『中世勅撰和歌集史の構想』(注2前掲)で六九人(一一一首)と算出している。数値の差は深津氏が「武士」をやや広く解釈するためで、母胎となるメンバーはほとんど差がない。私見ではまずは家系上、「侍」層出身であり、武芸をもって立身していても、院や廷臣を主人とする者、あるいは熱田大宮司家などの祠官は除外し、鎌倉将軍を主人と仰ぐことを条件とした。その内訳は以下の通りである(数字のない者は一首作者。*は勅撰作者部類で六位の者)。

北条氏…維貞3・英時・義政・行念法師・時英・時広・時香・時村・重時・春時・真昭法師・斉時4・政村・宣時5・宗宣3・宗直・泰時・貞時3・貞俊・貞宣・貞直・範貞。他氏御家人…後藤基隆・宇都宮景綱2・中条広房・中条広茂・源光行・*東行氏・二階堂行朝・長井高広・足利高氏・東氏村2・大友師親・信生法師・素暹法師・佐々木京極宗氏・長井宗秀2・長沼宗秀2・長沼宗泰・長沼秀行・宇都宮泰宗2・源知行・惟宗忠景・惟宗忠秀・大友貞宗・長井貞重・二階堂貞忠・道洪法師2・長井頼重・蓮生法師。奉行人…観意法師2・*斎藤基夏・斎藤基任3・斎藤基明。御家人被官…*長崎高資・*安東重綱2・*塩飽長遠・*小串範秀・*尾藤頼氏。

以上、五九人（八二首）となる。伝本によって作者の出入りがかなりあることは本文に記した。これに歴代将軍（頼朝・実朝4・宗尊10・久明3）、武家出身の僧侶・女性（僧正公朝2・佐分利親清女妹・大江忠成女＝長井頼重室）を加えてもよい。地域別に鎌倉・六波羅・鎮西に分けることも可能である。なお「平時英」は「平英時」と同人とされるが、これは別人である（英時は赤橋久時男。時英は大仏貞宣男）。一首入集の「藤原重貞」は安東氏一門の可能性が高い（勅撰作者部類に不見）。なお勅撰作者部類は六位の「平時藤安芸守清時子」が一首入集とする。

（4）本書第十三章参照。以下、勅撰作者部類と記す場合は、江戸中期に改編される以前の、身分階層別の形態を保つ旧作者部類を指す。

（5）注1前掲著、二七二頁。

（6）これは後世続後拾遺集が僅かに注目される点となった。少なくとも足利義尚は強く意識していた。文明十六年（一四八四）四月、本集を書写させ、冷泉為広に命じて奥書に「爰等持院贈大相国（足利尊氏）御詠始入此集、尤為後鑒之規範者哉、此等子細依大樹（義尚）貴命染卑墨者也」などと記させているからである。宮内庁書陵部蔵二十一代集所収本（五〇八・二〇八）に校合された一本の奥書による。

（7）青山幹哉「王朝官職からみる鎌倉幕府の秩序」（年報中世史研究10、昭60・5）参照。

（8）伊藤邦彦『鎌倉幕府守護の基礎的研究　論考編』（岩田書院、平22）第二部第九章「鎌倉時代の小串氏」（初出平12）参照。

（9）注1前掲著、一九八頁。

（10）この宗行を従来は「五位、下野守大炊御門小路篰、右京大夫藤原宗茂男」とするが、これは江戸中期に改編された際に恐らく尊卑分脈によって誤った人物比定をし、さらに注記に誤脱が生じたのを踏襲したものである。本書第十四章参照。

（11）塚本とも子「鎌倉時代篝屋制度の研究」（ヒストリア76、昭52・9）、下沢敦「『太平記』の記述に見る京都篝屋」（共栄学園短期大学研究紀要18、平14・3）参照。

（12）H－六〇〇－四二二、も函1。三十三帖、続拾遺集欠。寛永二十年（一六四三）～承応二年（一六五三）写。この本については酒井茂幸『禁裏本歌書の蔵書史的研究』（思文閣出版、平21）第三章「文明期の禁裏における歌書の書写活動」（初出平20）参照。

(13) 金沢文庫古文書、正和四年十二月二十九日玄爾書状。

(14) 中條敦仁「十三代集系統分類一覧―分類基準歌と系統分類表」（自讃歌注研究会会誌9、平13・10）では、「初撰系」の最初に掲げられている。

(15) 佐々木孝浩『日本古典書誌学論』（笠間書院、平28）第二編第一章「勅撰和歌集と巻子装」（初出平20）参照。

(16) 主要な研究成果として、細川重男『鎌倉政権得宗専制論』（吉川弘文館、平12）がある。

(17) 注2前掲著。

(18) 資広は主家滅亡後まで生き抜いたが、勅撰歌人となったのは新千載集の時で、しかも「如雄法師」としての入集であった。拙著『武士はなぜ歌を詠むか―鎌倉将軍から戦国大名まで』（角川叢書40、角川学芸出版、平20）参照。

(19) 金沢文庫古文書、元徳元年六月二十八日金沢貞顕書状。佐藤進一『鎌倉幕府訴訟制度の研究』（岩波書店、平5）二九七頁参照。

(20) 愚秘抄・下に「重代ならぬ人の歌、始は季に入る事あるべからず、雑もしは恋などに入るべし」とある（続群書類従による）。また近衛道嗣は新千載集奏覧時、四季部に三首入集と知り悦喜する。「愚詠四季内、三首入之、自愛々々」（後深心院関白記延文四年四月二十八日条）。まず四季部六巻を奏覧し、反応を見定めた後、続く恋部・雑部で、寄せられた希望不満を吸収し、返納に至ったと考えられる。これは完成まで奏覧・返納の二段階を経るようになった十三代集ならではの処理であり、四季部とそれ以後とでは歌風にも微妙な変化をもたらすことにもなろう。

第二章　歌道家の人々と公家政権——「延慶両卿訴陳」

一、はじめに

御子左家の分立と抗争は和歌史上に多大な影響を及ぼした。当時の複雑な政治状況と絡み合って、この一門にはさまざまな相論が生じたが、そのうち最も激しかったものは、二条為世と京極為兼の間の玉葉集撰者をめぐる争いである。両者は三度にわたって互いの主張をぶつけ合い、治天の君伏見院の判断を仰いだのである。これが延慶両卿訴陳である。

端緒となった永仁勅撰の議から数えれば、相論は二十年に及んだ。延慶両卿訴陳状のほかにも、関係文書が多数残存しており[1]、両者の主張とその背景をかなり具体的に把握することができる。

本章ではこの相論を鎌倉時代の公家社会で頻発した家門相論としてとらえ、治天の君を頂点とする公家政権がどのように対応したかを中心に考える（延慶年間における為世と為兼の相論を総称して「延慶両卿訴陳」、単行の書物として残存する為世の第三度訴状を「延慶両卿訴陳状」と記して区別する）。末尾に関係文書を集成し一覧した。文書の引用はその①～㉖の番号によって示した。

二、鎌倉期の家門相論

「歌道家」の定義は、鎌倉期では勅撰和歌集の撰者を過去に出し、将来もまた出し得る公卿の家という一事に尽きる。廷臣の家格は、代々の当主が定められた官職（官途）を経て、「先途」（望み得る政治的地位の上限）に達することで保たれるが、歌道においても「先途」があり、それが撰者の地位であった。

御子左家では、為家の経歴を規範として、嫡流は侍従・近衛次将（中少将）・蔵人頭・参議を経て権大納言に昇る家格を確立させた。後世の羽林家に相当する。廷臣の家学・家業は、おのおの官途に応じ形成される。[2] 御子左家の人々も朝儀に参仕することを疎かにしてはおらず、たとえば次将故実には相当の権威を有していた。それでも冷泉為相の申状（②）では、

家藝在和歌、和歌之前途只今度候、争無恩隣乎、兼又禁闕拝趨忠勤有怠、其恐不少候、（中略）粗思傍例、身雖在東関、恣達其前途、能清（一条）卿昇八座、顕資（源）卿経夕郎貫首等之類、不可勝計候、

と述べている。公卿としての立身と同等、あるいはそれ以上に撰者となることを家の継承と認識していた。歌道は廷臣として本来嗜むべき学問、公事や有職ではなく、諸芸に属する。これを家業とするあり方は、他家に先んじている（公卿は諸芸で立身することを必ずしも名誉としない。公事・有職が、現実的な意味を持たなくなった室町後期になって初めて諸芸が家業として認められる）。家を存立させるのは勅撰集を撰ぶために必要不可欠な、父祖の家記・文書あるいは口伝・教命であり、歴代の当主はそれらの知識を修得してなるべく体系化し、子孫への継承がスムーズに行われることに努めた。

公家社会の「家」は、当主が先途を極めることなく終わると、たとえ血脈が続いていても「中絶」となり、「再興」、もとの家格に復するのはかなり困難であった。逆に二男以下も先途に達することで、同格で家を分立させることを得た。鎌倉時代は、摂関家から下級官人まで公家社会各層で「家」の分立が進行し、同族内における序列、嫡流家・庶流家の別をめぐる抗争、「家門相論」が増加する。同じ頃、武家社会でも嫡子が庶子を従属させる惣領制が揺らぎ始め、庶子が自立する傾向が強まり、嫡子との相論が頻発している[3]。

その典型とも言えるのが、藤原為家の嫡子為氏と、弟たちの争いであった。

続拾遺集奏覧直後、撰者為氏の弟為教は、為兼・為子ら子女の入集数が為氏の息為世に対して低く抑えられていたため、自分の歌を切り出してでも増やすよう求めた（①）。文書の宛所は明示されず、和歌所に宛てたとする考えもあるが、鄭重な書止文言からも亀山院に宛てたものである。入集歌数が、家門における嫡庶の別も明示するため、我慢ならなかったのであろう。

為氏・為教の官歴を比較すると、侍従・近衛次将から蔵人頭になるまではほぼ同じであるが、その後は為氏が父為家の跡を襲い参議・権中納言と進み、四十五歳で権大納言に昇ったのに対し、為教は参議にはなれず、ようやく従二位に叙されただけで、差は歴然としている。為家も為教を特に評価した形跡はない。当然亀山院の容れるところにならず、まもなく為教は憤死するが、御子左家の家門相論は為世・為兼に持ち越される。

一般に家門相論は所有・知行に関わる権限の一部、つまり領家職・地頭職・預所職などの下級所職をめぐるものが大多数である。「職」は本所（院・摂関家・顕密大寺などの権門）を頂点とする上級領主によって一つの土地に重層的に設定されていた、支配のための地位・役職のことであるが、むしろその職務を請け負うことで得られる権限収益を意味した（「役得」に近い）。しかし、せいぜい一代限りである「職」をある家や組織が私物化してしまうことが目立ち、さらにこれを勝手に相伝したり売却することで、トラブルが深刻化したのであった。「職」をめぐる相論が生じて和談が不可能となった場合、本所に訴訟が提出され、政所などの家政機関で裁決されるのが原則である。ところが鎌倉時代には「職」をめぐる権利関係が極めて複雑となったため、本所で判決を下しかねたり、それに不服でさらなる相論に発展する場合も少なくなく、治天の君の法廷、院文殿・記録所への出訴が激増する。治天の君は「職の体系」の外に立っているはずであるが、最高権力者としての裁許が期待された。その判断はしばしば「職」の占有を否定するもので、これが物事をあるべき姿に戻す政治、つまり「徳政」と称された(4)。徳政は為政者にとり普遍的な題目であるが、鎌倉中後期には「あらゆる権益を強制的に本来の所有者に戻す」ことであった。朝廷の権力は衰えたと言われるが、支配構造は逆に強化され、廷臣は家督の交替にも治天の君による「安堵」の獲得に努めることになる。そのため後醍醐の如き、本所の判断にまで介入し、聖断至上主義を標榜する治天の君が出現したのである。

この図式が学芸にも及んだとしたらどうであろう。和歌にしろ蹴鞠にしろ音楽にしろ、中世の学芸の営みは、特定の家や集団によって独占されているが、それが可能であるのは形式的にも治天の君からの「請負」の手続きを踏んでいるからである。あるいは治天の君は諸芸を通じて支配を貫徹すると言ってもよい。それゆえに学芸が純粋にそれ自体のためのものであっても、朝廷との関わりを求め、観念的ながら「世ををさめ、民をやはらぐる道とせり」（新古今集仮名序）と、どこかで治世の資となるという点を主張するのである。いわば歌道家とは、和歌という学芸の領域に設定された「職」（治天の君からの請負で勅撰集を編纂する役目である）を独占的に世襲する家である。家記・文書もこの「職」の責務を果たすために必要不可欠な財産と位置づけられる。

学芸の営みに対して、後白河院や後鳥羽院のような特異な才能の持ち主は別として、治天の君たる者、ひとたびある家に委ねてしまえば、一切干渉することはなかった。また和歌は父子相伝という重代（譜代）の価値がことさら強調重視される学芸であるから、歌道家と「職」とは一体化して疑われることはなかった。しかし、この時代は例外的にそのことが問い直される。為教が、いわば一家庭内の問題であるにもかかわらず、亀山院に対して無謀にも見える訴えをしたのはこうした背景を考えてよいかも知れない。

この頃、御子左家では、為氏と阿仏尼との間で播磨国細川荘をめぐる相論も起きた。細川荘は皇室を本所とする八条院領の一つで、御子左家が領家職と地頭職を所有していたため[5]、それぞれ朝廷・幕府の法廷で審理されている。前者については為氏が当初から優勢であったようで、最終的には弘安九年（一二八六）六月四日の亀山院の院宣により勝訴とされたが、これより前、阿仏のもとに在った家記・文書も強制的に為氏へ引き渡されたという（②）。「抑日記文書等事、弘安御沙汰之時、任理致亡父（為氏）入道預聖断畢、仍文書十七合、文治建久家記（明月記）所召賜也」とある。その事情は必ずしも明らかではないが、この「弘安御沙汰」は、為氏父子の斯道における「器量」の公的な承認とも言え、後々まで為世の恃むところであった。公家政権と歌道家はこうした形で関わりを深める。

しかし、家門相論では、訴人・論人の実力が伯仲していて、なかなか決着を付け難いことが常である。前代の判決が、治世が交替すると覆されることもしばしばあった[6]。御子左家も例に洩れず、亀山院に替わって政務を執った伏見院治世の勅撰集計画、いわゆる永仁勅撰の議で分裂状態は一層深刻となる。

三、永仁勅撰の議

伏見院は在位六年にして勅撰集編纂を思い立ち、永仁元年（一二九三）八月二十七日、二条為世・京極為兼・

飛鳥井雅有・九条隆博の四名を召し撰者を仰せ付けた。

為世と為兼の歌観の相違が、撰歌を進める上で最大の障害となったとかねて推測されているが、完成を見ないうち、為兼は政治的言動を幕府に忌避されて籠居・配流に追い込まれ、遂に永仁六年七月二十二日の伏見院の譲位日に至った。ここに永仁勅撰の議は頓挫したとされる。

永仁勅撰の議は、いろいろな問題を含む。これまで知られていなかった為世の奏状⑤は、撰集の進んだ段階での新しい事実を含み注意すべきである（傍点著者）。

撰哥事先日具申入候了、所詮所残之家記文書等、任弘安御沙汰、悉不被返付于家者、有何面目可致撰哥之沙汰候乎、縦又雖被返付家記等候、如哥之員数令違代々之例候者、撰者之号更不可有其詮候、此両ヶ所望雖一事不達者、可失生涯候、得御意可有御執　奏候乎、以此旨可令洩披露給、為世誠恐頓首謹言、

二月一日　　　為世　上

これは永仁二年八月二日の為世申状④と共通する語句が多くあり、併せ読まれるべきものである。鄭重な書止文言からは、永仁三年～五年のいずれかに（恐らく三年）、伏見院に提出された奏状と推測される。「所残之家記文書等」とは明らかに為氏・阿仏の係争を受けた文言で、亀山院が阿仏の子為相に文書の引き渡しを命じたにもかかわらず、この効力は伏見院の治世になって弱まり、為相が従わなかったことを指す。為世は改めて文書の還付を求め、撰者辞退の意さえ仄めかしたのである。家記・文書を全て返却されなくては、撰者たる実がないというのは、一見転倒した主張ではあるが、歌道家における家記・文書の帰属が結局のところ撰者の地位に深く関わらざるを得ない点が確かめられる。

一方「哥之員数」とは、先に為教が続拾遺集について亀山院に訴えた内容と同趣であろう。新撰集における自

らの歌数、それも為兼に比較しての少なさに憤ったと見てよい。為世は下命当初から疎外されがちであったが、示された歌数に甘んずることは歌道家の嫡流の地位を譲り渡すことであり、断じて容認できることではなかった。爾後の経過は不明であるが、伏見院の容れるところとならず、撰者を辞した形になったと想定される。

右のことは、個人の入集数を確定できる程に、新しい撰集が形を整えていたことを示す。つまり奏覧本の前段階である、中書本が成立していたのであろう。複数撰者による勅撰集の撰集過程は、近年の新古今集・続古今集の研究を参照するに、資料の収集、撰者の撰歌、御前評定の順に進んだであろう。

まず正応・永仁頃、伏見院も為世もしきりに資料を集めている（本書第九章参照）。ついで、撰者おのおのが集めた和歌を部類排列して四季恋雑の撰集にし（これも「撰歌」と称した。本書第七章参照）、これを進覧する。そしてこの撰者進覧本をもとに、天皇の御前で採用する歌を決定し、加筆修正削除を繰り返し、中書本へと精撰していったと考えられる。下命から中書本成立まで、一年半ほどであるのは早い感もあるが、続古今集では撰者進覧本が提出されるまで二年半を要したのに対して、御前評定は僅か九ヶ月で完了している[7]。要するに撰者進覧本さえあれば、それを母胎としての作業はさほど時日を要しないのであろう。当然、ここでは為兼の撰歌が土台となっていたはずで、雅有・隆博は老齢病身、為世はあたかも続古今集の時の為家のように埒外に置かれたとすれば、このスケジュールでの完成も無理ではなかろう。永仁六年十二月に没した世尊寺定成が清書したと伝える「玉葉集正本」が、実はこの撰集のそれだとする説に従えば[8]、奏覧を俟つばかりとなっていた可能性もある。それだけに為世の焦りは深かった。為世の撰者辞退は恫喝や嫌がらせではなく悲愴な覚悟のもとで行われたのかも知れない。永仁三年九月成立の野守鏡もそうした危機感の現れである。ともかく思いがけぬ為兼の失脚によって、撰集は遂に陽の目を見ず、為世の不面目は世に出ないまま済んだのである。

それにしても伏見院が為兼の単独撰者としなかったのはなぜであろうか。これまで複数の家の出身者が撰者となることはあったが、一つの家から複数歌人が登庸されることはなかった。伏見院は嫡庶の別を曖昧にしたまま、為世・為兼を起用したのである。ちょうどこの頃、為世が務める将軍久明親王の歌道師範を、為兼が競望した時、幕府が同じ家から二人は要らないと拒絶した逸話は対照的である（古今集六巻抄裏書）。また訴訟が長引くと、一つの「職」に権利を主張する人物がつぎつぎと現れるのも家門相論の特色であるが、為相も撰者に加わりたいと望み（②）、為世も嫡子為道を推挙する（④）など、新たな紛糾の種を増やす。歌壇で為兼への広い支持が得られない状況を慮ったにしても、明らかな失敗であった。

正安三年（一三〇一）正月、持明院統の政務処理能力を疑問視する幕府は大覚寺統の皇太子の践祚を執奏する。こうして開始された後宇多院政で、為世は首尾良く新後撰集の単独撰者の栄誉を得ることができた。しかし為世も嫡流の地位に安閑とすることは許されなかった。

四、「課試」の季節

鎌倉時代の家門相論は、嫡子と庶子とがそれぞれ言い立てる「譜代（重代）」と「器量（才学・稽古など個人に備わる力量）」いずれを重視するかという問題に帰着する。

公家社会で「譜代」の価値を疑えば自己否定となってしまうが、それでも鎌倉時代には何人か大胆に「器量」優先の姿勢を打ち出して、家格を無視した人材登庸を進める政治家が現れた。しかし叙位任官での「器量」優先は秩序を破壊するとして強い抵抗に遭うし、お気に入りの寵臣を登庸する口実に過ぎないと受け取られることもしばしばであった。このため「譜代・稽古、何を可先哉之由、猶一日評定ニ可有沙汰」（吉口伝嘉元三年二月二十九日条）とあるように、治天の君であった後宇多院は院評定の議題として取り上げ何らかの指針を定めようとしていた。眼前の課題であるとともに、政治思想の永遠のテーマでもあった。(9)

そこで器量の有無を客観的に判断する手段として、「課試」という手段がクローズアップされている。

そもそも課試とは式部省や大学寮が学生に対して行った試験のことで、経書の一部を隠して暗誦させたり、大意に関する数題の試問に答えさせたりして、官吏に登庸するものである。学業の成否を知るものであるから、家柄と年労を規準とするおおかたの任官にはなじまないし、大学寮が紀伝道の博士家出身者で占められると、全く形骸化した。しかし、意欲的な治天の君や摂関たちにとって「課試」は魅力的で、たとえば後嵯峨院の弘長三年（一二六三）八月十三日の新制四十一ヶ条に「一、可行諸道儒士課試事」という一項があり、紀伝道の学者の間で譜代を優先する風が強いことを戒め、大学寮における寮試・省試・対策などを興行し、明経・明法・算などの諸道でも課試を行って人材を登庸すべしと謳っている。

実際に、後嵯峨院が仙洞で「職事弁官課試事」を行い、院自らが出題して詩を賦させる（帝王編年記建長二年七月十三日条）、続いて亀山院が院文殿で明法道の学生に課試を実施して「道之興行也」と言われる（吉続記弘安二年四月十一日条）などして、大学寮以外の任官にも広がっていった。後宇多院もまた医道・陰陽道の輩には、叙爵以前に課試をすることを義務づけている（元亨元年四月十七日制符）。後醍醐天皇も除目で弁官・職事・少納言などには課試の及第者を任じた（花園院宸記元亨四年十月三十日条）。志願しながら受験せず任官の機会を失う者も出るなど、なかなかに厳格であった。

このように大覚寺統の歴代の治天の君には課試への執着が著しい。しかもこれは当時後宇多の耳目となって評定衆や伝奏を務める近臣たち（多く譜代ではなく器量によって登庸されたと自負するのである）によって強く支持され[10]、摂関家以下の権門も沈黙せざるを得なかった。持明院統の雰囲気はそこまで急進的ではなかったが、為兼もまたそうした一種の実力主義の風潮を存分に利用している。

為兼卿記嘉元元年十二月十八日条には、

其上勅撰口伝故実一身伝之、若不堪之由前藤大納言（二条為世）令申者、云彼云是一々可被召決、諸道又被課試最中也、於当道何無此儀哉之由申入之、為道為世定難被闇歟、尤可有其沙汰歟之趣也、

とある。為兼は奏覧されたばかりの新後撰集の命名と撰歌範囲の齟齬を批判し、かつ撰者の器量の優劣をはっきりさせるために、為世との対決を申し入れた。「諸道又課試さるるの最中なり、当道に於いて何ぞこの儀無からんや」との言、当時の後宇多院政の姿勢を受けたものである。いまや全ての学芸で課試がある、和歌でも当然実施されるべきだ、とする主張、もちろん大人げない挑発でありながら、このような風潮こそが、玉葉集の撰者決定が敢えて訴陳という手続きを経たことの根底にある。延慶両卿訴陳は、為世の方で為兼の資格を疑って訴えたことが発端であった。右の為兼の言は為世によって実行に移されたと言える。その意味では為世も全く時代の子であった。

五、「訴陳」の時代

延慶元年（一三〇八）八月、花園天皇の践祚により、再び伏見院の治世が訪れる。伏見院はすぐに永仁の勅撰企画を復活しようとした。既に隆博と雅有はこの世の人ではなく、為兼一人が撰者に指名されるのは必至と見た

為世は、訴状（問状）を提出し、同三年正月二十四日、為兼は撰者にふさわしくないとして再考を求めた。為兼もただちに陳状（答状）を奉った。これが延慶両卿訴陳である。

訴陳状とは上申文書であり、宛先は権門に置かれた訴訟機関である。訴人（原告）の訴状の正文と証拠書類（具書）が提出されると、訴訟機関で審理した後、論人（被告）に下される。論人は訴状を箇条書きで引用して逐一反論した陳状を執筆し提出する。新たに具書を附帯させることもできる。それで決着がつかなければ、まとめてこれを相手側に渡して、なおやりとりが続けられる。

延慶両卿訴陳の形式も全くこれを踏襲している。[11] 改めて経過を整理すれば、

正月二十四日　為世第一度訴状（現存せず、⑨⑩などにより骨子が知られる）
二月三日　為兼第一度陳状（⑩はその案か）
三月下旬以前　為世第二度訴状（現存せず）
同じ頃　為兼第二度陳状（現存せず、第三度訴状に「同状云」として一部引用）
五月二十四日　為世第三度訴状（抄出本が延慶両卿訴陳状として現存）
七月十三日　為兼第三度陳状（現存せず、⑳㉒㉓などにより一部が知られる）

となる（以下、引用は右の名称に基づく）。訴陳は伝奏平経親を窓口として半年あまり続き、七月十三日に為兼が三答状を提出したのを最後に打ち切られた。伏見院はしばらく決定を下さず、翌年五月三日、遂に為兼一人が撰者を拝命した。為世は幕府にこれを覆すよう愁訴したが、叶えられなかった（㉕）。なお為相も再び為兼に与して撰者に加えられんことを望み、二階堂貞藤（道蘊）や長井宗秀・貞広兄弟ら幕府要人にも働きかけた（⑨⑫⑬）。さらに六条藤家の末裔である九条隆教も撰者を望む書状を提出した（⑪）。彼らは問題とされなかったが、撰者

決定にいよいよ混沌とした印象を与えたであろう。

撰者の地位を競望し訴陳に及ぶのは空前絶後である。そもそも撰者の人選は、治天の君に任されるべきものであった。伏見院の内意は為兼に在ったのに、敢えて訴陳という面倒な手続きを踏み、その結果は、一種のガス抜きとなるならばまだしも、対立を激化させただけで、完全な下策に見える。但し、これもこの時代の思想の現れなのである。訴陳を重ねることで、論点を集約し、理非に基づいた判決を下すという手続きこそ、「徳政」の実現のため公武政権が最も重視したからである。

後嵯峨院以後代々の治天の君は、激増する所領関係の訴訟に対応するため、また武家政権の圧力もあって、裁判制度の改革（雑訴興行）に取り組んだ。有識の臣から抜擢された評定衆は訴訟に当たるとともに、政務の輔佐としても用いられ、院評定は国政の意志決定機関としても機能する。また訴えを奏し、仰せを下達する伝奏が、文字通り治天の君の耳目として活躍する（伝奏には女房や僧侶らの政務への容喙、「口入」を排除する役割が期待された）。治天の君の恣意に流されがちな、それ以前の院政の姿と比較して格段の進歩が認められ、公家政権の名に値する政務運営の実が整えられたと言える。[12]

訴訟制度の整備に最も熱心であったのは他ならぬ伏見院であり、正応五年七月二十五日の新制十三箇条は、これまでの公家新制と異なり、全て記録所の訴訟手続きに関する条項であった。そこでは訴人の提訴→訴陳（書面審理）→記録所での対決（口頭弁論）という道筋が明文化されている。また訴状を下された論人が理由なく二十日間陳状の提出を怠った場合、その権利は保留され、さらに十五日経つと自動的に敗訴となる、と定められた。公家法では訴陳は長く二問二答であったが、これは武家法の影響を受け、延慶二年三月二十八日の院評定で制定された、いわゆる延慶法では「訴陳不可過三問三答事」と改められた。[13]

延慶両卿訴陳でも、為世・為兼双方が相手の文書を受領してから長くとも一ヶ月程度で反論していること、応酬が三問三答で打ち切られたらしいこと、いずれも公家法に准拠したものであろう。

訴訟文書として「延慶両卿訴陳状」を考えてみれば、その内容も理解しやすい。当時の訴訟用語と思われる語彙、たとえば「掠申」「差申」「虚訴」「濫訴」などが目に付く。嘲罵の氾濫にうんざりさせられるが、実際の訴訟でもこうしたものは「相手方を難詰する為に用いる語で、主張の客観的な是非にはかかわらない[14]」と説かれるように、ことの当否が判決に影響するわけではない。

また、この訴陳では為世・為兼・為相、逐一経過を幕府要人に報告していたようで、武家の存在が強く意識されている。訴訟を有利に運ぼうとする計算が働いたことを否定しないが、阿諛追従とは少し違う。

為相は永仁勅撰の議において、幕府の和歌行事への奉仕をもって撰者を望んだ[2]。為世もまた将軍の歌道師範であることを謳い、かつ幕府の裁定で伏見院の決定を覆すことを期待した[25]。

自寛元・宝治以来、天下之紀綱若背道理者、則被諷諫申之条、于今為流例、雖執政博陸・相門募府〔幕カ〕、乱階超越之時、関東以清直之義被計申之間、累家之名跡令継塵、併武将之御仁慈也、

とは、窮余の言にしても、公家の政治判断が「非拠」とみなされた時、武家は不正を糾弾し相論を調停する、より高次の役割を期待されていたことがはっきりと分かる。「寛元・宝治」とは後嵯峨院代始の年号、その歴史認識も興味深い。

歌道家の人々の脳裡には、家業をもって仕える主君として、公家（治天の君）と並んで、既に武家（将軍）が姿を現しつつあった。続古今集の時、将軍宗尊親王が藤原光俊（真観）を撰者に追加させているが、それはいまだ宗尊と光俊の私的な関係に基づく、「口入」と言える。玉葉集の時代には、治天の君は重事の決定に際して武家

と仰せ合わせることを義務づけられ、「武家執奏」は公的な強制力を持っていた。この時、幕府要人が積極的な意志表示をした形跡はないが、武家もまた好むと好まざると、撰者を決定する立場へと押し上げられていく。この事実は改めて鎌倉幕府の国政上の位置を考えさせよう。御子左家の人々は早くから武家への奉仕に積極的であった。南北朝期の二条・冷泉両家の人々は「武家家礼」をとった、最も早い公卿に数えられるのである。

六、譜代か器量か

三組の訴陳状のうち、完全な形で現存するものはなく、為兼の第一度陳状案⑩は草稿らしく、第三度訴状も歌道に関する事柄を中心とした抄出本である。実際の内容は非常に多岐にわたっていたらしいが、為世の訴状によって主要な争点を示せば、以下のようになる。

(1)永仁勅撰の際の撰者決定および撰歌資料はなお有効であるか。

(2)配流の前科がある者が撰者たり得るか。

(3)庶子に撰者の資格があるか。

(1)について、為兼は「永仁撰者四人内雅有・隆博等卿逝去、於為世卿者令辞申候歟、今更不可貽所存歟」⑩として、為世の競望を封ずる。為世は撰者を辞退したと受け取られる言動があったのは先に見た通りで、為世は第二度訴状では永仁勅撰企画自体の不吉さ、これを用いるべからざることに争点を移したと推測される。つまり隆博・雅有の薨去と為兼の配流で、特に撰者が完成以前に死去した不吉さを強調したらしい。そのため為兼は「古今集紀友則、新古今寂蓮、続古今衣笠前内府(家良)」の例を出して反論したが、為世は第三度訴状で紀友則は奏覧以前に死んだのではない、友則を悼む貫之・忠岑の歌があるので早合点したのか、と批判した。

これは「きのとものりが身まかりにける時よめる」との詞書を持つ古今集八三八、九番歌の解釈をめぐるもので、為世はこの二首が延喜五年（九〇五）四月の同集奏覧後に書き入れられたとの理解に立っている。しかのみならず為兼の古今集理解がいかに浅薄か、たとえば仮名序の「富士之煙不断不立事」について、為兼の不立説が否定された逸話などを暴露して証明しようとするのである。⑴は、古今集の序や歌人に関する知識という、全く次元の違う問題にすり替えられてしまう。万事この調子で訴陳を重ねるごとに論点が際限なく拡散していく。

⑵も、⑴から派生した、かつ感情的な議論で、為兼に「赴配所之輩、被聴帰京、令達先達(ママ)之事、王侯将相其例繁多、不遑勘録、無事見配所之月、故人之所慕也」⑩と開き直られては、為世はいささか分が悪い。第三度訴状では「老臣所習伝者正也、彼卿所立申者邪也、正者神之所受也、邪者神之所不受也」という因果論を用い、為兼の周辺には常に波風が立つのに、おのれの撰んだ新後撰集では「始自奉　勅之日、至于　奏覧之期、海内清平、朝庭無事」であったと誇ったが、これ以上議論が発展した形跡はない。

結局、最後まで争点となったのは⑶であった。

為兼は、庶子で撰者となった先例として六条藤家の有家と御子左家の寂蓮、次子でありながら家督となった例に定家・為家を挙げた。そして必ずしも家督は嫡庶によらず、「器量」を優先して決定されるとの立場をとった。それは「縦雖為相続之家、其身為不堪者難被用之、縦雖非累家之仁、為堪能者可応清撰者歟」（第二度陳状）という主張に端的に現れている。

為世は「中絶之了見可謂不便」（第三度訴状）などと、為兼の父為教が撰者となれなかった点を攻撃し、「凡以七度相続之芳躅、為五代清撰之撰者」（同）という、自らの「譜代」を強調する。そして早世し子孫もいなかった有家・寂蓮を取り上げて、「為庶子不吉之条、無其疑者也」（同）と断じたが、その底には「庶流→異風」「異風→不吉」よって「庶流→不吉」とする三段論法が働いている。

有家・寂蓮はともかく、ここで定家と兄成家の関係に限定すると、為兼の論では、成家をさしおき、定家が器量を買われて家督に立てられたことになる。為世は、成家は系譜上は兄であっても器量その他問題外の人で、こちらこそ庶子とみなすべきで、結局嫡子の庶子に対する絶対的な優位は揺るがない、と自信たっぷりに言うのだが、後世から見た場合さえ、嫡庶を決定するのは官位・年齢・長幼ではなく器量なのだとすれば、為世の主張は自家撞着に陥ってしまっている。

こうして両者は具体的な修学の成果を列挙しながら論争しなければならなくなる。歌観の差異を比較的純粋に示した「詠歌の作法」も争点になっているが、それは付随的な位置を占めるに過ぎず、専ら勅撰集を撰ぶための撰集故実、特に為家の説が核心となった。そして二人は「凡為兼雖為不才、自少年嗜家業、於稽古励涯分、対故民部卿入道面受口伝故実、伝勅撰之奥議之条、世以無其隠」（第一度陳状案）、「凡亡父従祖父五十余年、為世従亡父卅余年、毎致晨昏之礼、莫不談家業、世以所知也」（第三度訴状）などと、祖父にいかに親しみかつ嘱望されたかを争い続ける。

しかしその行き着く先は水掛論である。家の正説を伝えていることを、どうやって判断するのか。泉下の為家に問うわけにはいかない。そもそも当事者に決定できないからこそ、訴陳が始められたのであった。為兼は三問三答の訴陳を終えても、意を尽くせないので、両人を召して対決させて欲しい[15]、と再三述べている（㉒㉓）。

これも当時の訴訟の手続きに沿ったものである。御前での対決があったかは分からないが、最終的には聖断が求められる。ここで伏見院は窮してしまったらしい。西園寺実兼とおぼしき重臣に対して、

面々被仰撰者、各々奏覧之、云作者云撰哥、有殊参差事者、被改之、大概被宥用撰者之所存、彼是為各別之撰集、有披露之条、各達所存可叶人望歟、同時数多之撰集出来之条、雖似新儀、強不可及巨難乎、且面々所存露顕之条、中々可有其興乎、

と提案する(24)。いっそめいめいに撰集を作らせ奏覧させよう。そうしたら各人も満足するであろう。同時に複数の勅撰集ができることになるが、大きな問題になるまい。おのおのの考えも明らかになるし、かえって面白いだろう——これも一種の課試と言えるが、もちろん実行には移されなかった。

　持明院統の治天の君は優柔不断で、しかもしばしば読みを誤ることがある。伏見院も制度改革には熱心であったが、既に永仁勅撰の議に見た通り、ここぞというところで決断の下せない人であった。一方、大覚寺統ではもっと積極的なやり方で諸人の期待に応えようとしたのである。

七、おわりに

　訴陳を重ねる度に感情的になる為兼と為世、為兼を支持しながら問題がこじれるのを止められない伏見院、事態の収拾を期待されて迷惑がる鎌倉幕府、このような状態は、やはり異常というしかなく、当時の歌壇では冷ややかな目で見られていたことは見逃せない。訴陳への批判があったことは、二条家の門弟である元盛の古今秘聴抄に「和哥(所脱カ)落書とて、両卿(為世為兼)訴陳のいはれなき事どもを書きたる者あり(或才学仁書之云々)」と見える。後に玉葉集を匿名で論難した歌苑連署事書にも「和歌所落書」の引用があり、同じものであろう。火花を散らす論戦に目を奪われがちであるが、訴陳の企ては、結局和歌のような学芸になじまなかった。

家門相論では、その家門が死守してきた「職」とは何か、それにふさわしい器量とは何かが争われる結果、全てが白日のもとに晒されてしまうのである。そもそもが皇位ですら、幕府の判断によって左右される「職」となり、両統の相論では、皇位を決定するものは何なのか（後嵯峨院の遺言か、嫡流の出自か、はたまた本人の資質か、治世の平穏さか）が、改めて問い直された。両統とも「徳政」を標榜することで正統性を主張し、その結論があらゆる「職」の相伝を一旦リセットする政治、つまり後醍醐の建武政権であった。しかし、それは平時であれば事々しく論ずるまでもない事柄であり、公家社会でも後醍醐への支持は限定的であった。

鎌倉後期という特異な時代の中で、歌道家、そして勅撰集撰者という「職」の質を問い直したことが延慶両卿訴陳の成果と言えようか。しかしそれは家の空洞化、衰頽を予感させるものであった。

注

（1）　延慶両卿訴陳状は一種の歌学書として二条派歌人の間ではある程度は知られていたようで、現存の祖本は三条西実隆の抄出に係る。一方関係する文書群は訴訟結審後、一括して為兼のもとに渡され、為兼配流後は持明院統に献上され、伏見宮や禁裏へと伝わったと考えられるが、有名人の自筆が含まれることから次第に流失していった。これらを拾遺して玉葉集の成立過程に位置づけたのは主として以下の研究である。『村田正志著作集第五巻　國史學論説』（思文閣出版、昭60）第四章第四節「京極為兼と玉葉和歌集の成立」（初出昭28）、次田香澄『玉葉集　風雅集攷』（笠間書院、平16）第二章「玉葉集の形成」（初出昭39）、福田秀一『中世和歌史の研究』（角川書店、昭47）第二篇第五章「玉葉集の撰者をめぐる論争―延慶両卿訴陳状の成立」（初出昭32～45）。特に福田氏の研究は史料を博捜して、訴陳の経過、争点について整理を行い、いまなお最も要領を得ている。また井上宗雄『中世歌壇史の研究　南北朝期』（明治書院、昭40〔改訂新版　昭62〕）、同『京極為兼』（人物叢書、吉川弘文館、平18）も、訴陳について多くの記述を割き参考となる。著者も東山御文庫本を底本として延慶両卿訴陳状を注釈し、あわせていくつかの文書を翻刻した（『歌論歌学集成』第十巻、三弥井書店、平11）。但し、その後も新たに未紹介の文書を見出したり、あるいは所蔵者が変わったり不明となった文書もあるので、今回できるだけ情報を更新して六〇〜六一頁後掲表に一覧した。なお村田・次田・福田・著者が翻刻した文書は備考欄で各論考で付された文書番号を以て示した。

（2）廷臣としての御子左家、家と家業の関係については、羽下徳彦「家と一族」（『日本の社会史第6巻　社会的諸集団』岩波書店、昭63）、藤本孝一「勅撰の家・冷泉家の成立と三代集―藤原為家の言外の遺言」（日本歴史489、平元・2）、松薗斉「藤原定家と日記―王朝官人としての定家」（愛知学院大学文学部紀要25、平8・3）、高橋秀樹「家と芸能―「琵琶の家」西園寺家をめぐって」（五味文彦編『芸能の中世』吉川弘文館、平12）などを参照した。

（3）羽下徳彦『惣領制』（日本歴史新書、至文堂、昭41）参照。

（4）笠松宏至『日本中世法史論』（東京大学出版会、昭54）第七章「中世の政治社会思想」（初出昭51）、同『徳政令―中世の法と慣習』（岩波新書、岩波書店、昭58）、市沢哲『日本中世公家政治史の研究』（校倉書房、平23）第二部第四章「鎌倉後期公家社会の構造と「治天の君」」（初出昭63）、西谷正浩『日本中世の所有構造』（塙書房、平18）第三編第四章「鎌倉時代における貴族社会の変容」（初出平10）参照。

（5）注1前掲福田著、第二篇第四章「細川庄をめぐる二条冷泉両家の訴訟」（初出昭37）、佐藤恒雄『藤原為家研究』（笠間書院、平20）終章第二節「為家の所領譲与」（初出平7）参照。

（6）たとえば山科家では資行流と教頼流との間で家督の地位が往反した。臼井信義「治世の交替と廷臣所領の転変―山科家の係争」（日本歴史253、昭44・6）参照。

（7）注5前掲佐藤著、第三章第七節「続古今和歌集の撰集下命」参照。

（8）注1前掲次田著、六六頁、岩佐美代子『京極派和歌の研究』（笠間書院、昭62）第三編第五章「巻頭巻軸歌から見た玉葉集の特色と意義　附、「定成朝臣筆玉葉集正本」考」（初出昭56）参照。

（9）注4前掲市沢著、第一部第二章「中世公家徳政の成立と展開」（初出昭60）。

(10) 拙稿「六条有房について」（国語と国文学73―8、平8・8）参照。

(11) 相田二郎『日本の古文書』上（岩波書店、昭24）、羽下徳彦「訴訟文書」（『日本古文書学講座5　中世編Ⅱ』雄山閣、昭55）などによれば、訴陳が結審すると、三問三答の正文および具書案は貼り継がれて一巻とされ、勝訴者に付されるか治天の君に返上されるかしたらしい。㉖はその後北朝で整理された、為兼の具書目録の写しであり、ここに挙げられた「新後撰前後凶事勘文一巻」「一結　雅孝卿状雅有卿記（為世卿状在奥）」などは陳状の主張を支えるための資料であったことが察せられる。

(12) 橋本義彦『平安貴族社会の研究』（吉川弘文館、昭51）「院評定制について」、稲葉伸道「中世の訴訟と裁判―鎌倉後期の雑訴興行と越訴」（『日本の社会史第5巻　裁判と規範』岩波書店、昭62）ほか参照。

(13) 森茂暁『鎌倉時代の朝幕関係』（思文閣出版、平3）第四章第一節「鎌倉後期における公家訴訟制度の展開」（初出昭61）参照。

(14) 注11前掲羽下論考による。

(15) ㉓はこれまで言及されていなかったので、左に引用する。為兼自筆と見られる。

勅撰間事、就民部卿（二条為世）三問状、事書一巻進之候、此事書不盡言、文不及意候歟、云　勅撰奥頤〔賾〕、云和哥実躰、尤可被召決候哉、不実謀計、不可有盡期事候歟、◸兼又依和哥相論事、蹴鞠事申出、存外之由、同令申之候歟、祖父口伝之有無、自他相論之間、弘安七年二月為氏卿（二条）與宗継朝臣（難波）上鞠相論之時、蹴鞠之骨法、対宗継朝臣、可被召決、可弁申歟之由、以相国禅門（西園寺実兼）于時春宮大夫、被尋下之時、入道大納言（二条為氏）并為世卿等失為方之間、為兼一人入道民部卿口伝之次第、対宗継朝臣、父祖可申披之趣、争可不弁申所存候哉之由、発言之時、為氏卿以下感悦之次第、相国禅門并前左府（西園寺公衡）于時三位中将、於其座被見及事候之間、宿老為氏卿、猶以対入道民部卿、為兼面受口伝抜群之間、於両道不及対論之条、云証人云支証、争此時不備潤色候哉、◸以此等之趣、可然之様、可令計披露給候哉、恐々謹言、

十月三日　　為兼

謹上　前平中納言（経親）殿

五月二十七日の為世の第三度訴状を受けて、第三度陳状を提出した時に添えた書状である。ところが御子左家のもう一つの家業である蹴鞠の口伝の有無について、為世が言及したらしく（現存の延慶両卿訴陳状には見えない）、それへの反論を記している。蹴鞠では御子左家は難波家とかねて確執があった。弘安七年の上鞠相論の時、為氏・為世は閉口して逃げたが、為兼が対決したことを誇り、その場に居合わせた西園寺実兼・公衡父子の名を挙げて証人としている。このように「召して決せらるべし」つまり御前での直接対決を望むのは、訴陳がこれで最後であることを受けるのだろう。ところで、ほぼこの⧅に相当する書状断簡も伝来しており（歌論歌学集成で翻刻紹介した）、明らかに草稿であることから、上鞠相論のエピソードを後になって書き加え、陳状を補完したのだと思われる。ところがこの㉓、この⧅で囲った章句を欠くほかは、ほぼ同文の㉒が伝来しており、日付は「七月十三日」となっている（署名や宛所は同じ）。㉓に従えば為兼は五ヶ月も反論しなかったことになり、不審である。㉓の日付の「十月」はもとは「七月」で、擦り消して「十」と書いた如くである。なお㉓は、飛鳥井雅威の歌学書である於歌道成業譜代頗相違之事（石川県立図書館李花亭文庫蔵、寛政十二年・文化二年写）にも、①②とともに写し取られているが、それとも少異がある。

表　延慶両卿訴陳関係文書一覧

No.	年月日	名称	宛所	現蔵者	所蔵者整理書名	備考※注1参照のこと
①	弘安二・正・一八	京極為教申状案	人々御中	静嘉堂文庫美術館	古文書大手鑑	翻刻＝村田3
②	永仁二・四・三	冷泉為相申状	頭左大弁殿	京都国立博物館	高松宮旧蔵大手鑑	翻刻＝村田20
③	永仁二・五・二七	京極為兼書状案		京都国立博物館	高松宮旧蔵大手鑑	翻刻＝村田21・次田
④	永仁二・八・二	二条為世申状案	頭弁殿	冷泉家時雨亭文庫	為世卿・為相卿書状案	影印・翻刻＝『冷泉家古文書』217。尊経閣文庫蔵転写本あり。村田22・次田・福田。
⑤	（永仁三カ）・二・一	奏状二条為世		大阪青山短期大学		影印＝『大阪青山短期大学所蔵品図録』第一輯
⑥	延慶三・正・二七	京極為兼書状為相勘返		宮内庁書陵部	為兼為相等書状並案	翻刻＝福田1。コロタイプ複製あり
⑦	延慶三・正・二八	冷泉為相書状案		宮内庁書陵部	為兼為相等書状並案	翻刻＝福田2。コロタイプ複製あり
⑧	延慶三・正・二九	冷泉為相書状案	入江殿	宮内庁書陵部	為兼為相等書状並案	翻刻＝福田3。コロタイプ複製あり
⑨	延慶三・二・一	冷泉為相書状	出羽前司殿	個人蔵		翻刻＝村田23・福田4
⑩	延慶三・二・三	京極為兼第一度陳状案	前藤中納言殿	天理図書館		翻刻＝村田25・次田・小川9。影印＝呉文炳『国書遺芳』・天理図書館善本叢書『古文書集』。
⑪	延慶三・二・三	九条隆教書状	前藤中納言殿	東京国立博物館		翻刻＝村田24
⑫	延慶三・二・六	冷泉為相書状案	掃部頭入道殿	冷泉家時雨亭文庫	為世卿・為相卿書状案	影印・翻刻＝『冷泉家古文書』218。東山御文庫蔵転写本（勅封155―2―19）あり。翻刻＝村田26・福田5。
⑬	延慶三・二・八	冷泉為相書状案	大夫将監入道殿	冷泉家時雨亭文庫	為世卿・為相卿書状案	影印・翻刻＝『冷泉家古文書』219

⑭	延慶三・三・二六	伏見上皇院宣	民部卿殿	静嘉堂文庫美術館	古文書大手鑑	翻刻＝村田11・次田・福田6
⑮	延慶三・四・八	伏見上皇院宣	民部卿殿	京都国立博物館	服部玄三旧蔵手鑑	翻刻＝村田12・福田7
⑯	延慶三・四・一〇	二条為世請文		京都国立博物館	服部玄三旧蔵手鑑	翻刻＝村田13・福田8
⑰	延慶三・四・二〇	覚円書状写	京極前中納言殿	青山会文庫		翻刻＝小川14
⑱	延慶三・四・二〇	京極為兼書状（草案）		大東急文庫	鴻池家旧蔵手鑑	翻刻＝次田・福田。影印＝大東急記念文庫善本叢刊。陽明文庫蔵予楽院臨書手鑑に別の草稿模写あり。
⑲	延慶三・五・二七	二条為世請文	前平中納言殿	東山御文庫		翻刻＝村田14・福田9。陽明文庫蔵予楽院臨書手鑑に模写あり。
⑳	この頃	京極為兼第三度陳状（草案）・覚円勘返		宮内庁書陵部	為兼為相等書状并案	翻刻＝次田・福田・小川。コロタイプ複製あり。
㉑	延慶三・六・一二	伏見上皇院宣	民部卿殿	東山御文庫		翻刻＝村田16・福田10
㉒	延慶三・七・一三	京極為兼書状	前平中納言殿	静嘉堂文庫美術館	古文書大手鑑	翻刻＝村田17・次田・福田11
㉓	延慶三・一〇（?）・三	京極為兼書状	前平中納言殿	尊経閣文庫		㉒の修訂か。翻刻＝『鎌倉遺文補遺編・尊経閣文庫文書』。センチュリーミュージアムに草稿断簡あり。
㉔	この頃	伏見上皇事書		宮内庁書陵部	為兼為相等書状並案	翻刻＝村田18・次田・福田12。コロタイプ複製あり。
㉕	延慶四・五・二六	二条為世書状	権中納言殿			現蔵者不明。翻刻＝村田19・福田13。彰考館文庫蔵延慶陳鈔に転写。
㉖		和歌文書目録		東山御文庫		翻刻＝福田。勅封155−2−12。竪紙一通（29.8×45.6）。

第三章　勅撰集入集を辞退すること——新千載集と冷泉家の門弟たち

一、はじめに

勅撰和歌集に入集を切望することは歌人であればもちろんのことで、執心の惹き起こした悲喜劇は枚挙に遑がない。勅撰集の社会的地位が高まった中世であればなおさらで、最後の新続古今集まで衰えることはなかった。新千載集は、南北朝時代でも最も戦局悪化した時期、つまり観応の擾乱の余波の最中に成立した、十八番目の勅撰集である。延文元年（一三五六）六月、後光厳天皇の下命、撰者は二条為定であった。「又新千載・新拾遺・新後拾遺などは、いとよわ〳〵しき歌どもおほかり」（富士谷御杖・哆南弁乃異則）などと酷評されて、現代の和歌研究者もほとんど顧みないが、京極派による風雅集の後に二条派勅撰集が復活したこと、足利尊氏の武家執奏——事実上の命令で、原則朝廷が拒否することはできない——によって撰集が決定したことなど、勅撰集の歴史上でも転換点に立つ重要な集である。

この集には他にも異例があった。有力歌人の相次ぐ入集辞退である。まず撰集作業の最中に帰京した光厳法皇と、長年法皇に仕え京極派歌人でもあった正親町公蔭・忠季が奏覧を目前にしても詠草の提出を拒んだ。法皇は今上の父であるから撰者は困惑したらしい（園太暦延文四年四月六日条）。この三人は結局入集したものの、法皇は後光厳の践祚そのものに反対であり、二条派を起用しての勅撰集企画を受け入れようとしなかったことは理解できる。公蔭父子も同調したのであろう。また和歌四天王の一人、慶運も零である。歌数が頓阿より少ないことを知り、せっかく四首も入っていた自詠を切り出させたと伝えられる（さゝめごと）。慶運の場合は単なる嫉妬であろうが、光厳法皇と旧臣の場合は、歌風の相違に政治的対立も絡んでいた。この集の企画、撰者の人選・歌風には憤懣が渦巻いていたことを知るのである。

さらに冷泉為秀も一首も入っていない。風雅集には十首も入っていたし、年齢も既に五十代半ばと推定されている。勅撰集という書物は性格上、偏頗のないことを建前とし、たとえ対立する歌人でも歌歴があればしかるべく処遇するものである。為定もその辺りの故実は熟知していて、新千載集でも為秀の父為相は十首、祖母阿仏は二首、三十年前に早世した兄為成さえ五首入っている。為秀も十首程度入って当然である。既に井上宗雄氏が「風雅集の寄人であった為秀が、為定の撰集に不快感を持って自詠入集を拒否したのではなかろうか。そこで為定は故為成の歌を優遇したと推測されるのである」[1]と述べている。冷泉家側の史料が僅少であることもあり、その後井上氏の見解を修正するような研究も出ていない。但し、「N代作者」を自称できる勅撰連続入集は歌人にとってさらなる名誉なのである（第十三章参照）。既に風雅集の作者である為秀が、ここで敢えて自詠を辞退したとすれば、よくよくの決意である。どのような背景があったのか。

二、新千載集と武家歌人

この新千載集成立前後の歌壇について顧みておきたい。

風雅集成立後いくばくも経たず、室町幕府の内訌が全国規模の戦乱に拡大すると（観応の擾乱）、足利尊氏は一時的に南朝と和睦し（正平一統）、京都を離れて関東に転戦した。その間隙を衝いて南朝が留守役の義詮を攻めて京都を占領、光厳上皇・光明法皇・崇光上皇を連れ去る事件が起きる。まもなく義詮が京都を奪還し、幕府が異例の手続きを強行して、観応三年（一三五二）八月十七日、十五歳の後光厳天皇が践祚するが、公家社会の雰囲気はすぐには新帝を受け入れ難かったようで、廷臣には、公事に非協力であったり、内々に吉野と誼みを通ずる者もかなりいた。不穏な世相で天皇の求心力は低いままであった。いずれも短期間ながら、南軍の侵攻を恐れて、在位中三度にわたり近江・美濃に避難を余儀なくされている。

歌壇では、光厳上皇らを失った京極派が壊滅状態となり、六十余年の活動も終熄する。そして後光厳践祚後四年足らずで、二条為定が勅撰集撰進の命を受けた訳であるが、ここには相当の紆余曲折があった。

他ならぬ冷泉為秀が、これに先んじて文和三年（一三五四）十二月、関白二条良基を通じて撰者を望んだ。勅撰集など思いも寄らぬ世相であり、後光厳は「抑打聞有増事、近日如勅撰頗不思寄之時分候、家集内々令用意候者、如後拾遺例、自然可出来候歟」と、家集を内々に用意しておけば、いずれ後拾遺集のように勅撰集となる機会もあろう、といった曖昧な返答しかしていない。[2] これは為秀の「世情を読み取る状況判断に疎い性格」ゆえであろうが、[3] 二条家が南朝との交誼を保っていたのは周知の事実で、一門には為忠のように南朝に奔った者もいる。後光厳が全面的に為定を信用していたわけではなかろうし、かつ為定は四年八月十七日には出家している。法体の撰者は千載集の俊成しか例がなく、嗣子為遠はようやく十五歳に過ぎない。為秀の運動も全く成算がなかったものではなかろう。

良基は為秀の計画を「尤当道眉目候也、忩々可令思立給候」と慫慂しているが、その良基も新千載集の撰集と並行する形で、私的に連歌撰集を編纂していた。この菟玖波集が勅撰和歌集に准ずる綸旨を与えられ、洞院公賢らの不評を買ったことは園太暦延文二年八月六日条に見える。そしてこのことを公賢に伝えたのは、為定従弟で、和歌所連署衆の為明であった。

今日二条宰相（為明）来、大納言（洞院実夏）謁之、予同又謁之、其次勅撰沙汰尋聞、関白（二条良基）称菟玖波集連哥打聞張行、剰可准　勅撰之旨被申下綸旨、是道誉法師令予申沙汰、未曾有事也、此上勅撰遵行定不定歟、為道不便之由談之、

著名な記事であるが、二条家としては新千載集の「遵行」（ここでは完成と同義であろう）が悲観される程に衝撃的な出来事であった。菟玖波集の編纂は延文元年夏頃から本格化したので、和漢両序の日付が文和五年（延文元年）三月二十六日となっているのは不審とされていたが、[4]成立を新千載集下命より前にする必要があったためであろう。近来風躰で良基は二条派の庇護者を自認するが、為秀を家礼として仕えさせていたし、二条家のため尽力するような気持ちはさほど強くはなかったのであろう。

すると為定が撰者の地位を獲得したのは、ひとえに武家の恩恵であった。この頃尊氏は長年の戦塵の労苦で病気がちであった。深津睦夫氏が推測したように、戦乱後の勅撰集企画として千載集を範にとり、後醍醐天皇はじめ内乱の亡者鎮魂の目的を負わせるとすれば、尊氏も納得したであろうし、法体撰者の異例もかえって合理的となる。[5]ところが奏覧を遂げる前に尊氏は没し、諸雑記によると、後光厳はいったん撰集を中止するよう命じたという。為定は天を仰ぐばかりであった。この時は頓阿が義詮を説得し、撰集の続行を約束させている。

尊氏周辺の武家歌人が多く二条派支持であったことも無視できない。これも頓阿を介してであった。たとえば薬師寺元可・中条長秀・千秋高範・秋山光政らが二条家の門弟で、頓阿ら和歌四天王を「小師」の如くに崇めていたという（了俊歌学書）。実際、元可・長秀・光政は正続草庵集に登場して交流が確かめられ、高範は為世十三回忌品経和歌に出詠するので二条派指導層に近かったことが分かる。

また鎌倉幕府・六波羅探題などの奉行人が輩出した御家人斎藤氏にも二条派歌人が目立つ[6]。基任・基村・宗基（玄勝）の三世代が頓阿と非常な親交を結んでいたことは注目される。基任は新千載集に八首も入り、宗基も没後ながら一首入集した。頓阿の口添えがあったことも容易に推測されるのである[7]。

ところで今川了俊晩年の歌学書歌林[8]には、観応・延文頃、細川清氏家歌会における一挿話を伝えている。

先年細川清氏家にて此哥を人々申して云はく、

澤へなすあらふる神もをしなへてけふはなごしのはらへなりけり

澤にて祓する也と一同に云ふ、細川（清氏）・本郷（家泰）・福野（能部）辺（氏重）以下みな御子左の門弟等也。余が云はく、是ほどの事知り給はずや、八雲をだに無披見哉と申したりしかども、只澤と心得られたりしなり。

引用の古歌（拾遺集・夏・一三四・長能）の初句は「さばへなす」で、枕詞である。それを一同「澤へ為す」と解釈した。了俊は無知無学に呆れたのであるが、注意すべきは歌会の構成員である。本郷家泰は若狭国大飯郡、福能部氏重は近江国坂田郡をそれぞれ本拠とする武士で、尊氏の馬廻衆（後の奉公衆）であった[9]。清氏は足利氏譜代の武将であるが、馬廻衆を直接指揮する立場にあった。要するにこの歌会が尊氏近習で構成されていて（了俊もそうであった）、了俊を除いてはみな二条家の門弟であったというのである。在俗時は六位に過ぎず、新千載集にも俗名ではなく法名で採られているが、畿内近国に地頭職を持つ中小武士団の出身で、内乱に乗じて実力を蓄えた人々であった。

細川清氏は観応の擾乱で度々尊氏・義詮の危地を救った驍将である。文和二年六月、義詮が南朝に敗れ、後光厳天皇を奉じて美濃国に逃れた時には、近江塩津で土民の急襲を防ぎ、後光厳を背負って山路を越えたという（太平記巻三十二）。清氏は幕閣でも急速に台頭するに至り、文和三年には評定衆に列し、引付頭人となり、武家の名誉とする相模守に任じた。延文二年六月に一時尊氏と衝突したものの、三年十月には新将軍義詮のもとで執事となった[10]。

清氏は生前から勇猛であるものの深慮に欠ける武人と見られていたが、若い頃から和歌を好んでいた。草庵集・雑・一一七五〜六に「相模守」との贈答が載るが、これは清氏である。和歌所連署衆で新千載集の撰集にも関与した惟宗光之の父で、二条派歌人であった光吉とも歌を贈答する。

源和氏身まかりて後、雪のふりける日、清氏朝臣「とひなれし我がたらちねのあとなれば雪のうちにも道はまよはず」と申をくり侍ける返事に

とはれてぞなほしのばるる雪の中にかはらぬ跡を見るにつけても（光吉集・二六九）

清氏の父和氏は早く康永元年（一三四二）九月に没したが、生前光吉と歌道を談じていて、清氏もまた交誼を保ちたいというのである。ところで光吉自身は四位に叙されたものの惟宗氏は本来地下であるから、武家歌人にとり宗匠などよりずっと身近な相談相手であったことは容易に想像できる。

そして為定は新千載集・雑上・一七四〇、四一に、清氏との贈答を入集させている。

五月五日薬玉つかはすとて、　　前大納言為定

代々かけて猶こそたのめあやめ草又ひく人の身にしなければ

返し　　源清氏朝臣

思ふかひなきみごもりのあやめ草ひくとは何の色に見ゆらむ

為定は自身の沈淪を訴えて、清氏の庇護を期待する。亡父和氏から続く師弟関係を踏まえているが、それでも媚びを感じさせる。しかしこれは、撰集下命に清氏の強力な支持があったと見るべきなのであろう。奏覧に際し

ては、清氏が四季部六巻を納める蒔絵手箱を準備した。住吉社祠官津守氏が調進することが伝統であり、公家からは反撥を買ったが、これも撰集に関与していたからこそであろう。[11]そして清氏は勅撰初入集ながら四首採られた。うち冬歌に一首、十分に優遇であろう。本郷家泰・福能部氏重もこの集で勅撰歌人となっている。了俊の言う通り、たしかに「みな御子左の門弟」であった。

新千載集に武士の歌が目立つことは既に先学の指摘するところであるが、この集では鎌倉時代以前は容易に入集することのできなかった、六位や法体となった武士が採られたことが重大である。そこでは日常交流ある和歌所の衆や頓阿とのコネクションが物を言った。どの勅撰集でもある程度共通することであるが、この集では特に露骨であり、二条派指導者層と疎遠な歌人たちに大きな失望感を与えたことは想像に難くない。

三、新千載集作者不競望子細事

町広光（一四四四～一五〇四）は、応仁・文明頃の朝廷では際立って政務故実研鑽に熱心な廷臣で、諸家から記録文書を借りて書写している。三条西実隆とは最も意気投合して、実隆公記に「帥卿」として頻出する人物である。官位昇進には恬淡としており、町家も広光に嗣子なく断絶となったが、実子守光が廣橋兼顕の養子となり遺跡を継いだことで、廣橋家との縁が最も深い。廣橋家伝来の記録には、広光の書写にかかるものが多い。そのうち外題を「新千載集作者不競望子細ノ事」と打ち付け書きにする横本写本一冊がある。[12]表紙・外題は後補後筆、遊紙（原表紙・原裏表紙）前後一枚と墨付四丁からなる。本文は広光の書写、料紙は竪紙書状三枚を横に切断し、順に袋綴にしたものである。紙背となった書状の年代は内容から文明十五年（一四八三）から十七年と推定され、[13]

また僅かに残った宛所に「町とのへ　まゐる」とあり、広光宛であろう。本文の書写もほぼその頃と考えられる。[14]
その内容は、⑴「新千載集作者不競望子細事」と題する長文の申状（以下、単に申状とする）、⑵九月十七日付前左兵衛督殿宛融覚書状写、⑶某年某月四日の飛鳥井雅有書状・二条為氏勘返、⑷五月十二日為氏書状写、四種の史料の抜書からなる。⑵は柳原紀光編の砂巌巻五に収められる為家書状[15]と同じもので、恐らくその親本であろう。⑶⑷は連続するようで、雅有所持の僻案抄を借り出して書写した時のやりとりである。

ここで取り上げるのは⑴である。これまで言及されたことがなく、また他の伝本の存在を聞かない。

「新千載集の作者競望せざる子細の事」とある標題のうち、「競望」とは他人を押し退けてまでも我が物にしたいと切に願う様である。すなわち新千載集の為には自詠を提出せず、敢えて入集を希望しない理由を述べ立てた申状である。前述のように入集を希望する史料ならば珍しくもないが、敢えて辞退するというものは極めて珍しい。惜しいことに本史料は広光書写の段階で既に末尾を失っていたが、骨子はほぼ尽きており、欠失はそう長文ではなかろうと思われる。

以下に引用する。便宜改行も原本通りとし、行番号を付した。下段は私に訓読した。

	原文	訓読
1	新千載集作者不競望子細事	新千載集の作者競望せざる子細の事
2	夫代々　勅集、依撰者之好悪、有作者之	それ代々の勅集、撰者の好悪により、作者の
3	用捨者、流例也、縦雖為譜代堪能之仁、	用捨有るは、流例なり、縦ひ譜代堪能の仁たりと雖も、
4	背撰者風躰之歌、漏其撰之例、不可	撰者の風躰に背くの歌、その撰に漏るるの例、
5	勝計歟、然間為氏（二条）卿一流、為撰者之時、	勝計すべからざるか、しかる間為氏卿一流、撰者たるの時、

6依違為兼（京極）・為相（冷泉）等卿之風躰、扇彼門風
7之輩、多以被弃捐、又不及所望歟、近則
8故松殿相公羽林（道輔卿）者、玉葉集作者也、
9然而続千載集之時、不及競望、源頼貞
10（土岐入道存孝）・藤原長清（勝田入道蓮昭）等、雖為同集作者、
11続千載集之時、被弃捐歟、其外例証非一
12歟、忝　伏見院御製猶以無可入集之御哥
13之由、為世卿令申之間、達　叡聞云々、況於自
14余之人臣・僧侶等作者乎、此条且見于為世」1オ
15為兼両卿延慶訴論状歟、道恵雖非堪
16能之好士、憖仮譜代之号、風雅集之時、
17依出微言、為初度作者、纔一首（雑卩）、所被
18撰入也、伝承、同集初度作者非譜代堪能
19之輩、或二首三首、或四季部内被載名
20字之間、老後作者還失眉目乎、彼集
21為御自撰之上、奉行輩強雖非異学異
22見之類、其時作者偏以権勢之寄、相競
23之上者、不肖之身、頗非同日之論、向後之涯

為兼・為相などの卿の風躰に依違し、かの門風を扇ぐ
の輩、多くもつて弃捐せらる、又所望に及ばざるか、近くは則ち
故松殿相公羽林（道輔卿）は、玉葉集の作者なり、
しかれども続千載集の時、競望に及ばず、源頼貞
（土岐入道存孝）・藤原長清（勝田入道蓮昭）など、同集の作者たりと雖も、
続千載集の時、弃捐せらるるか、その外例証一に非ざる
か、忝けなくも伏見院の御製なほもつて入集すべきの御哥無き
の由、為世卿申さしむるの間、叡聞に達すと云々、況んや自
余の人臣・僧侶などの作者に於いてをや、この条且つ為世
為兼両卿の延慶訴論状に見ゆるか、道恵堪
能の好士に非ずと雖も、憖ひに譜代の号を仮り、風雅集の時、
微言を出だすに依り、初度作者たり、纔かに一首（雑部）、
撰入せらるる所なり、伝へ承るに、同集の初度作者、譜代堪能に非ざる
の輩、或ひは二首三首、或ひは四季部の内に名
字を載せらるるの間、老後作者還りて眉目を失ふか、かの集
御自撰たるの上、奉行の輩強ち異学異
見の類に非ずと雖も、その時の作者偏へに権勢の寄をもつて、相ひ競ふ
の上は、不肖の身、頗る同日の論に非ず、向後の涯

24分、于時令露顕乎、貞和御自撰之集
25猶以如此、矧於風躰各別之撰者乎、雖然
26道恵（二条為定）於撰者方元来疎遠、無人于贔
27屓之上、尚含不敵之愁訴、去々年比
28属或近臣、先窺内　奏之処、此集事、
29依武家張行、俄有其沙汰之間、一事以上」1ウ
30併任撰者之所為、不及　朝儀之是非、
31但風躰令依違歟之由、有　勅答之間、弥
32令退屈者也、如風聞者、今度聖護院（入道覚誉親王）
33宮御百首同依違撰者風躰、内々有
34御問答、過半被改御詠云々、御堪能抜
35群御事、不能左右歟、此外或豪家権
36門之人、或強縁追従之族、又別儀也、不
37肖不堪之貧僧、旁以不足比擬者乎、
38然者無用之愚詠、不能推進歟之由、令決心
39慮乎、故冷泉中納言（為相卿）、為一流之聖、自
40雖釣堪能之名誉、新後撰集之時、為
41初度作者六首被撰入之、而続千載集之時、

分、時に露顕せしむるや、貞和御自撰の集
なほもつてかくの如し、矧んや風躰各別の撰者に於いてをや、しかりと雖も
道恵撰者の方に於いては元来疎遠、贔
屓する人無きの上、なほ不敵の愁訴を含む、去々年の比
或る近臣に属して、先づ内奏を窺ふの処、この集の事、
武家張行に依り、俄かにその沙汰あるの間、一事以上
併しながら撰者の所為に任せ、朝儀の是非に及ばず、
但し風躰依違せしむるかの由、勅答あるの間、いよいよ
退屈せしむる者なり、風聞の如くんば、今度聖護院
宮の御百首同じく撰者の風躰に依違し、内々に
御問答有りて、過半御詠を改めらるゝと云々、御堪能抜
群の御事、左右能はざるか、この外或ひは豪家権
門の人、或ひは強縁追従の族、又別儀なり、不
肖不堪の貧僧、旁た比擬に足らざる者か、
しからば無用の愚詠、推して進らすこと能はざるかの由、心
慮を決せんや、故冷泉中納言（為相卿）は一流の聖として、自ら
堪能の名誉を釣ると雖も、新後撰集の時、
初度作者として六首撰入せらる、しかるに続千載集の時、

42只三首也、是則違撰者風躰之故歟、彼卿
43秀逸猶如此、況於瓦礫乎、又平宣時（大仏）
44朝臣陸奥入道、者、随分宿徳哥人也、続千載之」2オ
45時、花哥為相卿合点、撰者引直而被入之間、更
46非作者之本懐、備進還而後悔之由
47嗟歎云々、点者歌仙不一方、家々風躰
48有差異之上者、量守〔墨カ〕一隅、輙決詠
49哥之善悪哉、随則今度文武両家
50之輩、雖為風雅集作者、不及競望
51人々有其数、全不限一身歟、凡於風躰
52差異事者、古来代々有其沙汰之条、
53見了〔于カ〕旧軌、今更不能宣説、後拾遺
54集者、通俊（藤原）卿撰者也、彼集風躰事
55経信（源）卿一々加難、号之難後拾遺、世上
56流布之物也、新勅撰集者、後堀河院
57御宇、入道中納言定家（藤原）卿、雖為撰者、依嫌其
58時之作者、嵯峨禅尼俊成（藤原）卿女、・家隆（藤原）卿已下
59有偏執之輩云々、続古今集者、後嵯」2ウ

ただ三首なり、是れ則ち撰者の風躰に違ふの故か、かの卿
秀逸なほかくの如し、況んや瓦礫に於いてをや、又平宣時
朝臣陸奥入道、は、随分宿徳の哥人なり、続千載の
時、花哥為相卿合点す、撰者引き直して入れらるゝの間、更に
作者の本懐に非ず、備へ進らして還りて後悔の由
嗟歎すと云々、点者歌仙一方ならず、家々の風躰
差異あるの上は、一隅を墨守しては、輙く詠
哥の善悪を決せんや、随ひて則ち今度文武両家
の輩、風雅集作者たりと雖も、競望に及ばざる
人々その数あり、全く一身に限らざるか、およそ風躰
差異の事に於いては、古来代々その沙汰あるの条、
旧軌に見ゆ、今更に宣説すること能はず、後拾遺
集は、通俊卿撰者なり、かの集風躰の事
経信卿一々加難し、難後拾遺と号す、世上
流布の物なり、新勅撰集は、後堀河院の
御宇、入道中納言定家卿、撰者たりと雖も、その
時の作者を嫌ふに依り、嵯峨禅尼俊成卿女、・家隆卿已下
偏執の輩ありと云々、続古今集は、後嵯

60峨院御代、猶雖被仰入道民部卿（藤原）為家卿、
61続後撰集已一人奉　詔、於今度者
62可謙退之由依令中、九条前内府（基家）已下
63追加、撰者五人也、為家卿専雖為管領
64仁、自余撰者依有異義、彼卿不請之
65間、暫止和哥所出仕、自　仙洞被宥仰
66之時、又出現云々、皆是因風躰事也、
67高山寺明恵上人者、末代悟道之
68明師也、是已下虫損不見云々、

峨院の御代、なほ入道民部卿為家卿、に仰せらると雖も、
続後撰集已に一人して詔を奉はる、今度に於いては
謙退すべきの由申さしむるに依り、九条前内府已下
追加、撰者五人なり、為家卿専ら管領の
仁たりと雖も、自余の撰者異義あるに依り、かの卿不請の
間、暫く和哥所出仕を止む、仙洞より宥め仰せらるる
の時、又出現すと云々、皆これ風躰に因る事なり、
高山寺明恵上人は、末代悟道の
明師なり、これ已下虫損して見えずと云々、

執筆時期は27行目に「去々年比」新千載集への入集を「或近臣」に働きかけたとあるので、延文三年か四年となろう。執筆者は誰とも示していないが、15・26行目によって「道恵」という人物と分かる。

それでは内容を簡単に紹介したい。

勅撰集では撰者は自らの理想とする風躰があるから、これに外れる作者を排除するのは当然である。そのため為氏の子孫、つまり二条家の撰んだ勅撰集に、京極為兼・冷泉為相の門弟たちが入集できなかったり、あるいは希望を出さないこともあった。

道恵自身は風雅集で初めて勅撰作者となったが、雑部に一首、しかも隠名であった[16]。自分より若年浅臈の者がもっとよい扱いを受けていて、老後に恥を晒した。撰者たちは「異学異見」の人ではなく、かつ親撰であるのに、

権勢に物を言わせて入集する者が多かった。まして今度の勅撰集では、二条為定が撰者となった以上、入集は難しいだろう。しかし、それでも道恵は一旦は希望を出した。撰者とは疎遠であるので、後光厳天皇の近臣を通じて働きかけた。ところが勅答は今度の集は武家の「張行」なので、叡慮から出たものではなく、撰者に一任しているとのことであった。聞くところでは、聖護院入道覚誉親王は堪能の歌人で、延文百首の人数であるが、歌風が為定の意に染まず、内々問答あって過半を詠み直されたという。このような状況では、特に強いコネもなく、堪能でもない自分は、「無用の愚詠」を敢えて撰者に「推し進らする」ことを断念する、というのである。

続けて、冷泉為相は初入集の新後撰集に六首採られたのに、続千載集では三首に貶められた。為相さえこの扱いでは、瓦礫のような自分の作は言うまでもなかろう。二条家は撰者と相違する歌風の歌人には寛容ではなく、平気で作者の面目を潰すとして、かつて関東歌壇の宿老であった大仏宣時も続千載集では花の自詠[17]を勝手に修正されて入れられ、詠草を出したことを後悔したという。歌人の庶幾する風躰はさまざまであるのに、和歌の巧拙を一つの規準だけで決定してもよいのか、と疑問を投げかけ、そのような撰者のもとでは入集の希望はほとんどあるまい、と改めて述べるのである。

注意すべき事柄については後で触れることとして、まず、この申状は過去の著名な歌壇史上の出来事にも触れるがそれはおおむね正確である。そして新千載集の下命が武家執奏によることも、28行目以下に「この集の事、武家張行に依り、俄かにその沙汰あるの間、一事以上併しながら撰者の所為に任せ朝儀の是非に及ばず」と後光厳自身が認めている。たとえ父祖の京極風継承の意志があったとしても若年の後光厳に指導力を期待することは難しかったであろうが、「但し風躰依違せしむるか」（31行目）と、新しい勅撰集の歌風が京極風に背くことに懸念を示しているのは注意される。また玉葉・続千載・風雅などについても、同時代人でなくては知り得ない情報が多い。道恵は後世名の遺った人ではなく、偽作を疑う必要はあるまい。

　この申状で初めて知られる事実は他にもいくつかあるが、たとえば、12行目、為世が伏見院の詠は一首も採るべきものがないと酷評したというのは、いかにもありそうなことである。玉葉集に入集しながら続千載集に入集しなかった勝（間）田長清は、遠江の御家人で夫木和歌抄の撰者、冷泉為相の門弟である。長清が続千載集の頃まで存命であったらしいこと、法名が蓮昭であることが同時代史料で確かめられたのは貴重である[18]。

四、奉行人斎藤道恵について

　ついで執筆者の道恵について輪郭を明らかにしておきたい。

　当時かなりの高齢であった。風雅集雑部に隠名で採られ、この後も入集はなかったと分かる。但し「愁ひに譜代の号を仮り」とあるので、父祖か一門に勅撰歌人がいたのであろう。為定とは疎遠であると述べ、為相以下の冷泉家関係者に触れることが多いので、冷泉門と見られる。さらに鎌倉幕府末期に活動した大仏宣時・勝間田長清・土岐頼貞らと知己であったらしいから、武家であろう。

　この時代、道恵と名乗る歌人は複数いるが、右の条件によく当てはまるのは、貞治三年（一三六四）頃に冷泉為秀らが中心となって催した一万首作者に「斎藤雅楽四郎入道　沙弥道恵」と見える人物である[19]。道恵は康永三年（一三四四）の高野山金剛三昧院短冊和歌にも五首出詠、尊氏・直義にも認められていた。同じ頃に成立したとされる松吟和歌集にも採られている[20]。確かに南北朝初期に活動した武家歌人の一人であろう。しかし勅撰集には少なくとも顕名では見えない。

「斎藤雅楽四郎入道」とは、尊卑分脈に徴して、御家人斎藤氏で、雅楽允基宣の子基綱に比定されている。斎藤基綱は鎌倉時代最末期の幕府奉行人として活動しており[21]、恐らく幕府滅亡を契機に出家、道恵と名乗ったのであろう。高野山金剛三昧院短冊和歌の道恵の歌に、「六十にはなれてもさらにめづらしき華洛の初雪の空」（む・三五）というものがある。当時仮に六十歳とすれば、弘安八年（一二八五）生、この詠は道恵の前身が鎌倉幕府奉行人で、幕府滅亡後に上洛した経歴を窺わせて矛盾しない。申状を執筆した時は七十四、五歳となる。

注目されるのは、道恵が幕府滅亡後には駿河守護今川氏の奉行人となっていたことである。今川範国のもとでの働きが貞和二年（一三四六）七月から確認され、守護代であったと考えられており、また尊卑分脈では道恵に「号於奈」と注することから、遠江国尾奈郷（現・静岡県浜松市北区三ヶ日町）を所領としていた[22]。観応三年（一三五二）、範国が尊氏に従って関東に転戦した時も随行している。尊氏が円覚寺正続院に毛利庄内厚木郷半分地頭職を寄進すると、当時相模国が守護不在のためか、三月二十九日に範国が遵行しており、「斎藤雅楽四郎入道」に下地を円覚寺雑掌に沙汰し付けるよう命じている[23]。そして今川氏は駿河国の国務をも安堵されており、降って応安元年（一三六八）頃、その目代であった「斎藤入道」も道恵であった可能性が指摘されている[24]。健在ならば八十四歳ほどである。

以上のように、道恵が今川範国の守護代・奉行人として長らく活動していたとすると、範国二男である貞世（了俊）が若くして冷泉門となったことにも得心がゆくのである。

既に森幸夫氏の指摘されていることであるが[25]、斎藤氏一門は鎌倉中期、基茂・基永兄弟から大きく二流に分立した。基茂は御成敗式目の注釈書（唯浄聞書）を著したことで知られ、道恵はその孫に当たる。しかし最も繁栄したのは六波羅探題奉行人が多く出た基永の子孫である。基永（観意）は法名ではあるが一門で初めて勅撰歌人

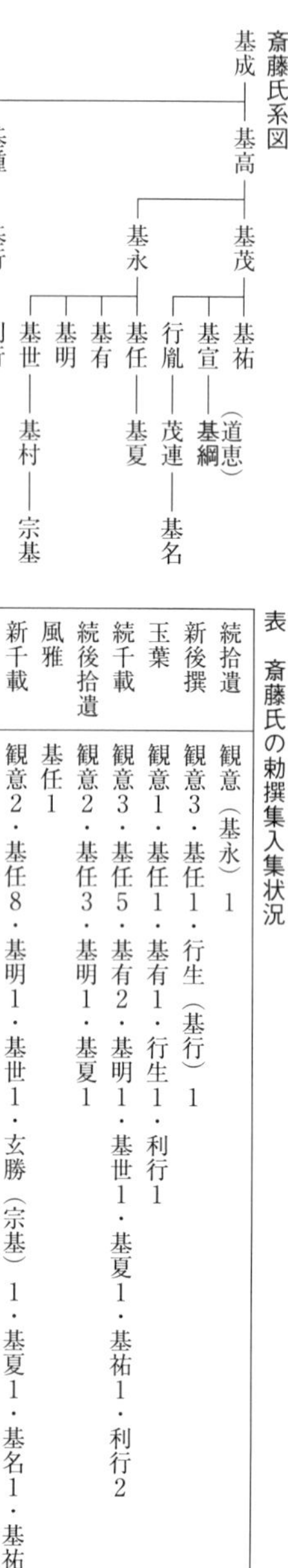

表　斎藤氏の勅撰集入集状況

勅撰集	入集状況
続拾遺	観意（基永）1
新後撰	観意3・基任1・行生（基行）1
玉葉	観意1・基任1・基有1・行生1・利行1
続千載	観意3・基任5・基有2・基明1・基世1・基夏1・基祐1・利行2
続後拾遺	観意2・基任3・基明1・基夏1
風雅	基任1
新千載	観意2・基任8・基明1・基世1・玄勝（宗基）1・基夏1・基名1・基祐1

となった。基永流は勅撰歌人が輩出し、そのことは前述の通りであるが、ほとんどは二条家の門弟であった。いずれも勅撰集には数首程度の入集であるが、基任からは俗名で入集するようになり、為世の続千載集で厚遇されていることは明らかである。新千載集もそれに倣っている。なお基茂流でも、道恵の伯父基祐、従甥基名も歌人で、入集状況では二条門と推定される。冷泉門の道恵は一門のうちで孤立した存在で、二条家とは疎遠であったこともよく理解できる。新千載集に再び一門が数多く入集したことは堪え難かったのではないか。

道恵は鎌倉幕府奉行人として活動していた時期、しばしば東下していた為相の門弟となったのであろう。大仏宣時や勝間田長清との交際もここで生じたのであろう。勅撰集への入集を切望したであろうが、冷泉門であり、その力量もさほどのものでないから、続千載集・続後拾遺集には入集の機会は与えられなかったであろう。為相没時には推定四十四歳である。その後は引き続いて、二十歳ほど若い為秀に師事していたのであろう。その結果、為秀が寄人となった風雅集に隠名ながら入集したのである。道恵はその後も長命を保ち、新千載集の入集は辞退したが、為秀が足利義詮・二条良基と企画した一万首作者には名を列ねた、ということになる。現存する歌作はごく僅かで、歌風を知るには不足するが、それでも、

ながめやる外山の花やさきぬらむひとむらかすむ嶺の白雲（高野山金剛三昧院短冊和歌・な・一一〇）

は素朴ながら清新な印象で、少なくとも二条風ではない。

道恵の、鎌倉幕府から守護大名へと渡り歩いた、有能な奉行人としての働きは特筆されるが、歌道での閲歴もそれなりに興味深い。もちろん依然として有力な作者とは言い難いし、申状の主張もかなり一方的・感情的で整備されていないが、老後の咆吼がこれまで知られていない事実を伝えることとなった。

五、冷泉為秀と門弟たち

以上のような道恵の経歴・立場が明らかになったとして、それではこの申状は、誰に向けて執筆されたのであろうか。

まず道恵自身が先例を挙げている通り、勅撰和歌集への論難は過去にも多く出され、撰者に宛てたか、撰者の目に触れることを前提にしている。しかし、この申状はそれとは違っている。なるほど撰歌への不満を述べ立てたものではあるが、二条家の和歌所に対して奉ったところで、一顧だにされないであろう。内心では入集を切望していてわざとゴネてみせたのではと勘繰る向きもあるかも知れないが、いかにも下策であり、考えなくてよい。そもそも保存されるはずもない。

これは師事する冷泉為秀に向けての申状ではないかと思えるのである。新千載集がいかに偏頗な集であるかを申し立て、恐らく為秀の門弟のうちでも最長老格の自身が敢えて入集しないことで、師範への忠誠を示し、かつ自派の結束を固めようとしたのではないか。

ここで思い合わされるのは、今川了俊の和歌所へ不審条々（二言抄）である。はるか後年の応永十年（一四〇三）正月、二条派からの批判に晒される冷泉為尹を擁護するため執筆した歌論書であるが、この「和歌所」とは冷泉家と見るべきことは、荒木尚氏が述べる通りであろう。[26] 二条家・冷泉家ともにその邸を和歌所と称していたが、了俊は反対派に論難を送ったのではなく、若い為尹への激励と冷泉家歌学の正しさを確認するために執筆したのであった。

とすれば、道恵が新千載集に入集するつもりはない――と宣言したことが、為秀の判断に影響しなかったとは考えにくいのである。あるいはそういう決断を促すために執筆した申状かも知れない。為秀は撰集下命に続く応製百首の人数には入っており（園太暦延文元年八月二十五日条。結局詠進せず）、少なくとも当初は入集拒絶のような強硬な考えはなかったようである。そして道恵には主人に当たる了俊もまた新千載集には入集していない。了俊も風雅集作者であるからこれも自ら辞退した可能性が高い。そして為秀と言えば、「余りに入目に御座候て、御出世も遅々候」（和歌所へ不審条々）と弟子からは歯がゆく思われる程に控え目な性格であった。主従足並みを揃えて辞退し、為秀もそれに従った可能性が高くなってくる。

このように冷泉家はともかくも結束して行動し、時には主人に諫言し、敢えて勅撰集入集を辞退させるような硬骨の弟子たちを擁していたのであった。

道恵の主張はかなり感情的で、勅撰集での自らの粗略な扱いにただ拗ねているかのようであるが、しかしそこに冷泉家の歌学も踏まえられていることは見逃せない。

47行目以後は特に注目される。要旨を現代語で述べてみよう。

「そもそも和歌の点者をする歌仙は一様ではなく、各歌道家の庶幾する歌風もさまざまだから、ある詠風だけを墨守して、和歌の善し悪しを判断できようか。だから今度の集では、既に風雅集の作者となった公武の歌人でも、入集を希望しない人々がかなりいて、私だけのことではないようだ。およそ、同時代でも、撰者とは歌風を異にする人々がいて、古来物議を醸すことは、今更説くまでもない」として、後拾遺集を難じた源経信、新勅撰集を批判した俊成卿女・家隆、続古今集の為家と追加撰者たちの対立、といった先例を列挙する（最後に例に出した明恵については欠文のため何を言おうとしたのか不明）。

　そしてこの「量〔墨カ〕守一隅、輙決詠哥之善悪哉」とは、たとえば、

> そのうち、姿まちまちにして、一隅をまもりがたし。或はうるはしくたけある姿あり、或はやさしく艶なるあり、或は風情をむねとするあり、或は姿を先とせるあり。（後鳥羽院御口伝）

などとあるのを受ければ理解しやすく、直接には今川了俊や正徹が、

> されば我が心に不叶、うけられず思ふ姿をば、わろしなどゝ一偏にきらふまじき也。（師説自見抄）

> 歌は極信に詠まば、道はたがふまじきなり。されどもそれはたゞ勅撰の一体にてこそ侍れ、さしはなれて堪能とはいはれがたきか。（正徹物語・一九三段）

などと説く教えと共鳴するものである。申状の主張もまた、一つの歌風に固執しない、冷泉家の薫陶を受けた者でなくては出てこないであろう。そしてたとえポーズではあるにしても、各歌道家間の「風躰」の相違をこれほど明確にとらえて、勅撰集入集を辞退する理由に挙げたことも、門弟層の自覚と成長を意味する訳で、大いに注目されるのである。

六、おわりに

井上宗雄氏『中世歌壇史の研究　南北朝期』は、中世では最も波瀾に富む時期を対象とするだけに、読みどころに溢れているが、最も印象鮮かなのがこの新千載集撰進前後ではないか。もちろん歌壇の動向を克明に記述しているが、歌道師範家の分裂、京極派の衰滅と二条派の復権という和歌史上の事象にとどまらず、公武関係史や文化史上における転換をも強く印象づけるものとなっている。伊地知鐵男氏の序文にも「ことに貞治後期における後光厳院―為遠―為重の歌壇系列と、義詮―良基―為秀らの歌壇系列は、従来の二条冷泉という対立的系列とは異なった、新しい歌壇的系列に生まれかわりつつあるという新見」であると特筆されている。

本章はその記述の正確さを証明するものであった。背景として、二条・冷泉両家を問わず、歌道師範家の権威の急速な低下、一方で門弟たちの台頭を見逃すことはできないであろう。この時代の歌壇史は、もはや撰者や歌道師範家の動静だけでは描けなくなったと言えるのである。

為世のもとで大いに繁栄した二条家であるが、孫の世代には早くも人材が枯渇していた。為定没後、嫡子為遠に器量乏しく、庶流の為明が撰者の地位を得たものの、それも新拾遺集の撰集中途で没すると、もはや家門に後継すべき力量ある歌人もおらず、同集は為世の地下門弟頓阿によって完成させられる――撰者の地位は頓阿に「簒奪」されたにも等しい。為定の生前でさえ、頓阿の名望は宗匠を凌いでいた感がある。新千載集の撰集の経過、あるいは入集歌人層を知れば、そのことはおのずと察知されよう。そもそも晩年の為定は「盲目になりて更ニ黒白不分別」であった（諸雑記）。頓阿は和歌所の衆ではなく、撰集の正式なメンバーではなかったが、その存在感は増すばかりであった。

一方、入集を拒絶した冷泉為秀の行動も、亡父以来の二条家との対立が根底にあるにしても、実のところは門弟の意見に突き上げられたらしいことが明らかになった。冷泉家の有力な門弟は、為相が関東で熱心に指導していた武家であり、その関係が為秀に継承されている。今川氏・京極氏など、少なくとも鎌倉時代末期には和歌を詠むようになっていたことが窺われる。導誉は婆娑羅大名として有名であるが、もともと有力御家人であり、その教養は正統的で古典的なものである。その子高秀も延文元年頃には為秀の門弟になっていた[27]。為秀が没して幼少の為尹が相続した時、「門弟之随一」高秀が家記文書を預かった（後深心院関白記応安五年六月十二日条）。これも二条家とは違う意味で、門弟が師範の家の危地を救ったのであった。

中世の「家」で主人と家臣との間で意見が相違した時、しばしば家臣団が一同して主人を従わせている。南北朝時代には特に顕著である。朝廷は言うまでもないが、室町幕府や守護大名でも同じであった[28]。尊氏・義詮は有力大名の意向を押さえられず、勝手な離叛・帰参さえ受け入れざるを得ない。しかも各大名も家中では被官との関係で同様の問題を抱えていたのである。下剋上の風潮とも言えるが、それはあくまで彼らが属する「家」の維持のためであって、「家」の枠組みを破壊することはない。主人の廃立は、家門の利益に反する存在となった時に決行されるし、家臣たちが決定した事柄でも、外部に対しては主君の意向として表明されるのである。主従関係と師弟関係はもちろん別物ではあるが、歌道家を血族だけではなく、地下門弟までも含めた組織として考える時、右の事実は示唆的である。

この時期の歌道師範家に生起した種々の内紛や頽廃現象にも、こうした「家」にまつわる社会構造的な問題が看取される。そもそもこの時代、歌道師範が自ら歌学書や注釈書を執筆することは稀になってくる。あってもごく軽い、断片的な内容に過ぎない。その家の歌学は、結局門弟たちの述べるところで知ることになる。たとえば頓阿、了俊、正徹といった人々の言説は、いずれも二条家や冷泉家から出たものであるが、いかに独自の見解を含み、どのように師範の説を越えて展開されたのか、再考することが求められよう。

注

（1）『中世歌壇史の研究　南北朝期』（明治書院、昭40〔改訂新版、昭62〕）五七五頁。

（2）後光厳天皇宸翰書状并二条良基自筆書状（冷泉家時雨亭文庫蔵）。『冷泉家時雨亭叢書51　冷泉家古文書』（朝日新聞社、平5）による。為秀は既に母胎となる私撰集を完成させていたわけではなくて、後光厳宸翰に「打聞有増事」とあるので、あくまで私撰集編纂の計画を伝え、撰者となる力量があることをアピールしたのであろう。「家集」は打聞（私撰集）の意で使われているのかも知れないが（歌苑連署事書に明玉集を指して「知家卿家集」とした用例がある）、むしろ家集を用意して、それをもとに打聞を撰べば、と解すべきか。家集の用意と、打聞などの「撰歌」が一連の所為であったことは第八章参照。

（3）鹿野しのぶ『冷泉為秀研究』（新典社、平26）七一頁。

（4）金子金治郎『菟玖波集の研究』（風間書房、昭40）二六七頁。

（5）『中世勅撰和歌集史の構想』（笠間書院、平17）第二編第三章「新千載和歌集の撰集意図」（初出平12）参照。

（6）森幸夫『六波羅探題の研究』（続群書類従完成会、平17）第二編第四章「六波羅奉行人斎藤氏の諸活動」参照。

（7）草庵集・哀傷・一三五六に、

此道に心ざし深く侍りし藤原宗基・三善顕尚・為宗、身まかりて後、はじめて新千載集に名を残し侍るを見て
とどめをく跡をもしらで友千鳥いかなるかたの浦にすむらん

とある。藤原宗基は法名玄勝（草庵集・八五二ほか）、その名で新千載に入集している。勅撰作者部類・凡僧部下に「斎

藤　左衛門四郎入道」とあり、在俗時は六位で終わった。玄勝くらいの作者であれば、隠名ではなかっただけでも優遇であった。詞書の書きぶりは第三者的であるが、あくまで体裁に過ぎず、やはり頓阿が尽力したからこその感慨ではないか。同じく三善顕尚・為宗も俗名ではなく、法名で採られているのであろう（顕尚は善了法師か）。

（8）荒木尚『今川了俊の研究』（笠間書院、昭52）第一章Ⅵ「歌林」、二五三頁にも言及。引用は水上甲子三『中世歌論と連歌』（私家版、昭52）の翻刻による。

（9）観応二年秋、尊氏・義詮が近江国の陣中で詠んだ松尾社奉納神祇和歌には、清氏・家泰・氏重・心省（了俊の父今川範国）が加わっており、近習とみなすことができる。拙著『武士はなぜ歌を詠むか―鎌倉将軍から戦国大名まで』（角川叢書40、角川学芸出版、平20）で考証した。

（10）清氏の経歴・人物については、小川信『足利一門守護発展史の研究』（吉川弘文館、昭55）第一編第二章「細川清氏の浮沈」（初出昭43・44）、長谷川端『太平記の研究』（汲古書院、昭57）Ⅱ「細川清氏」（初出昭42）など参照。

（11）園太暦・後深心院関白記によれば、住吉が当時南朝の陣地であったため、清氏が反対したのだという。

（12）東京大学史料編纂所蔵写真帖（廣橋家記録、和歌（一）二、六一七〇・六八、四、一一―一一）による。

（13）第一通は後紙存、第二通は前紙・後紙完存する。ともに仮名書きで、窮困を訴えて、上様（日野富子か）の配慮を求めるもので、同一人物から出された可能性が高い。そして第二通には具体的に「たひ〳〵申候つるかゝのますとみの事、侍従方へとし月かけて日々にさいそく申候へとも、一かうにせひの返事も候はす候てめいわく申はかりも候はす候、いまの分にてはいつとても一みちのきも候ましく候、たうしよくはいかをもちか〳〵申候はては、かなゐ候ましく候」などとある。「侍従」は広光実子の廣橋守光と考えられ、文明十五年三月に十三歳で任じた。また室町中期、加賀国益富保の領家は鷹司家なので（御前落居記録）、鷹司政平ないしその周辺が差し出したと推定できる。政平は十五年二月二十四日関白となったが、拝賀を遂げたのは二年後の十七年三月二十三日のことであった。「当職拝賀をも近々申候はでは」とは困窮のため拝賀を遂げ得ない状況を指す。廣橋家は鷹司家に家礼を執っているが、守光が幼少で伝奏の役を果たせないため、実父広光を頼ったものであろう。よって文明十五年から十七年の間、広光に宛てた書状と推定する。

(14) ちょうどこの頃、足利義尚の室町殿打聞が開始され（第十章参照）、広光が勅撰集・私撰集に関係する記事を探っていたと考えられる。
(15) 福田秀一『中世和歌史の研究』（角川書店、昭47）第五篇第一章Ⅰ「定家の書状　付、為家の書状」（初出昭34）参照。
(16) 風雅集の雑歌三巻のうちの「よみ人知らず」詠で、出典・年代とも未詳のものは四首あるが、道恵の作は特定できない。但し、

村雨は晴れゆくあとの山かげに露ふきおとす風のすずしさ（雑上・一五一八）

は、京極風を学んだと感じさせる。岩佐美代子『風雅和歌集全注釈　中巻』（笠間書院、平16）は、根拠は示さないものの、この歌を「作者は鎌倉武家歌人、または凡僧など、当代無名歌人の、隠名入集であろう」とする。
(17) 「生きてこそ今年もみつれ山桜花に惜しきは命なりけり」（続千載集・春下・一一六・平宣時朝臣）が該当する。同じ歌が拾遺風躰集にもあり、そこでは「あればこそことしもみつれ花よりもをしかるべきは命なりけり」（雑・三六三「述懐」・平宣時）となっており、こちらが原形であろう。歌の主題が命から花に替っており、確かに宣時ならではの感慨は薄められてしまっている。
(18) 長清の法名を蓮昭とする史料上の初見は寛文五年（一六六五）の夫木抄版本の跋文であるため、大塚勲「『夫木和歌抄』の編者藤原長清について」（季刊ぐんしょ28、平7・4）は疑問とするが、その必要はなくなった。なお既に小林一彦「『夫木和歌抄』の成立—撰者をめぐる問題」（国文学解釈と鑑賞72-5、平19・5）が反論し、長清＝蓮昭を信ずべきとしていた。第十一章注10参照。
(19) 同時期に同名異人がいるが、「法印」を冠されるか否かで区別される。なお「法印道恵」は為世十三回忌品経和歌に出詠することから、二条派に近しい。井上宗雄ほか編『頓阿法師詠と研究』（未刊国文資料刊行会、昭41）二一七頁参照。
なお小林大輔氏の紹介された詠歌清書寫は暦応元～四年の間の催しと見られる屏風色紙和歌の写しで、作者に「半隠士道恵」がいる。これも当該の道恵であろう。「兼好の作を含む屏風歌—東北大学附属図書館狩野文庫蔵『詠歌清書寫』をめぐって」（国語科文集〔早稲田大学本庄高等学院創立二十周年記念特別号〕平15・3）参照。

(20) 現在二七首が拾遺される散佚私撰集で、康永三年正月五日～貞和元年八月二十五日の間に成立、撰者は風雅集に批判的な二条派歌人とされる。但し冷泉為秀が入っているので、当該道恵の入集もおかしくはない。久保木秀夫『中古中世散佚歌集研究』（青簡舎、平21）第二章第七節「松吟和歌集」参照。

(21) 嘉暦四年（一三二九）正月二十四日前将軍久明親王百日仏事布施取人交名案（佐伯藤之助氏所蔵文書）に「手長　五大院兵衛太郎　対馬兵庫允　齊藤雅楽四郎」とある。『神奈川県史　資料編2　古代・中世（2）』による。

(22) 道恵の奉行人としての活動については、佐藤進一『室町幕府守護制度の研究　上』（東京大学出版会、昭42）第二章東山道「駿河」、森幸夫『中世の武家官僚と奉行人』（同成社中世史選書20、同成社、平28）第Ⅱ部第一章「南北朝動乱期の奉行人斎藤氏」（初出平23）、松本一夫「守護の国衙領領有形態再考」（史学54・4、昭60・5）など参照。

(23) 観応三年三月二十四日将軍家安堵状案写（喜連川家御書案留書）、同年同月二十九日今川心省遵行状（古簡雑纂五之六）、同年四月八日道恵〈斎藤雅楽四郎入道〉打渡状（円覚寺文書）。以上は『神奈川県史　資料編3　古代・中世（3上）』による。

(24) 注22前掲松本論考による。

(25) 注6前掲著による。

(26) 注8前掲荒木著、第一章Ⅰ「二言抄」、一三八頁。

(27) 但し高秀は頓阿らと関係は悪くなかったようで、新千載集にも入集している。舘野文昭「南北朝期武家歌人京極高秀とその歌学―『或秘書之抄出』と『古今漢字抄』を中心に」（中世文学57、平24・6）は「高秀は歌道の庇護者であっても、必ずしも冷泉派歌学の庇護者では無かった」とする。

(28) たとえば佐藤進一『日本中世史論集』（岩波書店、平2）「室町幕府論」では、この時期将軍が守護や御家人の継嗣問題を裁定する際、一族と家臣の支持をまず考慮しており、社会的に認められた通念と見る（一四〇頁）。

第二部　歌道師範家の消長

第四章　二条家と古今集注釈書――二条為忠古今集序注

一、はじめに

行乗法師の古今集六巻抄[1]に、藤原定家の顕注密勘を引いて、

此集事、入道中納言(定家)仰云、少年之時此集ヲ見ニ、ヨミエヌ所多キニ依テ、先人(藤原俊成)ニ尋申ニ、「古今ハウケテコソヨメ、押テハ争カ見ン」トテ被授了、是ハ前左衛門佐基俊説也ト云々、依之代々文字ヨミヨリ沙汰スル事也、

と伝えられている如く、文字読みを第一に古今集に関する知識は歌道を志す人々にとり必須であり、かつ師匠の講説を受けて初めて会得されるものであった。多くの門流がさまざまな説を立てる中で、最も権威を持ったのはいうまでもなく歌道家の説であり、就中御子左家の嫡流二条家家督（宗匠）[2]の説が尊重されたのであった。

鎌倉後期の歌壇の領袖であり、宗匠と仰がれた二条為世は、需に応じて盛んに古今集を講じている。為世の説は伝授に用いられた伝本の勘物や、古今集六巻抄・古今集浄弁注[3]・古今秘聴鈔など門弟の聞書に窺うことができるが、自身の手になる注釈書は遺されていない。為氏・為藤・為定・為明・為遠ら代々の宗匠も同様である。

僅かに為世の孫で、為藤の二男権中納言為忠（一三一一～一三七三）の作とされる古今集注釈書が遺されている。仮名序注のみであるが、歌道家に生を享けた人の手になる注釈書として注目される。本章では、その講受者・成

立・構成・注釈態度につき詳しく検討し、本書が確かに為忠の著作であり、宗匠家の説を伝える書であることを考証し、古今集研究史上の意義について述べるものである。

二、二条為忠について

二条為忠は、鎌倉後期から南北朝期にかけて活動した歌人である。二条良基の近来風躰の評は、言葉少なながら、同時代人による資料として上乗のものであろう。

為忠卿天性の堪能とはおぼえ侍らざりしかども、はれの歌などはよくよまれし也。古歌をとる事を好みき。古今などはそらにみなおぼえられき。誠に道の人とぞおぼえ侍りし。

既に井上宗雄氏が為忠の事績を集成している。[4] 系譜上は全くの庶子であり、宗匠であった従兄為定に随従しつつ、公宴にはよく出仕し、多くの歌書類を書写しており、地味ながら専門歌人としての生涯を全うしたことが明らかにされている。

但し、改めて為忠の伝記資料を拾遺してみると、為顕・為実・為親などの庶子とは同列に扱えないことが分かる。元亨年間（一三二一〜四）は十一〜十四歳、四位左少将に過ぎないが、祖父と父から将来を嘱望されていたらしく、二年四月二十四日賀茂祭使を勤める（花園院宸記）ほかしばしば朝儀に出仕し、御子左家のもう一つの家業蹴鞠にも抜群の才を示し、[5] さらに前関白二条道平の猶子となるなど、[6] 華やかな存在であって、遂に為世によって、為定の子孫や兄為明をさしおき、次代の家督に定められたのである。[7]

為藤が早世し、為世とは不仲であった為定が宗匠の地位を確立するに及び、為忠の存在感は家門でも薄らいだが、自分こそ嫡子であったとの意識は長く保たれたであろう。晩年には遊庭秘抄を著し、蹴鞠でも嫡流をもって任じていた。[8]

南北朝分立後は北朝に仕えたが、官位も停滞し四十歳近くなっても四位の中将であった。遂に観応二年（一三五一）四月に南朝に奔り（公卿補任）、正平一統をはさんで八年余祗候した。南朝では後村上天皇の蔵人頭、ついで右兵衛督・参議を経て権中納言に昇り、また吉野に珍しい専門歌人であるから歌壇師範として重用された。しかし園太暦延文四年（一三五九）十一月四日条によれば、幕府が南朝征伐を決断するに及んで、二十余人の公家が三班に別れて北朝に帰参、為忠はその第二陣に在ったという。その後は再び北朝に仕えた。一方で室町幕府の大名と親昵な関係を結び、土岐氏を頼り美濃に在国している。[9]公宴参仕の外には事績が乏しく、歌歴のわりに歌壇での存在感が薄いのも、在国のせいであったか。それでも冷泉為秀らと同じ権中納言従二位まで昇進した。[10]応安六年（一三七三）十二月十八日に薨去したのは京都であったらしい。[11]政治的にはなかなか複雑な進退を見せており、なお伝記研究の余地はありそうである。

こうした経歴が影響してか、北朝の勅撰集入集には必ずしも恵まれず、[12]現存歌数も百首に満たない。しかし南朝祗候時代には歌道家出身者の名をはずかしめない、非凡な作品が見られる。[13]なお近来風躰は別な箇所で「偏執の為忠」とも記しており、晩年には相当に屈折した人柄になっていたようである。

古今集をはじめ、古歌に通暁していたことは、さきの良基の言の如くであり、数多くの歌書の筆者として名を留めている。[14]後撰秘説[15]・練玉和歌抄[16]などがその編著とされている。近年もその筆にかかる未知の秀歌撰が発見されている。[17]二条為忠古今集序注の成立が、このような為忠の伝記にどのように関わるかも、以下に明らかにしていきたいと思う。

三、伝本・伝来

二条為忠古今集序注（以下適宜為忠序注と略す）の伝本は少なく、まず慶應義塾図書館蔵本[18]がある。享禄三年（一五三〇）正月、青蓮院尊鎮親王が鳥居小路経厚（一四七六〜一五四四）の所持本を書写させたもので、両人の奥書を持つ。以下の通りである。

此一冊令相伝之、不可及外見而已、　経厚判

此一巻以経厚法印所持之本、序分講尺已後為愚用所令書写之也、
享禄参歳次庚寅年正月八日己亥　（花押）（入道尊鎮親王）親王

右御一巻者以愚本所被遊写、見御奥書訖、凡此注与当流秘籍無相違之上者、可謂至要歟、雖為斟酌、依仰記之、恐懼々々、
法印経厚（花押）

此注之内、富士煙之説、範兼卿（藤原）并為相卿（冷泉）等儀也、被思渡歟、不審、当流説別伝在之、

経厚は青蓮院坊官で常光院流を汲む歌僧であり、尊鎮に古今集を講じた機会に、望まれてこの序注の披見を許

したとある。由緒正しい巻子本であるが、首部が欠け、僅かに受領者のものらしき「康安元年十二月三日　源範実 判」という署名・年記が残るものの、誰の注か判然としなかった。為忠の手になることが判明したのは、首尾欠損のない東山御文庫蔵本が紹介されたことによる[19]。これもまずは奥書を引用する。

右一冊者為当流秘籍、依感昭淳僧都数奇之志、所許書写也、敢莫令他見矣、
天文四年六月十八日　　法印経厚（凡判形如此、花押写）

永禄八年八月廿三日以件之奥書本書写了、
武衛（吉田兼右）（花押）

この奥書と筆蹟によって、吉田兼右の書写に係ることが明らかになる。兼右は永禄八年（一五六五）に正三位神祇権大副兼右兵衛督であった。その親本は、やはり経厚所持本を、天文四年（一五三五）に昭淳僧都が許されて書写し、経厚が奥書を加えたものであった[20]。したがって慶應義塾図書館本と東山御文庫本とは、同じ経厚所持本から出た、伯父と甥の関係にある。本文異同もほとんどないが、やはり前者がやや優れるようである。

前者の奥書で、経厚がこの序注を「相伝」したと分かる。但し、それ以前、尭孝―尭恵の流で注目された形跡は一切ない[21]。ところが、前者の奥書では「此の注と当流秘籍と相違無きの上は至要と謂ふべきか」とやや距離があるのに、五年後の後者の奥書では「当流秘籍たり」と断じており、経厚のうちでも扱いが違ってきたように思える。歌道血脈の正統を任ずる経厚にとって、既に子孫の絶えていた二条家の宗匠の説を伝えるものとして、価値を認められたのであろう。

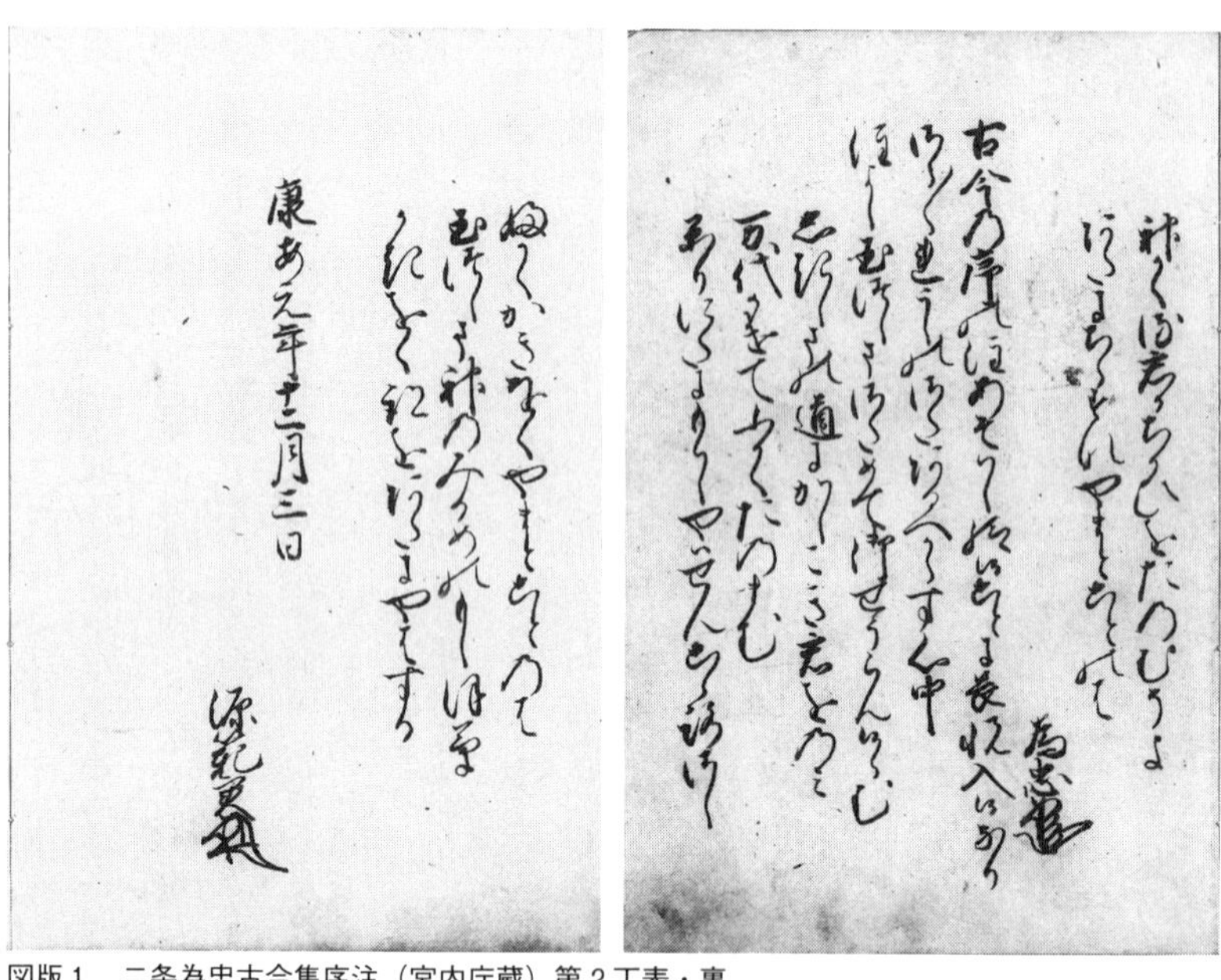

図版１　二条為忠古今集序注（宮内庁蔵）第２丁表・裏

四、成立事情

東山御文庫本によって、序注の前に、本注の授受の際に交わされた講者・受者のやりとりが置かれていることが分かった。成立事情を明らかにするものなので、全文を翻刻し（読点・濁点は私意）、一部を図版1として掲げた。慶應義塾図書館本では受者の花押は「判」となっていたが、この本では形状が模写されている。

古今の説を授けし人はあまた侍りしかど、序を注して書きあたへ侍る事、ひとりもいまだ其の例なき次第、住吉玉津嶋の明神照覧あるもの歟、しかるを赤松彦五郎殿、此の道の御心ざしふかきによりて、なをざりなき御心中露顕のうへ、聊爾のさたあるべからざるよし誓文あるあひだ、はゞかりをわすれて書き進らするところなり、ゆめ〳〵外見あるべからず、

あさからぬこゝろしら波かけまくもかしこき和哥の浦ぢをしへん
神かくる君がちかひをたのむぞよあだにちらすなやまとことのは
為忠（花押写）

古今の序の注あそばし給候、ことに畏悦入候なり、さら〳〵れうじのさたあるべからず、心中住よし玉つしまさだめて御せうらん候らむ、
しきしまの道にかしこき君をのみ万代かけてふかくたのまむ
かりにだにもらしやはせんこゝろざしふかくかきをくやまとことのは
玉つしま神のみるめのもしほ草かきをく跡をあだにやはする
康安元年十二月三日
源範実（花押写）

本注は、為忠が執筆し、康安元年（一三六一）十二月三日に、赤松彦五郎こと源範実という人物に授けたことが分かる（以下、前半を為忠の答状、後半を範実の誓状と呼ぶ）。

図版2　二条為忠花押（『花押かがみ』より）

ここに為忠・範実の花押が模写されている。まず為忠の確実な花押と比較したい（図版2）。兼右の筆を通しての判断となるが、形状の特徴は全く一致している。上部は「為」の崩しである。同人のものと見て問題あるまい。

一方、源範実とは、摂津守護の赤松範資の男で、「赤松彦五郎範実」の名で太平記に度々登場する武将のことであ

赤松氏略系図

- 則村
  - 範資
    - 光範
    - 直頼
    - 範実？
    - 範顕？
  - 貞範
  - 則祐
  - 氏範

ろう。しかし赤松範実は同時代の良質な史料には登場しない。

やはり赤松範資の男に範顕という人物がいて、貞治年間以降、摂津国守護代として活動の跡を遺す[22]。貞治二年（一三六三）八月三日兵庫助範顕書下状（今西文書・乾[23]）は、東寺領摂津国垂水荘ほか四郷への大小国役および守護使入部を停止するよう下知したもので、署名は「兵庫助範顕」である。そして東寺執行日記同年八月四日条、

昨日三日、赤松彦五郎（摂津国守護代、号広瀬）候人猪熊四郎来臨、垂水庄事談合了、

によれば、兵庫助範顕が「赤松彦五郎」と称していたことが分かる。また後深心院関白記応安六年（一三七三）十一月十三日条に流人宣下記事があり[24]、「性遵（準）（赤松肥前入道）下野国（上総カ）、範顕（同兵庫助、称広瀬）、越後国云々」と見える。

問題は範実と範顕の関係である。範実は範顕の兄弟と見るのも一案であろうが、ここで範顕の花押を示すと（図版3）、図版1の範実の花押模写に酷似し、同人のものと見てよいであろう。整理すれば、赤松範実は仮名彦五郎、貞治初年兵庫助に任じ、か

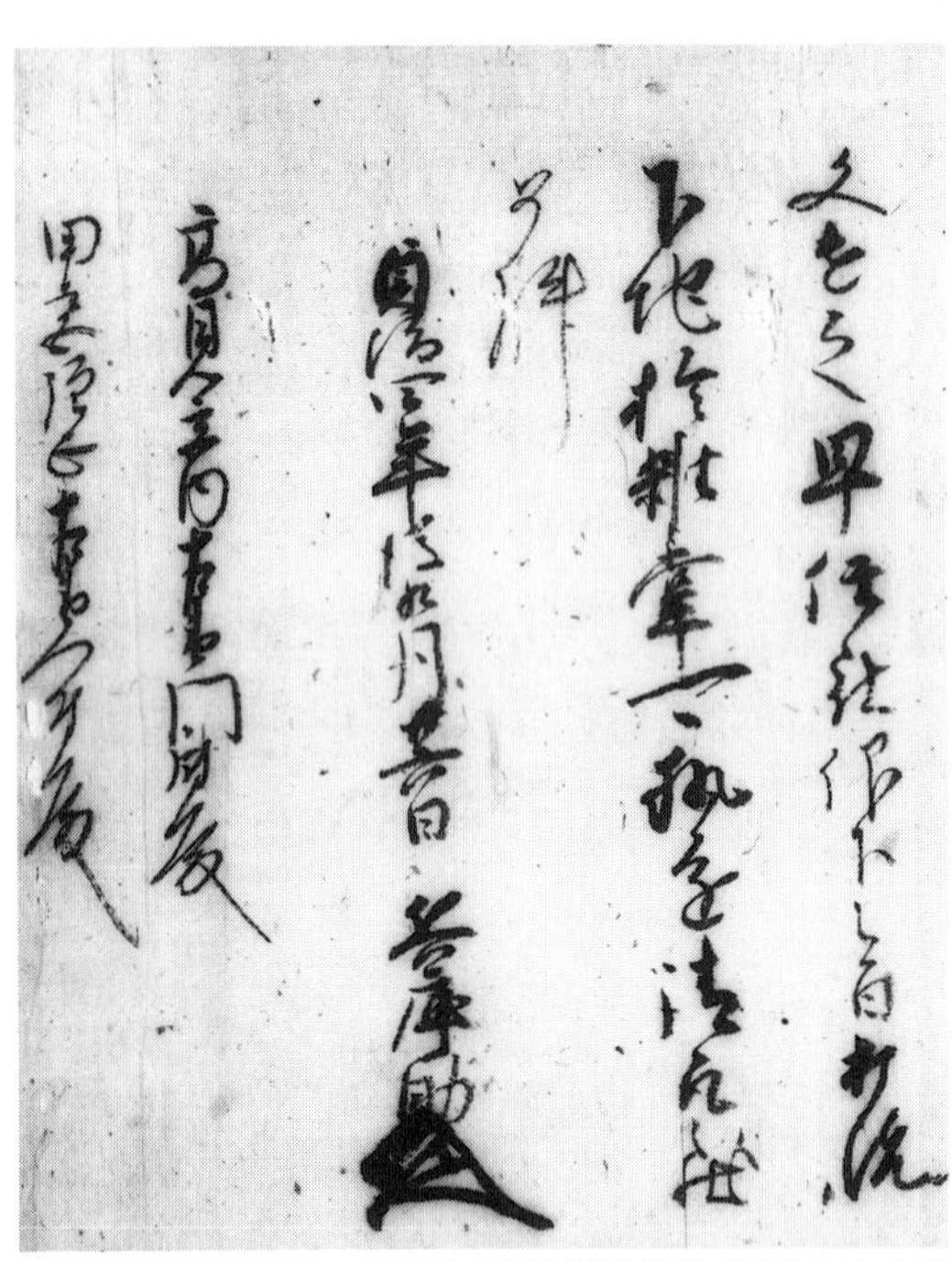

図版3　貞治4年閏9月26日赤松範顕遵行状（東寺百合文書め函21号）

つ範顕と改名した。そして応安六年の配流まで摂津国守護代として活動した、ということになる[25]。

赤松氏は円心（則村）の後、摂津国の守護となった嫡孫光範と、播磨国を譲られた三男則祐とに分裂した。範実（範顕）は兄光範のもとで守護代を務めたが、太平記によれば、叔父則祐の養子でもあった。そしてこれより以前、為忠は則祐のために古今集を書写したり説を授けたりしている[26]。範実の和歌好みも、養父則祐から継承したと見てよい。以上の点、為忠序注の誓状・答状に記された内容は十分に信用できると言える。

ところで、康安元年と言えば、南朝が僅か二十日間ながら最後の京都回復を果たした年でもある。これは失脚した幕府執事細川清氏が後村上天皇に降参したことで、南朝が漁夫の利を得たことによる。この時、範実は清氏と行動を共にし、足利義詮を攻撃した。太平記巻三十七・新将軍京落事には南朝の侵攻について、

其ノ勢二千余騎ニテ十二月三日住吉・天王寺ニ勢調ヘヲスレバ、細川兵部少輔氏春、淡路ノ勢ヲ卒シテ兵船八十余艘ニテ堺ノ濱ヘ着ク、赤松彦五郎範実「摂津国兵庫ヨリ打立チテスグニ山崎ヘ攻ムベシ」ト相図ヲ差ス。

と見えている。範実が京都に突入したのは、誓状が執筆された十二月三日当日かその直後となる。為忠序注の成立について、疑問をさしはさむ余地があるとすればこの点であろう。しかし、かような兵馬倥偬の状況にあるからこそ、範実は伝受を切望したと思われ、戦闘を前にした武将の懇望に動かされたものか。すると為忠はこの時期、範実と行動を共にし播磨か摂津に在国していたのではないか。

本書の直接的な価値ではないが、以上のことは内乱期の武家の動向、また歌人の役割を考えるのにも興味深い。為忠は二年ほど前に北朝に帰参したばかりなのに、南朝に通じた武将と交渉を持っていたことになる。これは、南北往来とは関係なく、赤松氏と深く結びついていたゆえなのであろう。そもそも赤松氏は、円心の代から戦略

として何度も南朝に与した大名であった。範実もまた本心から幕府に叛いたわけではなく、「養父」則祐が諭したところ、たちまち心変わりして播磨へ戻ってしまったという。[27] 後村上天皇に重用され、歌道を通じ知己も多い為忠は、赤松氏にとり、南朝や公家社会との媒介役でもあったと思われる。戦国時代とは異なり史料が乏しいが、為忠はどうもただの歌人として処世していたのではなさそうである。

五、構成・注釈態度

為忠序注の構成について考えたい。仮名序の文章を五十五段に分け、それぞれに対応して一字下げで注を、さらに場合によって、その疏を示すという形態をとる。一例を掲げる（便宜上、ａｂｃの記号を付した）。

　延喜五年四月十八日に大内記――古今和哥集と云、…ａ

　古今の名は詩正義曰、詁訓者釈古今之異辞、触物之形貌云々、此の文につきて今の集になづけたる歟、…ｂ
（ママ）

　花・郭公・紅葉・雪をみるといへるは、四季の事なるべし、鶴・亀・秋萩・夏草・相坂山など、いひいだせるは、賀・恋・旅の部也、春夏秋冬にもいらぬ哥は雑の巻の事なるべし、…ｃ

ａは仮名序本文を中略して示している。

ｂは古今為家序抄の引用と考えられる。「古今の名は、詩正義云、詁訓者古今之異辞、弁物之形貌云々、此文につきて、今、集になづけたるにや」としており、関係は明瞭であろう。為家の古今集注釈書は数種あり、中には仮託書もあるが、ここで藍本とされた古今為家序抄（以下為家序抄と略す）は、文永元年（一二六四）六月に著された真作で、穏当かつ学問的にも優れた注釈とされている。[28]

ｃが為忠自身の注釈内容と考えられる。ここでは、中略部分に在った字句について説いている。為忠の注釈は為家序抄が触れていないことについての補足的な説明が多く、また必ずしも全段に付されているわけではない。

続いて、有名な六歌仙評への注解を取り上げたい。この部分の序の本文には細字で（古注と呼ばれ、公任の所為と言われる）集中より各歌仙の代表歌を注記している。文屋康秀に対しては、

ふくからに秋の草木のしほるればむべ山風をあらしといふらむ（秋下・二四九）

深草のみかどの御国忌の日よめる

草深き霞の谷に影かくし照る日のくれしけふにやはあらぬ（哀傷・八四六）

という二首の歌本文と詞書とが挙げられている。この部分に対する為忠序注は、為家序抄を引用せず、為忠の見解だけを載せている。

注に「深草のみかどの御国忌に」といへる、常説にはみこきとよめり、庭訓おこきとよまれ侍りき、是重々子細あり、

ところで師成親王（後村上天皇男、法名竺源恵梵）の編纂に係る内閣文庫本古今和歌集注（伝冬良注）[29]は、頓阿・親房をはじめ南北朝期の諸大家の説を集めた注釈書であるが、そこに「為忠説」も十箇所近く記載され、為忠作の古釈今勘という逸書からの引用もある。

そして八四六番歌の詞書につき「仁明三月廿一日おほびこき。をこき、口伝。忠説」と記している。「忠説」は為忠説の略と考えられる。すなわち為忠序注が「庭訓おこきとよまれ侍りき」と述べるのと照応している。本書が為忠の説を伝えていることの外部徴証となるであろう。

六、為忠の庭訓と宗匠家説

為忠の注には庭訓である旨をことわるものがある。為忠が説を受けたのは、主として暦応元年（一三三八）まで存命であった祖父為世からであったと思われ、宗匠家説を最も忠実に伝えていることが予想される。浄弁注・六巻抄などとよく重なる説がある一方、微妙なズレを生ずる部分もある。

冒頭、「やまとうたは人の心をたねとして…」についての為忠の注は次のようなものである。


やまとうり・やまともちゐなど、云ふ様にはよみ侍らず、やまとうたとこの声（シャウ）のごとくによむべし、是庭訓なり、

と「やまとうた」の発音について声点を施し説明している。これは六巻抄で、

やまとうたは
やまとうりなどいふ様にはいはぬなりと庭訓也、

とするのと吻合し、いかにも宗匠家での講説を思わせる。

またその少し後の箇所を示すと、

とをき所もいでたつあしもとよりはじまりて年月をわたり、たかき山もふもとのちりひぢよりなりてあまぐもたなびくまでおひのぼれるごとくに、この哥もかくのごとくなるべし。

居易座右銘曰、千里始（ハジマリ）二足下一、高山起（ハル）二微塵（ミチンヨリ）一云々、ちりひぢとは塵土也、土のはひに立をば因幡国にはちりひぢといふ云々、

　　ちりいぢとよむべし、

出典考証は為家序抄の「居易座右銘曰、千里始足下、高山起微塵云々。塵土也。土をば、ひぢとよむなり。或人云ふ、つちにたつはひを、ちりひぢといふことは、今も因幡国の風俗にあり云々」を利用し、為忠は「ちりひぢ」を「ちりいぢ」と読むのだ、と述べるのみであるが、為世の講説を聞書した浄弁注によれば、これが二条家の秘説であり、伝授の核心でもあった。

　　ひぢとは、土字をも、泥字をもよむ也、よみあぐる時、いぢとよむ也、人いかやうによむぞとはゞ、ひぢとよむと可答、これ当家の口伝也、これをしらで、源承法眼などかきをける物にも、詞のかみにをける「い」文字に「ひ」をつかへることにやある、などみゆる。おかしき事どもなり。

源承は為家二男、一門の長老で、有名な歌僧であった。しかし源承は家説を知らないためにおかしなことを述べている[30]と語り、為世は庶流に対する軽侮の念を隠していない。

また六巻抄の、行乗が為世の講説を直に筆録した箇所にも、

　　○ちり。ひぢ（いトヨム）、ウヅモレタルスカタ也、

　　○御国忌、ミコキトモ、ヲムコキトモヨム。凡ハクルシカラズ、サリナガラ、庁官ナドコソ、ミコキトハイヘ、ヲムコキヲ可用也。是ヲ先師（定為）モ御コキヲ可用ト被仰シガ、ミコキモクルシカラズトアリシ也、

と見える。実に瑣末な事柄であるが、嫡流と庶流との間の差は全くこのようなところに存した。為忠も宗匠家説を継承しており、その意味を認識して講じていたことが確認される。

ところで、古今集の講説の盛行とともに、定解を見ない難解な歌意・語意は難義として区別し秘説とする傾向が生じた。そこでは庶子や他家の説を異説として攻撃することに努め、その排除否定のみを目的とする記述にも

堕しているが、かえって各注釈書の性格を判断する指標となっている。

そのような古今集の難義で、不立不断論争は最も有名である。仮名序の「今は富士の山の煙もたたずなり、長柄の橋もつくるなり」という箇所に対して、二条家は「たたず」を「不断（絶）」、京極為兼や冷泉家は「不立」とする解釈をとり[31]、論争した（解釈上は不立説が正しい）。為忠の見解を掲げる。

富士煙の事、不立の義をたて申す説、さま〳〵書きをき侍れど、於庭訓者まさしく不断の義なり。証哥に「さびしさに煙をだにもたゝじとて柴おりくぶる冬の山里」、此の哥を証拠に申され侍しかば、うたがひなくたえぬけぶりの義なるべし。将又基俊判者にて哥合を判し侍りし詞にも、「たゝぬけぶり」をたえぬ義と申し侍る説、分明なり。俊成卿は基俊に古今を伝受し侍りしかば、彼の説尤も当流には規模なるべし。ながらの橋の事、尽きぬる義を申す説あるか、髣髴の尺なり。造義なり、修理の心なるべし。

典型的な二条家説であり、証歌に「さびしさに…」の和歌（後拾遺集・冬・三九〇・和泉式部）を引くのも宗匠家説である[32]。但し後半、藤原基俊が「たゝぬけふりをたえぬ義」と釈したと述べているのは[33]、御子左家歌学の淵源に言及したものではあるが、これ以前の宗匠家の説には見られない、独自の記述と思われる。そのことは経厚も気付いたか、「此注之内、富士煙之説、（藤原）範兼卿并為相（冷泉）卿等儀也、被思渡歟、不審、当流説別伝在之」と注意を喚起している。

なお「長柄の橋もつくるなり」には「造」を充てるのが普通であったが、この頃から定家の説と称して「尽」の義をとる注釈書が現れている。これは二条家末流が言い出した説のようである[34]。為世は「造」で毫も疑っていないし、為忠も「造」であるとして、「尽」説を一蹴している。

そして第一の難義とされたのが「ならのみかど」の比定である。これは仮名序の「いにしへより、かく伝はる内にも、ならの御時よりぞ広まりにける。かの御代や歌の心をしろしめしたりけむ。かの御時に、正三位柿本人麿なむ歌のひじりなりける」および「これよりさきの歌を集めてなむ万葉集と名付けられたりける。（中略）かの御時よりこのかた、年は百年あまり、代は十つぎになむなりにける」という二箇所の記述で、後者によれば平城天皇を指すにもかかわらず、前者に就けば柿本人麿の生存年代とは合致しないという矛盾である。為忠序注はそれぞれに言及し、

柿本人麿があひたてまつるならのみかどは、文武天皇の御事なるべし、人麿は正三位のよし此序にはかきのせ侍れど、つかさもくらゐもしらず、勅撰えらぶ時の作者の目録にも官位不知の人の第一なり。

万葉集時代事、ならの御時につきて、或文武天皇、或聖武天皇、或聖武孝謙二代、或桓武天皇、或平城天皇云々、家々異説人々執論歟、所相伝者聖武御時也、別紙注之、

まず人麿が仕えた帝と、万葉集成立の代の帝を同定しないことにより、不整合を解決しようとする。これまでの注は一人の帝に比定しようとすることで無理が生じたのであるから、合理的な考えと言えるであろう。その上で万葉集成立時の「ならのみかど」は誰か諸説あるが、[35]相伝の説は聖武天皇であると述べている。実際、諸家の見解は区々であるが、二条家においては正説は文武とされて、聖武は否定はされないが、あくまで「一説」の扱いであったから、[36]これも本書の特徴の一つとなろう。

七、為明の古今集講説との関係

為忠序注が著された康安元年、二条家は内紛のただ中にあった。

前年の延文五年（一三六〇）三月、宗匠為定が薨去した。長年為定を輔佐してきた従弟為明は六十六歳、嫡男為遠はようやく二十歳に過ぎない。晩年の為定は為遠を脅かす者として為明を疑い、臨終に当たって義絶した。(37)家門は為遠と為明とに分裂して、抗争することとなる。

そこで為明は後光厳天皇・二条良基・正親町三条実継・足利義詮ら貴人に対し、次々と古今集を授けた。(38)家説を継承する者こそ家督であると認めさせる手だてにほかならない。為明の注は現存しないが、六巻抄裏書にはこの時期に為明が講じた説が書き加えられている。「富士の煙たたず」について次のように述べた。

煙事、侍従中納言為明、云、延文五・十月廿九日、二条前関白（良基）古今伝受之時、仰云、扶桑葉林第廿巻マデハ歌合也、云、基俊判詞云、（第十三巻）ムロノ八嶋ノ煙ノ事ニ、煙ノタエヌ事ニハ富士ノ山ヲコソイヒナラハシタレト云々、基俊ノ時マデタエヌフジノ煙、今ノ世ニ絶ンヤ、フジノ煙ハ不断、勿論也、

当家歌道事、御堂関白（藤原道長）ヨリ不伝、御子左大納言（藤原長家）ヨリモ不伝、俊成卿父早世、ミナシ子ニテアリシニ、基俊ニアヒテ古今ヲ伝受ヨリ成業トナレリ。彼ノ義ヲ本トスル上ニハ勿論也。

良基が扶桑葉林（本書第十一章参照）から引用し為明に示した、基俊の判詞とその家説としての意義は、為忠序注においても同様に強調されていた。二人の説には何らかのつながりがあると見られるのである。「ならのみかど」についても為明説を知ることができる。

所詮文武・聖武共ニ当流ニステラレズ、両義也。是等義面々可思案也。延慶訴状ニ文武ト書リ、是ハ故定為法印草也、既ニ是ヲ宗匠（為世）モ同テ公方ニ被出之上ハ、非ニアラザル条勿論也、然而当時ハ猶聖武ノ義ヲ被執用之由中納言為明卿被仰、若是ニ不随バ勝如（証如、行乗の号）是ヲ不知ニナルベキ故ニ可用之歟、

このように為明も聖武説をとる。行乗は、二条家では文武であるはずなのにといぶかりながら、為明が聖武に

執するので、家説を知らない者と見られるのを懼れて、不承不承従ったような口吻である。二条家で為忠と為明だけが聖武説を唱えている（ともに家説と強調する）のは、文武説をとる為定―為遠流との違いを強調しようとしたからであろう。

為忠は為定逝去の少し前、延文四年十一月頃に南朝祗候に見切りを付け帰京しており、井上氏は「或は為明が自派を固める為に呼び戻したのではあるまいか」[39]と推測する。その後は為明と行動を共にしている[40]。為忠序注の成立動機は赤松範実との個人的関係にあるように思われるが、この時期の兄弟の古今集講釈が全く無関係に行われたとも考えにくい。長く庶流に甘んじ、世人からは家説を存知しない者と見られた[41]為明は、為忠を介することで自己の弱点を克服しようとしたのではないか。歌学に造詣深い上、一時期二条家の嫡子と目されて、庭訓を多く存知していた為忠は、心強い存在であった。二条家の内訌は、為明の撰者拝命、冷泉為秀の復権、頓阿の権威上昇など、南北朝期歌壇に多大な影響を及ぼしたが、為忠序注はその副産物の一つと言えようか[42]。

八、おわりに

最後に為忠序注の価値についてまとめておきたい。

良基が近来風躰で歎賞した、為忠の古今集に対する造詣の深さを知る具体的な史料を初めて得たわけであるが、むしろ鎌倉後期から南北朝期にかけての宗匠家の歌人の手になることが確実な、ほぼ唯一の注釈書である点がより重要であろうと思われる。

為忠は範実に対し「古今の説を授けし人はあまた侍りしかど、序を注して書きあたへ侍る事、ひとりもいまだ其の例なき」と述べる。ここに本書の価値が集約されていよう。実際は為家のものなど少々存するのでやや誇大な言であるが、この時代においても、注釈書を著すのは熱心な門弟の地下歌人あるいは「非成業」の公家である。古今集注釈が、秘伝の性格を強くすればするほど、宗匠自ら筆を下すより、門弟に講じ、筆録させた方が権威を保ちやすく、家説の秘匿という面でも安全であった。

もちろん、為忠が自ら執筆して授けた背景には、これまでも何かと庇護されてきた赤松氏より、さらなる援助を期待しなければならなかったのであろう。当時の為忠は在国を余儀なくされるほどの困窮に在ったわけで、その点では為忠もしくは歌道家をめぐる環境の厳しさを思わずにはいられない。

それにもかかわらず、いや、それゆえにこそ、為忠は、家説を継承する嫡子であるとの意識のもと本注を執筆し、赤松範実に授けたに違いない。南朝祇候期に次のように詠んでいる。

日前宮によみてたてまつりける五十首歌中に

いかにせんをしふる庭にまださかぬ若木の梅の花のおそさを（新葉集・雑上・一〇一八）

「をしふる庭」には庭訓の意を込める。嫡子とされながら、歌壇では脚光を浴びることなくむなしく老いてしまった歎きと、かつ為世・為藤の説を継承する者という自負が読みとれる。為忠序注の注釈内容も、為家以来の家説に忠実に基づいた、穏当かつ正統的なものであることは、ここに述べた如くである。

為家序抄の二条家における重要性も明らかになった。二条家は定家の顕注密勘と僻案抄を基盤として古今集説を構築していったが[43]、俊成・定家には仮名序の注釈書がなかった。本書には為家序抄の大部分が引用されているので、その校勘資料としても利用価値があろう。

本注に為忠自身の見解は多いとはいえない。だからといって、為忠の自信のなさ、あるいは安易な注釈態度をここから導き出すのは、早計であろう。内閣文庫本古今和歌集注に引用されていた、為忠作の古釈今勘も、本書と同じスタイルをとった注釈書なのであろう。この書名からは、古釈（為家等により説かれた家説）に対し、自身の考え（今勘）を添える形態であったことが推測される。自説と家説とを峻別し、家説を純粋に保持しようとする為忠の謙抑な姿勢が伝わってくる。このようなところにも、良基の述べた、「道の人」という評の意味を実感させるものがある。

注

（1）深津睦夫「『六巻抄』と宗匠家説―宗匠家の古今集注釈1」（国語国文56―2、昭62・2）によれば、本書は四十年以上にわたり増補修訂を重ねられているが、骨子は行乗が師定為法印の説を聞き、さらに僻案抄を引用して構成したものである。一部には為世や為明の直説を含んでおり、二条家の説を知るには絶好の資料であることは疑いない。こうした成果を踏まえて、可能な限り誰の講説かを示して引用した。引用は片桐洋一『中世古今集注釈書解題　三下』（赤尾照文堂、昭56）により、『東海大学蔵桃園文庫影印叢書10　六親（付　紙背文書）』（東海大学出版会、平4）を参照した。

（2）内裏・仙洞の師範、勅撰集の撰者となるなど、時の歌壇の第一人者である公卿への敬称。横井金男・新井栄蔵編『古今集の世界―伝授と享受』（世界思想社、昭61）第二章「宗匠家説とそれをめぐる注釈」（深津睦夫氏執筆）参照。

（3）深津睦夫「古今和歌集浄弁注について―宗匠家の古今集注釈2」（皇學館大学紀要28、平2・1）。引用も同編『浄弁注　内閣文庫本古今和歌集注（伝冬良作）』（古今集古注釈書集成、笠間書院、平10）による。

（4）『中世歌壇史の研究　南北朝期』（明治書院、昭40〔改訂新版　昭62〕）。

（5）二条道平の後光明照院関白記元亨四年二月二十三日条に、後醍醐天皇が北山殿に行幸し、法水院で蹴鞠を行った時に為忠は十四歳でありながら鞠場に立ち「錦革」の韈の着用を勅許された。それに先立って道平に諮問があった。

為藤卿申、為忠錦革韈事、賀茂教久同申、仰云、さのみはいかゝ、申云、為家卿十六歳紫革直聴、為忠十四歳雖如早速、

彼者未非重代紫革也、是者已可謂重代、又錦革也、何事候乎、

錦革は、韈の程品では第四級で、「是又わかくはなやかなる色也、禁色と号也、おなじく勅許ありて後これをはく」とある（遊庭秘抄）。嫡子としての扱いである。後光明照院関白記の引用は拙稿「『後光明照院関白記（道平公記）』解題・翻刻・人名索引」（調査研究報告22、平13・11）による。

（6）続後拾遺集・雑中・一一二七、八に次のような贈答がある。

前中納言定家例にまかせて為忠朝臣を猶子にすべきよし、民部卿為藤申し侍りけるに、よみておくりける

前関白左大臣

いにしへのふかき契のそのままに又むすびぬる中河の水

返し

民部卿為藤

いにしへもかくやむすびし中川の水のしら波跡はあれども

摂関家（九条流）と御子左家との間で、再び昔のような芳約が結ばれたことである、位の歌意で、定家が道平の先祖の某（時代的には兼実が相当するであろう）の猶子になったと解釈される。為忠が嫡子となるための布石であることは間違いあるまい。

（7）後光明照院関白記元亨四年七月十六日条によれば、為藤は病が危急になるに及び、為忠が為定の次の家督となり、また続後拾遺集を奏覧するように定めた。「藤大納言執筆」とあるので為世の意向であろう。拙著『拾遺現藻和歌集―本文と研究』（三弥井書店、平8）参照。

（8）遊庭秘抄が為忠の撰であることは、拙著『二条良基研究』（笠間書院、平17）第三篇第一章「北朝蹴鞠御会について」で考証した。

（9）新拾遺集・離別・七五五に、

参議為忠美濃国より都にのぼり侍りし時よめる

故郷にたちかへるとも行く人の心はとめよ不破の関守　　源頼康

と土岐頼康から為忠への贈歌が載る。為忠の答歌は入集しないが、為明は為忠の南朝祗候の前歴を憚かったのであろう。

また続草庵集・雑・四二七、八にも、

二条前宰相、美濃の国よりのぼりて雪のふる日下られしに、申し侍りし

ふりはつる我が身ならずば不破の山雪に越えゆく跡やしたはん

返し

ふる雪のみのの中山うちはらひこえばや君と同じ心に

と、頓阿との贈答がある。ともに康安・貞治年間のことと考えられる。これらを総合すれば、この頃為忠は美濃を本拠とし、同国守護土岐頼康の庇護を受けていたと考えられる。

(10)　砂巌（宮内庁書陵部蔵柳原本）巻五所収、貞治五年頃の後光厳天皇勅書写に、為忠の権中納言昇進について「中納言事、善成(四辻)は勅約分にて候へば、誡勿論候、為忠卿は追可加思案候、為秀も無執心はさこそ候らめ、最勝講にも是は可出者候哉、如何」とある。天皇としてもさほど賛同できないが、推挙があったので考慮する、といったところであろう。

(11)　東山御文庫蔵後光厳天皇御消息（勅封一一六、四）に「兼又為忠卿事、尤以歎入候〳〵」とあるのは、為忠逝去を庇護者の立場の某（良基か）に向けて悼んだものであろう。

(12)　勅撰集の入集状況は、風雅三・新後拾遺一・新続古今六の計一〇首。新葉に四〇首も入集するのは、南朝歌道師範としての功績に報いたためと言われている。

(13)　注4前掲井上著、六七二頁。

(14)　歌書書写の事績は注4前掲井上著に詳しい。八代集などは何度も写したのであろう。増補古筆名葉集の為忠の項には「八半　後撰哥一行書」とあり、実際に為忠筆の八半本三代集の断簡が各所に蔵される。また小型本でも十行書、歌一首一行書であるのは、家の証本（定家本）を墨守したものか。

(15) 後撰集秘説歌・後撰集秘説伝受歌且三十二首とも。肥前島原松平文庫蔵歌書集・風に収められ、単行でも東京大学蔵本・彰考館文庫蔵本などがある。三十二首の撰釈である。注4前掲著六五五頁が「為忠辺りの伝授書」と見られる旨を述べる。『和歌大辞典』に指摘される如く、和歌色葉の「次に後撰中三十二首あり」を独立させたものである。

(16) 田中登編『練玉和歌抄―八代集秀歌の世界』（和泉書院、昭60）。

(17) ミシェル・ヴィエイヤール＝バロン「パリ東洋ギメ美術館図書館蔵二条為忠筆秀歌撰集―影印・翻刻・解題」（古代中世文学論考刊行会編『古代中世文学論考』第19集、新典社、平19）参照。

(18) 目録書名「古今和歌集序注首欠」。函架番号、一三二X・六五・一、巻子装一軸。天地二五・二。料紙は斐紙。一紙長さ三三・〇内外、全二四紙継ぎ。縹色後補表紙、見返し銀切箔散らし。外題なし。箱書「古今仮名序」。本文は朱筆で訓・返点・声点を施す。

(19) 勅封、六三、三、一、六。大和綴（綴葉装）一帖。二四・〇×一六・〇。料紙は斐紙。縹色原表紙、左肩に打曇題簽を貼り「古今為忠卿序注」と本文同筆で墨書。内題などなし。料紙は斐紙。墨付三五丁、遊紙前一枚、後二枚。本文は九行書、一部に声点・ルビなどを付す。

(20) 昭淳は蓮光院住持で青蓮院門跡に仕えていた。二水記天文元年（一五三二）九月二十四日条によれば、尊鎮親王が真如堂に参詣した帰途、昭淳の蓮光院に酒宴があり、兼右も随従した。青蓮院を接点とした三者の交友が想定される。同じ天文四年六月、経厚が昭淳に古今和歌集真名序聞書（実は両度聞書）を写し与えた旨、東山御文庫本（勅封六三、三、一、四）の奥書に見える。また了誉序注の一本も天文四年林鐘中旬に書写された（東京大学国語研究室蔵本）。いずれも経厚から昭淳への講義の途次か。

(21) 明応四年（一四九五）十月十五日、尭恵から経厚への古今伝授が完了した時に与えられた古今集口決相伝目録次第不同（曼殊院蔵）には伝授切紙・典籍が列挙される。六巻抄・井蛙抄は見えるが、為忠序注は見えない。ところで曼殊院蔵古今伝授資料には、尊鎮・経厚関係のものが目立つが、そのうちの「目六ノ案」と題する江戸初期の折紙に、

一、厚第記　一包

一、為忠卿序注　一冊
一、古比シブ表帋　一冊
（下略）

とあり、末尾に「禁へ上ル分」とあるので、経厚以後のある時点で、為忠序注は一括して禁裏に献上されたらしい。この本が現在の東山御文庫本の親本であろうか。以上は東京大学史料編纂所蔵写真帖（「古今伝授関係資料」）による。

(22) 佐藤進一『室町幕府守護制度の研究　上』（東京大学出版会、昭42）三八頁。

(23) 東京大学史料編纂所蔵影写本（三〇七一・六三・七・一）による。この文書の花押も図版1・3と同型である。

(24) 国立公文書館内閣文庫蔵寺訴引付日記応安六年正月十八日訴状によれば、興福寺衆徒が範顕を「神人刃傷殺害悪行」により遠島に流すように執拗に要求し、朝廷・幕府が受け入れた処置である。

(25) 太平記では「赤松彦五郎範実」が計六箇所に登場する。流布本によって巻と章段名を示す。（　）内は対応する史実年月日である。

⑴巻三十二「神南合戦事」（文和四・二・六）。
⑵巻三十四「新将軍南方進発事」（延文四・一二・二三）。
⑶巻三十四「龍泉寺軍事」（延文五・閏四・二九）。
⑷巻三十七「新将軍京落事」（康安元・一二・三）。
⑸巻三十七「南方官軍落都事」（康安元・一二・二六）。
⑹巻三十八「和田楠與箕浦次郎左衛門軍事」（貞治元・九・一六）。

一方、「兵庫助範顕」は一箇所、巻三十九「諸大名讒道朝事」、斯波高経攻略に加わった幕府軍諸将の内に見える。史実では⑹の四年後の貞治五年九月三日である。範実から範顕への改名をこの間と見て矛盾はない。

これらの章段の本文は、西源院本・神宮徴古館本と対校しても大異ないが、天正本のみは⑵⑷⑹を「兵庫助範顕」とする（⑶は「彦五郎範実」自体を欠く）。天正本は、日記などを用いて古態本系本文を史実に近づけるべく改変した異本とされ、成立は室町中期以前まで遡る。天正本の本文改修作業が人名比定にも及んだとすれば注目すべきであろう。長坂成行「天正本太平記成立私論」（国語と国文学53-3、昭51・3）参照。

(26)『国書聚影』掲載、呉文炳旧蔵伝二条為定筆古今集に、校合された一本の奥書が朱書で転記される。

暦応三年二月五日、以家之証本令書写校合訖、
赤松師律師(ママ)則祐頻所望之間、不恥悪筆、書
與之、更不可有他見者也、虎賁中郎将藤　判
以家説、授権律師則祐訖、
貞和四年九月四日　　　左中将藤原　判

実隆公記明応七年（一四九八）八月十八日条と対照すると、ともに為忠の所為で、まず赤松則祐の懇望により証本を書写して贈り、さらに家説を授けたわけである。二人の関係が早くから始まったことが分かる。注4前掲著四二〇頁、高坂好『赤松円心・満祐』（人物叢書、吉川弘文館、昭45〔新装版　昭63〕）一一八頁参照。

(27)範実兄光範は、清氏を追い落とした佐々木導誉と不和であった。そのような因縁から範実も清氏に与したのであろう。一方則祐は導誉の女婿でもあり、養子とした甥範実を叱責して帰順させたのである。長谷川端『太平記の研究』（汲古書院、昭57）Ⅱ「太平記の人物形象」、前田徹「観応の擾乱と赤松則祐」（塵界：兵庫県立歴史博物館紀要23、平24・3）参照。

(28)片桐洋一『中世古今集注釈書解題　二』（赤尾照文堂、昭46）。

(29)引用は注3前掲編著による。

(30)源承和歌口伝・十「訓説おもひ〳〵なる事」に「ちりひぢ」の読みについての記述が見える。

(31)源承和歌口伝・十「訓説おもひ〳〵なる事」によれば、阿仏尼の今案であり、延慶両卿訴陳状・六巻抄などには、鎌倉将軍久明親王の前で、為世と為兼・為相とが議論したことが見える。

(32)古今集六巻抄裏書に、為世の談として、
雅有卿(飛鳥井)於中院亭、民部卿(為家)入道ニ古今ヲヨミシ時、本ヲバ為世ヨミ、義ハ禅門被授シニ、フジノ山ノ煙ハ不断ト授シニ、

彼卿云、文粋ニモタエタルト見エタル事ノ候ヤラン、又、不立トテハ心得ラレタルヤウニ候トイヒ出シタリシ程ニ、イサトヨ当流ハ不断也、古歌ニモ（後拾遺 和泉式部歌也）「サビシサニ煙ヲダニモタ、ジトテ柴オリクブル冬ノ山里」トコソアレト答テ、ヨニアシゲナリシ程ニ、イヤ〳〵トテ暦ノ様ニ巻タル物ニ聞書ヲセシ也、（下略）

と見え、為家の時から証歌となっていたことが知られる。さらに破窓不出書・古今集童蒙抄などでも、「二条家為世の流」が不断説をとる際に、この歌を証歌とする旨を載せている。

(33)　元永元年十月二日内大臣家歌合・恋・一番左・四九・摂津公の「絶えずたく室の八島の煙にも猶立ちまさる恋もするかな」に対して、判者基俊が、

絶えず焼く室の八島の煙にもと読みたるはいかに侍るにか、此処に火焼くとは何にみえて侍るにか、室の八島と云ふ事、二有り、一には下野にあり、二には人の家に有るなり、爰は室ぬりたるを云ふと或物にみえて侍り、是はいづれによりてよまれたるにか、いづれにても、絶えずたくといふ事いまだみ給はず、さればにや、（藤原）惟成歌にや「風ふけば室のやしまの夕煙心のうちに立ちにけるかな」と読めるも、絶えずたちけるとはみえず、浅間の岳、不二の山などぞ煙絶えぬためしにはよみふるし侍るめり、絶えず焼く心を本意にて此うたは読まれて侍るめれば、かやうに尋ね申すなり。

と難じたのを受けるのであろう。

(34)　たとえば三流抄の影響下に成立した、叡山文庫蔵頓阿序注（頓阿真作ではない）には「定家卿の説には尽也とて、尽きたる也、家隆の説は造るなりとて、造りたること也」とある。片桐洋一『中世古今集注釈書解題　二』（赤尾照文堂、昭48）参照。

(35)　顕昭および六条藤家は平城天皇（古今集顕昭注）、清輔・俊成は聖武天皇（袋草紙、万葉集時代考・古今問答・建久二年本古今集勘物）、定家は文武天皇（伊達家旧蔵無年号本古今集勘物・定家八代抄）との説をとった。

(36)　古今集六巻抄では、裏書（定為の説か）に「平城天皇ト云義、九条家又顕昭此義也」「聖武ト申義ハ一往其謂有様ナレドモ不然也」と、また為世説として「ならのみかど、俊成卿ハ聖武ト注セルヲ、定家卿文武トナヲセリ。聖武ヲサシモ謂ナキナラネドモ、文武ハ猶当レリ」と載せている。

(37) 注4前掲著、五六四頁参照。

(38) 飛鳥井雅縁自筆諸雑記には実継への伝授の経緯に詳しく、

康安元年四月廿四日讀合古今、以家説奉授都護亜相（実継）畢

金紫光禄大夫為明（花押）為後証写之

と、講説に用いた本の奥書が載せられている。さらに「凡彼卿（為明）は為世卿に伝授して候へばこそ、後光厳院・宝篋院殿・二条故摂政殿などにも伝授申して候へ、かつうは故入道（実継）もとへ此事につきて度々の状共も于今所持して候」とある。「伝授」が「伝受」と通用することはいうまでもない。

(39) 注4前掲著、五六五頁。

(40) たとえば続草庵集・冬・二九一に、

民部卿（為明）・二条宰相（為忠）尋ねおはして歌よまれしに、暁水鳥

池水の氷の隙に友ねしてあくるををしの音にや鳴くらん

と見える。同様に三〇八・三五〇にも。

(41) 諸雑記に「為明卿ハ古今家説ヲバ不伝授」という中傷があったことが見え、さらに「為遠卿古今伝授事、其比父為定卿盲目になりて更ニ黒白不分別時分なるによりて、為明卿に古今本をよませて、其説を為定卿釈して為遠卿に令伝授けり」ともいう。

(42) 伊倉史人「為重注と兼好注―南北朝期の二つの古今集注釈書の関係について」（和歌文学研究109、平26・12）によって、古今集略抄（東海大学附属図書館桃園文庫蔵。いわゆる為重注）が、為忠序注と同時期に成立した、宗匠家の人の手になる注釈であり（為重は書写者）、またいわゆる兼好注も同じ内容であることが明らかにされた。「ならのみかど」で文武説を紹介した上で、「今云、聖武天皇の御時也」とするのは為忠序注と同じで、注意される。

(43) 海野圭介「釈浄弁『古今集注』所引『古今集』本文をめぐって」（詞林16、平6・10）、および注3前掲深津編著、三三三頁参照。

第五章　為右の最期――二条家の断絶と冷泉家の逼塞

二条為右は新後拾遺集の撰者権中納言為重の息で、応永初年の内裏歌会・蹴鞠の指導者として活動した歌人である。しかし、その名が和歌史に留められているのは長らく歌壇に君臨してきた二条家が、事実上この為右をもって断絶したゆえと思われる。

為右の死は穏やかなものではなかったと言われる。蔗軒日録文明十八年（一四八六）五月八日条に「二条家人為右、詣石山推□□故鹿苑相公誅之」という記事があり、応永七年（一四〇〇）頃に「義満の忌避にあつて誅殺され」たと推定されていた(1)。

吉田家日次記（天理大学附属天理図書館蔵）は神祇官に奉仕した卜部氏一流吉田家の、自筆家記の称である。学藝・世事にも関心深かった南北朝期の当主、兼熙（一三四八～一四〇二）・兼敦（一三六八～一四〇八）父子の分は、殊に精彩に富んでいるが、兼敦の筆に係る応永七年十一月二十二日条に、為右の最期が詳細に記されていた。この記事は大日本史料第七編にも掲載されておらず、あまり知られていないと思うので、紹介したい。

随思出記之、二条少将為右朝臣（二条故中納言為重卿息）一昨廿日、被召籠侍所々司代浦上美濃入道〔助景〕宿所（北山）、尋事子細之処、蜜〔密〕通宋女（字テル）、令懐妊了、已及当月之刻、恐後勘、於小野庄（江州）用意産所之由、示之、則自身（為異形之躰云々）令同道、於勢多橋令落入件女性於湖上之處、彼女令存命、令浮流之時分、旅人歟漁大歟令寄船、引出之、更以無相違、此事令達上聞之故也、先代未聞之所行、万人弾指、抑又彼女性存命、未曾有未曾聞事也、信心〔平生〕異他、毎日

観音経三巻転読、経多歳云々、或説、沈海中之時分、誰トモ不覚シテ口耳ヲトラヘ、命ハカリハ可助ト示之由覚之、其後更不覚云々、誠化現之利生、匪費言詞歟、

為右はテルという名の「宋女」に通じて、懐妊させた。以下の行文から、この女性が足利義満の北山殿に祗候していたことが容易に推定できる。当時の国際情勢に照らしても、義満周辺に外国人が侍っていたことは十分に可能性があるので、明国出身の女性と考えられる。大陸を指して「宋」とする表記も当時常に見られる。

この頃の廷臣は、常に義満のもとに祗候していたので、自然その女房と関係が生ずることもあった。しかもし発覚すれば、解官・所領没収などの厳罰が待っていた。

義満の譴責を懼れた為右は、小野荘（近江国坂田郡、現滋賀県彦根市）に産所を儲けたと偽って、自らは「異形の躰」（公家らしくない装束、多くは直垂姿を指す）に身をやつし、彼女を誘い出し、瀬田橋にさしかかったところで湖面に突き落とした。しかし彼女が奇跡的に助かったことで全ては露顕し、ただちに拘禁されたのである。侍所が捕縛に動いたことから、義満の命であることは自明である。

この頃、武家が廷臣を罰することは珍しくないが、あくまで天皇・院の命という形を借りなければならず、官途の望みや生計の資を断つ、間接的なやり方となる。義満といえども直接手を下して生命や財産を奪うことはしないのは、さすがに公家に対しては一定の遠慮も働いていたのであろう。

但し、女性が絡んだ場合は深刻であった。応永二年六月、参議左大弁日野西資国が解官されている。その罪科は、義満の寵愛する内裏女房今参局に密通したことであった。資国は御台所業子の末弟であるから、最も羽振りのよい近臣であったにもかかわらず、義満の怒りは烈しく、以後四年にわたり謹慎を余儀なくされた。義満は他にも今参局に通じた殿上人がいないか一ヶ月にもわたり厳しく詮議した。この間、佐渡国に流人のための宿所を

建てたとの巷説が乱れ飛んでいる（荒暦）。

はたして為右も佐渡に遠流と決したが、義満の怒りは収まらなかったようで、洛外に出たところで斬られた。吉田家日次記同月二十九日条を続ける。

> 後聞、二条少将為右朝臣可遣佐渡国之由、被仰付守護上野民部大輔入道、於路次（西坂本辺云々）被誅云々、造意之企、絶常篇、罪責無所于遁事歟、雖然、当時為道之宗匠、死罪尤不便歟、為之如何、

蕉軒日録の記事は大筋で事実を伝えていたことになるが、その内実はかくも無惨なものであった。謀叛などの重事以外で武家が公家を殺した例はなく、世の震撼した様子が伝わってこよう。罪人として処刑されたゆえか、後人も為右の最期についてあからさまに記すことを避けたふしがある。たとえば半世紀ほど後、一条兼良は「今は御子左の家あとなくなりぬるこそふしぎにおぼえ侍れ」（雲井の春）と記し、冷泉家時雨亭文庫蔵三代秘抄[2]附載の和歌宗匠家系譜（室町後期の筆か）では、為右祖父の為冬に「相州於竹下討死」、為重に「為夜討死去」として、為右には「是又有事」と注する。

為右の死により内裏歌壇は指導者を失った。二条家には嫡流の為衡（為遠の子）が生存していたが、やはり義満の勘気を受けていたらしく[3]、この頃全く活動していない。一方、飛鳥井雅縁は義満の寵厚いが、既に出家している身なので宗匠たり得ない。そこで冷泉為尹が脚光を浴びることとなる。

為右が「宋女」と向かった小野荘は、御子左家の家領で、「和歌所の永領」（なくさみ草）と称されたように、歴代の宗匠が知行する地であった。為右の事件の直後の十一月二十五日、義満は早くも御内書によって小野荘領家職を為尹に与えることを命じた（冷泉家古文書・管領畠山基国施行状）。十二年十二月十七日には一円知行を認められた（同・足利義満御内書案）。為尹が幕閣に深く食い込んでいたことも考え合わされる。

しかし、為尹はとかく宗匠としての貫禄に欠けたらしい。義満の死後、応永十六年になって、為衡が内裏歌会に再登場することがあった。一条経嗣は「禁裏九月尽御短冊五首、為衡朝臣内々送之、八月十五夜御会以後、毎度彼朝臣出題、其以前勅題也、宗匠為尹卿無面目歟、如何」（類聚抄・密宴事）[4]と述べ、こんなところにも為尹の地位の弱さが窺えよう。但し、これも一時のことで、まもなく為衡も消息を絶ってしまう。十七年頃には没したらしい[5]。

応永期における二条家の急速な衰亡にはなお不分明な点もあるが、為右の死の事情からも、二条家の血脈が歌壇に復帰する可能性はほぼ断たれたと言えよう。そして、こうして指導者不在による混乱は、歌壇に空白を生じさせずにはいられなかったし、歌道家そのものの権威も動揺させたと思量されるのである。

その冷泉為尹の末子であった下冷泉持為（初名は持和、以下持為に原則統一した）は、冷泉流を受けて一家の風を守った歌人として知られる。また古典研究の上でも見るべき業績があり、今後詳しく検討されるべき室町期歌人の一人である。不遇の時期が比較的長くその間の事情が必ずしも明瞭ではないことから、その原因を改めて考証したい。

為尹（一三六一〜一四一七）の三人の男子のうち、長子と思われる為員は、応永十四年（一四〇七）の内裏九十番歌合に父とともに出詠している。官は侍従に任じたらしく、二十年二月に出雲権介を兼ねたが（柳原家記録五十二・除書部類）、その後の事績がない（為尹没年まで生存していたらしいが為尹からは嫡子の扱いを受けていない）。家を継いだのは次子為之で（冷泉家伝など為員・為之の長幼を逆にするものもある）、明徳四年（一三九三）生、為尹薨去時には五位侍従、二十五歳に達していた。しかし為尹は三子で十七歳の持為を鍾愛し、家領を割分して譲った

（冷泉家古文書・応永二十三年十月十六日為尹譲状）。下冷泉為経が享保二年（一七一七）に記した惺窩先生系譜略（惺窩文集首巻所収）では「持和生而穎悟、才過二兄、故為尹太愛之、釈氏有請以為弟子者不聴」と説明する。藤原惺窩は持為の興した下冷泉家の出であるから、この言も割り引く必要があるが、しかし持為が当時から才気兄に優ると見られたのは確かなようである。なお為尹の妻妾についての史料は乏しく、系図纂要は持為母を親通卿女とするが恐らく非で、結局母は不明である。

持為はまもなく任官して侍従となり、持和と名乗った。これは将軍足利義持の偏諱である。冷泉家は家祖為相の時から武家に仕えていたが、偏諱を受けたのは持為が最初である。応永二十九年十一月十五日には義持御台日野栄子の高山寺参詣の御共に参じている（花営三代記）。

ところが、持為はその後、公の場に姿を見せなくなり、特に室町殿の催しには全く参加しなくなる。これは兄とともに将軍足利義教の忌避を受け、ために嘉吉まで活動の場を奪われたと考えられてきたが、この間の事情を語るのが、兼宣公記応永三十一年二月十五日条である。廣橋兼宣は長く伝奏として院と室町殿に仕えた廷臣、この年は従一位大納言、五十九歳の宿老である。

参室町殿講経、飛鳥井（雅縁）等参会、被仰下云、冷泉侍従持和有希代振舞、若令存知哉之由、雖被尋下、不存知之由申入之処、去十二日比丘尼一人捧庭中申状云、持和継母比丘尼有之云々、持和犯此比丘尼、已以令懐妊之間、憚外聞令毒害此比丘尼云々、此比丘尼兄弟之青侍をは去々年比歟自身令殺害畢、重畳之振舞絶于常篇之由申之間、於播州細河庄者已被召放畢、言語道断先代未聞事候之由面々申之者也、

十二日、ある比丘尼が幕府に庭中（越訴）を企てた。訴状によれば、持為は継母の比丘尼（為尹妾か。為之らの母ではなかろう）に密通し、懐妊させると外聞を憚れ、毒殺したというのである。この頃の廷臣の道徳的頽廃は

目を覆うものがあったが、その最たるものであろう。毒殺という手段も時勢粧である。さらに前々年には継母の兄弟の青侍をも殺したと言い、これも不行跡の極である（もっとも家人を手討にすることは当時公家の間でも見られたことで、あの清原宣賢も二度家人を殺している）。訴人の比丘尼は未詳の人物だが、家中の者であろう。持為の悪業にたまりかねて上訴により排斥しようとしたのではないか。

義持はこの訴えを取り上げ、ただちに持為から播磨国細川荘を奪った（同国守護有馬元家に与えられた。後述）。言うまでもなく冷泉家が領家職・地頭職を一円知行してきた相伝の家領で、阿仏尼が為氏との間で相論したのもこの荘のゆえであった。ただ、この時点でもなお廷臣の処遇は、義持の一存では決定できなかったらしく、十八日、兼宣は持為の「所帯」についての後小松院の仰を義持に伝え、義持からも返答があった。

以上が兼宣の伝えるところで以降の経過は不明であるが、結局、冤罪ではなかったらしい。このような事件を起こしては、持為が公的な場に姿を現せなかったのは当然であろう。なお兄為之もしばらくは謹慎したようである（翌年には活動を再開している）。そして持為に対する勘気は義持の生前遂に解けなかった。

正長元年（一四二八）三月と考えられている建内記の断簡によると、義持の継嗣となってまもない義教が、月輪尹賢と冷泉持為を赦免することを思い立ち、後小松院に執奏した。尹賢も主家二条摂関家に対して数々の不義を働いたため、五年前から出仕を停められていた（康富記応永三十年十月五・二十一日条）。薩戒記目録三月三日条にも「尹賢朝臣并持和自院御免出仕事」とある。

さて、持為には数種類の日次形式の詠草がある。「為富卿詠」と題する正長二年をはじめ、永享四年（一四三二）・六年・九年の、計四年分が知られる（いずれも私家集大成中世Ⅲに所収）。これらの詠にはしばしば不遇沈淪の歎きが感じられることが指摘されているが、自他とも忌むべき経歴は容易に拭い難かった。但し、正長二年詠草によれば、二月には既に仙洞の番衆に加えられている。後小松院は冷泉家に好意的であった。四年十月には百首歌を進覧して合点を受けている(6)。

〽時を得てあまねき御世のめぐみとや豊あし原に早苗とるらん（早苗・二六）

その院も翌五年十月に崩御した。そして持為は、兄為之ともども、義教からは全く好意を持たれなかった。義教は持為の前科を承知していたであろう。先に赦免を執奏したのも、格別の同情があったわけではなく、義持の治世の遺産を一掃したかったからに過ぎないであろう。そして薩戒記永享六年六月十二日条、あの有名な「抑左相府殿（義教）政務之後、遭事之輩」のリストに「右少将持和朝臣被止出仕」と載せられているのである。

持為が晴れて公家社会に復帰するのは、嘉吉の変後、管領細川持之の指示で、処罰された廷臣が一斉に赦免された時である（建内記嘉吉元年七月十一日条）。その後の活躍は目覚ましく、一条兼良を援け、正徹らの門人を擁し、歌壇で気を吐いた。なお、嘉吉三年まで持和と名乗っているが、康富記文安元年（一四四四）二月二十五日条に「冷泉中将持為本名｜和、朝臣出題」とあるので、これを遡ること遠くない時期に改名したものであろう。

細川荘は久しく持為の手から放れたままであったが、康富記宝徳二年（一四五〇）五月十六日条に「又聞、冷泉相公持為卿、被安堵本領播磨国也、此間赤松有間（元家か）知行也、云々」とあり、取り戻したことが分かる。下冷泉家による細川荘知行の歴史(7)は、執達状・下知状などの室町期文書が一巻に仕立てられ冷泉族譜の名で流布するので、容易に辿ることができる。但し、応永二十三年五月十八日管領細川満元施行状の後、しばらく関係文書が残らないのが不審であったが、この間の空白に対する疑問も氷解する。

しかし、持為に残された時間は長くなく、享徳三年（一四五四）八月十七日病のために出家、その前日に任権大納言の沙汰があったが、九月一日に五十四歳で薨去したのである。

以上の持為の生涯は、同じく歌道師範であった二条為右の最期をいやでも思い出させる。そもそも為右の刑死によって、二条家は衰頽―断絶に追い込まれ、冷泉家が復興したのである。為右の例を比較すると、持為の処分は寛大であろう。家内の出来事であることが勘案されたものか。前記兼宣公記以外にこの事件が語られた史料は管見に入らず、一応封印されたかに見えるが、しかし、記憶は長く残ったであろう（為右についても同様である）。

そもそも持為が出世したのも当初は義持に庇護されていたからであるし、義政には信頼されたようである。その子政為も義政の偏諱を受けている。この両代は才気にも富んでいたようで、為之・為富父子が極めて地味な存在であったのと対照的である。そこで当然「となれば下冷泉家は上冷泉家を凌駕してよいところである[8]」というような疑問も生じてこよう。それが遂にそうはならなかったのは、一つには持為の過去が尾を引いたと見られる。ともかく十五世紀初め、ただでさえ凋落傾向にあった御子左流の歌道家に垂れ込める暗雲は深刻であった。そしてこういう情勢下、飛鳥井家の優位は確定するのである。

注

（1）井上宗雄『中世歌壇史の研究　室町前期』（風間書房、昭36〔改訂新版　昭59〕）三一頁。

（2）『冷泉家時雨亭叢書40　中世歌学集　書目集』（朝日新聞社、平7）所収。

（3）為衡は、延文頃（一三五六～六一）の生、至徳二年（一三八五）為重横死後、二条家を代表する立場となり、武家家礼の廷臣として義満周辺で活動していたが、康応元年（一三八九）正月を最後に記録に現れなくなる。入れ替わるように為右の活動が顕著になる。某年十二月二十日足利義満御判御教書（冷泉家時雨亭文庫蔵）に、

近江国小野庄領家職半済、跡為衡朝臣□〔可〕知行之状如件、

十二月廿日　（花押）

二条少将殿

とある（『冷泉家時雨亭叢書51　冷泉家古文書』〈朝日新聞社、平5〉による）。この文書は宛所も年代も未詳であるが、当時「二条少将」と称されるのはほぼ為右一人に限定される。その為右は応永二年正月七日に「二条中将」と表記されるので（荒暦）、これ以前となる。為右は為衡が知行していた和歌所領小野庄を安堵されたのである。「跡」は旧知行者に付すが、何らかの理由で闕所とされた場合の用法であろう。為衡が義満生存中は宮廷から姿を消すことと考え併せれば、康応・明徳の交、勘気を受けたと解するのが自然である。また、義満の花押は永徳年間から使用した公家様花押で、日下に据えられている。大きさはおよそ縦三・六×横二・六。義満花押は明徳三、四年を境に明らかに小さくなるので（縦横ほぼ二cm内外）、文書が康応～明徳初年のものという推定を傍証する。上島有『中世花押の謎を解く―足利将軍家とその花押』（山川出版社、平16）第三部第一章「足利義満とその花押」参照。

（4）一条経通の日記玉英、同経嗣の日記荒暦の記事を抄出・部類したもの。引用は宮内庁書陵部蔵天明七年柳原紀光令写本（柳・四九四）による。

（5）井上宗雄『中世歌壇と歌人伝の研究』（笠間書院、平19）第Ⅰ部第八章「和歌の家の消長―鎌倉末期～室町初期」による。

（6）古典文庫四六五『中世百首歌　四』所収。注1前掲井上著、一一四頁参照。

（7）福田秀一『中世和歌史の研究』（角川書店、昭47）第二篇第四章「細川庄をめぐる二条冷泉両家の訴訟」参照。

（8）熱田公「古文書にみる中世の冷泉家七　下冷泉家の分立」（冷泉家時雨亭叢書月報41、平12・6）。

第六章　飛鳥井家の家学と蔵書——新続古今集まで

一、はじめに

飛鳥井家の家祖雅経は、蹴鞠名手として知られた難波頼輔の孫で、若くして後鳥羽院・源頼朝に才能を賞された。その後は教定・雅有・雅孝と相承けた。歴代鎌倉幕府に出仕しており、関東に祇候する期間が長かった。大江広元女が雅経の、金沢実時女が雅有の室となるなど、その間に有力御家人との姻戚関係を結んでいる。室町幕府成立以後、雅家（?～一三八五）・雅縁（一三五八～一四二八）父子は、武家家礼へとスライドする。雅経が新古今集の撰者となり、雅有は永仁勅撰の議に召され、結果として二代の撰者を出したが、歌壇で脚光を浴びるのは雅縁の代であり、嫡子雅世（一三九〇～一四五二）が新続古今集の単独撰者の栄誉を得た。室町期は大いに繁栄し、しばしば冷泉家を凌駕した。中世後期歌壇における地位は重い[1]。

中世の和歌の家（歌道師範家）というものをごく簡単に定義するとすれば、治天の君（ないし室町殿）からの請負によって勅撰和歌集を撰進する廷臣歌人の家、ということになろう。他にもさまざまな仕事があったとはいえ、勅撰集を編纂することが最大の使命であり、代々撰者となることが家を存続させる条件であった。そして中世に勅撰集撰者を出したのは、二条（御子左）・京極・六条（九条）、そして飛鳥井の四家である。冷泉家は遂に撰者とならずに終わった。

廷臣の家学は家業に資することが第一である。したがってこれら歌道家の家学とは、勅撰集を編纂するためのノウハウ、と言い換えても決して誤りではない。狭義の歌学はその下位に位置するであろう。実際、八代集の時代はいざ知らず、下命から返納までの撰進プロセスが厳格な作法として確立した十三代集の時代は、そうした単なる故実の蓄積だけでも厖大な量があり、まして実際にアンソロジーを撰ぶ心得は、機密に属するもので、余人には窺知できないものであった。玉葉集の時の烈しい相論——いわゆる「延慶両卿訴陳」の如く、院の法廷で撰者の資格を争うことすら見られた（本書第二章参照）。

これについでの家学としては、公宴における会席作法の維持と伝授が挙げられる。特に後者の、題を設定し、会場を設え、懐紙に清書し、文台に重ね、作品を披講する、といった所作は、決して自由にできるものではなく、和歌の家の人でなくては知り得ぬものであった。公宴における作法が規準とされ、次第書にまとめられ、門弟はこれを伝授されることで、初めて歌人たる資格を得たのである。勅撰集が中絶した後もなお歌道家の権威が保たれたのも、どのような地方でも、会席作法が重んじられたことによる。

これら諸領域で、各歌道家が独自の説を形成すれば、互いの差異が目立つようになり、そうした差異が一層「家」を強く意識させるのであろう。室町期となれば各家歌風の違いはほとんどなくなっており、会席作法にアイデンティティを求めた[2]。たとえば冷泉家は遂に勅撰集の撰者にならなかったものの、会席作法では藤原定家の教えを忠実に守ることに努めていたし、当主が定家様と呼ばれる書風を好んで用いるのも、強烈な家意識の現出とみなすべきである。一方、飛鳥井家にはこのような自己主張は乏しく、会席作法ですら、せいぜい懐紙を三行五字に記すという書式が注目されるにとどまっている[3]。

本章では、勅撰和歌集撰進に関する蔵書形成を追跡して、飛鳥井家の家学について探りたい。新続古今集以後には既に多くの先行研究があるので、原則としてそれ以前、雅縁・雅世までを対象とする。

二、雅孝の文書

大津平野神社蔵難波家旧蔵蹴鞠関係資料のうちに、暦応五年（一三四二）の年記を持つ、「某相伝文書書籍等目録断簡」と題される史料がある（巻頭図版）。互いに連続しない、僅かに四紙の某人の蔵書目録の写しの残闕で、恐らく全体のごく一部であろうが、内容は誠に興味深いものがある。本書第七章で翻刻紹介し、書き上げられた典籍・文書について考証した。まだよく知られていない史料と思われるで、ここで引用しておきたい。

先に結論を記せば、これは飛鳥井雅孝の所持した典籍・文書の目録断簡である（以下「雅孝目録断簡」と呼ぶ）。記載方法は単純である。その大半は番号を付された櫃（ひつ）に収められていたらしい。櫃の中で、さらに葛（つづら）・裹（つつみ）に入れたり、あるいは結（むすび）として一括して整理された、典籍・記録・文書をリスト化して、員数を記し、場合によっては内容や年記を注している。歌書典籍は一紙分なのに対して、蹴鞠関係の文書が三紙分にわたっており、蹴鞠史料として残存した事情を考慮しなくてはいけないが、どうも蹴鞠関係に比重が偏していた気配が濃厚である。

雅孝の手になるものの、この目録から窺えるのは雅経・雅有、とりわけ雅有の存在の大きさである。若くして将軍宗尊親王に、ついで伏見院に仕えた雅有の軌跡が克明に刻まれている。特に関東で開催された蹴鞠の記録が多く見え、吾妻鏡などの記載と符合するものもある。飛鳥井家は歌鞠を介して公武に奉仕するわけで、鞠会の記録を遺すことは家の存立基盤となった。雅経・教定も熱心に鞠会の記録を遺しているが、雅有の代にそれが家の説として結実していたのである。

この目録の第一の意義は、鎌倉後期から南北朝期における飛鳥井家の蹴鞠の業を立体的に浮かび上がらせることにあるが、ひいては歌道家の家業とはいかなるものであったかを考えさせる。記載される典籍・記録・文書は二三〇余点に上っているが、いま和歌関係の典籍を収める、「第十四」櫃の内容を掲げる（数字は私に付した番号）。

一　〈顕釈　杦櫃
古今序以下注十帖[34]（但第□□十二分一帖無之）　後撰注四帖[35]　拾遺抄注□□〔一帖〕[36]
後拾遺注二帖[37]　金葉詞華注各一帖[38]　和哥□〔色〕葉三帖[39]　作者部類十一帖[40]
撰哥一裏（作者抄一二三巻此外八巻有之）[41]　無哥作者一巻[42]　南殿桜記一巻[43]　御点哥一巻[44]　陳座花書[45]
大神宮并北野御哥[46]　宇津宮下野入道状并相州哥一巻[47]
一　葛一合
代々集部類[48]（第十四不見不審又四代部類）
一　撰哥上下
四季恋雑已下廿巻[49]　御抄物一帖[50]（地）　和哥座右愚抄[51]
古□〔今〕和漢六帖一帖[52]　為道朝臣状一通[53]　綸旨案一通[54]（正文於関東焼失了）　同御請文案[55]
撰集名字一通[56]　師宗返状一通[57]　条々一通[58]　神道□□御哥事[59]
短冊[60]　可勘哥[61]　部立注文[62]　恋題次第[63]　御小□〔草〕□〔子〕□〔但〕無之[64]
代々撰集事[65]

これを群ごとにまとめられているものに限って、首題を与えて性格別に一覧してみる。

枕櫃「顕釈」　六条藤家の歌学者顕昭の著作（34〜39）
一裹「撰哥」　雅経の撰歌資料（新古今集）（41〜45）
葛一　代々集部類（48）
□「撰哥上下」　雅有の撰歌資料（永仁勅撰の議）（49〜65）

和歌については、僅か一紙分のみなので知られるところが乏しいが、それでも雅有の関係したものが圧倒的であることが分かる。ここに「顕釈」としてまとめられている顕昭の勅撰集注釈書は、雅有が弘安五年（一二八二）正〜三月にかけて集中的に書写したことが知られている。別置して保管するくらいだから、重視していたものと考えられる。また雅有は為家に親しく教えを受け（嵯峨のかよひ）、晩年は二条派歌人からも一目置かれていた風もある。それでも教定・雅有・雅孝らが私撰集を編んだり歌合の判者を務めたことは確認されておらず、この目録によっても、顕著な歌学的業績は見当たらない。蹴鞠では内外三時抄という浩瀚かつ体系的な著作があるにもかかわらず。

注意すべきは、「撰哥」として括られた資料群である。一般的な用語でもあるが、狭義には勅撰集の撰集作業過程で用いられる。とりわけ複数の撰者が指命された場合には、撰者各自がまず撰集を進覧し、これを叩き台として下命者のもとで精撰を続けたようで、これらの資料をも当時「撰歌」と呼んだ。

したがって49〜65の文書群は、いわゆる永仁勅撰の議に関係する資料が一括されているとみなすことができる。

永仁元年（一二九三）八月二十七日、伏見院は雅有のほか二条為世・京極為兼・九条隆博の四名を召して勅撰集撰進の命を下した。54「綸旨案」55「同御請文案」とは、この時の綸旨とこれを承諾する旨の請文の案と見られる。伏見院宸記によれば、当日雅有は病により不参であったが、「綸旨案右大将持参（花山院家教）」とあり、綸旨によって撰者を仰せ付けると見える。この綸旨案が、正文は失われたとは言え、飛鳥井家にとって勅撰撰者を出した証として後世まで尊重されたことは想像に難くない。そして49「四季恋雑已下廿巻」とは、この勅撰企画に際して、雅有が提出した撰者進覧本を指すのであろう。この企画は為世の辞退、為兼の失脚・佐渡配流によって中断、最終的には永仁六年、伏見院の譲位によって頓挫したものの、かなり進捗していたことは多くの証がある（第二章参照）。少なくとも為兼・雅有・隆博の進覧本が出されており、御前での精撰・部類・排列に進んでいたことは確実であろう。ここから窺われる限りでは、雅有も一定の役割を果たしていたと言える。

以上のことからすれば、41〜45の「撰哥一裏」は、雅経が撰者となった新古今集撰進に関係する資料群と推定されてくる。すなわち、44「御点哥」とは各撰者の提出した撰歌を、さらに後鳥羽院が精撰した歌稿を指すに違いない。また43「南殿桜記一巻」とは建仁三年（一二〇三）二月二十四日、和歌所衆が紫宸殿南庭の桜樹のもとで詠歌した、いわゆる大内花御覧の記録であろう。

このように、父祖が関係した勅撰集の編纂資料を別置して管理していたのは、もちろん子孫が改めて撰者となった機会に役立てるためであろう。

但し、あくまで残闕であるから断言はできないが、勅撰集撰進の記録としてはかなり貧弱な内容であるようにも思える。少なくとも二条家に比較すれば見劣りしたことは否めない。そもそも、歌道家としての実を備えていたかどうか。雅孝の段階では、勅撰集撰者を競望するようなことは現実には無理であろう。

三、諸雑記・和歌両神之事・雑々記

雅縁は飛鳥井家中興の祖というべき人である。存命中に勅撰集撰者となる機会はなかったものの、廷臣としてそつなく権門に奉仕し、公武の歌会の指導者として迎えられ、声望を高めていった。二条家の急速な没落も、雅縁が仕組んだとまでは思えぬが、その立場を大いに利するものであった（第五章参照）。何より足利義満の寵臣であり、斯波義将・義重父子、細川満元ら幕閣重鎮と非常に親しかったことが歌壇での地位を盤石にしたが、雅縁自身が足利一門でも名流の吉良氏の血を引いていたことも考慮に入れるべきで[4]、また子息には地方で武家となった者もいた[5]。没後成立した新続古今集が巻頭にその歌を置いたのは、撰者の父を配するという撰集故実に倣ったものとはいいながら、当然の顕彰と言えよう。

さて、雅縁の業績のうち注目されるのは、何といっても自筆に係る諸雑記（京都大学大学院文学研究科図書館蔵）であろう。本書は早くに紹介されており[6]、南北朝期の歌壇史史料に富むことで知られ、また失われた古写本奥書を引用することから勅撰集の本文研究にも利用されてきたが、それらは二次的な価値である。ここで改めて本書の内容を列挙すると以下の通りである（順に番号を付けた）。

1撰集の名字は返納以前に洩らすべからざること。古今集も数度名前を改めたこと。
2奏覧以後も二、三年は修訂の期間を儲けること。
3新古今集は竟宴の後三十年にわたり切り出しを続けたこと。

4新古今集は下命以前に水無瀬殿にて撰集作業の習礼を数年行ったこと。

5和歌所に奉請する三十番神と三社について。

6新後拾遺集の時の和歌所事始の饗膳、同じく二条為遠亭の室礼、和歌所に釣り下げる紙袋について。

7新後拾遺集は後円融天皇在位中の下命により、干支の相応する後拾遺集を規模としたこと。また大嘗会挙行以前に下命した先例のこと。

8新後拾遺集の不祥事のこと。

9撰歌の時はよくよく沙汰して同類歌・憚りある歌を除去すべきこと。

10新拾遺集の時の為明・頓阿の逸話。

11古今集の証本は御子左（二条）・冷泉の本で異同があり、説も異なること。

12古今集の証本、貞応本・嘉禄本・その他の定家本・教長本・伝式子内親王筆本・為秀筆本のこと。

13二条為明は古今集の説を伝授されていないとの説あり、正親町三条公豊の証言により否と知ること。

14定家筆新古今集の承元三年奥書。

15後撰集奥書に続く天暦五年禁制文。

16貴人の詠草合点の書式について。尊円親王と二条為定の例。

17千載集に俊成が当初自撰した十一首の自讃歌のこと。

18新千載集の時、執奏者の足利尊氏没後、頓阿、尊氏息義詮に申し入れ撰歌継続のこと。

19貞和（延文か）百首披講の時の御製講師を頓阿の申し入れによって為遠勤仕すること。

20最要秘抄と白表紙のこと。

21定家の鵜鷺系偽書のこと。

22伊勢大神宮について「八重榊」と詠むこと。

23伊勢と北野は同体の神との説、しかるに北野天神法楽和歌に「神風」と詠むべからざること。

24同名異人の歌人。

25式部の名を持つ女房歌人。

26再び最要秘抄のこと。定家・為家・為氏三代の百首より抜書した自讃歌、但し撰集に入るべからざる歌あること。

27定家と西行の忌日。

28「なさけ」は為世・為藤の禁制した詞であること。

29続拾遺集の和歌所開闔慶融の逸話。

30源承法眼のこと。


12に「先年応永十四卯廿二」に北山殿（義満）より古今集を賜って云々とあるので、その後しばらくしてからの執筆であろう。文字通りの雑記であるので体系的な著作ではないが、勅撰集の下命から奏覧までのプロセス、集名の決定、和歌所の設置と運営など、比較的近い時代から事例を集成している。明らかに勅撰集の撰者として弁えておくべき事柄である。24・25は全て勅撰歌人についてであり、このような知識は二条家和歌所でも書物にまとめられていた（三二六五頁参照）。そして30では「作者部類」（恐らく元盛撰の勅撰作者部類）を引用する。古今集の説やいくつかの歌語についても触れられているが、それもやはり勅撰集を撰ぶ上での知識の範疇にとどまる。

したがって井上宗雄氏が義満最晩年に勅撰集が計画されたらしいことを指摘し、[7] 諸雑記はこれに関係すると推測したのは、正鵠を得たものである。

この勅撰計画についての考察は、井上氏以外には見当たらないが、応永十四年十一月には内裏で九十番歌合が挙行され、あるいは諸人から百首歌が召されるなど、[8] 明らかに勅撰集をにらんだ和歌行事が連続していることからして、かなり具体化していた模様で（既に義満の執奏があったものか）、撰集の下命を待つばかりであったのかも知れない。当時では雅縁ないし冷泉為尹が撰者候補であろう（雅縁は既に出家しているが千載集や新千載集など法体撰者の例もないわけではない）。しかし、十五年五月六日の義満の突然の薨去によって、父と不和であった義持には顧みられずいつしか立ち消えとなったのであろう。そうすると18の逸話の意味するところもよく理解できる。

雅縁の希望は結局叶えられることがなかったけれど、その後も撰者への期待を持ち続けていたのであろう。過去の勅撰集について信頼すべき証本を得ようと努めていたらしい。たとえば応永二十六年七月、千載集[9]（後白河法皇の院宣で下命、俊成撰）と続千載集[10]（後宇多法皇の院宣で下命、為世撰）とを同時に、「再三」校合していたことが知られるのである。俊成も法体であったこと、また後小松院は既に譲位していたので、この二つの集、特に千載集が先例となり得るからであろう。また詠作年代未詳ながら、

君が代にいまあつむべき玉津嶋をそきや神のうらみなるらむ（宋雅百首・神祇・四七）

という詠は、明らかに後小松院への訴えであり、雅縁の心中をよく窺わせる。

ところで、諸雑記は、和歌両神之事（原外題には「住吉」とのみある）・雑々記なる二書と共に伝来している。いずれも雅縁自筆でこの三書は最初から一具であったと見られる。諸雑記のみが利用されてきたのは不当であり、他二書はいまだ翻刻さえない状態である。

和歌両神之事は、住吉・玉津島両神の縁起を記したもので、白居易が日本にやってきて住吉明神と問答して逃げ帰ったとする説、勅撰集返納を遂げると撰者は神恩に謝するために両社に参詣する慣例などを記し、興味深い内容であるが、まずは「あからさまにも神社の御事、その社例濫觴をよくも存知し侍らで楚忽に哥に詠事、返々可斟酌也」とあるように、両神に対して歌道家が存知しておくべき知識を確認するのである。雅縁はことあるごとに両神を持ち出すが[11]、これも歌道師範たる意識と連動していよう。

雑々記は、「一　万葉集事」以下、一つ書きの万葉集に関する考証と、「万略註密々」と題する万葉語の略注の二部からなる。集名や撰者、成立年代について考察しており、最も歌学書らしい内容であり、中世万葉学に新たな史料を加えることになるが、

一、いづれの集も春上より初めて先づ四季以下にて侍るを、此の集は最初に雑歌と書きて次第をもたて侍らず。か様の事はことあたらしく書き載せ侍るにをよはず。集にむかへば、やがてみえたる事共なれども、大かたの題目共をば、さわ〳〵と心えわけてをくべきためなり。

とあるように、これもむしろ和歌撰集の根源としての面、古今集以後の勅撰集との相違点に着目し、そのことをよく知っておくようにと記されている。

このように見てくると、雅縁の段階では、飛鳥井家は勅撰集の証本を得ることに努める一方、万葉集・古今集、あるいは住吉・玉津島両神のような、重要な古典や歌道信仰についての家説はいまだ定まっておらず、これに関する見識を培う段階であった、という意外な内実が浮かび上がってくるのである。

四、雅縁の歌学

雅縁はこれ以外にも多くの歌書を書写したり伝来に関与しており[12]、もちろん歌人としての見識を涵養したであろう。しかし、これは義満はじめ室町殿の和歌好尚に奉仕させられた、他律的なものであり（第十章参照）、ただちに家学の形成に結びつかないことも自明であろう。

諸雑記から、古今集の証本について記述した箇所を引用したい。

一、古今集の本、当家相伝の本は不及申、其外御子左代々相伝之本、又冷泉為相卿以来の本と申も皆以てかはりたる事、世以存知事也、まづ御子左と冷泉と家をわけたる事は、為家卿の子ニ為氏・為相、此兄弟二人他服〔腹〕によりて、両流と分て古今の説も別々に申つたへたる、不審事也。二人共ニ為家卿実子にて侍るうへは、為氏家督として、嫡（チヤクケ）家の分ならば彼の一流の説を本とすべきところに、為相卿又母の阿仏房と申尼公申しうくるによりて、文書共も為相卿こそたしかに相伝し侍れと申して、古今の説も別に侍りて、ならのみかどの事をも御子左方には文武天皇と申、冷泉方には聖武天皇と申。ふじの煙の事も御子左方には不断と申、冷泉方には不立と申す。かやうに兄弟二人の各別の説を人にも伝授せさせ侍る事を、よく〳〵案じ侍るに、いかさまにも一方ひが事侍る事勿論歟、兄弟三人（為氏・為相・為教、）此ぬし〳〵、我こそ秘事は口伝も相伝もたしかなれと自証し侍るなり。父為家卿も、子は何人にても侍れ、嫡流にたてんと思はんずる子一人にこそ、文書をもつたへ当道の秘事口伝をもつたへ侍るべきに、三流べち〳〵に道をわけて哥の風躰も三人ながらけんかくにかはりたり。説々も不同也。たとへば他家として証判すべき事にて侍らねば、此人々子孫事、あながち申したて侍るべきにあらず、たゞ時にしたがひて、道の器用にて公方にもめしつかはれ侍らば、さこそは侍らめ。

ここで詳しく語られている事柄は、定家の古今集証本、とりわけ有名な二条家の貞応本と冷泉家の嘉禄本との対立である。解釈上著しい違いを見せる仮名序の「奈良の御門」、および「富士の煙」の説について指摘してはいるが（第四章参照）、さほど目新しい内容ではない。

歌道家の人として、こうした歌学上の対立点に対してもっと踏み込んだ分析ができたはずのように思える。しかし、それは諸雑記には見えない。雅縁の語り口は醒めており、優劣の価値判断はせずに突き放した、第三者的なものである。そして貞応本であれ嘉禄本であれ、その時の権力者に用いられれば、それが正しい説となるのだ、と述べているのには驚きを禁じ得ない。

ただ、これこそが飛鳥井家の学風なのであろう。必要最小限のことさえわきまえておけばそれでよいのだ、というような姿勢すら感じられる。そして専らその価値を強調すべき、飛鳥井家の古今集証本（たとえば雅経本がある）については、「当家相伝の本は不及申」として口をつぐんでしまう。そして同じ頃、応永二十年八月二十二日に雅縁が書写したのは証本でも最もスタンダードな貞応二年定家本であった[13]。やや意地の悪い見方をすれば、雅縁は証本について確固たる見識は有していなかったのではないか。そもそも、飛鳥井家の古今集説が形成されるのはずっと遅れるようで、雅縁の孫、雅親晩年の講釈に至って、これを初めて知ることができる[14]。

このような飛鳥井家であるから、その歌学は、おのずと諸説を総合し、採るべきを採り、棄てるべきを棄て、最も時流に合った内容を生み出すことになろう。雅親の古今集注（古今栄雅抄など）が穏当な解釈として広く受け容れられたのは、そのような長所が発揮されたと言える。

しかしながら、こうした定見のなさは、個々の典籍に対しては価値判断を停止する方向にも働いた。東野州聞書の宝徳元年（一四四九）十月二十八日条に、次のようにある。

一、或人のかたり侍りし。制の詞とて書きつらねたるものあり。是は河内の方の者に忠守といふ者、頓阿の義をうけて、如レ此書きたるものなり。さるをこの近き程、将軍へ定家の作とて飛鳥井入道殿被レ進レ書けると申す。例の事なり。これは頓阿の子孫ならでは存ずまじき事なり。

これはほかならぬ正徹の言談であり、常縁に、禁制詞（いわゆる略本詠歌一体のこと）について語っている。為世門であった頓阿と丹波忠守[15]が定めたとあるのは貴重な証言である。制詞は為家の詠歌一体で初めて言及されるが、後世二条派歌人によって増補されて、金科玉条に祭り上げられていったらしい[16]。ところが、このような末書を、雅世はこともあろうに定家の作として将軍足利義政に進上したのだというのである。正徹が「例の事なり」と言うのは、恐らく雅世の不見識を過去にも見聞していたと推測させる。

前年の文安五年八月、尭孝も同じ禁制詞を書写し、奥書では定家作の所伝を疑っており[17]、雅世とは対照的である。あるいは雅世への暗々裏の批判を籠めたものかも知れない。飛鳥井家の歌学上の意見はだいたい二条派の見解を踏襲していることは当時の人も指摘していたが、この点では尭孝にはるかに権威があったわけで、面目も失墜してしまったことであろう。結局飛鳥井家の歌学は、空虚な器に、既に血脈の絶えた二条家歌学を盛ったものでしかなかった。

五、雅世と新続古今集

新続古今集の撰集については先学の研究が備わって、その経緯が明らかにされている[18]。

まず永享五年（一四三三）八月、将軍足利義教の執奏があり、ついで後小松法皇院宣か後花園天皇綸旨か、いずれによるかが議論され、後者によって八月二十五日、飛鳥井雅世に撰進の命が下った。雅世は時に四十四歳、正三位権中納言であった。父雅縁が没して六年後のことであった。雅世は義教の寵臣で、義教の執奏であるから、異論は出ようもないが、やはり世間には冷泉為之に対するひそやかな同情があったようである。

冷泉家は、南北朝期の為邦が新拾遺集の撰者二条為明の猶子となり、五条邸とその蔵書を相続した。そして応永七年（一四〇〇）十一月、二条為右の刑死後は、和歌所領である小野荘領家職を継承しており（第五章参照）、十五世紀初めには名実ともに冷泉家が和歌所であった。本来和歌所とは、勅撰和歌集編纂の機関であったが、当時は勅撰集とは関係なく、歌道師範家がそう呼ばれているのである。雅世は冷泉家の和歌所（建内記では「根本和歌所」と称している）を利用するわけにもゆかず、永享五年十二月十五日、内裏小御所を和歌所として、事始を執り行った。開闔には尭孝が指名された。ほか撰歌には弟雅永・息雅親が助力し、さらに六年九月十九日には寄人として三条西公保・転法輪三条実量・松木宗継・中山定親を追加した。

撰集作業は必ずしも順調に運ばなかった。雅世は義教の寵臣として多忙であり（義教は異様なほど頻繁に法楽和歌を勧進したから、当然出題の役を務めなければならなかった）、また妻子の死などの不幸も重なった。それに禁裏の和歌所は必ずしも撰集には相応しい場所ではなかったようである。寄人中山定親の薩戒記目録によると、八年中はほぼ毎月和歌所に参ずる記事が見えるが、九年十二月二十一日には、年末の禁中は神事で潔斎となるが、雅親は軽服、尭孝は僧侶であるために、和歌所では作業ができず、撰者私宅で撰集する、とあり、以後は飛鳥井家に作業の場を移したようである。

十年八月二十三日、ようやく四季部奏覧を遂げたが、下命以来既に六年を経ており、義教は年内の返納（完成）を厳命した。事態は切迫しており、師郷記同年十月一日条には、

> 向三条（正親町三条実雅）中納言亭、被示云、撰哥事、自公方被示之、仍此旨撰者（雅世）於私亭撰之、合力人大切、枉可行向之由被示之、予先領状了、

とあり、義教の意を受けた近臣正親町三条実雅は、撰集の役に立ちそうな人材をかたっぱしからスカウトしていて、本来は歌道に携わる人ではない、大外記の中原師郷までがその任に当たったのである。しかも肝腎の撰集資料はなお不足していて、この期に及んで、禁裏和歌所の文書、さらに室町殿に貯えられていた歌書をも飛鳥井家に運ばせているのである。[19] また伏見宮に対しても、近代・古歌を問わず要用なので、御所持の資料は全てお借りしたい、と申し入れている。看聞日記同年十一月四日条に次のようにある。

> 飛鳥井（雅世）以使者申、撰集事年内可終篇之由被仰出、不得寸暇撰之、近代・古歌大切也、御抄物御所在之分、悉可申出、更々不可有無沙汰、終篇以後聽可返進之由申、所持之分撰見可進之由返事了、源中納言（庭田重有）申次之、公方御抄物も申出云々、

こうしてようやく撰歌は進捗し、十一年六月二十七日に返納を遂げたのである。このような為躰を見ると、奏覧時に四季部もどれほどに完成していたか、やや疑わしくなる。少なくとも修訂は必要であったのだろう。それでも残り一年足らずで、恋部・雑部を完成させ、かつあまり多くの不備を見せないのは、合力に人を得たからであろうし、尭孝が実質的にイニシアティヴを執っていたと考えるほかない。そこでは尭孝の曾祖父頓阿が新拾遺集を「助成」した実績が物を言ったであろう。

そうすると、正徹物語の次の記事も、より意味を持つものとして読むことができる。周知の通り、正徹は新続

古今集に入集しなかった。

一、雅経は新古今の五人の撰者の内に入り侍りしかども、その頃堅固の若輩にてありしかば、撰者の人数に入りたるばかりにて家には記録などもあるまじき也。（第一〇段）

一、頓阿は、その頃新拾遺を為明の撰ぜられしが、為明は返納もなくして、集中に没し給ひけるほどに、雑の辺か恋の篇からか、頓阿撰じつぎ侍りし程に、記録もあるべきなり。（第一一段）

とある。第一〇段は飛鳥井家が撰者たる条件に欠けることをとらえた言であろう。「記録」とはもちろん勅撰集を編纂するために必要な家記・文書の類である。第一一段はこれを受けて、新拾遺集の時の逸話を語るのであるが、その底意は、見事に撰集を完成させた頓阿曾孫の尭孝のもとにこそ「記録」があるに違いない、とするのである。新続古今集の返納の頃の言談であろう。

六、おわりに

以上、飛鳥井家の家学について、主として蔵書形成の観点から考察してきた。そこから明らかになったのは、根幹というべき蔵書内容の貧弱さであった。また雅縁の段階での資料蒐集には注目すべきものがあるとはいえ、挽回するには至らないこと、かつ歌学というべき内容を備えていなかったことである。新続古今集の撰進も、尭孝や寄人たちの合力なくして完遂し得たであろうか。やはり、二条家の断絶によって、勅撰集を撰進することを家業とした歌道家の実は失われていたというべきであろう。

注

（1）南北朝期・室町期の飛鳥井家の成長発展を跡づけた総合的研究は、井上宗雄『中世歌壇史の研究　南北朝期』（明治書院、昭40〔改訂新版　昭62〕）および『中世歌壇史の研究　室町前期』（風間書房、昭36〔改訂新版　昭59〕）にほぼ尽きる。研究はその後乏しく、個別のテーマに関する散発的なもので、かつ新続古今集以後に偏っている。雅縁・雅世については、有吉保「中世飛鳥井流の歌壇活動の考察（一）—飛鳥井雅縁（宋雅）攷　新資料『晴月集』の翻刻を兼ねて」（日本大学文理学部人文科学研究所紀要49、平8・3）、千艘秋男「飛鳥井雅世年譜稿（一）」（東洋学研究39、平14・3）、稲田利徳「『室町殿伊勢参宮記』の作者の特定」（中世文学研究24、平10・8）、拙稿「寵臣から見た足利義満—飛鳥井雅縁『鹿苑院殿をいためる辞』をめぐって」（松岡心平・小川剛生編『ZEAMI—中世の芸術と文化04』森話社、平17）、須藤智美「飛鳥井雅縁伝の基礎的問題—「藤原雅幸朝臣」考」（国文学研究176、平27・6）などがあるが、重要な史料が未紹介であり歌人伝としても不十分である。末柄豊「東京大学教養学部所蔵『飛鳥井家和歌関係資料』」（東京大学史料編纂所紀要19、平21・3）や『大日本史料』第八編之四十、延徳二年十二月二十二日条・雅親薨去の項は、雅縁・雅世関係の史料を整理収載しており、飛鳥井家歌学を考える上でも有益である。

（2）山本啓介『詠歌としての和歌　和歌会作法・字余り歌』（新典社、平21）第一章・五「和歌会作法書の生成—二条流・飛鳥井流を中心に」（初出平19）ほか参照。

（3）武井和人『中世和歌の文献学的研究』（笠間書院、平元）第七章第四節「一首懐紙書式雑纂」（初出昭59・61）参照。飛鳥井雅威の於歌道成業譜代頗相違之事（第二章注15参照）は、家の歌学を跡づけた書で、そこに「飛鳥井家一首懐紙三行五字之事」とあり、雅経・雅有の懐紙を転載する。するとかなり古い作法となる。しかし雅経懐紙の現物は確認されず、雅有のそれは『日本書蹟大鑑』第五巻に掲載されるが、自筆かどうかは何とも言えず（署名は「和歌所別当柿下臣喬」なのであるいは雅孝の遺墨か）、そうだとしても家説として広く認知されていたものではない。やはり確実な初見は後愚昧記永和三年（一三七七）三月四日条であろう。後円融天皇の内裏年始歌会で、僅か二十歳の雅縁（初名は雅氏）が懐紙を三行五字で清書して提出したという。「（上略）雅氏〈飛鳥井、初参云々〉、和歌書様三行三字皆以如此、而雅氏一人ハ三行五字也、非常儀歟、若為家説歟如何、可尋之、」とあり、驚きをもって迎えられたことが分かる。この反応からしても、三行五字が家説として一般に意識されたのは雅縁の時代であろう。

(4)『東京大学史料編纂所影印叢書3　室町武家関係文芸集』(八木書店、平20)「飛鳥井雅縁譲状」解説(山家浩樹氏による)で初めて指摘される。

(5)看聞日記永享七年十月一日条に雅世の弟の一人が「田舎ニ下向、為武家人」とある。飛鳥井家は単に武家家礼というばかりではなく、むしろ武家社会に在っても違和感のない家であったと言える。このことは家運の伸長をもたらした一方、公家社会からは、ひそやかな侮蔑や反感を招いたことも十分に想像できる。

(6)濱口博章『中世和歌の研究　資料と考証』(新典社、平2)「諸雑記」(初出昭24)。

(7)注1前掲『中世歌壇史の研究　室町前期』五五、五六頁。教言卿記紙背文書、応永十四年十二月十八日の山科教言宛宗傑(紀俊長)書状に「勅撰事承候、委細参会之時可申入候」とあることに拠る。この書状は史料纂集『教言卿記　四』でも翻刻され、十四年のものと確定された。

(8)看聞日記永享五年(一四三三)十二月十七日条によれば、貞成親王が関白二条持基から貞和百首・明徳〔永〕百首の閲覧を請われた際に、所持しないので、「応永十四年百首」を貸したとある。勅撰集撰進に伴う応製百首(永享百首)詠進の故実を知るためのやりとりであるから、「応永十四年百首」もこれに準ずるものとみなしてよいであろう。

(9)陽明文庫蔵本(近・二二九・八七)奥書による。

(10)国立歴史民俗博物館蔵高松宮家伝来禁裏本(H-六〇〇-九四七、ウ函一五〇)奥書による。

(11)飛鳥井雅縁書状(京都国立博物館蔵高松宮旧蔵大手鑑)では、河海抄の借覧書写を請い、他人には見せないとして「且以住吉玉津嶋両社可奉為証候、努〳〵可聞召候」と誓う。国立歴史民俗博物館蔵高松宮家伝来禁裏本秋篠月清集(H-六〇〇-一四二八、ム函一一一)の雅縁奥書では、定家筆の正本を外題から奥書まで一字違えず書写校合したとして、「且奉為証以住吉玉津嶋両神者也、頗可謂証本哉、子々孫々可秘蔵々々々」とある。

(12)今後、飛鳥井家の蔵書を復原する必要があろう。同家の蔵書は、寛政年間に雅威によって最終的に整理された後、明治期に散逸した模様で、各所に分散している。管見に入ったものでも、本章で取り上げた諸雑記、古今集貞応本のほか、古今問答、（顕昭）古今和歌集註、新古今集、物語二百番歌合、室町殿行幸記など、雅縁筆典籍が散見される。

（13）『思文閣古書資料目録187』（善本特集16、平16・7）掲載。

（14）新井栄蔵「栄雅の〈古今集注〉をめぐって―古今集注釈史論」（国語と国文学52-9、昭50・9）、泉紀子「飛鳥井家の古今集注釈―『蓮心院殿説古今集註』から『栄雅抄』へ」（国語国文52-3、昭58・3）、片桐洋一『中世古今集注釈書解題』第四巻（大学堂書店、昭59）「Ⅰ・飛鳥井家の古今集注釈」等参照。

（15）拙稿「医道と歌道のあいだ―丹波忠守の事蹟を考証し、徒然草第一〇三段の解釈に及ぶ」（藝文研究100、平23・6）参照。

（16）佐藤恒雄『藤原為家研究』（笠間書院、平20）第四章第三節「略本詠歌一体の諸本と成立」（初出平18）参照。

（17）肥前島原松平文庫蔵歌書続集（一一九・七）の内「定家卿筆作禁制詞」。

（18）注1前掲の研究のほか、井上宗雄「新続古今集の撰進をめぐって―中世における飛鳥井家の歌壇的地位」（和歌文学研究5、昭33・1）、稲田利徳「「新続古今集」の第一次奏覧本について―精撰の熱意」（国語国文40-10、昭46・10）、同「「新続古今和歌集」と「永享百首」」（国語と国文学64-12、昭62・12）、村尾誠一『中世和歌史論』（青簡舎、平21）第四章第三節「勅撰和歌集の終焉」（初出平14）、酒井茂幸『禁裏本歌書の蔵書史的研究』（思文閣出版、平21）第二章「『新続古今集』の撰進をめぐって―後花園天皇期の禁裏文庫」など参照。

（19）薩戒記目録永享十一年六月二十九日条に「和哥所文書取納事、自御所々被出之文書櫃二三合、又室町殿文書等各返遣之事、」とある。

第七章　南北朝期飛鳥井家の和歌蹴鞠文書
――大津平野神社蔵某相伝文書書籍等目録断簡考証

一、解題

はじめに　ここに全文を翻刻するのは、大津平野神社所蔵難波家旧蔵蹴鞠関係資料の一つで、南北朝時代の初頭、暦応五年（康永元、一三四二）の年記を持つ某人の蔵書目録の断簡である（巻頭図版）。

本目録断簡は既知のものである。蹴鞠文献の研究に先鞭を着けられた桑山浩然氏が、大津平野神社と蹴鞠関係資料につき述べた論において関説している[1]。そこで「難波家あるいは飛鳥井家の文庫に収められていた記録や文書の目録であろう」と推定している。残闕であり署名も識語もないので作成動機は不明というほかない、としつつ、「鎌倉後期における歌鞠両道を考える貴重な史料」として、歴史・文学両領域からの考察が必要であると注意を喚起している。しかし、本目録断簡に触れた研究は管見に入らず、広く活用されていない。本章では桑山氏はじめ先学の業績を受け、誰が何のために編纂したかを明らかにすることでその資料的価値を定めるとともに、記載された一つ一つの典籍や文書について考証した。

伝来と書誌　難波家旧蔵蹴鞠関係資料は、江戸期から同家と深い関係にあった大津平野神社に、明治三十七年

（一九〇四）一括寄贈されたものである。

難波家は蹴鞠を専門とする公家としては飛鳥井家と並ぶ伝統ある家柄であるが、室町時代中期頃に嗣子なく一旦断絶した。江戸初期に飛鳥井雅宣男宗種が入って再興した後も、度々飛鳥井家から養子を迎えており、蔵書も飛鳥井家の分与を受ける形で形成され、同家関係者の著作が多数含まれることになった。資料の概容は、鎌倉期からの蹴鞠論や難波・飛鳥井・二条などの鞠道故実書、室町期、宗匠から門弟への技法伝授のための伝書類、そして江戸期の家政文書・記録などである。蹴鞠関係資料としては質量とも最も優れたコレクションであることは言うまでもなく、平成九年六月には重要文化財の指定を受けている。

本目録断簡は、文化財指定に際して作成された『難波家蹴鞠関係資料目録』（文化庁文化財保護部美術工芸課編、平9・3）に、「某相伝文書書籍等目録断簡　一通　八―一四」として登録されている。書誌は以下の通りである。

続紙　四紙（一）三一・八×四六・二「一結　建暦以下蹴鞠記十四通……」（二）三一・八×四六・〇「後白川院御記一巻……」（三）三一・七×四四・〇「九品御召之刻……」（四）三一・八×四三・四「観世状通……」暦応五年正月八日　（備考）互いに接続しないが、全て同筆。

（一）は蹴鞠の記録名二点と蹴鞠関係文書、（二）は蹴鞠の記録、（三）は歌道の典籍、（四）は書状と家領文書その他雑多な什物が記載されている。本来はかなりの規模にわたり、恐らくは家産全てを網羅したものと推定される。書写年代は室町期で、原本ではなく忠実な写しと考えられる。そして、現存するのはこの四紙のみであり、しかも互いに接続しない。したがって年記を持つ（四）が最後に来るのは動かないとしても、その他の料紙の順番は確定できないのであるが、典籍・記録・文書という目録の一般的な排列からすれば、(三)…(二)…(一)…(四)の順となり、それで矛盾はしないようである。これによって全文を翻刻したので、参照されたい。

誰の目録か　まずは誰の蔵書の目録であるかを確定しておきたい。桑山氏の推定された通り、康永元年（一三四二）正月時点の、和歌・蹴鞠を家業とした廷臣であることは確実である。当時の飛鳥井家の当主は雅孝、難波家は宗緒・宗清が存命、二条家では為定・為明・為忠らの世代である。

目録記載中最も古い資料は「白河院御集」、最も新しい年記は暦応三年正月十三日となるが、大半は鎌倉中期から後期にかけてである。登場する人名には、やはり前記三家が目立つ。ただ難波家では「宗教朝臣」、御子左家では「藤大納言為氏」「権中納言為兼」「頭兵衛督為世」「為道朝臣」「為藤卿」など、ほぼ鎌倉中後期の人物に限られかつ実名で記載されているのに対し、飛鳥井家の人物は「故相公（雅経）」「亀谷殿（教定）」「故武衛（教定）」「先人（雅有）」「故殿（雅有）」「少将雅顕」と、歴代が登場し、かつ雅顕を除いては全て称号であり、かつ「御記」「御返事」などと敬意を払っている。とすれば同家の手になる可能性が高くなるが、目録の中に頻出する「先人」「故殿」は、明らかに雅有を指しているので、目録を作成したのは雅有より直接家督を継ぎ、康永元年に生存していた人物となる。こうして本目録は飛鳥井雅孝の蔵書目録断簡と結論づけられる。なお、目録末には家領文書が記載されているが、このうち今南荘は飛鳥井家支配の明徴があり、南北朝期に同家が知行していた荘園群に関わると見て問題ない[2]。

雅孝（一二八一～一三五三）は雅有の異母弟侍従基長の男である。雅有は家庭的には恵まれず、弘安元年（一二七八）三十八歳の時、長男の雅顕を先立たせ、まもなく孫雅行にも遅れた（続千載集・哀傷・二〇九二）。そのため、ちょうどこの頃誕生した甥雅孝を養子とした。雅有の浩瀚な蹴鞠論書内外三時抄は、家説の断絶を懼れ、後継者とした甥の将来を鑑み編んだとされる[3]。

雅孝は雅有と同様に持明院統に近かったためか、長期にわたった大覚寺統の治世では重んじられず、廷臣として目立った活躍はしていない。嘉元・文保・貞和の各百首の作者となり、専門歌人として認められていたが、京都歌壇では為世・為兼の抗争が熾烈を極め、関東でも冷泉為相が盛んに活動していたのに比較すると、さして独自の主張は持たなかったようで、当時も地味な存在であった。但し、父祖以来の鎌倉幕府、続いて室町幕府への奉仕を続けたために、晩年の貞和元年（一三四五）八月二十五日、武家執奏によって六代中絶の権中納言に昇進したことはたいへんな幸運であった[4]。

雅孝は康永元年には六十二歳、前参議正二位であった。この年にかような目録の編纂を促す事情は窺えないが、雅有の享年（六十一）を越えたことが動機の一つに挙げられるかも知れない。雅孝には経有・雅宗ら既に成人した男子が何人かあり、家業を継承することに何の問題もないように見えたが、皮肉にも翌康永二年五月四日には経有が、八月三十日には雅宗が相次いで没してしまった。結局家督を継いだのは末子の雅家で、およそ元弘・建武頃の生まれと考えられ、ごく幼かった。雅孝は養父雅有と同じ歎きを経験しなければならなかった。その後、観応二年（一三五一）六月二十五日に出家、二年後の文和二年五月十七日に七十三歳で薨去した。室町期、大いに家名を揚げる孫雅縁が出生したのはその五年後である。

構成　それではこの目録の記載方法、また全体の構成・規模を考えたい。残闕僅か四紙であるので、多くは推測とならざるを得ないが、以下に復原を試みたい。

記載方法は単純であり、大半は櫃（ひつ）・葛（つづら）・裹（つつみ）などに納められた、あるいは結（むすび）

として一括された典籍・記録・文書のタイトルと員数を記し、場合によっては内容や年記を注したものである。

時代はやや下るものの、文明十六年（一四八四）、壬生晴富の記した官務文庫記録（図書寮叢刊『壬生家文書 二』）によれば、朝廷の文書を管理する立場にあった官務家では、文書は個別に端裏書を書き、案件ごとに束ねて櫃や皮籠に入れ、その蓋に銘を記して内容が分かるようにしたとある。そして機会を得てはこれらの櫃や皮籠の中を確認し、どこに何があるかしっかりと記憶するように教訓している。南北朝期の飛鳥井家でも、このような文書保存管理方法がとられていたのであろう。また春日権現験記絵には、文書が巻かれた状態で紙にくるまれ壁に釣り下げられているさまが描かれており、これが「結」なのであろう。

そこで注意すべきは第一紙の末行で、残画によって「一、第十五杦櫃」と辛うじて判読することができる。すなわち番号の付けられた杦櫃を単位とし、典籍文書は時にはテーマや時期別にまとめられ、さらに葛・裏・結に分割されて、収納されていたと見られる。そして同じ第一紙には「代々集部類第十四不見不審又四代部類」とあるが、これは「第十四冊（または巻・帖）が見えない」ではなく、「第十四に見えない」の意であろう。その前には「顕釈」と題し顕昭の勅撰集注釈書その他を納めた杦櫃があり、これが「第十四」なのか、あるいは失われた前紙に「第十四」の項目が立っていたのか、判断に迷うが、櫃の中に櫃を入れるのもやや不自然なので、一応この櫃を「第十四」と見ておきたい。こうして少なくとも主に典籍を納める櫃が十五以上あったと分かる。なお櫃に通し番号を与えて、そこに収納される書目と員数を掲げるのは、いわゆる通憲入道蔵書目録と同じである。歌道家として当然所持しているべき勅撰集の証本、撰集資料となる歌合・歌会・定数歌・私家集などがほとんど見えないが、「十五」以前の櫃に入れられていたか。なお公事の書物、飛鳥井家は羽林家であるから近衛次将の儀式書・次第なども所持していたはずで、歌書が十五櫃全てを占めるわけでもなかろう。

記録（多くは蹴鞠関係記事の抜書）・文書は、裏や袋に入れられて整理されていたように見える。その構成を推定する手がかりとなるのは第三紙である。まず「一、匊状京都」とあって、それ以下は雅有・雅孝が京都（朝廷）の人物とやりとりした蹴鞠関係文書が記載されている。そして、これと対応する形で、末尾の一行は残画から「一、匊状関東」と読むことができる。この後には関東（幕府）における蹴鞠文書が記載されていたのである。

第四紙の前半は、蹴鞠ではなく、歌人からの雑多な内容の書状群であるが、ここでも伝記の明らかな人物について見れば、京都歌壇と関東歌壇とに大別され、また時期ごとにまとめられているようで、京都・鎌倉が分類の基準であったことが推定できるのである。

考証の便宜のために、翻刻に際して、記載された典籍記録文書全てに二四〇弱の通し数字を付けたが、実物が残っているものは多くない。櫃・葛・裏などの単位で括られたまとまりが、何らかの意味を持つと思われる。いま、便宜単行のものは除いて、群ごとにまとめられているものに限って、性格を考えて首題を与えてみた。「　」内は目録での呼称、数字は目録に付けた資料の通し番号である。

（典籍）――――→

□□　　　　　　　雅有の関与した歌書（　～17）
（第十三か）一裏　　雅有の関与した歌書（18～33）
（第十四か）枕櫃「顕釈」　六条藤家の歌学者顕昭らの著作（34～40）
葛一　　　　　　代々集部類（48）
一裏「撰哥」　　　雅経の撰歌資料（新古今集）（41～45）
□「撰哥上下」　　雅有の撰歌資料（永仁勅撰の議）（49～65）

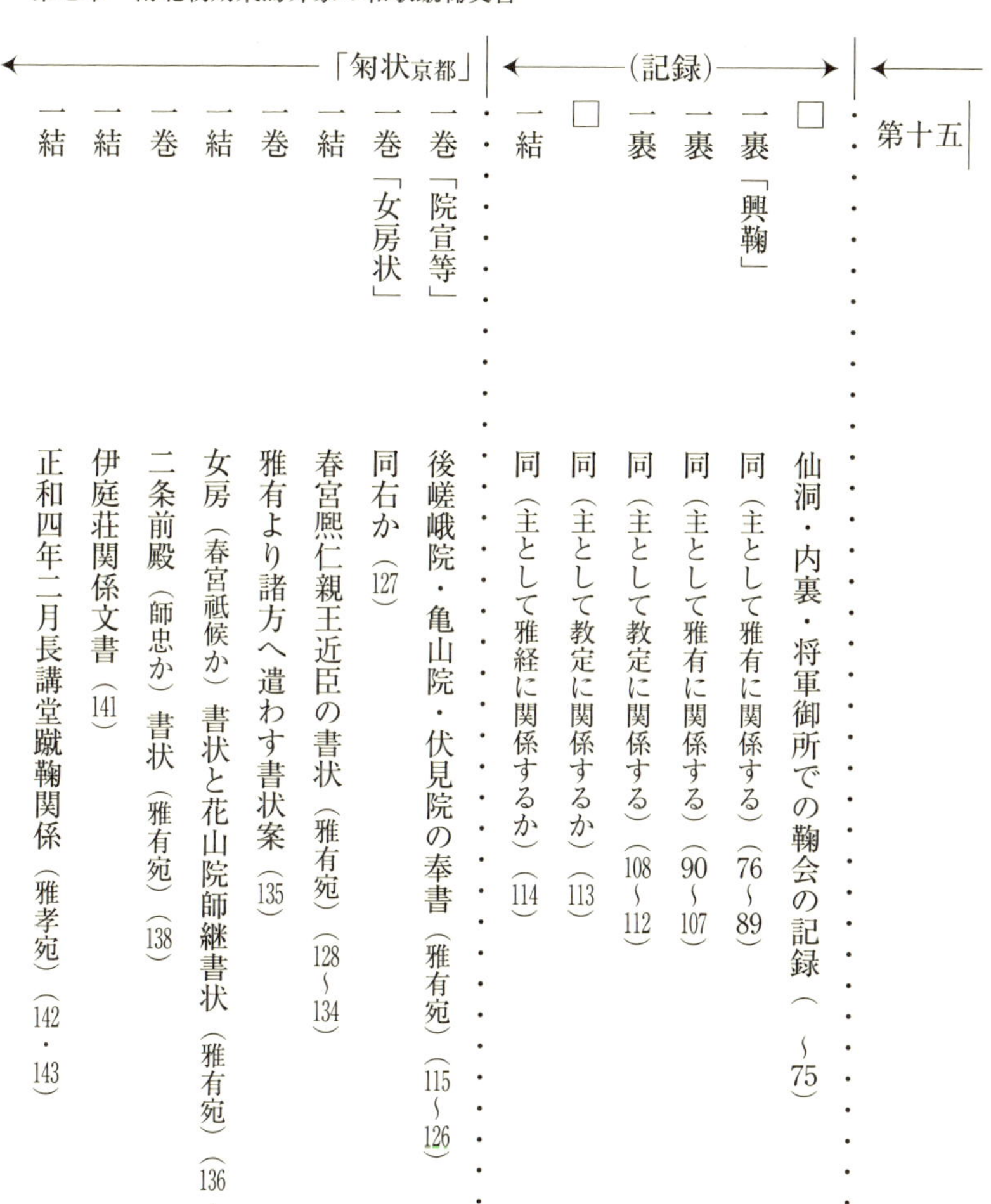
第十五
（記録）
「匊状京都」
□　仙洞・内裏・将軍御所での鞠会の記録（〜75）
一裹「興鞠」　同（主として雅有に関係する）（76〜89）
一裹　同（主として雅有に関係する）（90〜107）
一裹　同（主として教定に関係する）（108〜112）
□　同（主として教定に関係するか）（113）
一結　同（主として雅経に関係するか）（114）
一巻「院宣等」　後嵯峨院・亀山院・伏見院の奉書（雅有宛）（115〜126）
一巻「女房状」　同右か（127）
一結　春宮熙仁親王近臣の書状（雅有宛）（128〜134）
一巻　雅有より諸方へ遣わす書状案（135）
一結　女房（春宮祗候か）書状と花山院師継書状（雅有宛）（136・137）
一巻　二条前殿（師忠か）書状（雅有宛）（138）
一結　伊庭荘関係文書（141）
一結　正和四年二月長講堂蹴鞠関係（雅孝宛）（142・143）

←――――――――――――――――――――

一結　正応頃の亀山院・伏見院の奉書（雅有宛）（144〜147）

一結　蹴鞠故実に関する飛鳥井家関係者の書状（雅有宛）（148〜151）

一結　蹴鞠故実に関する他家の書状（雅有宛）（152〜160）

一裏　熙仁親王の奉書および近臣の書状、雅有の返答案（161〜165）

一裏　按察二位局（伏見院女房）書状（雅有宛）（166）

一裏　後伏見・花園・後醍醐・光厳各院の奉書（雅孝宛）（167〜178）

一結　入道大納言の書状（雅孝宛）（179・180）

一結　暦応二〜三年、光厳院の奉書（雅孝宛）（183〜185）

一結　建武二年、後伏見院の奉書（雅孝宛）（186）

←「消状関東」

←――（人々書状）――→

一結　伏見院女房奉書（雅有宛）（197〜198）

一結　建治・弘安頃、京都歌人の書状（雅有宛）（199〜206）

一結　永仁頃、京都歌人の書状（雅有宛）（207〜211）

一結　弘長〜建治頃、関東歌人の書状（雅有宛）（212〜221）

このように、一見雑然としているようで、わりあい明瞭に分類整理されていたことが察せられる。そして、現在失われた典籍・文書でも、同じまとまりに属していることから、いかなる内容か推測することも可能になる。次にそのことについて触れる。

記載排列　歌書の記載は第一紙のみで、知られるところが少ないが、弘安頃、雅有の関係したものが豊富である。詳しくは考証に譲るが、雅有の仮名日記春のみやまぢに活写されている、春宮熈仁親王御所での歌壇活動の遺産とおぼしきものが数多く見出され、それらが一括されている。また、ここに雅有が弘安五年（一二八二）正月～三月に集中的に書写した顕昭の勅撰集注釈書（34～38）が「顕釈」としてまとめられているのも頷ける。

特に注意すべきは、「撰哥」として括られた資料群である。「撰歌」の語は狭義には勅撰集の撰集作業過程で用いられる。とりわけ複数の撰者が指命された場合、撰者めいめいが入集候補和歌を撰集の形に整えて進覧し、ついでこれを叩き台として下命者のもとでさらなる精撰を続けたようであり、[5]その過程、あるいは資料を広く「撰歌」と呼んだようである。

「撰哥上下」（49～65）と題された文書群は、永仁勅撰の議に関係する資料が一括されていたものとみなすことができる。永仁元年（一二九三）八月二十七日、伏見院は雅有のほか二条為世・京極為兼・九条隆博の四名を召して、勅撰集撰進の命を下している。当日雅有は所労のために不参であったが、複数の撰者がいる場合は綸旨を下して撰者を仰せ付けることが故実であり、伏見院宸記当日条にも「綸旨案右大将（花山院家教）持参」と見えている。したがって「綸旨案」（54）は、勅撰集撰進を命じた伏見院綸旨案である。また「四季恋雑已下廿巻」（49）とは、この勅撰企画に際して、雅有が提出した撰者進覧本を指すのであろう。

撰者の内訌、主として為兼の失脚・配流によって奏覧には至らなかったこの勅撰企画が、どこまで進捗していたのか、あるいは各撰者の関わり方について、かねて議論されているが（第二章参照）、ここに窺われる限りでは既にある程度の姿を見せ、また雅有も既に病身であったらしいが、一定の役割を果たしたと言えるであろう。

「顕釈」櫃に入っていたらしい「撰哥一裹」（41〜45）の方は、飛鳥井雅経が撰者となった新古今集に関係する資料と推定される。すなわち「御点哥一巻」（44）とは、各撰者が進覧した撰歌を、後鳥羽院が校閲選抜した歌稿を指す。新古今集のいわゆる「御点時代」は建仁三年（一二〇三）四月末から翌年六月までで、この間雅経も院の御点歌を連日清書していたのであった。[6] 同じ裹に「南殿桜記一巻」（43）があることも、雅経の関与した資料であることを物語る。家にとっては光輝ある記憶であると同時に、将来撰者となればよりどころとすべき文書であるから、断簡零墨に至るまで尊重し、別置して管理したのである。

蹴鞠の記録は、ほぼ全て仙洞・内裏・将軍家などの公宴の記録であり、「興鞠一裹」（76〜89）と命名された裹のうちに、雅経・教定・雅有と、ほぼ歴代の当主別に整理されている。いずれも単位は「通」がほとんどで、当主の日記の記事抜書ないし単行の別記と見られる。

最後に「御日記一結五巻有之」（229）と見えるのは誰の日記か不明であるが、雅有の日記らしく思われる（あるいは仮名日記か）。歴代の日記正本は別に記載されていたのであろう。

「匊状」と題する蹴鞠関係文書は、先に触れたように「京都」「関東」に大別され、さらに発給者別・テーマ別に細分されていた。

それらは多く、韈の着用に関する内容であったことが注記からも推定される。

鞠足が着用する韈の材質・文様・色は、その技量に応じて六段階に定められていた。これを韈の程品という。[7]

後鳥羽院が制定したと伝えられるが、治天の君の主催する公宴鞠会においてこれを許されて着用することが鞠足と認められることであった。

春のみやまぢの弘安三年正月十九日条には「韈の所望は新院の御はからひにてあれば」とある。雅有は最高位の無文燻革の韈の着用を切望していたが、当時院政を敷いていた亀山院が裁量するところで、雅有が仕えていた後深草院や春宮熈仁親王に権限はなかった。ようやく三月一日条に「左大弁宰相がもとより御教書あり。無文の燻革の韈はくべき由なり、ことによろこび申しぬ。日来の所望たちどころに叶ふ。言の葉もなし」とある。つまり亀山院の意を奉じた伝奏吉田経長の御教書（院宣）によって、無文燻革の韈の着用を勅許されたものであり、本目録断簡に「参議経長　二通」（120）と見えているのがまさにそれであろう。

韈の着用が治天の君の勅許に因るとすれば、治世が交替する度に安堵されることになる。たとえば「院宣等一巻」（115～126）に含まれる、廷臣の名を冠した書状は私信ではなく、この人々が伝奏や蔵人頭、あるいは近臣であることからすれば、歴代の治天の君の意を奉じたものと見られる。なお同一人物でも呼称が異なるのは、目録編纂時点ではなく、その文書が発給された、ないし受取人によって最初に整理された時点（受給後、心覚えのために端裏書を記入することが多い）での称を採っているためであろう。これによって文書の時期もある程度推測可能である。そうしたやりとりは斯道における権威の証明だったから、細心の注意を払って保管されたわけである。

「匊状京都」には他にも多くの人々の書状が挙がっているが、やはり韈の着用をはじめとして、上鞠の勤仕、直衣の着用など蹴鞠の場での進退や装束に関わる内容と見られる。これらは先に見たように窮極的には治天の君の管理するところであったとはいえ、実際には蹴鞠師範も預かっていたことは明白である。雅孝は治天の君から勅許について相談を受けていたようで、院宣綸旨の案が集積され、また諸人からの問い合わせにも答えている。

後世には飛鳥井家が免許状を出すようになるが、その下地であろう。

意義　以上、残闕であり憶測をかなり交えたが、本目録の内容について解説してきた。最後にその意義につきまとめたい。

まずは数少ない鎌倉期の公家蔵書目録の実物であることが特筆される。同じ鎌倉期には藤原定家筆に係る集目録[8]、永仁元年三月十七日、前関白九条忠教の御文□〔庫〕文書目録[9]、さらに冷泉為相の蔵書目録と言われる私所持和歌草子目録[10]などがあって、それぞれ特色があるが、本目録断簡はそれらに伍する詳細なものである。たとえば私所持和歌草子目録は、むしろ伝存書目に近く、記録や文書は一切含まず、本当に一個人（冷泉為相）の目録であるか、慎重に考えるべきであるのに対して、こちらは飛鳥井雅孝が家の活動に資すべく編纂したことが明らかで、その点が著しい特色ということができる。

そのような歌道家（鞠道家）の生態が如実に窺われ、公家の家と家学・家藝との関係を考えるにも絶好の史料であるとともに、鎌倉後期から南北朝期にかけての歌壇史・蹴鞠史に新しい知見を提供している。当然、飛鳥井家の位置も克明に炙り出されてくる。

歴代では、雅経・教定よりむしろ雅有の存在が大きかったことも注目される。目録には若くして将軍宗尊親王に、ついで伏見院に仕えた軌跡が刻まれているといってよい。歌書も宗尊親王と伏見院歌壇での催しに関係するものが目に付く。関東祗候廷臣としての飛鳥井家は和歌蹴鞠を介して将軍に奉仕するもので、公武の鞠会の記録を遺すことが家の存立基盤を築くことであった。関東で開催された蹴鞠の記録が吾妻鏡の記事と符合することも興味深い。飛鳥井家の記録が他人にも利用されていたことは、吾妻鏡の編纂資料となったと言われる教定卿記の残闕が伝来することでも確かめられるが、[11] それも文書を管理するシステムが整備されていたゆえと想像したくなる。そもそも、歴代が京都・鎌倉を往復する境涯であったから、文書の管理は大きな課題であったはずである。延慶両卿訴陳の時、二条為世は歌道の正説を知らないと京極為兼が非難する中で、「雅有卿記録を召し出さるゝの日、その隠れあるべからざる事に候や」(原漢文) と述べているのは、単に第三者の名を借りたに過ぎないとしても、雅有の記録、そして飛鳥井家も信頼に足る文書の家との評価があったゆえかも知れない。

但し、蔵書のごく一部に過ぎないから速断はできないが、勅撰集撰集のための記録は意外に貧弱である (第六章参照)。飛鳥井家で撰者になったのは雅経と雅有だけであるし、たとえば二条家などに比較すれば相当なハンディキャップがあったに違いない。そのため、雅孝の曾孫雅世が新続古今集の単独撰者となった時にも「一、雅経は新古今の五人の撰者の内に入り侍りしかども、その頃堅固の若輩にてありしかば、撰者の人数に入りたるばかりにて家には記録などもあるまじき也」(正徹物語) とそしられることになる。ちなみに飛鳥井家の蔵書は近代に散逸し、現在各所に蔵されているが、それらは室町中期、雅縁以後の当主が書写して集積していったもののように思われ、本目録断簡に記載の書目は僅かな例外を除いて見出すことができない。蔵書の構成からいっても、近代に至る飛鳥井家の淵源は雅縁に発し、南北朝期以前とは断絶があることになろう。

飛鳥井雅孝は、脚光を浴びることはなかったが、朝廷・幕府に仕え、二条家・京極家ともに交際を結んだ、いわば「どっちつかず」の特性を活かしつつ、集積された家産を黙々と整理し子孫の用に備えていたのであった。もとより、家記文書の維持と管理、そして相伝に心を配ったことは公家では誰しも同じであるが、典型的な実践を見るのである。

注

（1）桑山浩然『蹴鞠技術変遷の研究』（平成三年度科学研究費補助金研究成果報告書、平4・3）、同「近江のこと、蹴鞠のこと」（滋賀史学会雑誌11、平11・2）。

（2）飛鳥井家の所領については今泉淑夫「文明二年七月六日付飛鳥井雅親書状案をめぐって」（日本歴史369、昭54・2）があり、雅縁の代になって新たに獲得したものが戦国期にも中核となっており、南北朝期の家領を必ずしも継承していないようである。

（3）渡辺融・桑山浩然『蹴鞠の研究　公家鞠の研究』（東京大学出版会、平6）第一部第五章「蹴鞠指導書としての『内外三時抄』」参照。

（4）雅有・雅孝については、井上宗雄『中世歌壇史の研究　南北朝期』（明治書院、昭40〔改訂新版、昭62〕）、水川喜夫『飛鳥井雅有日記全釈』（風間書房、昭60）など参照。

（5）佐藤恒雄『藤原為家研究』（笠間書院、平20）第三章第八節「続古今和歌集の撰集について」（初出平16）、第九節「続古今和歌集の御前評定」（初出平17）参照。

（6）後藤重郎『新古今和歌集の基礎的研究』（塙書房、昭43）、佐藤恒雄『藤原定家研究』（風間書房、平13）第三章「新古今集定家進覧本考」（初出昭63・平3）参照。

（7）村戸弥生『遊戯から芸道へ　日本中世における芸能の変容』（玉川大学出版部、平14）二章二節4「院政期蹴鞠における履物装束」参照。

（8）『冷泉家時雨亭叢書14　平安私家集　二』（朝日新聞社、平5）参照。解題では新勅撰集のような撰集を編む資料リストとして藤原定家が作ったと推定する（片桐洋一氏執筆）。

（9）『図書寮叢刊　九条家文書　五』（明治書院、昭50）に翻刻。やはり所収の櫃ごとに、漢籍・国書・日記・儀式書故実書、ついで家領の文書を記載している。

（10）『冷泉家時雨亭叢書40　中世歌学集　書目集』（朝日新聞社、平7）参照。「勅撰」「打聞」「百首」以下に分類し、書

名を列挙する。文保頃の筆蹟と鑑定されたことから冷泉為相の蔵書と言われるが、解題では必ずしも特定できないとする（赤瀬信吾氏執筆）。

(11)　いわゆる吾妻鏡断簡（金沢文庫蔵）。寛元二年（一二四四）四月二十一日将軍藤原頼嗣元服記の一部。永井晋「鎌倉の部類記」（季刊ぐんしょ4-2、平3・4）は、建長三年（一二五一）北条実時が編纂した部類記稿本の一部と推定する。

二、翻刻

一、翻刻は努めて原本に忠実に行った。字配り、文字の大小、改行、割書などの体裁もそのままとした。

一、字体は通行の字体に改めた。但し、「哥」「匊」「枩」など若干の異体字は保存した。

一、文字の虫損は字数をはかって□で示した。文字数が不明のものは「　」で示した。残画などにより推定できるものは〔　〕に入れて右傍に注した。

一、記載される典籍・記録・文書・書状には通し番号を付した。「三、考証」と対応する。

[1]「在嗣卿草也」

□□□□□□〔代々集作者〕[2]　□□□□□□〔続後撰和歌集〕[3]「　」

[4]九品御会判詞不審一巻　[5]名所山一巻　[6]和哥捨花用実語一巻

[7]弘安元年閏十月古今御談義御記一巻□〔先〕人頭兵衛督為世　□〔定〕為阿闍梨等也　[8]御不審条々一巻員数猶不審有二巻

[9]奥義抄問答一巻　[10]万葉集大概一巻　[11]百首和哥端作一通

[12]高野入道相公哥林苑哥合之時奥書一通嘉厂〔応〕元七十八　[13]摂津国名所一通

[14]是準勘進一通本朝号邪麻止事　[15]代々集哥員一通

[16]平野社神主兼方注文一通　[17]権中納言為兼卿状二通一通彼卿詠哥奉見先人并奉御所存之由事一通堪能之由被仰御返事之時喜申事永仁元八十四

一裏

[18]和哥書様端作二通　[19]□□〔将軍〕家御会始問事宗匠返状　[20]和字秘書　[21]和哥十躰

[22]五代集哥枕名所所持風土記国不審事書　[23]詠作之旨趣　[24]和哥序題問答云々

[25]和哥会作法　[26]文永六年七月四日御問答　証哥　[27]続拾遺依　勅定被改注文

[28]中書王令旨　[29]孝行入道抄物目六万葉撰哥詞巻加之　[30]句抄序　[31]名字不分明状

[32]所進秘書目六　[33]社頭宝前事

一　〈顕釈　枕櫃

[34]古今序以下注十帖但第□□十二分一帖無之　[35]後撰注四帖　[36]拾遺抄注□□〔一帖〕

[37]後拾遺注二帖　[38]金葉詞華注各一帖　[39]和哥□〔色〕葉三帖　[40]作者部類十一帖

撰哥一裏[41]作者抄一二三巻此外八巻有之　[42]無哥作者一巻　[43]南殿桜記一巻　[44]御点哥一巻　[45]陣座花書

[46]大神宮并北野御哥　[47]宇津宮下野入道状并相州哥一巻

一　葛一合

[48]代々集部類第十四不見不審又四代部類

一　撰哥上下
四季恋雑已下廿巻[49]　御抄物一帖地[50]　和哥座右愚抄[51]
古[52]□〔今〕和漢六帖一帖　為道朝臣状一通[53]　綸旨案一通正文於関東焼失了[54]　同御請文案[55]
撰集名字一通[56]　師宗返状一通[57]　条々一通[58]　神道□□御哥事[59]
短冊[60]　可勘哥[61]　部立注文[62]　恋題次第[63]　御小[64]□〔草〕□〔子〕□〔但〕無之
代々撰集事[65]
〈一〉〈第十□〔五〕〉杦櫃

□□□□〔一帖〕[66]　□[67]□□□〔写本也〕
後白川院御記一巻[68]　仙洞記一巻亀谷殿御記嘉禎宝治建長[69]　革洞御記抄一巻建暦二[70]
続洞記首書一巻[71]　入道民部卿状案一通紫白地職事長綱朝臣状并宗成朝臣状続加之[72]
廷尉活〔話〕上下相論一巻[73]　賀茂上下社御鞠人数一通[74]
准后賀礼記一巻又一通巻□□〔加之〕[75]

」（第一紙）

興鞠一裏　[76]仙洞御鞠定文建長三二　[77]正嘉二年関東蹴鞠御会記一巻

[78]承元二年并建長三年故相公。故武衛御記一通　[79]被申春宮条々

一通弘安二十一九　[80]弘安九年記一巻関東　[81]建治三四両年記二巻京都

[82]文永二年正月□□〔将軍〕家御鞠記一通先人御記

[83]同。六年記一通嵯峨中院会也　[84]建治三年記案一通被進御鞠於春宮御所事

[85]同四年記一通範春卿注進之　[86]弘安二年十一月九日被申　春宮

条々一通但無之　[87]百日御鞠結願記一巻文永八五廿三但無之

[88]建長四年四月□〔記〕□〔一〕通関東

[89]年記不審記四通但二通者建治二七十六廿四云々但今一通同四年歟範春卿書出分大略符合今一通関東記也不審

一裏

[90]白河院御集一通　[91]山槐記一通治承三年　[92]養和二年正月御記一通

[93]被進御鞠於将軍事也宝治二年二月五日□□〔記〕巻　[94]宗教朝臣鞠付枝絵図一通宝治二九

[95]革匊御記抄一巻幼少記也　[96]正嘉元年六月廿四日御所入御最明寺

御鞠記一通　[97]建長三年四月　仙洞御鞠記一巻小巻物也但無之

[98]同五年正月　仙洞御鞠記一通　[99]同六年正月行幸

西園寺之時御鞠□〔記〕一通　弘長二年三月朝覲御鞠記一通[100]

自武者小路宮所下賜日記一通建暦二三[101]　弘安十一年四月十七日[102]

富小路殿御会記一通　正応三年正月十日内裏御鞠記[103]

一通　同年二月五日七日常磐井殿御鞠記一巻[104]

御鞠会指図一□〔通〕年記不審[105]　正応二年二月記一巻[106]

年記不審記一巻弘長二歟[107]

一裏

承元御鞠記一巻[108]　寛元四并宝治元年亀谷殿御記二巻[109]

関東是心百日鞠結願会事有之　関東御鞠記一巻建長二三廿五[110]

同四年　仙洞□□〔御鞠〕記一通[111]　同六年□□□記一通[112]

」（第二紙）

□□□□□□□□〔弘長二年記一巻〕[113]「　」

一結　建暦以下蹴鞠記十四通[114]

〈一　匊状京都

院宣等一巻
[115]参議師継状二通　[116]修理大夫隆康一通　[117]三条宰相中将公貫三通
[118]治部卿邦経一通　[119]範藤朝臣二通　[120]参議経長二通　[121]難波沙弥願生一通
[122]永康朝臣一通　[123]六条宰相康能一通　[124]権中納言為兼二通　[125]綾小路宰相経資一通
[126]為雄朝臣一通鞠勅許院宣等有之也、

[127]女房状一巻十二通　　一結
[128]六条宰相康能状三通　[129]故亀谷殿御書二通　[130]左兵衛督範藤三通　修理大夫邦経一通　[131]治部卿重経一通　[132]右兵衛督長相一巻　[133]高倉三位永康一通　[134]

[135]自是被遣人之許御書等一巻
八通此中女房状一通有之　　一結　[136]女房状一巻九通
[137]堀川前内府状一通

[138]二条前殿御文一巻七通　[139]被遣権中納言為兼卿許御書案一通

[140]頭中将実躬状一通将軍有文紫革御鞠　勅許綸旨之様、談申之御返事有之、永仁四七十三同無文燻革、院宣一通

一結
[141]女房三条殿状三通
伊庭庄事也

一結
[142]自持明院殿被遣平大納言許
女房奉書二通　[143]為藤卿一通正和四二

一結
[144]中院中納言具房状一通
[145]吉田中納言経長一通

[146]伊定朝臣奉書一通紀行定鞠事也
[147]権中納言為兼卿状四通続為兼状奥了

一結
[148]藤大納言為氏状二通少将雅顕尓問答状也　女房状一通続奥了
[149]故相公真筆御書三通　[150]女房状一通　[151]大納言律師兼尊一通

一結
[152]資顕朝臣状二通　[153]宗継朝臣一通　[154]康仲朝臣一通　[155]為実朝臣三通　[156]為道朝臣一巻
[157]重清朝臣一通　左馬権頭入道長綱[158]一通　[159]皮堂別当法印玄誓二通
[160]貴布禰々宜祐顕一通

一裏
[161]女房状五通　[162]先人御教書御請文案二通　[163]範藤卿一通　[164]先人御書一通
[165]康能卿三通

一裏
[166]按察二位殿局状六通

一結
[167]院宣一通禁裏御師範事　平大納言状四通巻加之
[168]近衛前殿并平大納言状各一通　[169]綸旨一通直衣御免事也

二品局状二通[170]　右金吾局一通[171]　上鞠所望案一通[172]　春宮御師範[173]　院宣（定資卿書之 嘉暦三）

[174]禁裏御師範　院宣（建武五々廿 資明卿書之）　[175]院宣（直衣御免事 建武五八廿八）　俊景初参被挙申御書案 并上鞠御所望事

二通　師宗返状[176]（竹懸以下 十二箇条御不審也）　并■従上事（故殿御所望和字御状）

[177]女房奉書（切立事）　[178]冷泉二品状一通（上鞠御勤仕之時 賀札也）

一結　京極大納言入道状[179]（三通）　日野大納言入道状[180]（一通）

一通　近衛前殿御書大納言殿御師範事[181]（但無之）

一通　造内〔裏〕□□事頼藤卿奉書[182]

一結　大理返状并女房奉書[183]（暦応二五十二 上鞠事也）　院宣案[184]（公蔭卿 職事）　女房奉書二通[185]（暦応三正 十三）

一結　堀川殿局奉書三通[186]（後伏見院 建武二）

□〔二〕　□□〔菊状〕□□〔関東〕

観世状二通[187]（御上階之時賀札 有詠哥又一通続加之）　故民部卿入道状二巻[188]

吉田殿状[189]（相州哥 事）　伯中将状一通[190]　女房奉書一巻[191]　按察二位殿状[192]（永仁七 □廿□）

祭主定世状一通[193]　素暹状一通[194]　為教卿状一通[195]　六条前宰相状一通[196]

」（第三紙）

一結　女房奉書一巻[197]被巻加短冊
　治部卿局状一通[198]　一結
大納言律師定為状一通[199]　賢覚状一通[200]　九条二位返状五通[201]二位律師状并三室戸僧正御房御返事[202]建治元十二十八
前内蔵権頭状一通[203]　為世卿状一通[204]　仲資状一通[207]　宗成状一通[208]永仁二五十四隣女集事　為道状一通[209]
女房状一巻[205]　御案一通[206]　一結　住吉神主状一通[210]　故殿御書一通[211]
　良心状一通[212]弘長三九七　前内匠正状一通[213]　城四郎金吾禅門状二通[214]　上野前司状一通[215]
一結　河内入道状二通[216]　陸奥守状一巻[217]　美乃守長景状[218]故宰相殿自筆古今集二通　二条中将状一通[219]
持明院中将状一通[220]　冷泉中将一通[221]

一　今南庄文書一葛[222]　一　都賀郷文書一葛[223]
一　諸御領請取正文一葛[224]　一　伊庭庄文書一葛[225]
〈一〉　箪簞文書一葛[226]　一　羽手箱一合[227]
一　韈箱一合[228]始入加目六
一　御日記一結[229]五巻有之　一　斎部沙汰文書一裹[230]
一　小倭庄役夫以下一結[231]　一　三賀野事供僧書状一結[232]
一　小倭庄文書一裹[233]　一　大袋一[234]

此外

蒔絵壺[235]二　同鞭[236]一　文台[237]一　御韈形[238]有故殿〔御判〕□□

笑野[239]一裹員廿三

暦応五年正月八日

」（第四紙）

三、考証

某相伝文書書籍等目録断簡に現れる典籍文書について、成立・年代・作者・伝存の有無・現在の資料名など判明し得る限りを注し、また登場する人名について出自を考証した。番号は「二、翻刻」と対応する。

1［〔在嗣卿草也〕］　前闕のため書名未詳。歌会序または撰集序などで、在嗣が草した意か。在嗣は菅原良頼男。正応元年（一二八八）三月八日従三位。当時の紀伝儒で、春のみやまぢ弘安三年九月四日条に「御師読在嗣朝臣と二人ほど殊に不便におぼしめさるゝ由度々仰せあり」とあるように、春宮熈仁親王（伏見院）の侍読である。

2□□□□□□□〔代々集作者〕　内容未詳。

3□□□□□□［〔続後撰和歌集〕　　］　内容未詳、続後撰集目録（為家、序のみ現存）ないし難続後撰（真観、散佚）などか。

4九品御会判詞不審一巻　弘長元年（一二六一）頃、鎌倉幕府将軍宗尊親王家九品歌会一座か。この会については、寂恵法師文に「中務卿親王関東御座之比、和歌所の衆をかれて毎月六首の歌をおの〳〵当番としてたて［　　］於一身当番作者あひかねて毎月卅首の詠を進入す、かの一月の分をとりて御てつから九品をたてさせおはします事候」とあり、寂恵・藤原基長（雅有弟）らが作者となった。中川博夫・小川剛生「宗尊親王年譜」（言語文化研究1、平6・2）参照。

5名所山一巻　内容未詳。

6和哥捨花用実語一巻　心詞論を取り上げた鎌倉期歌論書か。花実の論は、藤原定家毎月抄に「或人、花実の事を哥に立て申して侍るにとりて、古の歌はみな実を存して花を忘れ、近代の歌は花をのみ心にかけて実には目もかけぬかしと申したるめり」とある。

7弘安元年閏十月古今御談義御記一巻〔先〕□人頭兵衛督為世〔定〕□為阿闍梨等也　「先人」は雅有。「御記」とあるので筆者は雅有となる。

為世は二条為氏男。定為は為氏男、為世弟。ともに母は教定女。井上宗雄『中世歌壇と歌人伝の研究』（笠間書院、平19）第一部第四章「一条法印定為」参照。

8御不審条々一巻（員数猶不審有二巻）　やはり古今集談義に関わるもので、疑問点を書き抜いたもの。春のみやまぢによれば、弘安三年六月から春宮熈仁親王は雅有の古今集の談義を聞いており、その後に「くるゝほどに古今の御不審一巻（一日ごろ仰をかふりてかきてまゐらする所なり、）これを給はりて」（七月十七日条）と見える。あるいはこれか。

9奥義抄問答一巻　藤原清輔の奥義抄下巻余・問答（灌頂巻）か。

10万葉集大概一巻　未詳。

11百首和哥端作一通　端作・位署の書様を示したもの。時期は確定できないが、春のみやまぢ弘安三年六月二十二日条に、熈仁親王の命を受けて続百首歌の「端作のやう藤大納言に尋ぬべき由仰ある間、状を遣はすところに」と見え、為氏の説である可能性がある。

12高野入道相公哥林苑哥合之時奥書一通（嘉〔応〕元七十八）　嘉応元年（一一六九）七月十八日、当時高野山に隠棲していた藤原教長が記した歌合の跋。この頃俊恵の主催する歌林苑の活動は盛んであり、歌合も長寛二年八月・仁安二年十二月・年時未詳と、少なくとも三度の開催が確認される。教長がその跋文を依頼されたか、あるいは作者として加わったものか。なお教長は飛鳥井家の祖頼輔の異母兄。高崎由理「藤原教長年譜」（立教大学日本文学56、昭61・7）参照。

13摂津国名所一通　未詳。同国歌枕の一覧か。

14是準勘進一通（本朝号邪麻止事）　是準は伝未詳。あるいは是博の誤りか。革匊要略集の作者是空（心）と関係があるか。「本朝号邪麻止事」とは古今集仮名序の解釈に関わる内容であろう。たとえば顕昭の序注に「ヤマトウタ」を釈して「今注云、ヤマト者斯国之惣名、通云二山跡一也、山謂二邪麻一、跡謂レ止也」とある。

15代々集哥員一通　勅撰集の歌数を記した注文か。

16平野社神主兼方注文一通　内容未詳。兼方は卜部兼文男、正四位下神祇権大副。釈日本紀の編者。

17権中納言為兼卿状二通一通彼卿詠哥奉見先人并奉御所存之由事一通堪能之由被仰御返事之時喜申事永仁元八十四　雅有に送られた為兼の書状二通。一通は為兼が自詠を雅有に見せて批評を乞うたもの、一通は雅有の褒辞に対する礼状である。なお、この年八月二十七日、伏見院は雅有・為世・為兼・隆博の四名に勅撰集撰進を命じている（永仁勅撰の議）。撰集の中心的な存在であった為兼が、撰者の見解が一致しない事態を見越して、雅有の歓心を得るためのやりとりであったか。

18和哥書様端作二通　懐紙などの雛形であろう。

19□□（将軍）家御会始問事宗匠返状　将軍は宗尊親王・久明親王、宗匠は二条為氏・為世が考えられる。時期からすれば後者か。雅有が会を申沙汰し、その不審を尋ねたものであろう。

20和字秘書　未詳。仮名の秘伝書。

21和哥十躰　未詳。奥義抄の一本に引用される忠岑十躰・道済十躰、あるいは定家十躰の可能性もあるが、八雲御抄巻一に「近比も歌の十躰とて品々を立てたる物ありき」と見えるように、和歌を十体に分類した秀歌撰は当時いくつか行われた。

22五代集哥枕名所所持風土記国**不審事書**　藤原範兼撰五代集歌枕の地名比定の疑問を、風土記と対校して指摘したものであろう。

23詠作之旨趣　未詳。詠歌指導の書か。

24和哥序題問答云々　未詳。「問答」と題したか。

25和哥会作法　会席作法の書。藤原定家の和歌会次第に当たるか。私所持和歌草子目録にも口伝部に「和哥会作法」が見える。

26文永六年七月四日御問答　証哥　嵯峨のかよひによれば、雅有はこの年正月に芦屋の仮寓を引き払い、京都の小倉山の麓に住んだ。この時、近隣に住む藤原為家のもとに通い、さまざまな教えを受けた。これは為家と歌学上の問答を交わした時の控えか。なお嵯峨のかよひは九月から記事が始まる。

27続拾遺依　勅定被改注文　続拾遺集は弘安元年（一二七八）十二月奏覧、寂恵法師文によれば亀山院の意に沿わぬ点があり修訂を命じられた旨が示唆されており、その要点を列挙したものか。また京極為兼陳状案（天理図書館蔵）には「且続拾遺之時、条々背当家説之趣、中入之處、雖被尋下為氏卿、敢不及披陳」とある。

28中書王令旨　中書王は宗尊親王。内容は未詳。

29孝行入道抄物目六（万葉撰哥詞巻加之）　孝行は源光行男。従五位下筑前守。関東御家人で為家の家人。万葉集・源氏物語など古典研究を進めた。その著作の目録か。巻子装であるので、「万葉撰哥詞」を一緒に巻き込んだとの意。為家の万葉集佳詞は一名を「万葉集撰要哥詞」とするので、あるいはこれか。小川靖彦『萬葉学史の研究』（おうふう、平19）第四部第一章「筑後入道寂意（源孝行）」参照。

30句抄序　句抄は雅有の編。万葉集・勅撰集の歌語の注解か。春のみやまぢ弘安三年七月六日条に「句抄と申す物をしかけたる由申し出でたれば、まゐらせよ御覧ぜられむと仰せあり」と熈仁親王の御覧に入れたことが見え、翌日には「春宮に日くらし祗候、句抄しかるべきものなり、御沙汰あるべしとあれば、さらば万葉より続拾遺に至るまで各五部をかゝせらるべき由申せば、書き手の奉行は具顕朝臣なるべし」とある。

31名字不分明状　未詳。

32所進秘書目六　未詳。

33社頭宝前事　未詳。法楽和歌詠法に関わるものか。

34古今序以下注十帖（但第□□〔十一〕十二分一帖無之）　顕昭の古今集注。序注は寿永二年（一一八三）十二月に二度に分けて、歌注は文治元年（一一八五）十月から翌月にかけて八度に分けて守覚法親王に献上された。現存諸本は雅有が弘安五年（一二八二）正月から二月に書写校合した本を祖本とする。すなわち当該本のことである。構成は序注一帖、歌注九帖であるが、第十一・十二を収める一帖が欠との意か。川上新一郎『六条藤家歌学の研究』（汲古書院、平11）第二部第二章「顕昭歌学書の諸本」によれば、天理図書館蔵本（冊子改装）は後人の増補のない原態本とされ、かつ飛鳥井家旧蔵で、雅縁筆と推定されることから、当該本との関係が推測される。但し、この本は巻十一・十二（丁巻）と巻十九・

二十（辛巻）の二軸のみの零本で、それぞれ書写者は同一ながら系統を異にするという。雅孝の時点で既に第十一・十二が欠けていたのだから、川上氏が推定される通り、丁巻は別系統の本を補写したものであり、辛巻は当該本を直接書写したものであろう。

35後撰注四帖　顕昭の後撰集注。散佚したと考えられてきたが、聖護院蔵写本二冊が現存する。その親本は春夏・秋冬・恋・雑の四部からなり、ここに「四帖」とあるのに符合する。また他の注と同様に、寿永二年七月の顕昭の識語と弘安五年二月から三月にかけて書写した旨の雅有の本奥書がある。藤田洋治「顕昭著『後撰集注』の和歌本文と注釈内容」（和歌文学会例会発表資料、平20・7・12）参照。

36拾遺抄注□□〔二帖〕　顕昭の拾遺抄注。寿永二年五月八日守覚に献上される。現存諸本全て一帖、弘安五年三月六日の雅有の一校奥書を持つ。

37後拾遺注二帖　顕昭の後拾遺集注。現存本は四季部巻六まで存。寿永二年七月守覚に献上、弘安五年三月十七日の雅有の一校奥書を持つ。

38金葉詞華注各一帖　金葉集注は散佚。詞花集注は寿永二年八月守覚に献上、弘安五年四月六日の雅有の一校奥書を持つ。

39和哥□〔色〕葉三帖　建久九年（一一九八）、上覚著。同年十一月、顕昭の閲覧を経て、翌月後鳥羽院の叡覧に供されている。現存本も三巻。

40作者部類十一帖　勅撰歌人を身分階層別に分類し、入集状況と略伝を注したもの。現存する元盛編の勅撰作者部類は建武四年（一三三七）頃に成立、それに先行するものか。

41作者抄一二三巻　同じく勅撰作者の入集状況と略伝の集成か。新古今集の「撰歌」に関わるとすれば、作者別の一覧か。

42無哥作者一巻　同じくよみ人知らず歌の一覧か。

43南殿桜記一巻　建仁三年（一二〇三）二月二十四日、和歌所衆が紫宸殿南庭、左近衛陣近くの桜樹のもとで詠歌した、いわゆる大内花御覧の記録か。雅経・具親が発起したことは明月記当日条に「藤少将・兵衛佐来、招引、又向大内、坐南殿簀子、講和歌一首」とある。翌日には後鳥羽院の御幸があった。久保田淳『藤原定家とその時代』（岩波書店、平6）「『新古今集』の美意識―大内花見の歌三首を軸にして」参照。

44御点哥一巻　新古今集の編纂過程における、後鳥羽院の御点歌。撰者の撰歌を一見し、さらに精撰したもの。

45陣座花書　此外八巻有之　「陣座花書」は未詳であるが、紫宸殿左近桜の下での歌会の記録か。

46大神宮并北野御哥　伊勢大神宮と北野天満宮の御詠。永仁勅撰の議の時の歌稿と考えられる。大神宮の御詠が勅撰集に入るのは後拾遺集と玉葉集のみ、また菅原道真の詠が「北野御歌」として採られたのも続古今集・玉葉集である。永仁の撰集は玉葉集の母胎となったとされるので、両神詠も既に撰入されていたか。

47宇津宮下野入道状并相州哥一巻　「宇都宮下野入道」は景綱。「相州」は北条貞時。景綱が仲介し貞時の詠草を雅有にもたらしたか。永仁勅撰の議に関係する資料と考えられる。

48代々集部類第十四不見不審 又四代部類　内容未詳。撰集佳句部類（全三十巻、存十七巻）のようなものか。これは新勅撰集までの勅撰集歌を時節・地儀などの辞書的部立の下、項目別にした類題集で、文暦二年（一二三五）以後まもなく成立。四代部類は同様に万葉集・三代集所収歌を対象とした項目別の類題集か。

49四季恋雑已下廿巻　永仁勅撰時、雅有の編んだ撰者進覧本、またはその控えであろう。以下も同じ時の撰集資料と目される。

50御抄物一帖地　未詳。「地」は「院」の誤写か。さらに東野州聞書に引く尭孝の勅撰和歌集目録に「古歌等大略　上皇所令撰出給也」とある、玉葉集は伏見院が古歌を撰んだとの説によれば、永仁勅撰に際しての伏見院の撰歌草稿とも考えられる。

51和哥座右愚抄　未詳。

52古□〔今〕和漢六帖一帖　未詳。

53為道朝臣状一通　為道は為世男、雅有の女婿で、正安元年（一二九九）五月五日卒。内容は永仁勅撰の議に関係するものか。為世は為道も撰者に加えるよう求めていた。

54綸旨案一通（正文於関東焼失了）　永仁元年八月二十七日、勅撰集撰進を下命する伏見院綸旨の案文と見られる。

55同御請文案　54を承諾する旨の請文の案。

56撰集名字一通　永仁勅撰時、撰集名の案か。

57師宗返状一通　内容未詳。師宗は中原師光男。正四位下河内守大外記。元応元年（一三一九）十月九日卒、八十一歳。伏見院の治世、院文殿の開闔であった。

58条々一通　未詳。

59神道□□御哥事　未詳。

60短冊　未詳。

61可勘哥　未詳。

62部立注文　勅撰集二十巻、四季部・恋部・雑部の巻構成排列を決定するための勘例であろう。

63恋題次第　撰集恋部の排列についての覚であろう。

64御小□〔草〕□〔子〕□〔但〕無之　未詳。

65代々撰集事　撰者・部立・歌数などを記した歴代勅撰集の便覧か。代々勅撰部立・代々勅撰集事（冷泉家時雨亭文庫蔵）と同様のものであろう。

66［　　　］□□〔一帖〕　未詳。

67［　　　］□□□〔写本也〕　未詳。

68後白川院御記一巻　内容未詳。以下は仙洞での鞠会の記録および文書と推定される。

69仙匊記一巻（亀谷殿御記 嘉禎宝治建長）　「亀谷殿」は教定。教定卿記から嘉禎〜建長（一二三五〜一二五六）の仙洞鞠会の記事を抄出したものであろう。但し嘉禎年間、在京の院はいない。

70革匊御記抄一巻（建暦二）　雅経の日記抄出か。後鳥羽院は建暦二年頃しきりに鞠を行った。

71続匊記首書一巻　未詳。但し内外三時抄鞠場篇・鞠室に「雨の時、又日中夏の炎暑等の時殊勝之由革匊・続革等記にあり」と見える。

72入道民部卿状案一通（紫白地韈事 長綱朝臣状 并宗成朝臣状続加之）　雅有が韈の

程品の第四品である紫白地を勅許された時、為家から送られた賀札の写であろう。正元元年（一二五九）頃か。なお、為家は十六歳で許されている。長綱は藤原忠綱男。正五位下左馬権頭。宗成は高階時宗男、近衛家の家司。ともに親交があったので、同じく賀札を送ったのであろう。

73廷尉活〔絬〕上下相論一巻　廷尉は衛門尉で検非違使となった者。吾妻鏡文応二年（一二六一）正月十日条によれば、将軍家御鞠始に二階堂行有・上野広綱・足利家氏の三名の大夫判官（検非違使尉のまま五位に叙された者）が参仕した時、教定と難波宗有が彼らの袴を上絬・下絬のどちらにするかにつき激しく相論した。この訴陳の記録であろう。

74賀茂上下社御鞠人数一通　賀茂社蹴鞠は後鳥羽院以来よく行われた。上皇臨幸しての蹴鞠の参仕者交名であろう。

75准后賀礼記一巻又一通巻□□〔加之〕　弘安八年（一二八五）二月三十日と三月一日の両日、北山第で催された北山准后藤原貞子九十賀の記。蹴鞠では亀山院・後宇多院・関白鷹司兼平らが上八人に立ったこと宗冬卿記以下諸書に見える。

76仙洞御鞠定文建長三二　建長三年（一二五一）二月後嵯峨院仙洞の鞠会の定文。但しこの会のことは史料に所見なし。

77正嘉二年関東蹴鞠御会記一巻　宗尊親王家鞠会。吾妻鏡に七月四日から百日御鞠を始める旨が見える。

78承元二年并建長三年故相公〔故〕武衛御記一通　承元二年（一二〇八）の雅経卿記および建長三年の教定卿記の抜書。やはり鞠会の記録とすれば、前者は承元二年三月、後鳥羽院が成勝寺大柳で行った蹴鞠（その記は革匊要略集巻三裏書に引用される）、後者は76前出の仙洞鞠会に関するものか。

79被申春宮条々一通弘安二十一九　春宮は煕仁親王。弘安二年（一二七九）、雅有の蹴鞠指南に関わるものか。

80弘安九年記一巻関東　雅有の日記か。この年に東下したことになる。

81建治三四両年記二巻京都　雅有の日記か。雅有は建治三年（一二七七）四月頃に上洛したと見られ、以後しばらく在京した。

82文永二年正月□□〔将軍〕家御鞠記一通先人御記　宗尊親王家蹴鞠についての雅有の記の抜書。正月十五日に御鞠始が行われた（吾妻鏡）。

83同〇〔六〕年記一通嵯峨中院会也　文永六年（一二六九）、為家の中院山荘の蹴鞠の記録の抜書。この年、雅有を招いて蹴鞠がしばしば行われたこと、嵯峨のかよひに詳しい。

84建治三年記案一通被進御鞠於春宮御所事　建治三年、鞠を熙仁親王に献上した記事を雅有の日記から抄出したもの。

85同四年記一通範春卿注進之　建治四（弘安元）年、春宮蹴鞠について記したものと思われる。範春は藤原範藤男。範藤は春宮（伏見院）近臣で、歌会・蹴鞠の常連、春のみやまぢにも頻出する。後年範藤の日記を息範春が抄出して送ったものであろう。

86弘安二年十一月九日被申　春宮条々一通但無之　79と同じ。

87百日御鞠結願記一巻文永八五廿三但無之　鎌倉滞在中、雅有が行った百日御鞠の記録。隣女集・三自文永七年至八年・一〇三四に「懸の花さかりに侍ころ、百日のまりはしめ侍に、人々おほくまうてきて侍しかは／ゆくすゑはけふをやこひんもろ人の袖ふりはふるはなのしたかけ」とあるのに相当。

88建長四年四月□〔記〕□〔一〕通関東　未詳。建長四年四月は、宗尊親王が将軍として関東に下向した月である。

89年記不審記四通但二通者建治二七十六廿四云々但今一通同四年歟範春卿書出分大略符合今一通関東記也不審　年時未詳の記録断簡四通。うち二通は建治二年七月十六・二十四日。一通は建治四年（85と内容が一致するため）。一通は関東の記とある。いずれも雅有の動静に関わるものか。

90白河院御集一通　内容未詳。白河院に詩歌いずれも家集のあったこと管見に入らない。あるいは「御記」の誤りか。『皇室御撰之研究』に散佚した白河院御記・同院御次第のことを載せる。

91山槐記一通治承三年　中山忠親の山槐記治承三年（一一七九）三月六日条、後白河院の七条殿で晴儀の鞠を行うとあり、すなわち藤原頼輔に会の子細を尋ねてその注進を貼り継いでいる。恐らくこの記事に相当する。

92養和二年正月御記一通　頼輔（雅経祖父）の記か。但し養和二年（一一八二）正月は豊後に在国している。井上宗雄『平安後期歌人伝の研究』（増補版、笠間書院、昭63）第六章Ⅰ・一「頼輔」参照。

93宝治二年二月五日〔記〕**□□巻**被進御鞠於将軍事也　宝治二年（一二四八）二月五日、将軍藤原頼嗣に鞠を献上した時の記録。吾妻鏡には見えないが、教定の記であろう。鞠を貴顕に進上する際には時節の木の枝に付けるのが故実で、さまざまな流儀があったことが革匊要略集巻三軌儀・遊庭秘抄などに見える。

94宗教朝臣鞠付枝絵図一通宝治二九　宗教は難波宗長男。教定の従兄に当たり、同じく関東祇候廷臣で、鞠を家業とする。宝治二年九月、将軍頼嗣に鞠を献上した時の絵図の写し。93を受けての所為か。

95革匊御記抄一巻幼少記也　雅有の記録か。幼少より禁裏仙洞の会に参仕したことは内外三時抄に見える。

96正嘉元年六月廿四日御所入御最明寺御鞠記一通　正嘉元年（一二五七）六月二十四日、将軍宗尊親王が執権北条時頼の最明寺に赴いて蹴鞠のあったこと、吾妻鏡に詳しい。この時には雅有が上鞠を務めた。

97建長三年四月　仙洞御鞠記一巻小巻物也但無之　建長三年（一二五一）四月、後嵯峨院仙洞蹴鞠のこと史料に所見なし。

98同五年正月　仙洞御鞠記一通　建長五年正月二十四日、後嵯峨院鳥羽殿に御幸、二十八日後深草天皇朝覲行幸あり（百練抄）。この時か。

99同六年正月行幸西園寺之時御鞠〔記〕**□一通**　建長六年正月九日、後深草天皇北山殿に方違行幸、内大臣公相以下供奉する（百練抄）。この時か。

100弘長二年三月朝覲御鞠記一通　弘長二年（一二六二）三月二十七日、亀山天皇鳥羽殿に朝覲行幸、二十九日まで滞在、種々御会あり。なおこの時の蹴鞠については二老革匊話に詳しい。

101自武者小路宮所下賜日記一通建暦二三　建暦二年（一二一二）三月、後鳥羽院が最勝寺にて蹴鞠を行うこと、道家公鞠日記に見える。その時の記録。「武者小路宮」は未詳。但し雅有の京都の住居の一つは武者小路にあった（嵯峨のかよひ）。

102弘安十一年四月十七日富小路殿御会記一通　弘安十一年（正応元、一二八八）四月十七日、伏見天皇の富小路内裏にて蹴鞠始あり（実躬卿記）。その時の記録。雅有は参仕していなかった。

103正応三年正月十日内裏御鞠記一通　この日内裏御鞠始、伏見院記・実躬卿記に詳しい。雅有は参仕せず。上鞠は為世が務めた。

104同年二月五日七日常磐井殿御鞠記一巻　常磐〔盤〕井殿に行幸して勝負鞠会があったこと、伏見院宸記・実躬卿記に見える。雅有は参仕せず。

105御鞠会指図一□〔通〕年記不審　懸の木と上八人の位置を示した指図。

106正応二年二月記一巻　伏見院宸記に、同月七・十七・二十一・二十九日に蹴鞠張行のことが見える。ことに十七日は賀茂神主久世・久宗父子をして懸の柳を植えさせている。このことを記すか。

107年記不審記一巻弘長二歟　100参照。

108承元御鞠記一巻　大炊殿での後鳥羽院蹴鞠の記録。群書類従所収のものと同じか。革匊要略集巻二・威儀、「一、纏頭事」の裏書に「承元二年四月十三日御会ノ置物ノ事記云」として雅経の記が引用される。また二老革匊話によれば、当日のありさまを雅経が描かせ、家の重宝にしたとある。

109寛元四并宝治元年亀谷殿御記二巻関東　是心百日鞠結願会事有之　寛元四年（一二四六）と翌宝治元年の教定の日記。是心は飛鳥井家の門弟で革匊要略集の作者。

110関東御鞠記一巻建長二三廿五　この日将軍頼嗣が時頼邸に方違、二十六日に蹴鞠あり、教定が沙汰したこと吾妻鏡に詳しい。また十歳の雅有が鞠を懸の中に置く解鞠の役を務めた。

111同四年　仙洞□□〔御鞠〕記一通　建長四年の後嵯峨院仙洞での鞠会の記録、所見なし。この年教定は在鎌なので雅有の参仕した会か。内外三時抄序に「十二にして代〔箕カ〕及の業を受けて茨岫の勅喚に応ず」とある。雅有十二歳は建長四年となる。

112同六年□□□記一通　未詳。

113□□□□□□〔弘長二年記一巻〕　未詳。あるいは100の会の記録か。

114建暦以下蹴鞠記十四通　建暦二年以後の蹴鞠の記録抜書。

115参議師継状二通　以下126まで院宣・綸旨で奉者の名を示す。花山院師継の参議在任は宝治元年十二月八日～建長二年五月十七日。後嵯峨院の意を奉じたもの。

116修理大夫隆康一通　藤原隆康の修理大夫在任は文永三年二月一日（時に従四位上内蔵頭）～弘安七年正月十三日。但し建治三年二月十四日兼左兵衛督。また同年正月十四日新院年預賞により正三位となるなど、亀山院の近臣である。よって院政の開始された文永十一年～建治三年の間、亀山院の意を奉じたもの。

117三条宰相中将公貫三通　正親町三条公貫を「宰相中将」と称し得るのは建治元年十月八日～弘安九年正月十三日の間。したがってこれも亀山院の意を受けたもの。春のみやまぢ弘安三年三月一日条に、雅有は上鞠の役を勤仕することを願い、亀山院に対して「宰相中将公貫卿をもちて内々申し入る」とある。

118治部卿邦経一通　高階邦経の治部卿在任は建治二年十二月十五日から弘安四年四月六日まで。邦経も亀山院の近臣であり、これも亀山院の意を受けたもの。

119範藤朝臣二通　範藤は文永六年正月五日叙従四位下。春宮熈仁親王の近臣であるので、その意を受けてのもの。なお85参照。

120参議経長二通　吉田経長は建治三年九月十三日参議、弘安六年三月二十八日権中納言。春のみやまぢ弘安三年三月一日条に見える無文燻革の韈勅許に係るか。本文参照。

121沙弥〔難波〕願生一通　「願生」は難波家の人物と考えられるが、実名未詳。

122永康朝臣一通　高倉永康は正嘉二年四月十三日叙従四位下、弘安六年四月五日叙従三位。永康も亀山院の近臣で、その治世時のもの。

123六条宰相康能一通　藤原康能は正応三年正月十九日任参議、四年三月二十五日辞退。持明院統近臣であるので、伏見天皇の意向を奉じたと見られる。

124権中納言為兼二通　京極為兼は正応四年七月二十九日任権中納言、永仁四年五月十五日辞退。伏見院の意向を受けてのもの。

125綾小路宰相経資一通　源経資は正応元年十月二十七日任参議、同二年正月十三日辞退。これも伏見院の意向を受けてのもの。

126為雄朝臣一通鞠勅許院宣等有之也、　藤原為雄は永仁二年三月二十七日蔵人頭。三年六月二十三日右衛門督。この間、伏見天皇の意を奉じたもの。

127女房状一巻十二通　院・天皇の意を奉じてのものであるが、恐らくは伏見院のものと思われる。

128六条宰相康能状三通　123参照。

129故亀谷殿御書二通　教定の書状。

130左兵衛督範藤三通　藤原範藤は正応二年七月十六日任左兵衛督、三年十月十九日辞退。伏見天皇の意を奉ずる。

131修理大夫邦経一通　邦経の修理大夫在任は弘安七年正月十三日〜正応二年四月二日。亀山院の意を奉ずる。118参照。

132治部卿重経一通　高階重経は弘安七年十月二十七日任治部卿、九年正月十三日辞退。同じく亀山院の意を奉じたもの。

133右兵衛督長相一巻　藤原長相は伏見院近臣で、正応三年十一月二十七日任右兵衛督、永仁元年四月八日止。伏見天皇の意を受けたもの。

134高倉三位永康一通　122参照。永康は弘安六年四月五日叙従三位、永仁五年十月十七日出家。亀山院の意を受けたもの。

135自是被遣人之許御書等一巻八通此中女房状一通有之　「これより人のもとに遣はさるゝ御書」。主語が略されているが、雅有より人々に遣わしたものととれる。

136**女房状一巻**九通　未詳。

137**堀川前内府状一通**　「堀川前内府」は内大臣花山院師継。建治元年十二月八日上表、弘安四年四月九日薨。尊卑分脈に「号堀河」とある。春のみやまぢにも、雅有と交流があったことが見える。

138**二条前殿御文一巻**七通　「二条前殿」は前関白二条師忠。春のみやまぢによれば蹴鞠の門弟であったらしい。師忠が関白を辞退したのは正応二年四月十三日。

139**被遣権中納言為兼卿許御書案一通**　雅有が為兼に送った書状の案。17参照。

140**頭中将実躬状一通**　将軍有文紫革御韈　勅許綸旨之様、談申之御返事有之、永仁四七十三 同無文燻革、院宣一通

永仁四年（一二九六）七月十三日、将軍久明親王に紫革韈の着用を勅許する伏見天皇綸旨が下された時、蔵人頭正親町三条実躬が雅有にその様式を尋ねた書状と、雅有の返事。年時未詳であるが、後に無文燻革を許された時の院宣一通を併せる。これも伏見院の院宣か。

141**女房三条殿状三通　伊庭庄事也**　三条殿は未詳。伊庭荘は225参照。

142**自持明院殿被遣平大納言許女房奉書二通**　「持明院殿」は伏見法皇、権大納言平経親に遣わした女房奉書。143と同じく正和四年（一三一五）二月十一日の長講堂蹴鞠にかかるか。

143**為藤卿一通**正和四二　為藤は二条為世男、前参議従三位。正和四年二月十一日、長講堂に花園天皇・伏見法皇・後伏見上皇が行御幸し、大がかりな蹴鞠が行われたこと二老革匊話に見え、この会の事にかかる。そこでは「二条前宰相員を申す」と、雅孝は算鞠の役を務めている。当時父とともに籠居の身であった（花園院宸記元亨四年七月二十六日条）という為藤は参仕していない。

144**中院中納言具房状一通**　久我具房は建治元年十二月二十二日任権中納言、弘安九年九月二日任権大納言。亀山院の意を受けたものと思われる。

145**吉田中納言経長一通**　吉田経長は弘安六年三月二十八日任権中納言、正応元年十月二十七日転正、十一月二十六日辞退。やはり亀山院の意を奉じたものか。120

参照。

146伊定朝臣奉書一通（紀行定韈事也／続為兼状奥了）　伊定は藤原伊長男、正応二年十月十八日蔵人頭、三年九月二十一日止。伏見天皇の意を奉じて、紀行定に韈を勅許する可否について諮ったものと推定される。紀行定は行景男、尊卑分脉に「鞠足、左衛門尉」とある。なお父行景は源頼家の師範として関東に下向したことがある（吾妻鏡）。為兼の書状が附属するのは、この件について容喙したものであろう。

147権中納言為兼卿状四通　124参照。

148藤大納言為氏状二通（少将雅顕尓／問答状也）　女房状一通続奥了
藤原為氏と雅有長男雅顕との問答。雅顕は正五位下右少将、弘安元年に早世。「女房」は雅有室（北条実時女）か。

149故相公真筆御書三通　内容未詳。雅経自筆書状。

150女房状一通　未詳。

151大納言律師兼尊一通　兼尊は観智男。園城寺僧。雅経の蹴鞠の弟子となった。革匊要略集巻二裏書に、難波宗教が「大納言律師兼尊故宰相弟子」の門弟となったことを記す。内外三時抄・装束篇・布衣にも「是当流の兼尊律師」とある。

152資顕朝臣状二通　源資顕は資基王男。弘安七年正月五日叙従四位下、正安元年六月六日叙従三位、弟康仲とともに伏見院の近臣（伏見院宸記正応元年三月三日条）。

153宗継朝臣一通　難波宗継は教俊男、伯父教継の嗣。従四位刑部卿、蹴鞠では御子左家・飛鳥井家と対抗したが、正応・永仁の頃早世か。

154康仲朝臣一通　源康仲は資基王男、資顕の弟。弘安九年正月五日従四位下。嘉元三年四月十九日従三位。152参照。

155為実朝臣三通　藤原為実は為氏男、建治二年正月五日従四位下、延慶二年三月廿九日従三位。

156為道朝臣一巻　53参照。

157重清朝臣一通　藤原重清は重名男。亀山院の上北面。雅有と親交あり。みやこの別れに「松坂といふ所に、院上北面前左馬権頭重清といふもの追ひ来たり。（中略）これは飛鳥井の近きわたりにて朝夕来つゝ遊ぶ、御鞠の奉行にて殊に言ひなれたり」とある。春のみやまぢにも見える。

158左馬権頭入道長綱**一通**　72参照。

159皮堂別当法印玄誓二通　皮（革）堂は一条行願寺（北辺堂）。承元御鞠記に「此の藝をたしなみその名を顕はす輩」として「行願寺別当法橋道誓」を挙げる。玄誓はその資。行願寺は飛鳥井家と縁が深い。

160貴布禰々宜祐顕一通　祐顕は鴨祐国男（鴨縣主系図）。弘安九年九月十日補三所禰宜、従五位上。

161女房状五通　未詳。

162先人御教書御請文案二通　雅有が春宮からの召しに応じた請文の案か。

163範藤卿一通　85参照。

164先人御書一通　雅有書状。

165康能卿三通　123参照。

166按察二位殿局状六通　「按察二位殿局」は春のみやまぢに登場する熙仁親王女房按察局か。また兼仲卿記永仁二年（一二九四）二月一日条に後深草院女房の「按察」が二位に叙されて拝賀を行ったこと、実名は「藤原行子」とある。同人か。

167院宣一通禁裏御師範事　平大納言状四通巻加之　雅孝に花園天皇の蹴鞠師範を命じた伏見院の院宣に、その時の平経親の書状を附属させたもの。経親は平時親男、正和二年（一三一三）九月六日権大納言、十一月七日辞退。伏見院近臣として知られる。雅孝の岳父である。

168近衛前殿并平大納言状各一通　「近衛前殿」は前関白近衛家平。「平大納言」は経親。近衛家の家礼でもあった。家平は正和四年九月二十一日上表。

169綸旨一通直衣御免事也　雅孝に下された後醍醐天皇の綸旨か。鞠場に直衣を着して立つことも勅許が必要であった。内外三時抄・装束篇に「凡直衣は禁裏にてはゆりさる外は凡人の公卿は無左右着事なし。然而当家には公卿の後、又未昇殿の時も御鞠之時は着直衣也、衣冠は鞠にあつくらはしき故也」とある。

170二品局状二通　「二品局」は按察二位局と同人か。

166参照。
171右金吾局一通　「右金吾局」は春のみやまぢに登場する春宮女房右衛門督局（源時経女）か。
172上鞠所望案一通　公宴鞠会で上鞠を勤仕することを望む申状の案文。
173春宮御師範　院宣定資卿書之 嘉暦三　春宮量仁親王の師範となることを命じた後伏見院の院宣。奉者定資は坊城俊定男、後伏見院執権。量仁親王は嘉暦元年（一三二六）七月二十四日立太子。
174禁裏御師範　院宣建武五々廿 資明卿書之　光明天皇師範を命じた光厳院の院宣。奉者資明は日野俊光男、院執権。
175院宣直衣御免事 建武五八廿八 俊景初参被挙申御書案 并上鞠御所望事　二通　同じく直衣勅許の光厳院の院宣。仙洞蹴鞠に初参を望んだ俊景（紀氏か）を推挙した状、自身が上鞠の役を望んだ状を併せる。「御」を冠するのは不審であるが、祖本が雅孝以外の人物の手になることを示すか。建武五年（暦応元、一三三八）、仙洞にて蹴鞠のあったことは遊庭秘抄などに見える。
176師宗返状竹懸以下 十二箇条御不審也　并■従上事故殿御所望和字御状　師宗は57参照。懸に竹を植えることは六本懸の秘事として内外三時抄・鞠場篇・懸樹にも「竹懸事、旧記明白なる事を猶不審歟、如何」と見える。「御不審」とあるので、雅有の質問に師宗が答えたものか。「従上事」は従四位上を望んだ款状で、雅孝のために雅有が記したものか。雅孝は正安元年正月五日叙従四位上。
177女房奉書切立事　光厳院の意を奉じたものか。「切立」は本木に対して幹から上の部分を切り取って土に立てた懸の木。一時の用に立てる。
178冷泉二品状一通上鞠御勤仕之時 賀札也　前記建武五年仙洞蹴鞠の賀状とすれば、「冷泉二品」は藤原経康。永康の子で伯父永経の子となった。この流は冷泉と号した。
179京極大納言入道状三通　「京極大納言入道」は為兼。正和二年十月十七日出家、その後も晴儀の蹴鞠に祗候したことは二老革匊話に特筆されている。
180日野大納言入道状一通　「日野大納言入道」は資名。正慶二年五月出家。暦応元年五月二日薨去。後伏見

院・光厳院の近臣。179・180は入道した大納言が蹴鞠を沙汰することについての問いか。

181**近衛前殿御書大納言殿御師範事**但無之　「近衛前殿」は家平（168参照）、「大納言殿」は嫡子経忠か。経忠は正和六年（一三一七）十二月二十二日任権大納言、元亨四年（一三二四）四月二十七日任右大臣。その間、雅孝に師範を命じた御教書。

182**造内〔裏〕□□事頼藤卿奉書**　正和年間、冷泉富小路内裏（六年四月十九日落成）の造営につき負担を求める院宣であろう。頼藤は葉室頼親男、前権大納言正二位。伏見院の執権。

183**大理返状并女房奉書**暦応二五十二上鞠事也　「大理」は柳原資明（この時権中納言正三位右衛門督兼検非違使別当）。「女房奉書」は光厳院の意を受ける。暦応二年（一三三九）五月十二日、仙洞蹴鞠で雅孝が上鞠を望んだことに対する返状。

184**院宣案**公蔭卿職事　公蔭は正親町実明男。初名忠兼、京極為兼の猶子。正和四年二月十一日の長講堂蹴鞠で上八人に立ったことが二老革匊話に見える。光厳院の近臣で和歌にも秀でた。

185**女房奉書二通**暦応三正十三　内容未詳。光厳院の意を奉じたものであろう。

186**堀川殿局奉書三通**後伏見院建武二　「堀川殿局」は後伏見院女房で、高階邦雅女、法守法親王の母。竹むきが記上に見える「堀川殿」も同人か。建武二年（一三三五）、後伏見院が後醍醐天皇内裏で蹴鞠をしたことは遊庭秘抄に見え、そのことに関わる勅問か。

187**観世状二通**御上階之時賀札有詠哥又一通続加之　雅有の上階を賀する状か。「観世」は関東の人であろうが伝未詳。菅原為長孫で北条実時の後見となった観証（菅原宗長）の一族か。観証は雅有室（実時女）の乳父で、嵯峨のかよひ文永六年十一月三日条にも「女房の傅なる入道為長孫あからさまに東より上りたるが、下るとて暇乞ひに来たれり。この人も我文の道をば捨てゝ、いたくよからねども、歌になん心を寄せたり」とある。

188**故民部卿入道状二巻**　内容未詳。雅有宛の為家書状を成巻したもの。

189**吉田殿状**（相州哥事）　「相州」は北条貞時。47参照。「吉田殿」は雅経女で安達義景室となり、長景・時景・宇都宮景綱室らを産んだ「城尼」である可能性が高い（東福寺文書・山城三聖寺文書）。永仁勅撰の時、貞時の詠草の伝達を仲介したものか。

190**伯中将状一通**　「伯中将」は源業顕か。永仁六年十一月十四日任左中将、正安二年十一月二日任神祇伯。この頃雅有に宛てた書状となる。

191**女房奉書一巻**　未詳。

192**按察二位殿状**（永仁七□廿□）　「按察二位」は166参照。

193**祭主定世状一通**　定世は大中臣隆世男。文永六年七月十日神宮祭主。永仁五年十二月二十二日薨。

194**素暹状一通**　「素暹」は東胤行。弘長三年（一二六三）八月没。有力な関東武家歌人。

195**為教卿状一通**　為教は藤原為家男、為兼の父。弘安二年五月二十四日薨。

196**六条前宰相状一通**　「六条前宰相」は藤原康能。123参照。

197**女房奉書一巻**（被巻加短冊）　未詳。但し春のみやまぢ弘安三年十二月三十日条に「京より文どもあり。見れば、春宮の御方よりとてあるを、まづあはて見れば、右衛門督局の文、こまかにて、下りし後の御日記・御探題の短冊下給はる」と、鎌倉に下向した雅有に熙仁親王の意を受けた女房が音信し、最近の歌会の短冊を添えたとある。あるいはこれか。

198**治部卿局状一通**　「治部卿局」は伏見院治部卿局か。平信有女、四条隆持母。

199**大納言律師定為状一通**　定為は藤原為氏男。雅有の甥。7参照。

200**賢覚状一通**　賢覚は伝未詳。あるいは玄覚の誤りか。弘安三年正月飛鳥井家着到歌会に、玄覚が定為とともに参ること春のみやまぢに見える。「頭督の一つ腹の律師定為、又玄覚律師など加はりて柿本も光そひぬ」。

201**九条二位返状五通**　「九条二位」は藤原隆博か。正応三年正月十三日従二位。永仁六年十二月五日薨。春のみやまぢにも登場。

202二位律師状并三室戸僧正御房御返事建治元十二十八　「二位律師」は未詳、あるいは吉見為頼（源範頼孫）の男頼源か。「三室戸僧正」は道慶。藤原良経男、園城寺、大僧正、弘安八年六月二十八日入滅。将軍藤原頼経とともに鎌倉に居住した。なお雅有は建治元年七月二十日頃に関東に下向しているので、関東での書状か。

203前内蔵権頭状一通　「前内蔵権頭」は藤原親家か。親任男。宗尊親王の近臣。吾妻鏡には康元元年から正嘉二年八月十五日まで見える。

204為世卿状一通　7参照。

205女房状一巻　未詳。

206御案一通　雅有の書状案か。

207仲資状一通　仲資は卜部仲尚男か。五位内蔵権頭。後深草院上北面で、院に殉じて出家、法名生証（後深草院崩御記嘉元二年九月二日生証送文）。頓阿の井蛙抄雑談にも名が見える。

208宗成状一通永仁二五十四隣女集事　高階宗成は72参照。隣女和歌集五巻は自序によれば雅有自身の命名で、識語によれば巻一、二の両巻は永仁元年（一二九三）十二月上旬に伏見天皇の叡覧に供し、巻三も永仁二年十二月二十三日以前に為兼の合点を得ているので、永仁二年五月十四日にはちょうど編纂途上にあったと考えられる。同集を宗成にも示して、受け取った返状か。

209為道状一通　53参照。

210住吉神主状一通　「住吉神主」は津守国助か。国平男。弘安八年四月神主。正安元年三月十九日卒。

211故殿御書一通　「故殿」は雅有か。

212良心状一通弘長三九七　良心は出自未詳、但し宗尊家歌壇の一員で、続拾遺集・東撰和歌六帖の作者。吾妻鏡弘長三年二月八日条にも北条政村家続千首会の作者として見える。

213前内匠正状一通　「前内匠正」は丹波経長。医師・歌人、のち正四位下典薬頭施薬院使。天福元年十二月十六日任内匠頭（明月記）。吾妻鏡延応元年三月十一日条に関東参向のこと見える。また革匊要略集巻二威儀に「クツロ」がざる結緒の秘事を尋ねた「経長朝臣」も同人か。

214城四郎金吾禅門状二通　「城四郎金吾禅門」は安達時盛。義景男。左衛門尉。建治二年九月遁世、法名道洪。弘安八年六月十日没。

215上野前司状一通　「上野前司」は畠山泰国。義純男。従五位下上総介。

216河内入道状二通　「河内入道」は源親行。光行男。法名覚因。源氏物語研究で知られる。文永九年（一二七二）に存命、雅有に揚名介の秘事を授ける（隣女集二五〇一、二）。

217陸奥守状一巻　「陸奥守」は安達泰盛。義景男。弘安五年七月十四日兼陸奥守。七年四月四日出家。

218美乃守長景状故宰相殿自筆古今集**二通**　長景は安達義景男。母は雅経女城尼。弘安二年三月二日任美濃守。八年十一月十七日没。家集長景集あり、雅有との贈答歌も見える（一三三〜四）。「故宰相殿」は雅経、その自筆の古今集を長景が所持した時期があったものか。現存する雅経本古今和歌集（西脇家蔵）は飛鳥井雅経自筆で、教定の奥書がある。西下経一『古今集伝本の研究』（明治書院、昭29）参照。

219二条中将状一通　「二条中将」は藤原兼教か。教雅男、教定甥。関東祗候廷臣。尊卑分脈は「少将」と注するが、吾妻鏡建長四年四月十七日条に「二条中将兼教朝臣」として見える。

220持明院中将状一通　「持明院中将」は藤原基盛か。家定男。正四位下左中将。関東祗候廷臣。雅有はその家の探題歌会に出ている（隣女集・二〇四六ほか）。

221冷泉中将一通　「冷泉中将」は四条隆茂か。隆兼男。正四位下左中将。関東祗候廷臣。

222今南庄文書一葛　今南荘は摂津国菟原郡（現神戸市灘区）。皇室領荘園。長く飛鳥井家が知行していたことは、吉田家日次記永徳三年（一三八三）九月二十三日条に見える。

223都賀郷文書一葛　都賀郷は石見国邑智郡都賀本郷か（現・島根県邑智郡美郷町）。

224諸御領請取正文一葛　所領を担保に土倉等より借銭した時、本券を預けて受領した請取状の正文のことか。貸借が長期に亘ったり、あるいは寄進売却する時には「請取正文」が本券の代替とされたらしい。飛鳥井家の窮状を偲ばせる。

225伊庭庄文書一葛　近江国神崎郡（現・滋賀県東近江市）。伊庭・能登川・安楽寺・須田四村の総称。

226篳篥文書一葛　飛鳥井家は代々篳篥を嗜んだ。雅経は篳篥の名手であり、雅有も都のわかれに「道の手向けに季有といふ篳篥吹き召して庭燎・韓神・朝倉吹かせて奉る」と記している。

227羽手箱一合　未詳。

228韈箱一合始入加目六　蹴鞠の韈を入れた箱。

229御日記一結五巻有之　雅有の日記の自筆正本か。現存五点の仮名日記（無名の記・嵯峨のかよひ・最上の河路・みやこの別れ・春の深山路）と関係あるか。

230斎部沙汰文書一裏　伊庭荘への大嘗会悠紀方の課役に関する文書か。

231小倭庄役夫以下一結　「小倭庄」は小倭田荘とも。伊勢国壱志郡（現・三重県津市白山町）。大江広元が預所であった（吾妻鏡文治三年四月二十九日条）。広元の女が雅経室で教定らの母となったことから、飛鳥井家に伝わったと考えられる。「役夫」は役夫工米で、伊勢神宮式年遷宮のための臨時課税。恐らく減免措置を得ようとした時の文書であろう。

232三賀野事供僧書状一結　「三賀野」は小倭荘の内。

233小倭庄文書一裏　231参照。

234大袋一　未詳。

235蒔絵壺二　未詳。蒔絵壺胡簶のことか。

236同鞭一　未詳。

237文台一　未詳。

238御韈形有故殿〔御判〕□□　雅有が着用した韈の雛形で、判形を据えたもの。

239笑野一裏員廿三　未詳。

第三部　私家集の蒐集と伝来

第八章　「伏見殿家集目録」をめぐる問題

一、はじめに

私家集は古来、禁裏・宮家、歌道師範家などの秘庫にまとまって集積され散佚を免れたものが伝来したので、ある時点に存在していた蔵書の構成を知ることが文献学上肝要であること言を俟たない。ところが中世には国書の目録・書目があまり残存せず、かつ私家集類の具体的な記述は非常に乏しい[1]。

僅かに「伏見殿家集目録」という目録がある。平安中期から鎌倉前期までの私家集六十五種を載せる（図版1参照）。柳原紀光（一七四六〜一八〇〇）編に係る砂巌[2]に収められるものが唯一の伝本と思われる。内題に「家集中」とあるが、その右肩に「伏見殿」と小字で注するにより、便宜かく呼ばれる。「伏見宮家に蔵される家集の目録」の意としても、一体いつの、またどのような性格の目録であるのかは判然としない。そのためか、比較的早く紹介されながら十分活用されていないのは残念である。そこでこの点について私見を述べたい。

二、目録の排列

砂巌は原則原本所蔵者を記さず、転写に当たり親本の書風を保存しないので、この目録親本の所蔵者・書写年

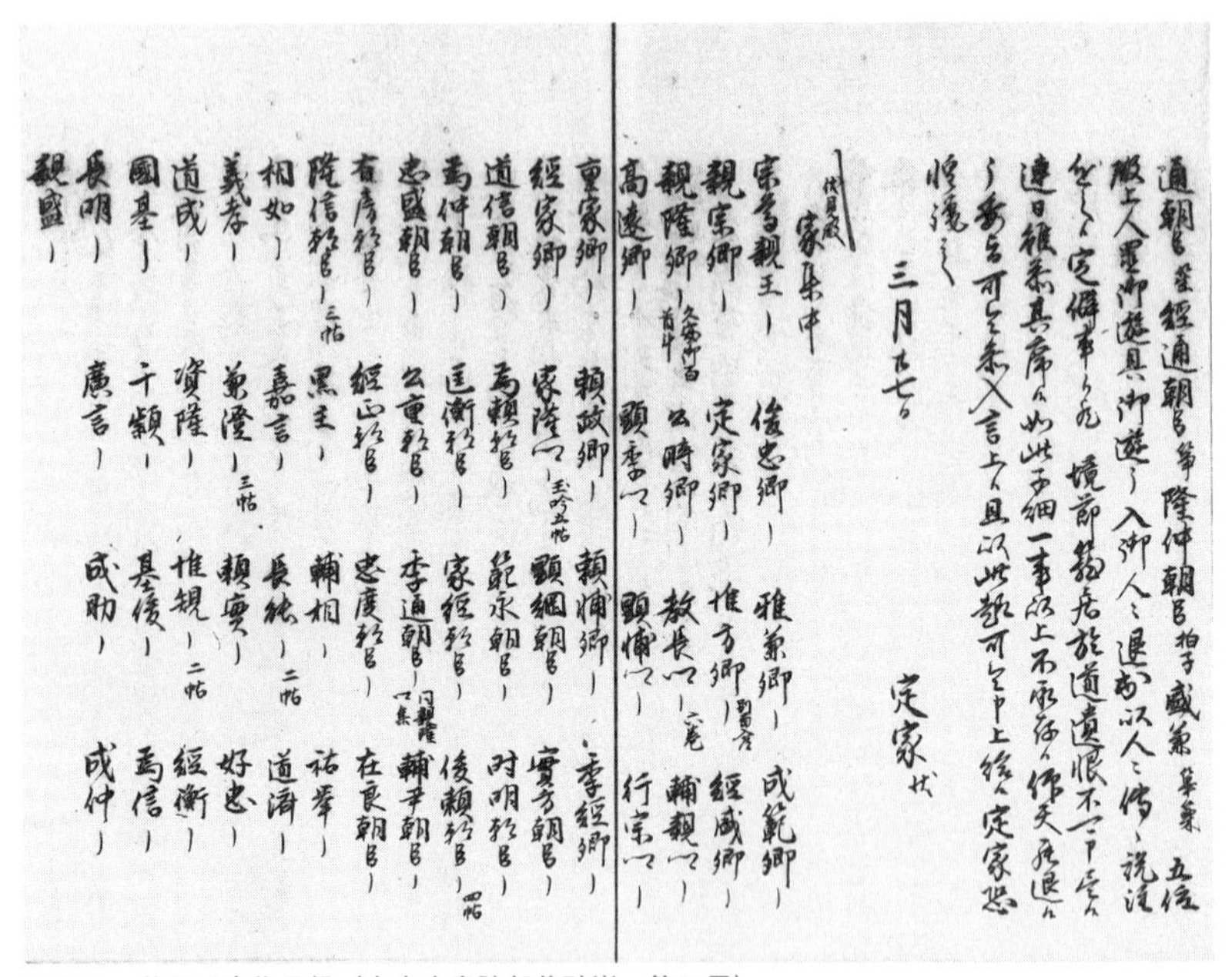

図版１　伏見殿家集目録（宮内庁書陵部蔵砂巌、第五冊）

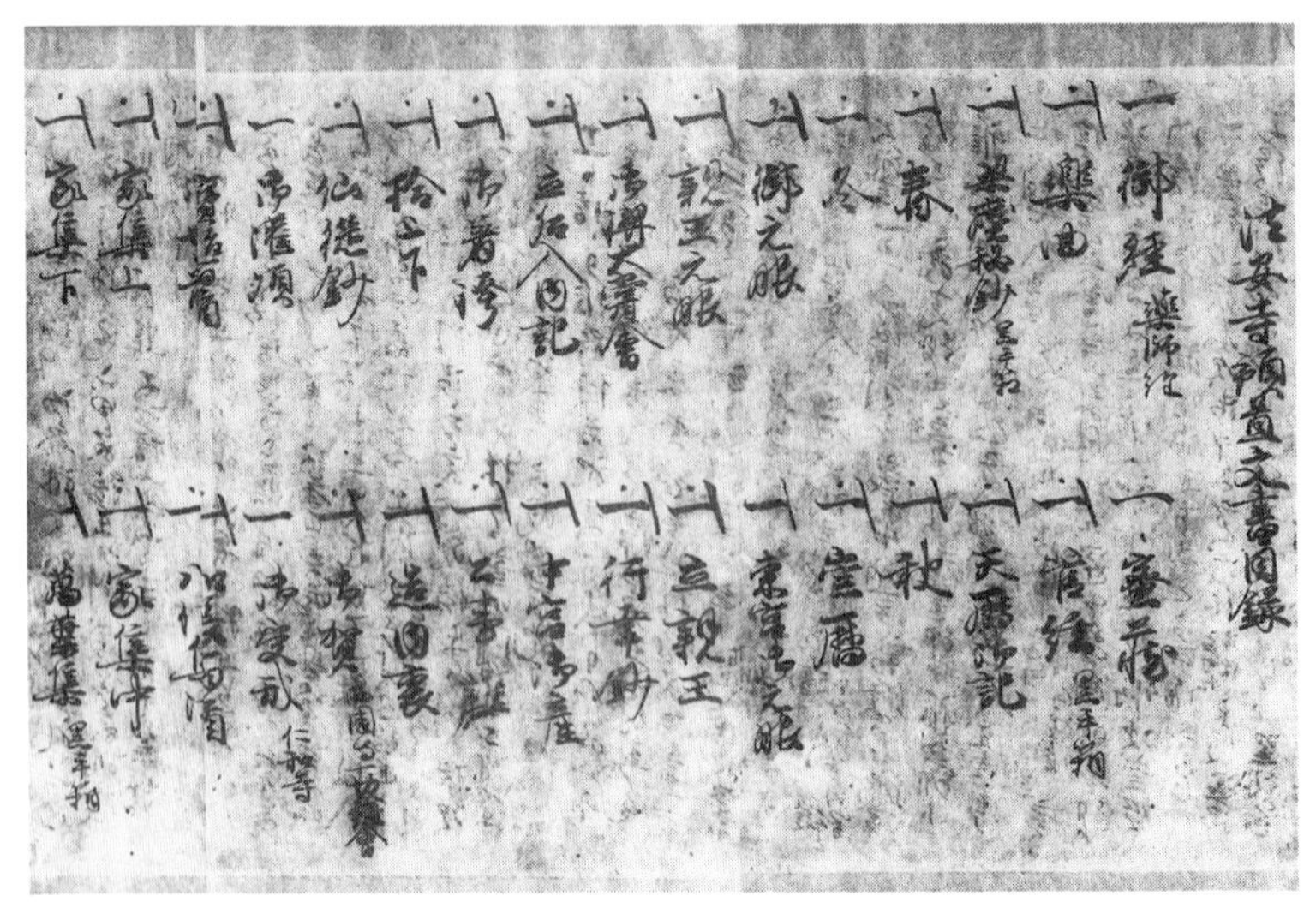

図版２　法安寺預置文書目録（宮内庁蔵看聞日記巻第九紙背）

代も不明で、内容・形式から検討するほかない。

まず、集名ではなく「某集」の形で作者名を列挙する形式で、「集」字を「―」で略している。大半は冊子一帖なので、複数部にわたるもののみ冊数を注記したと思われる。11の教長に六巻とあるのは、巻数ではなく、巻子装であったことを示すか。内容に関わる情報はほとんどない。

集められた家集の共通点を探ると、まず、作者は男性のみで、女房や僧侶の集がない。初出勅撰集別では、古今1・拾遺14・後拾遺12・金葉8・詞花6・千載17・新勅撰3・続古今1・非作者3となり、ほぼ摂関期～院政期に偏している。

そこで、排列を検討すると、冒頭の宗尊親王を唯一の例外として、中納言・参議・散位・四位・五六位と、身分階層別に整然と分けられ、かつ各階層内ではほぼ年代順に排列されている（章末表参照）。各階層内作者の没年で最も降るのは、それぞれ定家・公時・家隆・隆信・長明であり、新古今歌人が下限となる。宗尊親王は「親王」に属し、また鎌倉中期の歌人なので、何らかの事情で竄入したと見てよい。

このような身分階層別の分類は、勅撰和歌集の作者目録[3]と同様である。いま代表的なものによって、全体の項目を掲げる。

神　帝王　太上天皇　追号天皇　親王　執政　大臣　大納言　中納言　参議　散位　四位　五位　六位　不知官品　大師　僧正　法印　僧都　律師　法橋　凡僧　院宮　内親王　女御　公卿室　三位　庶女（女房）

伏見殿家集目録が収録する歌人に相当する範囲を枠で囲んだ。ちょうど序列の中間部に当たるので、「家集中」

という内題はこのことを意味し、「家集上」や「家集下」の存在も想定できる。作者の身分別に、神・帝王から女房までを分類排列した、私家集の一大コレクションの一部ということになる。

三、伏見宮における家集三合の櫃

この時、中世の伏見宮の蔵書を書き上げた目録が想起される。看聞日記巻第九の紙背文書にある「法安寺預置文書目録」である（図版2）。これは後崇光院こと貞成親王（一三七二〜一四五六）が伏見宮ゆかりの諸寺に蔵書を分散して預ける際に、作成した点検用目録の一つであり、正確には文書典籍を収めた木櫃の目録であるが、応永三十二年（一四二五）閏六月、法安寺に預けていた五十合のうちに「家集上」「家集中」「家集下」と題する三合が含まれているのである。

すると、「家集中」と題する伏見殿家集目録は、この家集三合の櫃のうち第二櫃の内容を記したものなのではないか。伏見宮蔵書は、鎌倉後期の持明院統の蔵書をよく継承していると言われる。[4] 現に文和三年（一三五四）六月の仙洞御文書目録（光厳院の仙洞御所の蔵書目録で、観応の擾乱に際して院が不在となったために、院庁が作成した）の「丙御文車」のうちに、「家集上」「家集中」「家集下」と題する「杉櫃」三合が見え、「法安寺預置文書目録」所載のものと同じと判断される。

以上のことから、この三合の櫃は光厳院から嫡流伏見宮に伝わった、持明院統朝廷の私家集コレクションと推定できる。それは作者階層別に整然と納められ、現在は内容の知られぬ「家集上」は神仏・帝王から大納言までの集、「家集下」は官位不明者から僧・女房の集であったことになる。恐らく全体では二百点を超えたであろう。

これほど大規模な私家集のコレクションは、いったい誰の手で形成されたのか。

永享八年（一四三六）八月二十八日、御所を訪れる六代将軍足利義教への引出物として、貞成は伏見院宸筆の春草集（宗尊親王の家集）・周防内侍集・赤染衛門集の計三帖を贈ることにした。伏見院宸筆と言えば、この当時も頗る人気が高かったからである。看聞日記に次のようにある。

> 抑御贈物古双子累代之可進条、如何之由、三条（正親町三条実雅）談合、朗詠二巻経信卿筆、累代之本也、可然歟之由談合、而朗詠ハ流布之物也、宸筆歌双子可然歟之由被指南、仍家集内伏見院宸筆三帖春草集・周防内侍・赤染衛門取出、表紙等結構者也、累代古本自専、尤雖有其憚、如此重宝進者可然之間、家集三合之中、撰出了、

代々伝わってきた典籍を手放してしまうことへの後ろめたさが伝わるが、「家集三合の中より、撰び出だしをはんぬ」とあるので、この三帖が、例の家集三合の櫃から取り出されたことが分かる。そもそも、貞成は当初源経信筆の朗詠二巻を贈ろうと思っていたのが、義教近臣の正親町三条実雅に相談したところ、「朗詠は流布の物なり、宸筆の歌双子然るべきか」という意見によって、宸筆本に変更したのだと言うのである。

とすれば、この三合に納められていた家集群は、伏見院宸筆本であった——少なくとも宸筆本を核とするものであったとしてよい。春草集は「家集上」、周防内侍集・赤染衛門集は「家集下」に納められていたことになる。確認できる家集の作者は宗尊親王を下限とするから、年代も矛盾しない。

「家集中」の櫃に納められた私家集は、戦国期までは存在が確かめられる。(5) 一方、「家集上」「家集下」はこれ以降所見がない。たとえば女房の家集は右のように贈答品として喜ばれたであろうから、分散してしまい、早くにかつてのまとまりをなくしていたかも知れない。

四、室町殿打聞と伏見殿家集目録

貞成の孫邦高親王の代にもこの伏見宮の家集コレクションが活用された事例がある。和歌に耽溺した九代将軍足利義尚は文明十五年（一四八三）二月一日、私撰集の編纂を企画し（室町殿打聞）、公武の歌人を寄人に指名して事に当たらせた[6]。当初現存歌人の作を対象としたのが、七月二十八日になって故人の和歌も撰ぶことになった。これに伴い寄人が増員され、家集・歌合・定数歌・物語その他の資料を通覧して撰歌し、短冊に書き抜く作業が始められている。「故人家集、任当手也（故人の家集、手に当たるに任するなり）」（十輪院内府記同年八月八日条）とあるので、寄人は室町殿に集められた家集をめいめい手にとって撰歌したが、それには「自伏見殿所被進之家集今日終功」（実隆公記室町第和歌打聞記同年八月十六日条）とあって、まず半月ほどの間、邦高親王より貸与された家集を利用したことが分かる。

そこで、寄人の甘露寺親長・中院通秀・三条西実隆の日記によって、この期間に各人が担当した家集を列挙すると、重複を除いて五十種が知られる。なお、他に姉小路基綱・冷泉為広・杉原宗伊らも撰歌に当たっているので、彼らの分はここに含まれていないはずである。

さて、この五十種を先の伏見殿家集目録と比較する時、実に四十三種が共通している（章末表参照）。これはとても偶然とは思えない。伏見殿家集目録とは、伏見宮の「家集中」の櫃が、室町殿打聞に提供された時の目録と見るほかあるまい。なおこの時撰歌の対象となっていて伏見殿家集目録に載っていない家集が七種あるが、その作者もまた四位・五位の、平安中期から鎌倉中期の歌人であり、ここに納められていて、目録に洩れたものかも知れない。なお「家集上」「家集下」二合が貸与されなかった事情は不明である（既に散佚していたか）。

複数の巻冊に及ぶ典籍を貸与した時、照合のため目録を附属させるのは自然なことである。[7] 邦高から義尚に「家集中」の櫃が貸し出された際にも、目録が附属していたはずである。この時、目録を写した者がいて、三百年後、柳原紀光の目にとまり、砂巌に収められたことになる。そして砂巌が最も多く三条西家の文書を写し取っていることからすれば、[8] 実隆の所為であった可能性が高い。

五、おわりに

砂巌所収の伏見殿家集目録は、文明十五年の室町殿和歌打聞に際して、伏見宮邦高親王から足利義尚に提供された、宮家伝来の家集三合のうちの「家集中」の目録であること、その淵源は鎌倉後期、伏見院の蒐書に遡るという結論に達した。

これによって、中世の私家集の分類整理の方法、さらには宗尊など鎌倉期を下限として「家集」として区別する意識（それ以後は詠草か）[9] の存在など、伏見殿家集目録の位置を定めることによって、和歌史上興味ある問題がいくつも出てくるであろう。

但し、最も大きな価値は、中世を代表する私家集群の具体的な内容が初めて知られたことである。かつ、それは次第に数を減じたとはいえ、求められれば利用に供されていたことも分かる。すると次なる課題は、伏見院によって蒐集され、伏見宮に伝来した私家集と、現存の諸本とはどのような本文関係にあるか、という点であろう。第九章で詳しく論じたい。

注

（1）藤原定家の集目録のほか、めぼしいものがない。私所持和歌草子目録には「家集」の項が立ちながら「諸家集百余家有之」とするのみで、書目は省略されている。これは本朝書籍目録でも同じである。

（2）宮内庁書陵部蔵。主に続史愚抄編纂のため、紀光が諸家の古記録・文書・系譜・典籍奥書などを抜抄した冊子。橋本不美男・井上宗雄・福田秀一「砂巌目録（翻刻と略注）」（和歌文学研究11、昭36・5）に内容紹介、ついで図書寮叢刊に収められ刊行された。

（3）勅撰集を返納すると、撰者は集中の作者と所収歌を一覧する目録を編んで提出した。ここでは唯一完存する続古今和謌集目録故者による。柴田光彦「『続古今和謌集目録』（翻刻）」（国文学研究41、昭44・12）参照。

（4）飯倉晴武『日本中世の政治と史料』（吉川弘文館、平15）参照。

（5）実隆公記永正十七年（一五二〇）四月八日条に「散木集・基俊集・道信朝臣集返上伏見殿（邦高親王）」とある。いずれも伏見殿家集目録に見える。

（6）岩橋小彌太「足利義尚の和歌撰集」（歴史と地理17-2・4、大15・2、4）、井上宗雄『中世歌壇史の研究　室町前期』（風間書房、昭36〔改訂新版　昭59〕）参照。

（7）貞成もまた、新続古今集撰進の時にも、撰者飛鳥井雅世の懇請により古歌・近代歌の和歌資料二合を貸与した（第六章参照）。「和哥櫃一合目録委細記之飛鳥井遣之、慥可返進之由返事申」（看聞日記永享十年十一月六日条）、「飛鳥井和哥櫃一合又遣、近代哥撰出、目録相副」（同七日条）などとある。これも家集の櫃であった可能性があろう。

（8）是沢恭三「柳原紀光の諸家記録探求に就て」（国史学45、昭17・10）参照。

（9）井上宗雄『中世歌壇と歌人伝の研究』（笠間書院、平19）第Ⅱ部第二章「中世歌集の形態（二）〈私家集〉」（初出平10）参照。

50	兼澄	3帖	五位加賀介	拾遺	長保頃	時雨亭文庫に定家本あり。陽明文庫蔵伝憧子内親王筆本は知家本所載歌を後補。	実通
51	頼実		五位	後拾遺	長久5(30)	三手文庫本ほか江戸期写本のみ。	親
52	好忠		六位丹後掾	拾遺	長保頃	時雨亭文庫に定家外題本・資経本・承空本、天理図書館に伝為氏筆本、書陵部に伝為相筆本あり。	
53	道成		四位備前守	後拾遺	長元9	時雨亭文庫に定家外題本、ほか伝定家筆断簡あり。	実
54	資隆		四位肥前守	千載	治承頃	時雨亭文庫真観本（寿永百首家集）あり。	
55	惟規	2帖	五位	後拾遺	寛弘8	江戸期写の御所本と高松宮本のみ。伝為藤筆断簡あり。	実通
56	経衡		五位大和守	後拾遺	延久4(68)	御所本は伝家隆筆本の模写。	実
57	国基		五位住吉神主	後拾遺	康和4(80)	志香須賀文庫に伝二条為明筆本あり。	通
58	千頴					穂久邇文庫に定家筆本、尊経閣に資経本あり。	親
59	基俊		五位左衛門佐	金葉	永治2(83)	徳川美術館に定家本、時雨亭文庫に承空本あり。	
60	為信		従四位下右少将		寛弘頃	時雨亭文庫に資経本・承空本あり。	
61	長明		五位	千載	建保4(62)	時雨亭文庫真観本（寿永百首家集）あり。	
62	広言		五位筑後守	千載	文治頃	時雨亭文庫真観本（寿永百首家集）あり。	実
63	成助		五位	後拾遺	永保2(49)	古筆切二葉のみ存。	実
64	成仲		四位	詞花	建久2(93)	穂久邇文庫に伝二条為氏筆本、時雨亭文庫に真観本（寿永百首家集）断簡あり。	
65	親盛		五位大和守	千載	建久頃	彰考館本と島原松平文庫本のみ。	実
	深養父		五位内蔵大允	古今	延長頃		通
	惟成		五位左中弁	拾遺	永祚元(37)		実
	為隆						通
	清輔		四位皇太后宮大進	千載	治承元(70)		親
	秀能		五位出羽守	新古今	延応2(57)		通
	親清		五位加賀守	新続古今	文永頃		実
	秀胤						親

※ 所見の日記を略号で示す。実＝実隆公記（室町第和歌打聞記）、親＝親長卿記、通＝十輪院内府記（通秀公記）

23	顕綱		四位讃岐守	後拾遺	康和5 (75)	時雨亭文庫に真観本・資経本・承空本・擬定家本あり。野村美術館に定家本あり。	通
24	実方		四位左中将	拾遺	長徳4	時雨亭文庫に枡形本・色紙本・為家本・素寂本・資経本・承空本、天理図書館に伝定家筆本あり。	
25	道信		四位左中将	拾遺	正暦5	時雨亭文庫に二本あり。	実通
26	為頼		従四位太皇太后宮大進	拾遺	長徳4	時雨亭文庫に真観本（零本)、他に資経本断簡数葉あり。完本は三手文庫本ほか、江戸期写本のみ。	実
27	範永		四位摂津守	後拾遺	延久頃	時雨亭文庫に真観本・承空本あり。	実
28	時明		皇太后宮大進		長徳頃	時雨亭文庫に飛雲料紙本（院政期写)・資経本断簡二葉・承空本あり。	通
29	為仲		四位太皇太后宮亮	後拾遺	応徳2	時雨亭文庫に枡形本・真観本、尊経閣に伝家隆筆本あり。	実
30	匡衡		四位式部大輔	後拾遺	長和元 (61)	時雨亭文庫に真観本あり。	実通
31	家経		四位式部大輔	後拾遺	天喜6 (67)	時雨亭文庫に真観本・資経本・承空本あり。	
32	俊頼	4帖	四位木工頭	金葉	大治4	散木奇歌集か、伝本多数。	
33	忠盛		四位刑部卿	金葉	仁平3 (58)	伝本やや多し、江戸期写本のみ。	
34	公重		四位少将	詞花	治承頃	江戸前期写の佐佐木信綱本・谷山茂本のみ存。	通
35	季通		四位備後守	詞花	長寛元	彰考館本、松平文庫本のみ。	通
36	輔尹		四位木工頭	拾遺	寛仁頃	彰考館本のみ。	通
37	有房		四位左中将	新勅撰	養和以後	時雨亭文庫に真観本（寿永百首家集）と別系統の定家本あり。	通
38	経正		四位但馬守	新勅撰	元暦元	時雨亭文庫に真観本（寿永百首家集）あり。他にその転写の御所本のみ。	実
39	忠度		四位薩摩守	千載	元暦元 (41)	時雨亭文庫に真観本（寿永百首家集）あり。伝本頗る多し。	通
40	在良		四位摂津守	新勅撰	保安2 (81)	時雨亭文庫に真観本あり。	実
41	隆信	3帖	四位	千載	元久元 (64)	時雨亭文庫に真観本（寿永百首家集）あり。別系統の元久本（959首）あり。	通
42	黒主		六位	古今	延喜頃		親
43	輔相		六位	拾遺	天暦頃	時雨亭文庫に定家筆内外題本、他にその転写の御所本のみ。	実
44	祐挙		五位駿河守	拾遺	長保頃		実
45	相如		五位出雲守	詞花	長徳元	江戸期写の数本のみ。	通
46	嘉言		六位対馬守	拾遺	寛弘6頃	江戸期写の数本のみ。	親
47	長能	2帖	五位伊賀守	拾遺	寛弘6頃	現存伝本は全て一冊、「二帖」は流布本と異本を指すか。	実親
48	道済		五位筑後守	拾遺	寛仁3	時雨亭文庫擬定家本（鎌倉末期写）あり。	通
49	義孝		五位右少将	拾遺	天延2 (21)	時雨亭文庫に共紙表紙本・承空本・擬定家本、九州大学附属図書館細川文庫に南北朝期写本あり。	通

表　伏見殿家集目録（家集中）一覧

№.	集名	帖巻	官位	初出勅撰集	没年（享年）	備考・主要な伝本（特に時雨亭文庫蔵私家集群における有無）空欄は散逸か。	※
1	宗尊		一品中務卿征夷大将軍	続古今	文永11（33）	現存の四集と同定できないが、他に散逸家集数種の古筆切複数伝わる。	
2	俊忠		従二位中納言	金葉	保安4（51）	時雨亭文庫真観本あり。御所本（501.37）は伏見宮本の転写本の系統。	
3	雅兼		正二位中納言	金葉	康治2（65）	時雨亭文庫定家外題本「源礼部納言集」、書陵部鎌倉末期写本（509.43）あり。	実
4	成範		正二位中納言	千載	文治3（53）		実
5	親宗		従二位中納言	千載	正治元（56）	尊経閣文庫蔵伝近衛家基筆本のみ。	実
6	定家		正二位中納言	千載	仁治2（80）	拾遺愚草か。	
7	惟方		従三位参議	千載	建仁元頃	真観本と、その転写の御所本のみ。伝伏見院筆古筆切数葉あり。	通
8	経盛		正二位参議	千載	文治元（62）	寿永百首家集の一。江戸後期写の三本のみ。	
9	親隆		正三位参議	金葉	永万元（67）	三手文庫本・山口県立図書館本・彰考館本「尾張守親隆百首和歌」のみ。	
10	公時		従二位参議	千載	承久2（64）	古筆切（六半冊子本）一葉伝わるのみ。	実
11	教長	6巻	正三位参議	詞花	治承4（72）	完本は江戸末期写本のみ。北野天満宮に巻六の零本（江戸初期写巻子一軸）あり。	親
12	輔親		従二位	拾遺	長暦2（85）	時雨亭文庫に砂子料紙本（院政期写）・承空本あり。	通
13	高遠		正二位	拾遺	長和2（65）	時雨亭文庫に真観本あり。伝定家筆の高遠集切も伝わる。	
14	顕季		三位修理大夫	後拾遺	保安4（69）	時雨亭文庫に定家監督書写本「六条修理大夫集」あり。	通
15	顕輔		正三位	金葉	久寿2（66）	時雨亭文庫に定家奥書本あり。	
16	行宗		従三位	金葉	康治2（80）	時雨亭文庫に鎌倉前期写本「源大府卿集完本」、真観本あり。	実
17	重家		従二位	千載	治承4（53）	尊経閣、慶應義塾図書館に南北朝期写本あり。もと僚冊。	通
18	頼政		従三位	詞花	治承4（77）	伝本頗る多し。	
19	頼輔		従三位	千載	文治2（75）	時雨亭文庫真観本（寿永百首家集）あり。	
20	季経		正三位	千載	承久3（91）	時雨亭文庫に真観本（寿永百首家集）あり。他にその転写の御所本のみ。	
21	経家		正三位	千載	承元3（61）	完本は江戸中期写の御所本と歴博高松宮本のみ。	
22	家隆	5帖	従二位	千載	嘉禎3（80）	歴博高松宮本に鎌倉後期写本、書陵部に鎌倉期写本（資経本か）あり。	

第九章　伏見院の私家集蒐集

一、はじめに

平安時代より藤原頼通、白河院などの権力者が命じて私家集を書写奉献させることがあり、また室町時代中期まで営々と撰び続けられた勅撰集の根幹資料として、歌道師範家も家集の充実に努め管理に気を配った。このほかにも賀茂重保の寿永百首家集の試みがあり、真観ら反御子左派、二条家の家司と言われる藤原資経、京都西山往生院に住した歌僧承空らも、集中的に私家集を書写している。このようにして集積された家集は、いわば日本文学の根幹をなす資料群として活用されてきた。歌書はどれもそうであるが、とりわけ家集の場合、一定のまとまりを保って伝えられることが多く、その集積や伝来の過程を明らかにすることは、個々の作品の本文批判に有用であるのみならず、文化史的にも意義があろう。

これまでは注意されてこなかったが、伏見宮家における家集三合の櫃の存在と伏見殿家集目録によって、伏見院の宮廷でも、私家集の蒐集が集中的に行われていたことが推測される。もとより全てが宸筆というわけではなく、近臣・女房も動員して書写に当たっていたであろう。そこで伏見院のイニシアティヴの下、宸筆も交えて製作された私家集の写本群を広く「伏見院本私家集」と仮称することにしたい。本章では私家集の現存伝本や古筆切のうちから、伏見院本の痕跡を探し出し、そこからこの私家集群の形成を跡づけてみたい。具体的な考察の対象としては、伏見殿家集目録、すなわち中世伏見宮の「家集中」櫃に納められていた六十五点となる。第八章末の表を適宜参照されたい。この目録掲載の家集は、以下、家集名の下に（ ）内で表の番号を示した。

二、永仁年間の京極派歌人と私家集

伏見殿家集目録に掲載される家集のうち、現存伝本に伏見院が書写したとの記載を持つものを探索してみる。なお、取り上げた写本の書誌は注で詳記した。

まずは俊忠集（2）である。宮内庁書陵部蔵中納言俊忠卿集[1]（いわゆる俊忠集Ⅱ）の奥書を引用する（便宜記号を付した。以下同じ）。

a弘安九年暦玄冬仲月黄鐘朔日書之、
　本俊成卿手跡也、
b他本哥
（中略）
永仁元年十二月十一日、以他本校合之次右哥等書加了、
c以正応宸翰写之畢、
　大永三歳癸未仲春朔日
d此中納言俊忠集、以伏見殿邦房親王本所写也、
　文禄四年仲春六蓂

奥書cに「正応宸翰」とある。「正応」は伏見院在位の最初の年号であるが、書写年代ではなく、単に伏見院その人を指す。a弘安九年（一二八六）に俊成筆本を写し、b七年後の永仁元年（一二九三）に他本、つまり俊忠集Ⅰのみに載る歌を書き入れたのは伏見院であった。その後この宸筆本は上述の経緯で伏見宮に伝わり、c大永三年（一五二三）に、恐らく宮家六代の貞敦親王（一四八八～一五七二）の手で書写された。したがって少なくともこの間は宸筆本が伏見宮にあった。書写は宸筆本を誰かに譲るためであった可能性が高い（後述）。そしてdはその大永三年書写本を写した奥書で、後陽成天皇のものであろう。この本自体はさらに転写を重ねた江戸前期の書写であるものの、体裁や筆蹟は祖本、恐らく俊成筆本の姿をとどめているとされている[2]。

弘安九年は伏見院即位の前年である。既に春宮時代の伏見院は充実した和歌活動を展開し、歌書の書写蒐集にも着手していたのである。即位後にも、異本と校合して和歌を増補するようなことにも及んだ。

直接的な動機としては、やはりこの年に始まる「永仁勅撰の議」が挙げられよう。そもそも勅撰集の下命は、私家集の蒐集が前提であったように思われる[3]。

この時期、伏見院が家集を集める必要に駆られていたのは確かであろう。まず、皇室の蔵書は後嵯峨院崩御の時に両統に分割されていて、日記や政務文書は後深草院に譲られ、「和歌并鞠文書」は亀山院に譲られたと伏見院自身が認めている[4]。そのため持明院統が初めて勅撰集を撰ぶとなると、この分野を充実させる必要があったわけである。さらに、撰者に使命された四名の歌人のうち、中心となって資料を提供すべき二条為世は非協力的であり、撰集への関与を拒んだ（実はこの頃、為世らも熱心に家集を集めていた。この点後述する）。

ところで、院周辺で活躍した京極派歌人の家集、源親子（権大納言典侍）・楊梅兼行・従二位為子（藤大納言典侍）の集は、いずれも永仁二年夏頃に編まれたらしい。この三家集は、歌数・排列とも全く共通するが、当時しきりに催された内々の内裏歌会などの資料から歌人別の抜書が同時に作られ、撰歌の用に立てられたと見られている。[5] そして兼行集・藤大納言典侍集には原本の断簡とおぼしき古筆切の存在が十余枚報告されているが、複数確認される筆蹟のうち最も多いのが伏見院の宸筆であるという。勅撰企画に関連付ければ、現存歌人の家集の編纂と、故人の家集を蒐集することが同じ時期であっても不自然ではなく、彼ら京極派歌人が故人の家集の書写校合などを担当することは大いにあり得る。

また、近年紹介された京極派贈答歌集も永仁五年頃の成立である。[6] これは伏見院・永福門院以下京極派歌人が、後撰集・和泉式部集・和泉式部続集の詞書をそのまま使って、仮構の贈答歌を交わす試みであった。後撰集あるいは和泉式部集の詞書は、いわば褻の歌の雰囲気を最もよく表現するものであり、歌人たちは進んでその世界に身を置いて作歌を楽しんだのである。

こうした親密な王朝私家集的世界を憧憬する、永仁年間の前期京極派活動と、私家集を書写蒐集する事業が並行していたのはむしろ当然と言える。

三、三手文庫蔵今井似閑本における「伏見院本私家集」

伏見宮の蔵書は、中世の天皇家の蔵書をよく伝え、花園院宸記や看聞日記を筆頭に貴重な自筆原本が多く含まれることで知られる。大部分が昭和二十年代に宮内府に寄贈され、現在も書陵部に「伏見宮本」として管理登録されている。[7] ところが、そこに中古の私家集は一点しか見えない。少なくとも戦国期には「伏見院本私家集」はまだ相当数があったはずである。どこに消えたのであろうか。

上賀茂神社三手文庫蔵の千穎集は[8]、江戸前期の書写であるが、伏見院宸筆本を写した旨の本奥書がある。千穎は種姓も伝記も不詳、十世紀末頃の隠遁歌人の仮名と見られている。書影を掲げた（図版1）。次のようにある。

以『伏見院』（今井似閑書入、朱筆）正応宸翰如本写之、正本者

遣今河畢、

誰による奥書かは明示されないが、「正応宸翰」という語は、先に掲げた中納言俊忠卿集の奥書cにも使われ、やはり貞敦親王が伏見院宸筆本を忠実に写したことを示すのではないか[9]。正本、つまり伏見院宸筆本は今川某に贈ったので、これを転写したという。

この奥書の理解の助けとなるのが、宮内庁書陵部蔵伏見宮本として現存する為家卿続古今和歌集撰進覚書[10]である。藤原為家が続古今集撰進に当たり、勅撰集編纂の故実を嗣子為氏に語ったもので、弘安六年（一二八三）春宮時代の伏見院が入手して書写、ついで貞敦親王が永正十七年（一五二〇）十一月に転写したものである。その奥書を掲げる（図版2）。

本云、
弘安六年六月廿五日書写之、

（約六行分空白）

右一巻以正応宸翰卒如本写之、

于時永正十七年十一月廿有三、

「正応宸翰を以て卒かに本の如く写す」という文言は、千穎集のそれとほぼ同じである。よって千穎集の奥書も同じく永正・大永の交、貞敦が記したと見てまず間違いなかろう。すると「今河」は、駿河守護の今川氏親（一四七一〜一五二六）を指す。室は権大納言中御門宣胤の女で、伝統文化を重んじた大名である。

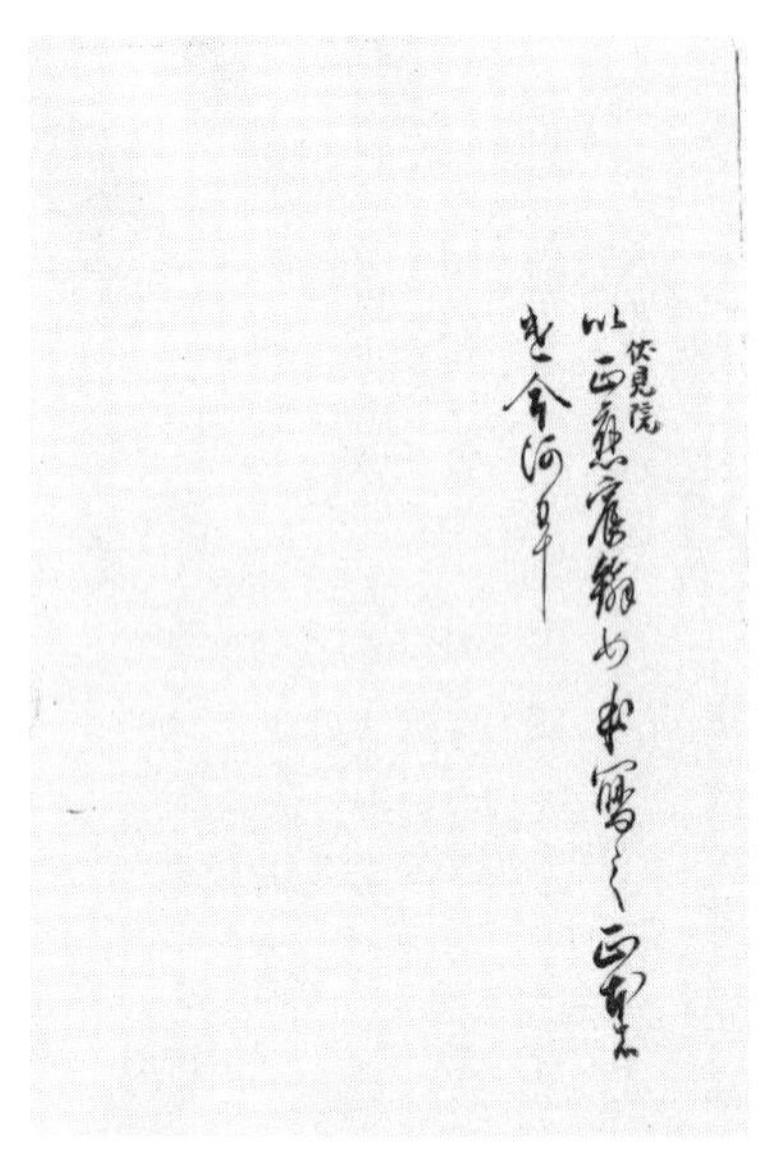

図版１　千穎集（三手文庫蔵、申・212）

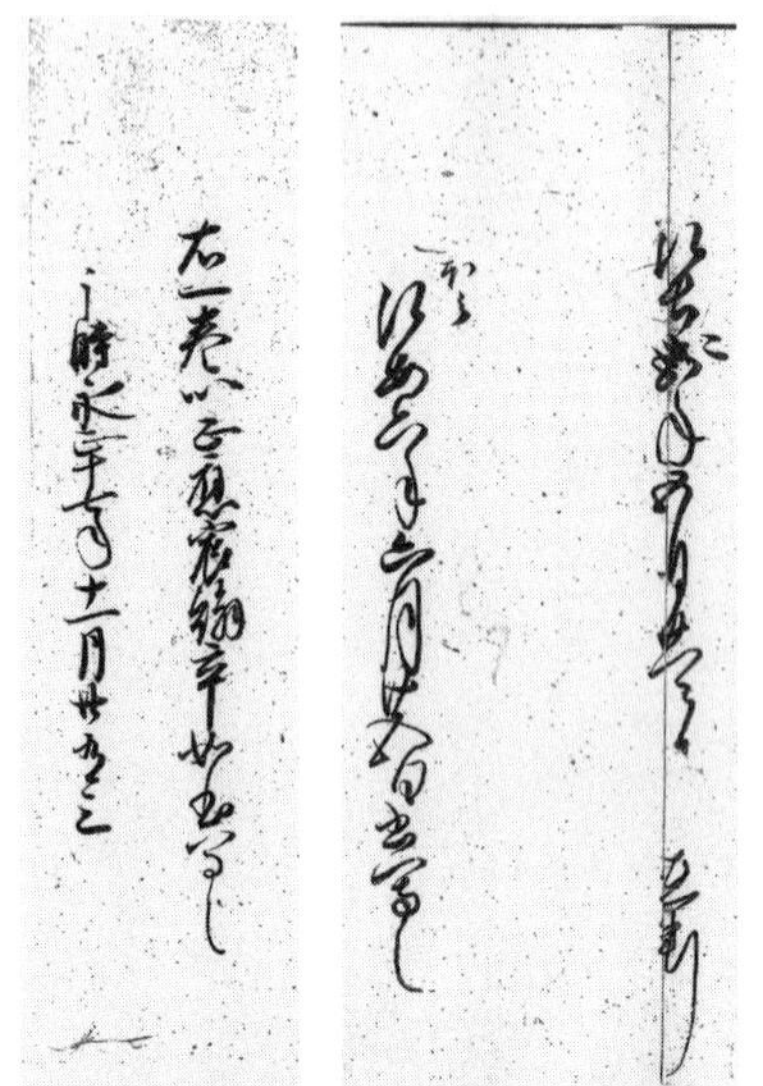

図版２　為家卿続古今和歌集撰進覚書（宮内庁書陵部蔵伏見宮本）奥書

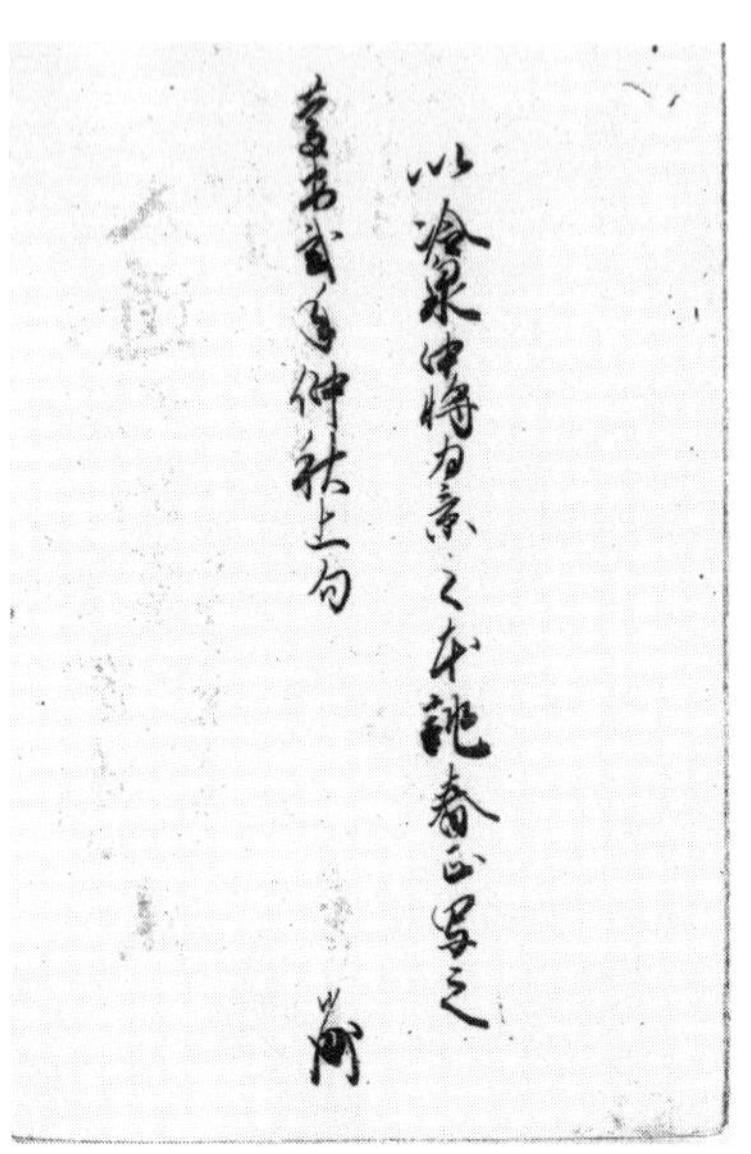

図版３　入道大納言資賢集（三手文庫蔵、申・216）奥書

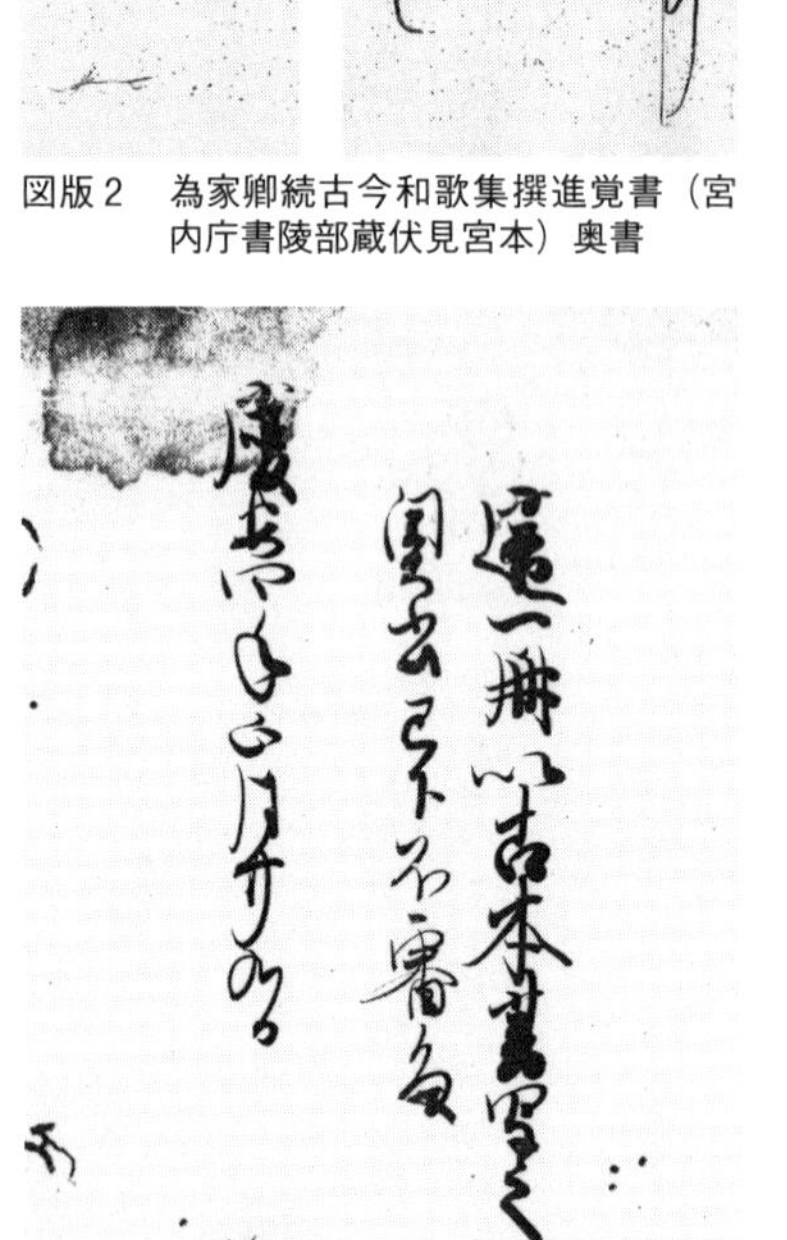

図版４　小馬命婦集（宮内庁書陵部蔵伏見宮本）奥書

永正年間、朝廷・公家の窮乏は甚だしく、伏見宮も例外ではなかった。今度は文字通りの活計として、地方の大名・国人に典籍を贈っていた。[11] そこでも伏見院宸筆本が尊重されたことは想像に難くない。こうして「伏見院本私家集」の多くは、江戸時代を迎える前に散逸していったと思われる。それでも、いくつかは転写本が伝わっていることが分かった。ほかにもこのようなケースがないか、諸伝本を探索してみたい。

三手文庫蔵千穎集は、今井似閑（一六五七～一七二三）が上賀茂神社に奉納した典籍の一つである。[12] 似閑奉納本と言えば、師契沖の手沢本を含むことで著名であるが、この千穎集は、正確な書写年代は不明ながら、契沖・似閑が日常研究に用いていた本とは明らかに性格を異にし、しかるべき公家の蔵書を転写したことを示している。書写態度は謹直であるから、親本たる伏見院宸筆本の書式を保っているとの期待も抱ける。似閑は京都縉紳の秘庫を渉猟し典籍を書写しているから、その親本が当時の伏見宮本である蓋然性は高い。

まず、似閑本私家集のうちでは、入道大納言資賢集[13]が伏見宮貞清親王の書写させたとおぼしき本を親本としている。その本奥書に、

以冷泉中将為景之本誂（山本）春正写之
慶安貳年仲秋上旬　（花押写）

とあり（図版3）、某が慶安二年（一六四九）に下冷泉為景の本を写させた、その転写本と分かる。これと同じ形の花押が、宮内庁書陵部蔵伏見宮本としてただ一つ残る中古の私家集、小馬命婦集[14]の慶安四年の書写奥書にも見える（図版4）。小馬命婦集の本奥書の一部を引用する（本文と同筆である）。

後拾遺作者小馬命婦別人也鈎已下日孝注之
建長五年七月十四日書写之（藤原為家）戸部本也
校了

這一冊以古本書写之
奥書已下不審多
慶安四年正月廿九日（花押）

問題の花押の主は誰か不明であるが、資賢集書写の二年後、伏見宮の「古本」を親本として、その人物自ら転写したのである。伏見宮十代、貞清親王（一五九六～一六五四）の所為であろう。このことから三手文庫本資賢集も、伏見宮本を転写した本と推定することができる。

なお、小馬命婦集の本奥書はこれまで正しく読まれていなかったが、その親本が建長五年（一二五三）、藤原為家の本を日孝なる人物が書写した本であることが分かる。日孝は真観本私家集の奥書にしばしば登場し、反御子左派に協力した歌僧であった。そのような本が伏見宮、恐らくは北朝・持明院統の時代から伝わっていたことになる。伏見院本私家集の範疇には入らないが、重要な存在である。

そのほか、契沖ともつながりの深い、水戸彰考館に仕えた安藤定為（朴翁、一六二七～一七〇二）は伏見宮の家僕であったし、似閑と三手文庫との縁を取り結んだ賀茂清茂（一六七九～一七五三）は伏見宮邦永親王の近習で、宮家蔵書を自由に拝借することを許されていた[15]。今井似閑と伏見宮との関係は複数のルートで確認できる。

さて、似閑奉納本には江戸前中期頃に書写された家集がほかにも数多く含まれている。殊に安法法師集[16]・権大納言典侍集[17]・家経朝臣集[18]・親隆集[19]・為頼朝臣集[20]・藤原相如集[21]そして千穎集の七集は、装訂・表紙・法量・料紙・行数など書誌的特徴が全て同一であり、筆蹟は複数であるものの同じ環境で同時期に書写されたと考えられる（図版5～12）。

このうち、家経・相如・為頼・千穎・親隆の五集は、伏見殿家集目録にも掲載されていた。すなわち、これら

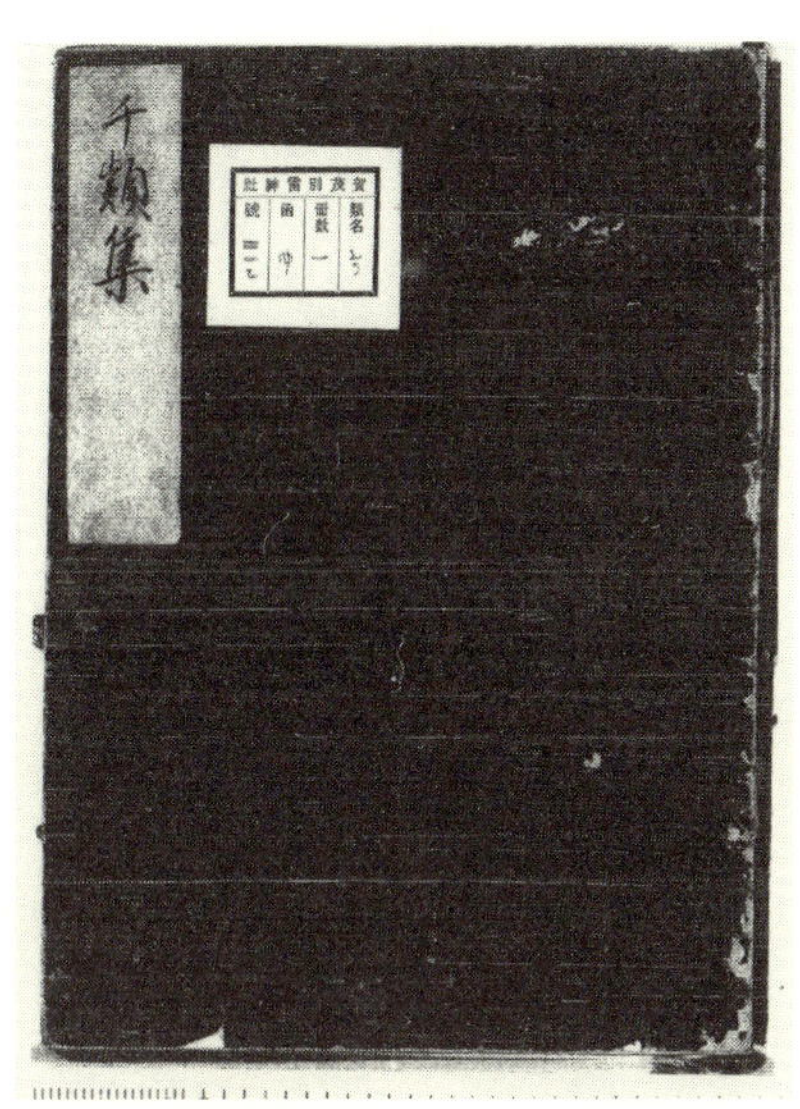

図版 5　千穎集表紙

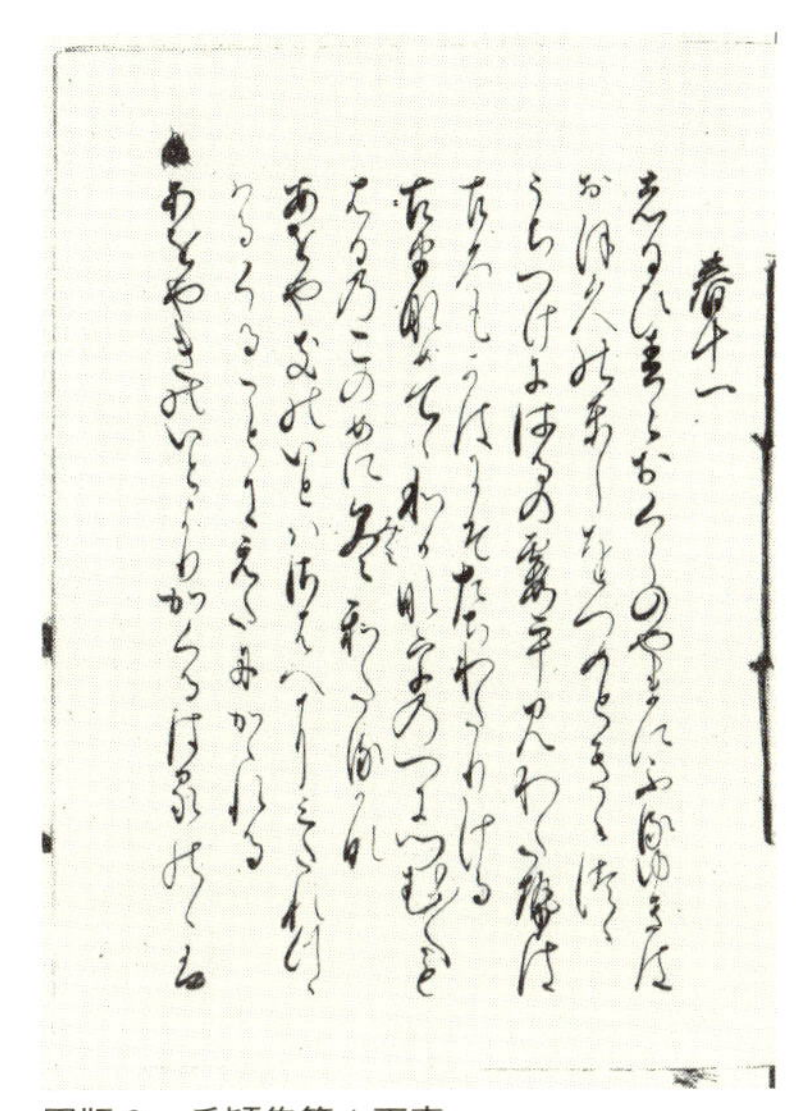

図版 6　千穎集第 1 丁表

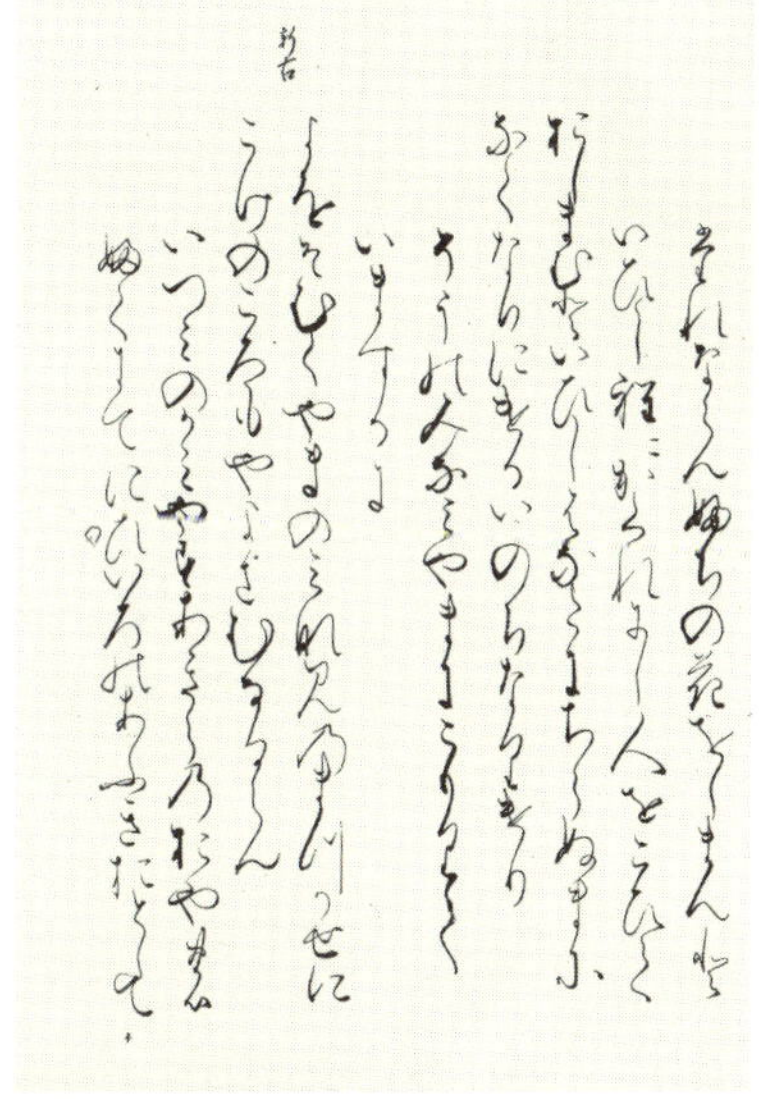

図版 7　安法法師集（三手文庫蔵、申・206）第10丁表

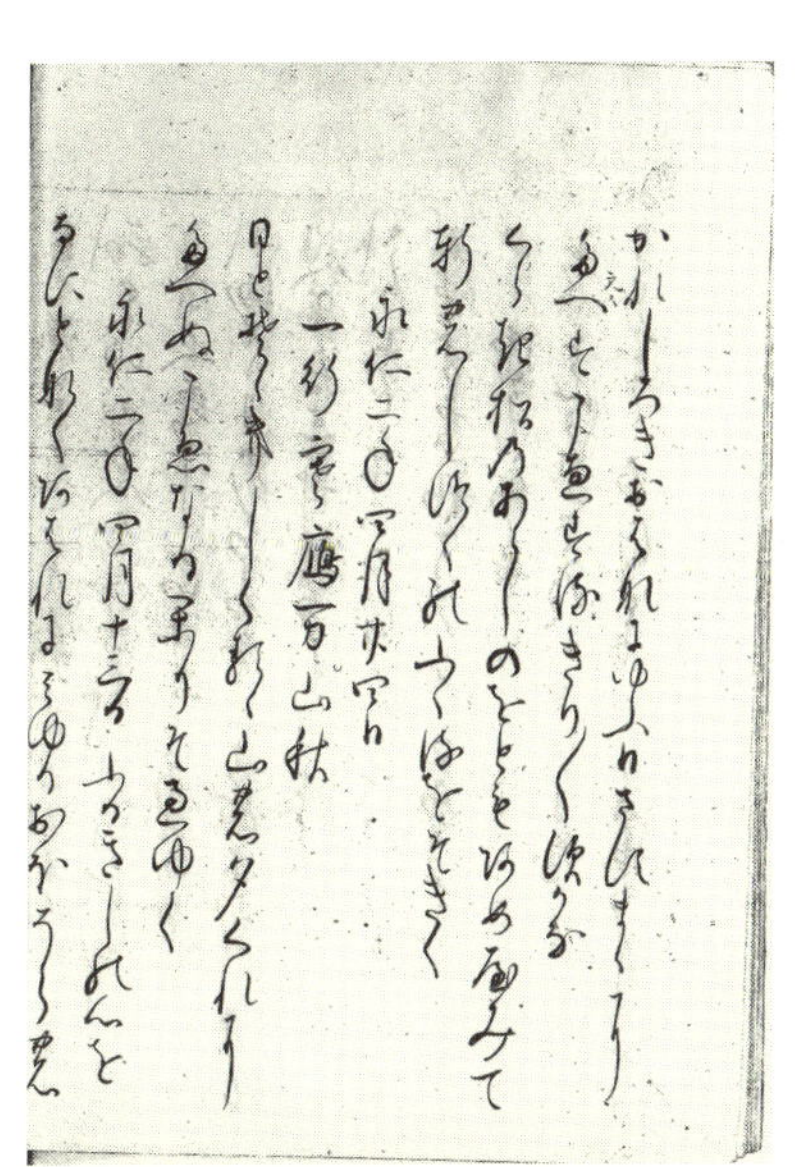

図版 8　権大納言典侍集（三手文庫蔵、申・207）第 7 丁表

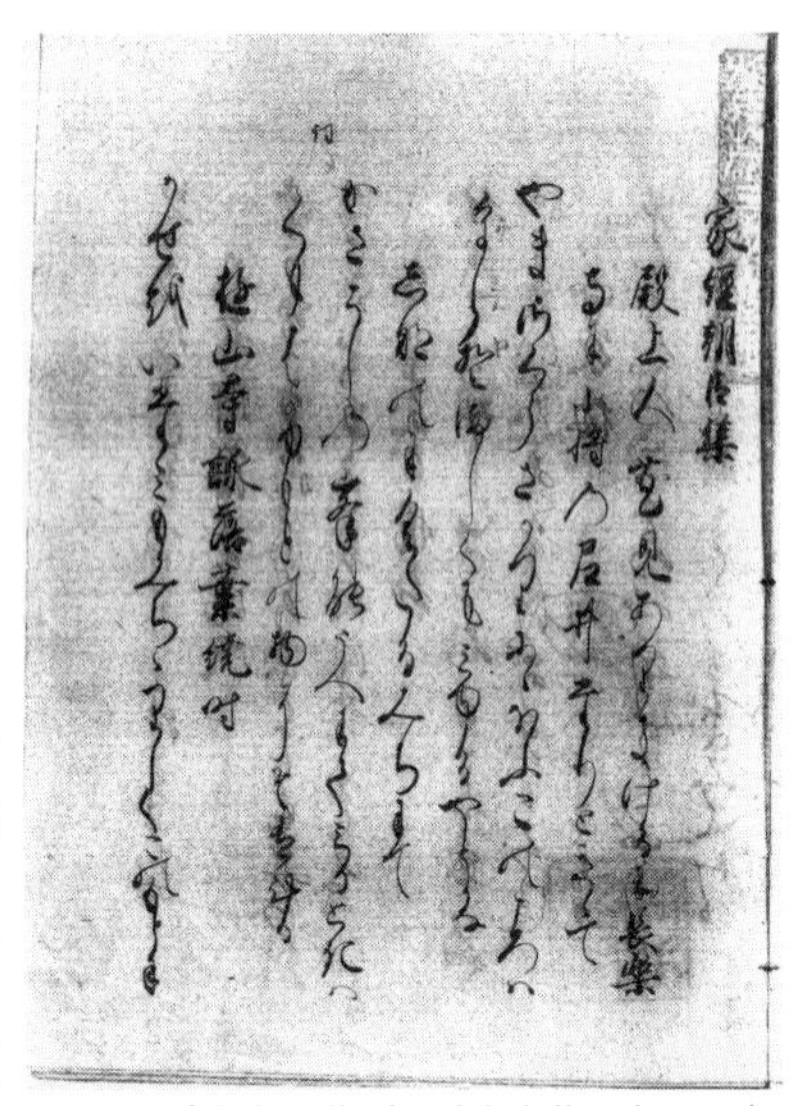

図版 9　家経朝臣集（三手文庫蔵、申・208）第 1 丁表

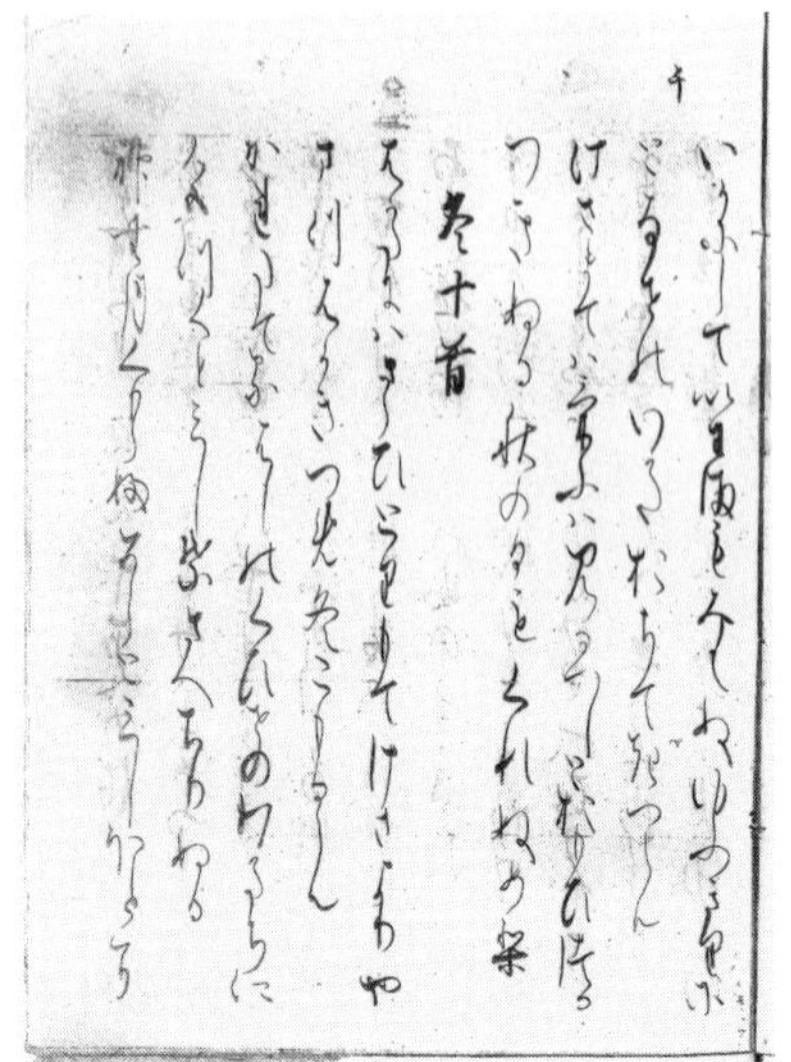

図版10　親隆集（三手文庫蔵、申・209）第 6 丁表

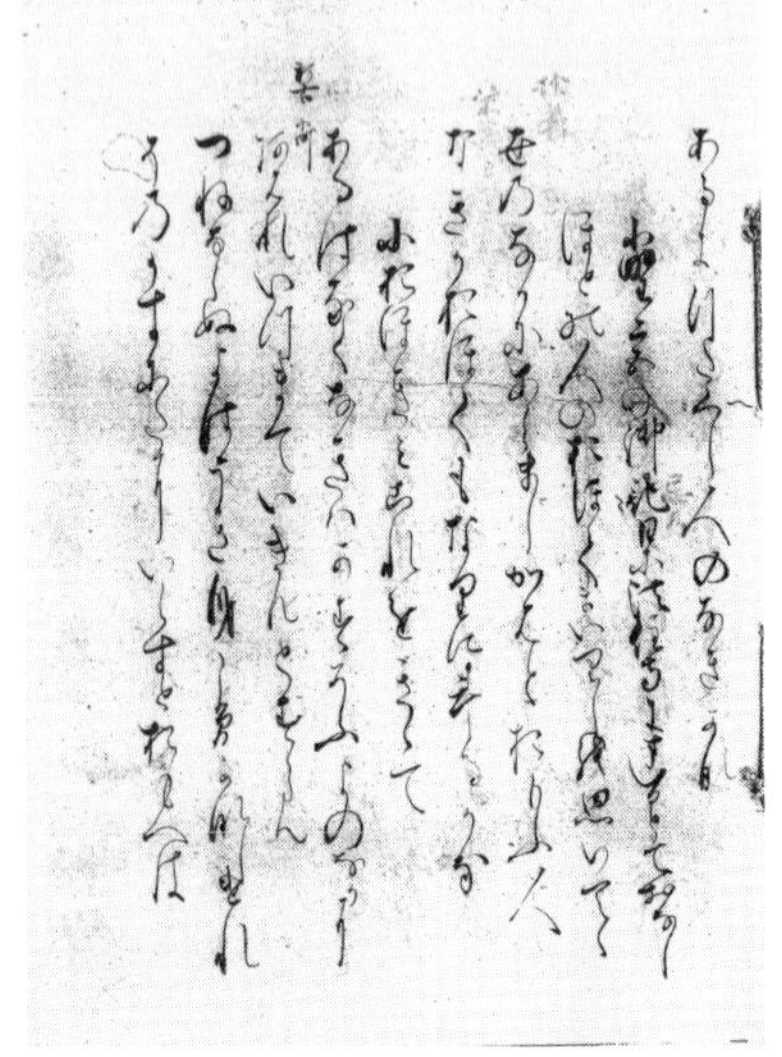

図版11　為頼朝臣集（三手文庫蔵、申・210）第 5 丁表

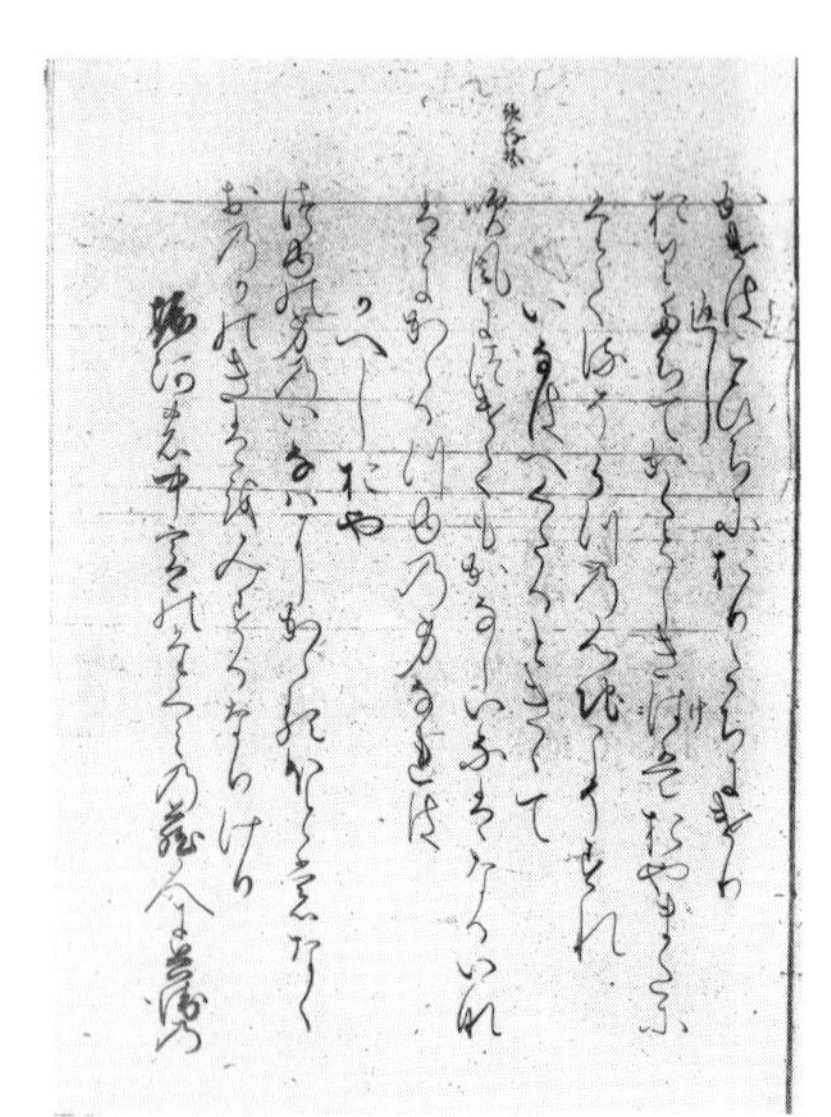

図版12　藤原相如集（三手文庫蔵、申・211）第 5 丁表

は千穎集と同じく、いまだ伏見院宸筆本ないし貞敦らの転写本が伏見宮に蔵された時期、一括して書写されたものではないか。

安法集は、もし関係あるとすれば、「家集下」の櫃にあるべきものが、辛うじて残っていたのであろう。

権大納言典侍集は、伏見院の典侍源親子の集で、前述した通り、原態は巻子装であったらしい。これら京極派歌人の小家集は、持明院統から伏見宮に継承された記録文書の目録に見える「人々哥書抜」という名の櫃に納められていたと推定されており[22]、すると伏見院本私家集と同じ経路を辿って伝来し、ここで規格を揃えて書写されたと考えられる。実際にこの集の伝本は事実上三手文庫本のみしか現存せず、他に流布した形跡がない。

ところで、権大納言典侍を除く六人の集には、勅撰集入集を示す集付が墨と朱で注記されている。朱筆は今井似閑らによる集付で位置は区々であるが、墨筆はいずれも位置は一定で、二行書きの和歌の行間上部にあり、親本に存したものと見られる。そしてこれは勅撰集では続拾遺集を下限とする。つまり「永仁勅撰の議」の直前で終わっているのである。これも伏見院本私家集の性格に合致する（ただ一つ、相如集には「続後拾遺」の集付があるが、位置がずれるので後筆か）。

以上、三手文庫蔵今井似閑奉納本から窺い見るに、伏見院本私家集は、半丁一〇行書、和歌一首二行書、詞書二字下げ、和歌行間上方に墨で集付を付し、字高は一八～一九㎝、列帖装の四半本であったと推定される。

四、現存私家集の伝本と伏見院本（1）——伏見殿家集目録による遡源

伏見院本私家集の書誌的特色が右のようなものだとすれば、中古・中世の私家集の伝本のうちに、そのような

特色をとどめて、伏見院本に遡り得るものが現存するであろうか。ここで伏見殿家集目録所載六十五点の家集の伝本を調査してみると、その候補として、まず成助集（63）が挙げられる。

賀茂成助は後拾遺集に二首入集するのみ、さして有力な歌人ではなく、家集は早くに散逸して、現在互いにツレとなる鎌倉後期写の古筆切が二葉報告されているだけである[23]（図版13）。なお、一つは筆者を後光厳院（一三三八〜七四）に極める。その書式は、一〇行書、和歌一首二行書、詞書二字下げ、字高は一八cmと、伏見院本の特色を完全に満たし、集付の位置も一致する。そしてその筆蹟は伏見院宸筆に近似する。これこそ伏見院宸筆本の断簡と考えてよいのではないか。

続いて国基集（57）が注目される。現存伝本の祖本の位置にある伝二条為明筆本（志香須賀文庫本）は、鎌倉後期から南北朝期の書写、四半列帖装の古写本で、書式書風、成助集によく通じ、また「続古」の集付がある（図版14）。この本は江戸時代には禁裏にあったようで、高松宮家伝来禁裏本（H-六〇〇-五六二、る函二八五）はその忠実な転写本である。すると伏見院本には伏見宮から禁裏に献上された本もあったことになろう。

それから輔尹集（36）がある。木工頭藤原輔尹は拾遺集初出の歌人、家集は彰考館文庫に江戸中期書写の孤本が蔵されるのみである。しかし、この彰考館本は明らかに古写本の忠実な写しである。やはり伏見院本私家集の書式を完全に満たしており、これを継承すると考えてよい。

親隆集（9）の伝本は、先に掲げた三手文庫本とその転写である彰考館本・山口県立図書館本しか知られず、伏見院宸筆本の転写と目されるものであるが、この集は久安百首の親隆詠からなり、異なる内容を持つ家集の存在も報告されていない。伏見殿家集目録に「親隆ー久安御百首許、」とあるので、現存伝本と同じものであることが確かめられる。

同じく内容が久安百首のみの季通集（35）も、伏見殿家集目録に「季通朝臣ー同親隆卿集、」とあるので、やはり伏見院宸筆本から出たものであろう。これも伝本稀少で、彰考館文庫本・肥前島原松平文庫本しか知られないが、内題・書式も一致する。

注意すべきは藤原家隆集（22）である。国立歴史民俗博物館蔵玉吟集五帖[24]は、某（九条基家か）が寛元三年（一二四五）に編んだ「正本」に最も近い、古本系の最善本として著名である。この本には建長六年（一二五四）から翌年にかけての真観・日孝の本奥書があり、それからあまり年月を隔てない、鎌倉後期の書写と見られる。また霊元院から有栖川宮に譲られた高松宮家伝来禁裏本に含まれてはいるが、もともと禁裏に在った本ではないらしく、それ以前の伝来は不明である。

ところで、伏見殿家集目録には「家隆卿ー玉吟五帖、」とある。家隆の家集の伝本は夥しくあり、室町中期には玉吟と号する三巻本が流布していたが[25]、五帖（冊）の本は一つもない。伏見殿家集目録が敢えて「玉吟五帖」と注したのは、歴博本との関係を強く窺わせるものである。

しかも、この本は、毎半葉八〜一一行であること以外は、伏見院本私家集の特徴をよく備えているのである（図版15・16）。さらに集付も、勅撰集では「続拾遺」までで終わっている。以上の点から、この本も永仁頃に伏見院周辺で書写され、伏見宮に伝来していた可能性が浮上してくるであろう。そして真観・日孝の書写した私家集には、先に触れた小馬命婦集のように、伏見宮の蔵書となっていたものがあり、これも同様のルートを想定できる。

鎌倉後期から南北朝期にかけて書写された家集の伝本は多く存在する。伏見院本私家集の書誌的特徴は、家集の写本としては標準的とも思えるから、軽々しく同定することはできないが、それでもかつての伏見院本私

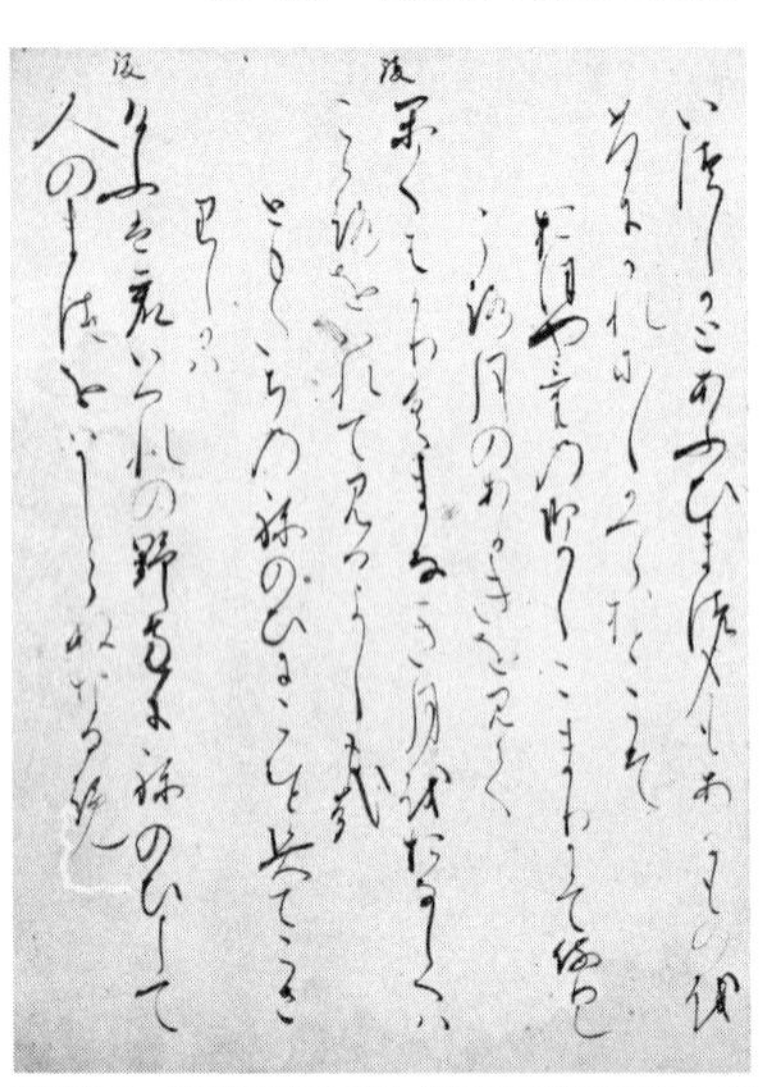
図版13　賀茂成助集切（徳川美術館蔵古筆手鑑「八雲」所収）

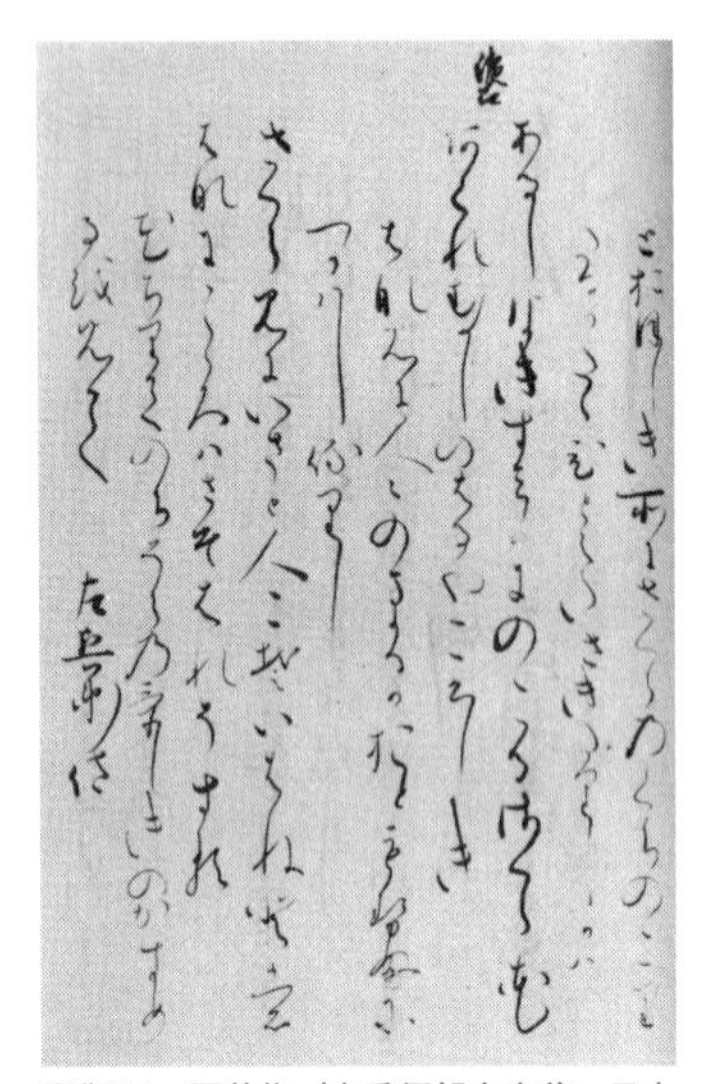
図版14　国基集（志香須賀文庫蔵、日本古典文学影印叢刊８『平安私家集』貴重本刊行会による）

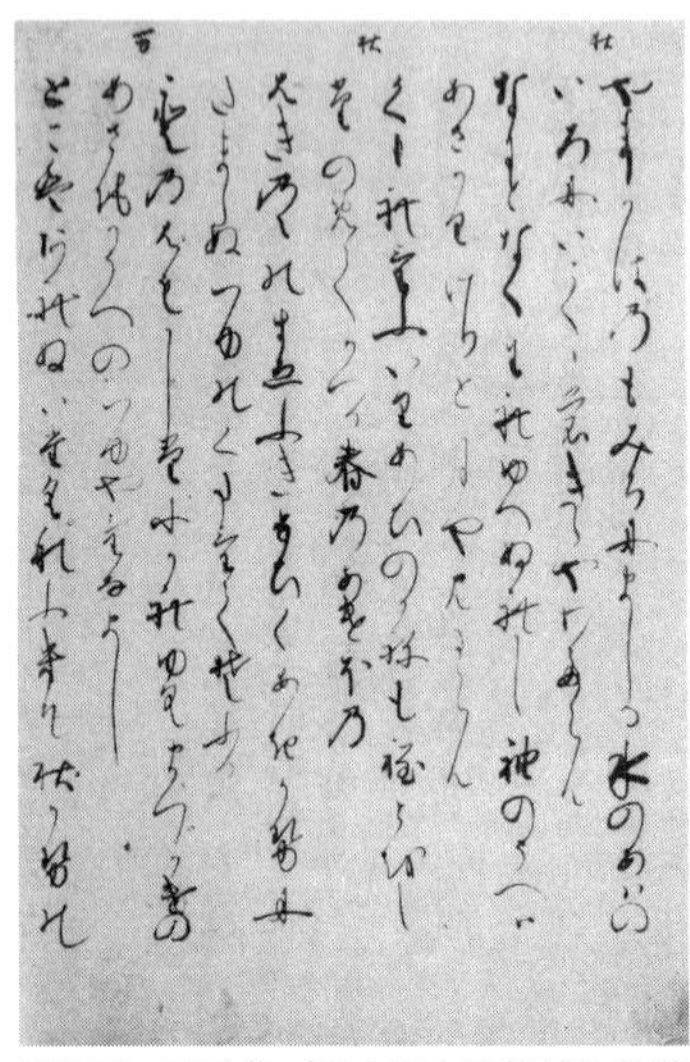
図版15　玉吟集（国立歴史民俗博物館蔵高松宮家伝来禁裏本）第１帖97ウ

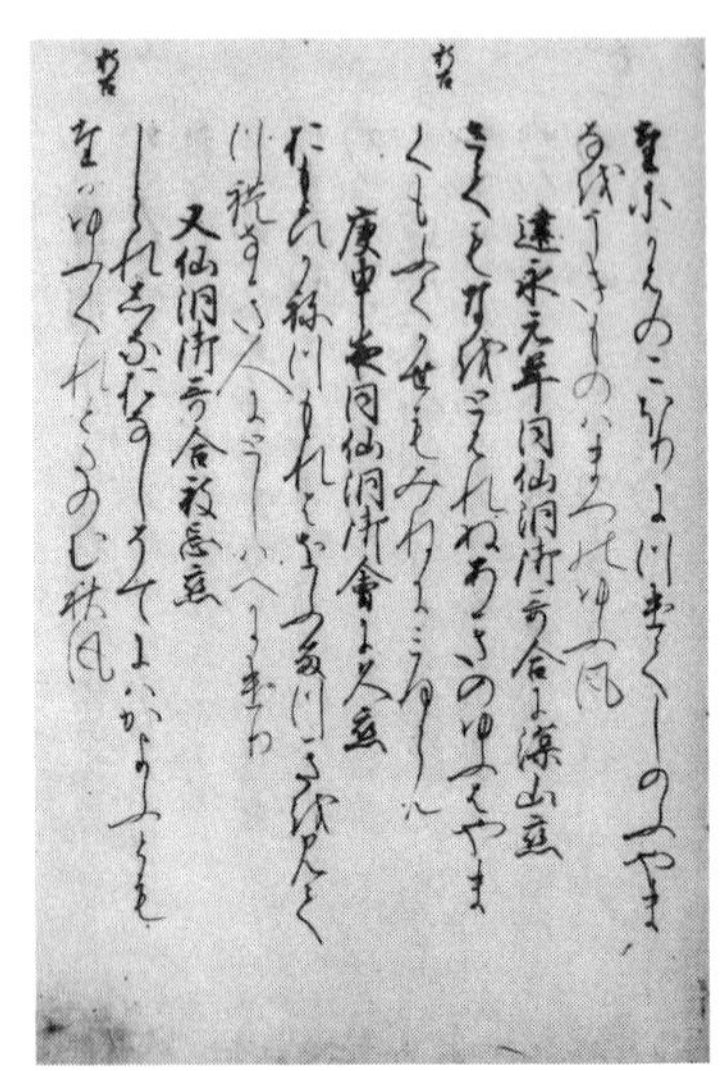
図版16　玉吟集（同右）第５帖16オ

家集ないしその直接の転写本ではないかと疑わせる古写本・古筆切はまだある。[26]散逸して古筆切しか伝来していなかったり、伝本が少なくほとんど流布しなかったであろう家集は特に注意される。また書誌的な特色のほか、伝承筆者が持明院統・北朝の院・天皇・親王となっている古写本・古筆切についても広く探索が必要であろう。

五、現存私家集の伝本と伏見院本（2）――本文系統の検討

ここでは、私家集の本文研究において、伏見院本私家集がどのような位置を占めるかを考えてみたい。

私家集の研究は、従来は宮内庁書陵部や高松宮家（現在は国立歴史民俗博物館）所蔵の、桂宮本・御所本の名で知られる禁裏本が、最も良質な本文であると認められ、これを基軸として進められてきたのは周知の事柄であろう。禁裏本はしばしば活字翻刻の底本にも採用された。

但し、この禁裏本私家集は、古くから皇室に伝わったものではなく、江戸前期の組織的な書写活動の産物であった。冷泉家時雨亭文庫の公開、影印叢書の刊行、禁裏本研究の進展により、冷泉家蔵本を忠実に臨写したものが現在の家集群の母胎となったことも判明した。

冷泉家蔵の私家集は、定家本のように代々伝来したものはむしろ少なく、他家のものが後世に譲渡されたものが目立つ。この厖大な数の私家集を、筆者ないし書写監督者の名を冠して、真観本・資経本・承空本・擬定家本などの群に分類することが提唱され、既に定着しているようである。一つの家集には複数の系統が存在することが少なくないが、多くの場合、冷泉家蔵の異なる私家集群に属する一本が各系統の祖本となっている。

このように現在、私家集の本文研究の枠組みは大きく変動し、冷泉家蔵本が有力な源流であることは疑いようもなくなったが、それでもなお、冷泉家蔵本とは別系統の本文を伝える伝本もかなりある。[27] そうした中では、三手文庫本私家集の本文は独立した系統であると評価されることが多い。

再び千穎集を例としたい。その伝本には、三手文庫本のほかに、古写本として定家本（穂久邇文庫蔵）・貞応二年（一二二三）書写の奥書を持つ伝甘露寺資経筆本（尊経閣文庫蔵）が存在する。この本は、奥書が改竄されており、実は正応六年（永仁元、一二九三）書写であり、江戸時代に冷泉家外に流出した、いわゆる資経本であることが明らかにされている。[28]

西山秀人氏によれば、この三系統の本文はほぼ同一とみなされる由である。[29] つまり定家本を祖本としつつも、微妙な差異が生じているということで、とりわけ三手文庫本、つまり系統図での伏見院宸翰本は、独自の異文をかなり有し、他本とは対立的であるという。なお藤本孝一氏は、三手文庫本についても、資経本を転写したものとする。[30] 奥書の「以正応宸翰如本写之」というのは、正応六年の書写奥書のある資経本を写したゆえ、かつ資経本私家集が勅撰集撰進によるものなので宸筆との伝承があった、とするのが根拠であるが、上述の如く「正応宸翰」とは単に伏見院宸筆を指し、かつ貞敦親王が伏見院本を写したことは明らかなので、三手文庫本の本文は資経本とは直接の関係にはないのである。尊経閣文庫本を正応六年書写の資経本と訂正すれば、左図の西山氏の整理で問題ない。

また安法法師集は、冷泉家時雨亭文庫に資経本・承空本・擬定家本の三種が揃っており、それ以外の諸本も含めた、克明な校本が作成されている。[31] 究極的には定家本を根源とすることになろうが、それでも三手文庫本の本文は、少なくとも資経本とは明らかに別系統であり、かつ中世に遡り得るものであることが立証されている。

そして家経朝臣集[32]・為頼朝臣集[33]についても、真観本・資経本が紹介され、それぞれ禁裏本の親本であることが指摘されているが、三手文庫本とはやはり直接の書承関係にはない。但し両集とも、三手文庫本の本文は真観本により近いことが察せられる。

千穎集伝本系統図（注29西山氏ほか編著による）

穂久邇文庫本（定家手沢本系統）

伏見天皇宸翰本——○——三手文庫本——山口県立図書館本（宸翰本系統）

尊経閣文庫本——正応六年書写本——陽明文庫本（資経本系統）

安法法師集伝本系統図（注31上林氏ほか論考により、修正を加えた）

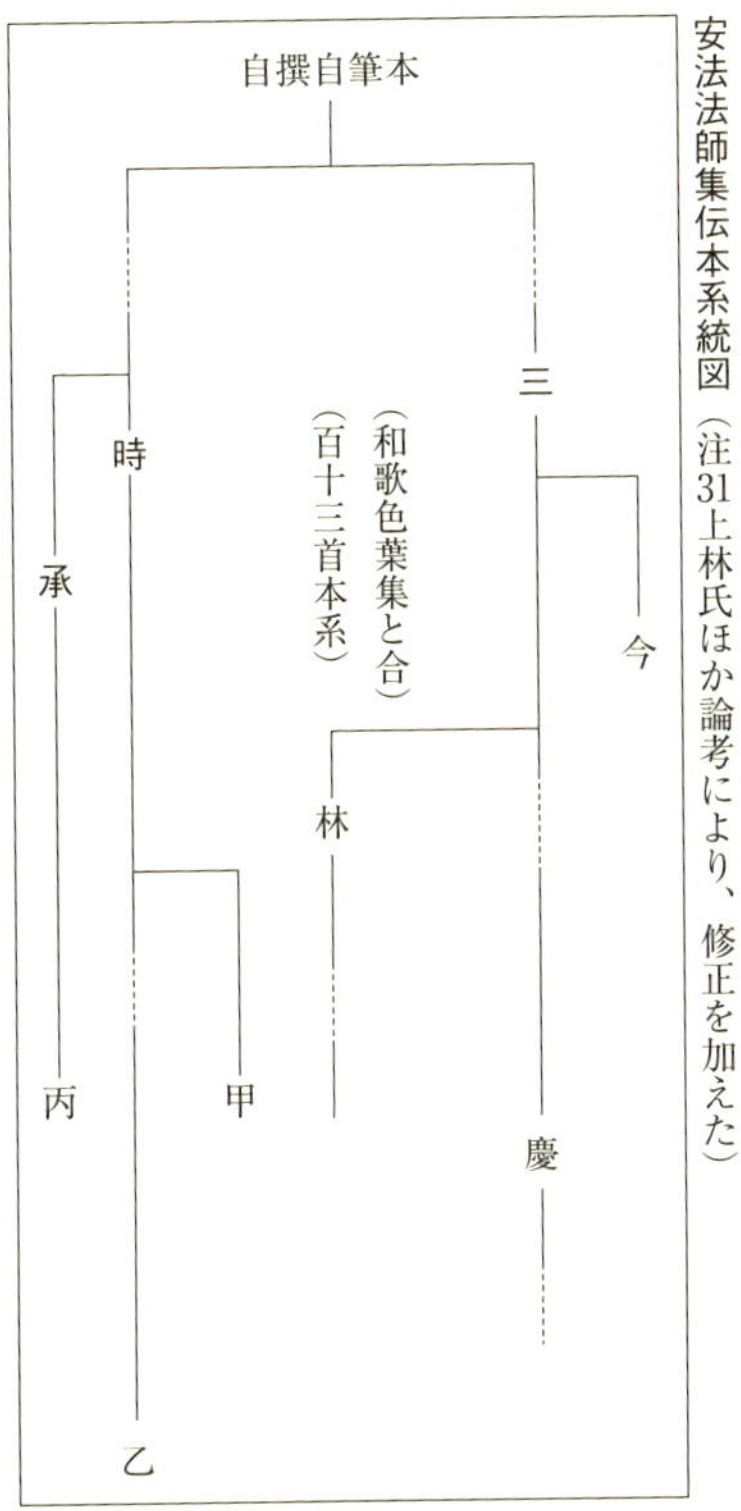

凡例　三…三手文庫本。時…資経本。承…承空本。甲…宮内庁書陵部蔵御所本(501-196)、その親本は擬定家本。乙…同御所本（501-204)。丙…同御所本（150-543)。今…山口県立山口図書館蔵今井似閑本。慶…慶應義塾大学図書館蔵本。林…神宮文庫蔵林崎文庫本。

六、伏見院本と資経本

伏見院本は現存する本文から見ても、資経本・承空本・擬定家本などに対して独立的である。とはいえ、それらとさほど離れた本文を有するわけではない。そして伏見院本と資経本は全く同時期に書写されていて、書目も多く重複している。現在四十点以上が紹介されている資経本私家集は、奥書による限り、正応五年（一二九二）から永仁四年（一二九六）の四年間に、集中的に書写されている。資経は家系伝記未詳の人物であるが、六位の侍品出身で、二条家の家司と鷹司家の下家司ないし侍を兼ねていたと推定されている人物である。[34] 資経の筆、ないしその監督に係るゆえに資経本と称するが、その写本の規格は、影印本の解題によれば、法量はほぼ二二×一五、本文は一〇行書、和歌一首二行書、いまだ表紙を懸けない列帖装である。これは推定される伏見院本私家集の姿と酷似しており、いよいよ無関係とは言えないようにも思える。

冷泉家時雨亭文庫蔵承空本小野小町集[35]は、第一類本に属し、歌数全百二十五首、建長六年（一二五四）七月に某（真観か）が校合した系統の本である。[36] この本は他の承空本と同様、資経本を親本とする。その奥書は、

(a)建長六年七月廿日重校合于九／条三位入道本了、彼本哥六十／九首云々、顕家三位自筆／本也、安元二年十一月八日云々、

(b)正応五年十二月九日令侍中／詹事丞成尚書之即令校了／藤資経

(c)永仁五年三月十五日於西山房／書写了　承空

となっている。(a)は恐らくは真観本の奥書、続く(b)によって、正応五年、資経が高階成尚にその本を書写校合さ

せたことが分かる。これは資経本私家集としては最初期に書写されたものである。他集の奥書には実際の筆者について明記されないが、多くは同様であったと考えられている。成尚は宗成の子で、父と同じく二条為世の門弟であったが、ここにある通り伏見院在位中の六位蔵人であり、春宮進を兼ねていた[37]。六位蔵人は禁中の各種雑事に当たるが、典籍の書写にも活躍した事例は枚挙に遑がない。このように伏見院と二条家（資経）との事業の両方に関与した人物がいることは重要であろう。

同時期に複数のグループが、似たような構成の歌書の蒐集をすることは、事例がないわけではない。たとえば文明年間（一四六九〜八七）の後土御門天皇と足利義政は、競争のように歌書の写本を作成し（第十章参照）、三条西実隆の如きは禁裏と幕府の両方に書写者として協力していた。これは天皇と将軍とが、十年近く室町殿に同居をしたという特殊な事情も働いているが、互いに刺激を受けつつ、時には共通の親本をもとにして、不足する本を補充するような状況があったのではないか。

ともあれ、十三世紀末の十年が、私家集の伝来の上で、極めて充実した期間であったことは疑い得ないようである。すると伏見院本・資経本、ともにその祖本をどこに求めたのかが課題となるであろう。これは容易に答えが出るとも思えず、個別の伝本研究を積み上げていくよりほかないが、見通しだけを述べれば、伏見院本では、定家本を祖本とするものはむしろ少なく、真観本・六条家本その他を写すことが多かったように思える。この傾向は実は資経本も同じである。二条家が冷泉為相と対立していたため、為相の相伝していた定家本を利用できなかったとも考えられるが、そもそも当時、京都歌壇で流布していて利用しやすかったのが真観本であったゆえであろう。

そこで興味深いのがやはり玉吟集の事例である。編者の「正本」を忠実に継承する古本系に位置づけられた[38]家隆集（宮内庁書陵部蔵、五〇三・二五六）は、為氏・為相を伝称筆者とし、鎌倉期の書写に係る。現在は三帖であるが、本来四帖で、早く第二・三帖が失われて二帖となっていたのを、半世紀前に五十丁余の第二帖零本が出現し、取り合わせられたという経緯がある。禁裡御蔵書目録（大東急記念文庫蔵）[39]や古官庫歌書目録（東山御文庫蔵）によれば、この本は二帖の本として江戸初期に既に禁裏の文庫に在って、

家隆卿家集　資経筆　二冊（春御擔子目録）

とある。この時に資経筆本とみなされていて、それは筆蹟からも確かめられる。書式もまた資経本の体例に倣う。とすれば永仁年間の書写と考えてよい。本奥書は真観による建長六年十一月のものまで（但し真観の署名は欠けている）、集付は続後撰集までを有する。本文は高松宮本と全く同系であるが、誤写誤脱が少なく、やや優れるとされている。つまり両者の関係は、左図のようなものとなるわけである。

伏見院と為世とは時を同じくして玉吟集を書写したのである。その際に資経本は真観本の集付をそのまま転写しただけなのに対して、高松宮本がさらにその後の集のものを追記したのは、やはり勅撰集への関与の度に差があったからか。

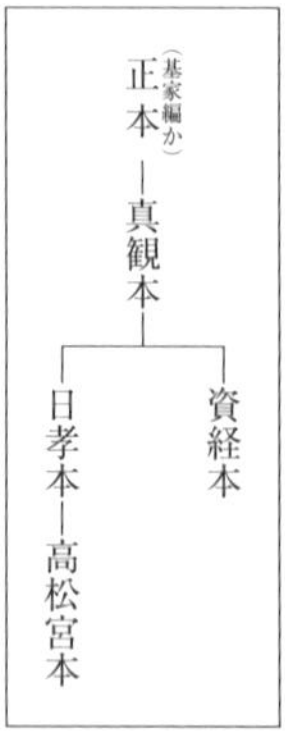

正本（基家編か）―真観本―┬―資経本
　　　　　　　　　　　　　└―日孝本―高松宮本

さて資経本私家集の書写は正応五年から確認されるが、永仁元・二年に最も活性化し、知られるだけでも二十三もの集がこの両年に書写されている。これも元年八月二十七日の永仁勅撰の議が刺激を与えたと考えてよい。周知の如く、二条家と為相との間では家記文書をめぐる相論が続いており、弘安年間には文書の櫃十七合を返還するよう亀山院の院宣が下ったが、この時返却されたのは、文治・建久年間の明月記が主体であって、家集などは含まれていなかったと考えられる。為世にしてみれば解決には程遠かった。その為相が永仁二年四月には撰者

追加を望んでいる。伏見院も為世に冷淡であり、京極為兼は為相の肩を持っていたから、遂に翌三年二月、為世はたまりかねて抗議の中文を奉った（以上、第二章参照）。訴訟が解決されなければ、撰集には協力しない、と。実は資経本私家集の書写は、永仁三年中には全く確認されない。僅かに四年三月に恵慶集が書写されたのみで、事実上、元年と二年で終結している。

以上のような資経本の形成を見れば、伏見院本にもまた同様な事情を想定してよいであろう。もちろん現存資料のみで結論を出すことは慎重にならなければならないが、永仁勅撰の議が、持明院統・二条家などに私家集蒐集を促す一方で、その空中分解がまた事業を中断させたのではないか。

七、おわりに

本章では伏見殿家集目録を手がかりにして、鎌倉後期に形成された伏見院本私家集の書式を復原し、その痕跡を現存私家集伝本や古筆切のうちに探った。中古・中世の家集の本文について考える一助となれば幸いである。

改めて浮上してくるのは、伏見院治世の文化史的な業績である。十数年にわたる在位は、必ずしも平穏というわけではなかったが、政治的には公家政権の政務機構の改革――記録所の振興があり、また文学的には京極派和歌の勃興・永仁勅撰の議と、鎌倉時代を通じても注目すべき成果を上げた。それはともに蹉跌を経験したが、より具体的な成果として私家集の蒐集があり、持明院統・伏見宮へと継承されていったのである。そして、こうした動きは歌書の領域にとどまっていたとは考えにくい。本朝書籍目録も、恐らくこの治世において成立したと考えられる。(40)現存する国書を網羅的に集成し分類する試みに、朝廷の関与があったことは、むしろ当然と言えるかも知れない。

注

（1）函架番号、五〇一・三七。列帖装一帖、江戸初期写、紺地蓮華唐草文銀糸織出緞子原表紙、二三・七×一七・六、外題は題簽（一三・一×二・九）を左肩に貼り「中納言俊忠卿集」と墨書、内題は「中納言俊忠卿集」、七行書、字高一八・五、一首三行、詞書二字下げ、料紙は装飾斐紙（具引き）、墨付一九丁、遊紙前一枚後二枚、墨集付（新勅・金・続拾）あり。

（2）久保木哲夫『うたと文献学』（笠間書院、平25）第3章六「『俊忠集』の伝来」参照。

（3）冷泉家時雨亭文庫蔵、文和三年（一三五四）十二月十四日後光厳天皇宸翰書状に、「家集内々令用意者、如後拾遺例、自然可出来候歟」とある。勅撰撰者の地位を熱望する冷泉為秀に対して、天皇はいまは乱世で勅撰集を企画できるような時勢ではない、としつつも、家集を内々に準備しておけば、後拾遺集のように（下命者がさほど関与しなくとも）自然と成立するであろう、と諭した。後拾遺集は藤原通俊の編んだ打聞を事後に勅撰集としたという説に基づくが、「家集を用意すれば何とか勅撰集ができるだろう」とする考えは注意される。引用は『冷泉家時雨亭叢書51　冷泉家古文書』（朝日新聞社、平5）による。

（4）東山御文庫蔵伏見天皇御事書（勅封一〇一・一・一・二、一通）のうちに「一、先院（後嵯峨院）勅語云、和歌并鞠文書可進禁裏（亀山院）、諸家記録可進新院（後深草院）、（下略）」とある。

（5）岩佐美代子『京極派和歌の研究』（笠間書院、昭62〔改訂増補新装版　平19〕）第三編第三章「親子・兼行・為子集」、別府節子『和歌と仮名のかたち　中世古筆の内容と書様』（笠間書院、平26）第一部第六章「「松木切」の考察」など参照。

（6）久保木秀夫『中古中世散佚歌集研究』（青簡舎、平21）第二章第二節「京極派贈答歌集」参照。

（7）小倉慈司「宮内庁書陵部所蔵伏見宮本目録」（田島公編『禁裏・公家文庫研究』第三輯、思文閣出版、平21）参照。

（8）函架番号、申・二一二。列帖装一帖、江戸前期写、紺色無地原表紙、二三・八×一七・二、外題は薄黄色斜格子文題簽（一一・三×二・七）を左肩に貼り「千穎集」と墨書、内題は「千穎集序」、一〇行書（序八行）、字高一九・五、一首二行、詞書二字下げ、料紙斐紙、墨付一四丁、遊紙前一枚後二枚、印記「賀茂三手文庫」、朱書入（似閑筆）、朱引、墨校合あり。

(9) また東京大学史料編纂所蔵林家旧蔵古筆手鑑第一帖に伏見院宸筆古今集作者目録の断簡が収められ、奥に別筆で「右一巻正応聖主宸翰也、／菟園隠翁（花押）」とある。極札は冬良とするが、これも出家後の貞敦が伏見院宸筆本に加えたものである。

(10) 福田秀一『中世和歌史の研究　続篇』（岩波出版サービスセンター、平19）第五篇第一章「中世勅撰集関係ニ資料―「為家卿続古今和歌集撰進覚書」と「越部禅尼消息」の一伝本」（初出昭56）参照。

(11) たとえば、貞敦は後北条氏に貫之集を贈り、黄金十両を得ている。貞敦親王御記天文十一年（一五四二）正月十日条に「先度北条新九郎（ママ）康ニ御書并貫之集自筆下賜、御返報申入、黄金拾両進上」とある（引用は『小田原市史』による）。なお、この貫之集は伏見院本ではなく、伏見宮の「古筆櫃一合」のうちに伝えられていた三巻の伝自筆本のことであろう（実隆公記延徳二年閏八月十五日条）。

(12) 彌富秋村「加茂の文庫と今井似閑」（國學院雑誌16-4、明43・4）、谷省吾・金土重順編集『賀茂別雷神社三手文庫今井似閑書籍奉納目録』（神道書目叢刊2、皇學館大学神道研究所、昭59）、山本宗尚「三手文庫の書籍に関する覚書」（京都産業大学日本文化研究所紀要17、平24・3）など参照。

(13) 函架番号、申・二一六。列帖装一帖、江戸前期写、薄香色地卍つなぎ文描表紙（四周損傷）、二三・三×一五・二、外題は中央打ち付け書き「入道大納言資賢集」、内題はなし、九行書、字高一八・〇、一首二行、詞書三字下げ、料紙は楮紙（銀砂子散らし具引）、墨付六丁、印記「賀茂三手文庫」「上鴨奉納」「今井似閑」、朱圏点、墨集付（千、上句右肩）あり。

(14) 函架番号、伏・一四五。列帖装一帖、慶安四年写、薄茶色原表紙、一九・〇×一四・〇、外題は中央打ち付け書き「小馬命婦集」、内題はなし、七～九行書、字高一五・〇、一首二行、詞書一字下げ、料紙は斐楮交漉紙、墨付一七丁、遊紙前一枚。遊紙裏に紙片貼り「北畠親顕卿」と墨書するが、近代のものである。筆者を鑑定したものか。但し親顕は寛永七年（一六三〇）に没したのであり得ない。

（15）児玉幸多「賀茂清茂伝」（歴史地理70‐6、昭12・12）参照。伏見殿蔵諸記目録（早稲田大学図書館蔵、三冊、イ〇二・三〇一九）は、元禄八年（一六九五）から九年にかけて、清茂が伏見宮家の蔵書を整理した際の目録である。この時、かなりの点数を書写している。記録・文書が中心で、家集としては、「一御長櫃右軸物類右同年（元禄八）六月廿九日虫払」となる内の、

・信明家集　定家卿筆二十五枚 牛庵折紙添状有之たかやさん桐箱二重入　一冊

および元禄九年四月十二日虫払とある「六櫃」の内の、

〇教長集　全部 飛鳥井元祖雅経卿筆　六巻 了栄札有

が見えるくらいで、伏見院本とおぼしき家集は所見がないが（但し教長集は巻子本とあるので伏見殿家集目録に所載のものかも知れない）、もし当時まで伏見宮に伝来したとすれば、清茂を介して書写された可能性が最も高い。

（16）函架番号、申・二〇六。列帖装一帖、江戸前期写、紺色無地原表紙、二三・六×一七・五、外題は剥落して欠失、内題はなし、一〇行書、字高一九・〇、一首二行、詞書二字下げ、料紙斐紙、墨付二三丁、遊紙後一枚、印記「賀茂三手文庫」「上鴨奉納」「今井似閑」、朱書入、朱圏点、朱集付、墨校合書入、墨集付（新古）あり。

（17）函架番号、申・二〇七。列帖装一帖、江戸前期写、紺色無地原表紙、二三・七×一七・二、外題は後補題簽（一五・六×二・二）を左肩に貼り「権大納言典侍集」と墨書、内題はなし、一〇行書、字高一九・〇、一首二行、詞書一字題二字下げ、料紙斐紙、墨付八丁、遊紙前後各一枚、印記「賀茂三手文庫」「上鴨奉納」「今井似閑」、朱書入、墨合点あり。

（18）函架番号、申・二〇八。列帖装一帖、江戸前期写、紺色無地原表紙、二三・五×一七・四、外題は卵色地銀泥卍つなぎ文型押題簽（一一・四×二・七）を左肩に貼り「家経朝臣集」と墨書、内題は「家経朝臣集」、一〇行書（九丁オ～一〇丁オは七行＝頼基集の竄入）、字高一八・五、一首二行、詞書二字下げ、墨付一九丁、遊紙前後各二枚、印記「賀茂三手文庫」「上鴨奉納」「今井似閑」、朱書入、朱集付、墨集付（詞・新古・後拾・金）あり。

（19）函架番号、申・二〇九。列帖装一帖、江戸前期写、紺色無地原表紙、二三・六×一七・四、外題は卵色地銀泥卍つなぎ文型押題簽（一一・四×二・七）を左肩に貼り「親隆集」と墨書、内題は「百首和歌／春廿首　尾張守親隆」、一〇行

書、字高一九・五、一首二行、題一字下げ、料紙斐紙、墨付一二丁、遊紙前後各一枚、印記「賀茂三手文庫」「上鴨奉納」「今井似閑」、朱書入、朱圏点、墨集付（千載・千・詞）あり。

(20)　函架番号、申・二一〇。列帖装一帖、江戸前期写、紺色無地原表紙、二三・七×一七・二、外題は金泥銀泥地題簽（二二・〇×二・五）を左肩に貼り「為頼朝臣集」と墨書、内題は「為頼朝臣集」、一〇行書、字高一九・〇、一首二行、詞書二字下げ、料紙斐紙、墨付一七丁、遊紙前一枚後二枚、印記「賀茂三手文庫」「上鴨奉納」「今井似閑」、朱書入、朱圏点、朱集付、墨集付（後拾・新古・拾遺・千載・続後）あり。

(21)　函架番号、申・二一一。列帖装一帖、江戸前期写、紺色無地原表紙、二三・七×一七・三、外題は薄水浅葱色題簽（二二・〇×二・四）を左肩に貼り「藤原相如集」と墨書、内題はなし、一〇行書、字高一九・五、一首二行、詞書二字下げ、料紙斐紙、墨付一三丁、遊紙前一枚、印記「賀茂三手文庫」「上鴨奉納」「今井似閑」、朱書入、朱圏点、墨校合書入、墨集付（詞・続後拾。「続後拾」のみ歌頭右肩）あり。

(22)　注5前掲岩佐著参照。

(23)　久保木哲夫『平安時代私家集の研究』（笠間書院、昭60）二九二頁、久保木秀夫「国文学研究資料館蔵古筆手鑑2点の紹介　その1」（国文研ニューズ19、平22・4）参照。

(24)　函架番号、H－六〇〇－一六六二（特六函一三）、列帖装五帖、鎌倉後期写、三人の寄合書、筆者は不明。後補薄紺色地に卍散し緞子表紙、二三・五×一六・〇、外題は後補題簽を左肩に貼り「玉吟集　」（～五）」。内題は集名に関するものは特になし、八～一一行書、字高一九・〇～二一・〇。料紙は斐紙、墨付と遊紙は順に九八丁（前後各一枚）、七九丁（前一後四枚）、六三丁（前一後三枚）、一〇四丁（前一後二枚）、六二丁（前後各一枚）、うち第四帖を除く各冊尾に「校合了」「重校他本了」とあり、第四帖も冊尾に余白あり。五帖の形は原態と判断される。江戸前期、聖護院道晃法親王が脱落を補写した丁が三箇所、計十七丁ある。墨集付（～続拾遺）。久保田淳編『藤原家隆集とその研究』（三弥井書店、昭43）、『国立歴史民俗博物館蔵貴重典籍叢書文学篇第八巻〈私家集2〉』（臨川書店、平13）「玉吟集」解題（中村文氏執筆）、舟見一哉「書陵部蔵『従二位家隆卿集』残欠本をめぐって」（汲古64、平25・12）参照。

(25) 家隆集のうち広本系と呼ばれる諸本は、「詞林樗散」なる人物が諸本を比較して互いの闕を補って上中下三巻に改編した本である。これは嘉吉三年（一四四三）前後、一条兼良が用いた号であるとの指摘がある（武井和人『一条兼良の書誌的研究　増訂版』〔おうふう、平12〕七九二頁）。また室町殿打聞に際して、三条西実隆は「玉吟集中」から撰歌したが、全て八七〇余首であったという（実隆公記室町第和歌打聞記文明十五年十月二十二日条）。広本系の中巻の歌数に一致し、当時既に三巻本が流布していたことが分かる。伏見宮から借りた玉吟集はこれと区別する必要もあったか。

(26) 伏見殿家集目録に載る私家集の伝本で、「伏見院本私家集」の書誌的特徴をよく満たすものに、尊経閣文庫蔵中納言親宗集（伝近衛家基筆。二三・七×一五・五）、陽明文庫蔵源兼澄集（伝懽子内親王筆。二一・六×一六・四）などがある。これらの古写本は、いずれも伝来が不明であるものの、鎌倉後期の人物を伝承筆者にしている点も興味深い。親宗集は孤本である。同じく家集の古筆切で伏見院を伝承筆者とし、「伏見院本私家集」の書誌的特徴に近いものとしては、惟方集・宗尊親王集などがある。

(27) 久保木秀夫「万治四年禁裏焼失本復元の可能性—書陵部御所本私家集に基づく」（吉岡眞之・小川剛生編『禁裏本と古典学』塙書房、平21）参照。

(28) 藤本孝一「藤原資経本『千穎集』の書誌的研究—伝本を中心として」（古代中世文学論考刊行会編『古代中世文学論考　第三輯』新典社、平11）参照。

(29) 西山秀人ほか編『私家集全釈叢書19　千穎集全釈』（風間書房、平9）。

(30) 注28と同じ。

(31) 熊本守雄ほか「校本『安法法師集』」（尾道大学藝術文化学部紀要9、平22・3）、上林尚子ほか「校本『安法法師集』—伝系系譜に関わる考察」（尾道大学日本文学論叢5、平21・12）。

(32) 『冷泉家時雨亭叢書64　平安私家集　十二』（朝日新聞社、平20）「再び真観本私家集について」「家経朝臣集真観本」解題（田中登氏執筆）。千葉義孝『後拾遺時代歌人の研究』（勉誠社、平3）第一部六「『藤原家経朝臣集』の伝本に関する研究」参照。

(33)『冷泉家時雨亭叢書63　平安私家集　十二』（朝日新聞社、平19）「為頼朝臣集」解題（田中登氏執筆）。

(34)『冷泉家時雨亭叢書81　冷泉家歌書紙背文書　上』（朝日新聞社、平18）「万葉集抄　紙背」解題（田中倫子氏執筆）、藤本孝一『本を千年つたえる　冷泉家蔵書の文化史』（朝日選書、朝日新聞出版、平22）参照。

(35)『冷泉家時雨亭叢書71　承空本私家集下』（朝日新聞社、平19）「小野小町集」解題（田中登氏執筆）参照。

(36) 福田秀一『中世和歌史の研究』（角川書店、昭47）第二篇第一章「鎌倉中期反御子左派」参照。

(37) 父宗成撰の遺塵和歌集に十六首入集する。同集・雑・二四九により、永仁五年に早世したことが分かる。実躬卿記には六位蔵人としての働きが散見する。

(38) 注24前掲久保田編著参照。

(39) 引用は『大東急記念文庫善本叢刊近世篇11　書目集1』（汲古書院、昭52）による。

(40) 本朝書籍目録の伝本で有注本の奥書（便宜記号A～Cを付ける）は、

A以仁和寺宮本書之、普広院被尋之時注文云云

B此抄入道大納言実冬卿密々所借賜之本也

C永仁二年八月四日書写之　師名在判

と、互いに年代が齟齬し、撰者の問題ともあいまって難解であったが、久保木秀夫「『本朝書籍目録』再考」（中世文学57、平24・6）は、伝本調査の結果新たな解釈を示した。その骨子は、C・B・Aと読むべきではないかというものである。これを受けて、Bの「借賜」の語義について定めておきたい。これまでは実冬が目録を誰かから借りて奥書を記した某に賜ったと解釈されてきたが、「借」は「貸」と通用する。実際、記録の「借賜」の用例からは、玉葉文治二年（一一八六）七月二十一日条「春日使借賜馬一疋」（春日社奉幣使に馬一匹を貸し与えた）、明月記寛喜二年（一二三〇）十一月二十五日条「新大将御営之間、女院御領可借賜之由被申」（新任の大将が物入りなので、女院の荘園を一時的に貸し与えて下さるようにお願いした）の如く、いずれも単に持ち主が自分の持ち物を記主に貸し与えた、と判断できる。よって奥書Bは実冬が貸してくれた、というだけで、「又貸し」というような解釈は採る必要はない。

奥書CとBの間は、時間的には離れず、嘉元元年（一三〇三）に没した実冬の生前と見られる。死後ならば「故大納言入道」か、あるいは単に「実冬卿」と表記されるであろう。

さて、Aの「普広院」は足利義教である。義教は典籍の蒐集に熱心であり、入道永助親王より仁和寺の蔵書も徴している（本書第十章参照）。Aはそのことを指し、義教はこの目録を参照したのだという。仁和寺でもこの目録に掲載されるものは備えるようにしていたのであろう。この事情を知っている某人が、書写に当たり、このことを記したのがAとなる。

以上の考察から、伝来は永仁二年（一二九四）に師名が書写（→実冬が入手か書写→）某が実冬から借りて奥書を記す…仁和寺に入る、という順になる。

Cはこの目録の成立か、成立に極めて近い書写を示すと思われる。

中原師名は著名な人物ではないが、伏見院の治世の初め権少外記に任じられた（兼仲卿記正応元年八月二十五日条）。記録所衆であったと考えられる。彼らは皇室財産の管理にも当たった。記録所は院政時に文殿となるが、後白河院の時、蓮華王院宝蔵の蔵書整理は、文殿衆十余人、つまり中原氏の人々がそのことに当たり、目録も編纂したようである（吉記承安四年八月十三日条）。そこから類推すれば、この目録も記録所衆が伏見院の蒐書の意欲によって、当時皇室に伝わる書目を書き上げたか、あるいは新たに書目を備えるために作ったものではないか、と考えられる。

第十章　足利義尚の私家集蒐集

一、はじめに

室町幕府九代将軍の足利義尚[1]が、歌壇に君臨した期間は十年足らずであったが、和歌史に残した業績は目覚ましい。最も眼を惹くのは文明十五年（一四八三）に着手した私撰集の編纂、いわゆる室町殿打聞（仮名撰藻鈔）の企画と、これに連動した歌書の蒐集である。自邸に名だたる公武歌人十名ほどを祗候させ、さまざまな資料から撰歌することから始めたが、うち公家の甘露寺親長・中院通秀・三条西実隆の日記には手に取った歌書の名が列挙されており、夥しい歌書が義尚のもとに集められていたことが分かる。これを一覧すれば当時存在した歌書書目としても有用であり、「一種の和歌見在書目録が出来さうである[2]」と評価されている。既にこれを網羅し分析した、優れた研究成果も公表されている[3]。

歌書の伝来に義尚ら室町将軍の営みは看過できない。とすれば、どのような手順を践んで歌書を書写させたのか、あるいはその本文にどのような特色があり、また個々の作品の現存伝本のうちにいかなる痕跡を遺しているのか、といった問題が浮上する。

なお、義尚自身の蒐書はそれ自体瞠目すべきであるが、他人の蔵書を拝借してもいるので区別が必要である。たとえば、伏見宮邦高親王から私家集六十五点ほどを借り出している（第八章参照）。義尚の父義政も歌書の蒐集には熱心であり、その蔵書が提供されている。それ以前の室町殿（足利将軍家の家督。必ずしも室町殿に居住しなくともこう称した）にも同じような営みを窺わせる史料がある。義尚の蒐書の方針・特色については、代々の室町殿から継承した点、さらに発展させた点とがあり、考え合わせてみる必要がある。

二、足利義教の歌書蒐集

晩年の足利義満はしきりに歌書を書写献上させたらしい。寵臣飛鳥井雅縁の記した追悼の記、鹿苑院殿をいためる辞には次のようにある。

さしもちかき程は、和哥の道をのみ御いとなみありしにつきて、「ふるき集どもをはじめとして、色々の抄物、哥合にいたるまでかきてたてまつれ」と仰せのみ侍りしぞかし。

撰集、歌合、そして当時「抄物」[4]と総称された歌学書・注釈書など広範に及んだことが察せられる。但しこの事業は他に所見がない。何より義満は応永十五年（一四〇八）に急逝し、嗣子義持は父の治世に否定的であったから、陽の目を見ることはなかったであろう。

しかし正長元年（一四二八）正月、義持の跡を継いだ青蓮院義円、すなわち足利義教の治世は、父義満への回帰が顕著であった。永享五年（一四三三）九月には勅撰集（新続古今集）撰進を半世紀ぶりに執奏するが、その前年に歌書の蒐集に着手している。

まず中山定親の薩戒記目録、永享四年二月十八日条に「右大将殿（義教）和哥抄物書写事、書和哥一首入見参事、」とある。義教から歌書の書写を命じられ、請文の代わりに和歌を詠んで見せたというのであろう。

ついで伏見宮貞成親王の看聞日記、同年六月十日条に、

抑哥双子自公方諸人ニ被書、飛鳥井中納言(雅世)為奉行、面々双子分配、葉室中納言(宗豊)、飛鳥井兄弟(雅永)、行豊(世尊寺)朝臣、永基(冷泉)朝臣、知俊(安居院)朝臣、持経(慈光寺)等書之、無尽之歌双子云々、数十帖被書、計会云々、

とある。飛鳥井雅世を奉行として、数十帖の冊子を廷臣たちに分担させて書写させる、大がかりなものであった。しかし残念なことに、薩戒記目録同年八月三十日条に「万葉注釈終書功、進入左大臣殿(義教)事、」とあるほかは書目も伝わらず、いつまで継続したのか、具体的に何を目的とした事業であるかも不明なのであるが、やはり新続古今集との関係が注意される。

義教は冷泉家を嫌悪して活動の場を奪い、寵臣飛鳥井雅世を撰者に指名したが、飛鳥井家は歴史も浅く、蔵書にも乏しく、歌道家としては誠に弱体であった。

歌道家は、家業を支えるため蔵書を厳重に維持管理してきた。その蔵書は次第に公的な性格を帯びた。南北朝期、勅撰集の編纂期に当たらずとも、歌道家を「和歌所」と称したのもこの点に係る。本来は治天の君や室町殿が歌書の蒐集に意を払う必要はない。しかし勅撰集の長期の中断、そして二条家の断絶後これに替わる歌道家が存在しない事態は、撰集を支えるべく、室町殿にも一定量の歌書を備える必要性を生じさせたのであった（第六章参照）。

この時代に安定的に書物を維持管理していたのは、禁裏ではなく、伏見宮、あるいは御室・実相院・青蓮院といった門跡であった。伏見宮の協力は右に見た通りだが、御室の蔵書も頗る充実していた。入道永助親王の後常瑜伽院御室日記、永享五年三月二十四日条には、

光台院(入道道助親王)五十首和歌正文廿二巻并後京極摂政(藤原良経)百首和歌顕昭陳状正文進大樹(義教)、先日就物語申床敷之由依承之也、

定可返給歟、

と、道助親王家五十首の奏覧本二十二巻、「後京極摂政百首和歌題昭陳状正文」（六百番陳状の自筆本。守覚法親王に進覧したか）など、誠に由緒正しい歌書を義教に貸し出したとある。

義教に限らず室町殿は門跡や五山への御成（訪問）を繰り返した。この時、さまざまな宝物が引出物として献上されている。義教の和歌好みは周知のことで、稀代の専制将軍のご機嫌を取るべく、周囲は競って珍しい歌書を示した。右は永助が義教と対面した時に話題に上ったのに応じたとあるから、実質的には贈与であった可能性があるが、かなり大部なものであり、まずは前年に始まる歌書蒐集の一環とみなされる。

ところで本朝書籍目録の本奥書には「以仁和寺宮本書之、普広院(義教)被尋之時注文云云」とあった。これは義教が御室の蔵書を借りる時、示した注文（目録）であると解される（二三三頁参照）。義教の蒐書はかなり本格的なもので、歌書ばかりではなく、国書全般に亘った可能性も浮上してくる。[5] ともあれ歌書の蒐集は義教によって室町殿の文化活動の一つとして位置づけられたと言える。このことは権力者と学芸の関わりを考える上でも注意すべきである。

三、足利義政の歌書蒐集――「武家御双紙」の書写

足利義政は文明五年（一四七三）十二月十九日、将軍職を義尚に譲り、翌年三月室町第を出て単身小河第に移った。この頃から、廷臣を動員してしきりに歌書を書写させている。あたかも文明六年より記事が残存する実隆公記によれば、「武家御双紙(草子)」を書写する記事が散見し、七年から十年にかけては殊に多い。八年十一月に室

町第が焼亡、この時蔵書もかなり失われたらしいが、かえってその後に補充の動きが加速するようである。

義政・義尚によって書写蒐集された書目を章末の年表として掲げた。やはり歌書全般に亘るが、はじめ家集、ついで歌合の蒐集に力点が置かれたことが分かり、「武家ヨリ哥合アツメラル、間」（言国卿記文明八年八月二十四日条）とあるように、その方針は広く知られていたようである。

ところで、権中納言廣橋兼顕（一四四九〜七九）の日記は、暦記と別記（日次記）とを併存させつつ、ちょうど文明九・十・十一年の記事が集中的に残存する。廣橋家は代々の室町殿に仕え、兼顕も父綱光が九年二月十四日に没した跡を襲って伝奏を務めているので、日記は義政夫妻の動向に詳しい。この時期の義政の蒐書についても具体的なことが判明する。その手順はだいたい以下の通りである。

①室町殿が諸家の目録を召し、書写すべき書目を確認し、親本を召し出す。
②伝奏が室町殿の指令を受けて、書写者を決定し、親本とともに料紙を送る。
③書写者は書写が終わると、親本とともに写本を伝奏に送付する。
④伝奏が室町殿に写本を提出する。重要な書では別人に校合を依頼する。

表紙を掛けて綴じるのはこの後の作業となるのであろうが、それは廷臣たちの日記には現れてこない。料紙は経師を召し料紙に界線（押界か）を引かせて、あるいは「透堺」（料紙の下に入れる下敷きか）を副えて、書写者に下している。[6] いずれにしろ写本作成には行数など規格書式を厳しく守らせたのである。

書写担当者は筆蹟が優れた者を伝奏と相談して指名し、新人には試し書きをさせて採用した。飛鳥井雅親は隠棲していた近江国柏木からわざわざ召し出され（兼顕卿暦記文明九年六月二十日条）、中山宣親はテストを受け「中山書写物、是モ不宜、雖然非殊御双紙間、可書由、被仰也」（兼顕卿記同十年八月十六日条）と、筆はよろしくないが、写すものはさして重要ではないので合格させると言われている。義政のめがねに叶ったのは、門跡では青蓮院の尊応（二条持基男）と実相院の増運（近衛房嗣男）、廷臣では飛鳥井雅親・同雅康・正親町三条実興・勧修寺教秀・同政顕・三条西実隆・廣橋兼顕・松木宗綱らであった。

これらの諸家の多くは室町殿家司と呼ばれて、かつて足利義満が内大臣に任じられた時には家司に補され、また家礼として奉仕した家柄である。さらに義満が上皇に准じられると、勧修寺・日野・廣橋の三家が伝奏に起用されて、室町殿と天皇・摂関との連絡調整を務めた[7]。この関係は義満以後も継承され、伝奏と家司とは室町殿の公家社会支配の槓杆として働いたが、書写活動もこれに則っている。実隆などはいちいち書いていないが、兼顕卿記によれば、全て伝奏ないしそれに准ずる廷臣を通して命令が伝えられているのは自明である。

それでは、義政は親本をどこに求めたのであろうか。後土御門天皇は応仁・文明の乱勃発直後から室町第に迎えられていたため、禁裏の蔵書は室町第焼亡によって失われ、続いて皇居とした北小路殿も十一年七月に焼けた。このため広く廷臣の蔵書を探索しているが、有力な供給源となったのは、やはり御室・青蓮院・実相院などの門跡であった。

兼顕卿暦記によれば、九年七月二十五日、義政は兼顕を通じ、実相院増運に「将亦和歌抄物、御所持之分、可被注進目六」と命じた。翌日その目録に眼を通し、必要な書目をチェックした。「御抄物目六、被加御爪点分、御用之由有仰」とある。実相院の蔵書を得たためか、この年の書写作業は殊に活発である。十年五月には「先御代御法楽一座五十六冊」、義教の代に勧進された諸社法楽歌会をまとめた、厖大な詠草を借り出している。

このような経過を知ると有名な古典作品の伝来を考えるヒントが与えられる。たとえば次のような奥書である。

文明乙未（七年）之仲夏、廣橋亜槐（綱光）送実相院准后（増運）本、下之本末両冊、見示曰、余書写所希也、厳命弗獲點（黙カ）、馳禿毫、

彼旧本不及切句、此新写読而欲容易、故比校之次加朱點畢
正二位行権大納言藤原朝臣教秀（勧修寺）

右は、安貞二年（一二二八）に「耄及愚翁」（藤原定家か）が書写校訂した本に淵源を持つ、いわゆる三巻本枕草子の奥書の一部である。[8] ここに勧修寺教秀が廣橋綱光（兼顕の父）からの「厳命黙するを獲ず」、実相院増運の本を書写したとあるが、実際には義政の命であり、その歌書蒐集の一環であったことが理解できよう。三巻本の流布は実にこの本の書写に端を発する。

以上、義政の歌書蒐書について述べた。比較的短期間に集中して詳細が判明するので、参考になることが多くあろう。大乱の最中であり、政治に倦んだあげくの現実逃避とも受け取れるが、その動機は、冷泉家・飛鳥井家の和歌所が戦火によって焼失したことであろう。[9] 特に、父と自らと二代の肝煎りでようやく充実してきた飛鳥井家和歌所の壊滅は衝撃であったに違いない。

義政の蒐書は十一年まで続けられた後で沈静化し、成人した義尚へと移行する。但し、その後も義政の蔵書は、「東山殿御本」としてしばしば禁裏に貸し出されており、後土御門天皇による典籍書写はこのことで本格化した。[10] また義政は義尚の室町殿打聞に際しても「御双紙櫃一合」を提供したが、そこには六十四帖の家集が収められていた（実隆公記室町第和歌打聞記文明十五年九月六日条）。

四、足利義尚の歌書蒐書（1）――家集の部類と奥書

足利義尚は早熟であり、詠歌は文明八年から確認され、歌書の蒐集は十二年から見られる。この年には和歌一

字抄・伊勢物語・和歌色葉・続拾遺集・八雲御抄などをやつぎばやに書写させている。室町殿打聞が企画されて以後は一層活発となり、勅撰集・歌合・歌学書・物語など広きに亘るが、やはり家集が最も多い。

義尚は両親の本を多く借りて見ており、復興してきた禁裏本を借り出すこともあるが、その探索の手は遠く美濃の斎藤妙純や武蔵の太田道灌ら、地方の数寄者にも及んでいる。主たる書写担当者は三条西実隆、甘露寺親長、中御門宣胤らであるが、そのほか前関白近衛政家や伏見宮邦高親王のような顕貴をも動員したのは、件数は少ないものの異例である。また伝奏を介さず直接に仰せ下しており、二階堂政行や河内宏行ら側近衆が書写者との連絡に当たっている。

以上のように、義尚の蒐書は義政のそれを規模拡大し、より積極的な感があるが、写される写本の内容にも意欲的に関わっていた。家集類にそのことを最も顕著に見ることができるので以下に述べる。

藤原道信は為光男、夭折した風流君子として知られる平安中期の歌人である。その家集を、義尚は禁裏か伏見宮の本を借りて、実隆に書写させた。「藤原道信朝臣集今日書進上之（室町殿御本、新分部類、）」（実隆公記文明十六年十一月十六日条）とある。義尚没後、この本は数奇な運命を辿り、半世紀の後、武蔵の国人三田政定の手に渡った。[11] 政定は、上洛の機会に当時なお健在であった実隆のもとにこの本を送り、加証を乞うたのである。

三田弾正（政定）進人、今朝下向云々、道信朝臣集、常徳院殿（足利義尚）銘、奥書御筆也、予依彼仰書進上之本也、奥書所望之間書遣之、扇一本同遣之、（実隆公記天文二年（一五三三）五月二十四日条）

この道信朝臣集の外題と奥書とは義尚が自筆で記していたことが判明する。

注目すべきは、義尚が家集の書写に際し、しばしばこれを「部類」させていることである。道信朝臣集については「新たに部類を分く」とあった。同じく匡房卿集も、まず実隆に部類させ、確認後、料紙を与えて書写させた（同記文明十七年五月十六日、六月五、十四日条）。このほか実隆に限っても、拾玉集贈答部や玉吟集などを部類させている。残念ながら、これらの家集の現存伝本には義尚所持本の系統を引く本は見出せないが、「部類」とはどういうことか、さらに具体的に考えてみたい。

曼殊院蔵曾禰好忠集[12]は中御門宣胤の筆に係る古写本で、本文の末に異筆で「令部類者也／于時文明十六季〔年〕秋」という大字の奥書が加えられている（図版1）。これは義尚の筆蹟と見られる[13]。該本は他の諸本とは構成排列を異にする特殊な伝本で、義尚が宣胤をして「部類」させた上で書写させた、貴重な遺品なのである。

諸本
A三百六十首和歌
B百首和歌（好忠百首）
　あ春十首
　い夏十首
　う秋十首
　え冬十首
　お恋十首
　か冠歌
　き物名歌
Cつらね歌
D百首和歌（源順百首）
　ア春十首
　イ夏十首
　ウ秋十首
　エ冬十首
　オ恋十首
　カ冠歌
　キ物名歌
Eその他

↓

曼殊院本
三百六十首歌
百首和歌
　春二十首（あア）
　夏二十首（いイ）
　秋二十首（うウ）
　冬二十首（えエ）
　恋二十首（おオ）
冠歌（かカ）
物名歌（きキ）
つらね歌
その他

その「部類」の具体的な実態は、右表の通りである。好忠集のうちに離れて位置する、二つの独立した百首歌（いわゆるB好忠百首とD源順百首）を分解し、おのおの一つの「百首和歌」「冠歌」「物名歌」として合体、再構成したものである。

源順百首も好忠の作との説が中世には有力であったとはいえ、随分大胆な改編であると思える。但し、家集では日次・類題・詠歌機会別・雑纂といったさまざまな排列の方法があり、それらが一つの集のうちに混在することもよく見られる。「部類」とは、院政期以後細分化されて本意が確立した題の下に和歌を帰属せしめ、集全体

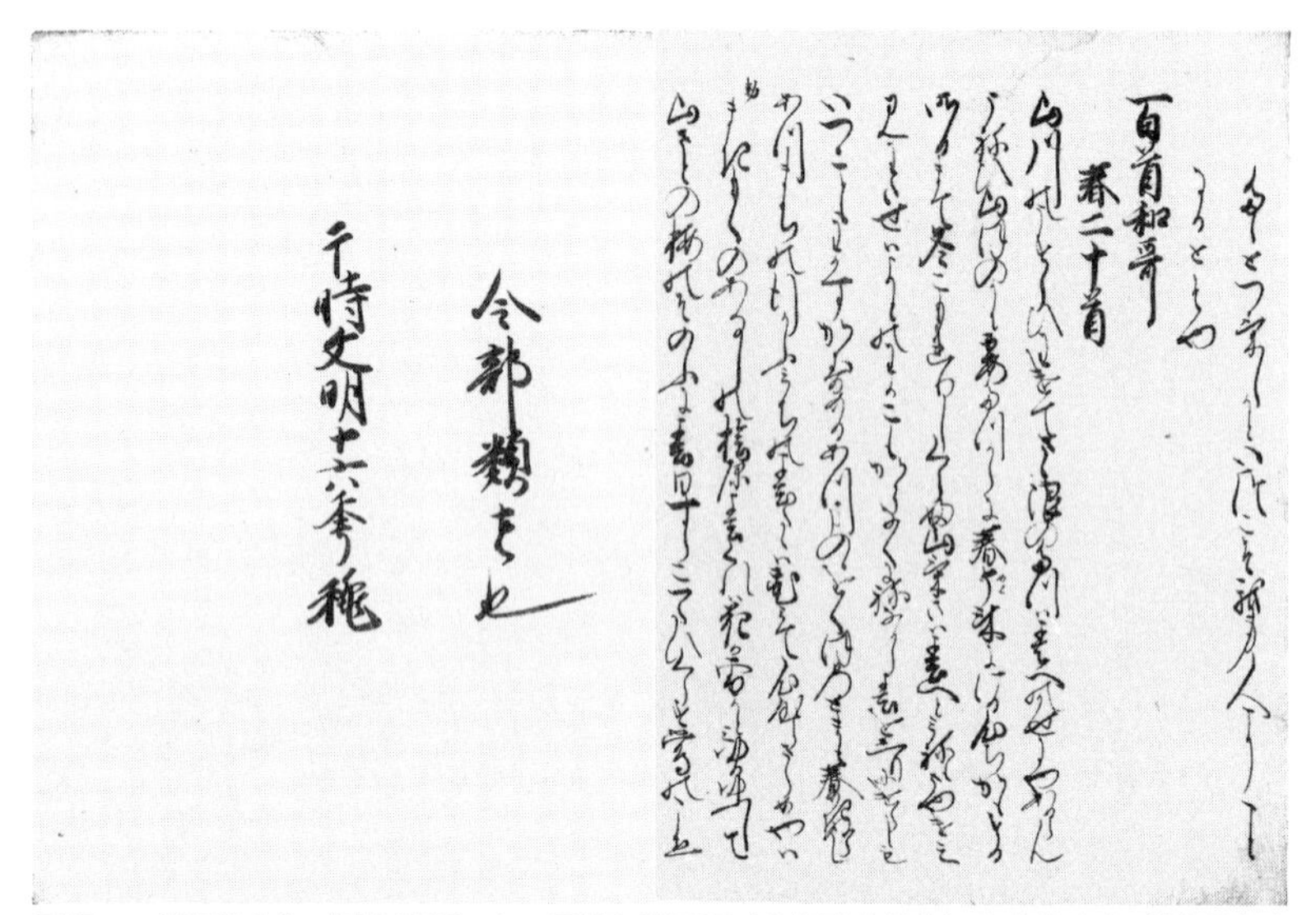

図版１　曾禰好忠集（曼殊院蔵）より百首和歌冒頭（中御門宣胤筆）と義尚奥書（『曾禰好忠集　曼殊院蔵』臨川書店）

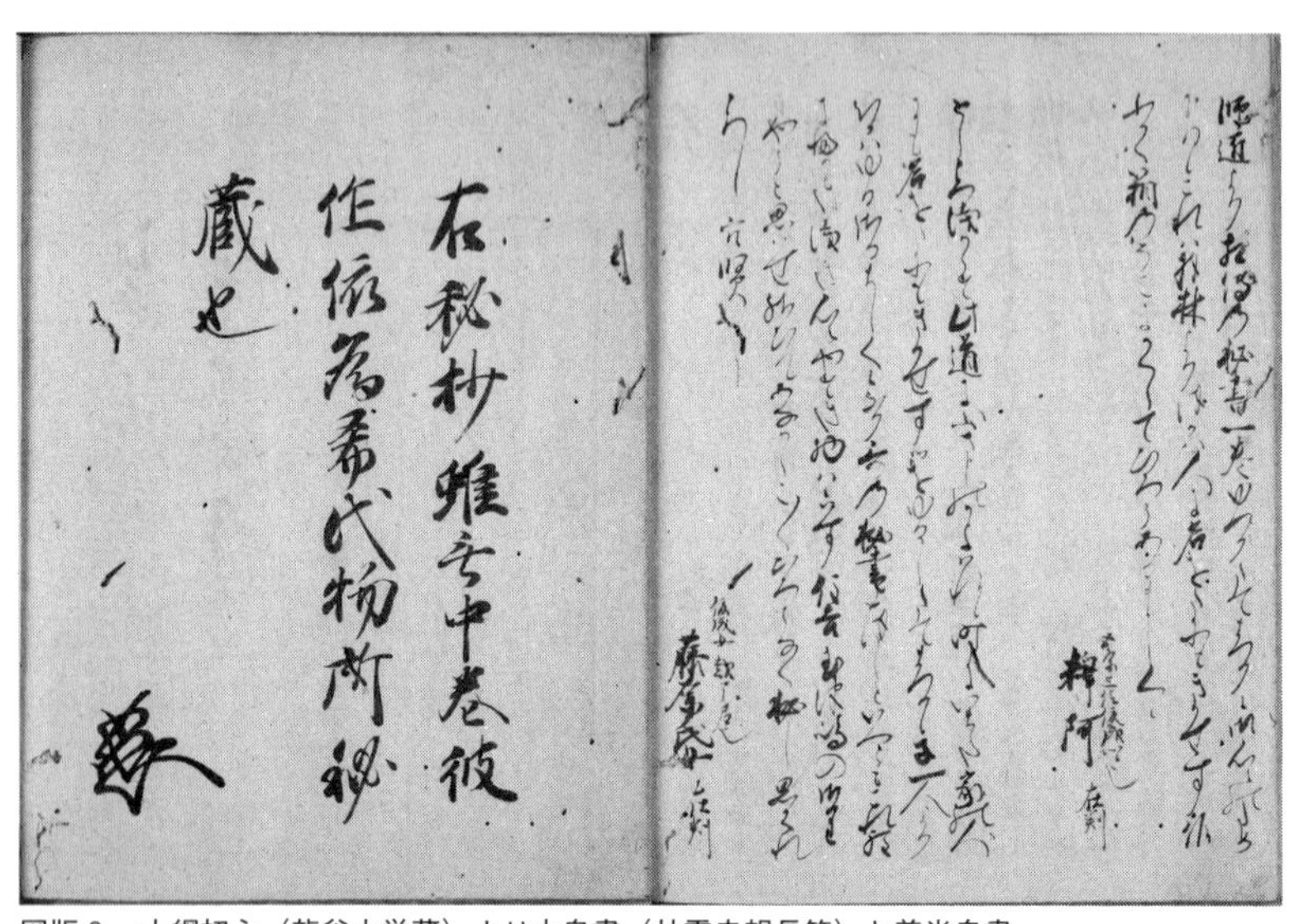

図版２　大綱初心（龍谷大学蔵）より本奥書（甘露寺親長筆）と義尚奥書

を一貫した原理で再構成する改編作業と考えてよい[14]。

B・Dの百首は、百首歌の歴史上でも最初期の作で、いまだ歌題を持たないが、曼殊院蔵本では、これを単に機械的に結合させるのではなく、歌順を大幅に入れ替えて同じテーマや題材の詠を集合させたり、勅撰集に入集しながら家集に見えない歌を補入させるようなことにも及んでいる。具体的な作業は書写者が担当したが、義尚から方針が示されていたことは想像に難くない。他にも、豊蔭（一条摂政御集）を書写進上させた時にも、義尚は「可書入歌六七首」を下し、適切な箇所に補入させている（実隆公記文明十七年二月二十三日条）。そもそも義尚は歌題について独自の見識を持っていたようで、室町殿打聞の排列にも反映させている[15]。

以上のように、義尚は家集に「部類」という大胆な改編の手を加えることがあった。その旨を奥書にことわることは当然とも言えるが、そうでなくとも義尚は手許に集められた書物に対して、しばしば奥書を加えていたらしい[16]。

たとえば龍谷大学図書館蔵大綱初心（一子伝。伝藤原基俊作[17]）は、甘露寺親長に本文を書写させたものであるが、最終丁には「右秘抄雖無中巻彼／作依為希代物所秘／蔵也／（花押）」とあり、義尚が奥書と花押を特徴的な大字で書き載せている（図版2）。

それは内容や評価に及ぶこともあった。源賢法眼集[18]に、次のような本奥書を持つ本がある。源賢は有名な武人多田満仲の息、源信の弟子としても知られる。

右源賢法眼者、曩祖満仲朝臣愚息、樹下集作者也、（於カ）取家者凡卑、於道者雖頗不堪、申出　禁裏御本、令書写之畢、然而不審少々在之間、可勘也、　御判

これに続いて、永正十年（一五一三）夏の実隆による本奥書がある。それによれば「此集以常徳院殿（足利義尚）被加書奥

書・御判等之本、兼載法橋筆、書写之」と、親本は義尚が猪苗代兼載をして写させ、右の文面の奥書を加え、花押を据えたことが分かる。

源賢は歌人としては取るに足らないが、それでも義尚の辛辣な評言には驚かされる。「曩祖満仲朝臣愚息」以下の文言から察せられる通り、満仲の子孫で清和源氏嫡流を汲む意識に出たものであるが、自信に満ちあふれた、怖いもの知らずの青年将軍でなくては書けない内容であろう。

そもそも、時の権力者が典籍を書写蒐集させることは多くとも、自らが奥書や識語を加えることは珍しいであろう。義政にすら、そうした事例は見られなかった。若さゆえの客気であろうが、義尚の所為は頗る注目してよいと思われる。

五、足利義尚の歌書蒐書（2）――柳営亜槐本金槐集について

室町殿のもとで新しく作られる写本は、いずれも冊子であったが、書式を統一させるべく指示が出ていた。少なくとも歌集は半丁一二行、和歌一首一行書の書式を守らせている。たとえば実隆が続後拾遺集の書写を命じられた時、送付されてきた料紙は「八結十枚重、卦〔罫〕十二行、本二帖」であったと記されている（実隆公記文明十五年十二月十日条）。同じく実隆に写させた豊蔭と成通卿集についても指定があり、「堺十二行、一行書、仰経師兵部卿法橋慶椿令沙汰之、翌日送之者也」とあって、料紙を昵懇の経師慶椿（良椿）に遣わし、界線を引かせている（同記十七年二月十日条）。このことは義政も同じであった。松木宗綱が書写した君臣歌合は和歌を二行に書いたため、ただちに書き直させている（兼顕卿暦記文明九年七月二十三日条）。義政が「文字大ニ被思召」てこれを嫌うためという。[19]

一首を一行に書くには天地を長くとらなくてはならない。また、たとえ大ぶりな写本であっても、半丁一二行では窮屈に感じたであろう。当時、一般に公家が書写する私家集では半丁一〇行前後、一首二行書が最も多く、また物語では八、九行が標準とされている。[20] 実際、書写者には「武家御双紙」に違和感があったようで、書式を確認することが見える（宣胤卿記文明十三年二月十三日条ほか）。この書式、特に和歌一首一行書への拘泥は、室町殿の好みなのか、「武家御双紙」なるものの特性なのか、なお考える必要があろう。[21]

そして、先に触れた曼殊院蔵曾禰好忠集はまさに半丁一二行、一首一行書となっている。こうした特徴を手がかりに、いくつかの写本の書誌を検していけば、その淵源を義尚の蒐書へと辿ることも可能ではないかと思われるが、[22] ここで一つの事例を検討したい。

源実朝の家集金槐和歌集諸本のうち、貞享四年（一六八七）刊行の版本に代表される系統の伝本は、原態である定家所伝本をもとに後人が増補改編を加えたとみなされているが、全て左のような本奥書を持つ。

右一帖者鎌倉右大臣集也、京極中納言定家此道達者云々、然最初雖部類、在不審尚之間、重而改之畢、尤可為証本者乎、

柳営亜槐　在判

ここからこの系統の諸本を柳営亜槐本と通称するが、年代的には版本に先行する写本もいくつか存在し、就中後西天皇（在位一六五四〜六三）所持の高松宮家伝来禁裏本が本文的に優れているとして注目されている。[23] この本の書写年代は江戸初期で、親本の書風をもよくとどめていると判断される。それが半丁一二行、一首一行書となっている。この書式は、義尚の蒐集した歌集の特徴に一致する。奥書が本文より大字で、堂々と記されていることも同じである（図版3）。

このことから柳営亜槐本は義尚所持本に発したもので、改編者と目される「柳営亜槐（征夷大将軍にして権大納言）」とは義尚その人と考えられる。その成立は、義尚が権大納言となった文明十二年三月から内大臣となる長享二年（一四八八）九月までとなるが、この間文明十七年八月に右近衛大将を兼ね、十八年七月に拝賀を行っている。右大将は室町殿にとり極めて重要な官であるから、[24]兼任後はそう名乗ったはずなので、この奥書の下限は十八年と考えられる。すなわち前節で取り上げた家集と同時期に部類そして書写されたと見てよいであろう。

これまで「柳営亜槐」には、藤原頼経・一条兼良・足利義政らが擬せられてきた。最も多くの賛同を得て通説となっているのは義政である。[25]

その根拠は、和簡礼経なる故実書に引用された柳営亜槐本の奥書である。高松宮本などとは僅かに字句の異同があり、末尾は「柳営亜槐　御判」と作るが、ここに「東山殿也（足利義政）」という傍書が加えられている。つまり何人かが奥書を見て据えられた花押を義政と鑑定し、これを転載したのである。

和簡礼経は公武書札礼に関わる先例知識をまとめた武家故実書で、[26]編者は徳川秀忠の右筆曾我尚祐（一五五八～一六二六）である。尚祐は室町幕府故実を知る者として尊重されたというが、義政・義尚とは百年以上を隔てる。しかも曾我家が現れるのは文亀年間（一五〇一～〇四）以後と新しく、尚祐十六歳の時に室町幕府滅亡を迎える。「故実家としての蓄積は二代に過ぎず、したがってその知識の程も伊勢氏や大館氏に比してどの程度のものがあったかは、きわめて疑わしい」とされる。[27]したがってその所伝は慎重に検討すべきであろう。

室町幕府将軍は、義満を佳例として、吉書や寄進状に初めて花押を据える「御判始」を十五歳で行っていた。御判始では武家様の花押を据え、大臣になると公家様を使い始めるのが慣例であった。義政もはじめは武家様、内大臣以後に公家様に切り替えている（図版4）。ところが、義尚だけは武家様の花押を持たず、最初から公家様

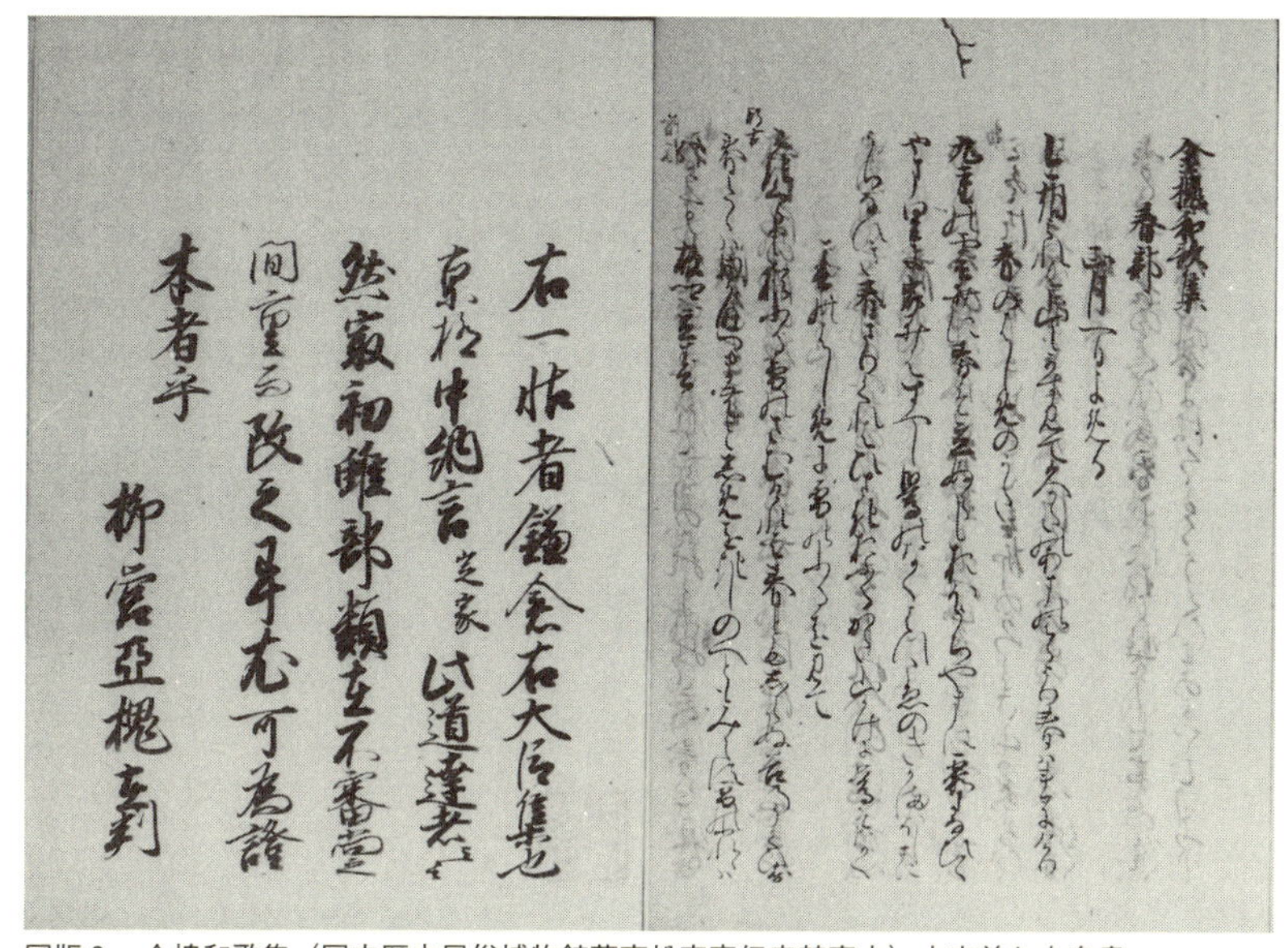

図版３　金槐和歌集（国立歴史民俗博物館蔵高松宮家伝来禁裏本）本文首と本奥書

①武家様
②公家様

図版４　足利義政花押（『國史大辞典』より）

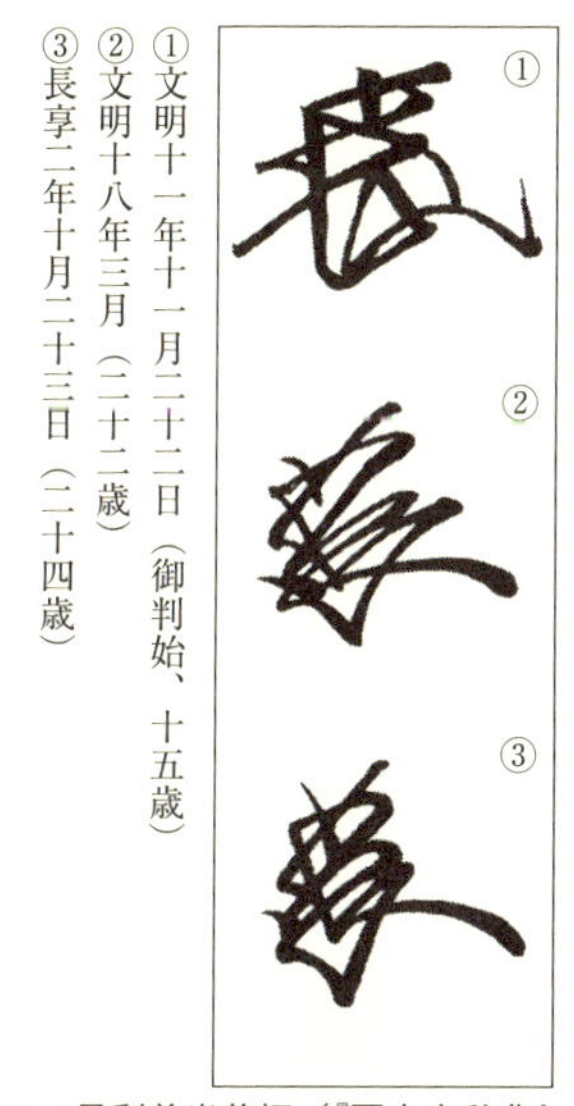

①文明十一年十一月二十二日（御判始、十五歳）
②文明十八年三月（二十二歳）
③長享二年十月二十三日（二十四歳）

図版５　足利義尚花押（『國史大辞典』より）

のみを用いた。しかも、御判始の時の義尚花押は義政のそれと全く同じ筆順、同形とみなされる[28]（図版5）。

義政は義尚成人後、度々隠退を宣言しているが、実際には権限委譲は順調には進まず、義尚が親しく政務を裁断するのはようやく文明十七、八年になってからである。その頃には義尚の花押は形を整えていったが、それでも義政の花押にまだよく似ている。そもそも義尚が花押を据えた政務文書は極めて少なく、この時期ですら義政が並行して大量に文書を発給している[29]。義尚の発給した御内書・御判御教書の点数が義政のそれを上回ったのは、実に義尚生涯の末二年、長享元年（一四八七）と二年だけである[30]。つまり後人が義尚の花押を義政と誤ることは、十分に理由があったと言える。

確かに義政にも和歌事績は多い。しかし歌書蒐集は上述したように比較的短い期間に集中し、義政が「柳営亜槐」と称し得る時期、つまり文安六年（一四四九）四月（十五歳）〜享徳四年（一四五五）八月（二十一歳）には全く確認されない。もちろん家集を部類したり、奥書を加えるような行為も管見に入らない。この時期の義政はなお管領の庇護下にあり、文化的にはほとんど見るべき事績がない。義尚と対照的であり、「柳営亜槐」を義政とすることには否定的にならざるを得ない。

しかも定家所伝本に対する柳営亜槐本の排列構成は、これまで義尚の行ってきた「部類」とも揆を一にする。定家所伝本の部立は四季・賀・恋・旅・雑の八部からなるが、柳営亜槐本は「然最初雖部類、在不審尚之間[31]」と批判し、四季・恋・雑の六部に改める。その上で、あくまで歌題を重視し、同じ題材を詠みながら複数に分断されていた歌群を一つにまとめ直したり、雑部からは五十余首を四季部に移動させる大幅な改編を施し、勅撰集や堀河百首などの排列に倣った、整然たる構成とした[32]。さらに定家所伝本には見えない和歌を勅撰集などから五十六首も増補し、それぞれ適切な位置に挿入している。この増補が「部類」に際して行われたであろうことも既に指摘がある。[33]

当時も権威を持ったはずの定家所伝本に対し、その部立と排列とに満足せず、新たな「部類」を施した上で、奥書と花押を据えた柳営亜槐本の特色は、先に指摘した義尚の一連の活動によく合致するものである。これを「もっとも証本たるべきものか」と言い切る気概の持ち主は、義尚以外には求められない。

六、おわりに

足利義尚は長享元年（一四八七）九月、軍勢を率いて近江に赴く。守護六角氏を討伐し、自らの治世の華々しい幕開けとする企図であったが、戦果の上がらぬまま、延徳元年（一四八九）三月二十六日、陣中で夭折した。室町殿打聞は完成の期を永遠に失った。幕府は急速に傾き、その後の将軍はもはや京都に安住することすら叶わなかった。義尚の蔵書も分散の運命からは免れず、道信朝臣集のように、地方の国人などの手に渡ったものも見られた。しかしそれゆえに、「常徳院殿御本」として、いくつかの作品の流伝のうちに足跡をとどめている。

義尚の場合、単なる蒐書を越えての、積極的な活用は特筆すべきであろう。特に家集の部類は和歌史的に注目される。柳営亜槐本金槐集の構成・排列にも研究が重ねられているが、義尚の歌題観に基づく可能性が非常に高い。東撰和歌六帖や夫木和歌抄の例を出すまでもなく、武家歌人と類題集との親和性は強かったが、家集を集成してこれを「部類」する作業は、室町中期という時代の趨勢であったともおぼしい。[34]また私家集に勅撰集などから未収録歌を拾遺して補入することも、この時代の現象として指摘されている。[35]これらは一義的には、作歌の参考のため、そして将来の撰集を見据えて、検索の便宜を図ったものと思われるが、私家集享受の新局面として評価することもできる。今後も事例を拾遺して、より正確さを期したい。

注

（1）長享二年六月「義煕」と改名するが、最も通行する名で統一する。
（2）岩橋小彌太「足利義尚の和歌撰集」（歴史と地理17－2・4、大15・2・4）。
（3）芳賀幸四郎『東山文化の研究』（河出書房、昭20。→『芳賀幸四郎歴史論集』Ⅲ〔思文閣出版、昭56〕再収）、井上宗雄『中世歌壇史の研究　室町前期』（風間書房、昭36〔改訂新版　昭59〕）、綿抜豊昭「足利義尚文化活動事蹟年譜」（中央大学国文25、昭57・3）など。
（4）了俊弁要抄に「和歌の抄物の事、家々に様々あり。皆詞の事を注したる也」とある。
（5）和田英松『本朝書籍目録考證』（明治書院、昭11）は、永享末年から嘉吉初年にかけて、後花園天皇が門跡や廷臣に命じて本朝書籍目録のうちから所蔵の書名を注進させた事実を指摘する。これは義教の事業を受けて行われたか。
（6）あらかじめ料紙に押界を引かせることと、「透堺」を貸し出すことの二通りが見られるのは、装訂の違い――それぞれ列帖装と袋綴に対応する――を意味するか。
（7）家永遵嗣「足利義満と伝奏との関係の再検討」（古文書研究41・42、平7・12）参照。
（8）引用は陽明文庫蔵〔室町後期〕写本による。この本は教秀筆本そのものではないが、その姿を最も忠実に伝えており、三巻本第一類の善本とされる。『陽明叢書　枕草子・徒然草』（思文閣出版、昭50）参照。
（9）応仁・文明の乱勃発後まもなく、上冷泉家と下冷泉家、そして飛鳥井家が戦火に罹った（経覚私要鈔）。このため大乗院寺社雑事記応仁元年（一四六七）六月十二日条に「両和歌所焼失、希代事也」とある。
（10）酒井茂幸『禁裏本歌書の蔵書史的研究』（思文閣出版、平21）第三章「文明期の禁裏における歌書の書写活動」参照。
（11）多西郡杣保（現東京都青梅市）を本拠とする有力国人で、文藝を愛し、連歌師宗長とも交流があった（東路のつと）。

黒田基樹編『論集戦国大名と国衆4　武蔵三田氏』（岩田書院、平22）参照。

(12)『京都大学文学部国語国文資料叢書34　曾禰好忠集　曼殊院蔵』（臨川書店、昭57）に影印と翻刻が収められる。

(13)曼殊院蔵本と同じ構成の陽明文庫蔵玉言集所収本の本奥書にも同じく「令部類者也／于時文明六年仲秋」、続けて「明応四年乙卯林鐘初六終書写之功則読合了／藤資直判／右奥書之本常徳院（足利義尚）贈太相国之御本云々」とある。富小路資直が明応四年（一四九五）書写した親本が義尚所持本であり、これが曼殊院蔵本か。但し本奥書の字句に異同がある。「六年」は「十六年」の誤写であろうが、「仲秋」と「秋」とはそうとも断じられない。同内容の副本を作らせ、資直はそれによったものか。ともあれ好忠集を「部類」させ奥書を加えたのが義尚であることがこれでも確認できる。

(14)注12前掲著解題（山本登朗氏執筆）は「（B）（筆者注・好忠百首）の「春十首」と（D）（同・源順百首）の「春十首」をいったん分解し、あらたに「春二十首」としてまとめ、配列する、その過程は、「部類」の名で呼ばれるに十分ふさわしい」とする。

(15)室町殿打聞は部立は古今集を模し（四季六巻、恋五巻、雑三巻）、歌数は新古今集に倣うことが定められた。排列の段階で、義尚は花歌・月歌をそれぞれ春下・秋下の巻頭とするよう命じ、「古来集更無此儀、雖然無力随時宜而已」と批判された（実隆公記文明十六年九月二十二日条）。春・秋に各二巻を宛てる勅撰集では、花歌群は春上巻の中間部から下巻にかけて、月歌群は秋上巻の終結部近くに置かれる。

(16)『思文閣古書資料目録163』（善本特集11、平11・8）に、伝姉小路基綱筆俊成卿詠歌一帖が掲載される。五社百首と俊成卿九十賀記を合綴した、伝称通り基綱筆の古写本で、末に義尚の「彦次郎源尚正本也／義尚（花押）」という大字の奥書が加えられる。外題の「俊成卿詠哥（五社法楽九十賀記）」も義尚筆である。基綱は室町殿打聞の寄人。彦次郎はもと観世座の役者であったが、義尚の嬖人となり権勢を振るい、諸人の顰蹙を買った人物である。文明十五年十二月に廣沢の名字を賜り、まもなく尚俊と改名するので、該本もこの時期に基綱に書写させ、寵愛する尚正に下賜した本である。

(17)この本は部矢祥子「龍谷大学所蔵「足利義尚所持本『大綱初心』」について」（国文学論叢38、平5・2）に紹介される。

(18) 引用は宮内庁書陵部蔵古歌集（函架番号五〇一・四四八）所収本による。写本は十数本あるが全て江戸期写の同一系統である。
(19) 末柄豊「中世の経師について」（勝俣鎭夫編『中世人の生活世界』山川出版社、平8）参照。
(20) 実隆公記明応元年（一四九二）十一月二十一日条に、上原賢家に伊勢物語書写を依頼された際、行数を九行八行のいずれにするか尋ね、翌日八行との返答を受けたとある。
(21) 藤原定家が晩年に書写校訂した三代集の証本は一首一行書となっているが、一条兼良の尺素往来で、これを「定家卿一行書之本」とするのは、当時の歌集では珍しかったからであろう。
(22) 勧修寺教秀が義政の命で書写した枕草子も同じく半丁一二行であったと推定される。なお、和歌童蒙抄（宮内庁書陵部蔵、五〇一・八一〇）や、土御門院御集（同蔵、五一一・九）は、いずれも半丁一二行書、一首一行書の江戸前期写本であり、前者は文明十四年十一月に、後者も文明後期に、ともに「准后本（足利義政）」をもって書写した旨の本奥書がある。後土御門天皇の命で写された本と考えられているが、実は義尚の本であった可能性がある。
(23) 函架番号、H-六〇〇-五三三（る函二五六）。奥書の引用もこれによる。なお、新編国歌大観第四巻でも高松宮本を底本としている。川平ひとし「金槐和歌集」（三浦勝男編『源実朝』鎌倉市教育委員会・鎌倉国宝館、平4）参照。
(24) 拙著『足利義満―公武に君臨した室町将軍』（中公新書、中央公論新社、平24）参照。
(25) 有吉保・犬養廉・樋口芳麻呂編『鑑賞日本の古典9　新古今和歌集・山家集・金槐和歌集』（尚学図書、昭55）「解説」（樋口氏執筆）で検討されている。
(26) 刊本の改訂史籍集覧第百五などの採用する「和簡礼経」の題は原題ではない。北海学園大学附属図書館北駕文庫蔵本（外題・内題を「座右抄」とする）が江戸前期書写と見られ注意される。
(27) 高木昭作「書札礼と右筆」（日本古文書学会編『日本古文書学論集2　総論Ⅱ』吉川弘文館、昭62）。
(28) 義尚自筆か義政代筆か見解が分かれるが、上島有『中世花押の謎を解く―足利将軍家とその花押』（山川出版社、平16）二六三頁によれば、義尚が義政の花押を真似てたどたどしく書いたと考えられる。

(29) 鳥居和之「応仁・文明の乱後の室町幕府」(史学雑誌96−2、昭62・2) 参照。
(30) 井上優「足利義尚御判御教書と鈎の陣」(栗東歴史民俗博物館紀要7、平13・3) の分析による。木下聡編『足利義政発給文書(1)』『足利義政発給文書(2)・足利義熙(義尚)発給文書』(戦国史研究会史料集1・3、戦国史研究会、平成27〜28) に拠っても変わらない。
(31) この文言は難読であるが、「しかるに最初より部類すと雖も、不審尚ほ在るの間」と訓むか。「尚」の位置が不審であるが、義尚の奥書の文言には、このような破格が見られる。源賢法眼集の義尚奥書にも「不審少々在之間」という類似した字句が存する。
(32) 犬井善壽「貞享本『金槐和歌集』改編考—定家本との部類配置相違歌をめぐって」(横浜国立大学人文紀要21第二類語学・文学、昭49・10) 参照。
(33) 原田正彦「貞享板本系『金槐和歌集』の構成について」(伊東祐子ほか編『平安文学研究生成』笠間書院、平17) 参照。「いかにせん命もしらずまつ山のうへこす波にくちぬおもひを」(柳営亜槐本・四九四) は、左注に「右部類時追加也、遠島御歌合衣笠内府歌云云、尤可除者也」とある。この歌は定家所伝本には見えず、部類に際し続後拾遺集によって追加され、やがて別な史料から実朝の歌ではないと判明したのである。この注記も「柳営亜槐」によるものであろう。
(34) 梅花無尽蔵巻六「静勝軒銘詩」序に太田道灌が砕玉類題なる集を編んだことが伝わっているが、十一の家集を解体し部類した私撰集であったと考えられる。拙著『武士はなぜ歌を詠むか—鎌倉将軍から戦国大名まで』(角川叢書40、角川学芸出版、平20) 参照。
(35) 武井和人『中世和歌の文献学的研究』(笠間書院、平元) 第4章第1節「私家集末尾に勅撰集による補遺を加へるといふこと—勅撰集の終焉」(初出昭58) 参照。

年表

和暦（西暦）	義政	義尚
文明5年（一四七三）		▽12・19室町第にて元服、征夷大将軍を宣下さる
文明6年（一四七四）	▽3・3小河第へ移る　8・1林葉集書写を命ず〔実〕　11・3続後拾遺集書写を命ず〔実〕	
文明7年（一四七五）	5・-勧修寺教秀に実相院本の枕草子書写を命ず（三巻本奥）　5・22殷富門院大輔集・樗散集（道因）・寂然集書写を命ず〔実〕　11・20伊勢大輔集・出羽弁集・康資王母集・四条宮主殿集書写を命ず〔実〕	▽9・17参議兼左中将
文明8年（一四七六）	5・19北院御室集・澄覚法親王集・実甚法印集・拾藻鈔書写を命ず〔実〕　8・24山科言国春日歌合（元久元年春日社歌合か）を進上す〔国〕	▽2・7義政と参内五十首続歌に加わる〔実〕　4・1古今集書写を命ず〔雅〕　▽11・13室町第焼亡、伊勢貞宗亭に移る
文明9年（一四七七）	2・2再び北院御室集書写を命ず〔実〕　4・29若宮詩歌合書写を命ず〔実〕　6・3実隆に鎌倉大納言家五十番詩歌合、松木宗綱に源氏狭衣歌合、勧修寺政顕に源氏物語歌合の書写を命ず〔実暦〕　7・6宗綱に君臣歌合、正親町三条実興に承保三年九月殿上歌合書写を命ず〔暦〕　7・25実相院増運に堀河院艶書合書写を命じ所持の和歌抄物目録を召す〔暦〕　7・26兼顕所持の歌書目録を召す〔暦〕　9・28応永十四年内裏九十番歌合書写を命ず〔実暦〕　10・7七玉集（弘長百首）を書写を命じこの日返上す〔暦〕　10・11正親町三条公綱筆瓊玉集校合を命ず〔実〕　10・15風雅集を校合させ青蓮院尊応に修正させる〔暦〕　11・5増運に長明無名抄を返却す〔暦〕	
文明10年（一四七八）	4・24建暦二年内裏歌合書写を命じこの日進上〔暦〕　4・25某に小町集書写を命ずるか〔兼〕　5・4増運より普広院殿御代諸社御法楽寄書を召す〔暦〕　5・9実興に（建暦二年ヵ）内裏御	2・24二階堂政行に源氏系図書写を命じこの日政行兼顕に談合す〔暦〕　▽2・25月次歌会を始める〔暦〕　11・21雅久に再び古今集書写を命ず〔晴〕

	歌合書写を命じこの日進上〔暦〕 5・10政顕に内裏歌合一帖書写を命じこの日進上、冷泉為富から歌合を召しこの日二冊返却〔暦〕 8・15実興・中山宣親に普広院殿御代諸社御法楽寄書の内十帖、滋野井教国に続現葉集書写を命ず〔兼〕	
文明11年（一四七九）	4・10宣親に歌書を書写させこの日催促す〔兼〕	▽11・22伊勢亭にて御判始・評定始・沙汰始
文明12年（一四八〇）		▽3・29権大納言 9・21和歌色葉書写を命ず〔実〕 9・29飛鳥井雅康に親長筆の和歌一字抄校合を命ず〔親〕 11・4母富子所持の続拾遺集書写を命ず〔胤〕 12・10伊勢物語書写進上〔親〕 是冬八雲御抄書写を命ず〔実親〕
文明13年（一四八一）	▽10・20富子と不和により長谷山荘に移る	2・13山家集書写を命ず〔胤〕 2・16土御門院御集書写を命ず〔政〕
文明14年（一四八二）	8・30禁裏に順集を貸す〔湯〕	4・25一子伝書写を命ず〔親〕 ▽5・1小河第に移徙 6・14詞林采葉抄・西行談抄を借り召す〔十〕
文明15年（一四八三）	▽6・27浄土寺山荘に隠退し東山殿と称する 9・6義尚に家集六十四帖を提供す〔打〕	正・22後拾遺・新後撰・続千載・続後拾遺・新拾遺の五集を借り召す〔親〕 ▽2・1室町殿打聞企画 5・10雅康に明日香井集を書写さす（御所本奥） ▽6・19母と不和により伊勢亭に移る ▽6・27父の隠退により室町殿と称する ▽10・24新百人一首を撰ぶ 11・19新拾遺集作者部類を書写進上す〔打〕 11・27教国に最勝四天王院障子和歌書写を命じこの日校合す〔実〕 12・10親長本をもって続後拾遺集書写を命ず〔実〕
文明16年（一四八四）	9・14久安百首を校合させる〔実〕	正・27斎藤妙純所持の恵慶集を召す〔親〕 ▽6・−小河第に移る 8カ・−宣胤に曾禰好忠集を部類書写さす（曼殊院本奥） 9・18打聞の仮名を撰藻鈔とす〔打〕 11・16道信朝臣集を部類し書写進上す〔実〕 この頃太田道灌金沢文庫本三十六人集を進上〔再〕

文明17年（一四八五）	▽6・15出家	正・24新写の正治百首のうち六名の百首校合を命ず〔実〕　2・10豊蔭（一条摂政集）・成通集書写を命ず〔実〕　2・23禁裏より順徳院集・新宮歌合（建仁元年新宮撰歌合か）を書写のため借り出す〔実〕　③・23尊応書写の久安百首校合を命ず〔実〕　4・7冷泉為秀筆拾遺集を雅親に書写させこの日親長校合進上す〔親〕　6・14国房卿集部類させ書写を命ず〔実〕　8・21玉吟集下巻恋部書写を命ず〔実〕　▽8・28右大将　9・9拾遺愚草校合を命ず〔実〕　10・14拾玉集贈答部部類書写を命ず〔実〕
文明18年（一四八六）		2・22新宮撰歌合書写を命ず〔実〕　5・17尭盛より井蛙抄正本を召す（尊経閣本奥）　▽7・29右大将拝賀　10・7万葉集作者部類を編ませる〔実通〕
長享元年（一四八七）		3・8邦高親王に玉葉集を書写させこの日実隆に外題を書かしむ〔実〕　3・24千里集・深養父集書写進上〔実〕　▽9・1近江に出陣　12・23和泉式部日記書写を命ず〔実〕
長享2年（一四八八）		4・11禁裏本の袖中抄書写を命ず〔実秀〕　▽9・17内大臣
延徳元年（一四八九）		▽3・26近江鈎陣にて薨去（25歳）　是年まで禁裏本源賢法眼集・土御門院百首を書写さす（御所本奥）　林葉集を書写さす（松平文庫本奥）　寂蓮集を書写か（穂久邇文庫本奥）
延徳2年（一四九〇）	▽正7薨去（56歳）	

典拠は以下の略号を用いた。〔胤〕宣胤卿記、〔雅〕壬生雅久記、〔兼〕兼顕卿記、〔国〕言国卿記、〔再〕再昌、〔実〕実隆公記、〔秀〕宣秀卿御教書案、〔晴〕晴富宿禰記、〔打〕実隆公記打聞記、〔通〕十輪院内府記、〔親〕親長卿記、〔政〕後法興院政家記、〔湯〕御湯殿の上の日記、〔暦〕兼顕卿暦記。記主の行為、または記主への命令の場合はその語を略した。▽は参考事項。

第四部　古歌の集積と再編

第十一章　類聚から類題へ

——夫木和歌抄の成立と扶桑葉林

一、はじめに

　夫木和歌抄は中世最大の類題和歌集で、春六巻・夏三巻・秋六巻・冬三巻・雑十八巻の計三十六巻のうちに「歳内立春」「朔日」「元日宴」より「言語」「述懐」に至る五九六の項目（歌題ではない）を立て、その下に約一七四〇〇首を収めている。成立年代は内部徴証より延慶年間（一三〇八～一一）、撰者は遠江国の武家歌人、藤原（勝間田・勝田）長清とされる。この長清は冷泉為相門と思われ、為相のために将来の勅撰和歌集を念頭に置いて撰ばれたと考えられている。ただ、具体的な史料に乏しく、撰者の伝記、撰集の目的、中世における伝来・享受など、史料を欠くため未解決のまま遺されている。

　流布本に寛文五年（一六六五）版本があり、広く利用されてきた。そのほか伝本は多いが、首尾完存した写本で江戸初期を遡るものは見出されず、室町期の古写本は全て抜書本ないし零本である。あまりにも厖大浩瀚であることから、必要に応じて抜書が作られたのである。

　こうした抜書本は、完本を中心とする本文批判では、あまり重視されてこなかったが、近世以前のこの集の姿と伝来、さらに成立事情に関する重要な情報をも含んでいる。そこで二、三の抜書本を入口にして、成立に関する問題を改めて考えてみたい。なお夫木抄の引用は静嘉堂文庫蔵〔江戸初期〕写本により、詞書・本文・作者を一行とする底本の形式を生かして引用した。

二、成立説の再検討（1）——「異本抜書」の跋文

夫木和歌抄の成立を窺うべき史料としては、第一に寛文版本の「奥書」、また連歌師西順による抜書本[1]に付された「奥書」がある（以下「跋文」と称する）。さらに「異本抜書」と呼ばれる、一説に里村紹巴の手になるという抜書本があり、これにもほぼ同じ内容の跋文がある。これらの内容は互いに出入りがあるので、最も情報量の多い異本抜書のそれによって、そのプロットを順に①から⑧まで立てて示した。寛文版本の跋は②③④、西順抜書本の跋文は③④⑤⑦①の順に記載する。内容に異同がある場合は、それを（　）に入れて併記した。

①康永元年（一三四二）十一月（霜月）日（にこれを記す）。
②この集は「従五位下越前守藤原朝臣長清」の自撰である。
③昔・中頃の歌仙の家集（から）、また代々の勅撰集に洩れた歌を拾った集である。今後勅撰が撰ばれる時のため、また歌道を志す人のために集め置いた。
④撰者長清の夢に大江匡房が現れて汝の撰んだ和歌抄は我朝の重宝、末代の証歌なので、「扶桑集」と名付けよと告げたが、扶桑は日本の惣名なので遠慮すべしという冷泉為相の助言により、「扶桑」の旁をとって「夫木」とした。
⑤長清は生前秘蔵して外見させなかったが、没後「高駿州」（高駿河守）が所望して書写、ついで「高武州師直」も一本を書写した。この両本が「花夏」（花夷）に留まった（草子の数は三十六帖あった）。

⑥最近にも「二条大閤良基公」の命で周阿が写した。
⑦ある時、その本を盗み出し、「要歌」を抽いて抄出した。三十六巻という巻数と和歌題はもとのまま保っている。文字の不審が多いので後の人は証本を得て訂されたい。
⑧永仁の頃にこの抄は撰んだものだという。

右は異本抜書の旧蔵者である岡田希雄[2]によれば、⑥など多少後人の加筆が疑われるとしても、①にある通り、成立から三十年ほどしか経っていない康永元年の時点で、成立事情をよく知る某の手になり、おおよそは信用できると認定され、成立論の基底となってきた。その後、本抄の成立につき優れた考察を発表した濱口博章氏[3]、福田秀一氏[4]も、ほぼこの見解を踏襲している。

ところで、この異本抜書は、岡田によれば万治元年（一六五八）の古写本であるという。現在では国立国会図書館岡田文庫に所蔵されている[5]。まずこの本の史料批判が必要であろう。

三四丁裏〜三五丁表に、例の跋文に続いて、以下のような奥書がある。

右之本者、紹巴真筆、玄陳奥書有之、辻了蓑之以本／瀉之、極楽寺長眼正本今又森田武政受写之、／于時萬治元戊戌年十一月吉良日／森田　武政書之／墨付三拾五丁　可秘蜜者也／「(別筆)今亦片岡光泰受之／歌数五百六拾五首」

この万治元年の奥書は明らかに本奥書であり、実際の書写年代はかなり降り、江戸末期頃と思われる。とすれば、異本抜書の跋文が南北朝時代のもの、あるいは成立事情をよく知る者の筆になったとは俄に信じ難い。この異本抜書と全く同じ内容の抄出本が、京都女子大学附属図書館にも蔵されている[6]。こちらは室町末期古写本で里村紹巴筆と極められているのであるが、肝腎の跋文を欠く。跋文は紹巴の時代に遡ることさえ疑われてくるのである。

さらに、異本抜書跋文の疑わしい点は、内容面からもいくつか挙げられる。

まず④は夢に「扶桑集」と告げられたのを、「扶桑」は日本の別名であるから憚って「夫木」に改めたという有名な命名譚であるが、「夫木」という語もまた当時の文章によく見られる語であり、「扶桑」とほぼ同義である。(7)「扶桑」を憚って「夫木」と改めたというのは、不審なしとしない。

次に⑥の「近年二条大閤良基公旨承坂周阿法師一本写上洛也」とある点。二条良基の命を承って連歌師周阿が写して上洛したというのであるが、この辺りの文章は解し難く、周阿がどこから上洛したかも書いていない。転写の間に欠脱が生じたとしても、その骨子は、当時の連歌秘伝書の類に見える、晩年の周阿が僭上のあまり良基の怒りを買って九州に下向し、その後許されたという伝説を踏まえているのであろう。(8)もとより「二条大閤」の称は康永元年のものではなく（良基はまだ関白にさえなっていない）、没後にも行われた。史実というより連歌師間の伝承に結び付けた感を受ける。

さらに⑤の長清の没後「高駿州」が写したとある点。太平記には巻十四から十九、ちょうど建武から康永にかけて、「高駿河守」が何度か登場する。たとえば建武三年（一三三六）、後醍醐に敗北した足利尊氏が九州へ逃げ、再起を賭して京上しようとする時には、

「（上略）君ガ代ハ二万ノ里人数副ヘテ絶エズ備フル御貢物哉ト周防ノ内侍ガ読ミタリシモ、此ノ心ニテ候也」ト、和漢両朝ノ例ヲ引イテ、武運ノ天ニ叶ヘル由ヲ申ケレバ、将軍ヲ始マイラセテ、当座ノ人々モ、皆歓喜ノ笑ヲゾ含レケル（巻十六・多々良濱合戦事付高駿河守引例事）。

と、おりにかなった古歌を引いて、尊氏の前途の開けることを予祝したとある。その後上洛した尊氏が東寺に陣

を張って東山の篝火を遠望した時には、

高駿河守トリモ敢ズ、「多クトモ四十八ニハヨモ過ギジ阿彌陀ガ峯ニ灯ス篝火」ト一首ノ狂歌ニ取成シテ戯レケレバ、満座皆ヱツボニ入リテゾ笑ヒケル（巻十七・山門牒送南都事）。

と狂歌を詠んだという（以上、神宮徴古館本・天正本等異同ナシ）。

ところが、「高駿州」ないし「高駿河守」は良質な同時代史料には現れない。一説に高重茂と言われるが、駿河守を称すのはかなり後のことである。また梅松論では「多クトモ…」の狂歌を取り上げて「高大和守」（師茂）の作としている。こちらの方が情報としては正確であり原形に近い。

異本抜書の跋文の「高駿州」は、これまで師茂ないし重茂とされてきたが、実在の人物に比定するのではなく、室町末期以後の太平記の圧倒的な影響力のもと、仮構されたと見たらどうであろう。太平記は、「高駿河守」を建武から康永にかけての時期に尊氏方の武将として活躍し、かつ和漢の故事に通じて臨機に古歌を引く人物に造形していた[9]。したがって異本抜書の跋文は、太平記によって、長清の没後久しく埋もれていた夫木抄の価値を見出す役を「高駿河守」および高師直に負わせたと考えられるのである。

以上、異本抜書の跋文は近世初期の連歌師の間での、一つの伝承として考えた方がよい。少なくとも②藤原長清が撰者であること、④冷泉為相が深く関与したことはいくつか傍証や状況証拠があるので棄て去るべきではない[10]し、①の「康永元年十一月」という年時も、いまのところ仮託の背景も見出し難く、本抄の伝来の上で何か重要な出来事があったのかも知れない（夫木抄の最も古い存在証明は、これより六十年ほど後、今川了俊の著作となる）。

しかし、享受史上貴重な史料であるとはいえ、これに依拠して夫木抄の成立を考えることはできないと思われる。

三、成立説の再検討（2）――攀枝抄の識語

細川幽斎もまた夫木抄を抄出、後にこれを清書して五帖とし、攀枝抄と命名し、識語を記した。攀枝抄そのものはその後失われ、伝本も管見に入らないが、識語だけが幽斎蔵書を没後に書き上げた藤孝事記[11]に載せられている。

一、攀枝抄　壹冊

夫木とて連哥なとに取用へきためにや、春夏秋冬よりはしめて万の草木鳥けた物くさ〳〵にいたるまて、部をわかち巻をかさねたる抄有、何人のしわさともたしかならす、これをみるにさせるふしなき哥をもあまたかきのせて、たやすくひきみることかたし、よりて抄出すへきこゝろさしは有なからいとまなくて過もて行に、十年あまりにやなりぬらむ、難波江のあしのみたれたる事いてきて、摂津国有岡の城をかこみて、くゝちといふ所にまもりめなとすへ、二年はかりかよひすみ侍し比、名所のよりあひ、めづらしき物の名なとかきぬきたる草本、はこのそこに残れるを、ことし秋のはしめ、星の手向のまき〳〵の中に見いてつゝ、筆のしりとるものをあつめ清書せしめて五帖とす、かの本抄にかきのせたる哥、題の心にかなはぬもをほかれと、此つゐえをあらたむへきにあらされは、もとのことくにしるし侍り、夫木といへるは扶桑葉林集とて、このやまとうたをさなからあつめたる物ありとか、そのかたはしを書ぬきて名付たるにやとそをほえ侍る、今此愚抄も又夫木の一枝をよちたるはかりの事なれは、攀枝と号す、これ窓の外にいたすへきにあらす、只硯の左にとり置へきものなれは、一筆の思ひをのふ、天つたゝしき十あまりの九のとし文月中の八日にこれをし

るし侍〔と脱カ〕なん、
　　右奥書御自筆、御判アリ、

幽斎は永禄末年（一五六九）頃か、夫木抄を一見したが、あまりにも大部で容易に通覧できず、抄出しようと思っていた。政務多端の折節でそのまま十年が過ぎたが、天正六年（一五七八）、叛乱を起こした荒木村重の拠る摂津有岡城攻めに従軍し、久々知（現兵庫県尼崎市久々知）に在陣して越年したので、その暇に抄出した。その草稿を今年天正十九年七月に清書させ、五帖とした。歌の順はもとの巻順のままである、という。夫木抄が誰の撰か分からないとしたり(12)、「させるふしなき哥をもあまたかきのせ」と評価したり、抜書本を作成して「名所のよりあひ、めづらしき物の名」を知る便りにしたこと、享受史上も興味深い史料である。

そして「夫木」の抄出であるので、自らの抜書はさらに遜って「攀枝」としたというのであるが、夫木抄もまた「扶桑葉林集」という、「やまとうたをさながらあつめた」という巨大な歌集の抜書であろうとする。

幽斎は単なる憶説を述べたようでもあるが、異本抜書の跋文より古いものであるし、かつ歌学に通暁した幽斎の説であれば、検討に価する。少なくとも「夫木」の向こうには、「扶桑」の名を持つ巨大な歌書があったという認識は、当時の大方の理解であった。異本抜書の伝える、当初は扶桑集と称したとか、現存の夫木抄三十六巻そのものが抜書本であるという説は、むしろ攀枝抄の識語に見えるような知識を源泉として、脚色されていった可能性も考えられよう。

それでは扶桑葉林集とはいかなる書物であろうか。

実は幽斎は他にも扶桑葉林集に言及している。それは壬生忠岑の古歌「有明のつれなく見えし別れより暁ばかりうきものはなし」の注解に関して現れる。天正十四年、師の三条西実枝の講釈をまとめた詠歌大概聞書から引

用すると、

名誉の哥也、是は逢無実恋也、扶桑葉林集、百帖ある物也、当代は見えぬ物也。嵯峨天皇以来の哥を集めたる物也。それには不逢帰恋とあり、定家の心はあはて帰恋にてあると見えたり。[13]

と、かなり具体的な情報が得られる。忠岑歌は古今集・百人一首・詠歌大概附録秀歌躰大体などにも入るので、ほぼ同じ内容がそれぞれの注釈・聞書類にも見える。そしてそれらの常として伝本間には微妙に相違があるので、先後に目配りする必要があるが、結論だけを記すと、この記事は常縁・宗祇・実隆・稙通らの注には見えず、それ以後の説であろう。同じく三条西家説を伝える詠歌大概抄[14]は、やはり忠岑歌の注釈に懸けて、

日本ノ名扶桑葉抄（林イ）六十冊許在之、嵯峨天皇カラコノカタノ哥合ヲ被レ遊抄物也、其抄ニハ不合帰題也、サテコソ定家モ面白ト被申タル也、

とある。ほぼ同じコンテキストでの引用であるが、扶桑葉林については、六十冊ばかり在るとか、歌合を集めた抄物であるとか、注意すべき情報が増える。

この注は天正八年ないし十四年書写と見られるが、誰の伝書かは分からない。ただ同じ内容が天正十年に里村紹巴が玄以に授けた詠歌大概抄[15]にも見える。X→紹巴→玄以、X→実枝→幽斎という二つのラインの交点に位置するXには、おのずと公条の名が浮かんでくる。そして連歌師宗養の聞書とされる詠歌大概注[16]には「三条入道殿（公条）仍覚御説云、顕昭なとは逢て帰て月をうらめしとおもふよりいへると也、扶桑葉林抄と云物に、不会帰と云題也云々」とあることによって、扶桑葉林集に言及したのは公条であると断定できそうである。

この「有明の…」という忠岑歌の解釈には両義がある。顕昭・定家以来、逢って後の思いを詠んだもの、つまり「（逢）別恋」と解するのが多数派で、円雅・雅親・尭恵・兼載ら室町の学匠たちもそうであった。しかし宗

祇が「不逢（帰）恋」を強く打ち出し、公条もこれに同ずるのだが、そこで扶桑葉林集にこの歌を載せて「不逢帰（恋）」であったことを持ち出し、別証とするのである。こうした用いられ方からすると、扶桑葉林集は歌題によって分類されていたようであるが、後述するようにこの集は出典資料集成となっていたので、単に歌題が明示されていたことに拠るのであろう。一般に（公条の時代ならばなおさら）類題集はこのような権威を有するものではない。ともかく公条にとって拠るべき書であったことが分かる。しかし、既に稀覯となっていたため、講釈の場では次第に補足説明が増えていったわけである（なお、これまで扶桑葉林抄・扶桑葉林集と表記されていたが、扶桑葉林が正しいので以下それに統一する）。古今和歌六帖の第五帖にこの歌を載せて「くれどあはず」に分類しているから、扶桑葉林は六帖をそのまま載せたか、これに取材したのかも知れない。

扶桑葉林について、より具体的な輪郭を得ることができた。すなわち百帖とも六十冊ともされる厖大な量で、嵯峨天皇以後の和歌を撰歌対象としたこと、とりわけ歌合を重点的に集めたものである。「やまとうたをさながらあつめた」ものであり、恐らくそうした理解から権威を帯びていたのである。

しかし公条の時既にこの書を知る人は少なく、幽斎は百人一首抄[17]でも忠岑歌の注で言及するが、ここで語られた以上の情報はなく、かつ「今無抄物也」とも注し、江戸初期には完全に逸書となっていたようである。

ところで、彰考館文庫蔵本朝書籍目録[18]には、扶桑葉林が登載されている。この書目は大永四年（一五二四）七月十七日、什証なる人物が勘解由小路在富の本を写した旨の本奥書がある。公条とも同時代である。通行本とは内容がかなり異なり、古い時代の情報を伝えていると考えられる。ここに、

　家々撰集抄○中略、

扶桑葉林二百巻、清輔、

とあって、中世にある程度認知されていたことが確かめられるほか、二百巻という厖大な分量と、撰者が藤原清輔であるという新知見が得られる。

はたして近年、扶桑葉林の零本が発見され、影印も刊行された。夫木抄との関係を明らかにする前に、まずこの空前絶後の規模と思われる私撰集の構成内容を明らかにしたい。

四、扶桑葉林をめぐって（1）――巻第六十八・宴歌十八について

冷泉家時雨亭文庫蔵鎌倉時代後期古写本一帖はいまのところ扶桑葉林の唯一の伝本となる。

書誌は以下の通りである[19]。綴葉装一帖、二二・九×一六・二。藍色表紙。外題は「尚歯会和謌」（左肩打ち付け書き、後筆）、内題は「扶桑葉林第六十八　宴歌十八／尚歯会」。本文は第一丁裏から始まり、二六丁表で終わり、後遊紙一枚を付す。本文は九行書き、和歌一首二行書、詞書三字下げ。

本文末に書写奥書がある。親本が「礼部二品」の本、校合本が「顕教卿」の本とある。なお奥書は本文と同筆同時のものとされている。

　以市部（礼部）二品本書写了、
　・重（×又）校合他本（顕教卿本）了、

顕教は紙屋川顕教と考えて問題ない。藤原知家の弟顕氏の孫で、六条藤家の末裔に当たる。顕教が公卿となったのは正応三年（一二九〇）のことである。

「礼部二品」とは誰であろうか。治部卿で散二位の者である。鎌倉後期かく称されるのは、ほぼ日野俊光一人

に限られるようで、[20] 奥書は正和三年（一三一四）から翌年にかけて記されたと特定できる。なお顕教も正和四年に非参議のまま出家している。もっとも書写は古いが、この巻を見る限りでは本文に誤写誤脱が多かったようで、たんねんに校合が加えられている。

単行の「尚歯会和謌」として写されたことも考えられようが、外題は後人のものであり、やはり奥書は内題の「扶桑葉林第六十八」と対応しているであろうから、一帖がたまたま伝存したと見られる。

内容は二種の尚歯会和歌の本文を収める。はじめの会は嘉保二年（一〇九五）と推定されるもので、

暮春尚歯会和謌九首　（校合書入）「加贈答二首　嘉保三年三月一日、於行願寺講之云々、」

皇太后宮○亮権源経仲

おもひきやおなしよはひのともにあひて
ことしのはるの花をみんとは

以下、前備後守高階経成・文章博士藤原成季・神祇大副大中臣輔弘・散位藤原時房・皇太后宮大進平基綱・

扶桑葉林第六十八（冷泉家時雨亭文庫蔵「尚歯会和歌」）

沙弥観心隆資入道・慶基法師・筑前尼康資王女の和歌があり、続いて「三日講之間写〻（寄）之」として読人不知歌一首、「一宮に召此哥御覧之後返給○（時女房）被副哥」の一首がある。

続いて「餘興未盡有後宴和哥」とあり、別の一座がある。標題は、

「注也、尚歯会後宴」（校合書入）

春日於行願寺同詠見花日暮和哥一首并序十六首、

泗水沈老安祐改安頼

で、真名序と十六首が収められる。但し、前の会と歌人四名が共通するものの、尚歯会とは無関係のようである。同じくこの両度の会を収める西尾市立図書館岩瀬文庫蔵尚歯会記を紹介された後藤昭雄氏は、「この十六首の作者に嘉保尚歯会の九老のうちの四人が含まれているのに注目した後人が、そのことによって、この歌会を尚歯会の後宴と理解（誤解）して、両者を結び付けた結果が、今『尚歯会記』に見るかたちではなかろうか」と推測している。(21) つまり扶桑葉林の編者が、ほぼ同時期にともに行願寺で行われた歌会の本文を入手し、「尚歯会後宴」と誤認したとするのである。

さらに清輔自身七叟に列なった、承安二年（一一七二）の有名な尚歯会が収録されている。この記録は既に周知のものであるが、ここでも、

暮春白河尚歯○（会）和歌并序承安二年三月十九日於宝荘厳院行之

前大長秋内給事藤原清輔六十五、

と題し、清輔の仮名序と和歌があり、続いて他の六叟の詠、さらに垣下を務めた清輔弟重家・季経以下九名の和歌があり、そして当日の盛儀を記した仮名記と翌日性阿上人と清輔の贈答二首がある。ここまでの構成は単行で

流布した本（暮春白河尚歯会和歌）と同じであるが、扶桑葉林ではさらに続けて委細の漢文の記録を二種類収めている。

一つは「承安二年三月十九日丁亥天晴、今日□□〔兄〕大宮前大進清輔朝臣、於宝荘厳院之形勝、□招歌人六叟、行尚歯会之高会、此会先々詩人行之」と始まり、最後は「為備忽忘粗記大概而已」と結ぶもので、記主不明であるが、後藤氏の考証によって重家と判明する。

もう一つは「同記　盛方朝臣」と題し、末尾にも「予適接此席、已看其儀、争不悦哉、為備後鑒、粗記大概而已／従四位下藤原朝臣盛方」とする通り、藤原盛方の記である。盛方は清輔と親しく垣下に参じ、また漢才も豊かであった(22)。

以上のように複眼的にこの尚歯会のことを知り得るわけであるが、この例に限っても、扶桑葉林は、単に歌会の一座と序のみならず、関係する史料を網羅的に集成しようとする性格が顕著である。

巻六十八が宴歌十八とあるので、巻五十一から宴歌の部が続いていたことになる。部立名としては珍しいが、「長皇子与志貴皇子於佐紀宮倶宴歌」（巻一・八四）あるいは「（天平宝字）三年春正月一日於因幡国庁賜饗国郡司等之宴歌一首」（巻二十・四五一六）の如く、万葉集に見える語である。これらは「宴する歌」で、文字通り宴席で詠まれた和歌の謂である。他にも元慶六年（八八二）以後しばしば行われた日本紀竟宴歌、あるいは「延喜御時、八月十五夜月宴歌」（新勅撰集・秋上・二五五）や「天暦御時花宴歌」（続後拾遺集・賀・六一六）といった雅宴の歌がある。「宴歌」部とはこうした平安初期以後のさまざまな雅会で詠まれた和歌を集成した巻々なのであろう（和歌のみの催しは平安期にはむしろ少ない）。そして袋草紙・上の「探題和歌」「御賀歌作法」の章では、万葉集巻十七の「天平十八年正月於太上皇（元正天皇）御在所賦雪和歌」をはじめ、「康保三年花宴」「長元六年白川院子日記」「天喜四年新成桜花宴」などの記録を引いて考証しており、清輔が宴歌に関心を持ち資料を集成したことを裏付ける。扶桑葉林の内題「尚歯会」は、「宴歌」の下位分類項目であるから、他にもこうした種類の雅会を集めて分類したことになろう。

以下、憶測するに、巻六十八では、三種の歌会の計四十五首を収めていた。この巻は序や記録が多く、冷泉家時雨亭文庫本の書式では一丁に六首を記し、墨付二十五丁であるから、もし最大限に和歌を載せたとしたら、一五〇首となる。清輔の原本は恐らく巻子本であろうから、だいたい一巻について百首程度が適量であろう。するともし全体が二百巻ならば二万首ほどの分量になる。夫木抄が約一七四〇〇首であるから、あながち不可能ではなかろう。もっともこの時代であれば、「このやまとうたをさながらあつめたる物」と称して誇張ではない。

ところで清輔には題林という編著があった。和歌現在書目録に、

類聚家○中略、

題林歌合卅巻、歌会卅巻、百首卅巻、雑、卅巻、合百廿巻、二条院召了清輔朝臣

と見えるものである（桑華書志所載古蹟歌書目録も同じ）。この書も現存しないが、百二十巻という規模、そして歌合・歌会・百首歌・雑々各三十巻という出典別の構成など、扶桑葉林と酷似しており、両者には深い関係があったとみなされる。題林は二条院に奉ったのだから永万元年（一一六五）以前の、扶桑葉林は先の尚歯会和歌以後、つまり承安二年（一一七二）三月から、清輔没の治承元年（一一七七）六月の間の成立となる。題林を増補したのが扶桑葉林と考えるのが自然であろう。題林の形を保つとすれば、歌合・歌会（宴歌）・百首歌（定数歌）・その他の順であろう。扶桑葉林は、四季恋雑の部立に排列した撰集ではなく、さまざまな和歌文献を出典資料別に集める、いわば和歌資料集成というべき書物であったと断じてよいであろう。

五、扶桑葉林をめぐって（2）——逸文の集成と考証

ついで扶桑葉林の逸文を紹介して、全体の構成を推定するたよりとしたい。現在見出したのは三点であり、いずれも鎌倉後期から南北朝期にかけての文献である。

（1）古今集六巻抄

二条派歌人の行乗法師の注釈書である。(23) 延文五年（一三六〇）十月、二条為明からの古今伝授に際して、二条良基が語った談話を引用する。

> 煙事、侍従中納言為明云、延文五・十月廿九日、二条前関白（良基）古今伝受之時、仰云、扶桑葉林云、第廿巻マデハ歌合也、基俊判詞云、第十三巻、ムロノ八嶋ノ煙ニ、煙ノタエヌ事ニハ富士ノ山ヲコソイヒナラハシタレト云々、基俊ノ時マデタエヌフジノ煙、今ノ世ニ絶ンヤ、フジノ煙ハ不断、勿論也、

仮名序の一文、例の富士の煙の不立・不断のくだりで、「不断」説に立って藤原基俊の歌合判詞を引用する時、扶桑葉林に言及する。この歌合は藤原忠通の主催した元永元年（一一一八）十月二日内大臣家歌合のことで、恋・一番の基俊判詞に「浅間の岳、不二の山などぞ煙絶えぬためしにはよみふるし侍るめり」とある。これが扶桑葉林の第十三巻に入っていたというのである。

「第廿巻マデハ歌合也」とする注記は重大である。はじめの二十巻は歌合本文の集成であったと判明し、出典別の和歌資料集成であったとする推定を裏付ける。ここで想起されるのは類聚歌合で、構成は同じであったと見

てよかろう。二十巻本では、大治元年忠通家歌合まで百八十八度の歌合を収め、巻ごとに主催者の身分によって分類している。すなわち内裏上下・上皇・后宮上下・内親王上下…の順となる。巻十一・十二が大臣上下に宛てられ、元永元年十月二日内大臣家歌合は巻十二に収められている。収録年代の下限が類聚歌合より五十年ほど降る扶桑葉林で、これが巻十三に位置するというのはほぼ妥当であろう。

（2）高良玉垂宮神秘書紙背和歌

「高良社本以呂波綺語集」とも呼ばれる。筑後高良大社（現・福岡県久留米市）に蔵される縁起書高良玉垂宮神秘書（南北朝期写）の紙背文書中に、ごく一部が残存するもので、全体の規模、また撰者・原書名とも不明である。但し成立時期は内部徴証によっておよそ鎌倉末期と見られている。[24] 珍しい語を詠んだ和歌を歌集・歌合・歌学書、さらに物語・日記などからも蒐集類纂し、詠歌の手引きとしたもので、用例となる語には朱合点を加えている。分類は主題別となっていて、類題集というよりは辞書に近い。現存部分は、手（一〜二八）、風（二九〜二二四）、霞（二二五〜五一）、影（二五二〜六）、空（二五七〜六六）、露（二六七〜八一）、月（二八二〜三三五）の七部に分かたれる。

ここに「扶桑」「扶桑ー」「扶桑葉林」などの出典注記を持つ和歌が七首見出される。本書は詞書がなく、界線を引いて出典・和歌・作者を一行で書写する（和歌は二行書き）。その形で示すことにする。[25]

①扶桑ー中宮権亮経定哥合　ヤマノハヲシナトノカセハフキハラへ　カタフク月ヤシハシトマルト　弾正大弼維順　（四六）

②扶桑葉林　ウチトケテネラサレサリケリアキノヨハ　フキオトロカスタケノハカセニ　相模（四七）

③葉林多武峯往生院哥合　ワキモコカアタリノコスハマカネトモ　マトヲシニフクカセノス、シキ　仁昭（一五四）

④葉林祇園社哥合　ナニハカタアシネトケフクハルクレハ　シホチモミエヌヤヘカスミカナ　僧静観（二一二）

⑤扶桑奈良花林院哥合　アキノヨノフケユクマ、ニクモキエテ　ハナタノソラニスメル月カナ　弁得業（二四三）

⑥扶桑大神宮禰宜哥合永久　アカスシテ月ノスミユクミソラチニ　セキモリスウルワカミトモカナ　作者不書（二四四）

⑦扶桑住吉哥合嘉応二十九　スミヨシノマツノコスヱヲミワタセハ　コヨヒソカクル月ノシラユフ　前民部少輔盛方朝臣（三〇七）

「扶桑葉林」とするのは②だけであるが、「扶桑」「扶桑ー」「葉林」も全て同一書、扶桑葉林を指しているとみなしてよい。この七首はいずれも院政期の作であり、かつ②を除いては歌合詠である。これまで再三述べた通り、扶桑葉林が古来の歌合集成として用いられたことを反映するものであろう。

（3）野坂本賦物集

鎌倉後期成立と見られる野坂本賦物集[26]に、「扶桑葉林」と注した賦物が六箇所に見える。いまこれを整理した

形で掲げると、

①初何。—網。
②山何。—合。
③山何。—薩。
④何船。曾麻小—。
⑤何馬。竹—。
⑥何颪。甲斐—。

となる。賦物とは、連歌の句にある種の熟語を詠み込む制約のことで、長連歌が発達した鎌倉前期、連歌一巻の統一感を高めたルールとして用いられた。その際には句中の語が、ある指定された語と結びつき熟語となるようにする。たとえば①ならば、「初網」という賦物があり、この語を用いた和歌が扶桑葉林に見える、ということである。鎌倉時代は賦物の制が最も盛んで百韻全てを同一賦物で取り通したため、自然結合する熟語も多種多様となり、証歌が盛んに穿鑿されたため、このような学書成立を促したわけである。

そして①から⑥で賦物となる語は、①を除いては、院政期以前の和歌で確実に用いられた例を指摘することができる。

②は、「やまあひ」の表現を含む歌は多数あるか、全て藍色の染料を採る植物の「山藍（やまあゐ）」を詠んだもので、これは別語である（野坂本賦物集でも直後に「山藍」を立てる）。唯一「山合」の用例としては、

山あひに雪ふりかゝりて侍りけるを見て
足引の山あひにふれるしら雪はすれる衣の心ちこそすれ（歌仙家集本伊勢集・三九九）

がある。「山藍」を掛詞としてはいるが、一義的には「山合」を詠んだ歌とみなせるからである。なおこの歌は拾遺集・冬・二四五にも入っているが、表記が「やまゐ」となっている。野坂本賦物集が、拾遺集ではなく扶桑葉林を出典としたのは、「やまあひ」の表記を重視したのであろうか。

③は極めて珍しい語で、用いた和歌は次の一首にほぼ特定される。

山さつがしがきのかげやひまもなきゐまちの月のいでよさりする（為忠家後度百首・三三九・居待月・仲正）

この歌は夫木抄および高良玉垂宮神秘書紙背和歌にも小異があるが入っている。

④も孤例である。

ふるさとへこがれてぞゆくそまをぶねこよひばかりのことしとおもへば（為忠家初度百首・五六一・舟中歳暮・頼政）

⑤は中世には僅かにあるが、中古和歌の用例は、次の一首に限られる。

たけむまのそのともぶしのちぎりにはよにながらへばとこそいひしか（為忠家初度百首・六一六・契久恋・為盛）

⑥も左の歌以外に全く用例がない。

かめのかふさしいでのいそにちりかゝる花をかつくるかひかぜぞふく（為忠家後度百首・五二・磯辺桜・仲正）

以上、②を除いては、和歌では稀少な表現であり、ここに掲げた和歌が扶桑葉林に収められていたとしてよいであろう。そして③〜⑥の四首までが為忠家百首の作であることが注目される。この催しは藤原為忠のもとで長承三年（一一三四）から翌保延元年までの間にそれぞれ八名の歌人が出詠したもので、敢えて変わった趣向を求めて珍奇な語を詠んだ、意欲的・実験的な歌風で有名である。[27] 少なくともこの四首は扶桑葉林に収められていて、そこから野坂本賦物集が引いた可能性が高いであろう。この時、扶桑葉林には、題林と同じく、百首歌など各種定数歌を収める巻々があったとする推定が補強される。

ここで注意されるのは、扶桑葉林は珍しい表現の和歌を収めるとみなされて、ここから証歌を求めることが鎌倉後期に行われていたことである。これは夫木抄の享受と軌を同じくしているのが興味深い。

六、扶桑葉林をめぐって（3）――史上最大の和歌資料集成

以上の考察の結果、扶桑葉林とは、およそ次のような書物となる。
・撰者は藤原清輔。
・巻数は二百巻。但し、あまりに大部のため次第に散佚していったと思われる。
・構成は出典資料の性格別で、和歌本文だけではなく漢文日記などの関係資料も網羅していた。巻一から二十が歌合の部、巻五十一から少なくとも六十八までは宴歌の部となる。他に「百首」（定数歌）の部、「雑々」の部が立っていたことが推定される。
・撰歌の上限は嵯峨天皇の時代（八〇九～八二三）、下限は承安二年（一一七二）である。
・成立は撰歌の下限から、清輔の没した治承元年（一一七七）までの間であり、先行する題林を増補したと思われる。
・鎌倉後期から南北朝期の歌学書にしばしば引用され、特にはじめの二十巻の歌合部が流布していたと推測され、二条良基らも利用したが、室町時代後期には痕跡を絶つ。

・珍奇な題材を詠んだ和歌をも多く集め、証歌を検索することに利用された。
彼是矛盾ないであろう。

この時代の文化的特色に類聚文献の編纂があったことはよく知られる。[28] 院や摂関家の権力財力を背景に、前代の王朝文化を回顧しその遺産を継承するためのものであった。たとえば公事の書物としては藤原敦基撰の柱下類林三六〇巻（現存一巻）、藤原通憲撰の法曹類林二三〇巻（現存四巻）があり、さらに撰者未詳の類聚近代作文一二〇巻（散逸、但し中右記部類紙背漢詩集と関係あるか）、そして藤原仲実撰の和歌類林[29]三〇巻、藤原宗輔撰の管絃譜と、作文・和歌・音楽などにも同様の動きが見られる（多く「類林」の名称を持つ）。扶桑葉林は優にそれらに伍するものである。今後さらに追究されるべきであろう。

七、扶桑葉林と夫木和歌抄（1）――歌合詠の資料源として

それでは、この扶桑葉林が夫木抄の母胎であったとする前記攀枝抄識語の説について検討してみたい。

まず夫木抄には「扶桑」という集付注記を持つ和歌が十九首ある。[30] 全て清輔以前の歌であるので、逸文と見て矛盾はしない。しかも全てが名所詠であり、詞書には「祝歌」「名所哥中に」とするものがあり、あるいは扶桑葉林の部立には「祝歌」「名所歌」という巻があったのかも知れない。

とはいえ、その数は僅少である。他に「林葉」という集付注記を持つものもあり、[31] いくつかは「扶桑」の誤写の可能性が高いが、それを加えても三十首に満たない。

夫木抄の集付注記は必ずしも撰者の直接拠った出典を示すものではなく、また後世の集も交じるので（室町中

期の「歌林良材集」もある）、集の成立後のある伝本において、後人が心覚えのために付けたものが伝写されたと見るべきであるが、そもそも扶桑葉林が夫木抄の母胎となったとする説には、誰しも疑問とするところがあろう。すなわち、夫木抄は為家の歌をおよそ一三三〇首、定家の歌を七七〇首も入れ、また新撰六帖題和歌から約八〇〇首を採ったことでも明らかなように、歌数では明らかに鎌倉期以後に偏している。[32] したがって夫木抄が院政期以前の和歌を集めた扶桑葉林を出典としたとしても、その割合は微少にとどまる。

しかし、その説はあながち捨て去ることはできない。それは依拠資料、特に歌合を出典とする和歌を見ることによって浮かび上がる。

本章末尾の〔表〕には、夫木抄の詞書に見える歌合を、その表記を生かす形で、古い時代から順に列挙し、『平安朝歌合大成』の番号を示した。夫木抄は出典表記がかなり杜撰である上、誤認も甚だしく、そしてまたもとより諸本間の異同も多く、とうてい正確な数とは言い難いが、およそ三五〇もの歌合が現れる。そして治承元年以前の歌合は、『平安朝歌合大成』の下限ともほぼ一致するが、実に二三〇に上る。夫木抄は平安時代の歌合に対して極めて強い関心を持っていた――いや大小を問わずほぼ網羅しているとしても過言ではないのである。しかも、証本も伝わらず、他出もない歌合の詠を、夫木抄だけが採入している事例が極めて多く、あるいは証本はあっても石取合・馬毛名合・前栽合・草子合・瞿麦合・百和香合など遊戯性が高く、後世歌合として注意を惹かれなかった催しからも拾っているのである。

既に萩谷朴氏は、夫木抄により中古の歌合資料が多く拾遺されることに注目しており、それは類聚歌合を資料としていたと推測し、藤原忠通のもとで大治年間（一一二六～三一）に編まれた二十巻本を利用した可能性に度々言及するが、その一方では「この歌合の特殊な性格から、殆どこれに注目するものはなく、僅かに夫木抄が五首の和歌を採録したに過ぎない。しかして夫木抄が資料源として用いた証本は、廿巻本と同系統のものではなく、作者名が、より詳細に記載されていたものである」（二一四・永保三年十月斎宮媞子内親王歌合）などとも述べている。[33]〔表〕には類聚歌合所収の歌合には番号に＊を付けた。その重なりも顕著である。但し、類聚歌合の収録する歌合は大治年間を下限とするのに、夫木抄に見える歌合はこれ以後も依然として多いのである。

さらに夫木抄の歌合詠には、詞書や左注に判詞を引用したり、また題の下に「判者〇〇卿」と注記するものがある。これは相当に数が多く、決して後人の加筆とは思われない。類題集では歌合歌であっても判者を示す必要はないはずである。興味深いことに、このような現象は、院政期の歌合、さらには清輔・俊成の関与したものに集中する。

以上の点からして、夫木抄は、仁和以後治承以前の、歌合証本を網羅的に集成した文献に拠ったと考えるほかない。それが清輔撰の扶桑葉林であった可能性は極めて高いとしてよいであろう。

たとえば清輔の歌学書袋草紙では歌合への関心が極めて深く、殊に下巻は歌合研究と称してもよい。袋草紙に引用される歌合は約六十あり、それらの証本が扶桑葉林にまとめられていたことも想像に難くないが、うち五十二が夫木抄にも見られるのである。なおかつ袋草紙にしか確認されないため、『平安朝歌合大成』も処理に困った、隆綱卿家歌合・西国受領歌合などから、夫木抄が撰歌していることも注目される。[34]

だいたい、中古の小規模の歌合詠について、藤原長清はおろか、歌道家の人物でさえ、個々の証本に当たって採入したとはとても考えられない。しかも類聚歌合と違って、扶桑葉林はこの時期世上に流布していたのだから、利用しない手はないであろう。出典名としていちいち扶桑葉林の名を挙げなかったことも説明できる。一方、新古今時代以後の歌合に対しては、六百番歌合や建長八年百首歌合といった大規模な歌合から大量に採っており、かつ同一出典の詠が群をなす傾向がある。

もとより、夫木抄は成立後も何度か増補されたのであろう。最も新しいものでは永徳百首の四辻善成の歌が入っており、新しい資料に遭遇する度に膨脹を続けていたのではないか。しかし、中古の場合は、この時代でもそう資料が多く遺されているわけではないから、やはり何かの類聚文献を利用し、これを解体再編したと見るべきであろう。攀枝抄識語の伝えるところはやはり真実を伝えていることになろう。

八、扶桑葉林と夫木和歌抄（2）――「類聚」から「類題」へ

夫木和歌抄の編纂は、撰歌対象の時代差によって、二分されたであろうと思われる。近代であれば為家の詠草をはじめ、鎌倉前中期の歌合・定数歌、あるいは鎌倉歌壇の催しなどを中心に、比較的容易に入手できるものを用いている。その量は同一出典の歌が一群にまとまって採られ、歌数も厖大となった。一方、院政期以前の作品では、扶桑葉林のような、巨大な資料集成から抜き出した和歌を排列し直したのであろう。歌数としては少ないが、編纂への寄与が大きかったために扶桑葉林の名が記憶され、当初は扶桑集と称したという異本抜書などの伝承を生ずるに至ったのではないか。

そうであれば和歌の蒐集とともに、いかに分類するか、つまり項目の設定が問題となっているはずで、撰者の役目はむしろここにあった。

夫木抄は類題集であるが、しかし分類規準は歌題ではなく、あくまでその上位に位置する「項目」である。たとえば巻十九・雑一は「天」「日」「星」「風」「雷」「雲」「雨」といった天象の一字を立て、用例の夥しくある

「風」「雲」「雨」などでは、たとえば春風・秋風・飛鳥風・はつせ風…といった下位分類項目も設ける。[35] 巻二十・雑二「山」の一部でも、「いこまの山」以下の下位分類を立て、これはイロハ順に排列している。巻三十六・雑十八には俗語を詠んだ和歌を集めた「言語」の項を立て、歌学書的性格が濃厚である。[36] なお、いわゆる歌題によって分類するのは南北朝期成立の二八明題和歌集が嚆矢とされている。[37]

夫木抄とほぼ同じ鎌倉後期に編まれたと推定されている高良玉垂宮神秘書紙背和歌も同様の性格を有する。分類は歌題ではなく和歌に読み込まれている言語であり、中古は扶桑葉林を撰歌源に仰ぎ、近代の歌を増補したと思われる。左注の形で歌合判詞を引用し、時によって散文にも及ぶのも同じである（以後の類題集にこのようなことはない）。このような形式・性格は、類題集というよりも、院政期の歌学書・辞書などに近い。

ところで、清輔・顕昭によって大成した実証的歌学は、その後学統を継承し発展させる者がなく、ほとんど停滞してしまうと言われる。[38] 御子左家の歌壇制覇および定家の絶対的権威の確立に伴って、歌学はより高いレヴェルを目指すことより、広い層への浸透を目指すようになるからであろう。それでも鎌倉期には、なおその精神を継承した成果が見られる——鎌倉で活躍した仙覚や源親行は好例である。したがって、鎌倉末期の関東文化圏で、和歌類書というべき学書として夫木抄が成立したことも興味深いのである。後世は項目よりも歌題が基準とされ、結果的に類題集として重宝されているのであるが、それでもかつての学書としての性格をも持ち合わせているのである。

また扶桑葉林は南北朝期に至っても世に行われていたが、実際のところは野坂本賦物集の例で見た通り、珍しい題材の和歌を探すためにも使われたようで、出典別の編成を改め、事項別に編纂し直すという動きは当然起こってくるであろう。

院政期の類聚文献は、いずれも鎌倉後期頃までは使われた形跡があるのに、その後忘れられて散逸してしまっている。あまりに巨大過ぎて必要箇所を参看するのに不便であったのが最大の要因であろう。版本ならばそういう問題も解消できるが、写本の場合は、時々の必要に応じた抜書本か、あるいはより簡便な部類本を再編するしかないのである。

この点について、具体例を参看したい。類聚文献から抜書本が作られ流布すること、大江匡房の江談抄に次のようにある。

> 為憲（源）所レ撰本朝詞林、在二故二条関白殿（藤原師通）一、件書令二諸家集為憲撰一給、世間流布披露本、甚以省略也、保胤（慶滋）・正道（橘）等集詩二百余首、今所二書入一也、有国集、故広綱（藤原）所レ集不レ幾云々、（第五・新撰本朝詞林詩事）

本朝詞林は源為憲（?〜一〇一一）撰と言われ、逸書であるが、寛弘以前の詩人の別集を集成したものであるという。しかし世間に流布しているのは略本であったので、不満を覚えた匡房は、新たに慶滋保胤・橘正道の詩を両人の別集から二〇〇首も増補したというのである。

また院政期に集成された資料を、鎌倉期に再編して利用しやすくする傾向も看て取れる。たとえば鎌倉前期の儒者藤原孝範は、摘句を項目別に分類した擲金抄三巻を編んだ。これは作文会一座をそのまま収める中右記部類紙背漢詩集を主要な材料の一つとしている[39]。内記の草すべき文章を集成した柱下類林を、同じく孝範がインデックスを付けて部類し、柱史抄三巻を編んでいる。

院政期に類聚された資料を、鎌倉期以降には学問の用途に沿って抄出・部類・再編するという動きが各分野で続いていたと思われるのである。当座の目的に添った簡便な抄出本や部類本がかえって世に行われ、母胎となった類聚文献は滅びてしまう。扶桑葉林が南北朝期まで利用された形跡があるのに、夫木抄と交替するような格好でその跡を絶ってしまうことも、こうした現象によって説明できる。

九、おわりに

夫木抄における扶桑葉林の痕跡を探求するうち、はからずも和歌史における古歌集成と利用の動きを俯瞰することとなった。最後に夫木抄の成立を促した背景についてもう一度まとめて結語としたい。

撰者は、院政期以前は扶桑葉林ないしそれに相当する和歌の類聚文献に基づき、鎌倉期以後は個別の歌合・定数歌・家集類に当たって、自ら立てた辞書的項目のもと分類排列し、延慶年間に夫木抄を成立させた。それは院政期に集積された和歌資料のプールを、時代の要請に応じ、絶えず抄出・部類・再編する動きに位置付けられる。現存する夫木抄自体が抜書本であるという説はこうした事情を反映するのであろう。したがって夫木抄は、極言すればその刻々と移り変わる抜書本の一つの状態に過ぎないものであった。

しかし、その項目分類は行き届いたものであり、かつ鎌倉歌壇はじめ近代の歌人の作品まで及んだ撰歌範囲も十分に広く、成立後はもはや全体の面目を変えるほどの変改を施されず、今川了俊ら具眼の士に見出されて広く利用されるようになる。そして同じ頃に扶桑葉林が使命を終えて姿を消すと、今度は夫木抄が新たな和歌資料のプールとなり、さまざまな形の抄出本・抜書本を成立させるのであった。

和歌史の上でも滔々たる流れを堰き止めて、古歌を集成しようとする動きは何度かあった。その事業は時の権力者の意向とも深く関係したし、何より時の学問からも影響を受けた。その試みは清輔の扶桑葉林をもって極限に達した。これは、規範とすべき古歌の枠組みを定めるという役目も負っていた。和歌は、撰集・家集・定数歌・歌合・歌会など個別の資料によって伝世したのはもちろんであるが、古歌となれば一旦は扶桑葉林の如き類聚文献にまとめられ、それが解体されて、再び単行で後世に伝えられるという道筋をも考えなくてはならない。そして勅撰和歌集が二十一に定まり、夫木抄が成立すると、規範とすべき古歌の総量は一定となり、新たな資料を蒐集するより、目的に応じた分類・抄出に比重が移動する。これはまた写本というメディアの限界によるものでもあった。こうした動きが一段落するのは江戸時代の版本の出現を待たなくてはならないが、その後もより簡便な西順の抜書本の刊行を見るように、完全に停止したわけでないのである。

注

（1）延宝二年（一六七四）初刊。西順自筆本は愛媛大学図書館鈴鹿文庫蔵。福田安典「西順自筆『夫木和歌抄抜書』について」（上方文藝研究1、平16・5）参照。なお跋文は「康永元年霜月日」で完結しているようであるが、この本ではさらに「此一部卅六帖ハ遠江国住人勝田前越前守長清朝臣撰之早」に始まる、別の識語らしきものがある。出所未詳であるが、長清が為相の意に沿って撰集し、勅撰集（撰者たらんこと）を請うたので、（夫木抄は）末代の重宝として（長清は）天下の崇敬を集めた、とする伝承を語る。

（2）「夫木和歌抄私見」（国語国文の研究25、昭3・10）。

（3）『中世和歌の研究　資料と考証』（新典社、平2）「夫木和歌抄成立攷」（初出昭25）。

（4）『中世和歌史の研究　続篇』（岩波出版サービスセンター、平19）第四篇第二章「夫木和歌抄」（初出昭45）。

（5）該本の書誌を記す。整理番号、わ九一一・一四・六。目録書名「夫木和歌抄」。〔江戸後期〕写。料紙は楮紙（全丁裏打）。袋綴一冊。共紙表紙。二三・七×一七・二。上に後補茶表紙。外題「夫木抜書」、表紙中央に打ち付け書き。内題「夫木和謌抄巻第一」。本文毎半葉一〇行、一首一行書。題は右肩注、作者は行末。墨付三五丁。遊紙前一丁。印記「青

虹」「陸軍豫科士官学校図書之印」。歌数五六五首。ほぼ完本の歌順に沿って排列するが、必ずしも厳密ではない（部立歌題が異なるものも多い）。また四季部からは六〇首しか抜かないのに、雑部の歌が夥しく、特に巻二十七・動物類〜巻三十六・人事類に比重が置かれている。本文は代表的写本三本（静嘉堂文庫本・永青文庫本・桂宮本）とかなり異なり、かつ僅かながら完本には見えない和歌がある。「今日（五月五日）よりは汀に草もあらしかしあやめは軒にこもはこもまき　貫之」(22)は、躬恒に仮託された秘蔵抄（古今打聞、永享十年奥書）にのみ見える。なお、岡田希雄の蔵書目録である『樛園文庫書目志』（国立国会図書館蔵岡田文庫本、大11）に「夫木抜書　萬治元年古写本　一　同」とある（上欄に「一・五〇」とペン書き）。

（6）　該本の書誌を記す。整理番号、KN九一一・一四七　F六八。目録書名「夫木和哥抄」。〔室町後期〕写。料紙は楮紙。列帖装一帖。後補草花蝶織出山鳩色裂表紙。二一・三×一三・三。外題なし。内題「夫木和謌抄　巻第一」。本文は毎半葉八〜一二行、一首一行書。題は右肩注、作者は行末。墨付一七丁。奥書なし。極札「連歌師紹巴　夫木和哥抄一冊（印）」。箱書「夫木和哥抄　紹巴筆」。歌数二七一首。国会本でいう二〇二〜四七七、五四五〜五六五番歌を欠く（ママ）。また国会本にある跋文はない（折の脱落はない）。一方、五四四番歌の次に、「いたつらに鳴や川つの哥袋おほかる口も思入はや　為顕」「白雪のふりつもりぬる奥山はあから柏もうつもれにけり」の二首がある。

（7）　「扶木在陽州、日之所曊、（扶木、扶桑也、在陽谷之南、曊猶照也、過陽州東方也、曊読無枝攢之攢也、）」（淮南子・巻四地形訓）、「望扶木而烏集、渉滄溟而子来」（本朝文粋巻九・大江朝綱　夏夜於鴻臚館餞北客詩序）などとある。

（8）　知連抄上巻奥書に「右此大事者、二條殿より（坂之）周阿法師申下、西国下向之時、雖所持、九州には留ず、帰洛せし也、周防国に一本書留也、二人と相伝（す）べからず」とある。また下巻奥書に「抑此御抄者、去応安第七、二条大閤、依当関白殿御所望、抽和歌肝要被遣之（進歟）、周阿九州下向之時、最初計御草案時分、申下令所持云々」とある。伝心敬作馬上集にも周阿が良基の勘気を蒙り「都のうちを忍ひ出て九州へ下」ることが見え、良基と周阿の関係を物語る逸話として有名であったと言えるであろう。

（9）　小秋元段『太平記・梅松論の研究』（汲古書院、平17）第四部第一章「『梅松論』の成立―成立時期、および作者圏の再検討」参照。

(10) 撰者長清とその役割に関する最新の研究成果として小林一彦「『夫木和歌抄』の成立―撰者をめぐる問題」(国文学解釈と鑑賞72-5、平19・5)がある。また『冷泉家時雨亭叢書40　中世歌学集　書目集』(朝日新聞社、平7)「桐火桶解題」(島津忠夫氏執筆)によれば、冷泉家時雨亭文庫蔵桐火桶(袋綴大本一冊、冷泉為広筆)の冒頭一丁に、

代々当家作物

古来風体　俊成卿作　　京作抄　同

詠歌大概　定家卿作

愚秘抄　同上下　或鵜本末　三五記　同上下　鷺本末

(中略)

詠歌一躰　為家　　竹苑抄　同

勅答之状　同

ふほく　為相作　卌六帖

とあるという。夫木抄撰者に関する史料としてはこれが最も古く、かつ冷泉家でこれを学書とみなし、為相撰との説があったことは重要である。

(11) 引用は古典文庫五六四(荒木尚編、平5)による。

(12) なお、幽斎の弟子であった佐方宗佐は、永青文庫蔵御歌書目録で、

一、はんじせう　これはしか〳〵おほえ申さす候、哥をあつめたる物歟、○中略、

一、ふぼく　これハ哥をおほくあつめたる物にて御さ候、四十てう御さ候物にて御さ候か、もし二さつつ、とぢ申候や、

と記している。夫木抄の成立や撰者については知らなかったらしい。

(13) 引用は福井廸子・西丸妙子編『在九州国文資料影印叢書7　詠歌大概聞書』(同刊行会、昭54)による。

(14) 京都大学附属図書館谷村文庫蔵天正十四年写本(四-二十二/エ/一貴)による。

(15) 紹巴注は誤解があり、「扶桑葉林六十冊有之嵯峨天皇御撰、彼御抄に不逢帰と云題に入了」と、扶桑葉林は嵯峨天皇撰という荒唐無稽な内容に歪んでしまっている。宮内庁書陵部蔵江戸初期写本（五〇一・四八一）による。なお土田将雄『細川幽斎の研究』（笠間書院、昭51）第二章第二節「詠歌大概伝授―詠歌大概諸注」参照。

(16) 宮内庁書陵部蔵江戸初期写本（五〇一・四九五）による。今井明「詠歌之大概宗養抄の一考察」（中世文学34、平元・5）参照。

(17) 荒木尚編『百人一首注釈書叢刊3　百人一首注・百人一首（幽斎抄）』（和泉書院、平3）による。

(18) 久保木秀夫『中古中世散佚歌集研究』（青簡舎、平21）第三章第一節「彰考館徳川博物館蔵『本朝書籍目録』」参照。歌書目録（岡山大学附属図書館池田家文庫蔵）や柳原紀光編歌書類目録にも「扶桑葉林　二百巻」を著録するが、その原拠は彰考館本であろう。

(19) 『冷泉家時雨亭叢書46　和漢朗詠集　和漢兼作集　尚歯会和歌』（朝日新聞社、平17）「解題」（後藤昭雄氏執筆）による。

(20) 治部卿は四位、または非参議三位の兼官である。二位で兼帯することはごく稀で、鎌倉後期では日野俊光が前中納言正二位の時代、正和三年十月から翌年十月二十八日にかけて任じられたことがあるのみである。これならば同時代人から「礼部二品」と呼ばれる。なお正和四年四月の詠法華経和歌（管見記第十六）の俊光詠の位署が「正二位行治部卿藤原朝臣俊光」であることも傍証となろう。

(21) 後藤昭雄『平安朝漢文学史論考』（勉誠出版、平24）Ⅲ-18「嘉保の和歌尚歯会」（初出平15）参照。

(22) 中村文『後白河院時代歌人伝の研究』（笠間書院、平17）第十一章「藤原盛方」（初出平4）参照。

(23) 引用は片桐洋一編『中世古今集注釈書解題　三下』（赤尾照文堂、昭56）による。

(24) 荒木尚『今川了俊の研究』（笠間書院、昭52）参照。

(25) 本書の赤外線写真を荒木氏より借覧させていただいた。記して深謝申し上げる。

(26) 金子金治郎・山内洋一郎編『鎌倉末期連歌学書』（中世文藝叢書、広島中世文藝研究会、昭40）による。

(27)平安末期百首和歌研究会編『為忠家両度百首　校本と研究』（笠間書院、平11）、家永香織『歌合・定数歌全釈叢書9　為忠家初度百首全釈』（風間書房、平19）、同『同15　為忠家後度百首全釈』（同、平23）参照。
(28)大隅和雄『中世仏教の思想と社会』（名著刊行会、平17）「古代末期における価値観の変動」（初出昭43）参照。
(29)浅田徹「藤原仲実の類林和歌について」（橋本不美男編『王朝文学　資料と論考』笠間書院、平4）参照。
(30)安井久善『中世私撰和歌集攷』（私家版、昭26）「夫木抄に見えたる散佚撰集について」参照。以下に列挙する。

(1)卯花を、扶桑　おとたてぬせきりのなみとみゆるかなみなせのさとにさけるうの花　読人不知（巻七・夏一・花・二三八五）
(2)清輔朝臣家歌合、扶桑　さをしかのこゑしきるなりみよしののいさかた山につまやこもれる　登蓮法師（巻十二・秋三・鹿・四六三七）
(3)祝歌中、扶桑　くらゐ山いはねにおふる玉つばきやちよのかげは君のみぞみむ　読人不知（巻二十・雑二・山・八五五一）
(4)名所歌中、扶桑　くらぶ山はるさへ梅のにほひにはよるみるあきのはなもなきかな　読人不知（巻二十・雑二・山・八五六四）
(5)名所歌中、扶桑　あづまぢや舟木の山の木の間よりほのかにみゆる夕づくよかな　源忠季（巻二十・雑二・山・八六三〇）
(6)名所歌中、扶桑　ありき山今ありきとも君こそはかぞへもしらめ松のちとせを　盛永（巻二十・雑二・山・八七一四）
(7)御集、扶桑　ありま山すそ野の原に風ふけば玉もなみよるこやの池水　法性寺入道前関白（巻二十・雑二・山・八七一七）
(8)名所歌合、白川関、扶桑　浪かかるすゑの松ともみゆるかな雪ふりそむるしらかはのせき　藤原忠隆（巻二十一・雑三・関・九五九九）
(9)名所歌合、扶桑　なげきのみわが身ひとつにしげければこひのもりともなりやしぬらん　経盛女（巻二十二・雑四・

森・一〇〇七二）
⑽題不知、扶桑　わたのべやおほ江の岸に水こえてこや野のきはに舟つなぐなり　良暹法師（巻二十三・雑五・江・一〇六八六）
⑾周防守にて下りける時、貫之家歌合、扶桑　氷りにし氷室の池も冬ながらこちふく風にとけやしぬらん　読人不知（巻二十三・雑五・池・一〇八五八）
⑿名所歌中、扶桑　うき人のわすれ果てなでわすれがはなにとてたえず恋ひわたるらん　藤原忠隆（巻二十四・雑六・河・一〇九八〇）
⒀同（家集）、扶桑　あまの川ながるる月のすむ影をいくよかみつるいはさくのかみ　神祇伯顕仲卿（巻二十四・雑六・河・一一一八六）
⒁名所歌中、扶桑　ゆきもよにしぶたにのうらをこぎいでてつりするあまはそでやぬるらん　同（よみ人知らず）（巻二十五・雑七・浦・一一六八七）
⒂名所歌中、扶桑　恋をのみすまのうらなるはまひさぎたれかはしらぬしほれたりとは　参議親隆卿（巻二十五・雑七・浦・一一七一五）
⒃名所哥中、扶桑　やましろのこまのわたりの紅葉々をからにしきとや人はみるらん　藤原為真（巻二十六・雑八・渡・一二二一九）
⒄同（家集）、扶桑　あやめ草たづねてぞ引くまこもかるよどのわたりのふかきぬままで　祭主輔親卿（巻二十六・雑八・渡・一二二二五）
⒅永久四年歌合、女郎華、扶桑　さきにほふかほよのさとのをみなへし誰かは見にとたづねこざらん　藤原忠隆（巻三十一・雑十三・里・一四六一三）
⒆同（題不知）、扶桑　布さらすまきのさとともみゆるかな卯の花さけるかきねかきねは　同（よみ人知らず）（巻三十一・雑十三・里・一四七〇八）

このうち出典の判明するものは、いずれも夫木抄にも採られた歌合の詠であり、⑵は仁安二年八月経盛卿家歌合（章末の［表］の番号で209。以下同）、⑸は元永二年七月内大臣家歌合（175）、⑺⒂は保安二年九月関白内大臣家歌合（178）、⑻は元永元年十月内大臣家奥州名所歌合（155）、⑿は元永元年十月二日内大臣家歌合（173）、⒄は長元八年五月関白左大臣家歌合（61）、⒅は永久四年七月忠隆家歌合（163）、⒆は寛治五年八月宗通卿家歌合（117）の詠である。

但し⑽は林葉集・夏・二七四の「五月雨はおほえの岸に水こえてこやの軒ばに舟つなぐめり」と同じ歌であろう。この歌は夫木抄でも「後法性寺入道関白家百首　俊恵法師」（巻二十六・雑八・一二二七四）として重出している。夫木抄が良暹と誤認したのは、同じ地名を詠んだ「わたのべやおほえのきしにやどりしてくもゐにみゆるいこま山かな」（後拾遺集・羇旅・五一三・良暹法師）との関係があろう。出典資料である「抹桑」には「大江の岸」として良暹・俊恵の二首があったに違いない。これが扶桑葉林だとすれば、「名所歌」の部が立っていた可能性が高くなる。集成した歌合の詠を、名所部に再度個別に掲出することは、このように大部な編著であればあり得ることである。夫木抄の集付はその「名所歌」との重出を示すものなのであろう。

(31)　主要写本で「林葉」という集付を持つのは以下の十一首である。うち⑺と⑾は永青文庫蔵本にのみ存する。

⑴夏歌中、林葉　はつせがはきしのうの花ちる時はさわがぬ水もなみぞたちける　平経正朝臣（巻七・夏一・二四〇七）

⑵御集、林葉　ははそちるはこねの山に吹く風はもみぢをまける心地こそすれ　中務卿の御子鎌倉（巻十五・秋六・六〇六一）

⑶秋歌中、林葉　たかし山もみぢをうらに吹くかぜはいま一入の色そめよとや　前大納言為氏卿（巻十五・秋六・六一五〇）

⑷冬歌中、林葉　もがみがはいはうつ浪にとびかひてはねしほれぬと千鳥なくなり　大納言師時卿（巻十七・冬二・六七三九）

⑸家集、林葉　あさごほりとけもやするとこやの池のあしまをのなく（ママ）かものむらとり　顕仲朝臣（巻十七・冬二・六九九四）

(6)秋歌中、林葉　秋風の吹く夕ぐれはきぶね山声をほにあげて鹿ぞ鳴くなる　賀茂成助（巻二十・雑二・八八二九）

(7)旅哥中、林葉　あづまちのあしがらこえてむさしの山もへだてぬ月をみるかな　藤原時朝（巻二十二・雑四・九七二二）

(8)秋歌中、林葉　船とむるとしまがいその山おろしにちるもみぢ葉やとまのうはぶき　藤原良清（巻二十六・雑八・一二〇四七）

(9)題不知、林葉　むろとよりみなみの岸につたひけん人の跡とふ波のうへかな　「法印良守」（永青文庫本）（巻二十六・雑八・一二二九〇）

(10)題不知、林葉　ともの浦のなみぢはるかにこぐ舟のそがひに見ゆる磯のむろの木　源仲業（巻二十九・雑十一・一四〇二四）

(11)雑歌中、林葉　としつみてあまのすむらんあさくらのさとのわかめをいかでわれみん　顕綱朝臣（巻三十一・雑十三・一四七六六）

やはり全て名所歌であることが注意される。但し、(2)(3)(5)は林葉集に見え、俊恵の歌である。残りの(1)(4)(11)は「扶桑」の誤写の可能性がある。なお(6)〜(10)は鎌倉期の作者であり、他出によってもそれが確かめられる。全く別の歌集か、抹桑葉林としても鎌倉期に増補があったのかも知れない。

(32) 以上は注4前掲論攷の計算による。

(33)『平安朝歌合大成』（私家版、昭32〜44。増補新訂、同朋舎出版、平7）参照。

(34) 久曾神昇・日比野浩信『陽明文庫本袋草紙と研究』（未刊国文資料刊行会、平15）では、袋草紙にのみ引用される隆綱卿家歌合（兼房判）と、夫木抄にしか見えない隆綱朝臣家歌合が同一のものである可能性を示唆している（一八七頁）。

(35) 小沢正夫『古代歌学の形成』（塙書房、昭38）第四編第二章「和歌の辞書的分類」参照。このようなところは当時既にもたらされていた宋代類書の影響も視野に入れるべきかも知れない。

(36) 荒木尚『中世文学叢考』（和泉書院、平13）第一部三「『夫木和歌抄』巻三六「言語」考」（初出昭56）参照。

（37）小林強「類題集等の登場前史」（和歌文学会編『論集　和歌文学の世界15　論集〈題〉の和歌空間』笠間書院、平４）参照。
（38）浅田徹「歌学と歌学書の生成」（院政期文化研究会編『院政期文化論集２　言説とテキスト学』森話社、平14）参照。
（39）佐藤道生『平安後期日本漢文学の研究』（笠間書院、平15）第十五章「『擲金抄』解題」（初出平４）参照。

表　夫木抄所載歌合一覧

凡例

一、夫木抄の詞書に見える歌合を催行年月の順に排列した。但し、以下のものは原則として除外した。(1)後世の秀歌撰、(2)詩歌合、(3)他出・出典によって歌合ではないことが明らかなもの、(4)家集からの引用であることを明記しているもの。一方、「歌合」の文字を脱していても、もとの歌合名称を容易に復原できるものは含めた。

一、一段目の数字は通し番号、二段目の数字は『平安朝歌合大成』の番号、三段目は歌合の名称、四段目の数字は収録された歌数である。

一、歌合の名称は『作者分類　夫木和歌抄　研究索引篇』を参照し、夫木抄の表記を尊重して掲げた。但し明確な誤りは訂正し〔　〕に正確な文字を挿入ないし傍記した。私に通行の名称を示したり説明を加えた場合は全て（　）に入れた。同一歌合で複数の異称が集中にある場合、最も整ったものを掲げたが、甚だしく異なる場合は、異称を併記した。

一、名称が同じでも別の催しと認定される場合は区別した。

一、歌合の同定は『平安朝歌合大成』『中世歌合伝本書目』『藤原為家研究』などを参看した。但し明らかに複数回の催しながら同定不能のため一項として掲げたものもある。

一、類聚歌合に収められる、ないし収められていたと推定される歌合は二段目の数字に＊を付けた。

一、逸文資料によって扶桑葉林に収められていたと思われる歌合はゴチックで表示した。

一、左注に判詞が引用されるものは●、詞書に判者名を記すものは◎、袋草紙に見えるものは○を、それぞれ歌合名の後に付けた。催行に疑いのあるものは（?）を付した。

一	一＊	仁和元年行平卿家歌合○	五
二	三＊	寛平御時菊合	一〇
三	四＊	惟〔是〕貞親王家歌合・陽成院二宮歌合	一〇
四	五＊	寛平御時后宮（班子）歌合○	一三
五	六＊	寛平御時后宮（胤子）歌合	一
六	九＊	昌泰元年亭子院歌合	四
七	一〇＊	昌泰元年（某年）亭子院歌合	一
八	一二＊	昌泰四年八月歌合	一
九	一五＊	亭子院歌合○	三
一〇	一六＊	延喜五年十二月平定文家歌合○	四
一一	一七＊	延喜六年定文家歌合○	七
一二	一八	定文家歌合	一
一三	一九＊	本院左大臣家前栽合	四
一四	二〇＊	延喜十三年三月亭子院歌合○	八
一五	二四	延喜十三年九月陽成院歌合	一
一六	二五＊	延喜十三年十月内裏菊合○	二
一七	二六＊	延喜〔十〕六年亭子院歌合	一
一八	二七	延喜十九年八月〔藤〕壺女御歌合	一
一九	二八＊	延喜二十一年三〔五〕月京極御息所歌合○	八
二〇	三三＊	昌泰〔延長五〕三年小一条関白家前栽合	一
二一	三六＊	近江御息所歌合	一
二二	**三九＊**	**天慶二年二月貫之家歌合**	**一〇**
二三	四〇＊	兵部卿元良親王家歌合（陽成院親王二人歌合）	三
二四	四二＊	兵部卿元良親王家歌合（陽成院第一親王姫宮歌合）	五
二五	四三＊	天暦七年十月内裏菊合	二
二六	四四＊	村上御時紅葉合	一
二七	四五＊	天暦十〔十二〕年二月麗景殿女御御家歌合○	一
二八	四六＊	女御徽子女王家歌合○	一
二九	四七＊	天暦十年五月芳子女御歌合	二
三〇	四八＊	天暦十年坊城右大臣家歌合	二
三一		天徳三年二月三日内裏歌合	二
三二	五三	天徳三年八月女房前栽合	二
三三	五四	天徳三年九月十三夜庚申女房歌合	一
三四	五五＊	天徳四年内裏歌合●○	四
三五	五九＊	応和二年三月資子内親王家歌合	二
三六	六〇＊	応和二年五月四日内裏歌合●○	一
三七	六一＊	応和二年九月河原院歌合	四
三八	六二＊	応和三年七月一条摂政家歌合	一
三九	六三＊	源順家馬毛名歌合	三
四〇	六四＊	康保三年〔閏〕八月内裏前栽合	一
四一	六五＊	康保三年十月十七日内裏前栽合●	一
四二	六八	ある所の歌合	一
四三	七〇	ある所歌合	一
四四	七二＊	規子内親王家〔野宮〕歌合●○	四
四五	七三＊	天禄三〔四〕年五月資子内親王家歌合	五
四六	七四＊	天延三年関白家歌合	二

四七	七五＊	天延三年三月法住寺太政大臣家歌合	一
四八	七六＊	天延三年三月法住寺太政大臣家石名取歌合	一
四九	七七＊	貞元二年八月三条左大臣家歌合○	二
五〇	七九＊	天元四年四月小野宮歌合	一
五一	八一＊	光明〔昭〕少将家歌合	一
五二	八七＊	寛和元年八月内裏歌合○	一
五三	八八＊	寛和二年六月内裏歌合○	五
五四	八九＊	寛和二年七月七日東三条院瞿麦合●	四
五五	九一＊	永延二年七月七日実資朝臣家歌合	一
五六	九二＊	永延二年七月実資朝臣家（後番）歌合○	一
五七	九七＊	正暦四年五月五日帯刀陣歌合	一
五八	九九＊	花山院洞〔東〕院歌合○	一
五九	一〇〇	公任卿家歌合	一
六〇	一二〇＊	万寿二年五月五日義忠朝臣家歌合●○	四
六一	**一二三＊**	**長元八年五月関白左大臣家歌合○**	**一**
六二	一二五＊	長久二年四月土御門右大臣家歌合（長暦二年冬師房家歌合）	二
六三	一二六＊	天〔長〕暦四年正月庚申一品宮歌合	一
六四	一二七＊	長久元年五月良子内親王家歌合（貝合）	一四
六五	一二九＊	長久二年四月土御門右大臣家歌合	二
六六	一三〇＊	長久二年五月庚申祐子内親王家名所歌合	八
六七	一三一＊	長暦一品宮歌合・脩子内親王家歌合	四
六八	一三四＊	永承三年准后倫子家侍百和香合	二

六九	一三五＊	六条斎院歌合	一
七〇	一三六＊	永承四年十一月内裏歌合○	二
七一	一三七＊	永承四年十一〔二〕月庚申夜禖子内親王家歌合	一
七二	一三九＊	永承五年麗景殿女御歌合○	一
七三	一四三	永承五年十一月俊綱朝臣家歌合	四
七四	一四四＊	（永承六年正月）禖子内親王家歌合	四
七五	一四六＊	永承六年五月殿上根合○	一
七六	一四七＊	永承六年五月庚申夜祐子内親王家歌合	二
七七	一四八＊	（永承六年夏）禖子内親王家歌合	四
七八	一五二	永承八年五月中納言泰憲卿三井寺歌合	三
七九	一五三＊	天喜元年八月頼家朝臣家越中国名所歌合	一二
八〇		隆綱朝臣家歌合○	一
八一	一五四＊	道雅卿山荘歌合○	一
八二	一五六＊	天喜二年四月蔵人所歌合	二
八三	一五七＊	天喜二年兼房朝臣家歌合	二
八四	一六三＊	后宮歌合（天喜四年四月皇后宮寛子春秋歌合）○	一
八五	一六四＊	天喜四年五月六条右大臣家歌合○	三
八六	一六五＊	（天喜四年五月）禖子内親王家歌合	一
八七	一六七＊	（天喜五年五月）禖子内親王家歌合	二
八八	一六八＊	（天喜五年八月）禖子内親王家歌合	一
八九	一七一＊	天喜六年八月公基朝臣家歌合○	一
九〇	一七二＊	伊勢大輔家歌合	一
九一	一七五＊	康平四年三月祐子内親王家名所歌合	一九

九二	一七六	後朱雀院女宮歌合・祐子内親王家闘草歌合	四
九三	一七七＊	長元六〔康平五〕年七月歌合無動寺	一
九四	一七八＊	康平六年十月公基朝臣家歌合	四
九五	一七九＊	（康平七年十二月庚申）禖子内親王家歌合	二
九六	一八〇＊	（某年三月）禖子内親王家歌合	一
九七	一八一＊	（某年春庚申）禖子内親王家歌合	三
九八	一八二＊	（某年五月）禖子内親王家歌合	三
九九	一八三	治暦元年十二月皇太后宮歌合	一
一〇〇	一八六＊	禖子内親王家歌合（治暦二年）九月九日	一
一〇一	一八七	治暦三年三月定綱朝臣家歌合	一
一〇二	一八八	治暦三年四月定綱朝臣家歌合	一
一〇三	一九一＊	西国受領歌合○	一
一〇四	一九三＊	（延久二年正月庚申）禖子内親王家歌合	五
一〇五	一九五	延久歌合	一
一〇六	一九七＊	承保二年二月陽明門院殿上歌合	一
一〇七	一九九＊	承保四〔三〕年九月殿上歌合	一
一〇八	二〇一	承保三〔承暦元年〕年十一月源経仲朝臣出雲国名所歌合	七
一〇九	二〇三＊	承暦二年殿上歌合○	二
一一〇	二〇四＊	承暦二年四月内裏歌合○	一
一一一	二〇五＊	（承暦二年十月庚申）禖子内親王家歌合	五
一一二	二〇九＊	承暦四年十月堀河院中宮歌合	四

一一三	二一四＊	永保三年十月媞子内親王家歌合・永保三年斎宮歌合	五
一一四	二一五＊	応徳三年通宗朝臣家歌合○	一
一一五	二一六	顕家卿家歌合	一
一一六	二一七＊	寛治三年八月四条宮扇合・四条皇太后宮歌合○	二
一一七	**二一八**＊	**寛治五年八月宗通卿家歌合**	**一**
一一八	二一九＊	寛治五年十月従二位藤原親子家歌合	五
一一九	二二〇	寛治五年内裏歌合	一
一二〇	**二二一**	**寛治六年五月五日宗通卿家歌合**○	**二**
一二一	二二三＊	寛治七年五月郁芳門院根合○	一
一二二	二二七＊	寛治八年八月京極関白家歌合○	七
一二三	二二九	嘉保二年三月内裏歌合	二
一二四	二三〇＊	嘉保二年八月二十八日鳥羽殿御歌合・寛治七年郁芳門院歌合○	二
一二五	二三一	郁芳門院後番歌合	一
一二六	二三二＊	嘉保三年三月花山院左大臣家歌合	四
一二七	二三三＊	嘉保三年三月堀河院中宮〔侍所〕詩歌合	四
一二八	二三四＊	嘉保三年五月中宮権大夫能実卿歌合	一
一二九	二三五＊	（嘉保三年五月）師時卿家歌合	二
一三〇	二三六＊	嘉保三年五月匡房家歌合	三
一三一	二三九	経信卿家歌合	一
一三二	二四一	承徳二年正月庚申夜歌合	七
一三三	二四二＊	康和二年四月国信卿家歌合○	四

一三四	二四三	康和二年五月五日仲実朝臣家歌合●	二
一三五	二四六	長治元年五月源広綱朝臣家歌合	七
一三六	二四八＊	長治元年五月重隆卿家歌合	二
一三七	二四九＊	（長治元年五月）権中納言俊忠家歌合◎○	二
一三八	二五〇	長治元年五月源宗光家歌合	四
一三九	二五一	長治元年六月匡房卿家歌合	三
一四〇	二五三	長治二年七月（俊頼女子達）歌合	一
一四一	二五五	堀河院御時后宮歌合	一
一四二	二五七	天仁二年三月比叡山歌合	三
一四三	二五九	天仁二年十一月顕季卿家歌合	一九
一四四	二六〇	天仁二年師頼卿家歌合○	二
一四五	二六一＊	天仁三年四月師時卿家歌合	一三
一四六	二六七	天永三年正月歌合	一
一四七	二六八	天永四年閏三月顕輔卿家歌合	二
一四八	二六九	永久元年十一月藤原定通家歌合	六
一四九	二七〇	永久二年名月内裏歌合	一
一五〇	二七一	永久二年九月三井寺歌合	四
一五一	二七二	永久二年大神宮禰宜歌合●	一二
一五二	二七三	永久二年秋大神宮禰宜後番歌合	三
一五三	二七四	永久三年五月大神宮禰宜歌合	四
一五四	二七五＊	永久三年十月内大臣家歌合	三
一五五	**二七六＊**	**[永久三]元永元年十月内大臣家奥州名所歌合**	**三**
一五六	二七七	永久三年十月顕輔卿家歌合	一
一五七	二七八	永久三年十二月大神宮禰宜歌合	一〇
一五八	二七九	永久三年大宮歌合	一
一五九	二八〇＊	永久四年四月鳥羽殿歌合	一三
一六〇	二八一	永久四年四月中院入道右大臣家歌合	一
一六一	二八二	永久四年五月顕輔卿家歌合	五
一六二	二八四	永久四年六月八条太政大臣家歌合●○	四
一六三	**二八五**	**永久四年七月忠隆家歌合●○**	**一六**
一六四	二八六	永久四年七月雲居寺歌合	三
一六五	二八七＊	永久四年八月雲居寺歌合●	四
一六六	二八八	永久四年九月雲居寺歌合	六
一六七	二八九	永久四年九月修行三番歌合	一
一六八	二九〇	永久四年十月斎宮宣旨家名所歌合	六
一六九	二九二＊	永久五年五月内大臣家歌合	四
一七〇	二九三	永久五年九月十六日内裏歌合	一
一七一	二九四＊	元永元年正[五]月十日中院入道右大臣家歌合	六
一七二	二九五＊	元永元年六月八条入道太政大臣家歌合○	四
一七三	**二九六＊**	**元永元年十月（二日）内大臣家歌合●○**	**七**
一七四	二九八＊	元永元年十月（十三日）内大臣家歌合	一〇
一七五	**三〇〇＊**	**元永二年七月内大臣家歌合●○**	**九**
一七六	三〇三＊	保安二年閏五月（十三日）贈左大臣家歌合	二
一七七	三〇四＊	保安二年閏五月（二十六日）贈左大臣家歌合	九
一七八	**三〇五＊**	**保安二年九月（関白）内大臣家歌合●○**	**二**

一七九	三〇六	保安二年二月無動寺歌合○	四
一八〇	**三一一＊**	**奈良花林院歌合○**	**七**
一八一	三一三	雲居寺歌合	一
一八二	三一四	天治元年五月無動寺歌合	四
一八三	三一五＊	大治元年八月摂政左大臣家歌合●○	四
一八四	三一七	中納言雅定卿家歌合	一
一八五	三二〇	大治三年八月広田社歌合●○	八
一八六	三二一	（大治二年九月）門妙社歌合●	九
一八七	三二二	顕仲卿すゝめける住吉社歌合	七
一八八	三二四	為忠朝臣家三河国名所歌合	二七
一八九	三二八	長承三年六月常磐五番歌合・為忠朝臣家歌合	一八
一九〇	三二九	長承三年九月顕輔卿家歌合●○	二三
一九一	三三一	保延元年八月家成卿家歌合●○	一三
一九二	三三二	保延元年家成卿家歌合●○	八
一九三	三三三	保延二年三月家成卿家歌合●	七
一九四	三三四	保延二年家成卿家歌合●	一
一九五	**三三七**	**保延四年**[三]**権中納言経定卿家歌合●**	**七**
一九六	三三九	久安二年六月大宮太政大臣家歌合	二
一九七	三四一	久安二年三月顕輔卿家歌合●	一
一九八	三四二	久安二年六月顕輔卿家歌合	七
一九九	三四三	久安三年十二月顕輔卿家歌合●	四
二〇〇	三四四	久安三年歌合	一
二〇一	三四五	久安五年七月山路歌合●	一四

二〇二	三四六	久安五年六月家成卿家歌合	二
二〇三	三五二	永暦元年七月清輔朝臣家歌合	一
二〇四	三五三	永暦元年七月清輔朝臣家後番歌合	三
二〇五	三五六	長寛二年八月白河歌合●	三
二〇六	三六〇	永万二年五月経盛卿家歌合●	一一
二〇七	三六一	永万二年重家卿家歌合●	一八
二〇八	三六三	仁安二年二月清輔朝臣家歌合●	六
二〇九	**三六五**	**仁安二年八月経盛卿家歌合●**	**一六**
二一〇	三六六	仁安二年二月歌林苑歌合	一一
二一一	三六七	歌林苑歌合	七
二一二	三七〇	仁安三年奈良歌合・五首歌合◎	一九
二一三	三七三	嘉応元年五月観智法眼御房歌合●	五
二一四	三七四	頼輔卿家歌合	二
二一五	三七七	嘉応元年成範卿家歌合	三
二一六	**三八一**	**嘉応二年十月住吉社歌合●**	**一四**
二一七	三八二	嘉応二年十月法住寺殿歌合●	一一
二一八	三八五	承安元年八月全玄法印房歌合●	八
二一九	三八六	承安二年法輪寺歌合●	八
二二〇	三八七	承安二年九月広田社歌合●	一五
二二一	三八八	承安二年閏十二月東山歌合・前参議教長卿家歌合●	一五
二二二	三九二	承安三年経正朝臣家歌合◎	五
二二三	三九六	承安五年三月重家卿家歌合●	二〇
二二四	三九九	承安五年七月右大臣家歌合●	九

二二五	四〇〇	安元元年閏九月（右大臣家）歌合●	七
二二六	四〇一	安元元年十月右大臣家歌合●	二
二二七	四〇三	稲荷社歌合	四
二二八	四〇七	清輔朝臣家歌合	一
二二九		八幡宮歌合（?）	一
二三〇	四〇八	新羅社歌合●	七
二三一		十座歌合（?）	一
二三二	四一〇	（治承二年三月）賀茂社三首歌合	二
二三三	四一九	日吉社恋五首歌合●	三
二三四	四三五	資盛家歌合	一
二三五	四四四	名所歌合	一
二三六	四四九	清水寺歌合	一
二三七		山歌合（?）	一
二三八	四五四	長方家歌合	一
二三九	四六四	文治三年貴船社歌合	六
二四〇	四六五	御裳濯河歌合	二
二四一	四六六	大神宮三十六番歌合（宮河歌合）	一
二四二		鶴教家歌合（?）	一
二四三		六百番歌合●	三五六
二四四		建久五年左大将家歌合・後京極摂政家歌合	五
二四五		南北百番歌合	三
二四六		客人宮十五番歌合（慈鎮和尚自歌合）	一
二四七		聖真子十五番歌合（慈鎮和尚自歌合）	一

二四八		大比叡社十五番歌合（慈鎮和尚自歌合）	一
二四九		小比叡社十五番歌合（慈鎮和尚自歌合）	一
二五〇		（建久頃）日吉社十五番歌合	五
二五一		（正治元年）後京極摂政家冬十首歌合	七
二五二		三百六十番歌合	九
二五三		（正治二年閏二月）後京極摂政家撰歌合	四
二五四		正治二年七月当座三首歌合	七
二五五		正治二年仙洞十首歌合・十題歌合	七
二五六		正治二年（十二月）土御門内大臣家影供歌合	一
二五七		正治元年[二]新宮歌合	二
二五八		（建仁元年十二月）石清水三首歌合	二四
二五九		（建仁元年正月）土御門内大臣家歌合	一
二六〇		建仁元年老若五十首歌合	七五
二六一		建仁元年新宮撰歌合・建仁元年十首歌合●	三
二六二		（建仁元年八月）和歌所初度影供歌合	二
二六三		建仁元年八月十五夜月十首歌合・八月十五夜撰歌合	二
二六四		（建仁二年二月十日）建仁元年影供歌合	六
二六五		（建仁元年九月十三夜）和歌所影供歌合	一
二六六		（建仁二[三]年八月廿日）仙洞影供歌合	二
二六七		建仁三年水無瀬殿十五首恋歌合	二
二六八		土御門内大臣家十首歌合	三

番号	歌合	数
二六九	兼宗卿家歌合	二
二七〇	建仁二年歌合	二
二七一	（建仁～元久）和歌所歌合	三
二七二	千五百番歌合●	四六八
二七三	建仁三年歌合（建仁三年六月影供歌合）	一
二七四	建仁三年七月八幡若宮歌合	六
二七五	建仁歌合	一
二七六	（元久元年十一月）北野社歌合	二
二七七	建永元年和歌所三首歌合（卿相侍臣歌合）	一〇
二七八	（元久～建保）和歌所三首歌合	二
二七九	（元久～建保）仙洞にて当座歌合	一
二八〇	承元三年長尾社歌合	二〇
二八一	承元四年粟田社歌合	二
二八二	建暦三年（八月七日）内裏歌合	一
二八三	建暦三年後九月内裏歌合	一
二八四	建保三〔二〕年（三月）内裏歌合	一
二八五	建保二年内裏〔秋〕十五首歌合●	二七
二八六	建保二年和歌所撰歌合・水無瀬殿秋十首歌合	五
二八七	建保二〔三〕年内裏歌合	三
二八八	（建保三年三月？）内裏歌合	二
二八九	建保三年和歌所歌合	六
二九〇	（建保三年六月十八日）内裏歌合	一
二九一	（順徳院）百番御歌合	三
二九二	建保四年内裏十首歌合●	三六
二九三	建保三〔四か〕年内裏歌合、湖上月	一
二九四	光明峯寺入道摂政家六首歌合（建保五年右大臣家歌合）	一三
二九五	建保五年（十一月冬題）内裏歌合	一八
二九六	承久元年内裏歌合	四
二九七	建保四年日吉歌合（承久元年日吉社大宮歌合）	三
二九八	小御所歌合	一
二九九	平野社歌合	一
三〇〇	貞応元年歌合	一
三〇一	（寛喜四年三月）石清水若宮歌合	一一
三〇二	貞永元年十首歌合（光明峰寺入道摂政家恋十首歌合）	四
三〇三	光明峰寺入道摂政家七首歌合・貞永元年七首歌合●	四
三〇四	（某年）光明峰寺入道摂政家三首歌合	一
三〇五	貞永元年八月十五夜名所歌合	四
三〇六	九条大納言家歌合	一
三〇七	住吉社歌合	二
三〇八	嘉禎二年遠所十首歌合	一二
三〇九	後九条内大臣家歌合	二
三一〇	〔寛元四年〕春日社歌合	一

番号	歌合	数
三一一	寛元四年日吉社歌合	一
三一二	寛元四年十禅師宮歌合	三
三一三	宝治元年仙洞十首歌合	八
三一四	建長二年八月十五夜三首歌合	三
三一五	建長三年九月十三夜十首歌合◎	三
三一六	建長四年歌合	一
三一七	建長六年三首歌合	五
三一八	建長八年百首歌合●	二八三
三一九	弘長元年日吉社三首歌合	一
三二〇	弘長二〔元〕年中務卿親王家歌合	二
三二一	弘長三年住吉社三首歌合	八
三二二	弘長三年玉津嶋社三首歌合	四
三二三	文永二年中務卿親王家三首歌合●	二
三二四	文永二年九月亀山殿歌合	三
三二五	文永二年冬中務卿親王家五十首歌合	一六
三二六	文永四年九月歌合、九月尽菊	一
三二七	行家卿住吉社歌合	四
三二八	文永五年中務卿親王家歌合	二
三二九	文永五年九月十三夜歌合	一
三三〇	文永七年九月十三夜中務卿親王家秋十首歌合	六
三三一	山階入道左大臣家歌合	一
三三二	中務卿親王家歌合	一六
三三三	ふぢのをの社歌合（？）	一

番号	歌合	数
三三四	前大僧正隆弁家歌合	一
三三五	平貞時朝臣家三首歌合	一
三三六	正応五年白川殿五十首歌合	一
三三七	永仁二年藤原長清家歌合	二
三三八	建〔永〕仁二年内裏歌合	二
三三九	永仁二年内裏当座歌合	一
三四〇	永仁三年九月為相家三首歌合	五
三四一	正安三年日吉社歌合	一
三四二	正安四年住吉社歌合	一
三四三	乾元元年二月藤原長清家歌合	二
三四四	乾元元年仙洞歌合（嘉元元年閏四月為兼卿家歌合）	二
三四五	嘉元元年仙洞歌合	一
三四六	嘉元二年仙洞歌合	一
三四七	嘉元三年仙洞歌合	二
三四八	君臣〔式部卿〕御歌合（金玉歌合）	一六
三四九	式子内親王家歌合	一
三五〇	（為相卿）家歌合	一

第十二章　禁裏における名所歌集編纂——方輿勝覧集

一、はじめに——類題集と名所歌集

類題集の範疇に入るものに名所歌集がある。名所とは和歌に詠まれる地名、歌枕と同義である。和歌史において歌枕への関心は常に高かった。そのため各地の地名を集めて便覧したり、あるいは勅撰集や万葉集の名所和歌を抽出することが古くから行われ、さらに名所和歌を対象とした撰集が数多く編まれることになった。

その編纂形態としては、

（一）山・野・河・島など項目別

（二）国別

（三）名所の読みのイロハ別

の主として三つがある。この分類にしたがって鎌倉後期から江戸前期までの主要なものを挙げる[1]。

（一）項目別

五代集歌枕（藤原範兼撰、平安末期、四九項、約一九〇〇首、約八三〇箇所）

勅撰名所和歌要抄（南北朝期か、六五項、約七七〇〇首、約一二一〇箇所）

十四代集歌枕（室町中期か、三二項、五三二六首）
勅撰名所和歌抄出（宗碩撰、永正三年、六〇項、約一九〇〇首、八二六箇所）

（二）国別

歌枕名寄（鎌倉末期、約六〇〇〇首、約一九〇〇箇所）
名所歌枕（伝能因撰、鎌倉末期か、約三〇〇〇首、約九〇〇箇所）
新撰歌枕名寄（南北朝期、四四六〇首、一七九〇箇所）

（三）イロハ別

名所風物抄（室町末期か、七八四〇首、二三〇五箇所）
類字名所和歌集（里村昌琢撰、元和三年刊、八八二一首、八八七箇所）
松葉名所和歌集（宗恵撰、万治三年刊、一一五六四首、二三七一箇所）

右に見る通り、項目別が最も古い形態であり、ついで歌枕名寄が国別にしたことからこれに追随するものが多く、最後にイロハ別が現れる。もっとも項目別の十四代集歌枕や勅撰名所和歌抄出では、下位分類はイロハ別を採っている。連歌師が深く関与したのも特色の一つである。

夫木抄では巻十九から二十六までの八巻を名所部に当て、項目別となっているし、五十の項目を立てて名所を列挙した八雲御抄巻五・名所部、国別に一〇〇の名所を挙げて詠進した建保三年内裏名所百首なども名所歌集の範疇に入れてよい。このほか、歌集より地誌に近づいたものとして伝宗祇作の名所方角抄などがある。

さて類題集や名所歌集は、勅撰集や万葉集などに材料を仰ぐことが多いためにいわば二級史料的扱いを受け、和歌史研究ではそれ自体あまり研究の対象とされず、散逸文献の逸文が拾える点のみが注目されてきた。しかも一般に歌数が厖大で、先行書や伝本間の関係を整理するだけでも容易ではなく、本文批判が十分ではない集が大半である。

類題集は、さまざまな資料を分類排列し、他人の利用に供するものなので、学書としての性格も当然持っている。とりわけ名所歌集の場合は、当時の世界観の一端さえ窺うこともできる。しかし、こうした点はほとんど考察されてこなかった。そこで、中世末期の禁裏において編まれた名所歌集、方輿勝覧集を取り上げて、その基礎的な考察を行うとともに、右のことを具体的に検証することにする。

二、三系統の伝本

方輿勝覧集は、後陽成天皇勅撰の名所歌集である。ただ、本によって書名は一定しないので、『和歌大辞典』などに採られて最も通行する方輿勝覧集を用いる（倭歌方輿勝覧と呼ぶべきかと思われる――後述）。

先行研究としては古く福井久蔵『大日本歌書綜覧』や和田英松『皇室御撰之研究』があり、ついで列聖全集に翻刻された（和田英松解説）。井上宗雄氏が後陽成天皇歌壇の活動から関説するところが最も簡要であり[2]、簗瀬一雄氏も御所蔵の一本を紹介して本集の性格についても言及し益するところが多い[3]。さらに近年三村晃功氏の専論もある[4]。

方輿勝覧集の伝本は全て写本で伝わっており、井上氏によれば三系統に分類される。これを受け三村氏が諸本の系統分類と分析を改めて行っているが、他にも重要な伝本がいくつかあり、『私撰集伝本書目』をもとに、こ

れまで確認された伝本を整理すれば次の通りである。重要な伝本の書誌は注に記した。(5)

a国別の本…序なし、巻頭「神山」、一二三箇所、二二二八首
①倭歌方輿勝覧　一冊　歴博高松宮　ユ函八　＊内題「名所抜書」、慶長二年後陽成院筆（図版2）
b雑纂形態の本…序あり、巻頭「天香久山」、三二八箇所、一八七九首
②名所歌枕　一冊　歴博高松宮　H-一七九一（図版3）
③方輿勝覧集　一冊　書陵部　一五〇・三五一　＊列聖全集御撰集4の底本。
④方輿勝覧和歌集　一冊　和田英松　＊明暦三年三月雅章奥書ある由。
⑤詠歌方輿勝覧　一冊　愛知県立大学図書館　貴九一一、二・一四五三　＊西荘文庫旧蔵
※名所イロハ索引を持つ本あり。
c名所イロハ別の本…序あり、巻頭「稲荷」、三三七箇所、一九五六首
⑥方輿勝覧　一冊　歴博高松宮　ミ函一一二　＊夫木抜書と合綴（図版4）
⑦名所方輿勝覧　二冊　書陵部　一五一・五二　＊名所イロハ索引付き
⑧方輿勝覧和歌集　一冊　簗瀬一雄　＊寛政七年奥書あり
⑨方輿勝覧集　一冊　久保田淳　＊外題「名所百首和哥　全」
※この他、安井久善氏蔵和歌方輿勝覧江戸初期写一冊あり（系統不明）。

このうち①②⑥は後陽成天皇自筆の原本である。①⑥は霊元天皇から有栖川宮そして高松宮に伝わった禁裏本

であり国立歴史民俗博物館現蔵、②は近年出現し、やはり同館の蔵に帰した。①の倭歌方輿勝覧が本書の原初的な形態であり、伝本中最重要の位置にある。この本は早くに国文学研究資料館がマイクロフィルム撮影しているが、その書名を「名所之抜書」としたために、現在も辞典類ではその名称で通行している。しかし、この本は宸筆題簽にある通り「倭歌方輿勝覧」と称すべきである。

さて、a国別、b雑纂、cイロハ別の先後については、aに慶長二年（一五九七）の識語がありこの年に成立したことが分かる。またbとcには自序があり、

この三百の哥枕は、先名所の百首の当座の為を本として、又は一首にても俊傑成哥の名所はよろつにわたるへし、且は連哥の証誧にもあらすとはいふへからすや、猶色葉をもつて集るに［大］成すへし、愚鈍未練短才の用意也、後の君子を俟のみといふ事しか也、

慶長寡人脱屣隠逸太上天王誌（引用は②による）

と、自ら太上天皇と称し、またイロハ別改編の意向が示される。後陽成天皇は慶長二年に二十七歳、十六年四十一歳で譲位し、元和三年八月二十六日四十七歳で崩御した。したがって成立はa→b→cの順となると考えられている。cはbの序をそのまま通用させたのであろう。またbには最後の「千年山」の後に「追加」と題して比較的マイナーな歌枕二八箇所五五首があり、ほぼ同じものがcにも付されている[6]。なおb系統は冒頭に名所目録を掲げて、本編は三〇〇で終わるようにしているが、これは62玉川（山城・武蔵・近江・陸奥の四箇所）を実際には分けて立項しているのに、番号を一つにしたためで、歌枕数は三〇三ある。

異なる系統いずれも自筆本の現存する撰集は中世では稀有であろう。そして諸本間の異同を分析すれば、撰者自身によって絶えず改編の手が加えられたことが推察される（詳しくは本章の末に掲げた歌枕一覧参照）。この点に

ついて検討したい。以下の引用は、ａｂｃとも自筆本①②⑥によった。

三、系統間の比較

方輿勝覧集は（最も歌数が多いａで）名所和歌二二〇〇首を収める。詞書には出典の注記があり、平安時代から室町時代までの勅撰集・私撰集・家集・歌合・歌会などから広く採録しているかのように見えるが、直接原典に当たったものではない。そのことは所収の万葉集について調査した渋谷虎雄氏が「その万葉歌のほとんどが（僅か二首を除くのみ）『詞枕名寄』の孫引きであって、さして価値は認めがたい。ただ天皇の宸筆本であるという点は注目したい」(7)と喝破する通りで、実際九割までが歌枕名寄の抄出とみなされる。

この指摘を確認する意味で、具体例を示したい。美濃の歌枕「不破」は、ａ国別本では、

美濃　不破

① ふはの山朝こえゆけは霞たつ野かみのかたに鶯そなく　隆信朝臣
② 六帖　ひとりのみおもふは山のねさめさとねさめて人を恋あかしつる
③ うきにいませきもとゝめぬ涙とてなく〳〵こゆるふはの中やま　中務卿親王
④ 後十九　いまはとてたちかへり行故郷のふはの関とに都わするな　藤原清正
⑤ 新古十七　人すまぬふはの関やの板ひさしあれにし後はたゝ秋の風　後京極
⑥ 千八　あられふるふはのせきやに旅ねして夢をもえこそとをさゝりけれ　大中臣親守
⑦ しはしともなとかはとめぬふはの関いなはの山のいなはいいねとや　津守国基

⑧撰十九　いまはとて立かへり行故郷の――

となっている（圏点は原本にある朱圏点を示す）。⑧は④との重複に気付いて書きさしたもので、実質七首である。これを歌枕名寄に徴すると（本文・歌番号は万治二年刊本を翻刻した新編国歌大観による）、①六五一三、②六五一四、③六五一五、④六五一七、⑤六五一九、⑥六五一八、⑦六五二一と全て巻二十五・東山部四・美濃国・不破の項に見出せるほか、出典注記も全て歌枕名寄を踏襲したものである。

そして、これがbでは、

百二
不破美濃

①後法性寺左大臣歌合　ふはの山朝こえ行は霞たつ野上（カミ）のかたに鶯そなく　隆信朝臣
⑨新後撰四　秋風にふはの関屋のあれまさりおしからぬまて月そもりくる　信実朝臣
⑥千八　霰もる不破の関屋に旅ねして夢をもえこそとをさゝりけり　大中臣親守

となり、aの①と⑥を残し、三首に減じている。新たに採った⑨も歌枕名寄の六五二〇に見える。なお①には「後法性寺左大臣歌合」という出典注記が新たに付されているが、やはり歌枕名寄に拠るのである。

さらにcでは、

▲不破三　美濃

①後法性寺左大臣哥合　ふはの山あさこえ行は霞たつ野かみのかたに鶯そなく　隆信朝臣
⑨新後四　秋風にふはの関やのあれまくもおしからぬまて月そもりくる　信実朝臣
⑥千八　霰（もイ）ふる不破の関やに旅ねして夢をもえこそとをさゝりけれ　大中臣親守
⑤新十七　人すまぬふはの関やの板ひさしあれにし後はたゝ秋の風　後京極

と、bを基礎として、⑤を復活させた形である。

このように和歌の出入りを見ても、a→b→cの方向性は動かないであろう。bとcは歌数もほぼ同じであり、かつ同じ序を通用させるとはいえ、子細に見ればcが後出であることも歴然としていよう。なお、この例にもある通り、cでは174山科～203深草で名所ごとの歌数を注記しているが、これはbにおける歌数である。

つまり方輿勝覧集は、歌枕名寄を手にした後陽成天皇のもと、常にその形を変じさせていたことが確認できるのである。それはある名所に対して、その名所の帯びる特性（「本意」と呼ばれる）が最もよく表現された和歌を精撰する試みということができる。それらは証歌として連歌の寄合にも用いられ、ある名所における代表的な景物素材を定めることにもなる。

そしてb・cは①のみ「不破」と「野上」とを詠んでいるが、そのほかは「不破の関屋」という句を持つことに注意したい。aで採られていた「不破の中山」「都」「いなはの山」などを詠んだ和歌は全て除かれる。すなわち歌枕「不破」を最もそれらしく見せる表現は「不破の関屋」であると認定し、その線に沿って精撰したものであろう。

こうした傾向は全体に及ぼすことができる。国別のaでは、名所数は一二三、歌数はのべ二二二八首にのぼる。一方、b雑纂本やcイロハ別本は、名所が三倍近くに増えるのに対して、歌数は逆に三〇〇首ほども減っている。たとえばaでは「吉野」が九四首もあったのに対して、bは一〇首、cは一四首に激減しているが、これはaでは「吉野」に一括されていた「丹生」「御垣原」「御船山」「夏箕川」などを分離独立させたためで、いわば大項目主義から小項目主義へ、精緻な分類に進んだことが窺える。

これまではbの雑纂本だけが活字となって通行し、aやcの評価が正確にされていなかった。本書の性格を探るには、三つの系統を等しく尊重すべきである。

四、自筆草稿の検討

高松宮家伝来禁裏本には、ａｃ系統の原本というべき、方輿勝覧集の重要な伝本が含まれていた。

これら諸本はかつては一括して禁裏に伝わっていた。慶安二年（一六四九）当時の禁裏文庫の蔵書内容の一部を伝える大東急記念文庫蔵禁裡御蔵書目録(8)には、次のようにある。便宜番号を冠して示す。

和歌諸抄〇中略、
(1)夫木抄　抜書　一冊
(2)夫木和漢集抜書之略　一ー〇下略、」85オ
蛤蜊御檜子〇中略、
(3)新勅撰名所抜書已下各故院宸筆　一ー」86オ
(4)夫木和歌集抜書　一冊
(5)・愚草之一葉　一ー
(6)名所目録　一ー
(7)歌枕名寄目録略　一ー
(8)和歌方輿勝覧略　一ー
(9)・活祖傳　一ー〇下略、」86ウ

「蛤蜊御櫓子」に(8)和歌方輿勝覧略と(4)夫木和歌集抜書が掲載されているが、ここで取り上げた、a系統の原本①倭歌方輿勝覧と、c系統の原本⑥方輿勝覧ではないかと思われる。

これらが「故院宸筆」として一括りにされていたことも分かる（後水尾院の生前は「故院」と言えば後陽成院を指す）。後陽成天皇の名所歌集編纂に利用された資料群ではないであろうか。(6)名所目録や(7)歌枕名寄目録略も編纂過程での手控えであろうと思われる。どうも蛤蜊御櫓子は別置されていたらしく、それゆえに万治四年（一六六一）の焼失を免れたのであろう。

さて、右のうちに混じっていたのであろうが、高松宮家伝来禁裏本には、編纂途上のものと思われる方輿勝覧集草稿(9)がある（図版5）。やはり後陽成天皇の宸筆である。

内容は山城国の名所和歌を集めたもので、宇治14・真木7・又宇治3・木幡4・稲荷6・伏見12・深草9・橋小島2となる。

このうち「稲荷」は次のようになっている。

稲荷

けふみれは花も杉生になりにけり風はいなりに吹とおもへと　俊頼

いなり山たつねやせましほとゝきす松はしるしもなきとおもへは　公長

いなりやまたつねやも（しるしのすき）年ふりて三の御やしろ神さひにけり　僧都有慶

われたのむ○（人の）ねかひをてらすとてうき世にのこる三の灯

（正治百）いなり山みねの杉むら立いてゝ明ぬとかへる友烏かな　経家

拾十九
たきの水かへりてすまはいなり山七日のほれるしるしとおもわん　読人不知

この体裁は方輿勝覧集によく似ているが、aに「稲荷」はなく、bには五首目まで、cにはこの六首がそのまま入っている（歌順・集付もそのまま）。bとcの間に位置する草稿であろう。さらにこの草稿、また各系統の自筆本にも、このような形式の朱点・圏点・朱合点が夥しく付されている。これは先に述べた通り、ある名所で最も相応しい、あるいは効果的な景物素材を探ろうとするものであった。これは当時しきりに連歌師の手で編まれた、連歌寄合書の名所部の構成と近く、恐らくその影響を受けているであろう。(10) 序文に記す、連歌の寄合に資するという本集編纂の目的を裏書きする。

こうした草稿をも加えて比較することで、本書の修訂の過程は、これまでより具体的に推定できる。

五、後陽成天皇と名所歌集

ついで考え合わせたいことは、後陽成天皇の名所和歌への関心である。(11) 慶長二年（一五九七）にはaの倭歌方輿勝覧が成立しているが、当時天皇は名所和歌の蒐集に熱心であった。(12) まず慶長三年に、広く門跡・摂家・清華・外様衆に命じ、草子を渡して名所和歌を抜書、献上させた。御湯殿上日記二月十二日条に、

はるゝ、御さうしとも御所〳〵もんせきたち、せつけ、せいくわ、とさま、ないない四十三人へいたされ候て、名所のうた御ぬきかきしてあけられ候へのよし仰せいたさるゝ、ふしみとの（邦房親王）、その外のもんせきたちへまいらせ候を、なかはしより文にてまいらせらるゝ、八てう殿（智仁）へもおなしことく御文にてまいらせらるゝ、

その外のもんせきたちへ文にてまいる、御せつけ方へはくわんしゆ寺右中弁(光豊)御使にてまいる、その外の御しゆうへは御なかひつにいれてしちやうもち(仕丁)てとりかいそひてもちてまいる、

そして慶長五年の時慶記によれば、恐らくこの時集められた名所和歌を、廷臣たちに部類させる作業が行われている。

俄ニ御所へ被召、黒戸へ参、中院入道(通勝)也足、阿野(実顕)、園少将(基任)四人也、去年撰進名所哥共、山部集寄、拝竜顔御心静御物語アリ、御書籍共御新作被見、一々拝見申、名所〳〵哥共御尋アリ、存旨ヲハ申入、忝儀共也、〈樵談治要被借下、為校合也、又土佐□記モ申請、（正月十八日条）

俄ニ御所へ被召、名所之哥撰、先度ノ次也、主上ニハ楊弓被遊候、終日御前ニ伺候申、（二月十日条）

正月十八日条に「御書籍共御新作見せらる、一々拝見申す」というのは方輿勝覧集のａ国別本かも知れない。天皇は、より大規模な、項目別の名所歌集を別に編纂する計画であったと思われる。助手となったのは西洞院時慶のほか、中院通勝・阿野実顕・園基任の四名であった。波線部「山部集め寄す」とあるのは、集められた名所和歌の草子から一首づつ短冊に抜書した上で、これを項目別に分類する作業であった。廷臣たちに作業させておいて御本人は楊弓に興じていたようであるが、ともかくここまで済ませた後で、自ら各部の和歌の精撰、ついで排列に取り懸かるつもりであったのであろう。

こうした編纂方法は、新古今集の後鳥羽院と撰者たちの作業を髣髴とさせる。あるいは室町殿打聞の時の足利義尚と寄人の作業により近いかも知れない（第十章参照）。これは和歌を資料から抜書した後、やはりその短冊を各部に集め寄せ、ついでその排列を決めていったわけである。

とはいえ、この項目別の名所歌集は結局成立しなかったようである。その代わりに後陽成はもはや新たな資料

を求めずに、歌枕名寄だけを源泉とする形で、自らの名所歌集を修訂し続けた。現存する草稿などを見る限り、多少の援助はあったかも知れないが、やはり天皇一人の孤独な営みである。同じく新古今集を例にとれば、「最終的本文」が確立した後、隠岐で一人、さらに精撰し続けた、晩年の後鳥羽院の姿と重なる。その形は永久に定まることはなかった。隠岐本は「純粋本は理想としてのみ存在し(13)」、完成固定された書物としては存在することがなかったとさえ言われる。

ところで、慶長四年八月、徳川家康が細川幽斎に命じて「関東名所歌集」というべき撰集を編ませている。残念ながら、この歌集の本文は残らず、奥書のみが幽斎の事績を載せる藤孝事記(14)に写し取られている。

此一冊者、去比　内相府(家康)御分国々之哥枕、可書進之由蒙仰、故如今在於丹陽田辺、幽斎得閑暇之日、以大名寄抄之、古哥等及数首者、略而奉両首、元来載一首者、重而不及求之、万葉集哥等猶不審繁多、宜加改正耳、

慶長第四己亥暦仲秋初六　　丹山隠士玄旨在判

家康は和歌を好まなかった。少なくとも歌会を積極的に開いたりはしなかった。にもかかわらず、新たに支配下に置いた東国の名所和歌を集めさせたのは暗示的である。しかもこれが方輿勝覧集と同じく、歌枕名寄（当時は大名寄と称した）の抄出であることが興味深い。およそ元禄頃になると、有力な藩で領内の名所歌集を編むことが流行するが、その濫觴ともいうべき出来事である。

天皇自らが名所歌集を撰ぶのは、全く個人的な営みであったようであるが、そして証歌・寄合の集成という実際的な目的があったとはいえ、こうした観念的な統治意識を刺激せずにはいられなかったであろう。

実際、後陽成は過剰とも言える自意識の持ち主で（書物の奥書に好んで「従神武百数（余）代末孫」と署名した）、名所歌集の編纂にも意図を込めていたはずである。家康の命じた関東名所歌集編纂のことも、幽斎や通勝の口か

ら聞いていたに違いない。このような視角から本書の排列構造を読み解くことも必要であろうと思われる。

　さらに視点を変えて、最も根本的な問題でありながら従来はあまり触れられなかった、本書の書名の意味するところを考えてみたい。

六、祝穆の方輿勝覧――宋代類書の将来と受容

　既に指摘がある通り、書名は南宋の儒者祝穆の編んだ地誌、方輿勝覧[15]に因む。祝穆は、建寧府崇安県の人。字は和甫。朱熹の姻戚でその教えを受けた。他に事文類聚（前後続別四集一七〇巻）の編がある。

　呂午の序・祝穆の自序とも「嘉熙己亥」と記しているので、初刻本はこの嘉熙三年（一二三九）の刊行、構成は前集四十三巻・後集七巻・続集二十巻・拾遺一巻であり、三十冊、毎巻「新編四六必用方輿勝覧」と題する。一方、咸淳三年（一二六七）に男祝洙が増補改訂した再刻本がある。前集・後集・続集の区分を撤廃し、全七十巻二十冊とし、毎巻標題「新編方輿勝覧」とある。

　このように宋版二種が存したが、初刻本の伝来は稀で、本邦二点彼土一点の僅か三点の残闕本をとどめるに過ぎない。一方、再刻本は陸心源旧蔵書以下の宋元刊本だけで二十余点が知られ、また明以後の後印本もこの系統である。

　その内容は宋の南渡以後の領域を十六路に分け、「郡名　風俗　形勝　土産　山川　学館　堂院　亭台　楼閣　軒榭　館駅　橋梁　寺観　祠臺　古跡　名宦　人物　名賢　題詠　四六等を掲げて詩賦序記の載せる所を備え、

建置・沿革・疆域・道里等は之を省略している。これは此の書撰述の主意が、登臨題詠する者に便するにあり、亦それが書名の由来でもある。ゆえに地誌そのものとしてより、詩文を作るに有益とせられた[16]」と言う通りで、各地の旧跡名勝と、これにゆかりある文学作品を適宜掲示することに重きを置く。いわば中国の歌枕名寄である。

宋代には太平御覧・冊府元亀・文苑英華・太平広記など浩瀚な類書がいくつも編纂されている。これらは出版によって広い階層にわたる流通が可能となり、学問の変革をもたらした。方輿勝覧や事文類聚は最もよく利用されたものである。宋儒は経書の注解にこうした類書を積極的に活用したが、自身も出版に手を染めた祝穆父子はその意味で重要な位置にあろう。

日本への将来は早く、東福寺円爾弁円（一二〇二～八〇）の普門院経論章疏語録儒書等目録の「雨」函に「方輿勝覧　九冊」と見えている。その後、禅林を中心に広く享受され、殊に抄物類への引用が目立つ。彼土の地名や風土に関する知識はほとんどこれに依拠していたらしい[17]。公家社会もこれに追随する。方輿勝覧は彼土で十五世紀中葉に大明一統志が出現するとほぼ流通を絶ったのに対して、本邦での愛好はさらに二世紀の余命を保ったわけで、その偏愛には目を惹くものがある。林羅山が「輿地の書は大明一統志にしくはなし。その外に杭州の事は西湖志に詳なり。方輿勝覧は南北一統せざる時の書なれば、疏略多く誤もあり」（梅村載筆・人巻）と悪口を言っているのが逆に当時の流行のほどを偲ばせる。後陽成天皇の時代は、禅林の学問が次第に公家の方にも浸透して受け容れられた時代であるから、自らの名所歌集に倭歌方輿勝覧ないし方輿勝覧集の名を与えたことは暗示的であり、興味深いものがあろう。

しかし、いかに利用の明徴が存するといっても、中世に誰もがこのような大部な刊本の類書を所持して使いこなしていたかというとそれはまた別の問題である。この点で方輿勝覧には興味深い事例がある。

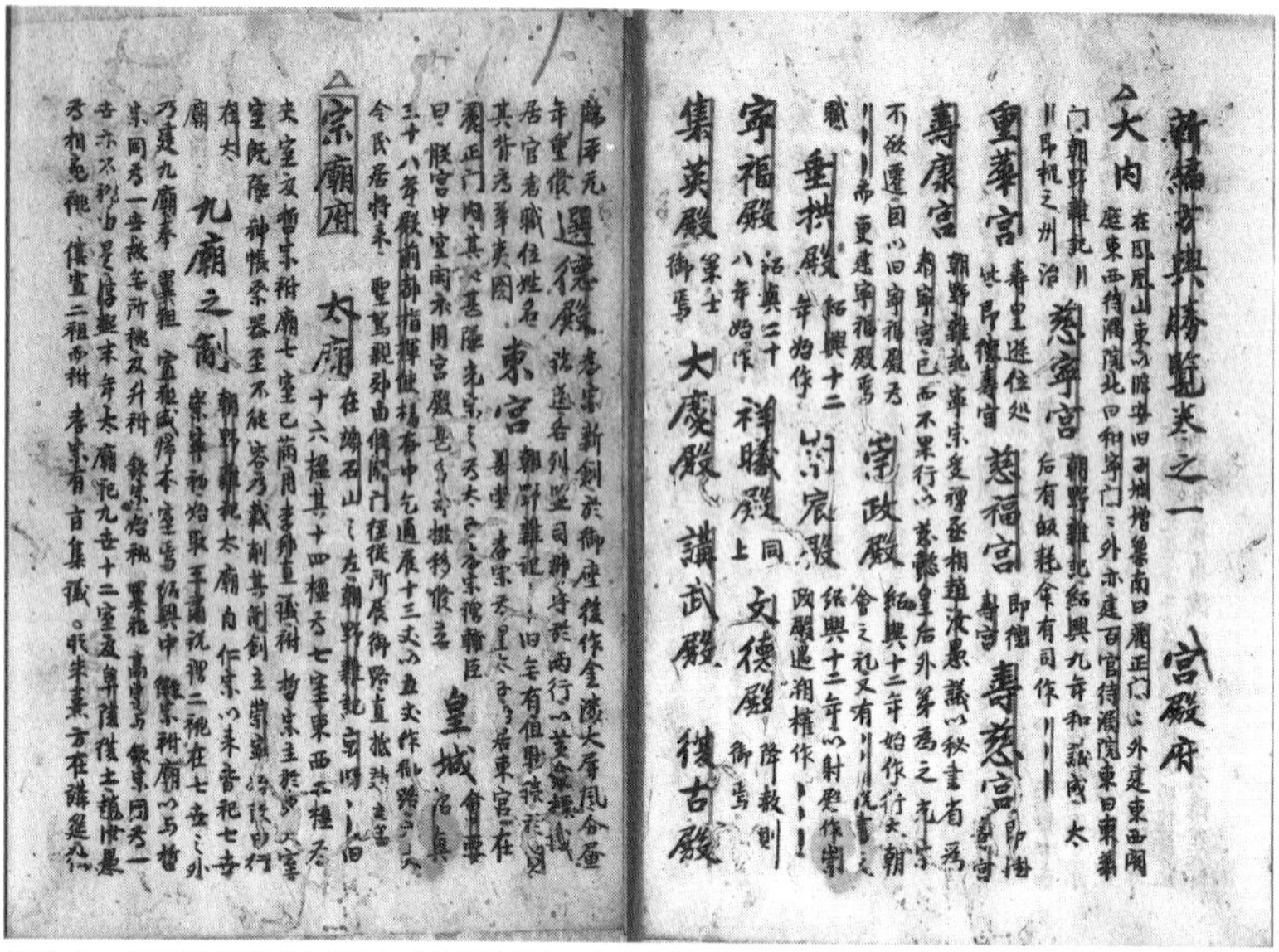

図版１　新編方輿勝覧（宮内庁書陵部蔵、九−5235）

宮内庁書陵部九条家本に「新編」の外題を持つ方輿勝覧[18]の室町後期鈔本一冊がある（図版1）。内題は「新編方輿勝覧巻之一　宮殿府」とあり、巻一の中途、「大内」以下の抄出で、九条尚経（一四六八〜一五三〇）の筆に係る。再刻本から必要箇所を抜書したとおぼしい。一般に刊本があれば写本は廃れると考えられがちであるが、実際にはそうではなく、時々の目的に沿った鈔本が作られて併用されていたのではないか。尚経は関白を務めた人であるから、たとえば内裏の殿舎の名を知る必要から抄出したとも憶測される。

さらには、このような類書・字書・地誌などは、本来は権力者の命で編纂される百科全書であり、完成後は献上され流布せずに秘蔵される性格のものであった。中国では商業出版によって流通が可能になり、通俗の工具書としての扱いを受けたが、本邦中世では依然として刊本は非常に貴重なものであり、こうした大部な刊本を所有することは、なお身体的な役割も帯びたことを想起すべきである。

亀泉集証の蔭凉軒日録文明十八年（一四八六）三月二十八日条に、足利義政が慈照寺東求堂の書院に置くべき書物五篇を撰定させたことが見えている。

天快晴、斎罷謁東府、東求堂書院被置二重小棚、宜見置之書可択之之命有之、仍於御対面所西六間択書、東坡文集廿冊、方輿勝覧十五冊、韻会十冊、李白詩七冊、大広益会玉篇五冊、以上五部奉置之、

これら全て刊本であること、李白・蘇軾の詩集とともに古今韻会挙要・大広益会玉篇といった韻書・字書、そして方輿勝覧が入っているのは注目される。類書や字書が、室町殿の書斎を飾っていたのである。これは方輿勝覧に対する評価の一端ともなろう。

七、おわりに

方輿勝覧集の諸本の関係について、改めて述べれば、結局どの系統も最終的に完成した姿とは言えないのであろう。すなわち諸本が時系列上に列ぶということではなく、歌枕名寄をはじめとする名所和歌資料のプールがあり、そこから国別・雑纂・イロハ別と、編纂形態を異にして、名所の数も歌数も区々の写本が、絶えず作り出されていたのである。

それにしても一つの歌集に、これだけさまざまな形態が存在することは、分類という作業に対する執着を見てとらなければならない。

これをただ後陽成天皇の性格に帰するのではなく、資料をある目的に沿って抜書したり、また再分類することが学問的意欲を刺激した、あるいは学問そのものであったと考えるべきであろう。したがって類題集の写本の場

合、極言すれば伝本それぞれの位相が違うので、その原初形態への遡源のみを問う本文批判は、あまり意味をなさないことになる。

そしてもう一つ、中世になって多くの類題集が編まれたことには、宋元間成立の類書の将来との関係性を考える必要があろう。ある項目を立てて文献を部類排列するという発想はもとより類書に発するもので、たとえば白氏六帖と古今六帖（紀氏六帖）との関係にも見られるように、古くて新しい問題である。[19]

十四世紀以後、中国のみならず漢字文化圏全域には、こうした刊本の類書が流通していた。しかし、中世日本の場合は、自国に商業ベースの出版文化を持たなかったためか、類書は刊本であっても（または刊本であるゆえか）、国王や将軍の文庫に秘蔵され、利用に当たっては目的に沿った鈔本を作ることが多かったように思われる。江戸時代になって和刻本が広く行われるようになって、初めて中国近世と同じく、新たな学問の生起展開が見られるのである。

後陽成天皇の編んだ名所歌集が、先行する大部な名所歌集を抜書し、かつ三つのヴァリエーションを生じさせたことは、日本中世における類書の典型的享受であり、かつ禁裏の学藝の方法をも体現している。資料的価値は歌枕名寄の抄出に過ぎないとすればそれまでであるが、こうした学問史の流れに置いてみればやや異なる光を放つ書物である。

注

（1）中世の名所歌集については、渋谷虎雄『校本謌枕名寄』（桜楓社、昭54）、同『古文献所収　万葉和歌集成』（桜楓社、昭57〜61）、井上宗雄『中世歌壇史の研究　室町後期』（明治書院、昭47〔改訂新版　昭62〕）、同「名所歌集（歌枕書）伝

本書目稿」（立教大学日本文学16・19・23、昭41・6、42・11、45・3）、赤瀬知子『院政期以後の歌学書と歌枕―享受史的視点から』（清文堂出版、平18）などを参照した。またおのおのの成立年・歌数・項目数はなるべく古態をとどめる本文に基づいて示した。

（2）注1前掲著。

（3）『簗瀬一雄著作集五　近世和歌研究』（加藤中道館、昭53）「後陽成天皇御撰『名所方輿勝覧集』の一伝本」。

（4）『近世類題集の研究―和歌曼陀羅の世界』（青簡舎、平21）第二章第一節「後陽成院撰『方輿勝覧集』の成立」（初出平15）。

（5）以下、伝本の①②⑥について詳しい書誌を記す。

①倭歌方輿勝覧

H―六〇〇―一六一二（ユ函八）。一六・三×一三・五。袋綴一冊。料紙は斐楮交漉紙。朱色地に金銀砂子野毛で流水蝶文を描く原表紙。外題は左肩朱色貼題簽「倭歌方輿勝覧」。内題は本文首に「名所抜書」。墨付一三五丁。遊紙前後一枚。本文一〇行書。朱筆書入多し。江戸初期写、後陽成天皇筆。木箱入、箱書「後陽成院宸翰／方輿勝覧」。奥書一三五ウに「此名所之抜書為哥連歌以愚意集／者也朱點以下可憚外見矣／慶長二稔孟春十又二蓂雨夜／従神武百数代末孫和仁廿七才／除空紙百卅丁」。印記「亀」「雅輔」「金龍」（朱、一三五丁）「明暦」（朱、裏見返し）。

②名所歌枕

H―一七九一。一四・五×一九・九。袋綴一冊。料紙は斐楮。改装紺地金襴緞子表紙。外題は後補左肩貼題簽「名所歌枕」。内題なし。墨付一九一丁。一オ序文、二オ～五ウ目録、六オ～本文。本文一六行、目録一三行。一首二行書。奥書などなし。江戸初期写、後陽成天皇筆。同筆の朱書書入あり。奥書などなし。裏見返しに「明治十四年／巳九月拍子(マヽ)修覆／中久五十三歳之時」と書込。木箱入。平木清光の後陽成院宸筆を証した鑑定折紙その他を付す。また旧蔵者による由緒書を付すので引用する。「此蔵書之由来は去文化之度／下村庵主より受与致其人加賀／之国の者にて若年の時我儘もの／にて上京仕公家奉公致候節此書／如何して手ニ入候哉実に秘書なり／奉公済後剃髪いたし諸国行脚の／砌り当村江参りいかなる因縁にや／当庵室を貰受追々住馴後本家／七代の人と格別の懇意にて庵主命／終るのセチ同人篋に被遺候由自分義ハ／実父より譲受実に秘書ニ候間決而／他見を禁す　中野久治郎　三十四才之時」。

⑥方輿勝覧　合綴夫木抜書

H―六〇〇―一三〇〇（ミ函一一二）。一三・九×二〇・八。袋綴一冊。料紙は斐紙。青の点字地に楔・蛇などを描く原表紙。外題「方輿勝覧／夫木抜書」（左肩に打ち付け書き）。内題なし。墨付一〇〇丁。遊紙前一枚。本文一六行、一首一行書。合点△点圏点など朱筆書入多し。奥書などなし。江戸初期写、後陽成天皇筆。構成は方輿勝覧が第一～第七七丁、第七八丁白丁、夫木抜書が第七九～一〇〇丁。夫木抜書の方が料紙が新しく後に合綴されたと分かる。

なお、⑥に付載される「夫木抜書」と同一内容で、その転写本と考えられるものが、同じく高松宮家伝来禁裏本夫木抜書である（H―六〇〇―一一七八、マ函八）。但しこちらは本奥書「右這一冊者、小智愚鈍末孫／短才之用意也／慶長三稔孟春中旬／従神武数代孫和仁廿八才／除空紙四十一丁」がある。これによれば、歌枕名寄を抄出して方輿勝覧集を編んだ翌年に、夫木抄の抜書本を作っているのである。

（6）実はb系統に属する三本、②③⑤を比較すると、②では、282標茅原の一首目と283の三神山の一首目が不完全なまま残され、また321鈴野は和歌を記入せず、空白のままにしている。これは他本では補完されている。このように自筆本と他の二写本との間には距離があり、直接的な書承関係にはない。するとb系統に属する別の自筆本を想定する必要があり（書写の姿勢が厳密な⑤からはその面影を偲ぶことができる）、②もまた修訂の途上の一本ということができる。

（7）注1前掲『古文献所収　万葉和歌集成　室町後期』（桜楓社、昭60）、五八七頁。但し歌枕名寄の現存主要写本で方輿勝覧集の和歌を全て含む本はない。酒井茂幸氏によれば、万治二年刊本の親本（識語では「古本類聚」とする）はかなり古い写本だったらしく、後陽成の頃既に行われ、院も参看したとしている。酒井『禁裏本歌書の蔵書史的研究』（思文閣出版、平21）第五章「後陽成天皇の収書活動―文学関係資料を中心に」（初出平20）、樋口百合子『『歌枕名寄』伝本の研究　研究編資料編』（和泉書院、平25）参照。

（8）引用は『大東急記念文庫善本叢刊近世篇11　書目集1』（汲古書院、昭52）による。福田秀一『日本文学逍遙』（新典

社、平19）「大東急記念文庫蔵『禁裡御蔵書目録』について」（初出昭36）、山崎誠「禁裡御蔵書目録考證（三）」（調査研究報告11、平2・3）参照。なおこの箇所は東山御文庫蔵古官庫歌書目録もほぼ同じ。

（9）H－六〇〇－一三〇三、ミ函一一五。一三・六×二〇・九。仮綴一冊。料紙は楮紙。本文共紙表紙。外題・内題はなく、後人の筆で「名所和歌抜書」と記した紙片を表紙にかける。墨付五丁。遊紙はない。本文一四行書。

（10）事実、明暦年間刊行の竹馬集は巻六を名所部として、イロハ順に一五八箇所を挙げている。例として「不破」を示す。

一、不破　関　美濃

△付合ニハ　霰　板ひさし　旅ね　月　秋風

人すまぬふはの関やの板ひさしあれにし後はたゝ秋の風

霰もる不破のせきやにたひねして夢をもえこそとをさゝりけれ

秋風にふわのせきやのあれまくもおしからぬまて月そもりくる

例歌三首が方輿勝覧集のｃと完全に一致するのは興味深い。深沢眞二『近世初期刊行　連歌寄合書三種集成　翻刻・解説編』（清文堂出版、平17）参照。

（11）この点については、注1前掲井上著のほか、林達也「後陽成院とその周辺」（近世堂上和歌論集刊行会編『近世堂上和歌論集』明治書院、平元）が触れている。

（12）こうした動きは後陽成天皇の周辺にも見られる。たとえば弟の智仁親王編の名所名寄が挙げられる。宮内庁書陵部蔵自筆本（四五七・一七六、二冊）には「此一冊者、臨風雅之席之刻、為懐中令書出、雖文字等誤多、不為外見豈顧憚乎、元和三年第三林鐘四日　李部（朱印）」とある。なお高松宮家伝来禁裏本の類別名所四季別（H－六〇〇－一三〇六、ミ函一一八）、彰考館文庫蔵和歌土代も同じ内容で、今後書名の同定を考える必要がある。

また、六十六ヶ国并二嶋名所和歌（H－六〇〇－一三〇四、ミ函一一六）は、横本一冊、墨付八丁、霊元天皇の自筆である。各国の名所和歌を一首ずつ抜き出したもの。撰者未詳であるが、あるいは方輿勝覧集に基づくか。

（13）寺島恒世『後鳥羽院和歌論』（笠間書院、平27）第二編第六章「隠岐本新古今和歌集」五七五頁。

(14)　古典文庫五六四（荒木尚編、平5）による。
(15)　住吉朋彦「『方輿勝覧』版本考」（斯道文庫論集49、平27・2）参照。
(16)　宮内庁書陵部編『図書寮典籍解題　漢籍篇』（宮内庁書陵部、昭35）一六〇頁。
(17)　芳賀幸四郎『中世禅林の学問および文学に関する研究』（日本学術振興会、昭31。『芳賀幸四郎歴史論集Ⅲ』〔思文閣出版、昭56〕に覆刊）参照。
(18)　この史料については池和田有紀氏の御教示に預かった。
(19)　小沢正夫『古代歌学の形成』（塙書房、昭38）第四編第二章「和歌の辞書的分類」、栃尾武「類書の研究序説（一）（二）（三）」（成城国文学論集10～12、昭53・3～55・3）、山崎誠「白氏六帖考」（太田次男ほか編『白居易研究講座』第二巻、勉誠社、平5）参照。

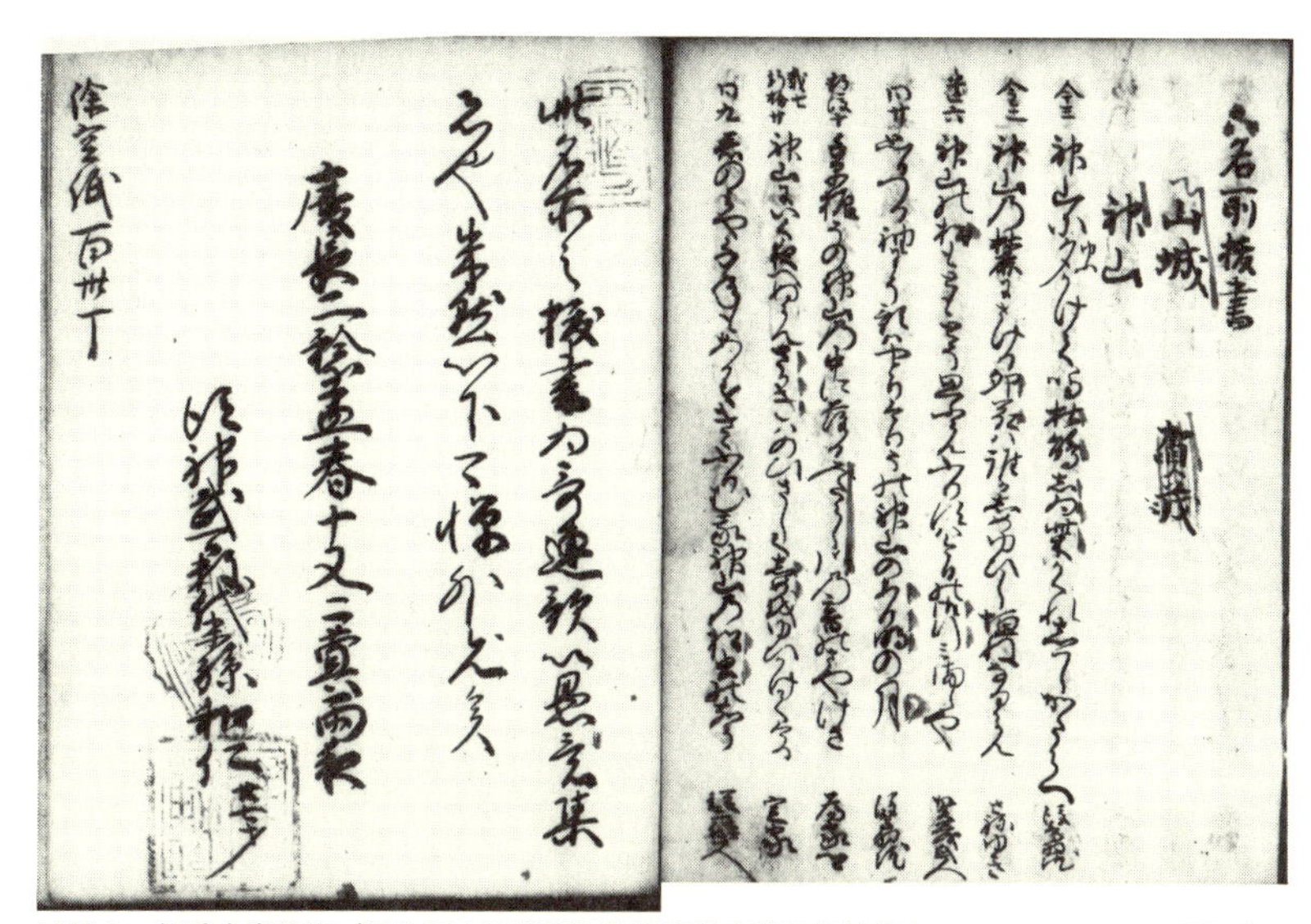

図版２　倭歌方輿勝覧（国立歴史民俗博物館蔵高松宮家伝来禁裏本　H-600-1612、ユ函８）

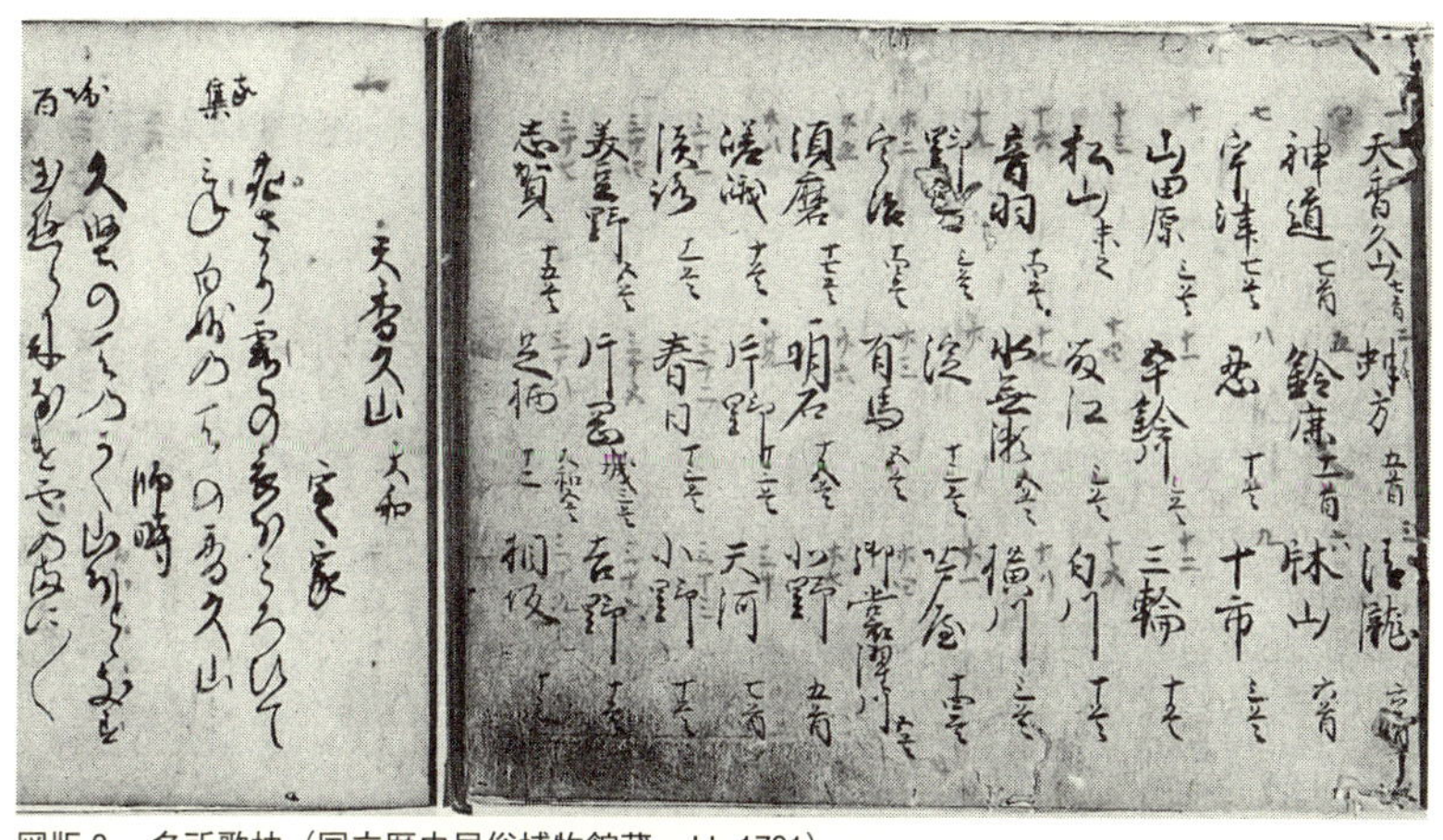

図版３　名所歌枕（国立歴史民俗博物館蔵　H-1791）

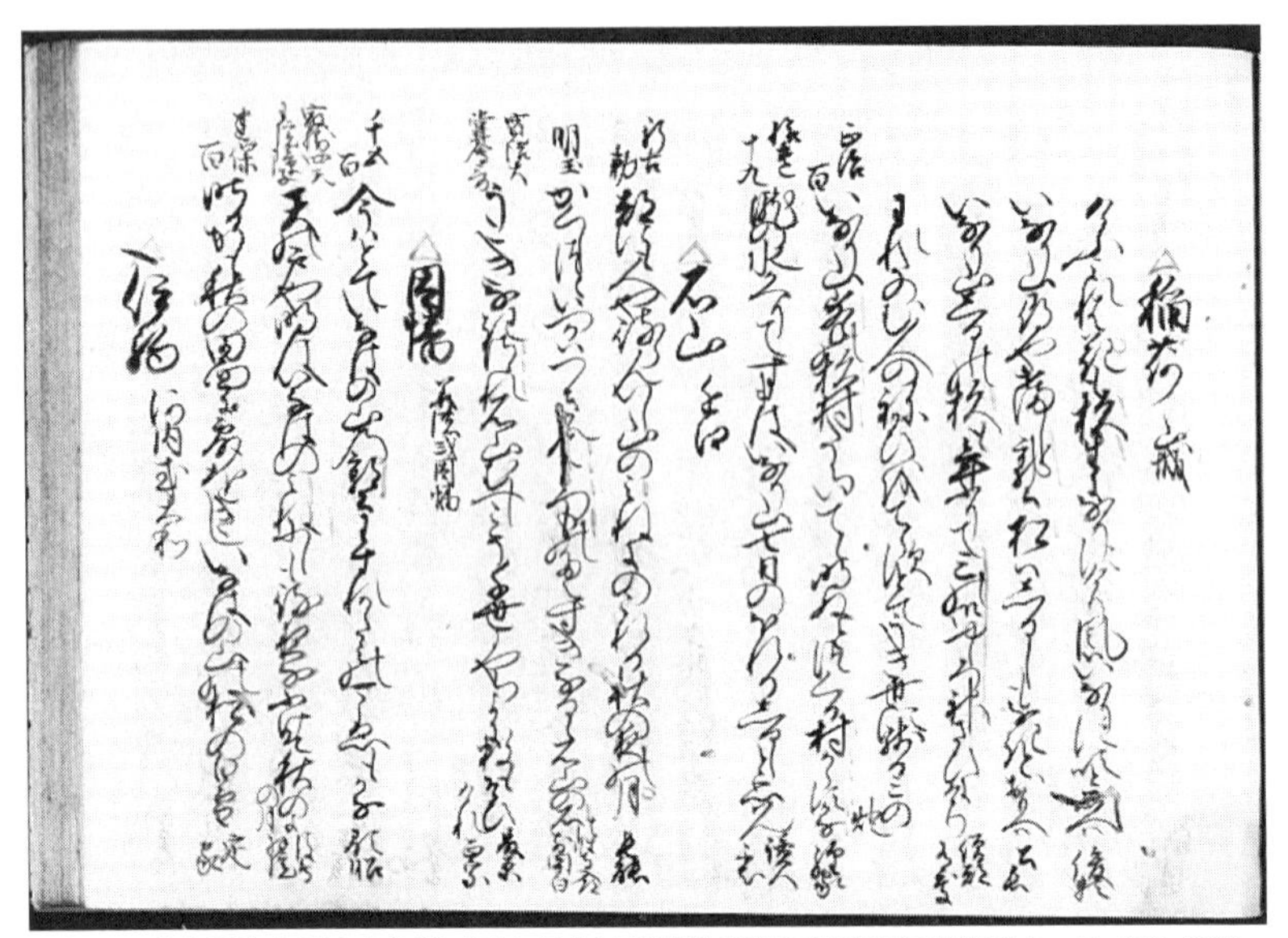

図版４　方輿勝覧合綴夫木抜書（国立歴史民俗博物館蔵高松宮家伝来禁裏本　H-600-1300、ミ函112）

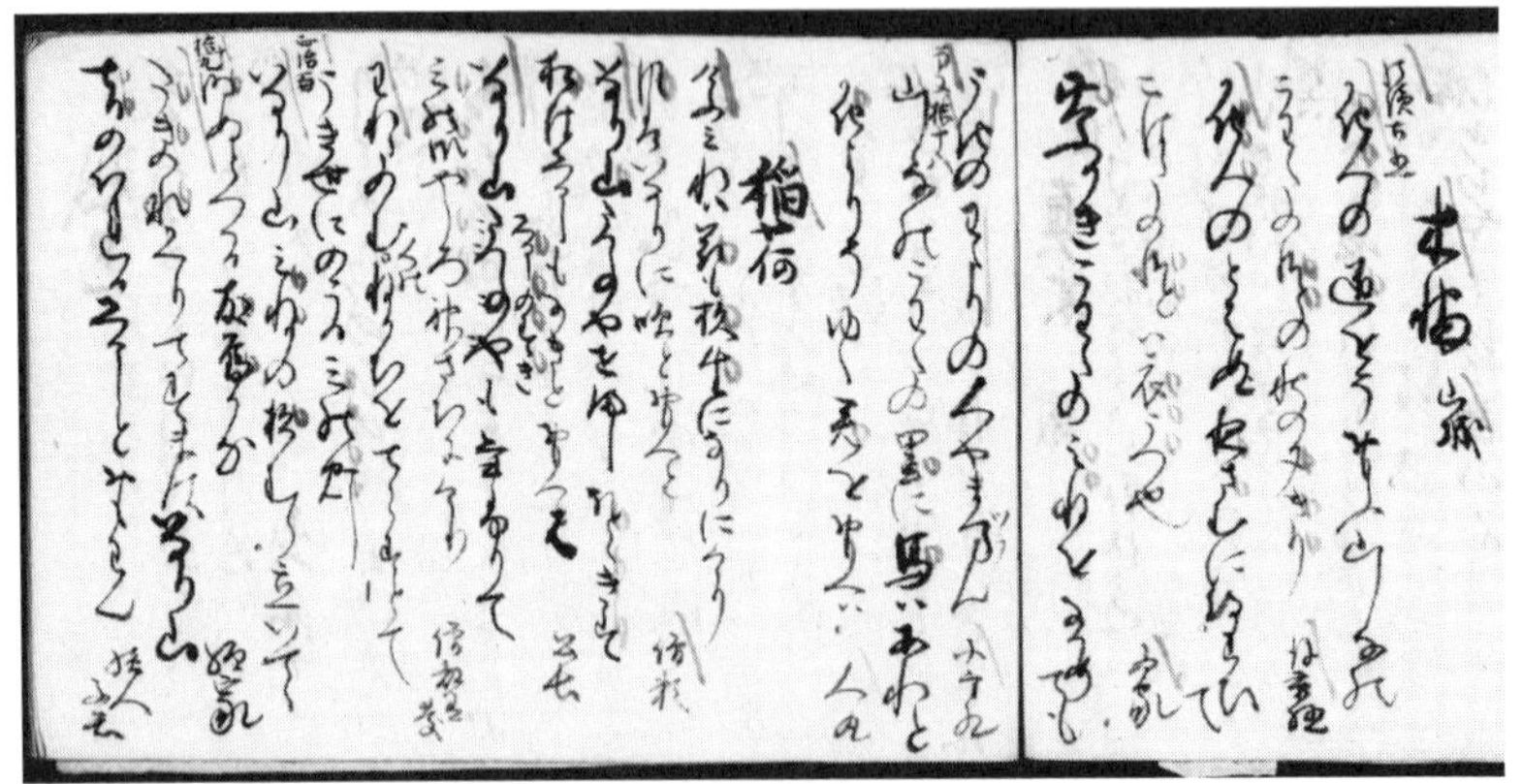

図版５　方輿勝覧集草稿（国立歴史民俗博物館蔵高松宮家伝来禁裏本　H-600-1303、ミ函115）

みなのがわ	常陸				290	水無能川	3	264	水無能川	3
みふねやま	大和				297	御船山	6	261	御船山	7
みほ	駿河				211	三穂	5	272	三穂	5
みむろ	大和				182	三室	11	275	三室	11
みもすそかわ	伊勢	62	御裳濯河	11	24	御裳濯河	5	265	御裳濯川	5
みやぎの	陸奥	98	宮城野	17	101	宮城野	6	278	宮城野	6
みよしの	武蔵	82	三吉野里	4						
みわ	大和	31	三輪	32	12	三輪	10	262	三輪	10
みわ	大和				303	三輪	2	312	三輪	2
むこ	摂津				145	武庫	10	150	武庫	10
むさしの	武蔵	79	武蔵	38	87	武蔵野	8	155	武蔵野	9
むしあけのせと	播磨一説備前				176	虫明迫門	4	152	虫明迫門	4
むしろだ	美濃				284	蓆田	2	154	蓆田	2
むつたのよど	大和				70	六田淀	7	153	六田淀	7
むらさきの	山城				276	紫野	4	156	紫野	4
むろのやしま	下野	93	室八島	10	143	室八嶋	6	151	室八嶋	6
もじのせき	豊前一説長門				144	門司関	3	299	門司関	3
もるやま	近江				164	守山	3	298	守山	3
やしお	山城				263	八塩	2	175	八塩	2
やす	近江				231	野洲	6	176	野洲	6
やた	越前	104	矢田野	4						
やつはし	三河	70	八橋	9	186	八橋	5	177	八橋	5
やましな	山城	5	山階　両国	4	154	山科	3	174	山科	3
やまたのはら	伊勢	64	山田原	8	10	山田原	3	178	山田原	5
ゆききのおか	大和				111	遊廻岡	3	258	逝廻岡	3
ゆら	紀伊				156	由良	5	257	由良	5
よかわ	近江				18	横川	3	96	横川	3
よかわ	山城				301	横河	3	310	横河	3
よさ	丹後				109	与謝	3	98	与謝	4
よしの	大和	26	吉野	94	36	吉野	10	95	吉野	14
よしの	大和				302	芳野	5	311	芳野	5
よど	山城	21	淀	9	20	淀	13	97	淀	13
わか	紀伊	111	若浦	17	105	若	5	70	若	4
わしのやま					265	鷲山	3	69	鷲山	3
歌数				2228			1879			1956

ふしみ	山城	18	伏見　両国	18	56	伏見	13	202	伏見	13
ふじわらのさと	大和							204	藤原里	1
ふすいのしま	未勘国				327	伏猪嶋	1	336	伏猪嶋	1
ふたみ	伊勢	67	二見	9	148	二見	5	198	二見	7
ふる	大和				191	布留	17	196	布留	17
ふわ	美濃	89	不破	8	102	不破	3	201	不破	4
ほりえ	摂津				71	堀江	7	32	堀江	7
まがきのしま	陸奥				240	籬島	6	186	籬嶋	6
まき	山城				60	真木	7	182	真木	7
ましばかわ	未勘国				323	真柴川	1	332	真柴川	1
ますだのいけ	大和				183	益田池	4	188	益田池	4
まちかねやま	摂津							181	待兼山	2
まつがうらしま	陸奥				278	松賀浦島	4	185	松賀浦島	4
まつざき	山城				82	松崎	3	183	松崎	3
まつしま	陸奥	101	松嶋	15	158	松嶋	9	184	松嶋	9
まつちのやま	大和紀伊下総				198	待乳山	5	180	待乳山	5
まつのお	山城				207	松尾	4	189	松尾	4
まつやま	陸奥	96	松山　末之	18	13	松山　末ノ	14	179	松山　末之	16
まつら	肥前	120	松浦	18	54	松浦	12	187	松浦	12
まの	近江	88	真野	14	193	真野	8	190	真野	8
まののかやはら	陸奥	38	真野茅原付萩原	7	246	真野萱原	4	192	真野萱原	4
まののはきはら	大和				245	真野萩原	3	191	真野萩原	3
まりのおか	未勘国				320	鞠岡	1	329	鞠岡	1
みい	近江				254	三井	3	269	三井	3
みお	近江				272	三尾	6	273	三尾	6
みかきのはら	大和				264	御垣原	7	277	御垣原	7
みかさやま	大和				212	三笠山	10	259	三笠山	10
みかのはら	山城				238	三香原	4	276	三香原	4
みかみ	近江				283	三上	5	260	三上	6
みしま	摂津	56	三嶋	15	40	三嶋	9	270	三島	9
みずくきおか	未勘国	121	水茎岡	10	97	水茎岡	5	274	水茎岡	5
みずの	大和				34	美豆野	5	279	美豆野	5
みずの	山城				308	美豆野	4	316	美豆野	4
みそぎかわ	未勘国				295	御禊川	2	266	御禊川	2
みたらしかわ	山城	3	御手洗川	6	204	御手洗川	4	267	御手洗河	4
みつ	摂津	48	御津	32	147	御津	11	271	御津	11
みづのえのよしののみや	出雲				281	水江能野宮	3	268	水江能吉野宮	3
みどりこのやま	未勘国				318	嬰児山	1	327	嬰児山	1
みなせ	山城	15	水無瀬	11	17	水無瀬	5	263	水無瀬	5

なごしのやま	土佐				296	名越山	3	134	名越山	3
なこそのせき	陸奥				115	奈古曾関	5	148	奈古曾関	5
なち	紀伊				288	那智	3	135	那智	3
なつみのかわ	大和				153	夏箕川	6	141	夏箕川	6
なとりかわ	陸奥	99	名取河	8	98	名取川	4	142	名取川	4
なにわ	摂津	47	難波　堀江	82	42	難波	15	144	難波	16
なみだのかわ	伊勢				247	涙川	8	140	涙川	8
なら	大和	23	奈良	15	255	奈良	13	149	奈良	13
ならしのおか	大和	35	奈良師岡	7	222	奈良師岡	3	146	奈良師岡	4
ならびのおか	山城				47	並岡	5	136	並岡	6
なるみ	山城	69	鳴海	16	152	鳴海	9	138	鳴海	9
にほのうみ	近江				197	鳰海	5	31	鳰海	5
ぬのひき	摂津	55	布引瀧	12	90	布引	3	46	布引	4
ねざめのさと	美濃				292	寝覚里	2	132	寝覚里	2
のかみ	美濃				262	野上	3	166	野上	3
のしま	淡路安房近江	116	野嶋	15	106	野嶋　淡路安房近江	8	164	野嶋　淡路安房近江	8
のちせのやま	若狭				177	後瀬山	5	163	後瀬山	5
のなかのしみず	播磨				103	野中清水	4	165	野中清水	4
ののみや	山城				19	野宮	3	167	野宮	3
はかいのやま	大和				269	羽買山	5	28	羽買山	6
はこね	相模				268	箱根	5	29	筥根	5
はちすのうら	加賀				312	蓮浦	1	320	蓮浦	1
はつせ	大和	32	泊瀬	41	67	泊瀬	15	27	泊瀬	15
はまな	遠江	72	浜名橋	11	86	浜名橋	6	30	浜名橋	6
ひえ	近江	86	比叡	19	250	比叡	4	291	比叡	4
ひくまの	三河				137	引真野	3	296	引真野	3
ひじきのなだ	播磨				258	比治奇灘	3	294	比治奇灘	3
ひつかわ	山城				241	櫃川	3	295	櫃河	3
びょうぶ	近江				311	屏風浦	1	319	屏風	1
ひら	近江	87	比良	17	131	比良	6	292	比良	6
ひらの	山城				141	平野	3	297	平野	3
ひろさわ	山城				57	広沢	5	293	広沢	5
ふえたけのいけ	未勘国				324	笛竹池	1	333	笛竹池	1
ふかくさ	山城	17	深草山	10	69	深草	9	203	深草	9
ふきあげ	紀伊	112	吹上	15	113	吹上	6	197	吹上	7
ふけいのうら	和泉	46	吹居浦	7	167	吹飯	4	200	吹飯浦	5
ふじ	駿河	73	富士	39	41	富士	13	194	富士	13
ふじえ	播磨				14	藤江	3	199	藤江浦	2
ふじかわ	美濃	90	藤河	7	249	関藤川	6	302	関藤河	6
ふじしろのみさか	紀伊				220	藤代御坂	3	195	藤代御坂	3

たちばなのこじま	山城				271	橘小嶋	2	115	橘小島	2
たつた	大和	27	龍田	48	50	龍田	15	100	龍田山	18
たつた	大和				307	立田	2			
たつのいち	大和				185	辰市	3	124	辰市	3
たての	武蔵				51	立野	4	122	立野	4
たなかのもり	未勘国				322	田中杜	1	331	田中杜	1
たなかみ	山城				122	田上	4	119	田上	4
たまえ	摂津	57	玉江	14	195	玉江　摂津六首越前一首	7	109	玉江	7
たまがわ	山城	13	井手	12	62	井手玉川	6	111	井手　山城	6
たまがわ	武蔵	100	玉河	13	62	玉河	1	110	玉川	2
たまがわ	近江				62	野路玉川	7	112	野路玉川	7
たまがわ	陸奥				62	野田玉川	6	113	野田玉川	6
たましま	肥前				130	玉嶋	8	105	玉嶋	8
たまつしま	紀伊	110	玉津島	8				106	玉津嶋	2
たみののしま	摂津	50	田簑島	9	179	田簑嶋	7	108	田簑島	7
たむけやま	大和	34	手向山	9	146	手向山	5	99	手向山	6
ちとせやま	丹後				300	千年山	5	44	千年山	5
つくえのしま	能登				313	机嶋	1	322	机嶋	1
つくば	常陸	83	筑波	33	174	筑波	9	129	筑波	10
つくま	近江				267	筑磨	5	131	筑磨	5
つだのほそえ	播磨				298	津田細江	2	130	津田細江	2
とおざとおの	摂津				79	遠里小野	6	36	遠里小野	6
とおち	大和				9	十市	3	43	十市	3
ときのうら	長門				315	時浦	1	324	時浦	1
ときわ	山城				171	常盤	11	41	常盤	11
とこのうら	未勘				294	床浦	4	40	牀浦	5
とこのやま	江州				6	鳥籠山	6	33	牀山	6
となせ	山城				53	戸難瀬	6	38	戸難瀬	6
とば	山城	16	鳥羽	13	84	鳥羽	7	37	鳥羽	7
とふ	陸奥				266	十符	4	39	十符	4
とぶひ	大和				279	飛火野	5	35	飛火野	5
とよら	大和				43	豊浦寺	4	42	豊浦寺	5
とりべ	山城				208	鳥部	6	34	鳥部	5
ながい	摂津				286	長居	3	145	長居	3
なかがわ	山城				46	中川	2	139	中川	4
ながらのはし	摂津	49	長柄	16	127	長柄橋	9	143	長柄橋	10
ながらのやま	近江				126	長等山	6	133	長等山	7
なげきのもり	未勘国	123	歎杜	6	232	歎杜　未勘国一説大隅	3	147	歎杜　大隅	3
なご	越中				45	名兒	3	137	名兒　那古　奈呉	4

しか	近江	85	志賀　付 長等山	68	37	志賀	16	282	志賀	15
しか	近江				305	志賀	3	314	志賀	3
しかすがのわたり	三河				184	志賀須香渡	3	283	志賀須香渡	3
しかま	播磨				75	飾磨	9	286	飾磨	9
しからき	近江				59	滋賀楽	10	281	滋賀楽	10
しのだのもり	和泉	44	信太森	16	108	信太杜	7	289	信太杜	8
しのぶ	陸奥	95	信夫	37	8	信夫	13	288	信夫	13
しめじがはら	下野				282	標茅原	2	287	標茅原	2
しらかわ	山城	22	白河	10	15	白河　山城	10	285	白河	10
しらかわのせき	陸奥	97	白川関	12	66	白河関	10	284	白川関	10
しらやま	加賀				172	白山	3	280	白山	3
すがわらふしみ	大和	40	伏見	17	80	菅原伏見	10	309	菅原伏見	11
すずか	伊勢	63	鈴鹿河	19	5	鈴鹿	11	303	鈴鹿	11
すずの	未勘国				321	鈴野	1	330	鈴野	1
すだち	未勘国				274	巣立	2	308	巣立	2
すま	摂津	58	阪磨	41	25	須磨	16	305	須磨	17
すみだがわ	武蔵	80	住田川	12	107	角田川　下 総或武蔵	3	306	角田河	3
すみよし	摂津	52	住吉	57	78	住吉	16	304	住吉	15
すわ	信濃				196	謝方	3	307	謝(諏歟)方	3
せた	近江				85	勢多	5	300	勢多	5
せりかわ	山城				248	芹河	3	301	芹河	3
そでのうら	出羽				173	袖浦　出羽一 説湊筑前歟	6	127	袖浦　出羽一 説湊筑前歟	8
そのはら	信濃				210	園原　付 伏屋	5	126	園原　付 伏屋	5
そめかわ	筑前				187	染川	4	128	染川	4
たかさご	播磨	109	高砂	29	133	高砂	12	103	高砂	12
たかしのうら	遠江				139	高師　遠江	6	116	高師	6
たかしのはま	和泉	45	高志濱	6	73	高志濱	3	104	高志濱	4
たかせ	河内	43	高瀬	8	252	高瀬	5	114	高瀬	5
たかつ	摂津				149	高津	6	121	高津	6
たかの	紀伊							123	高野	1
たかま	大和				242	高間	9	102	高間	9
たかまど	大和	30	高円	21	89	高円	7	101	高円	7
たかやす	河内				64	高安里	3	125	高安	3
たけくま	陸奥				200	武隈	3	120	武隈	3
たけた	山城				96	竹田	3	118	竹田	3
たご	駿河	76	田兒浦	11	159	田籠浦 駿河越中	5	107	田籠浦	6
ただす	山城				209	糺	3	117	糺	3

かめやま	山城				213	亀山	5	79	亀山	6
かも	山城	2	賀茂河	6	165	賀茂	11	78	賀茂	8
からさき	近江				124	唐崎	4	88	唐崎	5
かんなび	大和	28	神南備	55	221	神南備	7	82	神南備	9
きく	壱岐				280	企救	4	254	企救	4
きさかた	出羽				2	蚶方	5	250	蚶方	5
きそ	信濃				270	木曽	6	249	木曽	6
きたの	山城				27	北野	5	256	北野	5
きたの	山城				309	北野	7	317	北野	7
きぬかさ	山城				275	衣笠	2	248	衣笠	2
きぬぎぬのやま	未勘国				317	衣々山	1	326	衣々山	1
きびのなかやま	備中				233	吉備中山	4	247	吉備中山	4
きふね	山城				223	貴船	5	253	貴船	5
きよきかわら	大和				236	清河原	3	255	清川原	3
きよたき	山城				3	清滝	6	251	清滝	6
きよみ	駿河	74	清見	22	88	清見	7	252	清見	7
くさかりのさと	河内				316	草刈里	1	325	草刈里	1
くまの	紀伊				155	熊野	8	173	熊野	8
くめじ	大和				273	久米路	4	171	久米道	4
くものはやし	山城				68	雲林	4	172	雲林	4
くらいやま	飛騨				151	位山	6	170	位山	7
くらぶのやま	山城	19	暗布山	8	119	暗布山	9	168	暗布山	10
くらまやま	山城	20	鞍馬山	4	118	鞍馬山	3	168	鞍馬山	4
けしきのもり	大隅				178	気色森	3	193	気色杜	3
こがのわたり	下総				189	許我渡	3	208	許我渡	3
こがらしのもり	駿河	78	木枯森	4	243	木枯杜	3	211	木枯杜	3
こじま	備前				237	小嶋	6	207	小嶋	6
ことのうら	未勘国				326	琴浦	1	335	琴浦	1
こま	山城				170	狛	4	210	狛	4
こや	摂津				123	昆陽	9	209	昆陽	9
こゆるぎのいそ	相模				142	小余綾磯	5	206	小余綾磯	5
こわた	山城				253	木幡	4	205	木幡	4
さが	山城	10	嵯峨	12	28	嵯峨	10	246	嵯峨	9
さぎさか	山城				289	鷺坂山	3	243	鷺坂山	3
さの	上野	92	佐野	12	94	佐野	5	245	佐野	5
さののわたり	大和				65	佐野渡 大和	5	244	佐野渡	5
さほ	大和				112	佐保	13	241	佐保	13
さよのなかやま	遠江	71	佐夜中山	25	99	佐夜中山	4	240	佐夜中山	4
さらしな	信濃				117	更級	7	242	更級	7
しおがま	陸奥	102	塩竈	16	81	血鹿塩竈	8	45	血鹿塩竈	10

おおはら	山城	14	大原	6	128	大原	6	53	大原	6
おおよど	伊勢	68	大淀	12	95	大淀	4	57	大淀	4
おぐら	山城	12	小倉山	15	52	小倉	11	47	小倉	12
おしお	山城				135	小塩	11	51	小塩　付 大原野	11
おしま	陸奥				225	雄島	4	64	雄(小イ)嶋	4
おだえのはし	陸奥				163	緒断橋	3	66	緒絶橋	4
おとこやま	山城				190	男山	3	49	男山	3
おとこやま	山城				310	男山　又 八幡山	3	318	男山　又 八幡山	3
おとなし	紀伊	113	音無	6	227	音無	4	55	音無	4
おとわ	山城	6	音羽山	12	16	音羽	13	54	音羽	14
おの	山城	9	小野山	8	33	小野	10	67	小野	10
おの	山城				304	小野	5	313	小野	5
おばすて	信濃				192	姨捨山	3	50	姨捨山	4
おぼろのしみづ	山城				299	朧清水	4	61	朧清水	5
おまえ	摂津広田社				256	御前	2	63	御前	2
おもいがわ	筑前	118	思川	13	226	思川	6	62	思川	6
かいがね	甲斐				138	甲斐嶺	3	76	甲斐嶺	3
かえるやま	越前				169	海路山	4	77	海路山	4
かがみやま	豊前 近江				93	鏡山	10	75	鏡山　豊 前近江	10
かしい	筑前				206	香椎	4	90	香椎	4
かしま	常陸				180	鹿嶋	5	86	鹿嶋	5
かすが	大和	24	春日	39	32	春日	12	72	春日	14
かすみのうら	常陸				160	霞浦	3	87	霞浦	3
かすみのせき	武蔵				134	霞関	3	93	霞関	3
かせのやま	山城							81	鹿背山	4
かたおか	山城 大和	4	片岡森 付神	3	35	片岡　山 城大和	7	91	片岡　山 城大和	9
かたおかやま	河内				72	片岡山	3	73	片岡山	3
かたそぎのいりえ	未勘国				325	片削入江	1	334	片削入江	1
かただ	近江				260	堅田	4	85	堅田	4
かたの	河内	42	交野	44	29	交野	13	92	交野	11
かたみのうら	紀伊				291	像見浦	6	84	像見浦	6
かたらいやま	未勘国				319	語山	1	328	語山	1
かつら	山城				224	桂	6	94	桂	6
かつらぎ	大和	25	葛城	23	44	葛城	10	74	葛城	11
かねのみたけ	大和				261	金御嶽	3	83	金御嶽	3
かみじ	伊勢	60	神道山	11	4	神路	7	80	神道	7
かみやま	山城	1	神山	8	218	神山	9	71	神山	9
かめい	摂津				74	亀山(ママ)	4	89	亀井	4

いずみ	山城				110	泉	6	19	泉	7
いせ	伊勢	65	伊勢海	22	161	伊勢	10	15	伊勢	10
いそのかみ	大和	29	石上	48	285	石上寺	2	8	石上寺	2
いそまのうら	紀伊				181	磯間浦	5	16	磯間浦	5
いちしのうら	伊勢				239	一志	4	20	一志浦	4
いな	摂津	53	猪名	32	230	猪名	13	14	猪名	13
いなばのやま	美濃	91	因幡山	9	125	因幡　美濃因幡	3	3	因幡	3
いなみの	播磨				287	印南野	4	11	印南野	4
いなり	山城				121	稲荷	5	1	稲荷	6
いぶき	近江或美濃				140	伊吹　近江美濃	7	7	伊吹	8
いまきのおか	紀伊				277	今城岡	2	10	今城岡	2
いもせ	紀伊	114	妹背山	15	216	妹背	8	5	妹背	8
いるさのやま	但馬一説未勘国				157	入佐山　但馬一説ハ未勘国	6	6	入佐山	8
いるの	未勘国	122	入野	8	203	入野	5	12	入野	5
いるひのおか	未勘国				259	入日岡	2	9	入日岡	2
いるま	武蔵	81	入間	1						
いわしみず	山城				201	石清水	5	17	石清水	5
いわしろ	紀伊				219	岩代	5	25	岩代	5
いわせ	大和				175	岩瀬	9	22	岩瀬杜	9
いわて	陸奥				244	磐手	3	24	磐手	3
うきしまかはら	駿河	77	浮嶋原	7	83	浮島原	5	159	浮島原	5
うじ	山城	7	宇治山	23	22	宇治	14	158	宇治	14
うじ	山城				306	宇治	3	315	宇治	3
うずらはま	筑前				328	鶉浜	1	337	鶉浜	1
うちでのはま	近江				257	打出濱	2	162	打出濱	2
うつのやま	駿河	75	宇津	14	7	宇津山	7	157	宇津山	7
うらしま	丹後				120	浦島	4	160	浦島	4
うらのはつしま	摂津或紀伊				166	浦初島	5	161	浦初島	5
えじま	淡路	117	絵嶋	12	116	絵嶋	6	290	絵嶋	6
おう	伊勢	66	苧生浦	11	76	苧生	3	65	苧生	3
おうさか	近江	84	会坂	51	39	相坂	13	222	相坂	13
おおあらき	山城				214	大荒木付浮田	7	68	大荒木付浮田	7
おおい	山城	11	大井河	12	61	大井	14	56	大井	14
おおうちやま	山城				234	大内山	5	52	大内山	5
おおえ	摂津				205	大江	4	60	大江	4
おおえやま	丹波	105	大江山	12	162	大江山	9	48	大江山	9
おおかわのべ	大和				217	大河辺	3	58	大河辺	3
おおさわ	山城				194	大沢池	3	59	大沢	3

方輿勝覧集歌枕一覧

名所よみ	国	a 番号	a 表記	a 歌数	b 番号	b 表記	b 歌数	c 番号	c 表記	c 歌数
あおねのみね	大和				215	青根峯	3	224	青根峯	3
あおは	若狭				229	青羽山	3	223	青羽	4
あかし	播磨	108	明石	30	26	明石	15	227	明石	15
あさか	陸奥	94	安積	16	58	安積	10	225	安積山	10
あさか	陸奥							220	安積山	2
あさくらやま	筑前 或相模				293	朝倉山 付木丸殿	6	221	朝倉山 付木丸殿	6
あさづま	近江				55	朝妻	3	233	朝妻	3
あさひ	山城	8	朝日山	4						
あさま	信濃				49	浅間	5	214	浅間	5
あしうらのやま	丹後				314	足占山	1	323	足占山	1
あしがら	相模				38	足柄	12	217	足柄	14
あしたのはら	大和	37	朝原	16	235	朝原	10	236	朝原	10
あしや	摂津	51	葦屋	23	21	芦屋	13	239	芦屋	14
あすか	大和	39	飛鳥	32	104	飛鳥	10	238	飛鳥	10
あたご	山城				228	阿太胡	3	215	阿太胡	3
あだしの	大和	36	阿太師野	10						
あだち	陸奥				91	安達	5	237	安達	5
あぶくまがわ	陸奥				150	阿武隈川	6	231	阿武隈川	6
あまてるかみ	伊勢	59	天照神	4						
あまのかくやま	大和	33	香具山	19	1	天香久山	7	212	天香久山	8
あまのかわ	河内				30	天河	7	228	天河	7
あまのはしだて	丹後	107	海橋立	14	100	天橋立	5	230	天橋立	5
あみのうら	讃岐				202	網浦	3	226	網浦	3
あらしやま	山城				48	嵐山	8	213	嵐山	9
あらちやま	越前	103	有乳山	17	114	有乳山	5	216	有乳山	8
ありそ	越中				188	有磯	4	234	有磯	4
ありま	摂津				23	有馬	5	218	有馬	5
あわじ	淡路	115	淡路	21	31	淡路	11	229	淡路	13
あわたやま	山城				131	粟田山	3	219	粟田山	3
あわつ	近江				251	粟津	9	235	粟津	9
あわで	尾張				136	阿波堤	5	232	阿波堤	5
いかほ	上野				168	伊香保	6	18	伊香保	6
いきのまつばら	筑前	119	壱岐松原	6	77	壱岐松	3	23	壱岐松	3
いくた	摂津	54	生田	20	92	活田	11	26	活田	11
いくの	丹後	106	生野	12	199	生野	9	13	生野	9
いこま	河内或大和	41	射駒山	35	63	伊駒	16	4	伊駒	17
いしやま	近江				129	石山	3	2	石山	3
いすず	伊勢	61	五十鈴川	4	11	五十鈴河	3	21	五十鈴	3

第五部　勅撰作者部類をめぐって

第十三章　歌人伝史料としての勅撰作者部類

一、はじめに

勅撰作者部類は、古今集以後の勅撰歌人の簡単な伝記と入集状況を注した一種の名鑑である。二条為世の門弟である藤原盛徳（法名元盛、以下これによる）が、建武四年（一三三七）頃、古今集から続後拾遺集までの十六集を対象に編纂した。その後、同じく二条派歌人の惟宗光之が書写して、康安二年（一三六二）正月には、続く風雅集・新千載集の作者を増補している。

版行はされなかったが、近代の活字本は『校訂増補五十音引勅撰作者部類』と題して明治期に出ており、昭和期には『校註国歌大系』第二十三巻（国民図書株式会社）、『八代集全註』第三巻（有精堂出版）などにも収められ、広く使われてきた。ところが、これらの活字本は、底本の失考や誤植脱漏が補正されず、分類排列にも難があった[1]。作者索引としては『和歌文学大辞典』（明治書院）付録や、勅撰集の本文批判の進展を踏まえ新編国歌大観に準拠した『勅撰集付新葉集作者索引』（和泉書院）が最も有用で、勅撰作者部類はむしろ歌人伝史料として利用価値があるが、それにも様々克服すべき点が指摘されている。

まず、元盛・光之の原態本（十八代集作者部類あるいは旧作者部類と称する）では、実名の五十音引きではなく、帝王・親王・執政から、男・僧・女・神仏の順に三十三部門に分類して作者を排列している。部門内では初出の勅撰集の順になっている。二百年以上経った正保三年（一六四六）に姫路藩主榊原忠次が、残りの新拾遺・新後拾遺・新続古今の三集について、体例を旧作者部類に倣って、続三代集作者部類（単に続作者部類とも）を編纂した。ところが、江戸中期、旧作者部類と続作者部類を合体させ、二十一代集の入集状況を一覧できるようにしたり、さらに実名の音引きにした改編本が現れた。実は「勅撰作者部類」と言っても、成立年代、内容、排列構成の原理の異なる伝本が一括されている状態である。そのことは第十四章に述べるので参照されたい。ここでは元盛・光之の旧作者部類と現行活字本との差異に限って述べる。

近年、スコット・スピアーズ氏が初めて本格的な伝本研究を発表した[2]。活字本は全て改編本に基づいていることと、旧作者部類の伝本はかなり多く遺されているが、元盛の編纂した当初の形を伝える伝本は存在せず光之増補の本を源流とすること、旧作者部類にはさまざまな注記があるが、改編本が多く削除していることなどを明らかにしている。

これによって新たな課題も浮上する。問題は肝腎の旧作者部類の本文がいまだ提供されていないことである。史料としてはもとより旧作者部類に着目すべきなのだが、本文批判は不十分で、どの本に依拠すべきかも定まっていない。第十四章では伝本を検討し、それを受け、附録として現存諸本の祖本に最も近く、問題が少ない宮内庁書陵部蔵御所本（一五四―六六）を底本とし、他本との異同を示す形で翻刻した。適宜参照されたい（引用する時は、部と番号によって示した）。

さらに、そもそも注記はどれくらい信頼が置けるのか、元盛や光之はどうやってこうしたものを編纂したのか、部類や排列の原理はいかなるものか、などの疑問も生ずる。たとえば有名な問題として、伝記情報の中に、「至―――年」という注記を持つ作者がかなりいて、その意味するところが何度か考察されている[3]。没年を示すと考えられていたが、反証が多数あり、当たらないようである。こうした点を本章で考えてみたい。

二、構成と特色

勅撰作者部類の構成を次に示す。私に1~41の番号を付けた（30・31は本文では分かれていない）。

1帝王尊号　2親王　3執政　4大臣　5大納言　6中納言　7参議　8散二三位　9諸王　10四位　11五位
12六位　13僧正　14法印　15僧都　16法眼　17律師　18法橋　19凡僧上入道　20凡僧下　21女院　22后宮　23准
后　24内親王　25女御御息所　26更衣　27尚侍　28一二三位　29女王　30庶女上　31庶女下　32不知官位　33神
明　34仏陀　35化人　36作者異議　37歌仙事　38歌読事　39証歌納事　40悪名事　41哥堪能事

大別して男・僧・女の順であり、男・僧は最終的に叙任された官位・待遇をもって分類している。さらに各部では初出勅撰集の順に排列している。36作者異議は原撰者元盛による同名異人などの考証、37歌仙事以下は諸書の抄出・引用からなる。標題があるが、本来は頭書や尾題であったと思えるものもあり、必ずしもそれに続く内容と対応していない。但し名称として活字本等で既に定着しているので便宜掲げた。

この分類方法は、まず各勅撰集の成立後に編纂される作者の「目録」と比較してみる必要がある。少なくとも後拾遺集以後は、撰者が各勅撰集の作者を一覧した目録を下命者に提出するのが慣例であった。二十一代集のうちで確実に撰者が編纂した目録が現存するのは続古今集だけであるが、(4)これを例にすると、続古今集の場合、別々に編纂された「当世」「故者」とも、分類・構成は勅撰作者部類とほぼ同じである。僅かに凡僧が上下に分かれたり、太上天皇や追尊天皇を帝王に一括しているなどの相違点があるに過ぎない。

勅撰集を編纂してきた二条家の和歌所には、過去の勅撰集の目録が備え付けられていたことであろう。勅撰作者部類と、個別の集の目録の関係については、直接の関係はなかったとする見解もある。但し、複数の集に個別の目録があれば、統合した方が便利である。何より新たな勅撰集編纂の時活用されたことは想像に難くない。

さて伝記の次には、入集状況を注するが、旧作者部類では簡便で、集あたりの総歌数しか載っていない。改編本では各集のどの巻に何首載っているかを示している。しかし、続古今集目録では、既にどの巻に採られたかを示していたようである。

これは退歩しているようであるが、要するにどの集の作者であったのかという情報こそ至要であった。当時の歌人が「N代作者」という自称を用いることが思い合わされる。生前複数の勅撰集の作者になったことを誇るものである。八代集の時代、勅撰集の成立する間隔は平均で四十年強、一世紀に二集の割合だから生涯撰集に逢わなかった歌人も珍しくないが、十三代集の時代になれば、間隔は平均十七年、最短五年にまで短縮する。撰者に嫌われずに長生きをすれば、最大五代作者になることも可能であった。頓阿は五代の作者である。邦省親王も続千載集以来連続五代入集、新後拾遺集の奏覧前に七十四歳で亡くなるが、六代作者になれなかったのは無念である、などと妙な追悼をされている（後深心院関白記永和元年〔一三七五〕九月十七日条）。このような連続入集という点に撰者たちも相当配慮していたようである。他ならぬ勅撰作者部類の撰者元盛が「至愚ノ元盛ハ新後撰ヨリコノカタ三代勅集ノ作者ニテ」と誇り（玉葉集には採られなかったから連続入集ではない）、他にも「三代勅集作者元盛」と署名している[5]。元盛も光之も大した歌人ではないが、二条家の和歌所に出入りし、事務的な仕事では大いに貢献していたようである。彼らが各勅撰集の目録を統合したと考えてよいであろう。

三、注記「至――年」の問題

ついで、例の「至――年」の注記であるが、恐らく元盛や光之が付けたものではなく、もう少し前の勅撰集の目録にあったものを統合し転載したと考えられる。

まずこの注記は、四位・五位・六位の歌人に現れる。全て平安院政期の歌人で、合計二百四人である。うち六位は一人だけで（63中原清重）、後に五位に昇った旨注記がある。四位・五位にのみあることに着目すれば、これはその人物が「補歴（ぶりゃく）」にいつまで掲載されていたことを示すのではないか、と推測される。

補歴（略）とは、補任（公卿）・歴名（四位・五位の殿上人および六位の蔵人）を併せた名鑑である。スタイルは区々であるが、実物として比較的古い、永禄六年（一五六三）の補略[6]を見ると（図版1）、公卿補任とはだいぶ記載方法が異なり、公卿・殿上人・地下に分類して、公卿は散位も入道もくるめて官職順に、殿上人は四位・五位そして例外的に六位蔵人を位階の順に列挙していて、毎年更新していったことが分かる。補歴は別名「堂上略要」とも呼ばれていることからも察せられるように、堂上の一覧と言い換えることができる。平安・鎌倉時代の補歴も、これと大きく変わるものではなかったであろう。なお、元盛も作者部類付属の歌仙事で歴名に言及し、山辺赤人につき「古来叙位歴名曾以無三位之所見」と記している。

補歴を管理しているのは外記局、当時局務家と呼ばれた、大外記を世襲する中原・清原両家である。毎年更新されるので、中世の記録には廷臣たちが補歴を局務家に渡して、情報を修正してもらっている記事が見える。

新たに位に叙されれば補歴に名が載り、位階が上がれば場所が変わり、出家したり死去すれば削除される。四位・五位は、公卿補任に載らないし、そもそも位だけの人も多い。そのような人々の確実な生存年代を知るには、補歴で確認するのが捷径であろう。隠退や出家、死去と重なることも多いであろうが、要するに殿上から籍を除かれれば、その次の年の補歴には見えなくなる。それが「至―――年」ということなのではないか。毎年の補歴を見て、何年まで現れているかを記入したのである。

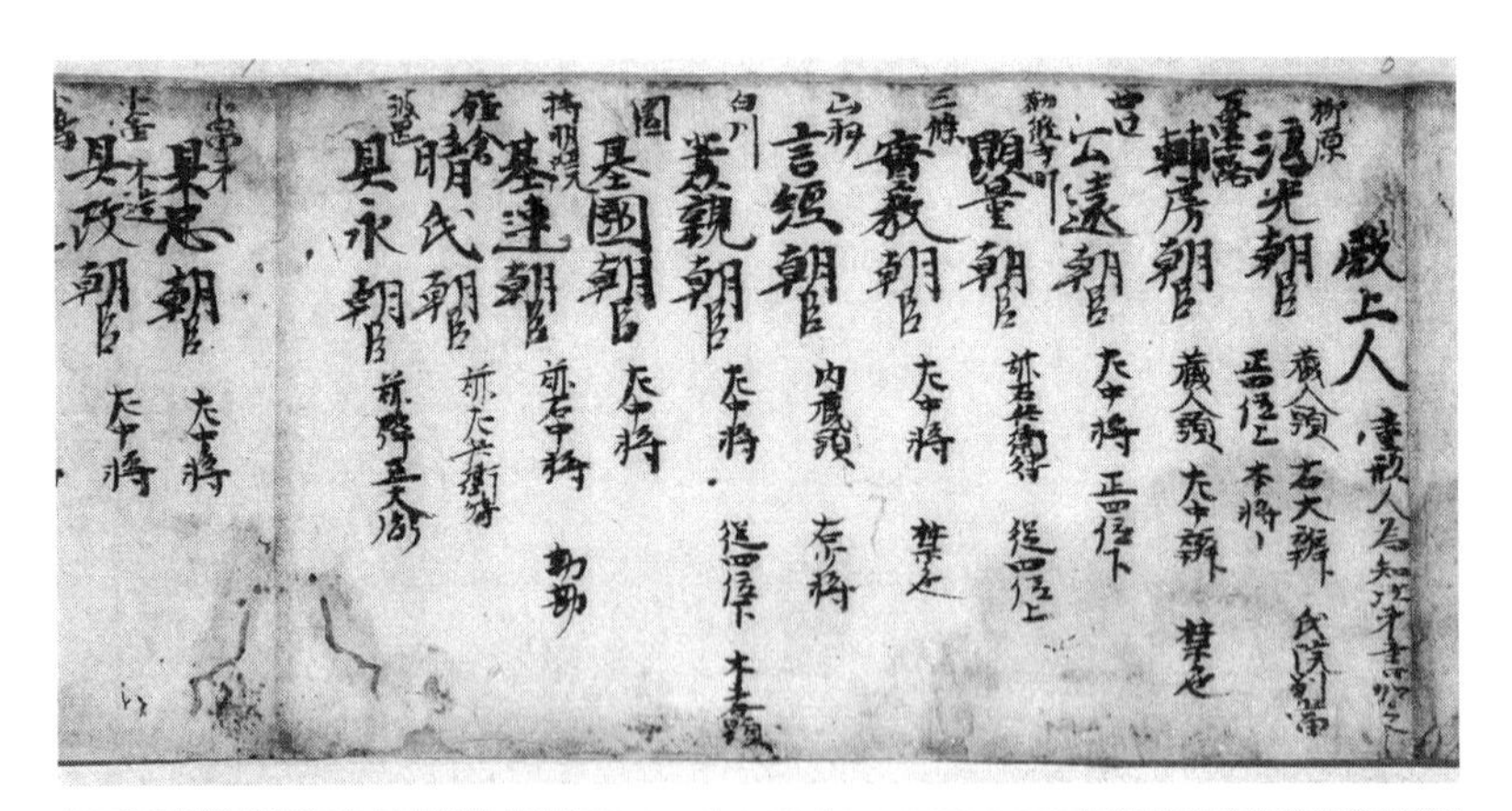

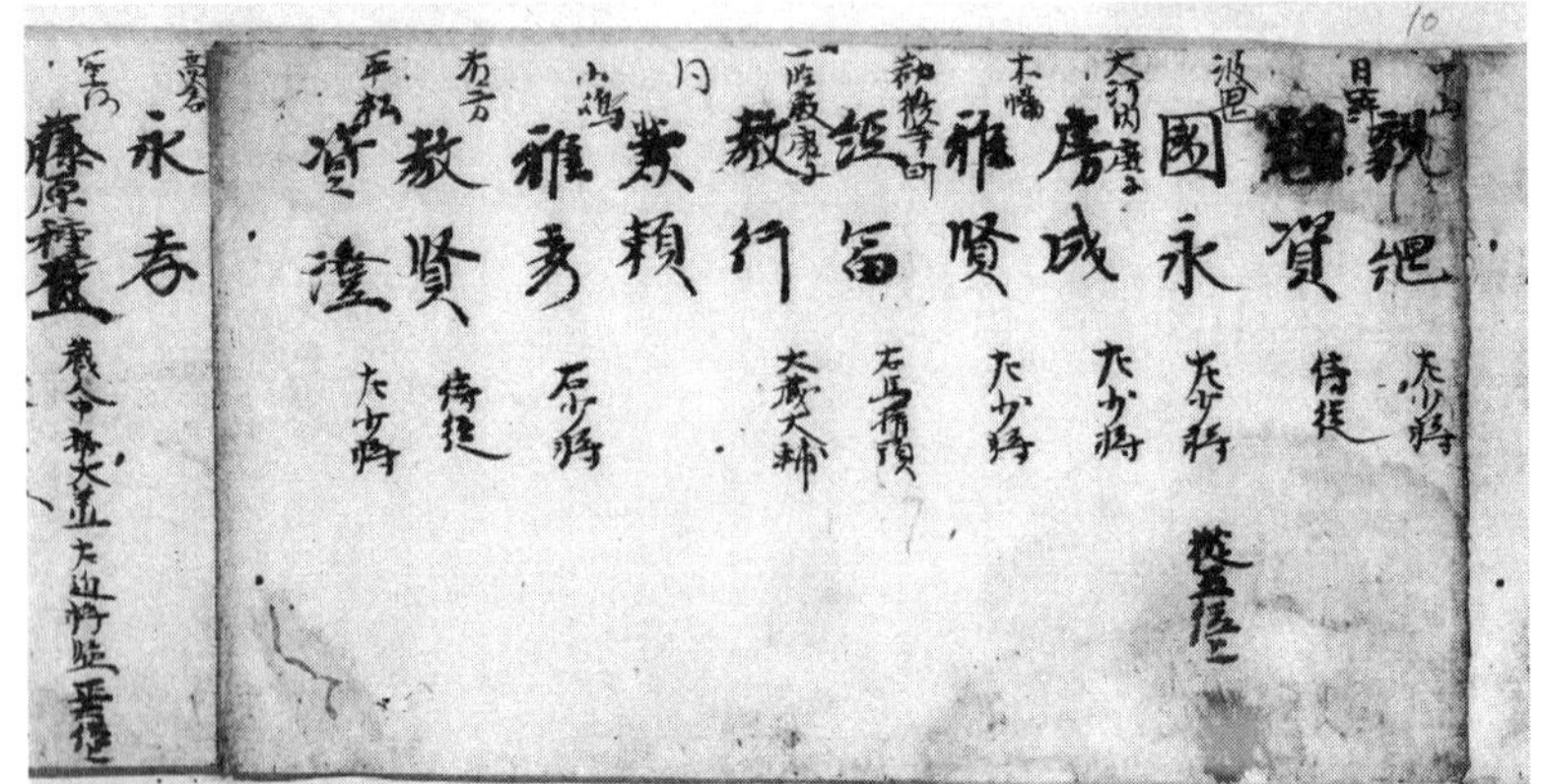

図版１　補略　永禄六年（国立歴史民俗博物館蔵廣橋家旧蔵記録文書典籍類）より。
殿上の四位から五位が順に並び末に六位蔵人がいる。

それでは、いつ頃誰の手でこの注記が付けられたのであろうか。「至ーーー年」、その年代の幅は、仁寿三年（八五三）から承久三年（一二二一）までに収まる。元盛や光之よりは相当に遡った時代である。後世、古い史料を用いて考証した可能性もあるが、やはり注記を付けた時期は、承久三年をさほど降らないと考えるのが自然である。さらに、この注記の付けられた歌人を初出勅撰集別に見ると、古今集から新古今集までの八代集に収まる。たとえ平安時代の歌人であっても、新勅撰以後に初めて入集した歌人については注記がない。これが一つのヒントである。

続後撰集に、鎌倉前期の大外記中原師季の歌が載っている。

為家参議の時、八代集作者四位以下の伝しるしてと申し侍りしを、
送りつかはすとてかきそへて侍りし　　中原師季
もしほ草かきあつめてもかひぞなきゆくへもしらぬ和歌の浦風（雑中・一一四九）

詞書により、為家の依頼で八代集の作者のうち四位以下の者の伝記を注進したことが分かる。

為家が参議であったのは嘉禄二年（一二二六）から嘉禎二年（一二三六）まで、この間、新勅撰集が撰進されている。老齢の定家にかわり、為家が窓口となって撰集を助けていたことはよく知られている。現存しないが、目録も編まれている。(7) したがってこの時、八代集に入った、四位以下の作者の伝記を調べさせた動機は十分にある。

師季は定家とも親しく、定家はその先例勘申能力に信頼を置いていた。新勅撰に三首採っている。明月記（天福元年九十十一月記）紙背に、あたかも新勅撰集編纂中の天福元年春のものと見られる師季の書状がある。(8) 詠草を送って入集を期待する内容である。

○前欠、雖中候、身ハ元老に罷成て候に詞のおさなさ返々浅猿候、只内々御会の時の祗候人の中□可然候はん

を被召候て御計候者殊所望候、其旨ハ右衛門督殿（藤原為家）へも令申候き、多年きみにつかうまつり候て、面をうしなふ事ハを、く候き、曾はありかたく候しに、今　勅撰の作者に罷列候之条、今生の面目思出に候、傳の御感は、督殿の御計に候、文治ノ例ををはせ御座へきよし被仰出候き、其上　政を局庭昔にかへり候日の上の賞被加行候へしなと以師兼令申候しかは、剰にや被思食候けんとまて恐思給候之處、去夜之仰ニ付候てハ御意ニハ、○後欠、

傍線部の「伝の御感は、督殿の御計に候」とは、これだけでは意味がとりにくいが、定家から「伝」についての謝意を伝えられたので、いやそれは右衛門督殿（為家）の御計らいでございます、と答えたと推定できる。まさにこれが前掲の和歌の詞書に見える四位以下の作者の伝記注進を指すのではないか。「文治ノ例」とは、千載集の時にも目録を編纂したことを踏まえるのであろう。

師季が調査した四位以下の勅撰作者の伝記は、局務家の管理していた補歴に基づくものだったはずである。その後も御子左家、わけても二条家の財産として継承されたであろう。これが元盛が編纂する時にも利用されたとすれば、「至―――年」という形式、八代集の作者についてのみであること、年代が承久三年までであること、全て説明できる。

このように情報の出所が確定するならば、「至―――年」という注記は平安時代中下級廷臣の伝記史料として一層の活用が期待される。

四、五位と六位の間

ここで四位・五位・六位・凡僧の歌人について取り上げたい。この四位・五位・六位は、公家社会の身分指標では、殿上人・諸大夫・侍に相当する。諸大夫は五位相当の官に任ずる者（大夫とは五位の別称）、侍は六位相当の官に任じ、辞退して五位となる者のことである。凡僧とは官僧に対して野僧、官位を持たない僧のことである。遁世者もここに入る。

勅撰作者部類の分類別に、勅撰作者の人数を集計し、各集の初出毎に示したのが表1である。もちろん各勅撰集の校訂本文による集計に比すれば遺漏は多いが、およその目安となろう。十八代集の作者総計は約三一〇〇人、うち最大数の層が庶女（五一八人）、ついで五位（五〇五人）・四位（三三六人）・凡僧（二七九人）の順となる。

庶女は官位を持たない女性の総称である。玉葉・風雅を除けば明らかに八代集に偏し以後は急減するのに対して、五位は時代を追って増え続ける（新続古今まで含めれば庶女を大きく上回る）。そして鎌倉後期の勅撰集がいずれも五位の歌人を最も優遇していることがよく分かる。いわば時代の風を形成するのはこの層なのである。そしてこれが武家歌人の増大の結果であることは言うを俟たない。中世、武家の入集が増えることは周知の通りであ

表1　十八代集別初入集歌人の数　※作者部類に基づく

		四位	五位	六位	凡僧	計
1	古今	9	31	28	6	74
2	後撰	19	26	8	6	59
3	拾遺	18	35	7	15	75
4	後拾	40	51	6	26	123
5	金葉	18	45	4	19	86
6	詞花	6	8	5	8	27
7	千載	30	27	6	31	94
8	新古	13	8	1	8	30
9	新勅	23	15	1	15	54
10	続後	10	16	1	12	39
11	続古	11	14	2	11	38
12	続拾	14	18	3	10	45
13	新後	36	37	3	20	96
14	玉葉	21	32	3	11	67
15	続千	24	**51**	7	28	110
16	続後拾	3	14	1	1	19
17	風雅	17	**38**	0	12	67
18	新千	24	**39**	8	**40**	111
	計	336	505	94	279	1213

るが、武家は原則「五位」「六位」であり、出家者は「凡僧」に分類される。

表1の各集の初出歌人の人数を見るとそのことがよりはっきりする。勅撰集を支えて特徴を形成するのはこの層ではないか（もちろん平均すれば、一首二首の作者が多数で、平凡な作者が多くを占めてしまうわけであるが）。

新後撰・続千載・新千載など二条派勅撰集では、その集で初めて勅撰歌人となった五位・凡僧が際立って多いことも読み取れる。これらの集で武家歌人が増大した指摘と矛盾しない。初出歌人が多いということは、その集の撰者がその層に対して手厚かったことを意味する。

ところが、勅撰集では六位の層はさほど厚くない。むしろ非常に薄い。武士の数は、六位が最も多いはずである。古今集でこそ六位がいるが、以後は激減し、新古今集・新勅撰集・続後撰集では僅か一人である。その後は多少現れるが、大した数ではない。

ここから一つの仮説が導ける。勅撰集は、五位以上を対象とし、六位は基本的に排除していたのではないか。どうしても六位で入りたければ、よみ人知らず（隠名）か、出家して法名で採られるしかなかった。逆に六位でありながら実名で載っている人は、よほど歌才があったか、強力なコネがあったと見てよいであろう。

当時の社会では、五位と六位との間に断絶があったことはよく知られるが、勅撰集もまたそのような秩序を反映していることになる。出家者の扱いもまた、五位と六位に境界があるようで、まず五位以上、正確に言えば諸大夫以上ならば俗名であり、六位の出家者は法名となったようである。

たとえば西行は六位左兵衛尉で、出家直後の詞花集では隠名、千載集で円位法師である。一方、長明は五位の祠官であるから遁世しても「蓮胤」ではなく「鴨長明」であった。

このような慣習は鎌倉幕府関係者にもかなり厳格に適用されていたようで、たとえば、源実朝と藤原定家との仲介をした御家人内藤知親（吾妻鏡には兵衛尉・右馬允として見える）は、新古今集に入集したが隠名であり（明月記建保元年正月十五日条）、武家歌人として著名な塩谷朝業（兵衛尉）・東胤行（中務丞）も、新勅撰集には見えず（少なくとも胤行は隠名で入集している可能性がある）、出家後の続後撰集になって、それぞれ信生法師・素暹法師として入集したのであった。明らかに六位の侍の扱いである。

ところが、北条泰時・同重時、後藤基綱などは新勅撰集に実名で入集している。彼らは既に五位であるとはいえ、将軍の家臣としての立場は朝業・胤行らと同じであるから、もはや侍の階層を抜け出ていると言える。[9]

今川了俊書札礼には、鎌倉幕府の礼法を回顧して、次のように述べる。

先代の時は、相模守（北条氏）が一族と号し候て、諸大名の礼も定め候けると申し候、御一族の無官無位に候といふとも、四位の殿上人の位に准へて用ゐらるべき由、公家より定められて候けると申し候、然間、諸大名達の官位は多分一きうと申し候て、従下の五位より従上の五位に挙し候、

北条氏一門は、朝廷の許可を得て、たとえ無位無官でも四位殿上人の扱いを受けたというのである。その時期は明瞭ではないが、得宗権力の確立する鎌倉中後期のことであろう。さらに了俊大草紙には「先代の世には城入道（安達泰盛）は、同じ侍の位にてありしかども、大忠によつて御一族よりは下、諸侍よりは上と定められき」とあるのをあわせて参照すれば、安達泰盛のような有力御家人も一級を進めて従五位上まで叙されるようになったらしい。つまり五位諸大夫に准じられたと見てよいであろう。北条氏が殿上人、他家の大名が諸大夫という関係が定まってくると、その被官がいわば新たな「侍」となる。得宗被官・御内人が、鎌倉後期の幕府政治を動かしていたばかりか、勅撰集の世界にもはっきり足跡を遺していたことは第一章で述べた。

五、南北朝期武家歌人の新情報

武家歌人の増加という現象は、このような秩序変動を視野に入れる必要がある。これは勅撰集の世界を動揺させたが、最も顕著であるのは、六位の侍が入集してくる現象である。

南北朝期に入ると、事態はより深刻となった。そこで、惟宗光之の増補したところであるが、勅撰作者部類の風雅集・新千載集の作者から検討してみる。一方、この層は伝記の明瞭ではない者が多いから、本書の記述は出自・経歴などを考える手がかりとなる。

まずは貞和五年（一三四九）頃、光厳院の親撰に係る風雅集、この集で初めて勅撰に採られた五位はかなり多く三十八人いる（三五一頁参照）。

ここに433高師直、436今川貞世（了俊）といった有名人も交じる。さらに434大中臣直宣は足利尊氏の寵童として知られる饗庭命鶴丸である。愚秘抄・上の撰集故実に「又童の歌を勅撰に入ること、俗名を付て可レ入なり」とある通りで、勅撰集に入れるために実名を名乗らせたのであろう。命鶴はどうも実際には元服させて貰えなかったようで（結局尊氏没に殉じて出家）、官位叙任や勅撰入集などの必要に応じて実名を名乗ったと考えられる。ところで「直」字は直義の偏諱であろう。後に尊宣と名乗っているが、こちらは尊氏の偏諱と考えられる。命鶴は観応の擾乱では複雑怪奇な動きをしているから、この頃は直義に近かったとしても不思議ではない。

風雅集には六位の初出歌人はいない。二条派の勅撰集とは異なり、厳格であるように見えるが、ところが五位部の末、462藤原宗親には「已上五位六位不分明〔一脱カ〕旦載之」と注記がある。要するに五位部の三十八人には、叙爵もされていない六位の者が混じっていたらしい。貞世ら三人にも「官位不知」とある。これは光之が調査の手抜きをしたのではなくて、朝廷でも武家の官位が管理できなくなっていたのである。[10] 六位の者は勅撰集に入れない建前がある以上、素性のよく分からぬ俗人は五位に属させざるを得なかった。

続いて延文四年（一三五九）成立の新千載集の初出歌人について見たい。この集でも五位部で三十九人に上るが、凡僧部もまた四十人に及ぶ。

ところで、これらの、多くは無名の新千載集初出歌人について、勅撰作者部類は意外にきちんと家系・経歴・称号などを注している。しかもここでは物故者→現存者の順に排列していて、五位部では478の津守国量以下の二十九人、凡僧部では250浄阿法師以下の三十人が現存者であることが分かる。これは撰者為定が返納時に献上した目録を利用したからに違いない。惟宗光之は新千載集の時の和歌所連署衆であった。同時代人によるものとして、その史料的価値は頗る高い。

五位部初出歌人では、三十九人のうち二十六人は確実に武家で、472土岐頼遠・479同頼康・488同直氏・489京極高秀・494細川頼之・503斯波氏経と、錚錚たる大名が顔を揃える。頼遠はかつて光厳院に狼藉を働いて斬首された人物であるし、頼康も既に出家の身であるが、実名で採られている。さらに豊後の475戸次頼時、陸奥の485伊達宗遠、備中の497庄貞資、常陸の504小田孝朝と、地方の領主たちを撰んでいるのも、これまでの勅撰集ではなかったことである。

なお、501は宇都宮氏綱である。下野宇都宮氏の当主で、当時入間川に長期在陣する公方足利基氏を支え、下野・上野・越後三国の守護に補された関東有数の権勢者であった。[11] ところがその注記に「少将道治子」とある。系図類では氏綱父を公綱とする。公綱は太平記で元弘の乱の猛将として描かれるが、後に吉野の後醍醐天皇に参じて少将に任じられたという。「宇都宮治部大輔入道ハ、紀清両党五百余騎ヲ率シテ、吉野へ馳参ケレバ、旧功ヲ捨ザル志ヲ君殊ニ叡感有テ、則是ヲ還俗セサセラレ四位少将ニゾナサレケル」（巻十九・諸国宮方蜂起事）とはあるものの、他に所見がない。その後は関東で南朝に与し息子の氏綱と対立したというが消息不明、没年さえはっきりしないのである。

勅撰作者部類の注記による限り、道治は公綱の別名と考えられるが、実は興国二年（一三四一）二月十八日の北畠親房書状（白河結城文書）に「先皇（後醍醐）御代道治朝臣不慮登用以後」と見えることで、俄然注目される。これまでこの「道治朝臣」について考証されたことはなかったが、書状の内容[12]からも公綱を指すとして間違いない。やはり公綱は南朝の任少将時に改名したので、親房もそう呼んだのである。「治」は後醍醐の名「尊治」の偏諱であろう。光之が公綱を道治とするのは北朝に仕える立場と齟齬するが、為定以下の二条派歌人は後醍醐治世への郷愁が強かったようで、その反映であろう（勅撰作者部類・歌読事によれば元盛もまたそうであった）。ともあれ勅撰作者部類が同時代人しか知り得ない情報を載せていることは実に貴重としなければならない。

凡僧部初出歌人のうち、243円胤上人は続千載集に既出、258恵欽上人は現存本の新千載集には見えず、惟賢上人の誤りらしいが、一応これも含めて出自を調査し分類すると、公家の出家者は四人、武家の出家者は二十人、浄土僧が五人、時僧が二人、禅僧が三人、その他六人となる。やはり武家出身者が半数を占める。

順に紹介すると、271善源法師は、注記の「土岐八郎入道」によって、土岐頼貞の男頼仲と判明する。[13] 241道誓法師は「式部大夫入道」とある。実名は不明であるが、官途の「式部大夫」からすると、鎌倉幕府の政所執事であった二階堂氏の可能性が高い。247の向阿法師も「武田大膳大夫入道」とあり、建武記の武者所番衆交名に見える「信貞　武田大膳大夫」であろう。251如雄法師は、鎌倉幕府に仕えた得宗被官尾藤弾正左衛門尉資広で、幕府滅亡を越えて生き残っていたことが分かる。261寂昌法師は佐々木加持時秀、267蓮智法師は宇都宮貞泰と、一応前代から続く有力御家人も目につくが、やはり注意すべきは、元弘建武以後の内乱によって実力を蓄えた、その一ランク下の被官層であろう。

263元可法師は、高師直の被官として著名な薬師寺公義である。公義は主人の師直が五位であったから、在俗時も六位であろう。他にも268心阿法師も注記によれば師直の家人世保親宗である。彼らは勅撰集には入集できない身分であるが、出家していることで入れてもらったのである。しかも新千載集では87橘義貞・88橘範隆という六位の歌人が初入集しているが、勅撰作者部類には、それぞれ「薬師寺元可一族」「薬師寺元可父」という注記がある。元可は遁世後は二条派歌人としてもそれなりに重んじられていたが、在俗の親族にまで余慶が及ぶのは尋常ではない。他にも266常元法師（福能部氏重）は近江、270照覚法師（本郷家泰）は若狭を本拠として畿内で活動した小領主で、尊氏の馬廻衆となり、常に戦陣に侍っていた武士たちである（第三章参照）。

そして幕府奉行人の進出も著しい。活動が確認できる者だけで242門真寂真・244斎藤玄勝・249飯尾信快・275三須禅休・277安威性遵がおり、264摂津性厳・272松田元妙・262和田道政も奉行人の可能性が高い。多くは前代の六波羅探題の時代から在京して活動していた人々で、和歌に心を寄せることは当然であるが、これも在俗時の官位は賤しく、むしろ遁世者として活動の場を得たと言える。

さらに禅僧として252昌義（了山）・269祖月・276周嗣が見えるのも時勢である。

なお278定顕法師は、「山徒　横川宝蔵坊」とあるが、まず延暦寺配下の土倉と見てよい。宝蔵坊は富裕をもって知られ、在京して活動していた（日吉社室町殿参詣記）。

ところで、245俊阿（惟宗貞俊）・256顕覚（菅原在夏）・273頓乗（中御門俊顕）・274千恵（堀川基時）、いずれも遁世した者ながら、在俗時はれっきとした公家廷臣である（惟宗貞俊は諸大夫だが、他の三人はみな公卿の子弟である）。しかも他集では俗名で採られているのに（撰集故実としてはそれが正しい）、新千載集のみ法名になってしまっている。これは決して不注意ではなく、そのような方針であったらしい。撰者為定が法体であったせいもあろうが、敢えて遁世者として置こうとすることは、当然、集の風躰・性格にも関わってくるに違いない。

新千載集の特色、殊に武家や僧侶への手厚い配慮については、既にいくつかの研究で指摘がある。(14) 時代の趨勢に沿っていえば、その通りである。しかしその内実は、本来は勅撰集に入るべきではない、または実名では入集し得ない六位の作者が、「凡僧」として大量に入ったことである。続後拾遺集までは六位の入集はそれでも権勢ある得宗被官に限られていたと見ることもできるが、風雅集・新千載集の二集では、そうした制限がほぼなくなったと言える。そのことは文化史上にも大きな問題を惹起するであろう。

六、追加・追顕名の作者

勅撰集の伝本研究では、和歌の有無が系統分類の規準とされていることが多い。勅撰集は奏覧本ではなく、撰集途上にある中書本が流布することが多かったから、たいていは奏覧本に対し、「異本歌」を含んでいる。但し、現存する伝本はほぼ例外なく他本との校合を経ているようで、当時の姿をとどめることは稀であるから、現存伝本から撰集のある段階を復原することは困難である。

そもそも、ある程度、形を整えた勅撰集から、さらに和歌を加除する原因として、福田秀一氏は、(1)過去の勅撰集と重出するもの、あるいは酷似するもの（同類歌）を除く、(2)排列の円滑な進行を妨げるものを除く、(3)ある題材の不足に気付いてこれを詠んだ和歌を加える、⑷最近の特に優れた作品を加える、⑸人間的・政治的な要求による加除（特に追加）を挙げている。[15] 十三代集では、新勅撰集が三上皇の和歌を切り出した例が有名であるが、むしろ追加させられることの方がずっと多かったに違いない。⑷なども芸術的な良心から出たように見えて、実質⑸であることが少なくない。こうした「追加」された和歌と作者は、勅撰集の成立過程を窺う、好適の材料となることは、第一章で述べた。

これと似たケースで、「追顕名」作者がある。第四節で顕名と隠名の別について触れたが、勅撰集の伝本間には、ある本では「よみ人しらず」となっている作者が、他本では実名が明らかにされている異同がかなりある。[16] これも第一章で触れた通り、隠名入集に不満を持った作者が、撰者に愁訴したり抗議したりして、名を顕わして貰ったケースはかなり多かったようである。

以上の「追加」「追顕名」については、勅撰作者部類にも注記されている。表2に掲げた。検出は僅か八例であるが、新後撰・続千載・続後拾遺の二条派勅撰集に集中するのは、勅撰作者部類の編者元盛が二条家の和歌所に仕えていたせいであろう。撰集の内部事情に類することであるが、世上にはその作者が追加ないし追顕名される以前の本が既に出回っていたので、注意を喚起するためでもあろう。

まず「追加」とされるのは①②④⑦⑧、「追顕名」は③⑤⑥である（③は追加とあるが、実際には追顕名であることは第一章で述べた）。

①は続千載集の返納後、宿願成就を祝って元応二年九月に為世一門が住吉玉津島社に詣でた時の詠であるから、明らかに追加された作品である。[17] ⑧もまた伝蜷川親元筆尊経閣文庫本などに見える歌であるが、勅撰作者部類の注記によって、除棄歌ではなく、追加の歌とみなすことができる。

表2　「追加」「追顕名」と注記された作者と該当する和歌

①大臣88	源通重	前大納言為世、玉津島社にて歌合し侍し時、月　前内大臣重　つかへつつみるぞかひあるかげなびく我身五十の秋の夜の月（続千載・秋下・四六五）
②五位328	藤宗秀	恋の歌の中に　藤原宗秀　面影のうき身にそはぬ中ならは我もや人を忘れはてまし（新後撰・恋五・一一三三）
③五位427	源知行	（題しらず）源知行　恋わぶる涙のひまはなき物をなど逢ふ事のとだえ初けん（続後拾遺・恋四・九二六）
④六位74	源季茂	題しらず　源季茂　風わたる芦のすゑ葉におく露のたまらずみえてとぶ蛍かな（新後撰・雑上・一二八五）
⑤六位82	藤範行	題しらず　藤原範行　思ひ知る人だにあらば涙にぞなげく心の色を見せまし（続千載・恋二・一一五七）
⑥六位86	善為連	題しらず　三善為連　おどろかで心のままに見るほどは夢もうつつにかはらざりけり（続千載・雑下・二〇二三）
⑦僧都32	玄覚	題しらず　権律師玄覚　いたづらにちりなばおしき花ゆへに我ためならず人を待かな（新後撰・雑上・一二三五）
⑧凡僧187	祖意	あづまへくだりけるに　祖意法師　此たびは帰りこむともいそがれずいなばの山のまつ人もなし（新後撰異本歌、羈旅・五四九の次）

鎌倉幕府関係者が目立つことも言えるであろう。①の通重を除いては、撰者に対する愁訴や圧力の結果であったことは想像するに難くなく、藤原為家が「続後撰の時、親行（源）、奏覧之後、歌たびて追て入る、又むつかしかりき」（為家卿続古今和歌集撰進覚書）と述べたような事情はどの集にも確実に生じたであろう。撰者も一首二首で事を荒立てるより、要求を呑むことに傾いたであろう。その追加された歌は、例外なく恋部や雑部にあり、わりあい平凡な歌で、追加されたとしても、前後の調和を乱すような個性にも乏しいのである。

「追顕名」は③⑤⑥である。③の異同は第一章で既に触れた。⑥もまた既に指摘がある通り、一部の本で「よみ人しらず」となっている。ところで、⑤は六位部にある。

82　藤秀行（範イ）　号小串三郎左衛門尉　追顕名　載一　続後一　風一　新千一

小串氏で三郎左衛門尉を称したのは範行であり、続千載に一首のみ入る。一方、同時代には長沼宗秀男の越前権守藤原秀行がおり（五位）、続千載・続後拾遺・風雅・新千載に各一首入集する。
ところで続千載集の諸本のうち、秀行歌に異同はないが、範行歌では作者を「よみ人しらず」とする本がある。以上を考え合わせるに、勅撰作者部類の項目のうち、「載一　続後一　風一　新千一」は長沼秀行の情報で、「小串三郎左衛門尉」「追題名」は小串範行のそれとすべきである。ともに続千載集の恋部に一首入集したため、範行が五位部に別に立てるべき秀行と混じてしまったのであろう。「範イ」は、これに気付いた後人による異文注記であるが、伝写されるうち位置が崩れてしまったのであろう。

勅撰作者部類には伝写によって本文の問題もある上、注記も解し難い例が少なくなく、校訂は至難であるが、やはり有益な情報を含むので、このように考証できるケースもあることを記して他日の参照とした。そして上述の如く、勅撰集の大抵の伝本は校合を経ているので、顕名・隠名の異同だけをもって先後を言うことはできないが、それでもある程度の目安にはなることは確かであろう。

それにしても続千載集は、為世の老齢による弛緩と作者数の多さもあって、表記不統一の目立つ集であるが、伝本間の比較によって修訂の過程で顕名とされた作者が前記⑤⑥のほかにも確認できる。[18] 中條敦仁氏は同集の伝本をA1〜6、B1〜5の二系統一一類に分類した。[19] そこでB4（河野美術館蔵）・B1（陽明文庫蔵、近・五三・七）・A4（国立公文書館蔵、二〇〇・一二五）・A5（小保内道彦氏蔵）・A6（久保田淳氏蔵）の各類を（　）内の一本で代表させ、比較した（表3）。中條氏によれば数字は各系統の修訂の度を示し、A6・B5が最も後出の精撰本となるが、むしろ初期・中間の段階とされる伝本に顕名とされた作者が目立つ。また一部伝本で隠名でも勅撰作者部類に登載されている歌人は撰者が本文を修訂した「追顕名」の作者であり、不登載の歌人は、ある伝本で「よみ人しらず」作者表記に実名が勘注されたものが伝写されたかと一応考えられる。

表3　続千載集の隠名作者の異同

	部立・番号	A6	A5	A4	B1	B4	作者部類
(1)	秋上・三八七	よみ人しらす	よみ人しらす	よみ人しらす	よみ人しらす（量空法師イ）	よみ人知す	ナシ
(2)	秋下・四六三	よみ人しらす	読人しらす	よみ人しらす	読人しらす（長円法師イ）	よみ人しらす	ナシ
(3)	秋下・五三四	よみ人しらす	読人しらす	読人しらす	よみ人しらす（鴨邦祐イ）	よみ人しらす	ナシ
(4)	羇旅・八一五	よみ人しらす	よみ人しらす	よみ人しらす（権大僧都成瑜イ）	権大僧都成詮	権大僧都成瑜	僧都44
(5)	神祇・八六七	よみ人しらす	よみ人しらす	よみ人しらす（文智法しイ）	よみひとしらす（文智法師追被顕名）	文知法師	凡僧226
(6)	恋二・一一五七	藤原範行	よみ人しらす	読人しらす（藤原範行イ）	藤原範行	藤原範行	六位82
(7)	恋三・一三二八	よみ人しらす	よみ人しらす	よみ人しらす	よみ人しらす	藤原基世	五位370
(8)	雑上・一六八八	よみ人しらす	順西法師	よみ人しらす	よみひとしらす	順西法師	凡僧225
(9)	雑中・一八六九	よみ人しらす（法印言忠イ）	法印玄忠	よみ人しらす	法印玄恵	法印玄忠	ナシ
(10)	雑下・二〇二三	よみ人しらす	よみ人しらす	三善為連	三善為連	三善為連	六位86

新後撰集では、為世も壮年期で緊張感を持っていたせいか、続千載集のような疎漏は少ないが、それでも追加・追顕名の事例は僅かにある。実はこの集に初めて入集して勅撰歌人となった、元盛自身もそうなのであった。藤井隆氏蔵、伝二条為貫筆四半切新後撰集[20]は、巻十八雑歌中、五首の断簡であるが、そこに、

よみ人しらす（藤原盛徳哥云々、対馬前司、出家了信、後日被顕名之由承及、）

すみわひはたちかへるへきふるさとをへたてなはてそ峯の白雲（一三六七）

とある。この歌の作者は、兼右本を始めとして、ほとんどの本では「藤原盛徳」となっているが、やはり数本「よみ人しらず」とする本があり、この注記の信憑性が確かめられる。

元盛は既に四十代、和歌所に出入りし、為世らに目を懸けられていたようであるが、いまだ隠名という低い扱

いを受けたのである。さすがに承伏しかねたに違いない。但し元盛は五位で受領になったとはいえ、出身としては侍層であるから、当初この表記となったとも考えられる。藤井氏蔵断簡にある通り、既に出家していたとすれば、なおさらである。もっとも勅撰作者部類における本人の項では、不面目となるためか、この点には触れていない。ともあれ、この異同は、細部がほとんど分からない彼の伝記にとっても貴重な情報となる。

七、成立時期

編者元盛は五位対馬守、公家としてはごく軽い身分であり、史料も乏しいが、井上宗雄氏の伝記考証によると、父は盛継か（藤原能季の子孫で、若狭守景俊の男か）、鷹司家の侍で、弘長元年（一二六一）頃の生、幼年より二条為世の実弟定為に「随順」し、また為藤にも師事したという(21)。

勅撰作者部類の元盛自身の箇所には世系の注記はないが、五位部・467の藤盛経に「盛継子　盛徳弟」、法印部・104の弁斅には「山　左衛門尉盛継子　元盛弟」とあって、井上氏の考証通り、父が左衛門尉盛継という侍であると確認できる。ちなみに庶女部・440の女蔵人万代は元盛の女で、後醍醐天皇に仕えていた。元盛は新後撰集に初めて入集し、続千載集に四首、その時に既に出家していた。その後も続後拾遺集二首、新千載集五首と優遇されたが、玉葉集・風雅集では零である。典型的な二条派歌人で、頓阿や浄弁とも交流があった。元徳三年（一三三一）十月二十一日、宗匠家の説をまとめた古今秘聴抄を某人に進上した。そして建武四年（一三三七）、勅撰作者部類を「類聚」し、清書した。さらに暦応三年には作者異議以下の考証を著す。歌読事に、

カ、ルコトヲ思ニヨリテ、イマモミソナハシ、後ニモシノベトテ、ナニトナキイタヅラゴトヲカキシルシテ、

宗匠ノ家ニ寄ベキ部類、五百巻バカリモヤ侍ラム、テヅカラミヅカラヒトリシテタシナミ侍ヲバ、此道ノ神モマモリタマヘルニヤ。今年ヤソヂノ老ヲカサヌル。

とある。この「宗匠ノ家ニ寄（ス）ベキ部類、五百巻バカリ」とは何であろうか。井上氏は「元盛は独力で作者部類を編んで（五百余巻として?）宗匠家に寄せた（献上した）ということのようである」と解する。まず五百巻は誇張があるにしても、あまりに厖大である。ただ、歌仙事には「聖徳太子事、見公事部、九月十五日灌頂、」「近代尊卑多徧柿本山辺詞事、具載人倫部、サクサメノトシ、」などとある。実態ははっきりしないが、勅撰作者部類がある大きな書物の一部であり、今は存在しない、別の部を参照させるようになっているのは確かである。元盛は恐らく厖大な和歌関係資料を集成していて、その一つが勅撰作者部類なのであろう。作者部類の伝本のうち三冊本で、中下冊の首に「歌部　作者」と題するのは、その名残かも知れない。

さて冷泉家時雨亭文庫蔵、歌合文治二年十月廿二日は、浄土宗西山派の僧玄観房承空の書写に係る。いわゆる承空本の一つであるが、その紙背には承空の書状に元盛（当時は盛徳）が返事を書き込んだものが見出せる。その一つ、嘉元元年（一三〇三）とおぼしき承空書状并盛徳勘返状[22]には、

先度令申候御百首出来候ハヽ、（御百首事、今度尋儲、必可進候也、便宜候ハヽ、いま一両日ニも可承候也、）必々可給候、やかて〳〵返上候はんすれは、不可有逗留候、又御部類はなに（〈大略書調候、未継候也、〉）となりて候やらん、ゆかしくこそ候へ、毎事期後信候、恐々謹言、

十月八日　承空（盛徳）

とある。承空は、ちょうどこの頃全員の清書本が揃った嘉元仙洞百首の貸し出しを希望し、元盛が希望に応えようとしたのである。応製百首の清書本は歌道師範家に保管され（この場合は二条為世邸の和歌所）、元盛がその出納管理に当たる立場であったことも推定される。

ところで、承空の問いに「御部類はなにとなりて候やらん」とある。元盛は「大略書き調へ候」と答えているから、彼が当時ある部類を編纂中で、承空もそれを知っていたことになる。これが先に述べたところの「宗匠ノ家ニ寄（ス）べキ部類」なのではないか。元盛が宗匠家が必要とする資料の編纂に従い、承空がこれに関心を寄せることも自然であろう。

すると作者部類の原型も、この段階で成立していたことになる。あたかも、為世撰の新後撰集の奏覧も迫った時期である。確かに勅撰集撰進に際して最も必要とされる書物である。この時期に一旦成立し、その後も書き継がれていったのであろう。

宗匠家より各勅撰集の作者目録をはじめとして、資料の提供を受けていたことも想像に難くない。作者部類が、新後撰・続千載など二条派勅撰集の撰進について、内部事情に及ぶことがあるのも、元盛が編纂の現場にいたからにほかならない。

飛鳥井雅孝の蔵書目録とおぼしき某相伝文書書籍等目録断簡には「作者部類　十一帖」と見え、これは父雅有のものらしいから、元盛編纂本との関係は考え難いものの、分量からすればそれまでの集を統合した形の勅撰作者部類であろうし（第七章参照）、為世の孫の為忠（一三一一～七三）もまた、元盛編纂本を指して、「勅撰えらぶ時の作者の目六」（二条為忠古今集序注）と称している（第四章参照）。これは歌道師範家側でもその価値を認めていた発言として注目される。

元盛はその後も「作者異議」以下の考証を著し、延文四年（一三五九）頃には同じく撰集作者異同考[23]のような、勅撰集を編纂するのに必須である知識を集成した書が成立しているのも、元盛の仕事が二条家の和歌所で継承されたことを示すのであろう。

細かい点にわたったが、勅撰作者部類とその史料的価値について述べた。歌人伝史料としては極めて有用であり、これからも多くの情報を抽き出すことができるであろう。

八、おわりに

しかし勅撰和歌集とは公的な秩序を体現するものであり、勅撰作者部類もまたこれを維持するために著されたことは忘れてはならないであろう。武家歌人への対応がそれである。八代集の時代の武士は、「武士」といってもれっきとした中下級貴族と考えるべきであるが、十三代集となると、明らかに勅撰集の世界と相容れない連中が参入してきた。

歌道師範家は社会の変化にも対応せざるを得ない。勅撰集を編纂する度に、全国から身分の上下を問わず、入集希望が押し寄せたはずである。藤原定家は、新勅撰集に北条重時を入集させたのが不本意であったらしく、重時のことを「勅撰地頭」といまいましげに記しているのが印象的である（明月記嘉禎元年二月十四日条）。

とはいえ、十三代集では、そのようなことがいわば常態であったはずである。高度な政治的判断を迫られる一方、格調は損なわず、自らの信奉する歌風も主張して、治天の君や将軍の期待に応えなければならない。八代集の時代よりも撰集は困難な事業であり、かつ政治的な意味も重いであろう。歌風の低調ばかりが非難される十三代集であるが、もし撰集を一つの有機体として見るならば、むしろ大きな破綻はないと言える。編纂の仕事がどれほどのものか想像し、編纂のプロの仕事として十三代集を評価し直すべきである。その視点ではたとえば、二条派の勅撰集と京極派の勅撰集を比較した時、前者がより高い評価を得ることになり、従来の文学史的常識とは異なってくるであろう。和歌所の内部を窺う史料は他にもあるが、勅撰作者部類は勅撰集が日本文化史上に占める意義を十分示してくれる書物である。

注

（1）福田秀一「「勅撰作者部類」補正若干」（和歌文学研究14、昭37・10）に的確な指摘がある。
（2）「『勅撰作者部類』の諸問題―その改編を中心に」（和歌文学研究95、平19・12）。
（3）中田武司「『勅撰作者部類』存疑攷―古今集から続後撰集まで」（専修国文11、昭47・1）、竹居明男「勅撰作者部類」殁年注記の検討」（人文学153、平5・3）、スコット・スピアーズ「『勅撰作者部類』注記考―「至~年」は何を意味するか」（研究と資料61、平21・7）など。
（4）樋口芳麻呂「「続古今和歌集目録　当世」とその意義」（愛知学芸大学研究報告14、昭40・3）、柴田光彦「翻刻『続古今和謌集目録』」（国文学研究41、昭43・12）。
（5）井上宗雄『中世歌壇と歌人伝の研究』（笠間書院、平19）第Ⅰ部第七章「藤原盛徳（元盛法師）」、スコット・スピアーズ「鎌倉末・南北朝初期の二条派門弟―元盛の著作を通して」（國學院雑誌114―11、平25・11）。
（6）国立歴史民俗博物館蔵廣橋家旧蔵記録文書典籍類、「補畧　永禄六年」、H―六三―五五五。赤坂恒明「永禄六年の『補略』について―特に戦国公家大名（在国公家領主）に関する記載を中心に」（埼玉学園大学紀要人間学部篇11、平23・12）に紹介される。
（7）為家が撰集作業の最終段階で「荒目録」をとったことが明月記天福元年六月二十日条に見える。
（8）『冷泉家時雨亭叢書60　明月記　五』（朝日新聞社、平15）による。
（9）青山幹哉「王朝官職からみる鎌倉幕府の秩序」（年報中世史研究10、昭60・5）参照。
（10）四位部333の源（細川）顕氏は、風雅・新千載の作者、注記には「雖為四位、宗匠不存知之間、略朝臣字」とある。室町幕府創業期の功臣で頼之の父である。為定は顕氏が四位であったことを知らず、四位の者に付すべき「朝臣」を略したという。これは朝廷で確認できなかったかららしい。師守記貞治三年八月三日条によれば、二条良基も顕氏の叙四位の年時を大外記中原師茂に尋ねたが、師茂は「当局不存知候」と答えている。四位ですらこうであった。

(11) 清水昭二「南北朝期の宇都宮氏―宇都宮氏綱を中心に」（江田郁夫編『シリーズ中世関東武士の研究4　下野宇都宮氏』戎光祥出版、平23）参照。

(12) この書状では、親房が結城親朝に宛てて、子息が弾正少弼への任官を望むことを諫める。引用の前後を訳出すると、「弾正少弼はおよそ殿上人が任じられる。…後醍醐の治世に、道治が思いがけない任官を遂げて後、結城小峯朝治がその猶子と号して任じた、筋の通らないやり方だ」となる。この「不慮登用」が、御家人としては破格の四位少将叙任を指すことは確かである。

(13) なお現行活字本の底本となっている改編作者部類では、この善源法師を「俗名八居三郎国行、土岐二郎太郎国綱子」とするが従えない。同じく道誓を関東管領の畠山修理大夫入道国清に比定するが、法名が一致するだけで官途が異なる上、排列によって既に物故者であるからこれも非。向阿も伊豆守武田光信子信繁とするが、これは一世紀ほど後の室町中期の人物なので失考である。改編作者部類は、特に武家・凡僧では比定を誤っているが、現在も踏襲されているので、至急改める必要がある。

(14) 井上宗雄『中世歌壇史の研究　南北朝期』（明治書院、昭40〈改訂新版　昭62〉）、伊藤敬「勅撰集の特色と評価　新千載集」（国文学解釈と鑑賞33-4、昭43・4）、深津睦夫『中世勅撰和歌集史の構想』（笠間書院、平17）第二編第三章「新千載和歌集の撰集意図」。

(15) 『中世和歌史の研究　続篇』（岩波出版サービスセンター、平19）第三篇第一章「勅撰和歌集の成立過程―主として十三代集について」（初出昭42）。

(16) 早くに樋口芳麻呂・井上宗雄・福田秀一・久保田淳編『十三代集異同表　歌の出入作者名及び詞書中の主要語句について』（私家版、昭34）において洗い出されているが、その後考察は進んでいない。

(17)　続千載集の作者表記は一応は元応元年四月十九日の奏覧の時点を基準としていて、作者通重も三首のうち二首は「前大納言通重」として採られている。この歌のみ「前内大臣重」とする。通重は元応元年閏七月二十八日内大臣となり、十月十八日辞退した。この歌の「かげなびく」とは大臣を意味する歌語であって、僅か三ヶ月間でも在任した栄誉を誇るものであるから、作者表記はどうしても「前内大臣重」でなければならない。しかし、この歌が追加されても、他の二首の表記を統一することはしなかったのであろう。

(18)　注16と同じ。なお表3(9)は小木曽千代子『玄恵法印研究　事跡と伝承』(新典社、平20)「玄恵と玄忠との勅撰歌人交替について—続千載和歌集巻第十七雑歌中「つれなくて」の作者小考」(初出平13)が取り上げる。

(19)　中條敦仁「『続千載和歌集』諸本論」(和歌文学研究80、平12・6)、同「作者・官位表記異同にみる『続千載和歌集』の諸伝本と撰集過程」(同朋文学30、平13・3)参照。

(20)　藤井隆・田中登編『続々　国文学古筆切入門』(和泉書院、平4)による。

(21)　注5前掲著。

(22)　『冷泉家時雨亭叢書82　冷泉家歌書紙背文書　下』(朝日新聞社、平19)二八二号。

(23)　続群書類従巻四五三所収。他にノートルダム清心女子大学附属図書館蔵本(「代々撰集大臣諱名考」)などがある。その親本は貞享年間の連歌師西順自筆本で、応安四年(一三七一)に尊賢が編纂したとの伝えがあった。尊賢は伝未詳。しかし、この書は「代々集大臣名字他」(冷泉家時雨亭文庫蔵、南北朝期写一冊)と同一である。『冷泉家時雨亭叢書80　歌人伝　三代集注　伊勢物語注』(朝日新聞社、平20)解題では、「成立と書写は『風雅集』が成立した貞和四、五年(一三四八、九)から『新千載集』成立の延文四年(一三五九)までの十年間」とする。但し、俊成・為世・為定をそれぞれ「俊—」「為—」「為—」と忌諱するから書写は二条家関係者の手になり、二条良基を「前関白」とするので時期は延文三年十二月以後となる。新千載集の成立と関係する疑いが濃い。また時雨亭文庫蔵本には所々脱落があり、末の数葉も失われているらしい。続類従本の祖本であるか否か考察の余地があるが、応安四年の尊賢は編者ではなく書写者か。
　この書は時雨亭文庫蔵本では、代々集大臣名字(古今集〜風雅集の諡号・院号・官で示された大臣の実名)・大臣同名

（摂関・大臣と同名の勅撰作者を列挙）・勅撰作者同名の三部からなり、勅撰作者同名は、⑴同姓、⑵異姓同名、⑶僧同名、⑷女房同名、⑸同人別名の五部に小分される。勅撰集では過去の摂関・大臣と同名の作者には遠慮が求められることがあり（実隆公記明応四年九月二十六日条など）、また同人異名・異名同人は編纂にあたり留意すべき事柄であるのは言うまでもない。⑸「同人別名」の史料的価値は特に高く、たとえば新古今集の荒木田長延が新勅撰集の寂延法師（御裳濯和歌集の撰者）と明記したり、玉葉集入集の藤原行房は廷臣ではなく、二階堂氏の出身で伊賀四郎左衛門尉と号した武士であり、風雅集の道全法師（土佐配流中の為兼を慰問した人物）と同人であることなど、鎌倉後期から南北朝期にかけては他に得られない情報もあり、看過できない。

第十四章　勅撰作者部類伝本考

一、はじめに

勅撰和歌集に入集した歌人を列挙し、入集状況、世系経歴などを注記した、一群の書物がある。作者のことを問題としなかった日本古典文学では例外的な存在であるが、文学者便覧の淵源とも言えるかも知れない。

このうち最も重要かつ伝本が多いのは、勅撰作者部類（単に「作者部類」とも）である。十八代ないし二十一代の勅撰集を対象に、入集歌人の簡単な伝記、入集した集とその総計歌数を注した便覧である。構成は身分階層別で、原撰本は南北朝時代初期の成立とされる。勅撰集撰進の必要から生み出された書物である。

一方、個々の勅撰集には「目録」がある。各巻の部立や歌数、入集歌人を一覧した便覧である。作者はやはり身分階層別に分類される。これは撰者の手で編纂され、各集の奏覧または返納（成立）時に添えて献上するものであった（以下、「成立時目録」と仮称した）。後拾遺・千載・新勅撰・続後撰・続古今の各集には確実に存在し[1]、他の勅撰集にもあったはずであるが、本文が現存するのは続古今集だけである。また、このような成立時目録の有無とは別に、後世、歌学的興味から編纂される目録も数多い。

部類も目録も歌人伝史料として有益であり、盛んに利用されてきた。しかしこの種の書物は増補や改編が宿命で、各伝本の本文が信用に足るのかは検証されておらず、基礎的研究が甚だ遅れている。しかも同名異書が混同されている場合も見受けられる。本章では、一群の書物の整理も進んでいない点も鑑みつつ、「作者部類」と称する書物の原理について考え、ついで勅撰作者部類の伝本と成立について述べる。

二、「目録」と「部類」

「作者目録」と「作者部類」は混同されることもあるが、目録の方が先行する用語で包摂範囲も広い（作者部類はその一部、ないし下位概念である）。平安後期の藤原仲実（現存本は勝命編か）の古今集作者目録[2]、顕昭の勅撰和歌作者目録などは歌学書であり、かつ部類されていても、いずれも「作者目録」と称している。鎌倉中期の新和歌集に付属する作者一覧も「目録」と称する。ところが、その後は「作者部類」が優勢となる。明応四年（一四九五）九月に奏覧された新撰菟玖波集の撰集過程で、宗祇と三条西実隆は何度か目録を編んだが、いずれも作者部類と称している[3]。准勅撰集である以上、勅撰和歌集撰進の慣例に従ったはずなので、目録と称すべきであろうが、当時はこうした書物では作者部類の称が一般的になったとも言える。

永青文庫蔵新古今集作者目録（一〇七・三六・二）は、袋綴一冊、細川幽斎の手澤本で、本文は香集斎（祖白。近江京極氏か）の書写とされている（藤孝事記）。内題は「新古今和歌集」。外題は「新古今集作者目録」、幽斎筆と見られる。一方、幽斎の加えた奥書には「此作者部類、以故徳大寺前内府公維公御本、書写校合畢、幽斎叟玄旨（花押）」とあり、両称が同居している。この書について考えてみたい。

奥書により、慶長初年、徳大寺公維（一五三七〜八八）蔵本を写させたと分かる。室町後期以前のものとなるが、編者や詳細な成立年代は未詳である。新古今集の研究では、本書は翻刻はおろか言及されたこともないようである。

この目録は、部立や歌数の一覧はなく、作者を集中の表記で掲げ、入集数合計を肩注し、下に略伝を注記し、改行して各巻の入集歌数を示す。全て二二六人、一人重複する。冒頭三名は次のようになっている（仮にこの目録での順番を数字で冠した）。

1太上天皇 廿三（ママ）　高倉院第四皇子　御母七条院
　春上三 下三　夏二　秋上一 下五　冬四　哀二　旅一　恋一二 三一 四三　雑中一　神五

2惟明親王 六　高倉院第三皇子　御母平義範女
　春上一 下一　秋下一　別一　恋二一　雑上一

3摂政太政大臣 七十九　良経　後法性寺入道前関白二男　御母従三位藤原季行女　元久三年三月七日夜頓滅卅八云々
　春上五 下四　夏七　秋上十一 下五　冬七　賀四　哀二　旅二　恋一四 二七 三二 四七　雑上二 中四 下四　神一　釈一

以下は実名で示すと、4慈円・5西行・6通具・7有家・8定家・9家隆・10雅経…と、当代歌人が続く。冒頭三名は、勅撰作者部類のカテゴリで言えば、それぞれ帝王・親王・摂関である。4〜10はいわゆる新古今歌人、最多入集者二人と撰者五名であるが、その次の11頼実・12忠経・13忠良・14兼宗・15公経・16公継・17通光・18良平・19実宗・20資実・21範光・22具親・23家長・24業清・25秀能・26長明・27式子・28宮内卿・29俊成女・30俊成・31寂蓮までは、若干混乱しながら、大臣・大納言・中納言・参議・四位・五位、そして女性・出家者となり、身分階層別に排列しようとした意図が認められる。

勅撰集の成立時目録は、現存者と物故者の二部に分けて編纂することが通例で、右の三十一人は現存歌人が目立つので、あるいは成立時（新古今集の場合は竟宴となるが）目録の一部ではないか、と期待が懸かるが、そのようなものではない。

32俊恵以降の歌人排列は全て入集した歌が出現する順になっている（以下、新古今集で初めて現れる入集歌の歌番号を〔　〕に入れて後置する）。つまり、まずは巻一・春歌上に入集している作者について、排列順に立項し（その際、既に立項されている作者は除外される）、各巻における入集数を調査して書き出している。春歌上は三十七人が該当し、32俊恵法師〔6〕・33源国信〔10〕・34赤人〔11〕・35忠見〔12〕・36教長〔13〕・37貫之〔14〕の順で、66道命〔90〕・67家衡〔92〕・68季能〔97〕に至る。

巻二・春歌下に初めて登場する作者は二十三人（69師実〔102〕～91伊綱〔170〕）、巻三・夏歌になって現れる作者は二十一人（92持統天皇〔175〕～112兼実〔280〕）である。このようにして四季・離別・羇旅・恋・雑の順に作者を拾っていくと、最後にはそれぞれ神祇（209大江千古〔1885〕～217実能〔1909〕）、釈教（218行基〔1919〕～226選子内親王〔1970〕）にしか入集しない作者群が現れて、それで終わる。

この編纂手法は、小短冊などに作者を書き抜いて、歌数をメモし、総歌数や略伝を書き入れた後、さらに排列して、清書したものであろう。冒頭の三十名ほどはなんらかの方針により排列し直そうとしたのであろうが、やはり全体としては出現順の目録と言える。単なる作者リストというべき、非常に原始的な目録である（とはいえ、新古今集の作者は全体で四一一人[4]、この目録の総人数は二二六人だから、半分強しか載せておらず、かなり杜撰である）。

現代人の眼には、いかにも心許なく、不便を感ずるが、これはこれで有用であった。まず作成の手間がさしてかからない。各歌人の巻別の歌数を計算する場合も、巻を頭から順に繰っていけばいいので、比較的混乱も少ないはずである。さらに四季部初出の作者、恋部初出群の作者、雑部初出の作者を比較すれば、有力な作者は四季部に集中し、それも春上・春下で尽くされている。特に現存歌人についてはその感が強い。むろん、彼らは恋・雑にも多く採られている。一方、雑部（四十一人）・神祇（九人）・釈教（九人）に初出の歌人は六十人に及ぶけれど、この目録が雄弁に物語っているように、二人を除いて全てが一首入集であって、取るに足らない（このことからは、勅撰集入集には、どの巻に採られるかということにも意味があり、撰者も作者も意識していたのではないかという推測も導かれる。少なくとも恋部・雑部より四季部に採られる方が名誉なのである）。

そして、幽斎がこれを「作者部類」と記していることは注目すべきであろう。

実隆公記文明十五年（一四八三）十一月十八日条に「今日終日新拾遺集作者部類沙汰之、大略終功」とある。足利義尚の命による室町殿打聞（撰藻鈔）に関係する記事で、寄人として編纂の中心に居た実隆が新拾遺集の作者部類を作成したという。十九番目の勅撰集である新拾遺集の歌数は、兼右本で一九一八首、作者数は七五八人にも上る。[5]これを一日で身分階層別に部類することは、実際には困難であろう。この時期、同じように「昨日連句歌、今日金葉集作者部類、付二階堂了（政行）」（十輪院内府記文明十七年六月二十一日条）、「万葉集作者部類事、自大樹（足利義尚）被仰之」（同記文明十八年十月八日条）など、義尚の命を受けた堂上歌人の手でこうした単一の集の作者部類がしきりに編纂されているが、いずれも時日や手間を要した形跡はない。これらも「部類」とは称しながら、前述の新古今集作者目録の如き、出現順の作者リストではなかったか（新古今集作者目録がその一つである可能性もあろう）。

これは、当時「作者部類」の名称が浸透していた証左となるかも知れない。このように歌集の作者を出現順に排列して歌数を示すリストは、恐らく必要に応じて編まれて歌人たちの座右に備えられたに違いない。むしろ堂上歌学の世界においては、このような企ては随時あり、絶えず続いていったであろう。これは江戸時代以後の勅撰作者部類のありようにも影響を与えているのではないか。整理すれば左のようになる。

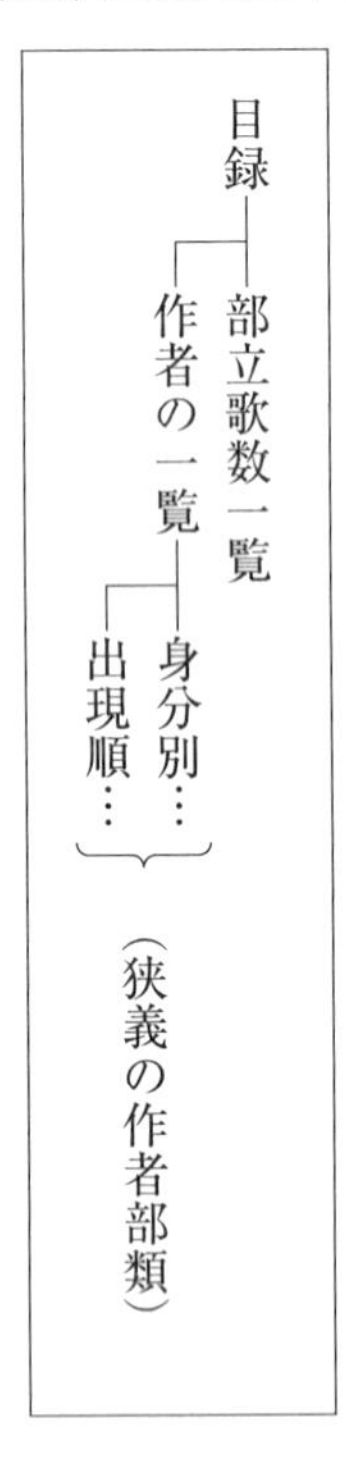

三、「作者部類」と題する写本群

1、概要

勅撰作者部類は、古今集から続後拾遺集の十六勅撰集を対象に、建武四年（一三三七）、二条為世・為藤らの門弟、藤原盛徳（元盛法師）が編纂した。これとは別に暦応三年（一三四〇）頃までに、元盛が考証を要する歌人についてまとめた「作者異議」以下の章段がある。これらを同じく二条派歌人の惟宗光之が書写、康安二年（一三六二）、新たに風雅集・新千載集の作者を増補した。伝本は全て光之の増補した形であり、元盛編纂本に発する系統の本は存在しない。

正保三年（一六四六）になって、榊原忠次[6]（姫路藩主。当時は陸奥白河藩主）が、残りの新拾遺・新後拾遺・新続古今の三集について続作者部類を編纂した。

その後、勅撰作者部類と続作者部類を合体させ、二十一代集の入集状況が一覧できるようにした本、そこから作者名の頭字の画数・五十音で牽けるように工夫した本などが現れている。

2、構成と排列

過去に入集した歌人を男性、僧侶、女性、神仏の順に、三十三部に分類して排列している。伝本によっては目録があるので左に一覧し、番号を付す。なお庶女部は目録では上下に分けるが、本文では分けていない。

1帝王尊号　2親王　3執政　4大臣　5大納言　6中納言　7参議　8散二三位　9諸王　10四位　11五位
12六位　13僧正　14法印　15僧都　16法眼　17律師　18法橋　19凡僧上入道　20凡僧下　21女院　22后宮　23准
后　24内親王　25女御御息所　26更衣　27尚侍　28二三位　29女王　30庶女上　31庶女下　32不知官位　33神
明　34仏陀　35化人　36作者異議　37歌仙事　38歌読事　39証歌納事　40悪名事　41哥堪能事

各部内では初出勅撰集の順、同一集の作者は年臈の順になっている。この分類と排列の方法は続古今集の成立時目録ともほぼ一致する。成立時目録はみなほぼ同じ体裁をとったであろうから、元盛は過去の目録を集成して解体し、同じ階層に属する作者を初出勅撰集ごとに集めて排列したものであろう。その作業は確かに「部類」と言える。光之の増補も同様である（既登録の作者は両集の歌数を追記し、未登録の作者＝風雅・新千載両集の初出歌人はそれぞれの部に新補している）。

勅撰作者部類の写本は多数残るが、版行はされなかったようである。活字本は國學院校訂『校訂増補五十音引勅撰作者部類』と題して明治三十五年（一九〇二）に六合館より出版された。その後も『校註国歌大系』（国民図書）・『八代集全註』（有精堂出版）・『和歌文学大辞典』（明治書院）などに付録の「作者部類」となり、歌人の勅撰集入集歌の索引として広く利用されてきた。さらには近年『勅撰集付新葉集作者索引』（和泉書院）でも生かされている。

しかし、これら通行の刊本には、問題点も数多く指摘されている。南北朝時代成立の原態本とは排列も構成も全く異なっており、伝記史料として利用するには信用が置けない。スコット・スピアーズ氏は、刊本がいずれも江戸時代後期成立の五十音引の改編本に基づくこと、作者の伝記に関わる注記を改編本がしばしば修正削除したことなどを明らかにしている[7]。

しかし、勅撰作者部類とは直接関係なく成立しながら、作者部類と称する伝本も多くあり、現状は内容・成立年代・排列構成原理の異なる伝本が一括されている状態と言える。元盛・光之の編纂した勅撰作者部類の姿に遡源するには、これらの伝本を分類整理した上で、その排列の原理についても知る必要がある。

3、伝本の分類

未見の伝本もあるが、まずは以下の四種に大別できる。(1)から(3)はスピアーズ氏の命名に従っている。(4)は新たに儲けたものである。

(1)旧作者部類
(2)続作者部類
(3)改編作者部類
(4)集別作者部類

(1)は元盛・光之によるもので、後に詳述する。ここでは(2)〜(4)の諸本について触れる。

(2)の伝本も、写本三十余部がある（版行はされなかった）。ほとんどの場合(1)とセットになっている（独立した整理番号を立てていてもツレであることが極めて多い）。どの本にも以下の忠次の識語がある。

倭歌作者部類、自古今集至続後拾遺者建武四年元盛・光之編輯焉、其後康安二年光之増補、風雅新千載二集併為三巻、以行於世、余今考新拾遺・新後拾遺・新続古今三部、而傚旧本篇目、悉挙其作者、新拾遺以下初見者詳註其官位・世系・歌数、而其既見於旧本者、唯記三部所載之歌数而已、遂集為二巻、以附旧本之後、於是二十一代集全備焉、然或下官或卑位或凡僧或女子等未勘出者、姑闕之、以俟再校、且有同時同諱者、又有記其家号、而不記姓名者令尋其始末、拠其事跡、以考書之、唯恐有牽合伝会之誤、然可為他日便覧之小補也、

正保三年仲秋　中大夫源考功郎中（榊原忠次）

ここに二巻としたとあり、上冊が帝王尊号から五六位、下冊に僧正から化人を収める。原題は不明であるが、「続三代集作者部類」とするものがよいようである。忠次の原本は既に存在しないようであるが、本文は基本的に同系で、大きな異同がない。注意されるのは国立歴史民俗博物館蔵高松宮家伝来禁裏本である。書写奥書などはないが、貞享・元禄頃、霊元院が廷臣に命じて書写させた本である。一つ例を挙げたい。

藤原基氏（持明院基家男、一二一一～八二）は極官が参議右兵衛督で、続拾遺集以降は「右兵衛督基氏」として入集してきた。一方、源基氏（足利尊氏男、一三四〇～六七）は、新拾遺集以後「左兵衛督基氏」として採られる。このため混乱が生じた。続作者部類の諸本、全て藤基氏の詠と解して、参議部・4、

藤基氏　新拾九ー左兵衛督　新後四ー同　新続一ー同

とする。一方、高松宮本は、新拾遺の九首のうち藤基氏の歌は一首だけで、残り八首は（そして新後拾遺・新続古

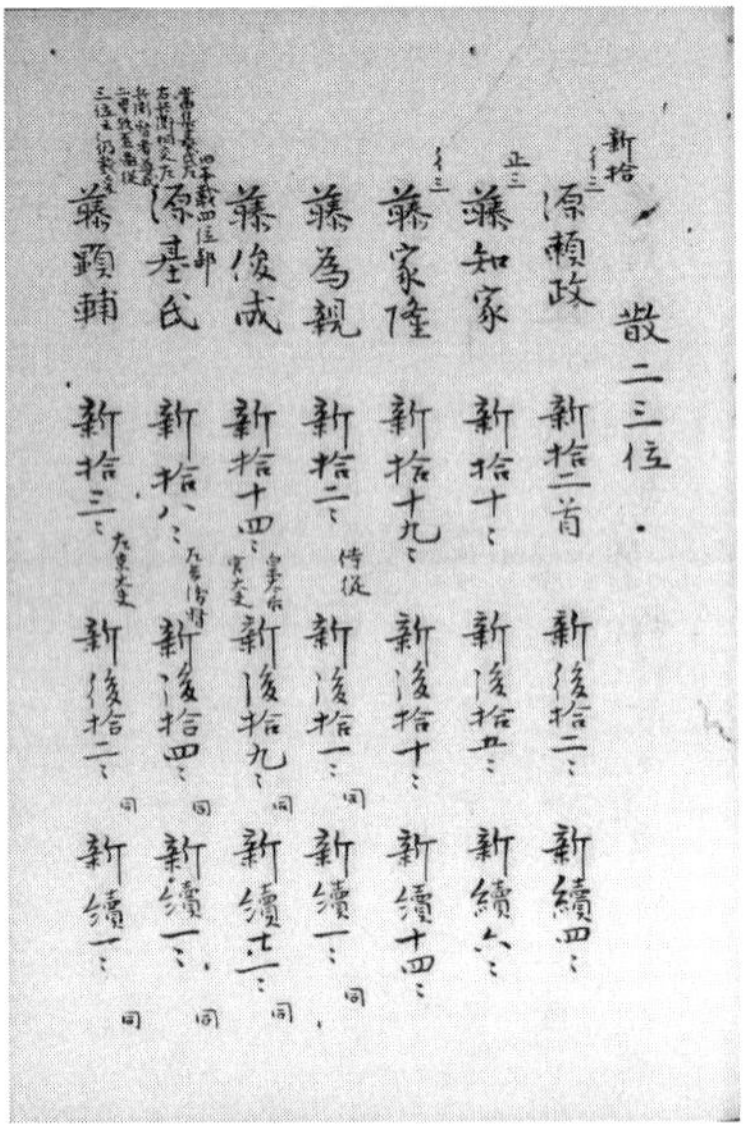

図版１　続作者部類（国立歴史民俗博物館高松宮家伝来禁裏本）「散二三位」部

今の入集歌も）源基氏の詠と判断して、散二三位部・6に源基氏を立てるのである。さらには、藤基氏の項では「当集基氏左右兵衛相交、右兵衛督者中納言基家子歟、見前集、仍載爰、ウツ、トモユメトモー、此歌也、」と述べて、「右兵衛督基氏」とする恋歌三・一一八六のみその作とする。源基氏の項でも「当集基氏左右兵衛相交、左兵衛督者尊氏二男歟、系図従三位云々、仍載爰」と考証している（図版1）。

これは極めて適切な処置である（ちなみに現在では全てが源基氏の作——新拾遺には藤基氏の入集はなかった——とされているが、新拾遺集の本文批判が進んでいないので、結論は出せない）。他にも歌人に関する忠次の考証は、控えめではあるが、正鵠を得たものが多い。

以上の処置や考証は忠次その人によるとしか考えられないから、続作者部類は部分的に修訂されていて、高松宮本が修訂後の姿を伝えていると結論してよかろう。この一点だけでも、高松宮本は重要な伝本である。別に全文を翻刻した。

(3)(4)は、ともに「二十一代集作者部類」などとして整理され、同一視されることがあるが、実際には別本とみなされる。

(3)の伝本としては、岡山大学附属図書館蔵池田文庫本（貴・八、一二冊、明和九年、土肥経平筆）、刈谷市立図書館蔵村上文庫本（二四九三、七冊、明和九年、外題「勅撰作者部類」）、宮内庁書陵部蔵有栖川宮本（ゐ三三六、七冊、

江戸中期）、国文学研究資料館蔵鵜飼文庫本（九六・五四八、二冊、嘉永六年）、国立国会図書館蔵本（W六三・一三、七冊、江戸中期）、彰考館文庫蔵本（巳一七・七四四七～五二、六冊、江戸中期）、静嘉堂文庫蔵本（五一八・一四（二二〇二一）、七冊、江戸末期、目録書名「作者部類（異本）」）、尊経閣文庫蔵本（一三・四一、八冊、江戸中期）、中田光子氏蔵本（ナ三、三冊、江戸中期、目録題「二十一代集作者部類」）、宮城県図書館蔵伊達文庫本（九一一・二〇三・二三、七冊、江戸中期）、早稲田大学図書館蔵本（イ四・三一六三・七二、三冊、江戸後期、岸本由豆流・上野理旧蔵）などがある。尊経閣本は男僧女のうち男の作者を頭字の画数順に並べ替え、鵜飼本・中田本・早稲田本は形式やや簡略で、また「撰者部類」の冊を欠く。明和九年（一七七二）書写本が最も古く、いずれも江戸中期から末期にかけての書写である。

(3)が、(1)と(2)を併せて二十一代集を対象にしたとすることには全く異論がない。しかしそれはただ(1)に(2)を合体したものではないのである。

(3)は多くの本が第一冊を「撰者部類」と題する。これは各勅撰集について、巻頭歌・下命者・撰者・奏覧年といった基本情報を記した後、ついで「部分歌数」と題して、各集の部立を示し各巻の歌数、および集全体の総計数を記している。これらは代々勅撰部立や拾芥抄などと重なり、特に目新しい内容ではないが、(1)には存在しなかったものである。

そして(3)の分類は、確かに(1)と同じ作者の身分階層別となっているが、厳密にはこれを若干修正した(2)の方法を踏襲している。すなわち、(1)が各部では初出勅撰集順、そして同一集内では恐らくいまだ知り得た年臈等の情報によって排列していたのに対して、(2)(3)は、身分階層別→初出勅撰集別→入集歌出現順となっている。

たとえば、帝王部の開始を見ると、(1)では古今集初出歌人として代数順に天智・文武・平城・光孝が並んでいる。ところが(3)では、光孝・平城・文武・天智・宇多となっている。これは古今集での和歌の出現順であり、また(1)には見えない宇多が入っている。(1)では宇多を後撰集初出としてこれが正しいが、(3)が宇多を入れたのは、恐らく、古今集・雑下・九一九の「法皇西河におはしましたりける日、鶴、州に立てりといふことを題にて、よませ給ひける」という詞書から、この歌を宇多の御製と誤読したからであろう（この歌に作者名はないが、直前歌のそれが懸かるから貫之の歌である）。また五位部の冒頭も、(1)では、叙爵年の順に関雄・貞樹・春風・良香・登…と排列しているが、(3)では、出現順に貫之・当純・棟梁・躬恒・有朋…と並べられる。

はるか後世の人間が、帝王や執政はともかく、四位・五位の歌人を官位の臈次を調査して排列するようなことはまず無理である。そこで(2)は、(1)の部類は踏襲しつつも、内題の下に「以哥之次第載之」とある如く、各部内では歌集別→出現順とした。(3)も事情は同じである。理屈を言うようであるが、(3)は、(1)を完全に解体した上で、(2)に吸収させたのである。

しかし、(1)の排列には意味があった。女性の部ははっきりしないが、その他の部は、四位・五位は恐らく叙爵の順に従っていると考えられ、凡僧はまず阿闍利（有職）・入道（非職）に分けて、それぞれ年代順（恐らく没年順）に排列している箇所がある。また新後撰集や新千載集の初出歌人については、現在は失われた成立時目録に基づいて排列したのではないかと思わせる箇所もある。新千載集では物故者と現存者とをグループ別に括っており、こうした排列も伝記の有力な情報となり得る。

さらに、(1)では各集入集の総歌数しか示さなかったのに、(3)では巻別の歌数を示している。これは大きな相違点で、巻別の歌数を示した資料は、古今集など一部を除いては存在していなかった。それが突如出現したのは、いちいち歌人ごとに二十一代集を調べ直したのではなく、既に存在するデータを利用したのではないかと疑わせる。たとえば、各集別の形をとる(4)である。

(4)の伝本は次の四本が確認できた。宮内庁書陵部蔵本（五〇二・四一〇、二一冊、江戸前期、後西天皇宸筆外題「作者部類古今集（〜新続古今集）」）、同（五〇一・八、二一冊、江戸前期、外題「古今集（〜新続古今集）作者部類」）、同（谷・三五七、三冊、宝暦二年、外題「廿一代集作者部類」、中院通枝旧蔵）、国文学研究資料館蔵鵜飼文庫本（九六・五五〇、三冊、江戸前期、藤波徳忠旧蔵）。

御所本は後西天皇のもとで書写されており、恐らくその時に編纂されたと見られる。またその他も堂上の廷臣の所持本である。これらは「作者部類」と称しつつも、上述した新古今集作者目録と同じく、各集、出現順に歌人の各巻入集数を注したリストであり、それを集成したのである。なお(2)の御所本の書写もほとんど同時期である。

これは検索はやや不便であるが、各巻の入集歌数を知るには有用である。そこで(3)のような伝本が成立するには、(1)を基盤としつつも、(2)の排列の原理を採用し、(4)から各巻の歌数を転記するという過程を辿ったのではないか。このことはさらに調査する必要があるが、前頁で指摘した、(3)が宇多法皇を古今集の作者とした誤りは、(4)に既に見られ、古今集・雑上の作者に「法皇」を挙げている（図版2）。

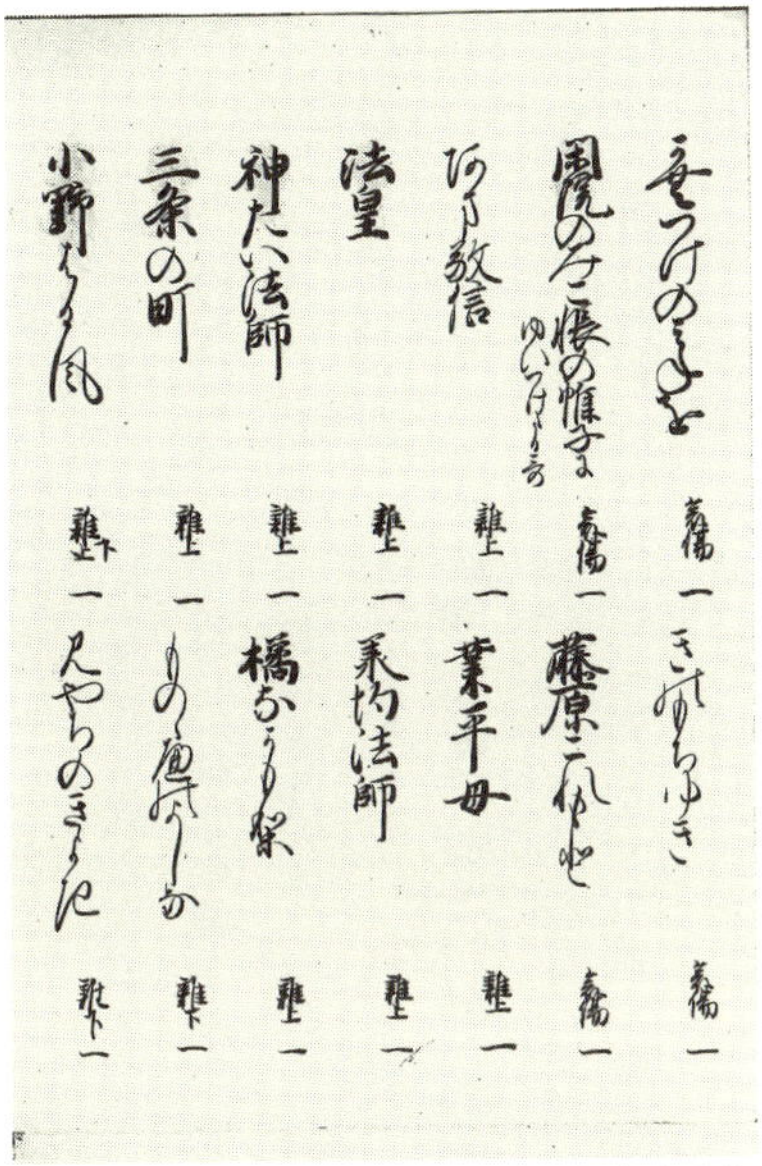

図版２　二十一代集作者部類（宮内庁書陵部蔵、501・８）第１冊・古今集

(3)の成立が(2)(4)よりも遅れることは確かであり、同じ作者部類とは称しても(1)とはもはや異なる書

物であるとの感を受ける。作者の家系経歴などの情報は、(1)(2)を踏襲しているが、注記を妄りに削除したり、あるいは当時既に流布していた尊卑分脈などによって、別人を比定したものが少なくない。

その後、(3)を基盤としてさらに検索の便が図られた改編本が生まれる。たとえば清水濱臣の倭歌作者部類五音分は、東海大学付属図書館桃園文庫蔵本（桃二七・四〇）に就いて見るに、凡例に「此ノ作者部類本編続編共ニ合セテ五音ヲ以テ別チタルハ其尋ル人々ノ見易カラン為ナリ」とする（濱臣は(1)と(2)を自分で併せたのではなく、(3)を用いている）。この形の伝本は意外に少ないが、明治三十五年刊行の國學院校訂『校訂増補五十音引勅撰作者部類』の底本となった。とはいえ、ここでは作者は男（帝王～庶人）・僧・女・神明仏陀にまず大別され、それぞれのうちで頭字のあいうえお順となっているが、実は男の（あ）の項が、敦慶親王・敦実親王・敦道親王・敦賢親王・粟田贈太政大臣から始まり、有高（六位）・赤人・東人（官位不知）で終わることから分かるように、各項内でも身分階層別に分けられ、ついで初出歌集順に排列されており、(3)改編作者部類の排列方法をまだ残している。五十音引が徹底されるのは、戦後になってからである。

以上、「作者部類」と称する伝本を概観した。ある歌人の勅撰集所収和歌を探り当てるためには、身分階層別でかつ総歌数しか記さない(1)や(2)は大して用をなさない。(1)は歌人の遺漏・重出が目立つ。江戸時代を通じて、改編の手が加えられ(3)となり、折から版行された系図や史書を参照して注記も改められていったのであった。

しかし、歌人の家系・経歴などの情報は(1)の記載が原形でかつ純正であり、歌人伝史料としては(1)のそれを利用しなくてはならないことは言うまでもない。江戸初期の(2)も、いまだ(1)の情報を尊重し、努めて私意による改訂は避け、禁欲的な姿勢で考証を加えている。同時代史料ではないにしても、参照すべき点が少なくない。しかも歌人の遺漏や重出といった欠陥がほとんどない。

四、伝本と系統

それでは(1)の旧作者部類について考えたい。伝本は現在五十本余りを確認した。所蔵者、整理番号、冊数、書写年代、備考の順に掲げて一覧する。

鹿児島大学附属図書館玉里文庫	天一五・四二九	六冊	江戸後期	錯簡あり。★首闕
同	天二九・四八〇	四冊	江戸中期	続作者部類二冊（天二九・四八一）あり。★首闕
刈谷市立図書館村上文庫	一三五六	四冊	江戸後期	
京都大学附属図書館	二三・チ五	五冊	弘化三年	神谷克禎筆、続作者部類二冊と合。
同	二三・チ九	四冊	江戸後期	扉題「補訂作者部類」、続作者部類を補写。
宮内庁書陵部	一五一・三八九	五冊	江戸中期	続作者部類二冊と合。★首闕
同	一五三・二〇三	六冊	江戸後期	諸陵寮本。
同	一五三・二一二	三冊	江戸中期	★首闕
同【御】	一五四・六六	三冊	江戸前期	外題「勅撰作者部類」。
同	一五四・一一八	三冊	江戸前期	後西天皇宸筆外題「勅撰作者部類」、一五四・六六の副本か。
同	二一三・六五	五冊	江戸中期	徳山毛利家旧蔵、続作者部類二冊と合。★首闕
同	二六四・四三三	一冊	江戸前期	外題「勅撰作者部類」、庭田本、存下冊。
同	三五一・二一〇	三冊	江戸中期	目録書名「勅撰作者部類」、谷森本。
同	谷・一九七	二冊	江戸中期	目録書名「倭歌作者部類」、谷森本。

同	陵・二四二	六冊	江戸中期	続作者部類二冊と合。★首闕
国立公文書館（内閣文庫）	二〇〇・一五五	一冊	江戸中期	林家本、作者異議以下存。
同	二〇〇・一五六	三冊	江戸中期	外題「勅撰作者部類」。★首闕
同	二〇〇・一五七	三冊	江戸後期	目録書名「勅撰作者部類」。★首闕
同　【内】	二〇〇・一五八	五冊	江戸前期	目録書名「勅撰作者部類」、林羅山旧蔵、続作者部類二冊と合。☆尾闕
国立国会図書館	一九七・一一五	三冊	江戸後期	榊原芳埜旧蔵。続作者部類二冊（一九七・一一六）あり。
国文学研究資料館石野文庫	五二・七〇	三冊	安永四年	石野広通識語あり、続作者部類二冊と合。★首闕（他本により補写）
佐賀県立図書館	鍋九九一・二・二九五	一一冊	江戸後期	古今作者部類一冊・続作者部類五冊と合。
篠山市立青山歴史村	三〇四	六冊	江戸中期	続作者部類（三〇六）二冊あり、飛鳥井雅章所持本と校合、作者異議の欠落部を補う。★首闕☆尾闕
同	三〇五	四冊	江戸中期	続作者部類二冊と合、三〇四の転写か。
彰考館文庫	巳一七・七四四一～三	三冊	江戸中期	外題「十八代集作者目録」、続作者部類（七四四四～五）二冊あり。☆尾闕
静嘉堂文庫	八二・四二（一五二〇一）	四冊	江戸末期	外題「勅撰作者部類」、岡本況斎旧蔵。★首闕
同	八二・四二（一五二〇二）	三冊	江戸末期	外題「作者部類校正本」、国文研石野本の転写か、続作者部類一冊と合。★首闕
同	八二・四三（一五二〇九）	八冊	江戸中期	外題「勅撰作者部類異本」。★首闕
同	五一八・一三（二二〇一七）	五冊	江戸後期	松井簡治旧蔵。☆尾闕
尊経閣文庫	一三・二二	一冊	江戸前期	外題「和哥作者類聚」、存下冊。
多和文庫	九・九	二冊	江戸中期	中冊闕。

筑波大学附属図書館	ル・二〇〇・一一	六冊	江戸末期	作者部類考証三冊と合。
天理大学付属天理図書館	九一一・二一・八五三・一～六	六冊	江戸末期	続作者部類二冊と合。
東海大学付属図書館桃園文庫	桃二七・三三	三冊	江戸後期	秋葉義之旧蔵、作者異議以下を略す。
同	桃二七・三六	五冊	江戸中期	外題「勅撰作者部類」、仙台伊達家旧蔵、続作者部類二冊と合。
同	桃二七・三八	六冊	江戸末期	渡邊千秋旧蔵。★首闕
同	桃二七・三九	一冊	江戸中期	大納言～四位のみ存。★首闕
東京大学文学部国文学研究室	本居・記三六〇	六冊	江戸後期	作者異議以下三冊あり。
東京大学史料編纂所	四一三一・三一	六冊	江戸後期	安西雲煙旧蔵、続作者部類二冊と合。
同	四一三一・五二	四冊	江戸後期	★首闕（他本により補写）
東洋文庫	貴Ⅶ・2・K・a―一〇三	三冊	江戸末期	続作者部類二冊あり。☆尾闕
同	貴Ⅶ・2・K・a―一〇二	一冊	江戸末期	帝王部・親王部・僧正部のみ存。
中田光子	ナ三	三冊	江戸中期	登録書名「撰集作者部類」、続作者部類一冊あり。★首闕
名古屋市立鶴舞中央図書館	河・サ・三四	三冊	江戸中期	河村秀頴旧蔵。☆尾闕
同	河・サ・三五	三冊	江戸中期	河村秀根旧蔵、続作者部類二冊（河ソ二二）あり。☆尾闕
新潟大学附属図書館佐野文庫	三六・二八一	五冊	江戸中期	大系図書入。
西尾市立図書館岩瀬文庫	二八・九二	七冊	江戸末期	嘉永四年奉納奥書。
カリフォルニア大学バークレー校三井文庫	二〇五	三冊	宝暦九年	★首闕
八戸市立図書館	一〇・三・〇・〇・二・三	五冊	江戸中期	外題「勅撰作者部類」、南部家旧蔵、続作者部類二冊と合。★首闕

肥前島原松平文庫【松】	一二五・二	三冊	江戸前期	外題「十八代集作者部類」、続作者部類二冊（一二五・三）あり。☆尾闕
蓬左文庫	一・三六	六冊	江戸中期	★首闕
三手文庫	歌・丁・三三六	五冊	江戸中期	今井似閑本、続作者部類二冊と合。
山口県立図書館	六〇	五冊	江戸中期	今井似閑本、続作者部類二冊と合。★首闕
本居宣長記念館	文四の三二	三冊	明和六年	内題「勅撰作者部類第幾之巻」。
祐徳稲荷神社	六・二・二・二三五	一五冊	江戸中期	続作者部類四冊・古今作者一冊と合。★首闕
陽明文庫【陽】	近・二二九・五六	三冊	江戸初期	題簽近衛信尋筆か。
早稲田大学図書館【早】	へ四・一二八三	二冊	江戸中期	中院通枝・田中頼庸・寺田望南旧蔵、続作者部類と合。
同	イ四・三一六三・七三	六冊	江戸末期	松浦静山・上野理旧蔵。★首闕
同	イ四・三一六三・八一	二冊	江戸末期	游焉館・上野理旧蔵、三代末集作者部類二冊（イ四・三一六三・七五）あり。

これ以外に東山御文庫蔵本（勅封一二〇・四六）は抄出本（伝記事項のみ）、宮内庁書陵部蔵本（一五四・一五三）は勅撰作者部類ではなく和歌色葉・名誉歌仙事である。

それでは旧作者部類はどの本に依拠すべきか、最終的な結論は校本を作成した後となるが、ここではおおよその見通しを述べておきたい。

諸本で書写年代が最も遡るのは江戸初期で、室町時代以前の古写本は見出していない。通覧すると、書式・体裁、冊の分け方など、諸本である程度共通しており、祖本は一つであろうと推定される。

すなわちそれは三冊本で、上冊が1帝王〜10四位、中冊が11五位〜19凡僧上入道、下冊が20凡僧下〜36作者異議…41哥堪能事となる（前掲一覧参照）。各冊の首に項目の目録を置く。内題は上冊が「作者」、中下冊は「歌部

／作者」となる。中冊の末尾、「凡僧上」の後に、若狭本郷など十家の武家系図があり、下冊の41哥堪能事の後に、建武四年元盛識語・光之書写奥書・康安二年光之識語が続き、さらに土岐氏系図があり終わる。この二箇所の武家系図は後世の書入を強く疑わせるが、これを闕いて、古態をとどめる伝本は見つからない。36作者異議以下を別にする四冊本、各冊を上下に分ける六冊本は、三冊本から派生したものであろう。また、このうち首部（「帝王」から「大納言」の48・藤隆衡まで）が脱落している本がかなりある（★で示した）。また、作者異議の途中、「已上書様不一巡」より後を欠落する本も見られる（☆で示した）。

そこで作者異議以下を併せ三冊本の形の伝本について比較すると、A…首尾完存する伝本、B…作者異議以下を一部または全て欠く伝本、C…首部（帝王～大納言）を欠く伝本、D…BとCの欠を併せ持つ伝本、以上四種に大きく分けられる。Aのうちには禁裏・公家の旧蔵本と目される本がある。BCは武家大名の所持本が目立つが、みな江戸中期以後のもので、かつ他本との校合書入が夥しい。それも本文に欠陥を持つからである。これらの欠損は、流布によって物理的に生じたらしく、特にCやDの特徴を持つ諸本はとりあえず除外してよい。このことは本書が堂上から武家・地下へと流布していった経路とも関係してくるであろう。

Aのうちから、書写が比較的古くて厳密な、宮内庁書陵部蔵（いわゆる御所本。外題は後西天皇宸筆。一五四・六六）、早稲田大学図書館蔵本（中院通枝旧蔵本。ヘ四・一一八三）、陽明文庫蔵本（外題は近衛信尋筆か。近・二二九・五六）、Bのうちから、同じく、国立公文書館（内閣文庫）蔵林家本（二〇〇・一五八）、肥前島原松平文庫蔵本（一二五・二）をもって、代表させて考えてみたい。それぞれの略称を【御】【早】【陽】【内】【松】とする。

やはり本文の異同は夥しいが、内容が甚だしく異なる本はないようで、同一祖本からの距離にとどまる。このうち【御】【陽】は殊に近い。

但し、親本の書入・合点の保存の度が異なる。たとえば、帝王部49の高倉院は、続後拾遺集初出とされているが、実際には既に新古今集に入っている。親本にその旨の書入があり、【御】【早】【陽】には「書写本ニ云、後鳥羽ノ上（ニ）可奉書歟」という傍書があるものの、【内】【松】は削除したらしく、見えない。これは追随する本が多い。こうした書入を除去する傾向が早くからあったことが分かる。

それから、中納言部の82藤為定・88藤公明・95藤資明は、それぞれ肩に合点があり、「権大納言」と傍書する。いずれも元盛編纂本成立後に昇進したためで、実際に大納言部にも重出している。したがって合点は削除と移動を意味する符号であり、増補時の光之の手になると見られる。しかるに【内】【松】では合点を削除してしまっている（【松】では資明を欠く）。

本書にはさまざまな注記があるが、その位置・形態が崩れていないことも重要である。たとえば、親王部・16の輔仁親王の例を見たい。【御】【早】【陽】では、

弾正尹
金ー　輔仁ーー　後三条ー　三宮 金九　無品親王輔仁 千五　新一輔仁ー
三宮 延大（久）云々
幺一 新千二同

となっている（図版3参照）。各集は略号で示される（後掲翻刻の凡例参照）。入集歌数とともに、その集における

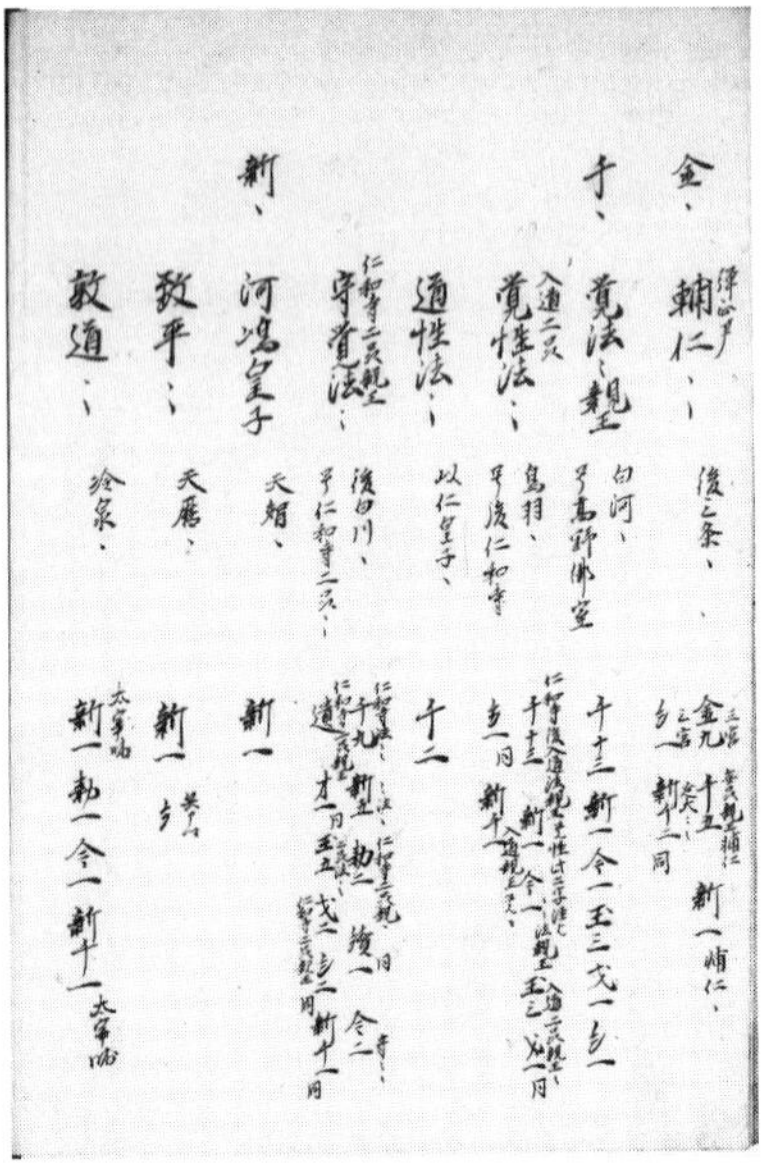

図版3　勅撰作者部類（宮内庁書陵部蔵、154・66）第1冊

表記を注記する。この親王にことさら詳しいのは、白河院に忌避されて春宮とならなかった非運によって、歴代の勅撰集が実名を顕すことを躊躇した、その史実に注意していたのである。さらに集によっては異本にも目配りしている。たとえば千載集は「無品親王輔仁」とする一方、龍門文庫本などの古写本が「延久第三親王輔仁」としている。左傍の「延大〔久〕云々」とは、誤写が混じるものの、このことを指摘した注記なのである。ところが、【内】【松】では、この注記が新千載集の下に移動してしまっており、しかも「延大ニ同」などと意味不明に歪んでいる。なお【御】【陽】でも、「延大々々」が左傍書され、次行に懸かるものと誤解される懼れがあるが、これは【早】によって糺すことができる。このように【御】【早】【陽】と【内】【松】とで二分されるケースが多い。

但し問題もあり、たとえば五位部の新後撰初出歌人、327北条熙時・328長沼（中沼）宗秀は、

右馬権頭
平熙時　左京権大夫時村［一］　扌一　玉三　現
載四　風三

追加　中沼淡路守
藤宗秀　扌一　玉一
新千五　続後一現

となっている。このうち「追加」という注記が、【陽】【内】【松】では熙時に、【御】【早】では宗秀に懸かるようになっている。【陽】と【御】は行数丁数も一致しており、ともに熙時は中冊二一丁表の最末行、宗秀は二一丁裏の第一行にあるのに、「追加」の位置だけが異なるのである。

この注記の意味は第十三章で考察した。鎌倉中期以後、主として政治的な配慮によって完成後に入集させた作者に「追加」という注記を施したらしい。ただ熙時は執権まで務めた鎌倉幕府の要人、宗秀も下野国出身の有力御家人で六波羅評定衆、ともに手厚い配慮を受けるのに十分な作者であり、判断に窮する。しかし「追加」「追顕名」という注記はいずれもその作者ないし当該集名の右傍に在ることによって、ここも宗秀に懸かるとしてよい。したがって【御】【早】に従うべきかと思われる。

もとより【御】【早】【陽】も完全ではない。【御】【陽】では、風雅集作者で、五位部・439の高階重成の上に「萍戸（津歟）（本ノマヽ）」と注記がある。この位置の注記は家名を示すことが多いが、重成は「大高」を号したので当たらない。【内】【松】は、この注記を440の菅原朝元の上に置き、かつ「津戸」とする。津戸氏は鎌倉時代から六波羅探題の奉行人として活動し、室町幕府でも引き続いて用いられていた上、菅原姓であり、かつ一族の諱は「元」を通字としていた。したがってこれは【内】【松】のように菅原朝元の上になければならない。【早】は朝元に懸けるが、「伊戸（津歟）（本ノマヽ）」としている。ともあれ風雅集一首のみの入集で素性のよく分からなかった菅原朝元は室町幕府奉行人であり、恐らく足利直義の口添えで勅撰集入集を果たしたことも浮かび上がるのである。

僅か数文字であるが、注記の読み取りによって、ほとんど経歴が不明であった歌人の伝記を示してくれる場合がある。したがって、こうした注記の位置、レイアウトを崩さず書写してくれる本が望ましいのである。

このような点で見ると、【御】【陽】がいまのところ諸本のうち最も先出すると評価できる。とはいえ、それも比較に過ぎず、独自の欠点も目立つ。特に大きなものでは凡僧143行円〜146禅信の注記・入集歌数を脱し、庶女部に錯簡を有し、第三三丁にあるべき一丁（229待賢門院中納言から244皇后宮少将まで一六人）が、三七丁に綴じられている。両本の関係、また推定される祖本については最後に述べたい。

【早】は降って宝暦年間の書写である。【御】【陽】と同じ祖本に発するであろうが、少なくともこれとは別の系統を辿って書写されており、やや距離がある。本文には誤写が多いが、【御】【陽】を相対化できる意義がある。とりわけレイアウトについては、【御】【陽】より優れている点も少なくない。

【内】は、書写年代が古く、本文は【早】に近いが、レイアウトの保存という点ではやはり難が多い。津軽南部・尾張徳川・丹波篠山・薩摩島津など諸侯旧蔵の本は多く残るものの、本文はほぼ【内】を踏襲し、かつどこかに脱落の生じた本がほとんどである。

【松】は特異な本文がある。帝王部・6の「亭子院光孝一 又号寛平、或号朱雀院、」を、この本だけが「宇多院光孝一、号寛平、又号亭子院、」とした。また50法皇・51法皇・52院・53今上も、全て追号に改め、光厳院・光明院・崇光院・後光厳院として掲げている。他にも親王部の歌人では、【松】だけが世系経歴を注する例がままあるが、これらは本朝皇胤紹運録や尊卑分脈など史書や系譜を引用したもので、決して原態ではない。なお旧作者部類には稀に（十二名ほど）新拾遺集・新後拾遺集への入集数をも掲げる。光之の手になるものではないであろうが、さりとて全く後人の妄補とも言い難い面がある。ところが【松】はこの新拾遺集・新後拾遺集への入集数を全て削除する。合理的ではあるが、武断に過ぎよう。

江戸末期には【内】【松】の系統が武士や国学者たちの間で流布し、関心の高さが窺われるが、本文は一層崩れている。末流の写本では、辛うじて書入の形をとどめていた頭書の類が、誤写されたり省略されたりすることが目立ち、もはや利用に堪えない。

五、共通祖本について

これまでの考察を受け、【御】【早】【陽】【内】などから窺われる共通祖本について考えてみたい。結局旧作者部類はいまのところ全てこの本から発すると考えられるからである。諸本には書写奥書がなく、その関係を定めるのも難しいが、まず後西天皇の監督下に書写された御所本[8]は、一般には火災を懼れて、禁裏文庫本から転写され副本として蓄えられたとされる（天皇の危惧は万治四年の大火で適中する）[9]。勅撰作者部類もその一つであろう。

ところが、勅撰作者部類やそれに類する書は、禁裡御蔵書目録をはじめとする、万治四年大火以前の禁裏蔵書を伝える目録類には掲載されず、元禄頃の蔵書目録になって初めて現れるので、[10]【御】の親本は大火以前に禁裏に在った本ではなかったことになる。本文の特徴からすれば、それが【陽】であった可能性はたしかに高い。両本を比較すると書式のみならず改行・改丁も一致し、書入や補記の姿もほぼ同じである。[11]ところが注記の字句にはかなり異同があり、【御】の本文にも相当な独自性が認められるので、【陽】とは直接の書承関係にはなく、一つの共通祖本に発する兄弟または伯叔父・甥の関係と見られる。先に挙げた熈時・宗秀の「追加」注記の扱いでもそう思えるのであるが、【陽】の書写年代は【御】よりやや先行するようであるから、祖本はまず近衛家の知るところとなって、ついで禁裏、林家、中院家などに書写されて広まったと考えられる。

祖本が誰のどのような本だったのかは今後の課題にするほかない。ただ、執政部20の藤兼経に対して「以前三代非作者」とある注記は、近衛家初代基実・二代基通・三代家実が勅撰作者にはならず、兼経（一二一〇～五九）に至って入集した事実を示す。このような注記はやや特異ではあるから、あるいは近衛家関係者の手によるものと疑わせる（もちろん鎌倉期から周知の事実ではあったから、原撰本に存していてもよい）。また、「本ニ頭書ニアリ」と注する作者が四名ほどいるのは、親本の上層に補書されていて、書写時に本行に組み込まれたものである。その一人五位部・382の「藤行朝（伊達）　入続千云々」は、仙台伊達家家祖朝宗から七世とされる行朝（行宗・朝村とも）が続千載集の作者であったとする説を受ける。[12]この補書はもちろん元盛・光之の所為ではない。仙台伊達家の遠祖が勅撰歌人かということが関心を持たれるのは、やはり政宗の上洛（天正十九年）以降であろうから、補書の時期もおよそ推定できよう。これは祖本の伝来・性格を推定する手がかりとなるかも知れない。その政宗が【陽】の外題を記した近衛信尋と親しかったことも考慮される。

それにしても勅撰作者部類は、中世の公家日記や蔵書目録類にも名を見出さないのであるが、文禄元年（一五九二）三月と推定される聖護院道澄の書状[13]に次のようにある。

書状如此とく認置候つれ共、又客来故、遅引候、昨日之作者部類、一冊も見合候事、忩敷候て、成かね候間、先帰朝迄慥預り置候、必々令返進候、

此山谷本、新宮へ伝達申候へは、不思召寄儀、一段〳〵被悦入候、能々相心得可申旨候、先刻者、浅弾（浅野長政）ら尋候刻故、返書令延引候、廿五日御出馬御治定之由、千万〳〵御残多候、猶白之可申述候也、かしく、

三月廿三日　（花押）

梅庵

昨日借りた「作者部類」は多忙のため見合わせられず貴殿の帰国まで預かると述べている。梅庵は大村由己であろう。豊臣秀吉に随順して肥前名護屋に出立したのがこの月のことである。この時期、単に作者部類とあれば、ある歌集の作者一覧や目録類を指すこともあるが、複数冊あると読み取れることからすれば、やはり勅撰作者部類であろう。そして「見合候事」とは校合であろう。すると道澄のもとにも一本があったことになる。

言うまでもなく道澄は近衛稙家の男、信尹（信尋の養父）には叔父であり、その交遊は極めて広かった。由己はもちろん、伊達政宗もまたその一人であった。もとよりこれが勅撰作者部類であったとしても、これまで追究してきた現存諸本との関係はいまだ明らかではない。しかし勅撰作者部類がこの時期以後に関心を集めるようになることは種々の徴証からも言えることである。すると、源流が道澄・由己の交遊圏から発している可能性を考えてもよいであろう。

非常に長文にわたったが、結論としては以下の通りである。

六、おわりに

現存する勅撰作者部類の伝本は大別して四種に分けられる。そのうち、元盛・光之編纂の原態の面目を保っている旧作者部類五十余の諸本は、全て同一系統に属して、一つの祖本から出たものである。最古の写本は江戸初期のもので、それ以前の室町・戦国期は、どのような経路を辿って伝来したかは不明である。この間に伝写による誤写誤脱と書式の崩れ、若干の書入補記があったが、しかし各歌人の世系・称号・官位・生没などの注記は、鎌倉後期から南北朝期にかけて、勅撰集を編纂する和歌所の管理していた情報をよく伝えていて、信憑性が高い。特に伝記史料に乏しい武家・僧侶については貴重である。

以下では【御】を底本にして翻刻し、近い関係の数本で校合することで、史料として使用する環境を整えたい。

注

（1）続古今集は当世（現存者）の一部、故者の完本が現存する。成立時目録について主として以下の研究を参看した。樋口芳麻呂「続後撰目録序残欠とその意義」（国語と国文学36-9、昭34・9）、同「『続古今和歌集目録　当世』とその意義」（愛知学芸大学研究報告人文科学14、昭40・3）、福田秀一『中世和歌史の研究　続篇』（岩波出版サービスセンター、平19）第三篇第一章「勅撰和歌集の成立過程―主として十三代集について」（初出昭42）、佐藤恒雄『藤原為家研究』（笠間書院、平20）第三章第五節「『続古今和歌集目録』と前田家本『続古今和歌集』」（初出昭44）、柴田光彦「『続古今和謌集目録』（翻刻）」（国文学研究41、昭44・12）、渡邉裕美子「『千載和歌集』成立をめぐる諸問題―俊成本『春記』紙背文書の再検討」（和歌文学研究107、平25・12）。後拾遺集は目録序があり、続後撰集にも目録序の残闕と若干の逸文が知られる。千載集は前掲渡邉裕美子論文が詳しい。なお勅撰作者部類・庶女部・222前斎宮甲斐には「千一常陸、千目録无之」という注記があり、元盛が千載集目録を参照していたことが確かめられる。その他、新勅撰集の目録は「此人者伊行朝臣女之由新勅撰の目録に見たり／正和五年六月廿六日書写之了」（昭和美術館蔵建礼門院右京大夫集本奥書）とあるので、鎌倉後期には現存していた。

（2）西村加代子『平安後期歌学の研究』（和泉書院、平9）「『古今和歌集目録』作者考」（初出昭55）参照。

（3）金子金治郎『新撰菟玖波集の研究』（風間書房、昭44）第二編第四章「新撰菟玖波集作者目録」（初出昭42）参照。

（4）深津睦夫『中世勅撰和歌集史の構想』（笠間書院、平17）第一編第一章「十三代集の史的把握」（初出平13）参照。

（5）注4と同じ。

（6）竹下喜久男「好文大名榊原忠次の交友」（鷹陵史学17、平3・3）、朝倉治彦「榊原忠次の文事（一）」（四日市大学論集17-2、平17・3）参照。なお忠次の家集一掬集に「廿一代集の作者などあつめたるものを八雲軒へかし侍るにほどへて返しをこさるとて」との詞書を持つ、脇坂安元との贈答歌を載せる。引用は『榊原三代私家集』（平25〜28年度科学研究費補助金研究成果中間報告書〔課題番号：二五二八四〇五〇、研究代表者＝廣木一人〕平28・3）による。

（7）「『勅撰作者部類』の諸問題―その改編を中心に」（和歌文学研究95、平19・12）参照。

（8）御所本（一五四・六六）について詳しく見ると、上中下冊でそれぞれ筆蹟は異なり、分担書写である。中冊は誤字が目立ち、本文の精度がやや落ちる。なお同じ宮内庁書陵部蔵御所本（一五四・一一八）も、【御】と筆者と分担を同じくし、後西天皇の宸筆外題を持つ。しかし両者を比較すると、さらに後者の誤写脱落が目立つ。【御】を親本として書写され、禁裏文庫に備えられた副本と見るべきであろう。

（9）平林盛得「後西天皇収書の周辺」（岩倉規夫・大久保利謙編『近代文書学への展開』柏書房、昭57）参照。

（10）福田秀一『日本文学逍遙』（新典社、平19）「宮内庁書陵部及び東山御文庫の「歌書目録」について」（初出昭38）によって、「元禄十四年以後で、しかもそれをあまり距たらぬ頃」とされた宮内庁書陵部蔵歌書目録（一〇二一・一二八）、また霊元院宸筆の東山御文庫蔵歌道目録（勅封六九・一・八）に初めて見える。当該箇所それぞれを上下に示した。この間に分類方法が変更されたらしい。【御】はゴチックの「勅撰作者部類三冊」のことであろう。

歌書御目録○中略
作者部類新写　箱入　廿一冊
　和歌雑々○中略
勅撰作者部類　三冊
作者部類　一冊
作者部類　廿一冊

・雑賀　○中略
勅撰作者部類　三ー
作者部類　一ー
同廿一代集　廿一ー
　・御擔子黒ぬり
作者部類　三冊

(11)　久保木秀夫「禁裏・近衛家の蔵書形成過程一端—国文研マイクロ資料・データベースを活用しながら」（調査研究報告30、平22・3）には、伝本の稀少な作品で、陽明文庫本・禁裏本と祖本を同じくする事例が報告されている。

(12)　まず五位部・455の藤朝村について、諸本は「伊達」と冠し、かつ「本名行朝、二階堂行珎同名、依難分別改之、宗遠父也」と注記する。風雅集では、行朝として入集させると、二階堂行朝（続千載集以下の歌人）と区別できなくなるので、改名して入れたというのである。その当否はともかく、風雅集で混乱を避けるため改名させられたならば、二十余年前の続千載集の「藤行朝」の詠二首にも実は伊達朝村の行朝時代の歌が含まれるはずだ、という考えを受けて（恐らくそのようなことはない）、わざわざ「伊達／藤行朝　入続千云々」という頭書が加えられたのである。これはやはり伊達家の意向によって書き入れられたと考えるのが自然である。伊達藩では藩史の編纂に非常に熱心であり、前史というべき室町期の当主の顕彰にも十分意を払った。やがて伊達藩四代の綱村によって編纂された伊達正統世次考巻三でも、和歌事績は特筆され、この朝村＝行朝説が一層強く打ち出される。

(13)　古谷稔「新収品紹介　諸名家二十六人の書状」（東京国立博物館研究誌290、昭50・5）による。また、この書状については高田信敬氏の御教示に預かった。

凡例

一、勅撰作者部類と続作者部類を、それぞれ宮内庁書陵部蔵御所本と国立歴史民俗博物館蔵高松宮家伝来禁裏本を底本として全文翻刻した。

一、底本の書誌をそれぞれ略記する。

所蔵者整理書名「勅撰作者部類」一五四・六六。青磁色原装表紙、左肩に打ち付け書きで「勅撰作者部類上」。もと題簽あるも剥落、中冊は白題簽未記入、下冊は外題なし。袋綴、二九・七×二〇・九。料紙は斐楮。八行書。字面高二五・五。印記「帝室図書」。墨付上冊六七丁、中冊七三丁、下冊一〇〇丁。各冊扉一枚。

所蔵者整理書名「続作者部類」H・六〇〇・六七四、ゐ函四一五。水浅葱色地鶯色籠目文原表紙、左肩貼題簽、霊元院宸筆で「続三代集作者部類上（下）」と墨書。袋綴二冊、二七・五×二〇・一、料紙は楮紙。九行書。字面高二二。墨付一一〇丁。

一、翻刻に当たっては原本の姿をとどめるように努めた。但し異体字はおおむね通行の字体に改めた。また便宜各部改段し、歌人に連番を冠した。

一、底本の明らかな字句の誤脱は近い関係にある陽明文庫蔵本で校訂し、その箇所を□で囲んだ。本文校異は意味上の違いのある異同を挙げ、早稲田大学図書館本（略号㋻）・国立公文書館（内閣文庫）本（略号㋤）の字句を示した。対校本の字句は〔　〕に入れて傍に記し、底本に脱する文字は［　］に入れて直後に置き、それぞれ対校本の略称を示した。諸本一致しながら、誤脱があると判断される箇所は（ママ）を振り、必要最小限の推定を加え、正しいと思われる文字を〔　〕に入れて示した。文字を補った場合も同様に〔　〕に入れた。対校本が字句を欠いている場合はいちいち注記しなかったが、必要に応じて・を右に傍記して〔　〕に入れた。

一、字句の校訂に考証が必要な箇所は、＊を付け、末尾の校訂附記で解説した。

一、所収勅撰集は略称で記されている。以下の通りである。なお「―」は頻出する「集」「男」などの略符号であるが、これはいちいち本来の文字を注さなかった。

古（古今）　巽（後撰）　拾（拾遺）　金（金葉）　詞（詞花）　千（千載）　新（新古今）　勅（新勅撰）

続（続後撰）　遺（続拾遺）　オ（新後撰）　玉（玉葉）　戈・載（続千載）　厶（続後拾遺）　風（風雅）

新千（新千載）

一、丁替わりの箇所は」で示し（　）に丁数を入れた。

一、底本で行間や上層などに補記されている作者については、本行に移し、他と同じ体裁に整えて示した。その場合は連番番号を〇で囲んだ。

（上冊外題）勅撰作者部類上

帝王尊号　親王　執政　大臣
大納言　中納言　参議　散二三位
諸王　四位」（扉ウ）

作者
帝王尊号

古今ー1　天智天皇（諱葛城　母皇極天皇）　舒明天皇々子　号奈良帝　古一首（アメノ帝）　撰一同　新一天智天皇　玉一　新千一

2　文武天皇（諱軽）　草壁皇子ー　古一注云ナラノミカト

3　平城天皇（諱安殿）　桓武ー　号奈良帝　古二　幺一

4　光孝天皇　仁明第三ー　号小松帝　古二　新三　続二　今一　玉一　幺一　風一

後撰ー5　陽成院　清和ー　諱貞明　巽一

6　亭子院（諱定省）　光孝ー　又号寛平　或号朱雀院　巽四法皇御製　新二亭子院　続一同　イ二　今一　新千二」（1オ）

7　醍醐天皇（諱敦仁）　亭子院ー　号延喜御製　延喜御ー　巽三　拾二　新九　勅三　続七　今六　玉四　幺一　新千二延喜

8　朱雀院（諱寛明）　醍醐ー　巽一　拾一　勅二　玉一　幺一　新千二

9　村上天皇（諱成明）　同朱雀院　号天暦御製　今上御製　巽二　拾十五天暦　新十　勅二　続六　今六イ二　玉七　幺一　新千二天暦

拾遺ー
10 円融院 諱守平　村上ー　拾二 詞一 新六 勅二 続一 今二〔一ワ〕 遺一 玉三 戈一 幺六

後拾遺ー
11 一条院 諱懐仁　円融ー　後二 詞一 勅一〔新〕 今一 新千一

12 三条院 諱居貞　冷泉ー　後三 詞三 新二 新千一

13 後朱雀院 諱敦良（ナカ）　一条ー　後三 新三 今二

14 後冷泉院 諱親仁　後朱雀院ー　（1ウ）後三 金一 新一 玉一」

15 後三条院 諱尊仁　同後冷泉　後三 新一 今一 玉一

16 白河院 諱尊仁　後三条ー　御製 後七 金五 院ー 詞一 白河院ー 千一 新四 今三 才一 玉一 戈一 幺二 風一 新千二

17 小一条院 諱敦明　三条院ー 後一条院御時春宮　後一 金一 詞一 玉一

18 華山院 諱師貞　冷泉ー 後拾遺ニ御入也　後五 金四 詞八 千四 新七 遺二 玉十二 戈二 幺二 風三 新千二

金葉ー
19* 堀河院 諱善仁　白河ー　金四 千一 新一 続一 今一

20 鳥羽院 諱宗仁　堀河ー　新院ー 金四 新院但不審鳥羽院 詞三 千二 新 二 遺二

詞華ー
21 冷泉院 諱憲平　村上ー　詞一 新一 新千三

千載ー
22 崇徳院 諱顕仁　鳥羽ー　崇徳院ー 千廿三 勅四 今三 遺二 続三 戈一 風八 新千 二」（2オ）

23 近衛院 諱躰仁（ナリ）　同崇徳　千一 新一 今 玉 戈一

24 後白河院 諱雅仁　同崇徳　院御ー 千七 後白河ー 新三 今一 玉三 新千一

25 二条院 諱守仁　後白河ー　千七 玉二 風一 新千一

新古今ー
26 仁徳天皇　応神ー　新一

27 持統天皇 諱兎野　天智皇女　新一 勅一

28 元明天皇 諱阿閉　同持統　新一

29 聖武天皇 諱首　文武ー　新一 勅一 今二 続一 新千一

30 田原天皇　天智子 光仁父 号施基皇子　新一 勅一 続一」（2ウ）

31 後鳥羽院 諱尊成
高倉ー
太上天皇 新卅三 六 後鳥ー 続廿九 今四十九
遺十七 才十 玉十八 戈
十四 幺十 風廿七 新千
十

新勅撰 32 後堀川院 諱茂仁
後高倉ー
勅五御製

続後撰 33 土御門院 諱為仁
後鳥羽ー
土御門ー 続廿六 今卅八 遺十三
才七 玉八 戈九 幺七
風七 新千八

34 順徳院 諱守成
同土御門
順ー 続十七 今卅五 遺十二
才十二 玉十一 戈六 幺
八 風十四 新千八

35 後嵯峨院 諱邦仁
土御門ー
太上天皇 続廿三 今五十四 同 後嵯峨院ー 遺卅一
才廿三 玉九 戈十一 幺
十一 風七 新千九

続古今 36 允恭天皇
仁徳ー
今二

37 顕宗天皇
履中孫
市辺押羽ー
今［一⑦］

38 舒明天皇
継躰ー
今一」

(3オ)

39 斉明天皇
敏達曾孫
祖縍王女
［茅淳］
今一

40 亀山院 諱恒仁
後嵯峨ー
今上御ー 今十七 太上天皇 遺十九 ［法皇⑦］ 才卅一
［亀山ー⑦］ 玉七 戈廿八 亀山ー 幺六
風一 新千六

続拾遺ー 41 後宇多院 諱世仁
亀山ー
太上天皇 才廿三 玉八 法皇 戈五十
二 後宇多 幺廿八 風八 新千廿
五

新後撰 42 嵯峨天皇 諱賀美能
桓武ー
才一 幺一

43 伏見院 諱煕仁
後深草院ー
才廿 院ー 玉九十三 同 戈
十九イ 廿 伏見ー 幺十三 風八十
五 新千廿七

44 後伏見院 諱胤仁
伏見院ー
才四 新院ー 玉十六 同 戈十
一 院ー 幺六 同 風卅四 後伏
見ー 新千十三

45 後二条院 諱邦治
後宇多院ー
才十八 今上 玉八 後二条 戈
廿一 幺八 風八 新千十
四

46 後醍醐院 諱尊治
後宇多院ー
才四 尊治 玉于時東宮不入給
戈廿 今上御製 幺十八 御製二字
風三 後醍醐院 新千廿二」

(3ウ)

玉葉ー 47 後深草院 諱久仁
後嵯峨ー
玉一

48 花園院 諱富仁
伏見ー
玉十一 今上 戈四 新院ー 幺
三 同 風五十四 院 新千廿
三 花園

続後拾遺 49 高倉院 諱憲仁　後白川ー　新古四　幺一
書写本ニ云、後鳥羽ノ上可奉書歟

風雅ー 50 法皇 光厳院　諱量仁　後伏見ー　風卅一太上天皇　新千廿法皇

51 法皇 光明院　諱豊仁　後伏見ー第三ー　風七今上

[新千⑦] 52 院 諱益仁　改興仁　法皇第一ー　新千六院

53 今上 後光厳院　諱弥仁　法皇第二ー　新千十二御製」

（4オ）

親王

古ー 1 常康親王　仁明ー　古一

2 惟喬親王　文徳第一ー　号小野宮　母名虎女　古二　巽一　撰三コワカキミ云々　新一惟喬親王　幺一同　新千一

巽ー 3 貞元ーー 四品　清和第三ー　母治部卿仲統女　号閑院四品親王　承平元年薨　巽一

4 貞数ーー　清和ー　巽一

5 元良ーー 兵部卿三品式部卿　陽成第一ー　天慶六年薨五十四　巽六元良のみこ　拾三兵部卿元良ー〔幺カ〕　勅一　今一　戈二　新二　新拾一[新千一⑦]

6 是忠ーー 式部卿　光孝ー　巽一

7 敦慶ーー ヨシ 三品兵部卿　延木四年薨　宇多五ー　号桂ノ御子　巽三」

（4ウ）

8 敦実ーー アツミ 式部卿　宇多第八ー　天慶四年出家　康保四年薨　巽一

9 盛明ーー 上野太守　延喜ー　巽一　拾一　玉一　戈一

10 行明丨丨（上総太守）
延喜第二丨 実寛平第十丨 母京極御息所
巽二

拾丨
11 広平丨丨
天暦丨 天禄二年九二薨
拾一

12 聖徳太子
用明天皇丨
拾一

13 具平親王（中務卿）
天暦丨 号後中書王
拾四（中務卿丨） 後二 詞一（中務卿）
千一（千四 中務丨丨） 新八 続一
今一 遺一 玉七 戈〔二〕
幺三 風一 又二 新千八

後丨
14 兼明丨丨（中務卿）
延喜丨 号前中書王
後一

15 清仁丨丨
花山丨
後二」（5オ）

金丨
16* 輔仁丨丨（弾正尹）
後三条丨
金九（三宮） 千五（無品親王輔仁） 新一（輔仁丨）
幺一（三宮） 新千二同（延大云々）

千丨
17 覚法々親王
白河丨 号高野御室
千十三 新一 今一 玉三
戈一 幺一

18 覚性法丨丨（入道二品）
鳥羽丨 号後仁和寺
千十三（仁和寺後入道法親王覚性此二字注歟）
新一 今一（丨法親王） 玉三（入道二品親王丨丨）
戈一（同） 幺一（同） 新千一（入道親王覚丨）

19 道性法丨丨〔孫〕
以仁皇子丨
千二

20 守覚法丨丨（仁和寺二品親王）
後白川丨 号仁和寺二品丨
千九（仁和寺法丨） 新五（丨法丨） 勅二（仁和寺二品親丨）
続一（同） 今二（守丨） 遺（仁和寺二品親王）
才一（同） 玉五（二品法丨） 戈二（仁和寺二品親王）
幺二（同） 新千一（同）

新丨
21 河嶋皇子
大智丨
新一

22 致平丨丨
天暦丨
新一 幺（兵部卿）

23 敦道丨丨
冷泉丨
新一（大宰帥） 勅一 今一
新千一（大宰帥」）（5ウ）

24 惟明丨丨
高倉丨
新六（惟明丨丨） 勅一 続三 今二
遺二 才三 玉三 戈二同
幺二 新千二

25 承仁法丨丨
後白河丨
新一 続一 今一

勅丨
26 道助法丨丨（入道二品）
後鳥羽丨
勅十一（入道二品親王同） 続九 今一（丨丨法丨丨）
遺四（入道二品丨丨） 才一 玉三
幺一 新千一（入道二品丨丨）

続丨
27 本康丨丨
仁明丨
続一

28 雅成丨丨
後鳥羽丨
続九 今七 遺三 才四
玉三 新千二

29 道覚法丨丨
後鳥羽丨
続三 才三 幺一（入道親王丨）
新千一（入道親王丨丨）

30 尊快法ーー　後鳥羽ー　続一　今一　遺一

31 覚仁法ーー　後鳥羽ー　続一　遺一　戈［一］（6オ）

32 静仁法ーー　土御門ー　続一　今二　遺六　才六　玉一　戈三　風一　新千二

33 澄覚法ーー　雅成親王ー　続一権僧正　今五天台座主　遺七　才三　玉二　戈一　新千三

34 兵部卿 昭平ーー　天暦ー　今一　（今ー）

35 中務卿 宗尊親王　後嵯峨ー　中務卿親王　不書名字　今六十七　中務卿宗ーーー　書名字　遺十八　才十六　玉廿三　戈十　幺十　風七

36 入道二品親王ーー 性助法ーー　後嵯峨ー　性助法ーー　入道二品親王　今一　遺七　才　三同　玉一二品法親王ー　入道二品ー　戈七　幺四二品法親王ーー　新千二入道二品親王

37 二品法ーー 覚助法ーー　後嵯峨ー　遺三二品法ーー　才六　玉十　一　戈廿　幺廿三　風七　新千十四　（遺ー）

38 山 青蓮院 慈助法ーー　亀山院ー　遺二　戈五

39 浄助法ーー　遺一」（6ウ）

40 式部卿 将軍 久明ーー　後深草ー　式ーーー 式部卿親王、無名字　才三　玉五　戈五　幺二式部卿　風一

41 良助法ーー　才一　玉二

42 二品親王 尊助法ーー　玉二　（玉ー）

43 二品 慈道法ーー　亀山ー　新後一　玉三　戈五　幺三　二品法親王　風四　新千七

44 弾正尹 忠房ーー　孫王補親王之始　玉一前中納言ー　幺二同　戈　三忠房ーー　風一弾正尹

45 弾正尹 大宰帥 邦省ーー　後二条ー　戈三無官　幺一同　風三弾正尹　新千九同　（戈ー）

46 寺 聖護院前長吏 順助法ーー　亀山ー　元応二十五入滅　戈二

47 中務卿 恒明ーー　亀山ー　戈二式部卿　幺一中務卿ー　風五式部卿」（7オ）

48 青蓮院 入道二品親王尊円　伏見ー　戈二入道親王ーー　幺二同　風八　新千十

49 承覚法ーー　後宇多歟 宇多ー　戈四　幺一天台座主　風二二品法親王　新千三同

50 寺 聖護院 専助法ーー　伏見院ー　戈一　幺一　風一恵助法ーー　（恵歟）

51 梶井門主 承鎮法ーー　彦仁王ー 法皇御猶子　戈一

52* 中務卿 尊良ーー　後醍醐一ー　幺一
幺ー

53 大宰帥 世良ーー　後醍醐第二ー　幺一無官　新千一大宰帥

54 永尊法ーー　幺一

55 尊珍法ーー　幺二」(7ウ)

56 御室 入道二品親王法守　後伏見ー　風八　新千七
風ー

57 梶井 二品法親王尊胤　後伏見ー　風五　新千五

58 聖護院 覚誉法親王 又入道　花園ー　風五ーー法親王　新千六入道親王ーー

59 穂積親王　風一

60 聖尊法親王 醍醐遍智院　後二条院ー　風一

61 大覚寺 二品法親王寛尊　亀山院ー　風二　新千三

62 兵部卿熙明親王　風一

63 久良親王　式部卿久明親王ー　風一　新千一」(8オ)

64 寛胤法親王　法皇々子　風一　新千一

65 道熙法親王　新千一
新千

66 尊道法親王　後伏見ー　新千三ー法親王入道親王云々

67 三品 大宰帥全仁親王　式部卿恒明親王ー　新千一

68 邦世親王 兵部卿　先坊ー 邦良　新千一」(8ウ)

執政

1 忠仁公　良房　古ー
左大臣冬嗣ー
古 故ー一イ 三 前太政大臣

2 貞信公　忠平　巽ー
昭宣公四ー
故ー五イ 太政大臣有四 巽六 拾一 小一条太ーーー
新一 貞信公 勅一 続二
続一 不審 新千一

3 清慎公　実頼
貞信公ー 号小野宮
現左大臣 巽八 故 拾九 新四 勅
一 続一 今二 玉三 新
千二

4 謙徳公　伊尹　天禄三年薨　天徳四年八月参木左中将
右大臣師輔ー
現 巽二 故 拾六 新十 勅九
今二 玉一 幺一 風一
新千二

5 廉義公　頼忠　拾ー
清慎公ー
拾［二］一歟 新十一 勅

6 東三条入道摂政　兼家
右大臣師輔ー
東三条太政大臣長哥 二イ 東三条入道前
拾一 後四 新二 勅二
摂政太政大臣 続一 今一 遺一 風一
摂政 新千二 関白ー

7 粟田関白　贈太政大臣　道兼
東三条摂政ー
拾二 今一 粟田贈太政大臣」
(9オ)

8 忠義公　兼通　後ー
右大臣師輔ー
堀川太政大臣 後一 新一 勅一 今二
玉一 幺一

9 法成寺入道摂政　太政大臣　道長
風雅法成寺入道関白太政大臣
東三条摂政ー
御堂殿
入道前太政大臣 法成寺入
後五 詞一 千三 新四
道前摂政太政大臣 三イ
勅四 続四 今一
遺二 玉二 戈一 幺三
風一 新千二

10 宇治入道関白　頼通
法成寺ー
宇治前太政大臣 後一 金一同 詞一 千一
新二 勅一 続一 今一
遺一 玉一 戈一 幺一
新千一

11 京極入道関白　太政大臣　師実
宇治ー
関白前左大臣 京極前太政大臣同 後一 詞一 千
京極前関白太政大臣 三 新一 勅一 続二 今
一 戈二 幺一 新千二

12 後二条関白　内大臣　師通
京極ー
内大臣 後二条関白内大臣 後一 千一 新一
二条関白内大臣

13 法性寺入道関白　忠通　金ー
富家ー
摂政左大臣 関白前太政大臣 金十五 詞七
法性寺入道太政 千七 新四
法性寺入道前摂政太政大臣 勅四 続三 今一 続拾一
才二 玉三 戈二 幺一
風一

14 松殿入道関白　基房　千ー
法性寺ー
入道前関白太政大臣 千一 勅
入道関白太政大臣

15 後法性寺入道前関白　太政大臣　兼実
法性寺ー
月輪
摂政前右大臣 入道前関白太政大臣 千十五 新十一
勅六 続五 今五 遺五
才一 玉三 戈二 幺一
風一 新千一」
(9ウ)

16 後京極摂政　太政大臣　良経
後法性寺ー
左近中将 摂政太政大臣 後京極 千七 新七十九 勅卅
続廿七 遺廿 才十二 玉
十三 戈十二 幺九 風十
五 新千九

新ー
17 富家入道関白 忠実
後二条ー 又号知足院
知足院入道前関白太政ー
新二 富家入道ー
勅一 続一 遺一 戈一 新千一

勅ー
18 左大臣 光明峰寺入道摂政 道家
後京極ー
前関白 入道前摂政左大臣
勅廿五 続十七 今十九 遺十五 才三 玉五
戈六 幺十一 風六 新千五

九条殿流
19 左大臣 洞院摂政 教実
光明峰寺ー
関白左大臣 洞院摂政左大臣
新十 続五
今四 遺三 玉一 戈一
幺一 新千一

近衛殿流 続後撰ー
20 太政大臣 岡屋入道摂政 兼経
猪熊ー 以前三代非作者
摂政太政大臣 岡屋入道ー
続二 今二 遺一 玉四 新千一

二条殿流
21 左大臣 普光園入道前関白 良実
光明峰寺ー
前関白左大臣
続三 今十一同
普光園ー 遺五 才四 玉四 風一
普光園入ー前関ー左ー 新千一
才

（頭書）続後撰忠家九条右大臣

一条殿流
22 左大臣 後一条入道前関白 実経
光明峰寺ー
続三 今十七関白左大臣 遺十八 才八後一条ー 玉六
戈四 幺三 風三 新千三

続古今ー
23 左大臣 近衛関白 基平
岡屋入道ー 号深心院
左大臣 近衛関白左大臣
今五 遺四
近衛関白左大臣 深心院ー 近衛ー
才二 玉二 戈一
風三深心院関白左大臣 新千一
近衛関白」（10オ）

24 左大臣 九条前関白 忠家
洞院摂政ー 又一音院
今五前右大臣 遺一

25 左大臣 後光明峰寺摂政 家経
後一条ー
今四右大将 遺十二前摂政左大臣 才五 玉三 戈三 幺三 新千一

鷹司殿流 遺ー
26 太政大臣 照念院入道前関白 兼平
猪熊ー
遺一摂政前太ー 才一照念ー
幺一 新千一

（頭書）内大臣家基 右大臣師忠 右大臣忠教

27 円光院入道前関白 基忠 太政大臣
照念院ー
前関白左大臣鷹司
遺五 才十八
前関白太政ー 円光ー
玉十 戈十四 幺九
風七 新千六

28 香園院入道前関白左大臣 師忠
普光園ー子
遺一左大臣 才一入道前関白左大臣

29 浄妙寺関白右大臣 家基 又後近衛
近衛関白ー
内大臣
遺一 玉五又四 近衛関白右大臣 称先公名之例未有後近衛関白ー也
戈三 風二浄妙寺関白

30 報恩院入道前関白左大臣 忠教 又後九条
九条前関白ー
遺一右大臣 才一前関白左大臣
歟

31 己心院前関白左大臣 師教 又浄土寺
報恩院ー
才二左大臣 玉二前摂政左大臣
戈四同 幺一前関白左大臣
新千三已心院」（10ウ）

32 後照念院関白太政大臣 現任 冬平
円光院ー
才六右大臣 玉一関白前太政大臣 戈四前関白太政大臣 幺十三関白太政大臣 風二後照念院前関白ー 新千十八

33 後光明照院前関白 道平 光明照院関白ー
才三右大将 延慶二十五転 正和二十二廿六転左 六後光明照院前関白ー 玉一右大臣 元内 幺五 風 新千七

34 岡本関白 家平 浄妙寺関白家基子
才一左大将 二前関白左大臣 玉四左大臣 戈

35 後一音院入道前関白左大臣 房実 報恩院関白子 浄土寺関白為子
才二権大納言 大将 玉同 幺一 戈一右

玉ー
36 歓喜園院摂政左大臣 兼忠 照念院関白ー
玉一歓喜園ー

37* 光明照院前関白太政大臣 兼基 中院 香園院関白ー
玉一前関白太政大臣

38 芬陀利華院前関白内大臣 内経 一条内大臣 棲心院ー
玉二権大納言 内大臣 戈五関白 幺三芬陀 風三 新千三

戈ー
39 後円光院前関白左大臣 冬教 後照念院ー 実円光院ー
戈二左近大将 権大納言 左大臣 幺三 新千二」(11オ)

幺ー
40 前関白左大臣 経忠 堀川ーーー 岡本ー
幺一権大納言

41 後岡屋前関白左大臣 基嗣 浄妙寺左大臣子
幺一権大納言 臣基 風三前関白左大 新千三後岡ー

風ー
42 三縁院入道前関白左大臣 道教 已心院関白子
風一入道前関白左大臣 三縁ー 新千一

43 照光院前関白右大臣 師平 後円光院子 実後照念院子
風一前関白右大臣

44 前関白左大臣 経通 芬陀利華院子
風二前関白左大臣通 関白左大臣 新千三前

45 前関白左大臣 良基 後光明照院ー
風五関白右大臣 新千七前関白

46 関白左大臣 経教 三縁院関白ー
風一左近大将経教 左大臣 新千三関白

47 右大臣 道嗣 後岡屋関白ー子 関白宣下康安元十一日
風二右近大将 新千五右大臣」(11ウ)

大臣

古ー 1 近院右大臣 能有　文徳ー　古三　幺一

2 三条右ーー 定方　内大臣高藤ー　古一　巽八　続一　玉一
于時左大将　幺一　新千一
承平二年八四薨同三年二月十三仲平任右大臣

3 枇杷左ーー 仲平　昭宣公ー　古一　巽八　拾一　続一
幺一　新千一 贈太政大臣　巽入了

4 橘贈太ーーー 清友　参木奈良麿ー　古一

5 右大臣左大将 本院贈太政ーー 時平　昭宣公ー　古二 一イ　巽二
母四品人康親
王女　延木九薨四十九

6 河原左ーー 融　嵯峨ー　古二　巽二

7 東三条左ーー 常　嵯峨第三ー　古一」（12オ）
母高氏
東三条本主也

巽ー 8 閑院左ーー 冬嗣　右大臣内麿ー　巽三 五 閑院左大臣

9 北辺左ーー 信　嵯峨第一ー　巽一
貞観十年薨五十七

10 九条右ーー 師輔　貞信公ー　右大臣 巽十四　拾二　新一 九条入道右大臣
勅五 三　続三　遺一　戈三 二
幺三　新千二

11 富小路右ーー 顕忠　本院左大臣ー　巽一
天暦三年大納言九年右大将天徳元左大将四年右大臣康保三薨六十八

12 左大将 小一条左ーー 師尹　貞信公ー　巽三
天暦二年権中納言左衛門督

拾ー 13 長岡左ーー 永手　参キ房前ー　拾一

14 広幡左ーー 顕光　忠義公ー　拾一

15 右大臣実資　実頼四男　拾二」（12ウ）
于時右大将
号賢人右大臣

後ー 16 西宮左ーー 高明　延喜ー　後十　新三　勅　玉一　戈
一　幺一　新千二

17 太政ーー 恒徳公 為光 号　九条右ーー　後一 法住寺太政大臣

18 儀同三司 伊周　中関白ー　帥前内大臣 後二　詞　今一　玉一

19 堀川右ーー 頼宗　御堂ー　後十八　金三　詞三　千一
新二　勅一　続一 第五　遺一
戈二　幺一　新千二

20 土御門右ーー 師房
具平親王ー
後二 金一 千一 新一
続二 幺一 新千二

21 堀川左ーー 俊房
土御門右大臣ー
左大臣 堀川入道左大臣
後一 千一 新一
続一 今一

22 六条右ーー 顕房
土御門右大臣ー
右大臣 六条右大臣
後四 金四 千一
新一 勅一 今一 新千一

23 閑院贈太ーーー 大納言 春宮〔宮ワ〕大夫 能信
御堂三男 白川外祖
後一 新千一」
(13オ)

金ー

24 久我太ーーー 雅実
六条右大臣ー
太政大臣雅 久我前太政ー
金一 千一 新
二 勅一 新千一

25 花園左ーー 有仁
輔仁親王ー
内大臣 花園左大臣
金九 詞一 千五 新
一 今一 玉二

26 八条太ーーー 実行
春宮大夫公実ー
大納言 八条前太政大臣
金五 詞二
千三 新一 続一

27 中院右ーー 入道 雅定
久我太政ーー
中納言 中院右大臣
金七 詞二 千四 新
二 勅一 中院入道前右大臣 才
一 玉一 幺二 新千一

28 徳大寺左ーー 実能
公実公〔ママ〕ーー
左兵衛督 徳大寺左大臣
金八 千三 新一
続二 今三 遺一 新千一

29 大宮太ーーー 伊通
大納言宗通ー
右兵衛督 大納言
金四 詞一
大宮前太政大臣
千五 玉一

続後撰 三条内大臣歟

30 後三条内ーー 公教
八条太政大臣ー
藤原公教 大納言 後三条内大臣
金二 詞一 千三

31 贈左大臣 長実
修理大夫顕季ー
大宰大弐 贈左大臣
金十五 詞一 新一」
(13ウ)

詞ー

32 大炊御門右大臣 公能
徳大寺左大臣
左兵衛督 大炊御門右大臣
詞一 千十 新
一 勅四 続五 才一 戈
一 幺二 新千二

（頭書）詞花右大臣誰人ニ実行歟太政大臣内大臣頼長歟

千ー

33 大炊御門左ーー 経宗
大納言経実ー
左大臣
千一 勅一

34 久我内大臣 雅通
中院〔右ワ〕左大臣ー
久我内大臣
千六 新一 遺一 玉
一 風一

35 妙音院太ーーー 師長
宇治左大臣ー
入道前太政ーー
千一

不審 内大臣 良通歟

36 後徳大寺左ーー 実定
大炊御門右大臣ー
右大臣
千十五 新十六 勅九 続
二 今四 遺四 才三 玉
九 戈四 幺一 風一 新
千四

37 三条左ーー 実房
三条内大臣ー
法名静空 正治百首
右近大将 大納言 入道左大臣
千六 新四
勅一 今一 遺二
三条入道左大臣
才二 玉六 戈一 幺一

38 六条太｜｜｜ 六条入道｜ 頼実　大炊御門左大臣｜　千四 右衛門督 新五 前太政大臣 勅四 続一 六条入道前太政大臣 今二 玉一 新千一

39 土御門内｜｜ 通親　久我内大臣｜　千六 権中納言 新六 土御門内大臣 勅五 今二 遺一 玉一 幺一 新千二」（14オ）

40 坊城内｜｜ 実宗　大納言公通｜　千一 権中納言 新一

41 九条内｜｜ 良通歟　後法性寺｜　千四

新古今 42 一条右｜｜ 左歟 恒佐　左大臣良世｜　新一 勅一

43 一条左｜｜ 雅信　敦実親王｜ 又号土御門歟　新一

（大臣15既出）44 小野宮右｜｜ 実資　清慎公｜　新一 勅一 今二 新千一

45 花山院右｜｜ 忠経　花山院左大臣｜　新三 右大将

46 野宮左｜｜ 公継　後徳大寺左大臣｜　新五 春宮権大夫 勅一 今一 遺二 才一 幺一 秋上 玉一 戈二 幺一 新千二

47 西園寺入道太｜｜｜ 公経　坊城内大臣｜　新十 権中納言 勅卅 入道前太政｜ 続十 西園寺太｜ 二 今九 遺八 才六 玉十 戈八 幺四 新千五」（14ウ）

48 醍醐入道太｜｜｜ 良平　後法性寺｜　新 勅一 前左大臣 続一 今二 遺二 才三 玉一 幺一 新千三

49 後久我太｜｜｜ 通光　土御門内大臣｜　新三 左衛門督 勅五 前内大臣 続四 今二 遺二 才四 玉一 戈一 幺一 風 後久我太政大臣

勅｜ 50 井手左｜｜ 橘諸兄　勅一 続一 戈一 幺一 新千一

不審 大宮左大臣 大宮入道内大臣 51 西三条右｜｜ 左イ 良相　閑院左大臣｜　勅一

52 九条太｜｜｜ 信長　勅一

53 鎌倉右｜｜ 実朝　右大将頼朝｜　勅十九 続十二 今七 遺五 戈三 風七 新千三

54 後土御門内｜｜ 定通　後久我太｜　勅一 大納言 続二 後土御門内大臣 遺一 今一

55 後九条内｜（基家）　後京極｜
勅九前内大臣　続八前内大臣基　今　廿　遺十八　才六　玉二　戈一　幺一　新千二」（15オ）

56 衣笠前内｜｜（家良）　前大納言忠良｜
勅八権大納言　続三前内大臣家　玉　今廿四　遺十七前内大臣　六　戈七　幺五　新千四

57 常磐井入道前太｜｜｜（実氏）　西園寺｜
勅十六内大臣　続卅一前太政大臣　今六十三入道前太｜　遺卅一　常盤井　才四十歟　玉卅　戈十三　幺十　風二　新千十

58 九条左大臣（道良）　普光園｜
勅一　遺一　玉一　戈　幺一

続｜
59 後花山院入道前右｜｜（定雅）　花山院左（ママ）大臣｜
続一左近大将　今一　遺二入道右大臣　才一　玉一

60 万里小路右｜｜（公基）　常盤井｜
続三権大納言　今六前右大臣公　遺三万里小路｜　才一　玉一

61 山階入道前左｜｜（実雄）　西園寺｜
続八権大納言　今十四前左大臣　遺十三山階入左｜　才七　玉五　戈五　幺三　風七　新千四

62 冷泉前太｜｜｜（公相）　常盤井｜
続六右近大将　今八前太政大臣　遺　六　戈二　風六　新千二

63 土御門入道内大臣（通成）　大納言通方｜
続一三中納言　今四大納言　遺六土御門内大臣　才三　玉一　戈一　幺一」（15ウ）

64 花山院前内｜｜（師継）　花山院左（ママ）｜｜
続二権中納言　今三皇后宮大夫　遺七前内大臣師　花山院前内大臣　才三　玉一　戈三　幺二　風三　新千二

今｜
65 大織冠
今一

66 佐保左大臣（不審　安麿）
今一

67 北郷贈太｜｜｜（房前）　淡海公｜
今一

68 中御門右｜｜（宗忠）　大納言宗俊｜
今一　遺

69 三条入道前内｜｜（公親）　三条前右大臣｜
今一前内大臣　遺四　才四　戈二　幺一　新千一　［三条入道内大臣］

70 大炊御門内大臣（冬忠）　嵯峨入［道(ナ)］内大臣｜
今二内大臣　遺一大炊御門内大臣冬　才一同

71 後花山院入道前太｜｜｜（通雅　後花山院入道右｜）
今二右大将　遺後花山院入道前太｜」（16オ）

72 贈太政大臣（経実）　京極関白｜
今一贈太政大臣

遺｜
73 徳大寺入道前太｜（実基）　野宮左大臣｜
遺一徳大寺入道前太｜　幺一

（頭書）内大臣家基／右大臣／左大臣

74 後久我前内丨 通基歟 太イ
左大将通忠丨
遺一 右大将　戈一 後久我丨

75 後西園寺入道前太丨 実宗 本ノマ、〔兼歟㋻〕
冷泉太政大臣丨
遺七 春宮大夫　才廿九 六イ 入道前太政大臣　玉六 同（ママ）　戈五十一 同　幺十三 後西園寺入丨　風十七　新千十二

76 山本入道前太丨丨丨 公守
山階左大臣丨
遺三 権中納言　才七 前太政丨　玉二 入道前太政丨丨　戈六 山本入道前太丨丨丨　幺一 同　風一　新千四

77 贈太政大臣 可尋 実季歟

78 一条前太丨丨丨 実家
嘉元三壬十二廿一任内大臣、徳治元十二廿六転太政丨丨
後一条関白丨
遺一 権大納言 不審　才四 同　玉三

79 前右大臣 公顕 今出河
才丨
後西園寺丨
才四 権大納言　玉五 六 前右大将　戈七 前右大臣　幺一　風二　新千二 今出河前右大臣」

(16ウ)

80 三条入道前太丨丨丨 実重
三条入道前内丨
才六 前内大臣実　玉六 前内大臣　戈十三 太政大臣　幺十 入道前太政丨　風二 同　新千十

81 一条内大臣 内実
棲心院内大臣 風雅
新後撰六 内大臣　玉三 同　続千三　幺一 内大臣　風一 棲心　新千二 一条

82 前左大臣 後山本 実泰
山本入道太政丨
才五 按察　玉十一 左近大将　戈十三 左大臣　幺五 前左大臣　風七 後山本前左大臣　新千十

83 入道前右大臣 金光院 家定
右大将家教丨
才三 権中納言　玉四 権大納言　戈二 右大臣　幺一 入道前右大臣　新千一 金光院入道前右大臣

84 六条内丨丨 有房
右近中将通有丨
才三 権中納言 七首歟　玉一 前大納言　戈 前大納言　幺二 六条 内大臣　新千五 故者 六条内大臣

85 後花山院内丨丨 師信
権中納言 別当丨
才三 権大納言　戈五 傅又内大臣歟両様入之　幺二 後花山院内大臣　風一　新千三 同

86 前右大臣 今出川入道 兼季
後西園寺丨
才二 春宮権大夫　玉五 権中納言　戈六 大納言　幺一 前右大臣兼入道前右大臣　風三 今出川

87 前内大臣 吉田 定房
大納言経長丨
才一 左兵衛督　戈五 前大納言　幺二 前大納言」

(17オ)

88* 中院入道前内大臣 通重
従一位権大納言通頼丨
才一 春宮大夫　玉一 権大納言又前内大臣重　秋下追加　戈三 権大納言又内大臣　新千二

89 後徳大寺前太政大臣 公孝
徳大寺丨丨子 実基
新後 太政大臣　玉一 後徳大寺前太政大臣　続千 同　続後一 同

（大臣40既出）

玉―　90　大宮入道内大臣　　玉一

（頭書）左大臣家平／右大臣道平／内大臣経平

91　浄妙寺左大臣経平　　玉三内大臣　風一浄妙寺左大臣
新千一同

92　西園寺内大臣実衡　竹林院左大臣―　玉権中納言　戈三権大納言
新千二西園寺内大臣

93　中院前太政大臣通雄　後久我前内大臣―　玉一前内大臣通　戈四前内大臣
通　幺二前太政大臣　風一中院
前太政大臣

戈―　94　押小路前内大臣公茂　三条入道前太政大臣―実重子　戈三前内大臣　新千一押小路前
内大臣

95　入道前太政大臣公賢　後山本左大臣―　戈三春宮大夫　幺一同　風十
前左大臣　新千十五入道前太政
大臣」
（17ウ）

96　如法三宝院入道前内大臣通顕　中院入道前内大臣―　戈二前大納言　幺一同
風一如法三―　新千四

幺　97　後三条前内大臣実忠　内大臣公茂公子　幺一権中納言　風一前内大臣
新千三

98　等持院贈左大臣尊氏　贈従三位貞氏―　幺一五位　風十六前大納言
新千廿一等持院贈左大臣

風―　99　竹林院入道前左大臣公衡　後西園寺―　風一竹林―

（頭書）左大臣嗣／右大臣良基／内大臣公清

100　大炊御門前内大臣冬信　内大臣冬氏―　風一前内大臣冬

101　前内大臣公清　権中納言実孝―　風二内大臣　新千四前内
大臣

102　後中院前太政大臣長通　太政大臣通雄公子　風一前太政大臣
後中院前太政大臣
新千三

新千　103　内大臣通相　後中院前太政大臣―　風一権中納言　新千三内大臣」
（18オ）

（頭書）左大臣経教／右大臣道嗣／内大臣通相

104　入道内大臣公秀　前大納言実躬―　新千二

105　前内大臣公重　西園寺内大臣―　竹林院左大臣―　風七大納言」
（18ウ）

大納言

古｜ 1 大 按察 藤国経　　古一　今

巽｜ 2 大 民部卿 源昇　　河原左大臣融公男　延木十八年薨　　巽一　勅一

3 大 按察 藤扶幹　　天慶元年七月薨七十五　駿河守村棺｜　　巽一 藤原扶幹朝臣、大納言以下公卿皆不書官位等、名戸許書之、此集拾遺如此、

4 大 按察 藤師氏　　天慶七参木　天徳四中納言　貞信公｜　安和二大納言　天禄元薨　　巽一　新一　勅三　今一　戈一　幺二

5 大 正三 源清蔭　　陽成院｜　天慶四年薨　　巽四　拾一　新一　勅一

6 代明親王一男 源重光　　本ノマヽ 後大助了　康保元参キ左中将　長徳四年薨　　拾二 巽二入

拾｜ 7 大 春宮大夫 源延光　　中務卿代明親王｜　　拾二 秋 源延光朝臣 哀 大納言　新千一」（19オ）

8 前 按察 藤公任　　廉義公｜　　拾十三　後十九　詞四　千十一　新四　勅一　続三　今四　遺二　玉九　戈三　幺二　風三　新千三

9 左大将 藤朝光　　忠義公｜　長徳元三　卒 故也　　拾四 大納言　後二 左大将　新三 同　勅一 按察　続五 左大将　今一 同　遺一 同　玉　四　幺一　風一　新千二 大納言

10 右大将 藤済時　　小一条左大臣｜　　拾二　新一　勅一 左大将　続一　新千一 左近大将

後｜ 11 太皇太 大夫 源隆国　　民部卿俊賢｜　　後一　千一　新一　今一 太 皇太后宮大夫　玉一

12 藤経輔　　帥隆家卿｜　　後一　千一　勅一

13 大 藤忠家　　大納言長家｜　　後一　千一　新一　勅一

14 大 藤実季　　中納言公成｜　　後一

15 藤斉信　　恒徳公｜　　後一　千[二]　新二」（19ウ）

16 大 大宰帥 源経信　　中納言道方｜　　後六　金廿六　詞一　千一　新十六　今五　遺一　玉三　戈三　幺二　風二　新千二

17 権 春 大夫 藤公実　　大納言実季｜　　後二 春宮大夫　金廿三　詞三　新一　勅二 権大納言　続三　今四 権大　遺二　ｵ二　幺二　新千一

18 権 侍従 藤行成　　少将義孝｜　　後一　勅一　今二　玉二　風一　新千一

19 冷泉流 藤長家　法成寺―　後四　千三　新三　勅四　続五　今一　遺五権大納言　戈一　風二　新千三

20 藤通房 右大将　宇治入、関白―　後一　勅一

21 金― 源経長 前　中納言通方―　金一

22 源俊実　中納言師俊―　金一　千一　勅一

23 飛鳥井流 藤忠教　京極関白―　金三　千一　新一　勅二」(20オ)

24 藤宗通　大宮右大臣―　金一　勅一権中納言

25 源師頼　堀川左大臣―　金三　詞三　千四　新二　勅二　続二　今一　才一　戈一　幺一　新千一

26 藤成通 前侍従　大納言宗通―　金五　詞二　千四　新一　今一　幺一　風一　新千一

27 詞― 藤道綱 左大将　法興院―　詞一　勅一右大将

28 藤隆季 権前　中納言家成―　詞一　千四　新一　勅一　続一　遺一

29 千― 藤公通 前按察　左衛門督通季―　千一　新三　勅二按察　続一　玉二

30 藤実長 前　参キ公行―　千一

31 源定房 大　〔右〕左大臣雅定―　千二」(20ウ)

32 藤実国 権　三条内大臣―　千六　勅一　続一　遺一　才三　戈一　風一

33 藤宗家 権　内大臣宗能―　千三　続一　玉一　勅一

34 源資賢 前按察　宮内卿有賢―　千二　勅二　続一

35 平時忠 前　贈左大臣時信―　千一

36 藤実家 大　大炊御門右大臣公能―　千八　新三　勅三　続一　玉四不審　風二

37 藤忠良 権　六条摂政―　千五　新五　勅六　続五　今十一　遺三　才四　玉十　戈一　幺二　風五前大納言　新千二大

38 藤経房 前民部卿　権左中弁光房―　千一　続一　遺一前大納言　才一　玉一　戈一　幺一　風二

39 藤隆房 前　大納言隆季―　千五　新五　勅五　続三　今三　遺三　才二　玉四　戈一　幺一　新千一」(21オ)

40 藤兼宗（前 按察） 中山内大臣忠親ー 千一 新二 勅四 続一 今二 才一 玉一 戈一 幺一 新千一

41 （新ー）大伴旅人 大納言安麿ー 新一 勅二 続一 今二 玉一 戈一 新千一 幺一

42 源師忠（大 中宮大夫） 土御門左大臣ー（右歟） 新一 勅一 玉一

43 源頼朝（前 右大将） 左馬頭義朝ー 新二 続一 遺一 今一 戈一 幺一 新千一前右大将

44 源通具（大） 土御門内大臣ー 新十七 勅三 続一 今四 遺一 才一 玉一 幺一 新千一

45 藤経通 大納言泰通ー 新六

46 （勅ー）藤信家 勅一 遺一

47 藤光頼（前） 勅二 今一 遺一 才一 玉一 新千一」（21ウ）

48 藤隆衡（按察） 大納言隆房ー 勅三按察 続一 今二 遺一 才一

49 藤忠信 坊門内大臣ー 信覚 宝治百首 勅七五イ 続二 今二 遺一権大納言

50 源通方（大 中宮大夫） 土御門内大臣ー 勅一中宮大夫 続三 今三 遺一 才一 風一大納言

51 藤隆親（兵部卿） 按察使隆衡ー 勅二 続三 今五 遺七 才三 玉一 戈一 風一兵部卿

52 藤伊平 中納言頼平ー（大歟） 勅一左中将 続二 遺一 玉一 今五

53 藤基良（前） 前大納言忠良ー 勅一左中将（三イ） 続四 今六 遺三前大納言 才二 戈四 幺一 新千一

54 藤実有（前左大将） 西園寺ー 勅一権中納言 続一

55 藤為家（前） 中納言定家ー 法名融覚 勅六右衛門督 今四十二 続十一 遺四十三 才廿九 玉五十一 戈廿八 幺廿二 已上前大納言 風廿六 新千廿一」（22オ）

56 藤資季（前） 従二位資家ー 勅四四位 続五中納言 今五 遺五 才五 玉一 戈二 幺二 風一 新千一

57 （続ー）源雅忠（大 中大夫） 後久我太ー 続一右中将 今三中宮大夫 遺一権大納言

58 源重光（大納言6既出） 続一

59 藤顕朝（権） 前参議定房ー〔宗〕 続一 今七権大納言 才一 遺二

60 藤為氏（前） 前大納言為家ー 法名覚阿 続六 今十七中納言 遺十九前大納言 才廿六 玉十六 戈四十一 幺廿二 風八 新千廿五

61 源俊明　続一　今一　遺一

62 源通忠　後久我太｜　続一右近大将　今二右大将　遺二　才二　戈二　風一

63 藤忠教（大納言23既出）　続二」（22ウ）

64 前藤良教　前大納言基良｜　続一　今四　遺八　才六　玉一　戈三　幺一　新千一

65 今｜　式部卿藤真楯　参キ房前｜　万葉八車〔東〕云々　今一

66 源雅言　前中納言雅具｜　今二四位　遺三前中納言　才　二　玉二

67 藤教家　後京極摂政｜　今四

68 前藤長雅　後花山院入道右大臣｜　今四権中納言　遺五権大納言　才三　玉三　戈一　風二

69 源具房　左大将通忠｜　今一四位　遺三権中納言　才　一

70 藤教良　普光園｜　今一左中将　遺二中納言　才　四　玉三従一位

71 遺｜　左大将藤家教　後花山院太政｜　遺一左中将　才一　玉五　左大将（ママ）　新千一前右近大将」（23オ）

72 前藤為世　前大納言為氏｜　法名明釈　遺六四位　才廿　玉十一　戈卅四　幺卅　風七　新千四十一

73 藤実冬　前中納言公光｜　遺一右衛門督参キ　才三　戈一

74 藤為兼　前右兵衛督為教｜　遺二四位　才九前中納言　玉卅三権大納言　風五十二　新千十六

75 才｜　前藤実教　権中納言公雄｜　才五ミィ　玉一　戈十一　幺八　風四　新千十四

76 前藤俊光　中納言資宣｜　才三権中納言　玉五前中納言　戈七前大納言　幺四　風一　新千五

77 源師重　大納言師親｜　才二　玉一　戈四

78 前藤家雅　大納言長雅｜　才一　玉二　戈一前大納言　風四

79 前藤俊定　帥経俊｜　才二前中納言　玉一大納言　戈三　幺一　風二　新千二」（23ウ）

80 藤冬基　円光院｜　才三左中将　玉権大納言　戈一

81 藤経継　帥経俊｜　才二左大弁　玉一　戈九権大納言　幺五前大納言　風一　新千五

82 玉｜　藤兼教　近衛関白左大臣｜　玉二従一位

83 平経親　大納言時継ー　玉二　風一

戈ー 84 源親房　大納言師重ー　戈三（一ィ）　幺二

（大臣96既出） 85 内大臣 源通顕　戈二前大納言　幺一前大納言

86 中宮大夫 藤師賢　後花山院内大臣ー　戈一権中納言　幺三同　新千五大

87 按察 中宮大夫 藤公敏　左大臣実泰ー　戈一右衛門督　新千三按察使」（24オ）

88 源光忠　六条内大臣ー　戈一四位　新千一弾正尹

幺ー 89 藤公宗　［内］右大臣実衡公ー　幺一権中納言　風八権大納言　新千五中宮大夫

90 前 藤公泰　左大臣実泰公ー　幺一左中将　風四前大納言

（大臣97既出） 91 藤実忠　内大臣公茂公ー　幺一

（大臣98既出） 92 大臣 源尊氏　三河守義氏ー　建武三十二月任、未拝賀、定可被止任日歟、　幺一五位

93 前 藤為定　前大納言為世ー　実為道朝臣ー　玉一四品　衛督　撰者　戈六同　幺七右兵　風十四民部卿　新千卅六前大納言　撰者

94 前 藤公蔭　前大納言実明ー　玉一忠兼朝臣　為兼卿猶子　風廿四権大納言　新千八前

95 前 一品 藤経顕　前中納言定資ー　風五前大納言　新千四」（24ウ）

96 藤資明　前大納言俊光ー　戈一五位　風四権大納言　新千四按察使

97 藤資名　前大納言俊光ー　戈一前中納言　風一権大納言　新千二前

98 藤実尹　前右大臣兼季ー　風一権大納言

99 藤実夏　入道前太政大臣ー　風一春宮大夫　新千四権大納言

100 大臣 藤冬通　照光院関白ー　風一春宮権大夫　新千三左近大将

101 前 藤実躬　公貫ー　新千一

102 藤公明　民部卿実仲ー　戈一参議　幺二権中納言　新千五権大納言

103 藤忠季　前大納言公蔭ー　風九左近中将　新千五権大納言」（25オ）

104 大臣 藤公忠　三条内大臣実忠ー　新千四権大納言

105 藤実俊　西園寺大納言公宗ー　新千四権大納言

106 藤実継　入道内大臣公秀ｌ　新千四按察使

107 藤良冬　光明照院関白ｌ　新千二前大納言

108 源宗明　久良親王ｌ　新千一前大納言

109 藤家信　内大臣冬氏ｌ　新千一権大納言

110 藤忠嗣　風一従三」（25ウ）

中納言

古ｌ
1 中 在原行平　仁和二十二四行幸　五年四十三致仕　寛平五、薨七十七
阿保親王ｌ　古四　巽四　新一　玉一

2 中 藤兼輔　中 左衛門督　承平三年薨　延長五年
中納言　八年兼右衛門督
古四 一ィ　巽廿朝臣　新七　勅二
続四　玉三　戈一　幺一
風一　新千二

巽ｌ
3 中 紀長谷雄　延長三年参議
弾正忠扶範ｌ
国守孫
延喜十二年二月十日薨
巽四長谷雄朝臣

4 中 平時望　承平七任
中納言雅範ｌ
天慶元年薨
巽一

5 大宰帥 橘公頼
贈中納言広相ｌ
延喜廿一中将　延長二参木　承平十一帥　天慶二中納言
二年薨六十五
巽一　勅一

6 民部卿 源是茂
光孝ｌ
天慶四年薨五十七
巽一

7 権 藤敦忠
本院左大臣ｌ
天慶二参木左中将　五年権中納言　六年薨卅八
巽十一　拾六　新二　勅二
続一　今一　玉一　戈二
幺一　風一　新千二」（26オ）

8 権 源庶明（モロ）
天暦五正中納言従三位
三品斉世親王ｌ
勅叙三位之時着大臣袍是流例也
巽三　拾一

9 権 藤朝忠　天暦六年参木　康保三中納言　三条右大臣ー　康保三年薨五十七　巽四　拾三　新一　勅三　今一　玉一　戈三　幺一　新千二

10 拾ー 中 安倍広庭　左大臣御主人ー　養老比人也　拾一

11 石上乙麿　左大臣麿ー　拾一

12 大伴家持　大納言旅人ー　拾三　新十一　勅六　続三　今八　玉六　戈三　幺四　風五　新千二

13 後ー 藤義懐　謙徳公ー　後一　今一

14 藤隆家　中関白ー　後二　新一

15 藤公信　恒徳公ー　後一　勅三」（26ウ）

16 権 藤定頼　大納言公任ー　後十四　千三　新四　勅二　続五　今一　遺一　才六　戈一　幺一　風四　新千一

17 権 源顕基　大納言俊賢ー　後二　勅一　遺一

18 藤公成　中納言実成ー　後一

19 源資綱　中納言顕基ー　後二　勅一

20 前弾正尹 藤基長　内大臣能長ー　後一　金二　千一　勅一　戈一

21 前 藤資仲　大納言資平ー　後一　金二　新一

22 前権帥 藤伊房　参議行経ー　後一　金二　千一　勅一　続一

23 藤通俊　大貳経平　後五　金三　詞三　千二　新二　勅一　今一　遺一　戈二　幺二　新千一」（27オ）

24 前 大江匡房　従四位下成衡ー　後二　金八　詞九　千十七　新十四　勅六　続九　今七　遺三　才二　玉九　戈二　幺四　風七

25 金ー 権 藤俊忠　人納言忠家ー　金三　詞一　千十七　新三　勅四　続一　遺三　才一　玉一　戈一　幺一　新千一

26 藤顕隆　参議為房ー　金三

27 権 源師時　左大臣俊房ー　金四　千三　新四　勅四　今一　遺二　才一　幺一

28 源雅兼　六条右大臣ー　金五　千三

29 権 源師俊　堀川〔左〕右大臣ー　金六　千一　勅一

30 権 源国信（サネ）　六条右大臣ー　金四　詞一　千五　新五　勅五　続三　今一　遺一　扌二　厶二　風一中　新千　二権

31 前 藤実光　右中弁有信ー　金二」（27ウ）

32 藤資信　参議顕実ー　金一

33 権 藤家成　三位家保ー　詞二　遺一中納言　（詞ー）

34 権 藤祐家　大納言長家ー　千一　新千一　（千ー）

35 左衛門督 藤基忠　大納言忠家ー　千一　勅一左衛門督

36 源師仲　中納言師時ー　千二

37 前 右衛門督 藤公光　大納言季成ー　千六　今一　玉一

38 民部卿 藤成範　少納言通憲ー　千三　新一　勅一　今一民部卿　遺一　扌一　玉一　厶一

39 前 藤実綱　内大臣公教ー　千一」（28オ）

40 権 源雅頼　中納言雅兼ー　千五　扌一　厶一

41 藤実守　〔右〕左大臣公能ー　千二　勅一

42 左衛門督 藤家通　大納言実〔重カ〕通ー　千二　新二

43 権 藤長方　中納言顕長〔ー㋻〕　千四　新四　勅九　今四　遺二　扌二　玉七　厶一　風一

44 権 平親宗　贈左大臣時信　千三　新一　勅一　玉三

45 藤兼光　中納言資長　千一　新一　勅一

46 藤宗隆　中納言長方〔ー㋻〕　千一

47 藤資実　中納言兼光〔ー㋻〕　千一　新二　続一　今二　遺二　扌一　厶二」（28ウ）

48 藤定家　皇太后宮大夫俊成ー　法名明静　千八　新卅六　勅十五権中納言　続四十　今五十五　遺廿八前中納言　扌卅二　玉六十四　戈廿九　厶廿　風卌六　新千廿一

49 藤顕長　中納言顕隆ー　新一　（新ー）

50 中宮大夫 藤家房　松殿入道ー　新一

51 前 藤範光　刑部卿範兼ー　新六　遺一

52 勅｜ 中 源当時　〔右〕左大臣能有｜　新一

53 大江維時　伊与守千古｜　勅一

54 中 藤実隆　春宮大夫公実｜　勅一

55 藤伊実　大宮太政大臣｜　勅一」（29オ）

56 前中 藤国通　大納言泰通｜　勅一

57 藤頼資　中納言兼光｜　勅三

58 藤頼方　勅二

59 続｜ 大宰権帥 藤為経　参議資経｜　続五　今四権帥　ﾁ四　玉一　戈四大権帥　新千二

60 藤長房〔方カ〕　続四

61 民部卿 藤経光　権中納言頼資｜　続一　遺一民部卿　ﾁ一　玉一

62 源雅具　前中納言兼忠｜　続一　今一　玉一

63 藤経平　衣笠内大臣｜　続一　今七左中将　遺六権中納言　ﾁ二　玉二」（29ウ）

64 按察 源資平　前参キ顕平｜　続一　今三参木　遺六前中納言　玉二　戈一

65 今｜ 民部卿 藤顕頼　中納言顕隆｜　今一　玉一

66 太皇太后宮大夫 藤隆俊　今一

67 藤資長　今一

68 藤公宗　山階入道左｜｜　今一　玉一

69 藤公雄　山階入道｜｜｜ 法名頓覚　今二左中将　遺五権中納言　ﾁ十三　玉九　戈廿二　ﾑ十五　風八　新千十三

70 按察 藤高定　右大弁光俊｜　今二右兵衛督　遺五按察　ﾁ一　玉一

71 遺｜ 藤家光　中納言資実｜　遺一権中納言　ﾁ一」（30オ）

72 藤資宣　前中納言家光｜　遺四　ﾁ四民部卿　玉一　戈一　ﾑ一　新千一

73 ﾁ｜ 藤為方　大納言経任｜　ﾁ三　玉一　戈二　ﾑ一　新千一

74 藤兼仲　中納言経光｜　ﾁ一二歟

75 前 藤定資　大納言俊定一　扌一　玉一　戈三　幺一　風二　新千三

76 藤為藤　大納言為世一　扌六四位　玉五左中将　戈十　七権中納言　幺十三民部卿　風四　新千廿一

77 藤資高　扌一参木　玉一中納言

78 藤為相　大納言為家一　扌四（三）四位　玉十三参木　戈三　幺一前中　風十八

79 玉一 源有忠　内大臣有房公一　玉一従三位　幺一　戈三　風一前中納言　新千四」

（30ウ）

80 藤実香　玉一　戈二権帥

81 藤隆良　玉一

82 権大納言 藤為定　春宮権亮為道朝臣一　玉一四位　戈六　幺七撰者

83 平惟継　従三位高兼一　玉四位　戈一正三位　幺一　新千三

84 戈一 藤兼信　内大臣師信公一　戈二権中納言

85 藤実前　中納言（ママ）　戈二　新千一

86 前 藤季雄　大納言実教一　前　戈一　幺一　風一　新千三

87 前中納言 藤実任　左京大夫　戈二左京大夫権中納言　幺一　新千三　前」

（31オ）

88 権大納言 藤公明（大納言102既出）　戈二（一イ）参木　幺二

89 藤公脩　大納言実教一　戈一　幺一　新千三前

90 源具行　三位師行一　戈一四位　幺一　新千四権

91 藤隆長　大納言経長一　戈一右大弁三位　新千三前

92 藤基顕　戈一右衛門督

93 前中 源資雄　戈一前中納言

94 藤清忠　戈一四位

95 権大納言 藤資明（大納言96既出）　大納言俊光一　戈一」

（31ウ）

96 藤雅孝　参議雅有一　扌一四位　玉五左兵衛督　戈七前参木　幺三同　風四前中納言　新千八

97 藤清雅　大納言長雅一　玉二参木　風二前中納言

98 藤資名（大納言97既出）　大納言俊光ー　戈二前中　幺一

99 藤為明　民部卿為藤ー　戈一四位　幺二同　風三同　新千十五春参木夏権中

風ー

100 権藤俊実　前中納言定資ー　風三

101 前藤重資〔源〕　風六

102 権師時（中納言27既出）　風一

103 権平宗経　前大納言経親ー　風二　新千一」

（32オ）

104 前源有光　前中納言有忠ー　風一　新千三

105 前藤基成　中納言基藤ー　風一　新千一

106 藤俊冬　中納言俊実ー　風一五位

新千ー

107 権藤実孝　後徳大寺前太政大臣ー　新千一

108 前藤公有　正二位実連ー　新千一

109 前藤冬定　中納言宗冬ー　新千一

110 前藤宣明　参議経宣ー　新千一

111 前藤兼綱　中納言光業ー　新千一」

（32ウ）

112 権藤基隆　中納言基成ー　新千一

113 藤経方　従一位経顕ー　新千一」

（33オ）

参議

古ㅣ
1 **小野篁**　参議峯守ㅣ　古六　新二　今一　玉二　新千一

2 **藤菅根**　左兵衛督良高ㅣ　于時蔵人頭従四下　古一

3 参木右兵衛督 **藤兼茂**　左大将利基ㅣ　延長元年薨　古二（一ィ）　巽二

巽ㅣ
4 **藤伊衡**　延喜六年右少将　七年蔵人頭　延長八年正四下兼内蔵頭　左中将敏行ㅣ　承平四年参木　七年右兵衛督　天慶九十二十七卒　巽

5 右大弁 **紀淑光** 従三　中納言長谷雄ㅣ　天慶五年三九卒　巽一

6 参木中納言 **源等**（ヒトシ）　中納言希ㅣ　天暦五年三月十日薨七十二　巽三

7 **藤玄上**（ハルカミ）　左大臣三守曾孫　中納言諸葛男　巽三　拾三　続一」

（33ウ）

8 **小野好古**　天慶元正右少将　二年正五下　四年五二従四位下　天暦元参木　六十大貳如元　四年止大貳　大貳葛経ㅣ　天徳三左大弁　四年又大貳　康保四年致仕八十四　同七七卒　現　巽三　拾二

9 参議 **大江朝綱**　従四位下玉渕ㅣ　天徳元薨七十二　現　巽一

10 **藤元輔**　天暦五蔵人少将　天徳三中将　左大弁顕忠公〔臣〕ㅣ　天禄三参木治部卿　天延元卒　現　巽一

後ㅣ
11 **源朝任**　大納言時中ㅣ　後一

12 **源資通**　従三位済政ㅣ　後二　詞一　千一　勅一

13 **源隆綱**　大納言隆国ㅣ　後一　新一

14 大貳 **藤良基**　中納言良頼ㅣ　後一

15 **藤長房**　大納言経輔ㅣ　後二　金三　詞一」

（34オ）

16 大貳 **藤実政**　従三位資業ㅣ　寛治三年於配所出家　後二　続一

17 贈参木 **藤義忠**　勘解由次官為〔文〕父ㅣ　参キ　後一　詞一　千一　今一贈

詞ㅣ
18 右兵衛督 **藤公行**　太政大臣実行ㅣ　詞一　千二　勅一

19 **藤教長**　大納言忠教ㅣ　詞二　千十　新一　勅一　続二　今三　遺一前参木　ㅕ二一　玉三　ム一　風五前　新千一

20 前 藤親隆　大蔵卿為房｜　詞一　千九　新一　勅一　玉一

千｜
21 藤為通　太政大臣伊通｜　千一

22 前左兵衛督 藤惟方　中納言顕頼｜　千一　新一　今一　玉六　戈一　幺一　風八

23 前 藤俊憲　少納言通憲｜　千二　勅一前参議」（34ウ）

24 平親範　従三位範家｜　千一

25 藤脩ナカ範　少納言通憲｜　千三　今一

26 藤公時　大納言実国｜　千二

27 左大弁 藤定長　権左中弁光房｜　千二四位

28 藤定経　大納言経房｜　千一　続一　遺一　戈一

新｜
29 藤宇合　淡海公｜　新一　今一

30 藤正光　忠義公｜　新一

31 藤雅経　刑部卿頼経｜　新廿二五位　勅廿　続九　今十四　遺十二　才七　玉五　戈六　幺五　風一　新千五　新拾五参議　新後拾三」（35オ）

32 前 藤忠定　大納言兼宗｜　新一　続三　今三前参議　遺二　才一　玉二　戈一　幺一　風一　新千一

勅｜
33 藤成頼　中納言顕頼｜　勅一

34 平経盛　刑部卿忠盛｜　勅一　続一　玉六　風三前

35 平経成盛歟可尋　勅一

36 左中将 源雅清　大納言通資｜　勅一

37 源伊光　可尋　勅一

38 藤兼高　権中納言長方　勅一

39 菅原為長　人学頭長守朝臣｜　続一　今一大蔵卿　遺一前参　木　新千一」（35ウ）

40 藤信成　中納言親兼｜　続二　風一前

41 藤基氏　中納言基家｜　続三　遺五右兵衛督　才一　玉二　戈一　幺一　風一　新千一

42 藤忠基　前大納言高実ー　続一　遺二右衛門督

43 藤清河　参議房前ー　今一

44 大伴駿河麿　高市大卿孫ー　今一

45 左中将 源具氏　従三位通氏ー　今五　遺二右中将　才四　幺一　新千一

46 藤能清　従三〔二〕位頼氏ー　今三四位　遺六侍従　才九　玉十六　戈三　幺五　新千二

47 藤雅有　前左兵衛督教定ー　今一四位　遺七侍従　才十　玉十二　戈八十敷　幺五　風二　前　新千六」
（36オ）

遺ー 48 藤隆康　大納言隆行ー　遺一修理大夫　玉一　戈一　幺一　風一

才ー 49 藤実時　才一　玉二

50 前右衛門督 藤基顕（中納言92既出）　左兵衛督基氏ー　才二　玉四　戈一　風一　新千一

51 前 藤実俊　冷泉太政大臣ー　才二　玉四　戈三出家

52 藤雅孝（中納言96既出）　参木雅有ー　号二条宰相又明日井　才一四位　玉五左兵衛督　戈七前参議　幺三同

53 藤為実　大納言為氏ー　才二四位　玉六従三位　戈八　幺三参木　風二　新千四

54 左兵衛督 藤信家　才一

55 源顕資　中納言次〔資ワ〕平ー　才一正三位　玉一前参木」
（36ウ）

56 中納言 藤清雅（中納言97既出）　大納言長雅ー　玉二

57 藤家親　号堀川宰相　玉八一参キ　戈一出家　風五前

58 藤俊言　左馬頭為言ー　大納言為兼卿為子　玉四　風三前

59 従二 右衛門督 藤教定　山階　戈一　新千一前右衛門督

60 藤経宣　大納言経継ー　戈一四位　新千一前

61 藤為嗣　参議為実ー　戈一四位　幺一　風一　新千四前参木

62 藤経季　大納言経継ー　新千一

63 源義詮　等持院贈左大臣ー　風二四位　新千十左近中将」
（37オ）

64 〔源〕資栄　新千一前

65 源彦良 弾正尹忠房親王ㅣ 新千一 前

66 源敦有 参木有時ㅣ 新千一

67 藤時光 大納言資名ㅣ 新千一

68 藤定宗 風三

69 藤実名 中納言公脩ㅣ 風二」（37ウ）

散二三位

拾ㅣ 1 菅原文時 式部大輔 従三位 天元四年九八日卒 右大弁高視ㅣ 拾四

2 藤国章 童名宮大夫 参議元名ㅣ 拾四

3 藤高遠 三位 ニィ 従二位斉敏ㅣ 拾一 後八 詞三 勅二 今四 玉二 戈一 幺一

4 大中臣輔親 三位 神大副 能宣朝臣ㅣ 拾二 後十四 勅一 祭主 今一 玉三 戈一 幺一 風二 新千一

5 藤道雅 三位 左京大夫 内大臣伊周ㅣ 後五 詞一

後ㅣ 6 藤資業 三位 式部大輔 参議有国ㅣ 永承六年六月六日出家 後四 詞一 勅一 玉一

7 藤師経 大蔵卿 右少弁登明ㅣ 後二」（38オ）

8 高階成章 大弐 三位 春宮亮業遠ㅣ 後一

9 藤顕季 三位 修理大夫 正四位下隆経ㅣ 後一 金廿 詞四 千六 新一 続二 今一 遺一 ｷ一 戈二 幺二 風五 新千二

金｜
10 三位 源顕仲　右大臣顕房｜
金八　詞八　千一　新二　勅一　続一　玉一　戈一　新千二

11 三位 左京大夫 藤経忠　権大納言経輔孫　播磨守師信朝臣子
金一

12 三位 大中臣公長　散位公定｜
金五

13 三位 左京大夫 藤顕輔　正三位顕季｜
金十四　詞六　千十四　新六　勅五　続三　今五　遺二　扌四　玉六　戈四　幺三　風五　新千二

14 大蔵卿 源行宗　参議基平｜
金五　詞一　千二　新三　勅一　続二　遺一　扌二　玉二　風二　新千一

詞｜
15 三位 皇太后宮大夫 藤俊成　中納言俊忠｜
詞一　千卅六　新七十二　勅卅五（一イ）　続廿九　今卅　遺廿二　扌十八　玉五十七　戈廿　幺十四　風廿八」（38ウ）

16 源頼政　兵庫頭仲正｜
詞一　千十四　新三　勅三　続二　今四　遺一　扌二　玉五　戈二　幺二　風十一　新千一

千｜
17 従二 藤季行　刑部卿敦兼｜
千一

18 三位 刑部卿 藤範兼　式部少輔能兼｜
千五　新六　勅一刑部卿　続一　扌一　幺一　新千一

19 三位 藤永範　文章博士永実｜
千五　新一　勅一宮内卿　今一　風一

20 三位 大弐 藤重家　左京大夫顕輔｜
千三　新四　勅一大弐　続一　今一　玉二　戈二　幺二　風七　新千一

21 従二 藤家隆　前中納言光隆｜
千四　新従四上　勅四十三　続十八　今四十八　遺十六　扌十七　玉十五　戈十　幺十二　風十五　新千八

22 正位（ママ） 藤光範　宮内卿永範｜
千一　新一

23 三位 刑部卿 藤頼輔　大納言忠教｜
千五　新三　今四　遺一刑部卿　扌一　玉五　戈二　風二」（39オ）

24 藤季能　太皇太后宮大夫俊成男　季行歟　不審
千四　新三

25 三位 藤季経　左京大夫顕輔｜
千五四品　新一　続一　今一　玉五　幺一　風三

26 正三 藤経家　大弐重家｜
千一　新三　勅一　続一　風二

27 三位 左中将 藤公衡　左大臣公能公｜
千三　新四　勅八　続二　遺三左中将　今三

28 藤顕家　大貳重家ー　千三　勅正三位　今二　遺一

29 兵部卿 藤成家　皇太后宮大夫俊成ー　千二　新千一

30 大蔵卿 藤有家　大貳重家ー　千一　新十九正四下　勅四　続三　今八大蔵卿　遺四　扌五　玉七　戈一　幺三　風二　新千一

新ー
31 三位 藤忠隆　従三位修理大夫基隆ー　新六」（39ウ）

32 従三位 藤保季　大貳重家ー　母同有家　新三四位　玉一

33 従三位 藤基輔　左京大夫顕輔ー　新一　扌一　玉一　風二

34 従三 源泰光　左京大夫師光ー　新五位　勅一四位　続二　今一従三位　玉一

35 三位 藤家衡　正三位経家ー　新二四位　勅二　続一　今一　扌一

36 従三 藤行能　三位伊経ー　法名寂能宝治御百首　新五位　勅八　続六　今六従三位　遺五　扌二　玉四　戈一　幺一　風二　新千一

勅ー
37 三位 侍従 源具定　大納言通具ー　勅二　続一　今一

38 藤範宗　兵部少輔基明ー　勅六　続一　扌一　玉一　戈一　幺一

39 三位 前左中将 平資盛　内大臣重盛公ー　勅一　風一」（40オ）

40 従二 兵部卿 藤成実　大貳親言〔実〕ー　勅四兵部卿　続六　今五従二位　遺二　玉二　戈一　幺一　風二　新千一

41 従二 大蔵卿 兵部卿 源有教　従三位有通ー　勅一　続一　遺一大蔵卿　扌一　玉一兵部卿

42 従二 前左兵 藤頼氏　参議右兵衛督高能ー　勅四四位　続一　遺二従二位

43 正三位 藤知家　三位顕家ー　大蔵卿有家為子　蓮性宝治御百首　新一五位　勅十一正三位　続十九　今廿九　遺十八　扌四　玉一　戈四　幺二　風四　新千三

44 従三 藤顕兼〔源〕　従三位宗雅ー　勅一

続ー
45 二位 藤経家　前内大臣基ー　続　今左中将　遺三同

46 従二 藤顕氏　正三位顕家ー　続二　今二　遺従二　扌二　風一　新千一

47 従二 侍従 藤行家　正三位知家ー　続二　今十六　遺十四従二　扌七　玉四　戈六　幺三　風四　新千五」（40ウ）

48 二位 前右兵衛督 藤為教　前大納言為家ー　続二　今四　遺七前右兵衛督　扌四　玉十一　戈四　幺二　新千三

49 三位 藤教定 前左兵衛　参議雅経ー　続四 今四 遺七前左兵衛 才三 玉二 幺二 新千二

50 従三 藤為継　信実朝臣ー　続一 今二従二位 遺三 才三 戈二 風一 新千二

51 正三 藤基雅　前参議忠定ー　続一 今一正二位

52 三位 源通氏　大納言通方ー　続一 今三

53 三位 藤伊成 侍従　左近中将成忠ー 成定云々　続一

54 三位 藤光成　前大貳光俊ー　続一 遺五従三位 才二 戈一

55 正三 藤経朝　従三位行能ー　続一 今一 遺二正三位 才一 玉一 戈一 風一」(41オ)

今ー
56 従三 藤忠兼　従二位忠行ー　今二従三位 遺五同 才二 玉二

57 従三 藤重氏　従二位顕氏ー　今一 遺一 才一 玉一 幺一

58 従三 賀茂氏久　神主能久ー　今一五位歟 遺四 才一 戈八 幺二 風一 新千六

59 従二 藤隆博 大蔵卿　従二位行家ー　今一五位 遺六四イ 才十 玉 九 戈九 幺五 風七 新 千五

遺ー（参議54既出）
60 三位 藤信家 右兵　前大納言忠信ー　遺

61 従二 藤師良 右中将　後一条関白ー　遺二 才二

62 従二 藤公世　遺二四位 才二

才ー
63 従二 藤経尹 宮内卿　三位経朝ー　才一 玉一 戈一従二位 幺一 風一」(41ウ)

64 三位 藤為信 前民部卿　従三位為継ー 続拾遺一首 藤前為行云々〔原〕　才四四位 玉二従三位 戈四 幺一 風二 新千三

65 従二 高階重経 大蔵卿　従二位邦経ー　才二 玉一 戈一大蔵卿

66 従二 藤兼行 前民部卿　右中将親忠朝臣ー　才一 玉九 風八

67 従三 藤為理　三位為信ー 本名為景　才二為景 玉二為理 戈四 幺二 風一 新千三

68 従三 源親教　中納言資平ー　才一四位 戈三 幺一

69 従三 藤頼基　才一

70 祭主 大中臣定忠　才一 玉一 風三

71 祝部忠長 従三位　　扌二四位　戈二」（42オ）

72 藤隆教 従二　従二位隆博ー　扌二　玉一　幺三　風八　新千十

73 藤範藤 三位 前右兵ー　参議範茂ー　扌一　玉一

74 藤実遠 三位 侍従　三位公冬ー　扌一

玉ー
75 藤俊兼 正三 前大貳　民部卿兼行ー 号楊梅　玉五　戈一　風九

76 藤道輔　　玉二

77 平重衡 三位 左中将　太政大臣清盛公ー　玉一

78 藤為成 三位 左兵衛督　中納言為相ー　玉二　風三左兵衛督　新千五

79 菅原長宣 従三　　玉二」（42ウ）

戈ー
80 源師行 三位　大納言師親ー　戈一

81 藤実綱　　戈一正三位出家

82 藤為親 従三 右馬頭　春宮権亮為道ー　戈一　幺一四位　風一従三位　新千七侍従

幺ー
83 源博雅 三位 皇太后宮大夫　　幺一

84 藤経有　権中納言雅孝ー　幺一　新千一　新拾一

85 藤隆朝　正二位隆教ー　風二侍従　新千三

86 源直義　贈従三位貞氏ー　風十左兵衛督

87 源具定（散二三位37既出）　風一侍従」（43オ）

88 氏成〔荒木田〕　風一従三位

89 藤行尹　従二位経尹ー　風一　新千一

90 〔藤〕成範（中納言38既出）　風一民部卿

91 藤為秀　中納言為相ー　風十四位

92 藤為忠　民部卿為藤ー　風三四位

93 祝部成国　禰宜成久ー　風三　新千四四位

94 藤有範　藤三位藤範卿ー　風一　新千一

95 藤伊俊　従三位伊家一　新千二」（43ウ）

96 〔賀茂〕信久　従三位 新千一 神

97 〔源〕神祇伯 資茂　新千一 神祇伯

98 度会常昌 一禰宜 従三位　本良　玉一 夂一 新千一 従三位

99 菅長綱 刑部卿　従二位茂長一　新千一

100 藤実遠　前中納言遠〔季〕雄一　新千一

101 藤行忠　宮内卿行尹猶子　新千一

102 源善成　風一 善成王 新千二 左近中将」（44オ）」（44ウ）

諸王

古一 1 兼覧王 従四位下 山城守　四品惟喬親王一　古四 六イ

2 景式王（ノリ）　上野太守惟条親王後　古二

3 敦輔王　敦貞親王一　詞

新一 4 原見王 〔厚〕 従五上　新

5 湯原王　田原第二一　新一 勅一 玉一 カモソナクナル

勅一 6 額田王 従五下 大蔵卿　勅二

7 長田王 正四下 刑部卿　継躰曾孫 桅子王孫 櫻井王子　勅一 不見 続一」（45オ）

8 安貴王 従五位上　天智孫 大津春日皇子子也　勅一

玉一 9 大津皇子　玉一

10 市原王　玉一」（45ウ）

四位

古｜
1 中臣東人　祭主　中納言意美麿｜　古一

2 在原業平　左中将　阿保親王｜(五歟)　元慶三年正月廿八日卒　古三十九(二イ)　巽十一　拾三　新十二　勅八　続八　今五　玉三　戈三　幺二　新千二

3 紀有常　雅楽頭　刑部卿名虎｜　貞観十九年正月廿三日[卒㋤]　古一　新二

4 安倍清行　大納言安仁｜　至寛平七年　古二

5 藤敏行(トシ)　寛平九年任左兵衛督　按察使富士麿｜　古十九　巽四　今一　玉二　戈一　新千一

6 源宗于(ユキ)　左京大夫　式部卿是忠親王｜　天慶三年六十卒　古六　巽三　勅一　戈二　幺二

7 藤忠房　左京大夫　延喜十一年左少将十八年四位止少将　信乃掾是嗣｜　古四　巽六　拾七」(46オ)

8 藤後蔭　俊歟　中納言有穂｜　至延喜廿一年　古一　巽一　今一

9 紀淑人　河内守　長谷雄｜　至天暦二　古一

巽｜
10 藤高経　右衛門督　蔵人頭　従四位下　中納言長良第二｜　至寛平七年　巽一

11 源善(ヨシ)　左中将　寛平五年右少将　昌泰三年左中将　右衛門督舒｜　延喜元左遷　巽三

12 藤有貞　近江守　右大臣三守｜　至貞観十年　巽一

13 藤元善　宮内卿　右京大夫是法｜　中納言葛野麿孫　至承平七年　巽二

14 平希世　右中弁　右馬頭雅望｜　至延喜六年　巽一　玉一

15 藤兼三　陸奥守　中納言山蔭｜　至延喜五年　巽一」(46ウ)

16 源公忠　右大弁　天暦二十廿八卒　人蔵卿国紀｜　光孝天皇孫　巽一　拾四　新二　勅四　続一　玉三　戈一　幺三　新千一

17 藤朝頼　左大臣定方｜(ママ)　至康和二年〔応〕　巽一

18 橘直幹　長門守長盛朝臣｜　至康保四｜　巽一

19 源信明(サネ)　陸奥守　左大弁公忠｜〔右〕　康保二年十八卒　巽五　拾一　新一　勅二　続一　玉一　戈二　幺二　風一　新千一

20 橘実利　従四位上春行｜　少納言清蔭四男イ卒　至天禄三　巽一

21 左馬頭 藤真忠　左大臣恒佐ー　至天暦四　巽一

22 〔源巨城イ〕 侍従 源宗城（サネイ・オホキ）　敦固親王ー　至承平元　巽一

23 近江守　少将　宣旨 源俊（スクル）　左大臣唱〔弁〕ー　至天暦九　巽一」

（47オ）

24 河内守 藤時雨（フル）　太皇太后宮亮積差〔善〕孫　散位曲照〔四〕ー　昭イ　至康保四年　巽一

25 小野道風　大弐葛経〔絃カ〕ー　後イ巽一

26 左中将　前蔵人頭　天慶四年卒 源英明（ヒテ）　斉世親王ー　母菅丞相女　巽一

27 右兵衛督　延長八右少将承平六四位至天慶七 源仲宣　大納言恒貞ー　光孝天皇孫　巽

28 左中将　承平六年右少将　天慶三蔵人　八年中将　天暦元年卒 良峯義方　参木衆樹ー　丹波守晨直孫　巽一

29 〔拾ー〕 左京大夫 源寛信　式部卿敦実親王ー　至天禄三　拾一

30 侍従 源邦正　式部卿重明親王ー　拾一

31 勘解由次官 藤佐忠　出羽連茂ー　至天禄四　拾一

㉜ 或佐忠 藤輔尹　大納言懐忠二男　実大和守兵方男　任大和守（ママ）　拾一　但在後拾遺」

（47ウ）

33 摂津守 源満仲　上総介経基ー　天元六年三月廿五日還任　摂津守　拾一

㉞ 文章博士 源経房朝臣　拾一

35 祭主 大中臣能宣　祭主頼基ー　寛和二年十一廿　叙正四上　拾六十四　後廿四　新十　勅二　今二　玉二　戈二　幺二　風五　新千一

㊱ 藤後生　式部大輔文貞男　至天禄元　拾一

37 太皇太后宮大進 藤為頼　刑部少輔雅正ー　至長徳二年　拾五　後二　千一　新一　続一　遺一　風一五位

㊳ 右大弁 源致方　拾一

39 左中将　陸奥守 藤実方　侍従貞時ー　長徳四十二月卒　小一条左大臣孫　拾七　後十四　詞三　千四　新十二　勅三　続二　今三　遺三　玉八　戈一　幺一　新千二

㊵ 右兵衛督 藤忠君　拾一

41 摂津守 源頼光　摂津守満仲一　治安元年七十九卒　現拾一　故後一

42 左中将(ノブ) 藤道信　太政大臣為光公五男　恒徳公四男　摂政御子　正暦五卒廿三　拾二　後十一(三イ)　詞一　千五　新九　勅四　続二　今二　遺二　玉三　風三　新千一

43 文章博士 善滋為政　前能登守保章一　拾一　後一　千一　新一

44 大中臣頼基　近江守憲良孫　肥後守輔道一　至天暦五　拾二　玉二　幺一　風一　新千一」(48オ)

45 東宮学士 三統元夏　式部大輔理平一　至康保三　拾一

㊻ 源正清　有明親王一

47 伊勢守 藤倫寧(トモヤス)　讃岐介惟岳一　至貞元二　後一　（後一）

48 権右中弁 源相方　左大臣重信一　至長徳二年　後一

49 式部大輔 大江匡衡　左京大夫重光一　長和元年七十六卒　故後七　新二　今二

50 斎宮寮頭 中臣(原)致時　春宗孫　治部大輔有象一　長保六年卒　後一

51 但馬守 藤能通　皇太后宮大夫永頼一　至万寿三年　後二

㊾ 三川守 源頼綱　三乃守頼国[一]　後[一]

53 前伊与守 藤為任　左大将済時一　至長和三年　後一

54 木工頭(タヽ) 藤輔尹　大和守興方一　後一　詞二　新二」(48ウ)

（四位32既出）　武蔵守経邦孫　参木懐忠一　実興方一　至寛仁五年

55 但馬守 橘為義　播磨守仲遠孫　内蔵助道[文]男　遠江掾通冬一　寛仁元年十月卒　故後二　詞　今一

56 源信宗　小一条院御子　寛治元年十十七日兼播磨介　承保元八卅卒八十一　故後二　金一

57 蔵人頭 源雅通　左中将　権左中弁時通一　寛仁元年七月卒　故後一

58 摂津守 藤保昌　大納言元方孫　左馬頭致忠一　長元九年九月日卒　後一

59 前備前守 源道成　盛明親王孫　従三位則忠一　至長元九年　故後一

60 蔵人頭 藤兼綱　前紀伊守　粟田関白一　天喜六年七廿九卒　後[一]

61　備前守　**源為善**　陸奥守信明孫　播磨守国盛ㅣ　長久三十一日卒　後八

62　筑前守　**橘義通**　但馬守為義ㅣ　治暦三二十七卒　故　後二」（49オ）

63　兵部権大輔　**大江公資**（ヨリ）　長久元十一七卒　薩摩守清言ㅣ　大隅守仲宣子イ孫イ　故　後三　金二　千一

64　遠江守四品　越前守　**藤良経**　大納言行成ㅣ　康平元年十一七卒　後一

65　前讃岐守　**藤兼房**　中納言兼隆ㅣ　但高野太政大臣同名也、新古今以下不憚歟、至康平五年　後七　金三　千一　新一　玉一　幺一

66　式部権大輔　**藤家経**　参キ（承イ）広業ㅣ　至天喜二年　後四　金三　詞三　新七　玉二　風一　但後光明峯寺摂政同名也

67　前常陸介　**源経隆**　権中納言通方ㅣ　至康平　故　後一

68*　前常陸介　**藤基房**　治暦二年十十八卒　中納言明経（朝イ）ㅣ　至康平七年　故　後一

69　文章博士　**藤明衡**　前山城守敦信ㅣ　至治暦二年　故　後二

⑦⓪　**実基**　中納言経房ㅣ

71　摂津守　**藤範永**　尾張守仲清ㅣ　康平八年六月十八日還任　紀伊守　後十三　金一　詞二　千二　新三　今一　遺一　戈一　幺一　新千一」（49ウ）

72　式部大輔　**藤実綱**　永保二年三月廿三日卒　従三位資業ㅣ　故　後二　金

73　前美乃守　**藤隆経**　時明孫　左中弁頼経（任＼）ㅣ　至延久三年　故　後三　金二　詞一

74　前筑前守　**源頼家**　摂津守頼光ㅣ　至延久元年　故　後七　金一　詞二

75　**藤公経**　宮内少輔成尹ㅣ　至承徳三年　現　後一

⑦⑥　**藤資宗**　参議資房ㅣ

77　前伊賀守　**大江広経**　遠江守公資ㅣ　至寛治三年　現　後一

78　前讃岐守　**藤顕綱**　道綱孫　参議兼経ㅣ　至康和二年出家　現　後三　金二　詞五　千五　新二　勅二　続一　遺一　玉一　戈一　幺一　新千一

79　修理大夫　**橘俊綱**　讃岐守俊遠ㅣ（歟本ニ不見）　至寛治八年　現　後四　千一　勅三　続一　今一

80 但馬守 藤隆方　備中守時光〔隆〕ー　至承暦　現 後一」（50オ）

81 太皇太后宮亮 橘為仲　主殿頭義通ー　至応徳二年十廿一卒　故 後二　詞二　新二　玉二　風一

82 春宮亮 平経章　伊与守範国ー　至延久二年　故 後二

83 左中弁 源師賢　参議資通ー　承暦五 卒　故 後五　金五　詞二　新一　勅三

84 若狭守 藤通宗　大貳経平ー　応徳元四三卒　故 後四　金一

(85) 善滋為政（四位43既出）　保章ー

86 伊与守 藤清家　摂津守範永ー　至康和二年正月廿三日兼相模守　現 後一

87 陸奥守 橘則光 金ー　駿河守敏政ー　金一

88 土佐守 源貞亮　信明孫 播磨守国成〔盛〕ー　至長久三年　金一

89 左大弁 藤正家　式部大輔家経ー　天永二十一十二卒　故 金一　千一　続一」（50ウ）

90 美乃守 藤知房　越中守良宗ー　至長治三年　金一

91 源通時〔道イ〕　大納言経信ー　至嘉承二年　金一

92 常陸守 高階経成　美濃守業敏ー　承徳三年七廿四卒　金一

93 前兵衛佐 藤顕仲　大納言資平孫 中納言資仲ー　応徳二正五叙従四位下　金四　千二　新一　勅一　今三　才二　戈二　新千一

94 少納言 藤惟信　保相孫 皇后宮亮資頼〔良イ〕ー　至永久元年　金一

95 木工頭 源俊頼　道方孫 大納言経信ー　天仁三正廿八兼越前介　故 金廿　詞十　千五十二　新十一　勅十二　続四　今十三　遺五　才三　玉八　戈六　幺六　風十五　新千五

96 皇后宮亮 近江守 藤有佐　讃岐守顕綱ー　至嘉承三年　故 金

97 神祇権少副 大中臣定長　貞登ー〔本歟不審〕　従三位公長ー　金二」（51オ）

98 左馬頭 源盛家　淡路守盛長ー　金一

99 藤仲実　義忠孫 越後守能成ー　至天仁元年　故 金四　詞一　千五　新一　勅一　続二　玉一　風一　新千一 五位

100 式部大輔 藤敦光　大学頭明衡ー　至康治二年　金三

101 皇后宮権亮 源顕国　顕房公孫 権中納言国信｜ 至嘉承〔元〕六年　金四 千一 勅一 幺一

102 文章博士 藤行盛　讃岐守行家｜ 至長承三年十一月廿二日卒　金三

103 刑部卿 平忠盛　正衡孫 讃岐守正盛｜ 至仁平元年　金三 現詞二 千一 新一 続一 扌一 玉二 幺一 風一 新千一

104 藤為忠　皇后宮少進知信｜ 至保延元年　現金一 故千一 新一 勅一

詞｜

105 文章博士 大江以言　大隅守仲宗｜　詞二」

（51ウ）

106 藤有信　資業孫 式部大輔実綱｜ 至承徳三年　故詞一 千一

107 前備後守 藤季通　俊家孫 大納言宗通｜ 至[久]安四年　現詞一 千十五 新一

108 大舎人頭 日吉禰宜 祝部成仲　日吉禰宜成実｜ 至建久二年　現詞一 現千七 故新五 勅一 続一 今一 遺一 扌一 玉一 幺一 風四 新千一

109 前少将 藤公重　公実孫 左衛門督通季｜ 至永万元年　故詞一 千二 勅一 風二

110 片岡禰宜 賀茂政平　神主成平｜　詞一 千五

千｜（四位70既出）

111 中将 美乃守 源実基　権中納言経房｜　千一

112 伊与守 藤敦家　右大将道綱孫 参議兼経｜ 至寛治三年　故千一 新一

113 陸奥守 源義家　頼信孫 伊与守頼義｜ 嘉承元年七月卒　故千二」

（52オ）

114 弾正大弼 源明賢　隆国孫 大納言俊明｜ 至保安四年　千一

115 修理大夫 藤宗兼　良基孫 近江守隆宗｜ 至保延六年　千一

116 弾正大弼 源師教　大納言師頼｜　千一

117 右馬権頭 藤実清　左京権大夫公信｜ 至仁平四年　千一 続一

118 中務権大輔 源雅重　従三位行宗｜ 至応保　千一

119 藤清輔　左京大夫顕輔｜ 治承元年六月廿日卒　千廿 新十二 勅九 続五 今六 遺三 扌二 玉八 戈一 幺二 風七 新千二

120 片岡祝 賀茂成保　禰宜成忠｜ 至応保二年　千五

121 神主 賀茂重保　神主重継ｌ　至治承元年　千一　新二　勅二　続一　遺一　玉二　風四」（52ウ）

122 藤貞憲　実兼孫 少納言通憲ｌ　保延六任飛騨守　保元四年十二月十日辞官　其後出家　千一

123 民部大輔 藤盛方　中納言顕時ｌ　至仁安二年　千四　新一　勅二　続一

124 藤隆信　正治二御百首詠之　長門守為経ｌ　至寿永二年　千七　新三　勅六　続二　今五　遺二　才六　玉四　幺二　風十　新千五

125 太皇太后宮大進 源行頼　常陸介実国孫 前伊豆守光行ｌ　至治承三年　千一

126 左少将 源通能　本ノママ 師続孫 左中弁師能ｌ　至仁安二年　千二

127 前肥後守 藤資隆　豊前守重兼ｌ　至治承三年　千二　新一　玉一　風一

128 大外記 中原師尚 対馬守　明経博士師光ｌ元＼　建久八年五月二日入滅　千二　続一　才一

129 民部大輔 藤敦経　文章博士茂明ｌ　敦基孫令明ｌイ　至寿永二年　千二　風一」（53オ）

130 少納言 藤重綱　中務少輔重基ｌ　至建久元年　現 千一

131 神祇権少副 大中臣為定　神祇少副為仲ｌ　建暦二五十七卒　六十四　現 千一

132 少納言 源定宗　左馬頭顕定ｌ　至建久五年　現 千一

133 神主 賀茂重政　神主重保ｌ　至承久三年　千一　新一　勅二

(134) 賀茂重信 延歟　重政弟　至建永元年

135 太皇太后宮亮 藤伊経　定信孫 宮内少輔伊行ｌ　至建久九年　千一　勅一

(136) 源有房　左大臣俊房孫　大蔵卿師行ｌ　至養和三年

137 左京権大夫 大江匡範　式部少輔維光ｌ　建仁三年八月十四日卒六十四　千一

138 前左京権大夫 藤為季　右中弁為親ｌ　至建保四年　千一

(139) 右馬権頭 藤基輔　顕輔孫　頼輔ｌ　至寿永二

140 左近将監 藤行家 叙爵　前日向守行国ｌ　千一　勅一」（53ウ）

新ｌ

141 式部大輔　従四下
三統理平（マサ）　延喜四年四月四日（長イ）卒七十四　新一

142 春宮亮
源正清（四位46既出）　兵部卿有明親王ｌ　新一

143 陸奥守
高階経重　播磨守明頼〔順〕ｌ　新一

144 右馬頭
藤資宗（四位76既出）　参議資房ｌ　新一　続一

145 因幡守
藤隆時　頼成孫　左衛門佐清綱ｌ　至嘉承元年卒　新一

146 左中将
源有房（四位136既出）　大蔵卿師行ｌ　権中納言師時孫　勅一

147 神主
賀茂幸平　神主家平ｌ　至元久元年　新一　続一　玉一

148 神主
祝部允仲　日吉禰宜成仲ｌ　新一　続一　遺二」

（54オ）

149 二禰宜
荒木田氏良　新一

150
源具親　左京大夫師光ｌ　新七　勅三　続三　今二　遺二　玉一

151 日吉禰宜　大蔵大輔
祝部成茂　日吉禰宜允仲ｌ　新一　勅五　今三　続七　遺五　戈四　幺二　風四　新千二

152
源家長　蔵人大膳亮時長ｌ　新三　勅九　続七　今二　遺二（故）　ま一　玉一　幺一　風一　新千一

153
賀茂季保　神主重保ｌ　新　続　今一

勅ｌ

154
藤敦兼　伊与守敦家ｌ　勅一

155 北野小神
菅原在良　上総ｌ高標ｌ　勅二（三イ）　戈一　幺一

千
読人不知

156 右衛督
平忠度　刑部卿忠盛ｌ　勅　玉四　風二」

（54ウ）

157 但馬守
平経正　修理大夫経盛ｌ　勅一　玉一

158
荒木田成長　勅一

159
藤宗経　大納言宗家ｌ　母高松院右衛門佐　勅二（一イ）

160 正四上　三川守
卜部兼直　吉田神主　兼茂ｌ　勅一　今二　遺一（故）　風一　新千一

161
源信定　勅一

444

162 大神子 荒木田延成　禰宜成長［丨］　勅一 続二 今一 遺故一 才一

163 前備後守 前右京権大夫 藤信実　前左京権大夫隆信丨 法名寂西　勅十 続十六 今廿八 遺故 十九 才一 玉六 幺五 新千四

164 藤教雅　参議雅経丨　勅二 続二 今一 遺故一」
（55オ）

165 源有長　前刑部権少輔長俊丨　勅三 続二 今一 遺故二 才三 戈三 幺二 風一 新千一

166 右大弁 藤光俊　按察使光親丨 真観　勅四 続十 今卅 遺故十六 才十 玉五 戈六 幺四 新千三

167 禰宜 祝部忠成　日吉禰宜親成丨資成子イ 和泉権禰宜　勅一 今一 遺故一 続一

168 前武蔵守 平泰時　前左京権大夫義時丨　勅三 続三 今五 遺故三 才一 玉一 戈一 幺一 新千二

169 備後守 大外記 中原師季　大炊頭師綱丨　勅一二イ 続二 今一 玉一

170 中原師員　主計頭師国丨 助教師茂入道丨イ卒　勅一 続一 玉二 戈三

171 弾正大弼 藤成宗　季宗父 在五位 同人歟　勅三 続

172 陸奥守 平重時　前左京権大夫義時丨　勅二 続二 今二四位 遺故 一 玉二 戈一 幺一 新 千二」
（55ウ）

173 源兼康　前播磨守有長朝臣丨　勅三 今一 才一 玉一 戈二 幺一

174 前左京権大夫 平政村　前左京権大夫義時丨　勅一 続二 今十三 遺故五 才一 玉四 戈一 幺一 風一 新千二

175 藤隆祐　従二位家隆丨　勅二 続四 今七四位 遺故 五 才三 玉二 戈八 幺 二 風四 新千二

176 平信繁　前河内守繁雅丨　勅一

続丨
177 荒木田延季　禰宜成良丨 氏歟　続二 今二 遺現二

178 賀茂種平　神主幸平丨　続一 遺一

179 左馬権頭 藤季宗　弾正大弼成宗丨　続一 今一 遺故一四位 才一

180 前施薬院使 丹波経長　図書頭経基子　続一 遺故一 才一 玉二 戈一 今二」
（56オ）

181 藤為綱　前越前守隆範丨　続一 今二 遺故三 才三 戈一 幺一

182 大蔵大輔 祝部成賢　禰宜成茂ー　続一　今二　遺[故]一　才一　玉一　戈二　幺一

183 前左中将 藤経定　前参議親定ー　続一

184 左中将 藤伊長　従三位伊時ー　続一　今二

185 右中将 藤伊嗣　大納言伊平ー　号導道〔尊カ〕　続一

186 大外記 中原師光　大外記師重ー　続一　遺[故]一　才二　玉一　幺一　新千一

今ー

187 菅原孝標　雖四位自余集皆不加朝臣之字　今一

188 兵部大輔 藤範忠　前内蔵権頭清範ー　今二」（56ウ）

189 左中将 源俊定　侍従具定ー　今二　才一　戈一

190 前右馬権頭 藤伊信　従三位為継ー　今一　遺[現]一　才一

191 藤仲能　今一

192 大江忠成　大膳権大夫広元ー　今一　玉一

193 前日向守 源兼氏　有長朝臣ー　今一　遺[故]五　才八　玉一　戈十二　幺七　風二　新千十二

194 摂津守 住吉神主 津守国平　神主経国ー　今一　遺[現]二　才[故]三　戈三　幺一　新千一

195 中原行実　前備中守行範ー　今一　遺[現]三五位　才[故]一

196 祝部国長　従五位資長ー　正四位下禰宜　今一　遺[現]　新千一」（57オ）

197 前遠江守 藤則俊　前木工権頭永光ー　今一五位　遺[現]三　玉一

遺ー

198 左馬頭 源義氏　上総介義兼ー　遺[故]一

199 左中将 藤忠資　従二位伊忠ー　遺一　才一　戈一

200 丹波尚長　経長朝臣ー　遺[現]二　才一　戈一　新千一

201 和気種成　正四位織部正親成ー　遺[現]　玉一　風一

202 菅原在匡　在章ー　遺一

203 紀伊守 紀淑文　備後守 国造宣親ー　遺一　才[故]一　幺一　風一　新千一

204 前左京権大夫 藤重名　前宮内少輔重頼ー　遺二」（57ウ）

205 土佐守 源親長　左馬権頭 兼康朝臣ー　遺[現]二五位　才五　玉一　戈三　幺二　新千一

206 賀茂久世　神主従三位氏久一　遺一　才三　玉一　幺一　新千一

207 祝部成良　禰宜成賢一　現 遺一　才二　戈一　幺二　新千一

208 陸奥守 平宣時　武蔵守朝直一　遺三五位　才六　玉六　戈十　幺五　風一　新千四

209 左京権大夫 平時村　左京大夫政村一　遺四五位　才五　玉一　戈二　幺一

210 津守国助　神主国平一　今一　遺四五位　才十六　玉一　戈廿　幺十　新千十三

211 高階宗成　木工権頭時宗一　母片岡禰宜賀茂久保一　遺三五位　才三四　玉一　戈四　幺二　風二　新千一

212 高階基政　才二」（58オ）才一

213 源通有　後久我太政大臣通光一　才一

214 典薬頭 丹波長有　典薬頭長忠一　才一　戈三　新千一

215 度会行忠　禰宜行継一　度会禰宜是始入歟　才一　戈一

216 春日若宮神主 中臣祐春　祐賢一　正中元九五卒　才三　玉二　現 戈五　幺二　風一　新千一

217 前日向守 源邦長　左馬権頭兼康一　才三　玉一　戈五　幺三　風一　新千三

218 源兼孝　時長朝臣一　才一

219 相模守 平貞時　最勝園寺　法光寺 時宗一　才五　玉七　戈七　幺三　風一　新千二

220 藤為信（散二三位64既出）　左馬頭伊信一　才四」（58ウ）

221 藤親方　木工頭俊嗣一　才一　玉三

222 藤業尹　才一　戈一

223 津守棟国　国平一　才一五位　戈一　幺一　新千一

224 賀茂経久　神主従二位氏久一　才二　玉一　戈一　幺一　風一　新千三

225 春宮権亮 藤為道　左中将　大納言為世一　才七　玉二　戈十五　幺十　新千廿

226 藤嗣房　大納言良教一　才一

227 禰宜 祝部行氏　日吉禰宜　従四上権禰宜行言一　才一　戈二　幺二　新千三

228 禰宜 祝部成久　禰宜成良一　才二　戈五　幺二　新千四」（59オ）

229 大外記 中原師宗　才二 玉二 戈二 幺一 新千一
230 賀茂在藤　才一 玉一
231 賀茂遠久　従三位氏久ー　才一 戈一 風一 新千一
232 禰宜 鴨祐世　祐幸ー　才一五位
233 大膳大夫 藤景房　左衛門尉盛房［ー］　才一
234 高階成朝　右京権大夫宗成ー　才一 玉一 戈一
235 藤範重　範親朝臣ー 実為信之子　才一
236 荒木田延行　内宮 二禰宜延成ー　才二」（59ウ）
237 賀茂久宗　神主久世ー　才一 幺一
238 弾正大弼 藤経清　才一 戈二 幺一
239 津守国冬　神主国助ー　才四 玉一 戈十 幺七 新千十一
240 津守国道　神主国助ー 国冬為子　才一 玉一 戈六 幺五 新千七

241 平宗宣　陸奥守宣時ー　才三 玉五五位 戈九四位 幺三 風二 新千一
242 源清兼　土佐守親長ー　才一 玉一 戈三 幺一 新千一
243 紀淑氏　紀伊守淑文ー　才一 玉一 戈二 幺一 新千一
244 藤為宗　大納言為世ー 出家失ー　才二」（60オ）
245 藤信顕　才一
246 荒木田氏忠　延季ー　才一 新千一
247 中臣祐親　祐茂ー 祐賢弟 元応二二廿六卒　才一 玉一 戈三現 幺二故［ー㋒］ 新千一
248 宮内卿 藤冬隆　隆祐朝臣ー　玉二 戈三 幺二 風一　玉ー
249 左中将 藤行房　従二位経尹ー　玉一五位 戈一四位 幺二
250 典薬頭 丹波忠守 宮内卿　長有朝臣ー　玉一 戈三 幺二 風一
251 一禰宜 度会常良 改昌　禰宜　任従三位後醍醐御代　玉一 幺一
252 藤定成　従三位経朝ー　玉五 戈一 風一

(253) 藤定兼　定成子歟　玉一」（60ウ）

254 源具顕　参議具氏ー　玉一

255 藤冬綱　為信卿子　国枝父　玉一

256 藤実文　玉一

257 藤基盛　玉一

258 丹波長典　玉二　風一

259 源兼胤　民部少輔行長朝臣ー　玉一　戈二　新千一

260 高階宗俊　木工権頭時宗ー　玉一

261 右京大夫 三善康衡 正四下　修理権大夫雅衡ー　玉一　戈二」（61オ）

262 賀茂景久　従三位氏久ー　玉一　戈一

263 衣笠女院候人 藤頼清　玉一　風一

264 藤忠兼（大納言94公蔭と同人）　玉一

265 賀茂忠久　経久ー　玉一

266 藤伊綱　玉一

267 春日神主 大中臣泰方 従四下　春日神主泰長ー　玉一　戈三五位　幺三　風一　新千二

268 修理大夫 平維貞　陸奥守宗宣ー　玉一　戈三五位　幺三　風一　新千二

269 藤為嗣 戈ー（参議61既出）　前参議為実ー　戈一四位　幺二」（61ウ）

270 津守国夏　津守国道ー　戈四　幺三　風三　新千七

271 藤雅朝　参議雅有ー　戈一　幺一　新千三

272 祝部行親　日吉禰宜行氏ー　戈一　幺一　新千三

273 坊門 前少納言 藤信雅　信経朝臣ー　戈

274 三善遠行〔衡〕衡歟　戈一　風一　新千二

275 藤基行　戈一

276 紀淑久〔文〕（四位203既出）　戈一

277 惟宗光吉　戈二五位　糸二四位　風二」(62オ)
278 在上荒木田氏忠（四位246既出）　戈一　新千一
279 賀茂師久　遠久一　戈一　新千一
280 藤頼泰　戈一
281 三善春衡　康衡朝臣一　戈一
282 藤隆氏　戈一
283 藤懐世　〔尹(ナ)〕業平朝臣一　戈一　風一
284 禰宜鴨祐敦　禰宜従三位祐実一　戈一
285 藤重名（四位204既出）　戈二」(62ウ)
286 惟宗時俊　下野権守良俊一　戈一　新千一
287 藤忠定　参議教経一　戈
288 大中臣長胤　戈一

289 度会延誠　一禰宜常良一　戈一　風一
290 度会朝棟　朝親一　戈一　風一
291 賀茂基久　神主経久一　戈一　新千一
292 鴨祐治　戈一
293 糸一藤経有（散三位84既出）　糸二」(63オ)
294 藤為冬　糸一　新千三
295 季廣子歟＊源長俊　糸一
296 藤為基　風廿二
297 藤教兼　風四
298 藤為名　風二　新千一
299 藤親行　風四
300 和気仲成　風一

301 藤隆清　正二位隆教ー　風二」（63ウ）
302 藤実煕　風一
303 藤宗光　前大納言資明ー　風一
304 藤行信　風一
305 安陪宗長　風一
306 和気全成　風一
307 藤懐通　刑部大輔業尹朝臣ー　風一　新千一
308 藤為量　風一　新千一
309 賀茂雅久　風一　新千二」（64オ）
310 鴨祐光　祐春ー　風一　新千一
311 賀茂惟久　風一
312 賀茂教久　風一　新千一

313 藤為遠　前大納言為定ー　新千六
314 源基氏　等持院贈左大臣ー　新千五
315 源清氏　阿波守和氏ー　新千四
316 惟宗光之　右京権大夫光吉朝臣ー　大内記光庭（本マヽ）為子　新千二
317 藤為重　右中将為冬朝臣ー　新千二」（64ウ）
318 源和義　左衛門佐入道　風一　新千二
319 藤行輔　従三位隆朝歟ー　新千一
320 丹波知長　典薬頭尚〔康〕長朝臣ー　新千一
321 飛鳥井 藤雅冬　中納言雅孝ー　新千一
322 菅長衡　従三位国長ー　新千一
323 藤業清　内蔵権頭入道宗英猶子　新千一
324 藤朝尹　懐通朝臣子　新千一

325 飛鳥井 藤忠有　新千一」（65オ）

326 藤藤清　寂静法師　新千一

327 紀宗基　御厨子所預　新千一

328 小槻匡遠　四位左大史　新千一

329 源宗行　新千一

330 中原師重　大外記師尚ー　新千一

331 安陪泰光　陰陽頭有弘ー　新千一

332 （散二三位71既出）祝部忠長　権禰宜国長ー　新千一

333 細川陸奥守 源顕氏　風一　新千一 雖為四位、宗匠不存知之間、略朝臣字云々、」（65ウ）

334 細川讃岐守 源頼春　風一　新千二同前

335 （四位318既出） 在上 尾張 源和義左衛門佐　風一五位　新千朝臣

336 祝部成繁　刑部少輔成貫子　新千一」（66オ）」（66ウ）

（中冊）「五位　六位　僧正
法印　僧都　法眼
律師　法橋　凡僧上入道」（扉ウ）

歌部

作者

五位

古ｌ

1　齋院長官　藤関雄　従五位下従三位真夏ｌ　天長人　至仁壽三　号東山進士今禅林寺彼旧宅也　古二

2　肥後守　小野貞樹　従五位下石見王ｌ　至貞観　古二

3　右少将　小野春風　至寛平　古三二ィ　巽四

4　文章博士　都良香　主計頭貞継ｌ　都腹赤子　元慶三年二五卒卌六　古一

5　備中守　貞登　仁明天皇御子　至寛平六　古一」（1オ）

6　阿波守　橘清樹　遠江守教雄ｌ　至昌泰二　古一

7　伯耆守　良峯秀岳崇イ　至寛平八年　古一

8　弾正弼　紀利貞　阿波守　従五下　元慶五年卒　古四

9　三川介　布留今道　従五下　造酒正　貞観比人　至昌泰元年　古三

10　宮内少輔　紀有朋トモ　従五下　友則ｌｌ　元慶四年卒　古二

11　筑前司　在原棟梁　従五下　左中将業平ｌ　昌泰十一年卒　古四　巽二　続一

12　掃部頭　小野美材　参キ峯守ｌ　延喜二年卒　古一　巽一

13　加賀守　坂上是則　従五下　于時御書所衆　田村将軍後ｌ　延喜朱雀二代仕之　古七　巽五　拾三　新七　勅一　続一　今五　載二　続後一　新千二」（1ウ）

14*　内匠大允　清原深養父　于時蔵人所雑色　筑前守海雄孫　豊前介房則子　延長八年十一廿二　従五位下　古十四七ィ　撰四　拾一　新五　続一　今二　玉一　載一　新千一

15　掃部頭　小野滋蔭　至寛平五　古一

16　若狭守　藤忠行　刑部少輔　前遠江守有貞ｌ　至延喜六　古一　巽一

17　信濃守　源実サネ　右少将　参キ舒ｌ　至昌泰三年卒　古一

18　出羽介　藤好風　右中将滋実ｌ　古一

19　左衛門佐　平中興ナカヲキ　内膳正忠望王ｌ　至延長八年卒　古二　撰二

20 主税頭　右大史 阿保経覧　至延喜十一年　左大史　海今雄　後改姓為小槻　古一

21 少納言 源当純　右大臣能有ー　至延喜十一年　古二」(2オ)

㉒* 山城守 兼覧王ー　惟高親王ー
（諸王1既出）

23 凡河内躬恒　延喜廿一年正卅任淡路権掾　古五十八　撰廿三　拾卅五　新十　勅六　続七　今十二　玉十八　載六　続後五　風一　新千六　新拾七

24 土佐守　左大史 酒井人真　至延喜十四年　古一

25 大学頭 紀淑望　中納言長谷雄ー　延喜十八年卒　古一　新一

26 左兵衛佐 平貞文　左少将好風ー　平仲也　古七　撰六　拾五　新一　続一　新千二

27 右衛門尉 平元規［ノリ］　剣留〔叙ヵ〕　播磨介中興ー　至延喜八年　古一

28 平篤行　従五上興我王ー　延喜十年卒　古一

29 長門守 橘長盛　尾張守秋［成］ー　至延喜十二年　古一

30 天慶八年三廿八任木工頭 紀貫之　天慶九年卒　貫之古今哥九十八首、奥ニ別書哥三首、惣都合百一首也、　古九十八　撰七十八　拾百十二　新卅二　勅十四　続九　今十六　玉十四　載四　続後五　風廿八　新千六　新拾十三」(2ウ)

31 甲斐ー 高向利春　撰一 古イ

32 伊勢権守 藤有文　右大臣氏宗ー　至天慶八年　撰ー 撰一

33 伊与守 大江千古　参キ音人九ー　延喜二五廿九卒　撰三

34 左衛門佐 源整　参キ等ー　至承平五年　中納言希男　大納言弘孫　撰二

35 右京亮 宮道高風　至天慶三年　撰一

36 左大弁〔少ワナ〕 藤滋幹　大納言国経［1］　延長六年右少将［承平元卒］　撰二

37 少納言 藤治方　武蔵守経邦ー　近江守有貞孫　至承平　撰一

38 藤有好　大納言定国ー　至延長元年　撰一」(3オ)

39 左衛門権佐 藤安国　伊与介連永ー　至天元二年　撰一

40 肥後守 藤千兼　左京大夫忠房ー　至康保二年　撰一

41 長門守 坂上恒蔭 景イ　自延喜十八年 至延長三年　撰一

42 肥前守 源浮ウカブ　大和守精ー 至承平三　撰一

43 春宮少進 刑部大判事 藤輔仁　参キ玄上ー 至延長七年　撰一

44 淡路守 源済ワタル　参キ等ー 至天暦十一年　撰二

45 兵衛尉〔佐ナ〕 藤為世　散位忠相ー 至天慶九年　撰一

46 播磨守 藤成国　伊与介連永ー 天暦八年四廿卒　撰二」（3ウ）

47 修理権亮 藤守正［モリタ、］　中納言兼輔ー 天慶九年［十一十九卒］　撰一

48 藤雅正　中納言兼輔ー 至応和元年　撰八

49 左兵衛［佐］ 源忠賢　左大臣高明ー 雖入目録、集家集等無之　撰一

50 左少将 藤清正［キヨタ、］　中納言兼輔ー 左中将利基孫　撰七 拾三 新四 ［勅］一 続二 玉［七］ 載二 続後一 新千一

51 勘解由次官 大窪則善　至天徳四年　撰一

52 藤守文　馬助有教［ー］　撰三

53 大外記 三統公忠　至天暦三年　撰一 続一

54 伊賀守 橘敏仲　中納言公頼ー　撰二」（4オ）

55* 左少将 藤敦敏　天慶六年左少将蔵人、九年十一月正五下、天暦元卒卅、清慎公ー　撰一

56 肥前守 大蔵少輔 源仲正　大蔵大輔当斗ー 本定〔年〕 近院右大臣孫　撰三

57 斎院次官 藤忠国　伊与介連永ー　撰二

58 兵部少輔 大江百世〔伴〕　拾ー　拾一 今一

59 藤千蔭　越前守崇幹ー 至延長七年　拾一

60 左馬助 藤有時　左少将恒興ー　拾二

61 肥前守 藤経臣　大学頭佐高ー　拾一

62 信濃守 紀文幹　参キ淑光ー 至天暦七年　拾一」（4ウ）

63 上野介 源経基　四品貞純親王ー 天慶八年五月十五叙正五下〔暦ワナ〕　拾一

64 駿河守 平兼盛 兵部大輔篤行ｌ 至天元二 拾卅五 後十七 詞六 今四 続三 玉二 載二 続後三 風一 新千三

65 駿河守 橘忠幹 長門守長成(盛イ)ｌ 至天暦十 拾一 今一

66 石見守 坂上望城(モチキ) 加賀介是則ｌ 至天延三 拾一 後一

67 春宮少進 大蔵大輔 源兼光 参キ正明ｌ 至康保三 拾一

68 肥後守 下総守 清原元輔 下総守泰光(春イ)ｌ 深養父孫 拾四十九 後廿六 詞六 新六 勅四 続二 今一 玉三 載二 続後一 風一 新千二

69 前陸奥守 藤国用 左馬頭季方ｌ 至永延二年 拾一

70 隼人正 平忠依 右中弁希世ｌ 至天延二年 拾［一」(5オ)

71 左少将 藤高光 九条右大臣ｌ 至応和元 号多武峯上人如覚 拾四 新六 勅三 続一 今二 玉一 載一 続後一 新千一

72 能登守 源順 左馬允挙ｌ 至天元三年 拾廿四 後三 詞一 新二 続一 今二 玉六 載一 続後一 風二 新千一

73 上野介 藤仲文 陸奥守公葛(元カ)ｌ 改国茂 至貞元八年 拾三 新一 新千一

74 日向守(ヨリ) 橘倚平 飛騨守是輔ｌ 正臣孫 至天元三年 拾一

75 左馬助 源重之 散位兼信ｌ 至貞元元年 長保於奥州卒 拾十二 後十四 詞二 新十一 続五 今一 玉十三 続後二 新千一

76 平祐挙 駿河守 太皇太后宮大進 越前守保衡ｌ 至長和四年 拾二 詞一

77 正五下 権左中弁 藤惟成(シゲ) 左少弁雅材ｌ 世号 五位摂政 至寛和二年 拾一 詞三 新五 勅一 続一 新千一

78 右少将 藤義孝 謙徳公ｌ 天延二年九十六卒 拾三 後六 詞一 新二 続一 今二 続後一 風一 新千一」(5ウ)

79 菅原輔昭 従三位文時ｌ 天元五年出家 拾三 新一

80 慶滋保胤 丹波介賀茂忠行ｌ 近江掾忠行ｌ 長徳四年卒 拾一

81 加賀守 源兼澄 鎮守府将軍信孝ｌ 陸奥守信明ｌ 至寛和四年(弘カ) 拾一 後七 続後一

82 長門守 源景明 大蔵大輔兼光ｌ 拾一 新一

83 右兵衛佐 藤信賢 先祖可尋 拾一

84 摂津守 大江為基 参キ左大弁斉光ｌ 至永祚元年 拾四 後一 詞一

85 伊賀守 源為憲 筑前守忠幹ー 寛弘八年八月卒 拾［一］

86 伊賀守 藤長能タフ 伊勢守倫寧ー 寛弘六年任伊賀守 拾七 後廿 詞二 千七 新四 勅一 今一 続後一 風一 新千二」（6オ）

87 右衛門尉 藤通頼 権左少弁雅成ー 至正暦四年 拾一 後一

88 周防守 平公誠キンサネ 陸奥守元平ー 至寛弘八年 拾一 詞一

89 越中守 橘行資 左少弁為正ー 至寛弘八年 拾一

90 左馬頭 平信臣 定文一男 拾［一ワ］

91 越前介従五下 藤千景（五位59既出） 越中守崇幹ー 拾一

92 源道済 佐渡守方国ー 信明孫 寛仁三年卒 拾一 後廿二 金一 詞六 千一 新五 続一 今二 玉三 載二 続後二 風一 新千一

93 大膳大夫 内蔵助 紀時文 後ー 木工権頭貫之ー 至永観二年 後二 続一 今二

94 藤為長 刑部少輔雅正ー 至天元二年 拾一 後一」（6ウ）

95 越後守 左少弁 藤為時 紫式部父也 刑部少輔雅正ー 至寛弘八年 故 後三 新一

96 内匠頭 藤有親 伊与守元尹ー 至長保三年 故 後一

97 大学大允 大江正言 大隅守仲宣ー 至寛仁五年 故 後二 詞一

98 藤惟規ノブノリ 越後守為時ー 至寛弘八年 故 後三 金三 千一 玉一 風二

99 肥前守 中原長国 大隅守重頼ー 天喜二年十二月卒 故 後一 金一 詞一

100 阿波守 高岳頼言 飛騨守相如ー 至長久三年 故 後一

101 越中守 橘則長 陸奥守則光ー 長元七年四月卒 故 後三

102 河内権守従五下 藤節信 至寛徳元年 國 後二 金二」（7オ）

103 紀伊守 平教成 安芸守重茂ー 至永承七年 故 後一

104 前伊勢守 藤義孝ノリタフ 肥前守敦倫ー 民部大輔敦舒ーイ 故 後三 勅一 風一 ［康ワ］至応平三年

105 少弼 惟宗為経 大隅守行利ー 治安二年正月卅日任刑部小判事、長元八年正月五日叙 國 後一

106 惟宗政利 ウチツケニタモトス、シク コミ人シラス 上科抄惟宗政利哥也 後拾遺第四秋上

107 周防守 源則成 教イ　信濃守通成（道イ）｜ 至万寿三　故 後一

108 諸陵頭 藤国行　内匠頭有親｜ 至永保六年 不審　故歟 後五 金一

109 駿河守 橘季通 中宮少進　陸奥守則光｜ 至康平三　故 後二 金一

110 周防守 平棟仲　安芸守重茂｜ 至長元七年　故 後二」（7ウ）

111 越後守 源経任　木工頭政職｜ 至長元二　故 後一

112 従五下 菅原為言［ノフ］　三河守為理｜ 万［壽ワナ］四年三十三叙　後一

113 橘資成 シケ　美濃守義通｜ 為義孫 至応徳三年 出家　後一

114 大和守 藤経衡　中宮大進公業｜ 延久四六廿一卒　後八 詞一 千三 新二

115 右少将 源定季　参キ頼定｜ 至長暦　後一

116 大内記 源親範　備前守道成（済）｜ 方国孫 至寛徳二七 ［卅］卒　後一

117 河内守 坂上定成 明法博士　主計頭範親｜ 寛治二年三月卒　［現］ 後二

118 前備中守 源兼長　備後守道成｜ 天喜三二卒卅二　［故］ 後五」（8オ）

119 淡路守 中原頼成　主税頭貞清｜ 至承暦三　後

120 武蔵守 藤隆資　左近大夫頼政｜ 越前守安隆イ 至永保三　後二 金二

121 従五下 本少内記 橘元任　長門守元愷孫 永愷子 寛徳三年十一月十二日叙、依内親労［記カ］　後二 金二 詞一 学生無官、出家、法名能因、元任父也

122 越中 橘俊成　俊斉孫 俊遠子 天喜［五］｜卒　後一

123 大外記 中原政義 従五下　大隅守重頼｜ 至永承二　後一

124 陸奥守 源頼俊　肥前守頼房｜ 至治暦三　後一

125 左衛門尉 大江佐経 従五下　壱岐守為国｜ 豊前守伴為国三｜イ　後一 至康平

126 駿河守 平正家　出羽守正済｜ 至延久五　故 後二」（8ウ）

127 石見守 藤国房　玄蕃頭範光｜ 至永保四七　後五 千五 新一

128 肥後守 源時綱　肥後権守信忠ｌ　重文孫　至永保三年　後一　詞一

129 神祇権大副 大中臣輔弘　神祇権大副輔宗ｌ　康和五年八月十三日配流佐渡国　後三　金一

130 式部大丞 源政成　[後歟]越前権守経任ｌ　永保二年卒　故 後二

131 左衛門尉 従五下 藤孝善　長門守貞孝ｌ　至寛治二年　後五　金二　千二　新一

132 太皇太后宮少進 橘俊宗　備後守俊経ｌ　俊遠孫　至永保三年八月廿二日卒　故 後一

133 右中弁 藤伊家　周防守公基ｌ　保家孫　永保四年七月十七日卒　故 後一　金二　詞二　千二　新一

134 従五下 藤隆成　大宮大進成保ｌ　成俊孫　治暦二年九月廿八叙　後二」(9オ)

135 皇后宮権大進 藤時房　上野介成経ｌ　後一　金一

136 越後守 藤為正　大和守良(令)門ｌ　後一

137 丹後介 藤元真　甲斐守清雅ｌ　後七　詞七　新八　今一　玉一　続後一　風四　新千一

金ｌ

138 近江掾 橘成元 叙爵　永保元年十一六　任近江少掾　後一　金一

139 信濃守 源師光　美濃守頼国ｌ　至康和二年　後一　金一　千六　勅五　続二

140 神主 賀茂成助　神主成真ｌ　天喜四年十二月九日叙外従五位下行幸賞　後四　金二　詞一　千一　勅一　玉一

141 中原歟 藤致時　在四品　同人歟　後四　金一

142 [少納言] 藤統理（ムネマサ）　伊勢守祐〔之〕三ｌ　至正暦六年　後一」(9ウ)

143 住吉神主 津守国基　従五下忠康ｌ　延久元年叙爵　後三　金二　詞一　新一　今一　遺二　載一　続後一　風一　新千一

144 下野守 平師季　伊与守範国ｌ　[嘉]保三年出家　金一

145 雅楽頭 藤家綱　甲斐守章経ｌ　周防守頼祐孫　備後守実範子イ　金一

146 伊勢守 大宮大進 平基綱　前紀伊守教盛(成イ)ｌ　至康和四年　金一

147 藤知信　金一

148 左衛門佐 藤基俊　右大臣俊家ｌ　至承暦三年　故 金三　詞一　千廿二　新七　勅九　続十六　今四　遺四　扌五　玉五　載五　続後五　風五　新千六

149 刑部大輔 源定信　中将信宗ー　康和四年出家　金二　千一

150 前大和守 至寛治七年 藤道経　讃岐守顕綱ー　北小路右大臣同名也、然者雖不可入之、為住吉小神之故歟、可尋、　金二　詞二　千六　新三　続二　遺二　ｵ一」
(10オ)

151 宮内大輔 源忠季　神祇伯顕仲ー　至大治三年　金三（因）　詞二（故）

152 肥後守 藤盛房　越前守定成ー　大弐季随孫　至寛治八年　金一

153 内匠頭　皇后宮大進 藤基光　修理大夫資憲ー　康和二年三月十七日卒　金二（故）（1イ）　石見守頼方孫　越前守頼成

154 信濃守 藤永実　太皇太后宮大夫清家ー　範永孫　永久二年正月五日叙従五位上　金四　詞一

155 兵庫頭 源仲正　三河守頼綱ー　至天承元年　金一（因）　詞一（因）　千七　玉一　風二

156 中務少輔 藤重基　近江守有佐ー　至天承元年　金四（現）　詞一（故）　千一

157 上野守　刑部少輔 源家時　淡路守盛長（成イ）ー　土佐守長季ー故　至永久六年　金二　詞（一）

158 治部大輔 源雅光　右大臣顕房ー　至保安三年　金八（故）　詞二　千二」
(10ウ)

159 右少弁 藤定通　中納言保実（通後イ）ー　至天永三年正月廿九日卒　金一（因）　千一　新一

160 紀宗兼　淡路守宗政ー　金（一）

161 藤友忠〔為カ〕 （四位104既出か）　金一

162 少弐 藤忠兼　伯耆守隆忠ー　美濃守隆綱孫　至永久三年

163 二宮大進 藤政季　駿河守親信ー　金一

164 中原経則　金一

165 藤宗国　讃岐守行家ー　金二

166 藤有業　（土佐イ）讃岐守行家ー　金二」
(11オ)

167 中原章経　金一

168 藤経通　金一

169 橘能元　従五位下元任孫　忠元ー　金一　詞一

170 源致親　馬助重之ー　金（一）

171 藤重孝　金一

172 源為成　金一

173 香椎神主 大膳武忠　六位歟可決　金一

174 藤資元　金一」（11ウ）

175 中原高光〔真〕　金一

176 橘盛永（成イ）　金一

177 淡路守 藤有貞〔定〕　式部大輔実綱ー　金一

178 高階明頼　金一　詞ー

179 皇后宮少進 源兼昌　摂津守俊輔ー　師良孫　至天永三年　故 金二　詞二　千二　勅一　新千一

180 源盛清　上野介頼盛ー　金一

181 藤資信　金一

182 藤為実　信濃守永実ー　現 金一　詞一　千二」（12オ）
保安五年正月廿五日任肥前守、大治三年辞退、

183 清原祐隆　河内守従四下　定康ー　金三

184 下野守 源有政　陸奥守有宗ー

185 平実重　大和守昌綱孫　宮内大夫昌隆ー〔輔㋻〕　至久安六年　現 金一　同 詞一　千五

186 木工允 源季遠　叙爵 至大永三年　従下　金〔一㋻〕　詞一

187 遠江守 源親房　顕康本名　淡路守仲房ー　顕仲孫　至久安二年　現 金二　千一

188 斎宮寮頭 藤資基　刑部少輔 能登守基忠ー　本名忠隆　至保延六年　現 金五

189 出雲守 藤相如〔ユキ〕　内蔵頭助俊ー　至永祚元年　故 詞二　勅一　続後一　風一　新千一

190 源登平　伊賀守為憲ー　至寛仁二年　故 詞二」（12ウ）

191 越中守 橘俊成（五位122既出）　讃岐守俊遠ー　詞一

192 安房守 源親元　至承徳三年　詞一

193 刑部少輔 藤忠清　左衛門佐清綱ー　詞一

194 大判事 明法博士 坂上明兼　明法博士範政｜　定成孫　久安三年十月廿九日卒　詞一　千一

195 少貳 藤忠兼（五位162既出）　伯耆守隆忠｜　隆綱孫　至永久三年　故 詞二

196 武蔵守 藤頼保　美濃守顕保｜　修理大夫家保孫　至嘉保三年　詞一

千｜

197 安芸守 平雅康 斎宮寮頭　播磨守生昌｜　至永承　千一

198 肥前守 藤定成　陸奥守明元｜　千一」

（13オ）

199 大隅守 津守有基　住吉神主　国基｜　至永久六年　千一

200 伊勢守 源俊重　木工頭俊頼｜　国　千一　長和〔治カ〕二年正月廿九日任伊勢守

201 刑部少輔 藤家基 法名素覚　左大臣家忠孫　伯耆守家光｜　至保延二年　千五　続一素覚法師

202 馬助 藤範綱　散位永雅｜　故 千二　清家孫　本名雅清　自永久五年至六年

203 信濃守 藤顕賢 方イ　左京大夫顕輔｜　本名顕時　至保元二年　千三

204 淡路守 藤為業　木工頭為忠｜　至保延五年　千二

205 大学助 藤時昌　筑後守盛房｜　定成孫　至保延四年　千一

206 右京大夫 源師光　大納言師頼｜　至仁安三年　正治二年御百首詠之、生蓮、　現 千六　新三　今一　ｵ一　続後一」

（13ウ）

207 齋院長官 源有房　神祇伯顕仲｜　千二

208 筑後守 源仲頼　左衛門尉資遠｜　至文治三年　千二

209 下野守 源季広 改清季　木工権頭季兼｜　兼氏先祖　千一　新一　勅二　続一　ｵ一　玉一　載一　続後一　新千一

210 太皇太后宮少進 藤良清　馬助範綱｜　至仁安三年　千一

211 式部大夫 藤敦仲　馬助敦頼｜　千一　勅一

212 筑前守 中原有安　内蔵助頼盛｜　至建久五年　千一

213 隼人正 大江公景　散位公成｜　至元久元年　千一

214 伊豆守 源仲綱　従三位頼政｜　至安元二年　千六　新千一」

（14オ）

215 木工頭 藤資忠
中納言資信ー
保元二年八月十日任木工権頭　千一

216 筑後守〔前ヷ〕 惟宗広言
日向守基言ー
自永暦元年至寿永元年　少監式部　千五　玉一

217 （四位266既出） 中務大輔 藤伊綱
刑部大輔家基ー
家光孫　永暦三年正月五日叙爵　千五　新一

218 前河内守 藤隆親
左兵衛佐隆教ー
自永万元年至寿永二年　千三

219 太皇太后宮大進 藤朝仲
散位宗賢ー
本名朝宗　至元暦元年　千一

220 越中守 津守国光
散位康基ー
仁安三年十一月廿日叙外従五下　千一 承安三年五月五日入内

221 従五下 鴨長明
鴨禰宜長継ー
季継孫
応保元年十十七日中宮叙爵
千一　新十　今二　遺一
才二　玉[一]　続後一　風
二　新千一

222 大和守 藤親盛
文章生説弘ー
下総守親通ーイ
至建久二年
千五　勅一　続一　才一
玉二」（14ウ）

本ニ頭書ニアリ
223 于時五位 藤業清
前馬助良清ー
新

水原抄作者
224 大監物 河内守 源光行
豊前守光季ー
治安〔承カ〕三十一三任大膳進
建暦三四七大監物
千三　新一　勅二　続一
今一　遺一　才一　玉一
続後一　風一　新千一

225 従五下蔵人 源通清
斎宮寮頭清雅ー
治承四二十三補蔵人 五十八　千一

本ニ頭書ニアリ
226 （四位140既出） 左近将監 藤行家
前日向守行国男
承安三年十二卅叙爵

227 左少将 藤季縄
左中弁千〔乗カ〕葉ー
新一

228 出家号如願 藤秀能
子細在凡僧〔部ナ〕ー、
従五下河内守秀宗ー
新十七 此外如願云々、

本ニ頭書ニアリ
229 周防 出雲 藤能盛
至治承元年

230 左近将監 正五下 大中臣明親
至建永元年
新一」（15オ）

231 山上憶良
新一　勅一　玉一

勅ー
232 橘広房
勅一

233 平行盛
内蔵頭基盛ー
勅一　玉一

*234 弾正少弼 藤成宗 元能成 (四位171既出)　左大将済時後、信季ー 在四位同人歟　勅二　続一

235 源有仲　齋院長官有房ー 顕仲卿孫　勅一　続一

236 住吉神主 津守経国　国長[ー]　勅一　続一　遺二 故 才二 新千一　載二　続後一

237 藤親康　勅二

238 藤清範　範康ー　勅　続二」(15ウ)

239 播磨守 橘仲遠　下総守佐臣ー　勅三　続一

240 藤永光　大夫進郡〔邦〕兼ー　勅三　続一　遺一　玉二

241 藤伊光　勅一　続一

242 鴨祝部 鴨光兼〔・ワナ〕　祝方祖　真吉ー惟秀 春秀・真永・伊信・伊職・伊輔・惟明・輔光・光継・光兼・光家・光基・光信・光清　勅一

243 藤親継　勅一　続二　続後一

244 後藤 藤基綱　後藤大夫判官基清ー 後藤基政父也　勅一　続三　遺一　今一 新千一

続ー

245 美作介 源嘉種 従五下　刑部卿三位長猷[ー]　勅一

246 高階家仲　勅二」(16オ)

247 源親行　河内守光行ー　続一　今一　遺三　新千 一

248 使 筑後守 惟宗盛長　続一　才 故 一

249 藤康光　大隅守康業ー　続一

250 源家清　但馬守家長ー　続三　才 故 一　玉一

251 源兼朝　正親正範綱ー　続一　遺一　才一　新千 一

252 使 中原友景〔石見守ワ〕　〔・・・ワ〕石見前司ー　続一

253 使 備中守 中原行範　壱岐守行兼ー　続一　遺 故 二　才 故 一

254 前下野守 藤泰綱　蓮生法師頼綱ー 宇津宮弥三郎　続一　遺 故 二　玉一　新千 一」(16ウ)

255 使 下総守 惟宗行経　左衛門尉行季 範イ [ー]　続一　遺二　才一

256 平繁茂（右衛門尉） 備中前司信繁入道｜ 続一

257 藤通経〔道〕（五位150既出） 讃岐守顕綱孫 近江守有佐朝臣子 続二

258 藤孝継 続一

259 源孝行 河内守光行｜ 続一 新千一

260 源俊平 従三位泰光｜ 法名禅信 続三 今一 遺一 故才一 玉三 風一

261 藤基政（前壱岐守） 後藤 佐渡守基綱二｜ 続一 今六 故遺一 古才一 玉一

262 平長時（武蔵守） 武蔵守重時｜ 続二 今五 遺二 古才一 玉二」（17オ）

263 源仲業（蔵人入道正五下） 今｜ 六条殿祇候伊賀入道 前遠江守仲兼｜ 今一 遺一

264 平時直（遠江守） 修理大夫時房｜ 今二 遺一

265 平時広（前筑前守） 相模二郎入道行念〔時資〕｜ 今三 遺一 古才一 玉一 続後一

266 藤頼景（前丹後守） 城 秋田城介義景｜ 今一 遺一 玉一

267 平時茂（左近将監 従五下） 前陸奥守重時｜ 今二 遺一 古才一

268 平義政（左近将監 武蔵守） 塩田 前陸奥守重時｜ 今一 現遺四 故才一 玉一 載一 続後一

269 大江頼重（蔵人 因幡守） 因幡守泰重｜ 今一 遺三 才四 玉三 載三 続後一 風一 新千二

270 平時親（摂津守） 前越後守時茂〔盛イ〕｜ 佐助 今二」（17ウ）

271 平時清 不見 今 遺作者清時同人歟

272 藤基隆 佐渡守基綱二｜ 後藤 今二 故才一 続後一

273 藤秀茂 河内守秀能｜ 続一 今三 遺一 才二 玉二 載一 続後一 新千二

274 源時清（使 信濃守） 前摂津守泰清｜ 佐々木 今一 遺一 才一

275 惟宗忠景（使 常陸守） 周防守忠綱｜ 今二 遺三 才五 玉五 載一 続後一 新千一

276 中臣祐茂（春日若宮神主） 遺｜ 若宮神主祐明｜ 文永六十十二死去 故遺一 才一 玉一 載一 祐明寛喜元年二廿五卒

277 藤親朝 宇津宮朝業子〔若〕 周防守従五下歟 故遺一

278 藤時朝 信生法師［｜］ 長門守 続一 故遺二」（18オ）

279 藤長綱　遺三

280 藤為顕　為家卿子　法名明覚　弘安百首　遺一　扌[二]　玉五　載二　続後一

281 中臣祐賢 [春日若宮祝]　若宮神主祐茂｜　弘安五十一三卒　現遺一　[故]扌一　玉一　載一

282 平時清（伊具）清時歟　駿河守時直｜　遺一 平清時云々　同人歟　時清今作者也

283 藤景綱（宇津宮）下野守　従五正（ママ）　前下野守泰綱｜　法名蓮輪〔瑜〕　[現]遺三　今一　故扌六　玉五　載六　続後二　風一　新千四　扌｜

284 源兼泰　兵庫頭　大友　長門守兼朝｜　摂津守　従五上　遺二　扌一　新千二

285 平長[季]　遺一

286 平頼泰　大友兵庫頭　丹後守　出羽守　大炊助親秀｜　遺一」（18ウ）

287 平義宗　駿河守　武蔵守長時｜　遺一

288 藤基頼 [後藤]　前壱岐守基政｜　現遺一　扌一　玉一

289 平政長　摂津守　従五上　左京権大夫政村｜　遺二　故扌一　玉二　載三

290 藤長景　遺二

291 平忠時　陸奥守重時｜　遺一

292 藤時景　宇津宮三郎歟　時業子　遁世歟　遺[一]

293 藤宗泰　中沼　四郎左衛門　淡路守時宗｜　遺一　故扌三　玉二　載二　続後一　風一

294 祝部国長　四品部　（四位196既出）　資長｜　国忠父　遺一　扌二」（19オ）

295 平親世　三位親継[｜]　扌三　玉二　載一

296 平時高　駿河守　改斉時　時基｜　扌一　玉五　続千五　続後四　新千一 斉時

297 平為時　左近将監　時村子　故扌　玉

298 平久時　武蔵守　駿河守義宗｜　将軍母儀父也　扌三（一イ）　玉一　載一　風二

299 平時賢　見性法師也　在僧部　時基｜　扌

300 大江宗秀　掃部頭　宮内大輔　刑部大輔時秀｜　扌一　玉七　載五　出家 続後二　風三

301 大江貞重　縫殿頭　前因幡守頼重[｜]　扌一　玉三　載四　続後一　新千三

302 平時遠　朝直｜　遺一　扌」（19ウ）

303 平時藤　清時―　才
304 塩屋五郎歟 藤朝宗　長門守時朝―　才一
305 筑前守 藤長経 使　筑前守長教〔範カ〕―　進藤　才一　載一　続後一
306 因幡守 藤親範　五位将監佐渡守　才一　玉一　載一
307* 筆吹 豊原政秋　大夫将監近秋 ―　才一　玉一
308* 平久住（ママ）
309 平時元　越後守時国―　才一　玉一　載四
310 隆波 祝 金刺盛久　才一　玉一
311 遠江守 平時範　左近将監時茂―　才二」（20オ）
312 三河守 藤忠能 星野　才一　玉一
313 前右馬権頭 高階成朝（四位234既出）　右京権大夫宗成―　在四位部　才一
314 伊豆社神主 伊豆盛継　号東大夫　才一　玉一

315 賀茂重貞　重保　重延　重定　才一　玉一
316 使 河内守 藤秀長　河内守秀茂―　才一　玉二　載三　続後一　新千一
317 使 豊後守 惟宗忠宗　常陸守忠景―　才一　載一
318 藤雅顕　参議雅有―　才一　続後一　新千四
319 中条 因幡守 大江広茂　忠成朝臣 ―　才一　新千二」（20ウ）
320 後藤 藤泰基　基頼 ―　才故　才一　玉一
321 少将入道 藤実秀　住伊国野間（本ノママ）　才一
322 丹波守 六波羅南 平盛房　越後守盛時 時盛孫　三郎入道政氏―　才故一
323 下野権守 藤宗行　小串　大炊御門油小路篝　才一　玉一　載三　風一　新千一
324 藤光盛　才一
325 長井 大江茂重　因幡守泰重―　才二　玉一　新千二
326 塩田 平時春　武蔵守義政 才故　才一　玉二

327 平熙時 右馬権頭　左京権大夫時村［一］　扌一　玉三」（21オ）

328 藤宗秀 追加　中沼淡路守　扌一　玉一　載四現　風三　新千五　続後一現

329 藤盛徳 対馬守　扌一　載三出家　続後二現　新千五

330 藤基任 左衛門大夫　斎藤四郎左衛門基永一　観意　扌一　玉一五位　載五　現続後三　風一　新千八

331 中臣祐臣 春日若宮神主　若宮神主祐春一　康永元十一廿二卒　玉一　載三〔国〕　続後一現　風　一　新千一　玉一

332 平範貞 左近大夫　遠江守時範一　玉一　載一　続後一

333 平朝貞 中務権大輔　時基一　玉

334 平宗直　頼直一　玉一　載一　続後一

335 藤為守 侍従　号暁月　大納言為家末子　玉四　風三

336 藤親範 厳島歟　周防守　玉二」（21ウ）
（五位306既出）

337 大江貞広　刑部権大輔時秀一　玉三　載一　風一

338 平宣直 タヽ 陸奥左近大夫将監　直房［一］　玉

339 藤義景　玉一

340 平通時 越前守　従五下　又時基　駿河守有時一　玉一　載一

341 平貞房　陸奥守宣時二一　玉一　載一

342 平国時 駿河守　武蔵守義政一　玉二

343 源頼貞 号美濃土岐　伯耆権守　在考〔存〕　隠岐守光定一　玉一　風一　新千二」（22オ）

344 平時邦 左近将監　駿河守斉時［一］　玉一　載一

345 平清正　玉二

346 藤顕盛　玉一　載一

347 平時教〔敦カ〕　玉一

348 平公篤 遠江守　遠江守篤時一　玉一

349 藤泰実〔基カ〕　玉一

350 藤長清 号勝間田　遠江権守　玉一

351 〔在〕石上 藤頼景 城歟（五位266既出） 玉一 載一」（22ウ）

352 * 越後守 美濃守 平時綱 越前守 時員― 玉一

353 号植杉 藤重顕 玉一 載二 風一

354 平時国 時員□歟 玉一

355 使 能登守 藤信兼 玉一

356 源義行 光行孫 親行子 玉一 載二 新千一

357 荒木田経顕 玉一

358 中条刑部権少 大江広房 因幡守広茂― 載三 新千三

359 従四下 権禰宜 祝部匡長 権禰宜国忠― 玉二」（23オ）

360 兵衛大夫 藤基有 斎藤 四郎左衛門基永― 観意法師 玉一 載一

361 丹波守 平貞宣 載 載一 続後二

362 星野三河守 藤保能 三河守忠能― 載一 続後一 新千二

363 宇津宮五郎左衛門尉 藤泰宗 下野守景綱― 玉一 載六 続後二 新千四

364 大蔵少輔 源重泰 定房公家人 載一 続後一

365 号嶋津 使 常陸介 惟宗忠秀 豊後守忠宗― 載一 続後一

366 河合権禰宜 鴨祐夏 禰宜祐茂 祐雄子 祐夏―祐守―祐興 載一 続後一 新千一

367 平貞俊 時俊― 才二（ママ） 続後一 新千一」（23ウ）

368 藤貞忠 載一 続後一

369 藤秀賢 秀長― 載一 続後一

370 藤基世 載一 新千一

371 佐土大夫判官 源宗氏 載一出家 続後一 新千三

372 大原野神社 狛秀房 神主政嗣― 載一 続後一 新千二

373 号東 平氏村 行氏― 載三六位 続後一 新千三

374 斎藤 藤基明 左衛門大夫 基永ー 載一 続後一

375 平貞宗 大友左近大夫将監 出羽守貞親[1] 載一 新千一」(24オ)

376 藤時親 載一

377 平貞文 (五位26既出) 載一

378 平宗泰 宣時ー 載一

379 平時敦 越後守 六波羅[北] 駿河守政長ー 玉一 載三

380 平時有 尾張 左近大夫将監 佐助 載[一]

381 藤行朝 二階堂 信濃入道 行珎 載二 風一 新千三

382 藤行朝 伊達 本ニ頭書ニアリ 入続千云々

383 藤信氏 使 入道 能登守 隼人正信友ー 載二」(24ウ)

384 藤師光 載[一]

385 藤為躬 大納言為世末子 載一

386 中臣祐世 祐賢ー 祐春弟 暦応二七十五卒 載一現 風一 新千一

387 紀俊文 紀伊国造 載一 風一四位

388 高階成兼 木工権頭 右馬権頭成朝ー 載一

389 津守宣平 国平ー 不審 載一

390 中臣祐視 不見不審 祐親歟 載一 風一

391 中原時実 行実朝臣ー 載一」(25オ)

392 三善貞康 町野歟 備後守 五条東洞院篝 載一

393 平泰氏 載一

394* 平貞資 備前守 六波羅 時国ー 載一

395 荒木田氏之 延季後 氏忠ー 載一 風一 新千一

396 平貞熈 武蔵 左近将監 武蔵守熈時ー 載一

397 藤経定 (四位183既出) 四位歟可尋之 載一

398 賀茂定資〔宣〕 載一
399 隼人正 紀宗信 才興信法師同人也 載二」(25ウ)
400 陸奥 左馬助 平貞直 載一
401 安倍忠顕 載一
402 土佐守 平重村 刑部少輔 駿河守政長ー 載二 風一朝臣 才一 玉一イ
403 中臣祐殖 祐親ー 載一 風一 新千一
404 壱岐守 惟宗行政 筑後守行貞ー 載一
405 藤業連 載一
406 祝部貞長 神主忠長ー 載一
407 備前式部大夫 平夏時 備前前司宗長ー 載一」(26オ)
408 小山 出羽守 藤宗朝 載一
409 源隆泰 載一

410 尾張守 平時仲 載一
411 遠江守 平時見 載一
412 毛利右近大夫 大江経親 因幡守時光ー 載一
413 津守国夏（四位270既出） 津守国道ー 載四 続後三
414 藤顕方 続ー 続後一
415 右中将 藤為冬（四位294既出） 大納言為世ー 続後一」(26ウ)
416 平貞直（五位400既出） 宗泰ー 続後一
417 平英時 久時二ー 続後一 風一
418 平貞宣（五位361既出） 宣時ー 続後一
419 駿河守 平春時 中務丞 駿河守時高ー 続後一
420 平範貞（五位332既出） 時茂ー 続後一
421 星野 藤高兼 続後一

422 平時英 左近将監　続後一
423 藤行相　続後二」(27オ)
424 長井 大江高広　縫殿頭貞重一　続後一　風一　新千三
425 平時香 土佐守　続後一
426 大友舎弟 平師親 大夫将監　続後一　新千一
427 源知行 河内　続後一 追加　新千二
風 428 長井 大江広秀　風二 秋下
上杉 429 藤朝定 弾正少弼　風三 冬
上杉 430 藤重能 伊豆守　風三 冬
上杉 431 藤頼成 蔵人入道　風一 旅」(27ウ)
432 細川 源和氏 阿波守　風一　新千三
433 高 高階師直 武蔵守　風二

434 大中臣直宣 弾正少弼 命鶴丸　風一
435 源貞行　不知官位　風一
436 源貞世　同　風一
437 源貞泰　同　風一
438 畠山 源高国　風一
439 大高 高階重成 伊与権守　風二」(28オ)
津戸 440* 菅原朝元　風一
441 祝部成貫　成村子　風一
442 高階重茂 高 駿河守　風一
443 源貞頼　載一　風一
444 大江貞懐　風一
445 藤秀治　風一

446 高階師冬 高 播磨〔守ワ〕 風一
447 中臣祐夏 風一」（28ウ）
448 津守国実 国夏ｰ 風一
449 藤冬頼 風一
450 藤高範 千秋 風一
451 惟宗忠貞 嶋津 民部大夫 風一 新千一
452 紀行春 法名祥寂法師 為兼卿家人 風一 新千一
453 藤成藤 二階堂 風一
454 藤基雄 後藤 壱岐守 風一
455 藤朝村 伊達 本名行朝、二階堂行秭同名、依難分別改之、宗遠父也、 風一 新千一」（29オ）
456 藤秀経 風一 新千二

457 藤時藤 行藤子 風一
458 源定満〔宗カ〕 黒田 佐々木 風一
459 藤定長 寂蓮法師俗名 同名歟、又同人歟、 風一
460 藤秀信 風一
461 源仲教 風一
462 藤宗親 風一 已上五位六位不分明且（ママ）載之
463 中臣祐任 風一」（29ウ）
464 度会房継 風一
465 度会家行 風一
466 狛光房 大原野神主 秀房子 風一
467 藤盛経 大隅守 新千ｰ 盛継子 盛徳弟 新千一
468 源頼隆 吉見 新千一

469 藤政範　新千一
470 鴨邦祐　新千一
471 平高宗　新千二」(30オ)
472 源頼遠 土岐弾正少弼　頼貞子　新千一
473 鴨祐守　新千一
474 惟宗光庭 大内記　光吉子　続後一 読人不知　新千一
475 藤頼時 戸次　新千一
476 藤基祐　新千一
477 藤基名 齋藤　已上故者　新千一
478 津守国量　国夏子　新千三
479 源頼康 土岐大膳大夫　法名善忠　頼貞歟　新千二」(30ウ)
480 藤長秀 中条　兵庫頭　法名至元　新千二

481 祝部成任　刑部大輔成時ー　新千一
482 藤雅家 飛鳥井　中納言雅孝ー　新千一　新拾二　新後拾一
483 荒木田守藤　新千一
484 藤説房　宮内卿朝範朝臣子　新千一
485 藤宗遠 伊達　宮内少輔朝村子　新千一
486 源信武 武田陸奥守　法名光照　新千一
487 大江知行 江　尾張守　掃部助範能子　新千二」(31オ)
488 源直氏 土岐　宮内少輔　新千一
489 源高秀 佐々木　佐渡判官入道導誉子　新千一
490 平常顕 東　法名素英　新千一
491 藤行春 二階堂　駿河守　新千一
492 源藤経 濱名　新千一

493 源盛実　刑部少輔宗匠家人　新千一
494 細川源頼之　㊧馬頭　讃岐守頼春子　新千一
495 土岐源氏光　右馬権頭　弾正少弼頼遠子　新千一」
（31ウ）
496 佐々木山田源信詮　大夫判官　新千一
497 備㊥国人藤貞資　庄　駿河守　新千一
498 長井大江行元　中条　新千一
499 宮内少輔祝部成光　従三位成国卿子　新千一
500 千葉介平氏胤　修理大夫貞胤朝臣子　新千一
501 宇津宮藤氏綱　少将道治子　新千一
502 星野藤藤茂　新千一
503 尾張源氏経　左京大夫　修理大夫高経朝臣子　新千一」
（32オ）
504 小田源孝朝　讃岐守　宮内少輔治久子　本　新千一

505 源経行　新千一」
（32ウ）

六位

古一
1 文屋康秀　元慶三〔元ワ〕年任縫殿助　古目六、首五イ

2 兵部大丞 大江千里　参キ音人〔一ナ〕 延喜三年任兵部大丞　古十九イ 撰二 拾二 勅一 今一 玉一 載一 続後一 風二 新千一

3 内舎人 在原滋春　左近少将業平一　古六 勅一

4 大内記 紀友則　古四十五 撰七 拾二 今一 玉一 載二 続後一 新千一

5 河内大掾 治部少輔 藤興風　相模掾道成一　古十七 撰五 新四 続三 玉二 載二 続後二 風一 新千一

6 大膳少進 大舎人允 文屋朝康　康秀一 仁和後也 延喜三年任大舎人允　古一 後二

7 左衛門尉 御春有助　河内国人　古三」(33オ)

8 大内記 矢田部名実　古一

9 壱岐守 于時文章生 春道列樹　主殿頭新名一 延木廿年任壱岐守不〔及ワ〕卒　古三 撰三

10 陸奥掾 藤惟幹　卒古一

11 紀惟岳　古一

12 大伴黒主　古四 撰三 拾二三イ 続後一 新千一

13 文屋有季　康秀同人歟、可勘、　古□

14 在原元方　前筑前守棟梁□ 大納言国経為猶子　古十四 撰八 拾二 新一 勅一 今三 載一 続後一

15 上野峯雄　古一 撰一」(33ウ)

16 河内掾 藤勝臣(カチヲム)　従五下肥後介左〔発〕生一 元慶七年任越後介 発生一　古二

17 藤言直　内竪 昌泰三年任因幡権掾　古一

18 壬生忠岑　従五下安綱一　古卅四 撰廿 拾九 新三 勅一 続三 今三 玉七 載一 続後二 新千□

19 難波万雄(ヨロツヲ)　古一

20 菅野忠臣　古一

21 紀望行　古一

22 菅野高世　古一

23 物部良名　古二」（34オ）

24 紀秋峯　古一

25 伊香古淳行　古一

26 算博士 宗岳大頼　古二

27 下野雄宗（ヲムネ）　古一

28 内膳 典膳 宮道清樹　古一

29 撰｜ 摂津守 壬生忠見　生府生忠岑｜　撰一 拾十六 続四 玉二 載二（一イ） 続後三 風一 新千一

30 中原宗興　撰一

31 隼人佐 御書所預 大春日師範　撰二」（34ウ）

32 春宮蔵人 日向守 近江大掾 藤蔭基　相模守博文｜　撰二

33 清原諸実（ムネサネ）　撰一

34 甲斐少目 大江興俊（ヲキトシ）　撰一

35 源頼（タノム）　左馬允挙｜　撰一

36 大宰大監 清原名実　撰一

37 拾｜ 丹後掾 曾禰好忠　拾九 後九 詞十六 新十六 勅五 続三 今五 遺二 載三 続後五 風一 新千二

38 対馬守 大江嘉言　大隅守仲宣｜　拾三 後十 詞五 新五 玉一 続後一 風二 新千二

39 佐伯清忠　拾二」（35オ）

40 紀輔時　拾一

41 号藤六 藤輔相　拾卅七

42 大隅国郡司　拾

43 左近番長 佐清（ママ）　拾一

後｜44 越後介 藤尚忠　加賀介吉信｜　後一

45 山口重如　河内国人　後一　新二

46 中務丞 源光成　越後守致忠｜　後一

47 蔵人　右衛門尉 源頼実　美濃守頼国｜　後五　玉一　風二」（35ウ）

48 高橋良成　祐子内親王家侍　後一

49 太皇太后宮侍長 藤義定　織部正定通｜　後一　新二

金｜50 左近将曹 秦兼方　左近府生武方｜　金一

51 左府生 秦兼久　左近将曹兼方｜　金一

52 勘解由判官 源淳国　縫殿允家光｜　金一

53 津守景基　住吉神主国基｜　金一　千一

詞｜54 宮内少丞 橘正通　従四位上少納言匡利｜　後渡高麗為参議　詞一

55 橘能元（五位169既出）　従五位下元任孫　忠元子」（36オ）

56 前左衛門尉 平致経　詞一

57 勧学院　学頭 惟宗隆頼　尾張国人　詞二

58 橘正直　詞一

千｜59 藤頼孝　千一

60 鳥羽院　所衆 藤成親　千一

61 雅楽頭 紀康宗　土佐権守光宗｜　千二

62 使 平康頼　信濃権守中原頼季｜　千四

63 使 五位 中原清重　内舎人光重｜　至建久七年　千二イ 三」（36ウ）

64 大中臣定雅　尾張守雅光｜　千一

新｜65 使 源季景　下野守季国｜　新一

勅｜66 橘仲遠（五位239既出）　〔勘ヮ〕勅在五位部歟　勅三〔一ヮ〕

続｜67 山上憶良（五位231既出）　続一

今ｌ　68　源凝　　今一

69　藤仲敏　右近将監　宣陽門院蔵人　前信濃守仲親ｌ　蔵人入道昌阿　森入道娚　　今一　遺一

遺ｌ　70　藤泰朝　宇津宮　周防守親朝ｌ　　現遺一　玉一

71　平行氏　東　素暹法師ｌ　　国遺三　現才六　載五　続後一　新千三」（37オ）

72　藤景家　　現遺二

才ｌ　73　平時常　行氏東入道ｌ　　才二　故載一

74　源季茂　左衛門尉　季景孫　左衛門尉季忠ｌ　　才一追加

75　藤重綱　号安東左衛門尉　　才一　載四　続後二　新千一

玉ｌ　76　平時藤　（五位303既出）　安芸守清時ｌ　　玉一　続後一

77　藤範秀　号小串　右衛門尉　六郎　　玉一　載一　続後一　風一

載ｌ　78　藤基夏　左衛門尉　左衛門大夫基任ｌ　　載一　続後一

79　大中臣為貫　讃岐国在　　載一」（37ウ）

80　藤有高　北面　左衛門尉　　載一

81　藤宗朝　（五位408既出）　　載一

82＊　藤秀行〔範〕　号小串三郎左衛門尉　追顕名　範イ　　載一　続後一　風一　新千一

83　藤頼氏　号尾藤左衛門尉　　玉一　載二　続後一　風四　新千一

84　藤時親　（五位376既出）　　載一

85　藤長遠　号塩飽左衛門尉　　続後一

86　三善為連　飯尾　追顕名　但馬房善覚　　載一　風一　新千一

新千ｌ　87　橘義貞　薬師寺元可一族　　新千一」（38オ）

88　橘範隆　薬師寺元可父　　新千一

89　源清綱　佐々木　信濃次郎左衛門尉　信濃守秀清子　　新千一

90 赤松 源直頼 五郎　権律師則祐猶子 信濃守〻子　新千一

91 三井 藤信良　左々木家人 目賀多也　新千一

92 土岐 源光正 今嶺　弾正少弼頼遠ㅣ　新千一

93 布施 三善資連　弾正忠　新千一

94 矢野 橘遠村 七郎左衛門尉　中国大将頼之家人　新千二」

（38ウ）

作者僧

僧正

古ㅣ 1 山 遍昭　大納言安世ㅣ 寛平二年入滅七十六　古十六 七ィ 撰五 拾四 新 二 今二 玉一 続後一 新千二

2 東 聖宝　恒薩王子　古一

後ㅣ 3 東大 深覚　右大臣師輔公ㅣ　後三

4 山 大 明快　文章生俊宗ㅣ　後一 詞一 千一

5 三井 権 静円　二条関白ㅣ　後一 金一 続一

金ㅣ 6 山 大 仁覚　右大臣顕房公ㅣ　金一

7 寺 前大 行尊　参キ基平ㅣ　金一 詞二 千一 新十 一 勅二 遺一 ｷ三 玉六 載二 続後一 風 三 新千二」

（39オ）

8 興 権 永縁　大蔵大輔永相ㅣ　金十二 詞一 千一 新 二 四歟 続一 遺一 風 三 新千一

［千ㅣ ㋻］ 9 山 天 勝範 ［大歟㋻］　千一

10 興 尋範　京極大殿―　千一

11 寺 行慶 前大　白河院―　千一　新一　玉二

12 寺 覚忠 前大　聖護 法性寺殿[―]　千九　新一　今一　遺一

13 快修　権中納言俊忠―　千一

14 山 明雲 天　権大納言顕通―　千一

15 [山] 慈円 [前大]　法性寺殿―　千九　新九十二　勅廿四　慈鎮 続廿一　今十一　遺十二　才九　玉廿六　載六　続後七　風十八」（39ウ）

16 寺 倫円　大蔵卿行宗―　千一

17 興 範玄 権　伊賀守為業―　寂念子　千四　続一

18 仁 印性 前大　右京大夫長輔―　千二

新―
19 雅縁　内大臣雅通―　新一

20 寺 公胤　大弐憲俊―　新一

勅―
21 大 勧修　勅一

22 大 明尊　勅一　続一

23 僧正 行意　松殿摂政太政大臣基房―　勅三　続五　今七　遺二　載二　才二　続後一　新　千二」（40オ）

24 仁 親厳 小野 大　勅一

25 興 円経 権　勅一 法印　続二　遺才 権僧正

続―
26 静観　続一

27 東大 隆明　続一

28 寺 隆弁 前大　大納言隆房―　続二　今四　遺七　才二　玉一　載一　続後一　新　千二

29 前僧正 実伊　大納言伊尹〔平〕―　続一 僧都　今四 法印　遺六　権僧正 才三　玉三　載一　前僧正 続後二　新千一

30 仁 実瑜 成就寺　侍従公仲―　続一　遺一 僧正　才一

31 山 慈恵 大　続一　今一」（40ウ）

今ー

32 顕真　今一

33 栄西 権 建仁寺開山　今一

34 道慶 山 前大　後京極殿ー　今一

35 公豪　三条入道左大臣ー　今一 遺五天台座主 才一

36 道玄 山 前大 号十楽院　普光園殿ー　今一 遺六 才十六天台座主 玉五前大 載七 続後三 風十 新千五

37 快雅 前大　今一

38 成源　参議成頼孫 散位忠頼ー　今一 遺一権僧正

39 承澄 山 前僧正　号小河　今一 遺一前僧正」

(41オ)

40 宗性 東大 前権　今一 遺一僧正

41 良覚 山 前大　従三位実俊ー　今二法印 遺一 才四 玉二 載一前大 続後一 風一 新千一

42 公朝　前遠江守朝時ー　今四権少僧都(五イ) 遺六法印 才七 玉一 載四前僧正 続後二 風一前大 新千二

遺ー

43 道宝 前大　八条左大臣良輔公ー　遺一 才一 載一権僧正

44 聖兼 東大 前大　猪熊殿[ー]　遺二僧正 才二前大

45 禅助 仁 前大 真光院　前内大臣通成ー　遺一法印 才四前大 玉一 載七 続後三 新千三

46 源恵 山 前大 座主　大納言頼経ー　遺一法印 才四 玉四 載二 風一 新千一

47 公澄 山 前大　山階左大臣ー　遺二法印 才五 載一前大 新千一」

(41ウ)

48 教範 〔権〕前イ　遺一法印 玉一 載一

才ー

49 通海　祭主〻ー　才一

50 実承 山 前大　三条入道内大臣ー　才三 玉一 載三 新千一前僧

51 守誉 仁 前大 成善提院　大納言実藤ー　才三 玉一 載三 風一 新千一前僧

52 聖忠 東大 前大　円光院殿ー　才一

53 醍醐 道順 大納言具房ｌ ｵ一権少僧都 載三僧正四イ 続後一 新千一大

54 慈順 山階左大臣ｌ ｵ二権少僧都 玉二 風一 前大 新千二

55 道性（権）前イ 亀山院「御子ｳ」 号阿闍井宮 ｵ三 載九 続後五 新千三」（42オ）

56 寺 道潤 僧正 如意寺 ｵ一 玉五

57 山 忠源 前大 号石泉 参キ忠定ｌ ｵ三 玉二 載三前大 風一 新千一

58 興 範憲 三蔵院 法印尊憲ｌ ｵ二僧正 玉一 載二 続後一前大 風三 新千一

59 鎌倉 尊深 僧正 ｵ一前大僧正 玉一 載二 続後一

60 山 公什 前大 従二位実孝ｌ ｵ一 玉二 風一

61 興 良信 一乗院 円光院殿ｌ ｵ一前大僧都 玉二 載五 前大 続後三 新千二

62 山 雲雅 大塔 花山院太政大臣道雅ｌ ｵ二法印 玉権僧正 載四 前権 続後二 風一前権 新千三

玉一

63 興 実聡 西南院 大納言為氏ｌ ｵ一法印 玉二 載三前僧正 続後一 新千一」（42ウ）

64 前大 道瑜 ｵ二 玉一

65 円伊 ｵ一法印 玉二 載三法務二イ 続後一権僧正 風二前権 新千二権

66 醍醐 公紹 号松橋 実世卿ｌ ｵ一法印 載三

67 山 実超 毘沙門堂 三条内大臣公親ｌ 玉二僧正 載五前大 続後三 風二 新千三

68 寺 道昭 常住院 玉三 載五前大 続後二 風二前大 新千三

69 興 覚円 東北院 後西園寺ｌ 玉三 載五権僧正 続後一 風三前大 新千三

70 山 仁澄 座主 号大御堂 惟康親王ｌ 玉三 載四前大

71 前大 道弥 玉二」（43オ）

72 公誉 前僧正 玉一

73 熊野 良宋 玉一 載二 続後一 新千二前権僧正

74 権僧正 賢助 玉一

載ー

75 慈勝 山浄土寺　岡本関白殿ー　載三天台1 続後二同 風二前 新千五

76 親源 山前大　檀那院座主　載一前大 続後一 新千一

77 定顕 寺号鎌倉　石井 号花臺院僧正 参キ資平ー　載一 続後一

78 道意 仁勝宝院　後西園寺太政大臣ー　載一権僧正 続後一 風四 前大 新千四

79 桓守 岡崎　山本太政大臣ー　載三権僧正 続後一 新千三」（43ウ）

80 憲淳　大納言為世ー　載一権僧正 玉三 風一権

81 道我 仁東寺執行　載二法印 続後一 新千四

82 智[弁]　載一権僧正

83 成賢　載一前権僧正

84 慈仙 妙香院　一条内大臣ー　載一権僧正

続後ー
85 慈慶（僧正84慈仙と同人）　続後一前権僧正 新千二

86 良聖　左中将為道朝臣子　続後一権大僧都 新千三

87 聖尊（親王60既出）　続後一権」（44オ）

88 善珠　続後一僧正

89 覚実 前大　風三 新千二

90 賢俊 前大 三宝院　前大納言俊光ー　風一 新千二

91 尊什 前権　裏築地　風一 新千一

92 隆勝 前権　風一

93 静伊 前権　大納言伊頼ー　載一法印 風一前権 新千一権

94 良海 前権　風一

95 忠性 権　載一権大僧都 風一 新千二」（44ウ）

96 全玄 前大　風一

97 慈快 僧正　風一 新千一前僧

98 頼仲 前大　新千一

99 乗伊 僧正　新千一

100 実壽 僧正　新千一

101 栄海 僧正　新千一

仁 102 深守 権　先坊皇子 大金剛院　新千三

山 103 慈伝 権　浄妙寺左大臣子 浄土寺　新千三」(45オ)

104 玄円 山 前権　竹中房人　新千三

105 桓豪 山 天台座主　岡崎　新千二

106 顕遍 興 東南院　権僧正　新千一

107 桓覚 権僧正　洞院太政大臣公賢子 桓豪僧正弟子　新千一

108 覚信 今熊野 権　大炊御門内大臣ー　新千一」(45ウ)

法印

1 清成 石清水 検校　法印元命真弟子　金

2 光清 石清水 別当　金一

3 証観 寺　左大臣俊房ー　金一 続一 大僧都

4 覚誉 興　刑部大輔師季ー　金二

5 実修 山 大僧都　中納言伊実ー　千一

6 静賢 山　少納言通憲ー　千六 新一 玉一

7 澄憲　少納言通憲ー　千一 遺一 法印 風二」(46オ)

8 成清 石清水別当　石清水別当光清真弟子　千一 新一

新ー 9 幸清 石清水別当　成清真弟子　新二 勅三 続一 新千一

10 慶算　少納言俊通ー　新一 勅一

11 猷固〔円〕　左京大夫隆信ー　新一 勅一 玉一

12 聖覚　勅一　載一

13 道清 石清水別当　勅一

14 慶恵〔忠カ〕　勅一

15 昭清 石清水別当　勅一」(46ウ)

16 超清 石清水検校　幸清ｌ　勅一

17 覚寛 仁　大蔵卿法橋行貞ｌ　勅四　続五　今二　遺二　才二　玉一

18 良算　法印慶弁ｌ　勅一 権大僧都　続一

19 良守 三井　醍醐入道前太政大臣良平ｌ　続一　今一　遺 法印　才　一　玉一

20 長恵　続　今一

21 耀清 石清水別当　幸清法印ｌ　続二

22 行清 石清水検校　別当宗清ｌ　続　今一

23 覚宗 仁和寺　法印覚寛ｌ　続一 法眼　今一　遺二」(47オ)

24 寛信 法務　中納言為房ｌ　続一 法務

25 尊海 興　僧正定玄真弟子　今二　今ｌ

26 智海　今一

27 覚意　今一

28 良印　今一

29 聖憲 山 祇園別当　法印定雲子　今一　遺一

30 尊家 山 日光別当　正三位顕家子　今一

31 最信　足利 前左馬頭義氏ｌ　今一 法印　遺三 現　才四　載一」(47ウ)

32 厳恵 小野　権大納言高実ｌ　今一

33 定円　右大弁光俊ｌ　今三 権大僧都　遺五 法印　才二　載一　続後二　新千一

34 円勇 中務親王　陀羅尼衆　今一 凡僧　遺 権少僧　才二　載一　続後二

35 憲実 — 今 遺三 才一 玉一 載一 続後一 新千一

36 覚源 — 遺二 才一

37 定意 — 遺一凡僧 才二法印

38 良宝 — 遺一法印

39 定縁 — 遺一権大僧都」（48オ）

40 定為　大納言為氏ー — 遺二権律師 才六法印 玉一 載廿 続後十 風一 新千十八

41 乗雅　従三位兼頼ー — 遺二権大僧都 才二

才ー

42 覚守（山）　法印憲実ー — 才一権大僧都 玉法印 載一

43 清誉（寺） — 才一

44 能海（仁）関東 — 才一 玉一

45 憲基（山）　法印憲実ー — 才一 玉一 載一法印

46 聖勝（勧修） — 才二 玉一

47 俊誉（山）山内堂僧 — 才一権大僧都 玉一法印 載三」（48ウ）

48 守禅　中納言為経ー — 才一 載一 続後一

49 頼舜　太政大臣通光孫 — 才一 玉二 載一

50 長舜　源兼氏朝臣ー — 才三 玉一 載七 続後六 風二 新千[十]

51 源為　大納言為氏ー — 才一

玉ー（僧正73既出）

52 良宋（熊野宗イ）　僧正 — 玉一 載二 続後一

53 栄算 — 玉一 載一

54 源深 — 玉一

55 任弁 — 玉二」（49オ）

56 円朝 — 玉一

57 信聖（不審） — 玉一

58 栄昭 — 玉一

59 [山][関東] 仲覚　中納言[仲兼]　玉一
60 信雅　玉一
61 山 執當 源全　玉一　風一
62 忠快　平家党類　玉一
63 円俊　玉二」(49ウ)
64 公禅　玉一
65 行深　行任法印ー 覚宗法印孫　玉一
66 熊野 清壽　玉一　載一
67 遲秀　玉一
68 山 定海 勧学院　仁寛法眼ー　載一 権律師
69 能信　参キ能清卿[1]　載一 権少　新千二
70 [寺][野] 良兼　載三 一イ　新千一
71 不審 賢寛〔覚カ〕　載一」(50オ)
72 寺 静伊 僧正 (僧正93既出)　大納言伊頼ー　載一
73 寺 玄守 十楽院[門]人　載一
74 興 顕範　筑前守長教ー　玉一 僧都　載一　新[千]一
75 山 忠性 石泉 (僧正95既出)　僧正　載 権大僧都
76 山 定宗 円宗寺　載一 権少僧都　新千二
77 憲俊　載一
78 山 成運 行全房　載二　新千二
79 宗円　木工権頭時宗ー 東南院坊官　載二　風二」(50ウ)
80 浄弁　載一　続後一　新千四
81 寺 房観　載一　新千一
82 寺 公順　載二 権大僧都　続後一　新千二

83 禅隆 載一 続後一法印 新千二
84 公恵 載一 続後一
85 隆淵山 十楽院門人 続後二 風一 新千四
86 実性 法印長舜子 載二僧都 続後二 風一 新千四
87 澄俊〔山〕 載一権大僧都 新千二」

（51オ）

88 覚懐興 大納言為世子 西南院 載一 続後一凡僧 風二 新千二
89 慶運 法印浄弁子 風一権律
90 宰水〔承〕 実超僧正坊人 載一法眼 風一法印
91 延全執當 風一 新千一
92 実澄 風一
93 雲禅 載一凡僧 新千三法印
94 朝円 新千一

95 実算 新千二」

（51ウ）

96 実甚 新千一
97 実清 新千一
98 栄運 新千二
99 宗昭山徒 新千一
100 宗尋山 新千一
101 覚為 是法々師子 新千一
102 顕詮祇園法印 新千一
103 実顕山徒 仙蔵房 新千一」

（52オ）

104 弁斅山 左衛門尉盛継子 元盛弟 新千一
105 定熙〔山〕 新千一
106 仲顕 邦長朝臣子 新千一

107 石山 杲守　洞院太政大臣公賢卿子〔公ワ〕　新千一

108 今熊野 宋縁　〔・・・ワ〕大僧正　新千二」（52ウ）

僧都

古ー1 勝延　右京人　笠氏　古一

撰ー2 仁教　但馬守藤数守ー　撰〔二〕

3 不審 済高　撰目録在之集無之

拾ー4 実因　拾一

5 玄賓　今一

後ー6 山 教縁〔円〕 天台座主　伊賀守孝忠ー　後一

7 山 源心　天台座主　後二　詞一　千二」（53オ）

8 山 懐壽　後一

9 実誓　後一

10 遍救　後一

11 覚超　後一

12 長算　散位従四下少納言朝忠ー　後一

13 〔金〕今ー 公円　中納言経家ー　金一

14 頼基　中納言基平ー　金一

15 寺 永慶　大納言斉信ー　金一」（53ウ）

16 詞ー 清胤　参キ朝綱ー　詞一

17 清因　清胤同人歟、清胤〔因カ〕、集不見、追可勘之　詞二

18 東大寺 覚雅　六条右大臣顕房ー　詞二　金千三（ママ）

19 興 済慶　参キ有国ー　詞一

20 千ー 山 権少 源信　首楞厳院 卜部正親ー　千一　新一　続一　今四　玉一　載一　風一　新千一

21 有慶　千一

22 実快　右大臣公能ー　千一

23 興 覚弁　皇太ー俊成ー　千一　新二」（54オ）

24 勅ー 深観　勅一

25 有杲　勅一　続一

26 権大 経円　勅一

27 権少 良仙　民部大夫惟宗時助〔ー〕　勅一　続一　遺二

28 続ー 弥覚　続一　才一

29 東塔西谷常寂院 延真　続一

30 小野 厳雅　参キ雅経ー　今一 権律師　遺二 権少

31 権少 澄舜　遺一 権少　才一　載二」（54ウ）

32 山 玄覚　遺二 権律 追加 才一

33 房厳　広隆寺執行　才二　玉一

34 全真　玉二

35 権大 厳教　玉一　載一

載ｌ

36 浄道 権少　伊世国人　載一　続後一　風一

37 頼験　載一

38 澄俊 山 権大　法印　載一（法印87既出）

39 澄守 山 権少　載二」（55オ）

40 良雲 権大　載一

41 叡俊 権少　載一

42 雲禅 権大　法印　載一 凡僧（法印93既出）

43 実誉　載一 権少

44 成瑜　載一

45 実性 寺 権少　法印　法印長舜ｌ　続千二　続後二　風一（法印86既出）

46 良聖 山 権大　僧正　続後一（僧正86既出）

47 潤為 権少　風一」（55ウ）

48 長延〔験カ〕 権大　新千一

49 尊玄 権大　新千一

50 宗親〔宋〕 権大　新千一

51 経深 寺 権大　聖護院　小田常陸前司時知子　新千一

52 寛耀 高雄 権少　新千一

53 行顕 権少　常住院弟子　新千一」（56オ）

法眼

1 源賢　摂津守満仲｜　後一
2 宗延 山 不審　太政大臣宗輔｜ 金無之宗延者勅作者也　金
3 長真　権中納言顕長｜　千二
4 兼覚 山　木工頭季兼｜　千二
5 性憲　民部大輔憲雅｜　千一
6 泰覚　法橋泰尋[｜]　千一
7 慈弁　甲斐守藤師季孫　千一」（56ウ）
8 宗円　熊野別当法眼弁宗｜　千一 法橋 新一 勅四 遺一
9 禅性　少将公重〔｜〕　新一
10 栄禅　法橋成禅｜ 八幡 加賀　続一
11 俊快　藤原季宗子 三井 備中康頼[｜]イ　続一 遺一
12 源承　大納言為家｜　遺三 才八 玉一 載四 続後一
13 慶融　大納言為家｜　遺三 才五 玉一 載三 続後一
14 良珎　遺一
15 顕尋　遺一 法橋」（57オ）
16 行済　遺一 法橋 才三 載六 続後三 新千五
17 能円　伊世人　才一 載一
18 兼誉 山　神人奉行　才一 載四 続後一
19 行胤　行済法眼｜　載一 凡僧 続後一 新千二
20 慶増〔宗カ〕　〔北〕小野社僧　載一
21 親瑜　載一
22 宰承 法印（法印90既出）　実超僧正門人　載一 子宰順
23 宗厳　宗円法印｜ 一乗院門人　載一 凡僧」（57ウ）

24 静澄使　佐渡守藤房長ー　聖護院門人　載一
25 相真　法勝寺威儀師　載一
26 澄基　法印源基子　聖護院
27 能喜　法印能信子　新千一
28 円忠 諏方大進　奉行人　新千一
29 尋源　洞院太政大臣子　石泉　新千一
30 源意 聖護院　法眼源守子　新千二」(58オ)

律師

1 幽仙 興　右中将宗道ー　古二
2 慶暹 山 前イ　宇佐権大宮司公宣ー　後四　千一　新一
3 慶意 山　文章得業生章輔ー　後一
4 朝範 山　因幡守平棟仲ー　後二
5 長済 東大　宗経ー　後三
6 実源 山　後一　金二」(58ウ)
7 慶範　金一
8 増覚 興　中納言経季ー　親房子　金一
9 静命　中納言資仲[ー]　金一
10 仁祐　若狭守通宗ー　詞一
11 永観 東大 前律師　千一　今三 二イ　載一　続後一

12 俊宗　従五位下藤親信ー　千一
13 隆聖　〔西カ〕正行弟子　新一
14 公猷 舜　中務大輔定長ー　新一 勅一 続一 遺一 権律」（59オ）
15 仙覚　続 今 遺 権律
16 隆昭 権律　今一
17 円範　遺一 権律
18 円世　大納言為世猶子　才一 凡僧 載一
19 澄世 山　公澄僧正門人 大納言為世猶子　載一
20 浄弁 山（法印80既出）　法印　載一 続後二
21 慈成　風四
22 有淳　風一」（59ウ）
23 則祐 赤松　新千二

24 尊守　西南院　新千一
25 良憲 山　法印澄俊子　新千一
26 経賢 山 妙法院　頓阿法師子　新千一
27 桓瑜 律師　示慶法師也〔子ヮ〕　新千一」（60オ）

法　橋

1 観教　拾一

2 忠命　後二　金[一]

3 静昭　従三位高階成忠ー　詞一

4 有禅（興）　永縁僧正弟子　詞一

5 顕昭　左京大夫顕輔猶子　千十三凡　新二　勅一　続一　今四　法橋　遺一　才一　玉五　載一　続　後一　風四

6 奝然　新一」（60ウ）

7 行遍　熊野別当行範ー　新四

8 行賢　勅一

9 春誓　ノキハノ肥前ー　続一　玉一

10 行経　行胤法眼子　新千一」（61オ）

凡僧上　入道

1 喜撰　古一　玉一不審非喜撰歟

2 真静（御導師）　古二　撰（ママ）

3 兼藝　伊世小掾古之子　古三四イ

4 素性　蔵人左少将良峯宗貞ー　古卅四　撰七　拾二　新二　続二　今二　才一　玉二　載一　続後二　新千一

5 承均　元慶比人　古二三イ

6 神退　古二」（61ウ）

7 恵慶（播磨講師）　寛和之比人　拾十八　後十一　詞二　新七　勅二　続一　今三　玉三　載二　続後二

8 惟済　撰一

9 真延　撰

10 増基（山）　撰一　後十二　詞三　新一　玉六　続後一　風一　新千一

11 戒仙善イ　撰三

12 山 賀朝　撰一　拾一

13 山田　撰　拾一　新一　続一　玉一　載一　続後一　風一　新千一

14 筑紫観世音寺別当 満誓　俗名笠朝臣麻呂 従四位上　拾一」（62オ）

15 仙慶　拾一

16 健守　拾三

17 善祐　拾一

18 安法　内匠頭適子　拾三　後二　載一　続後一

19 戒秀 定額　花山院殿上法師 清原光輔ㄧ〔元ヮ〕　拾一　詞一　続一

20 寛祐　拾一

21 勝観　拾一

22 浄蔵　参キ三善清行ㄧ　拾一　詞一」（62ウ）

23 〔寿カ〕喜玄　拾〔一ヮ〕

24 忠蓮　拾（ママ）

25 仲算　拾一

26 熊野蔵　拾一

27 肥後国僧　拾一

28 山 道命 天王寺別当　右大将道綱ㄧ 阿闍梨　後十六　詞九　千九　新四　続一　今三　玉二　載一　続後二　風一

29 阿闍梨 湛円　伊与国人　後一

30 寺 快覚 阿　中宮大進藤俊相ㄧ　後一　金二」（63オ）

31 永成 阿　越前守源孝道孫　後一　金一

32 寂昭　参キ大江斉光ㄧ 俗名定基　後一　詞一　新一

33 法円上人　長保之比人　後一　新一

34 円松　寛和之比人　後〔一〕

35 能因 家集ニ或云長久元年五十七年也云々
肥後守橘元愷子
俗名永愷
後卌一　金二　詞四　千三　新十　勅三　今三
遺二　玉二　続後二

36 元慶 大山寺別当
対馬守藤茂規ｌ
後一

37 連敏
長保之比人
後二三

38 懐円 山 大宮禅師
源道済ｌ
後三」
（63ウ）

39 良勢 山

40 慶範 山（律師7既出）
右京亮中原致行ｌ
後四　千一

41 蓮仲 山
佐渡守為信ｌ
後二

42 光源 山
長元之比人
後二

43 頼慶

44 信寂
尾張守高階助順ｌ
俗名丹後守従四上俊平
後一

45 永胤
左馬助栄光ｌ
後三

46 聖梵 東大
父不詳
後一」
（64オ）

47 良暹 山 祇園別当
母実方家童　白菊
後十四　金四　詞六　千一　新二　続一　遺一
新千一

48 慶尋
駿河守平業任ｌ
後一

49 清基
石清水権別当栄春［ｌ］
後一

50 叡覚
右少弁定成ｌ
俗名信綱
後四

51 永源
肥後権守敦舒ｌ
後七　詞一

52 源縁
後三　金二

53 素意
康平後出家
俗名重経
従五上紀伊守
後七　千一

54 宣源 阿闍梨
金一」
（64ウ）

55 隆源 山 阿
大弐経平孫
若狭守通宗ｌ
金四　詞一　千三　玉一
新千一

56 成尋 阿
新千一

57 賢智 阿　金二

58 隆覚 阿　大納言隆国―　金二

59 意尊　金二

60 懐尋　金二

61 心覚

62 静厳　金一　千二」（65オ）

63 忠快　金二

64 行真　金一

65 琳賢　橘義済―　金一　詞一　千一

66 勝超　金四

67 証〔澄〕成　金

68 覚樹　金一

69 信永　金一

70 瞻西上人　金一　詞一　千二　新二　勅一　載一　続後一」（65ウ）

71 慶〔経〕軽　金二

72 澄成　金一

73 寛念 已講　詞一

74 最厳 山阿　越中守雅弘―　詞一

75 玄範 醍醐　詞一

76 蓮寂　和泉入道俗名道経　詞一

77 隆縁 山　但馬守隆忠―　詞三

78 俊恵　木工頭俊頼朝臣―　詞一　千廿二　新十二　勅五［六］　続二　今五　遺三　才三　玉一　載三　続後三　風五」（66オ）

79 登蓮　詞一　千四　新一　勅一　続一　今一　遺一　玉一　続後一　風二　新千一

80 仁昭（山阿）　織部正親仲ー　千一

81 長覚（仁阿）　左京大夫顕輔［ー］　千二 入之　遺一 長覚比人歟　続一

82 覚延（仁阿）　少将公重子　千三　玉一

83 尊円　宮内少輔伊行ー　千一　勅一

84 円玄（阿）　肥後守俊保ー　千二

85 祐盛（山阿）　千三　勅一　続一　今四　遺一　才一　玉一

86 覚盛（山阿）　千三　勅二　遺一」（66ウ）

87 静縁（山阿）　千三

88 覚審（山阿）　基俊孫　千一

89 経因　大和守助（ママ）　千一

90 良喜　千一

91 覚禅　千一

92 覚俊上人　千一

93 俊盛　俊頼朝臣ー　千一

94 道因　治部丞清孝ー　俗名敦頼　馬助　千廿　新四　勅三　続一　今二　遺二　才一　玉一　載一　続後一　風三　新千二」（67オ）

（頭書）現存和哥集撰之、序云、長寛第一歳暮夏之月、詞云、洛下送老、山辺隔［蹤］、

95 静蓮　治部丞頼綱ー　俗名重茂　千一

96 恵章（興）　千一

97 朝恵（興）　千一　新一

98 源慶（興）　千一

99 俊秀（山）　従五下俊重ー　俊頼朝臣孫　千一

100 仁上　千一

101 頼円（［興］）　俊恵真弟子　千一

102 西住　俗名季政　千一」（67ウ）

103 西行 本名円位　散位康清ー 俗名則清　兵衛尉　千十八円位　新九十四西行　勅十一　続十三　今九　遺九　ォ十三　玉五十二　載四　続後三　風十三　新千四

104 寂超　丹波守為忠ー 俗名為経　千三　新二　勅二　続一　今一　ォ一　玉一　続後一　新千一

105 寂然　丹波守為忠ー 俗名頼業為イ　千六　新十三　勅四　続四　遺一　ォ一　玉一　続後一　風九　新千一

106 覚蓮　遠江守盛章［ー］ 俗名隆行　千一　ォ九　玉八　続後二

107 寂蓮　建仁二年七月十九日早世　中務少輔　俗名定長 俊海法師子イ　千七　新卅五　勅九　続七　今八　遺五　載三　風三　新千四

108 空仁　神祇少副大中臣定長ー　千四　ォ一

109 安性　俗名時元　千四

110 蓮上　俗名荒木田成定実イ　千一」（68オ）

111 能蓮　大和守藤盛ー 俗名周防守能盛　千一　勅一

112 日蔵上人　新一二イ

113 増賀上人　新一

114 性空上人　書写山　新一　続一

115 西日　新一

116 素覚　新一

117 勝命　佐渡守親賢資イー 俗名親行　美濃守　新一　勅一　続一　玉二

118 寂延　荒木田ゝ子　新一　勅五　続一」（68ウ）

119 如願使　俗名藤秀能（ママ）ゝ守　新十七秀能　勅九如願　続五　今二　遺九　ォ五　玉三　載三　続後三　風七　新千三

120 弁基　勅一

121 千観　勅一　載一　続後一

122 宗延　勅二

123 鑁也　高野山　勅一　載一　続後一

124 高弁上人 栂尾 号明恵　紀伊国人　勅五　続二　遺　才一　玉八　今二　風三

125 行念　修理大夫時房子　相模次郎入道時村　勅五　続二　今二　遺一故　才一　玉二　載一　続後　一　新千一

126 真昭　修理大夫平時房三ー　相模三郎資時入道　勅五　続三　今四　遺二　玉二　続後一　新千二」(69オ)

127 蓮生 号宇津宮弥三郎入道頼綱俗名　左兵衛尉業綱ー　勅三　続六　今一　遺五故　才七　玉四　載二　続後　一　新千三

128 信生 号塩屋谷イ　俗名兵衛尉朝景 業歟　左衛門尉業綱男　宇津宮左衛門尉朝綱孫　左兵衛尉朝業二男イ　勅一　続一　今二　遺二故　千一　玉一　載一　続後一　新

129 素俊　中務大輔伊綱ー　実刑部少輔家基ー　花下十念　勅一　続一　今一

130 寂身　号周防右衛門入道出雲イ　能蓮子母武蔵　勅一　今二　続後一

131 浄意　知足院三位大夫有仲ー　備後権守有季入道　勅一　続一

132 定修　中納言定家ー　続一　今一　遺一

133 円嘉 山阿　続一　遺一　載一

134 経乗 仁阿　続一　才二」(69ウ)

135＊ 長寛 覚歟 仁阿　(凡僧81既出)(覚)　左京大夫顕輔ー　続一

136 叡空上人　続一

137 縁忍上人 大原　続一

138 貞慶 号笠崎 解脱房　右中弁貞憲ー　続二　今二

139 堪空上人　続一　今一　才一

140 蓮阿　続一

141 光西　続一

142 寂縁　続六」(70オ)

143 行円 号松葉入道　続一　遺一

144 信阿　続二

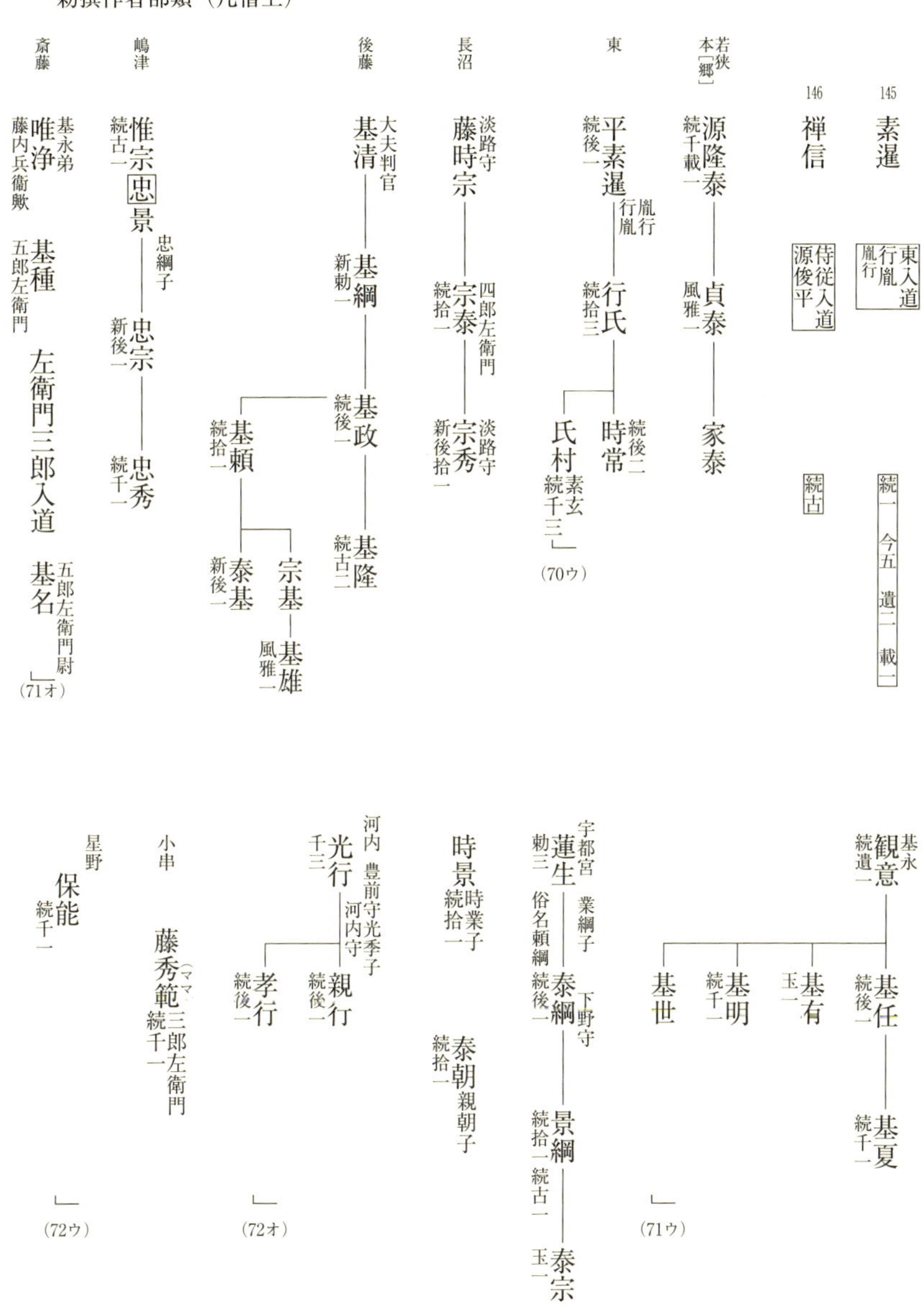
145
素暹
東入道
行胤
胤行
続一
今五
遺二
載一
146
禅信
侍従入道
源俊平
続古
若狭本［郷］
源隆泰
続千載一
貞泰
風雅一
家泰
東
平素暹
続後一
胤行
行胤
行氏
続拾三
時常
続後二
氏村
素玄
続千三
（70ウ）
長沼
藤時宗
淡路守
宗泰
四郎左衛門
続拾一
宗秀
淡路守
新後拾一
後藤
基清
大夫判官
基綱
新勅一
基政
続後一
基隆
続古二
基頼
続拾一
宗基
基雄
風雅一
泰基
新後一
嶋津
惟宗忠景
続古一
忠宗
忠綱子
新後一
忠秀
続千一
斎藤
唯浄
基永弟
藤内兵衛尉
基種
五郎左衛門
左衛門三郎入道
基名
五郎左衛門尉
（71オ）
観意
基永
続遺一
基任
続後一
基夏
続千一
基有
玉一
基明
続千一
基世
（71ウ）
宇都宮
蓮生
勅三
泰綱
業綱子
俗名頼綱
続後一
下野守
景綱
続拾一
続古一
泰宗
玉一
時景
時業子
続拾一
泰朝
親朝子
続拾一
河内
光行
豊前守光季子
千三
親行
河内守
続後一
孝行
続後一
（72オ）
小串
藤秀範（ママ）
三郎左衛門
続千一
星野
保能
続千一
（72ウ）

（下冊）
凡僧下　女院　后宮　准后
内親王　女御御息所　更衣
一二三位　尚侍　女王　庶女上下
不知官位　神明　仏陀　化人
作者異儀」（扉ウ）

歌部
作者
凡僧下

今ｌ
147 西音　今一　才一　玉一　幺　一　新千一
148 心円　正三位知家ｌ　今一　遺二　才一　玉　一
149 隆専　従二位家隆ｌ　今一
150 道円　筑前守知家ｌ　俗名時家　前伊賀守　今三　遺一
151 慶政上人 松尾証月房　今三　遺一　玉一　風　十　新千一」（1オ）
152 思順上人 草川　真観房　今二　遺一
153 証恵上人 道観房也　浄金剛院　今一
154 道然上人 道観房弟子　号有家卿子　今一
155 瞻空上人　今一
156 心海上人 阿弥陀院　今一　遺一　才二

才ー

157 明教　真観房舎弟　今一

158 浄金剛院覚導房 禅空上人　大納言伊平ー 証恵上人門弟　遺二　才一

159 円空上人　遺一　才一　玉一　戈 一」(1ウ)

160 清水寺僧 京月　遺一

161 道生　道隆子　遺一

162 真願　遺一

163 道洪　城介藤泰盛ー 号四郎左衛門尉　遺四　才五　玉一　戈 二　続二

164 深草寺 如円　遺一　才一　風一

165 観意　号斎藤四郎左衛門尉基永 左衛門尉基高ー　遺一 現　才三 故　玉一　戈 三　么二

166 不審 観暹　集無之　遺一(ママ)

167 良心　左近将監秦久秋ー　遺一」(2オ)

168 唯教　俗名　才一　載一

169 見仏上人　松嶋住　才一

170 〔蓮ヮ〕速修房 志遠上人　草川 光成入道　明教ー　才一

171 寿証　俗名修理亮　才一

172 行蓮　民部入道　俗名惟宗良俊　才一　戈一　新千一

173 行生　斎藤太郎兵衛入道　才　玉一

174 円道　行家卿孫　心円ー　才一

175 定覚　宗八左衛門入道 称広言流　才一」(2ウ)

176 竹林寺〔院ヮ〕道教房 顕意上人　道証孫　信教ー 行歟　才一

177 浄金剛院　定観房 貞空上人　禅空上人門弟　才一　風一

178 蓮光院　了観房 漸空上人　才一　戈一　新千一

179 主典辻子　自性房 了然上人　前大納言為家ー　才二　戈三　么一

180 阿自房 彰空上人　才一　戈一
181 西院長老 順空上人　別当頼兼ー　才一　戈一
182 南都律僧 性瑜上人　本定房　才一
183 興信　俗名宗信　出羽守　隼人正　才一　戈一宗信」(3オ)
184 見性　俗名修理亮ーー　遠江守時基ー　宮内権大輔時賢俗名　才一
185 号宇津宮播磨 西円　才一
186 寂恵　俗名安倍範光〔元カ〕　号順教　才一　玉二　戈三　風　五
187 主典 祖意　光明寺長老　爾性弟子　才一追加
玉ー
188 寿福寺大慶寺長老 真静上人〔浄〕　玉一　戈一
189 行円上人　続後撰行円同人歟　可尋之　玉二
190 阿一上人　玉一　風一
191 生阿　玉一」(3ウ)

192 自性　玉一
193 善信　玉一
194 全性　玉一
195 覚照　玉一
196 万葉作者也 博道　玉一
197 聖戒　樋口聖一遍房弟也　玉一
198 盛弘　玉一
199 了雲　国造淑氏ー　(4オ)戈一　幺一　新千一」
200 左大臣家忠公孫 花山院 頓阿　俗名泰尋又号戚空　小野宮大納言能実末葉　法印仁誉真弟也　戈一　千四　幺一　風一　新
201 兼好　戈一　千三　幺一　風一　新
202 能誉　戈二　幺一
203 法印 興 西南院 覚懐（法印88既出）　大納言為世ー　戈一　幺一

204 寿暁　戈一　幺一
205 禅心　俗名 号三郎入道　戈一　幺一　新千一
206 寂信　戈一
207 道基　戈一　幺二」（4ウ）
208 照空上人　戈一
209 源空上人　戈一　新千一
210 如空上人 北小路大念仏　戈一　風一　新千一
211 尊空上人　浄金剛院貞空上人門弟 本導房　戈一
212 承空上人 西山長老　戈一
213 示証上人　戈一　風一　新千一
214 尊親　戈一
215 道義 嶋津下野入道　嶋津惣領 上総入道道鑒貞久父　戈一
幺

216 義円　戈二」（5オ）
217 念阿　戈一
218 円蓮　戈一
219 行観　戈一
220 本如　戈一　風一
221 慈寛　戈一
222 行乗　妙法院　尊教僧正坊人 号証如法師　戈一　新千二
223 是法　念阿真弟　戈一　新千一
224 明玄　戈二」（5ウ）
225 順西　河内国住人　輪田入道　戈一
226 文智　住吉社僧　戈一
227 仁俊　幺一

風

228 道全　風三

229 夢窓国師　疎石　天龍寺開山　風四　新千一

230 仏国禅師　風二

231 如浄　風一

232 只皈　風一　新千二」(6オ)

233 明通　大納言具房子　号通阿弥　風一

234 寂念　風二

235 全性（凡僧194既出）　風一

236 清空上人　本導上人等空　浄金剛院　静導上人深空　覚観上人清空　融観上人良空　風一

237 兼空上人　大納言師重卿子　深草　風一　新千一

238 法源　風一

239 道甚　風一」(6ウ)

新千

240 証空上人　新千一

241 道誓　式部大夫入道　新千一

242 寂真（門真）　弾正忠入道　伴氏　新千一

243 円胤上人　新千一

244 玄勝（斎藤）　左衛門四郎入道　新千一

245 俊阿　惟宗時俊朝臣子　俗名大膳権大夫貞俊朝臣　新千一

246 聖統　栗嶋入道　新千一

247 向阿　武田大膳大夫入道　新千二」(7オ)

248 善了　新千一

249 信快（飯尾）　三善為連子　三郎左衛門入道　新千一　已上故者

250 浄阿　四条聖　金蓮寺　新千二

251 如雄（尾藤）　新千一

252 土岐 昌義　禅僧　新千一
253 耀空上人　尊〔勝ワ〕証房　新千一
254 覚空上人　観恵房　三福寺改大光明院　新千一
255 細川 道賢　大前将監入道　俗名義顕　新千一」(7ウ)
256 顕覚　菅少納言入道　新千一
257 栄宝　素阿弥　新千一
258 恵欽上人　了然上人弟子　双円房　新千一
259 双救上人　嵯峨竹林寺長老　新千一
260 良空上人　三条入道内大臣公秀子　覚観房弟子　新千一
261 加持 寂昌　備前　新千一
262 和田 道政　近江入道　新千一
263 薬師寺 元可　橘範隆子　俗名公義　次郎右〔左ワ〕衛門　加賀守　新千一」(8オ)

264 摂津 性厳　新千
265 山岸 雄舜　真覚法師　新千一
266 福部 常元　俗名氏重　新千一
267 宇津宮 蓮智　遠江入道　新千一
268 世保 心阿　高武蔵守家人　七郎左衛門親宗　新千一
269 禅僧 祖月　新千一
270 若狭本郷 照覚　俗名家泰　新千一
271 土岐八〔郎ワ〕井入道 善源　新千一」(8ウ)
272 松田 元妙　新千一
273 頓乗　経世子　俗名春宮亮俊顕朝臣　新千一
274 千恵　俗名堀川中将基時朝臣　新千一

275 禅休 三須 奉行人　禅心法師子 三須雅楽大夫入道　新千一

276 周嗣 禅僧　新千一

277 性遵 奉行人 愛　愛　左衛門入道　新千一

278 定顕 山徒　横川宝蔵坊　新千一

279 恵鎮上人 律　法勝寺長老　新千一尺教部」(9オ)

已上現存

作者女

○女院

1 東三条院 後ー　法興院関白ー 母摂津守仲正ー　後一　千一　新二　勅一 今三

2 上東門院　法成寺関白ー 母左大臣雅信女　後二　金二　千三　新五 続㊁　今二　玉五　幺一 新千二

3 陽明門院　三条院ー　後一　新一　続一

4 皇嘉門院 新ー　法性寺関白ー 実ハ顕房公ー也　新二

5 九条院　太政大臣伊通ー　新一

6 待賢門院 今ー　春宮大夫公実ー 法性寺関白為子　今二」(9ウ)

7 月花門院　後嵯峨院ー　今八(六イ)　遺二　才二　新千 二　玉五

8 遊義門院 才ー　後深草院ー 母東二条院ー 後宇多院為妃　才六　玉十一　戈六　風 一　新千二

9 永福門院　後西園寺入道太ー女　才二　玉四十九　戈十二(十一イ) 幺二　風六十八　新千十

10 万秋門院　後光明峯寺殿ー　才尚侍藤原頊子朝臣　玉一同 戈七同　幺三万秋門院　風一

玉ｌ 11 章義門院　伏見院第二皇女　玉八

12 〔朔ワ〕朝平門院　伏見院第一皇女　玉八　風二

13 広義門院　前左大臣公衡女　玉四　戈二〔三イ〕　新千一

14 郁芳門院　白川院第一皇女 堀川院国母　玉一」(10オ)

15 宣陽門院　後白川院ｌ　玉一

戈ｌ 16 〔前斎宮〕達智門院　法皇ｌ 後宇多院皇女 斎宮　母談天門　戈六〔皇后宮〕　幺三　新千五

17 〔談〕淡天門院　参議経氏ｌ　今上御母 後宇多院為妃　戈四　幺二　新千一

18 徽安門院　花園院皇女 母宣光門院　風廿九　新千二

19 壽成門院　後二条院皇女　風二　新千一

20 顕親門院　山科左大臣実雄女 花園院母后　風二

21 宣政門院　後醍醐院皇女 母後京極院　新千五

22 後京極院〔禧子〕　後西園寺入道太政大臣女 中宮　皇太后宮　戈五　幺三　新千五」(10ウ)

23 西華門院　太政大臣基具女 後二条院母后　新千一

24 崇明門院　後宇多院皇女 先坊御息所　新千一

○后宮

古ー 1 二条后　贈太政大臣長良ー　母総続女　陽成院母　延喜十一年三月薨　古一

巽ー 2 嵯峨后（嘉智子）　贈太政大臣橘清友ー　深草天皇母　嘉祥三年崩　六十三　巽一

○○ 3 七条后　昭宣公三女　宇多院后　寛平九皇后宮　延喜七年崩卅六　巽二　拾一

拾ー 4 光明皇后　不比等女　聖武后　拾一

5 三条太皇大后宮〔太、以下同〕　朱雀院ー　廉義公女　円融后イ　拾二　新二」（11オ）

6 贈皇后宮　謙徳公ー　懐子　花山院母后　拾一

後ー 7 四条太皇大后宮　廉義公ー　母代明親王女　後一　詞一

8 一条院皇后宮　粟田関白ー　後二　今二　詞一　千一　新一

千ー 9 贈皇后宮　大納言実季ー　鳥羽院母后　千一

10 大皇太后宮〔太、以下同〕　右大臣公能ー　千一

新ー 11 枇杷皇太后宮（妍子）　法成寺摂政ー　新二　二　続一　今二　新千

12 後一条院中宮（〔威ヮ〕盛子）（後朱雀イ）　法成寺摂政ー　新一但无之

勅ー 13 天暦中宮　勅二」（11ウ）

14 冷泉院太皇大后宮　勅一

今ー 15 天暦贈太皇大后宮（后宮13既出）　今一

16 西院皇后宮　今一　幺一

17 倭大后　今一

18 二條〔院〕皇后宮〔一〕　今一

19 堀河院中宮（懐子（ママ））　今一　玉一（ママ）

20 近衛太皇太后宮（后宮10既出）　玉一

21 故中宮（在女院）（女院22既出）　後西園寺入道太政大臣女　後為皇太后宮　戈五　幺三」（12オ）

22 贈太皇大后宮（后宮13既出）　九条右大臣女　新千一　天暦贈太皇〔太ヮナ〕后宮同人也

○准后

勅ー 1 源麗子 従一位 勅一

2 源倫子 従一位 右大臣雅信女 勅一 続一 玉一

○内親王

古ー 1 伊豆内親王 桓武天皇ー 古一

2 高津内親王 桓武ー 嵯峨女御 古一 巽一

括イ 3 拈子（ヨシ）内親王 斎宮 文徳ー 古二」（12ウ）

4 均子（キ）内親王 宇多ー 古一 巽一 集云閑院五ノミコ

巽ー 5 紀内親王 桓武ー 巽、

6 柔子内親王 宇多ー 延喜同母 斎宮ノミコ 巽、

7 宇子（ニウ）〔孚〕内親王 桂宮 宇多ー 巽一 勅一

8 依子（エ）内親王 鬘宮 宇多ー 母更衣貞子 大納言昇女 巽二

9 勤子内親王 号女四宮 天慶元十二五薨四品 延喜ー 母更衣周子 巽一 天性柔順、容止可観、先帝鍾愛、教鼓琴之妙、配右大臣九条、于時権中納言左衛門督、

拾ー 10 選子内親王 斎院 天暦ー 母九条右大臣女 拾一 後七 金一 詞一 千一 新一 勅七 続二 今一 遺三 玉七 戈二 幺二 風一 新千一

後ー 11 規子内親王 斎宮　天暦ー　後一」(13オ)

詞ー 12 禖(ハイ)子内親王 齋院　後朱雀院ー　詞一　今一

千ー 13 聡子内親王　後三条院ー　千一

14 式子内親王 齋院　後白川院ー　千九　新四十九　勅十二　続十五　今九　遺六　才五　玉十六　戈二　幺五　風十四　新千三

今ー 15 尊子内親王　今一

才ー 16 奨子内親王（女院16達智門院と同人）　後深(ママ)草法皇ー　才三　玉三

玉ー 17 資子内親王 一品　玉一

18 雅子内親王　玉一

19 詢子内親王　玉一」(13ウ)

幺ー 20 欣子内親王　後醍醐院皇女 准三后　幺一　風一　新千一

21 栄子内親王　後二条院皇女　幺一　風一　新千一

22 進子内親王　伏見院ー　風廿九　新千四

23 儀子内親王　後伏見ー　風廿六　新千一

24 祝子内親王　風十

25 守子内親王　風一

26 瑒子内親王　後二条院ー　新千[二]

27 祥子内親王　後醍醐院ー 前斎宮　新千一」(14オ)

28 瓊子内親王　後醍醐院ー 母贈従三位為子　新千三

29 婼子内親王　先坊御女　風一　新千一

○女御御息所

1* 中将御息所 朱雀院 鮮子　巽ー　巽一

2 女御仁善子　右大臣定方ー 延喜女御 三条右大臣女同人歟　巽一 今一延喜女御 三条右大臣女 秋風ニ

3 大将御息所 藤能子 元更衣　三条右大臣 仁善子弟 和泉大将定国女 延喜女御　巽二衛門ノ御息所同人也、又右衛門督之時為更衣、随其時云之歟

4 京極御息所 従二位 褒子　左大臣時平ー　巽一

5 小八条御息所　民部卿昇女　巽」
（14ウ）

6 按察御息所 正妃　左大臣在衡ー　拾ー　拾一

7 広幡御息所　中納言広明ー　拾一

8 中納言御息所　拾一

9 斎宮女御 徽子女王　〔式ワ〕民部卿重明親王女 天暦女御 母貞信公女　拾四 後七 新十一 続一 今三女御徽子女王 玉九 幺三 新千二女御徽子女王

10 麗景殿女御　代明親王ー　拾一 後一

11 承香殿女御　左大臣顕光ー 条院イ 延喜女御　拾一 千一

12 堀河女御　左大臣顕光ー 小一条院女御　後ー　後二 今一

13 女御藤生子　二条関白ー　新ー　新二 玉二」
（15オ）

14* 女御熈子女王　保明親王也 文彦太子女　新一

15 宣耀殿女御　今ー　今一

16 梅壺女御（女御13生子と同人）　生子同人歟、可考、　今一

17 淑景舎女御　今一

18 女御藤能子　延喜御返令進人　玉ー　玉一後撰作者大将御息所同名也、彼御息所者三条右大臣女延喜女御也、尤不審、可決、

19 女御藤芳子（女御15宣耀殿女御と同人）　玉一

20 女御藤慶子　朱雀院之比人　玉一

○更衣　（15ウ）

古ー1　三条町　正四位下名虎ー　古一

撰ー2　近江更衣（源周子）　右大臣源唱ー　生時明并内親王三人　撰一　新一更衣源周子　玉一

3　中将更衣　参議伊衡女　撰一第十巻也

拾ー4*　少将更衣　参議伊衡ー　延喜更衣　号中務更衣中将更衣同人歟　拾一

勅ー5　更衣正妃（女御6按察御息所と同人）　勅一

玉ー6　更衣源訶子　天暦御返令進人　玉一

○尚侍　（16オ）

撰ー1　尚侍　撰一

2　尚侍藤灌子　続一

○一二三位

扌ー 1 従一位祺子　殿下北政所　前関白左大臣女　扌二

2 従一位兼子　玉一

玉ー 3 従二位為子　為教卿女　院大納言典侍　扌八　玉五十八従二　続千従二位　風卅九　新千六

4 従二位行子　玉一

戈ー 5 従二位藤宣子　前大納言為氏ー　実為顕女　押小路関白母　戈六　幺二　風六　新千　三

6 贈従二位清子　風二」（16ウ）

後ー 7 美作三位　美作守大江定経妻　後一　玉一

8 ［藤イ㋻］源賢子　大貳三位　後冷泉御乳母　藤宗孝女　山城守宣孝歟　母紫式部　大貳国章為妻　後九　詞一　千四　新六　勅三　今一　遺一　玉二　戈二　幺一　風二

9 白川院御乳母　藤三位　前大和守従四位下親国ー　若顕季卿母二位歟　可尋　後二

千ー 10 兼子　伊与三位　堀川院御乳母　讃岐守顕綱朝臣ー　千一

新ー 11 朱雀院御乳母　源三位　大膳大夫敦頼ー　新一

勅ー 12 従三位源廉子　勅一

扌ー 13 従三位源親子　前大納言師親ー　扌二　玉廿九　戈四　風十五

14 贈従三位為子　前大納言為世ー　母従三位賀茂氏人女　扌五遊義門院権大納言　玉五　後二条院権大納言典侍　戈十三　幺十　一　新千十七」（17オ）

15 従三位藤宣子（一二三位5既出）　扌三　玉六　戈一

玉ー 16 従三位季子（女院20顕親門院と同人）　玉三

17 従三位房子　玉一

18 従三位朝子　玉一

19 従三位客子　風四

20 従三位藤子　新千四

○女王

巽ー 1 元平親王女（二品弾正尹）　陽成院二ー 左大臣顕光母　巽二」（17ウ）

2 惟喬親王女　巽一

3 是忠親王女　巽一

4 南院式部卿（貞保）のみこのむすめ　巽一 式部卿貞保 清和第四ー 母二条后

後ー 5 中納言女王　小一条女御　後一 金二 千一

新ー 6 八代女王　新一

7 山口女王　新一 続一 玉一

勅ー 8 広河女王　勅一

9 褰帳女王　勅二」（18オ）

玉ー 10 紀皇女　玉三 一歟

11 鏡女王〔王女〕　玉一

○庶女上（ママ）

古ー 1 小野小町　或云出羽国郡司女 或人云玉造云小野 小町非此人事云々　古十七 巽四 新六 勅六 続四 今八 玉四 戈一 么二 風二 新千四

2 尼敬信　目録云、因香朝臣ノ女、（母歟）　古一

3 典侍藤因香朝臣　貞観寛〔平カ〕喜人　古四 巽一 勅典侍因子云々

4 小町姉　古一 巽

5 寵　従四位上大和守源精女　古三」（18ウ）

6 典侍直子朝臣　五条后姪女　古一

7 二条　右京大夫姪〔至〕女　古一 玉一

8 小野千古母　古一

9 典侍洽子朝臣　参議章綱女　古一

10 屎（久曾）　源作（ツクル）女　古一

11 白女（遊女）　大江玉淵女　古一

○○

12 陸奥　従五位下橘葛直（クスナヲ）女　古一

13 三国町　名虎女　貞登母　仁明更衣　古一」（19オ）

14 讃岐　讃岐守安陪清行女　古一

15 因幡　因幡守基世王女　古一

16 壬生乙　壬生益成女　古一

17 閑院　延喜之比人　古二一イ　巽二

18 紀乳母（メノト）　陽成院御乳母　古二　巽二

19 大輔　但馬守胤女　古一　巽十四　玉一 延長六年菊合哥入之

20 兵衛　藤高経女　古二

21 紀有常女　古二」（19ウ）

22 伊勢　大和守継蔭女　古廿二　巽五十八　拾十六　新十五　勅三　続六　今七　玉十　戈二　幺三　風八　新千五

巽ー

23 清正母　巽一

24 平時望卿妻　巽一 集云二十

25 小町いとこ　巽一

26 小町孫　巽一

27 四条御息所女　巽一

28 蔵内侍　巽一

29 兵衛　参議兼茂女　巽一　拾一」（20オ）

30 中務　中務卿敦慶親王女　母伊勢　巽七　拾十四　詞一　新四　勅四　今三　続七　玉四　戈三　幺二　風六　新千三

31 少将内侍　巽一

32 右大臣顕忠母　大納言昇母［女歟⑦］　巽一 集云、藤原顕忠朝臣母、春下哥　同人歟、大納言源湛女、従五位上字大貳更衣、
顕忠、天暦二年大納言、九年右大将、天徳元年左大将、四年右大臣、康保二年薨、

33 中納言敦忠母　在原棟梁ー　巽一

34 参議玄上女　巽一 延喜十九年参議刑部卿、承平二年従三位、三年薨五十八、

35 寛湛法師母　中納言公頼室　巽一

36 小野好古女　巽一

37 前中宮内侍　巽二　拾一」(20ウ)

38 一条　貞平親王母〔女〕　巽一　拾一

39 兼忠卿(ママ)乳母　巽

40 おほつふね　敦忠卿母弟棟梁女　巽二 或云、敦忠卿若少之時、養之故、敦忠号御局ヲオホツフネト呼成之云々

41 右近　右近少将季綱女　巽五　拾三　勅一

42 今木　参議伊衡朝臣女　巽二

43 閑院大君　巽三　才一〔拾㋻〕　今一

44 本院侍従　筑前守棟梁女　巽一　拾一　新一　勅一〔四〕　イ続一　今二　玉二　戈一　幺一

45 本院蔵　巽二」(21オ)

46 本院兵衛　巽一

47 本院右京　重親女　巽一

48 小弐命婦　巽一　拾一

49 藤原真忠カいもうと　巽一イ本　真忠右大臣恒佐四男、天慶六年右少将、五年右馬頭、

50 亭子院今子　巽一

51 閑院少将　巽一

52 武蔵　巽一

53 承香殿中納言　巽一　拾一」(21ウ)

54 少弐乳母　巽一

55 命婦清子(キヨイ)　巽一

56 中将内侍　巽一

57 典侍明子　中納言敦忠女　巽一

58 右衛門　加賀権守兼胤女　巽一　拾一

59 刀自子（俊子） 大江玉淵女 巽一 勅二 続一
60 内侍平子 巽一
61 承香殿あこき 巽一」（22オ）
62 土左 巽一
63 下野 下野守源正澄女 巽一
64 駿河 巽一
65 対の子（公イ） 巽一
66 かつみの命婦 藤原賀徒見 巽一
67 平高遠妻 巽一
68 源頼女 巽一
69 春澄善縄女 巽一 春澄年従三位薨七十三 貞観二年参議、三年式部大輔、十二」（22ウ）
70 〔石〕坂上南松女 巽一

71 千包女 巽一
72 大江玉淵女 巽一
73 藤滋包女 巽一
74 橘公平女 巽一
75 兼覧王女 巽一
76 兼茂朝臣女 巽一
77 平中興女 巽三 勅二」（23オ）
78 大納言伊望卿女 元慶二年薨 巽一 集云、平伊望朝臣女、
79 小野遠興女 巽一
80 藤滋幹女（基イ） 或藤原清平― 巽一
81 清成女 巽一
82 檜墻女 巽一

拾｜
83 坂上郎女　拾一　今一　玉五　新千一　幺一
84 藤後蔭女　拾一　続一
85 重之祖母　拾二」(23ウ)
86 八条大君　拾一
87 延喜大皇太后宮内　拾一
88 天暦御乳母少納言　拾一　勅
89 儀同三司母 号高内侍　従三位成忠女 高階　前掌侍貴子　拾一　後一　詞一　新一
90 右大将道綱母　陸奥守倫〔寧ワ〕宣女　拾七　後七　詞二　新一　勅四　続一　今一　玉九　戈二　幺二　風一　新千二
91 菅贈太政大臣母　拾一
92 謙徳公北方　代明親王女　拾一
93 愛宮　西宮左大臣室　九条右大臣女　中納言経房母　拾二」(24オ)
94 清正娘　拾一

95 斎宮内侍　拾
96 修理　内匠允葛原直行妹　拾一　勅一
97 女蔵人三河　拾一
98 女蔵人兵庫　拾一
99 菅原道雅母〔女〕　拾一
100 橘敏〔延〕近母　拾一
101 源良種妻　拾一」(24ウ)
102 季綱女　拾一
103 共政妻　拾二　金一
104 権中納言義懐女　拾一
105 藤国用女　拾一
106 忠房女　拾一

107 則忠女　拾一

108 一条左大臣女 雅　拾一

109 少納言　後生女　拾一」（25オ）

110 馬内侍　大和権頭〔守ヲ〕時明女　一条院皇后宮女房　拾二　後十二　千二　新八　続一　今二　玉一　戈一　幺一　風一　新千一

111 小大君　三条院女蔵人左近　同人也　拾三　後五　千一　新三　続二　遺一三条院女蔵人左近　幺一同　風一同　新千一

112 小馬命婦　前摂津守藤棟世女　拾一　後一　新一　玉三

113 和泉式部　或懐平卿女　越中守大江雅致女　上東門院女房　拾一雅致女式部　後六十七和泉式部　金二　詞十五　千十一　新廿五　勅十二　続十四　今三　玉卅二　戈七　幺五　風八　新千四

114 赤染衛門　大和守赤染時用女　実平兼盛女　拾一　後三十二　詞八　千六上東門院赤染衛門　新十一　勅一　続六　今三　遺五　玉七　戈二　幺二　風六　新千一

115 西宮左大臣室 後ー　小野宮太政ー女　母俊賢卿女（ママ）　後一　新一

116 中納言定頼母　四品〔昭〕明平親王女　後一

117 大納言経信母　播磨守源国盛女　後一　新一　今一」（25ウ）

118 俊賢卿室 左衛門督北方　宇治関白女　後一

119 大納言忠家母 従三位諧子　遠江守源高雅女　後一　続一

120 右大将通房室　土御〔門〕堂右ー女　後一　新一

121 六条右大臣北方 従二位源隆子　権中納言隆俊女　後三　金二　新一

122 中納言定頼女　兼平朝臣母　後一　千一

123 清少納言　清原元輔女　一条院皇后宮女房　後二　詞二　千二　続一　今一　玉三　戈一

124 紫式部　越後守藤為時女　上東門院女房　後三　千九　新廿四　続三　勅五　今七　遺三　玉七　戈一　幺二　風一　新千四

125 光朝法師母　因幡守橘行平女　後二」（26オ）

126 大輔命婦　左大臣雅信家女房　後一

127 山田中務　因幡守藤致見女　小一条皇后宮女房　後一

128 中将尼　大和守源清時女　後一

129 井手尼　治安之比人

130 少将井尼　長和之比人　後二　新一

131 命婦乳母　加賀守兼澄女　後一

132 大齋院中将　齋院長官為理女　母大江雅親女　後一　千一

133 齋院中務　父母同上　後二　玉一 選子内親王家ー」

（26ウ）

134 盛（サカリ）少将　蔵人式部丞貞孝ー　後二

135 源頼家母　従三位忠信女　後一

136 加賀左衛門　加賀守丹波奉親女　入道一品宮女房　後四　詞一　新四

137 小式部内侍　陸奥守橘道貞女　母和泉式部　上東門院女房　後一　金一　詞一　千一　続二　玉一

138 伊勢大輔　祭主輔親女　上東門院女房　後廿六　詞二　新七　勅三　続一　今二　玉一　戈一　幺二　新千二

139 兵衛内侍　後一　新千一

140 四条宰相　四条中宮女房　後一

141 土御門御匣殿　参議正光女　三条院皇后宮女房　後二　金二」

（27オ）

142 上東門院新宰相　参議広葉〔業㋻㋤〕女　三条院女房　後一 後上東門院女房

143 上総大輔　春宮大進成行ー　後一条院中宮女房　後一

144 中務典侍　前大和守興方女　三条院皇太后宮女房　後

145 藤為盛母〔女〕　後一

146 上総乳母　越前守源致益女 本定　朱雀院梅壺女御乳母

147 弁乳母　前加賀守藤顕時女　陽明門院御乳母　後七　千三　新二　続二　今一　玉八　戈二　幺二

148 藤原相如女　後一

149 大和宣旨　中納言惟仲女　三条院皇太后宮女房　後三 大和守義忠為妻之故、号大和、」

（27ウ）

150 出羽弁　前加賀守平季信女　後五　金一　詞二　勅一　玉四　幺一　新千一

151 祐子内親王家紀伊　紀伊守重経妹也、仍号紀伊
散位経方女
母小弁
後一 一宮紀伊　金三 同　詞二
同　新一 祐子内―　勅一　続
五　今一　玉四　戈三　幺
四　新千二

152 相模　源頼光女
入道一品宮女房
後四十　金三　詞四　千五
新十一　勅十七　続五　遺
一　玉八　戈四　幺一　風
二　新千二

153 小侍従命婦　加賀守正光女
入道二品宮女房
後二

154 江侍従　大江匡衡女
母赤染衛門
後六　金二　詞一　千二
新二

155 伊賀少将　縫殿頭藤原顕長女
後冷泉院御乳母
後二　金一
顕長為伊賀守之女也、仍為名、

156 源雅通朝臣女
後一

157 中原長国妻　前石見守頼方母
後一」
（28オ）

158 藤原定輔朝臣女
後

159 公円法師母　二条関白女
母小式部内侍
後一

160 近衛姫君　帥経房女
後一

161 皇太后宮陸奥　陸奥守朝光女
後二

162 範永朝臣女　母小式部内侍
後一

163 六条斎院宣旨　源頼国女
本定 湛〔禖〕子内親王乳母
後二

164 宇治忠信母　諸陵頭高階資長女
後一

165 童木　治部丞茨田重頼女
後二」
（28ウ）

166 三条小左近〔右ワ〕　本定 童タウニ
贈従三位祇子女房
後一

167 源兼俊母　前筑前守高階成順女
母伊勢大輔
後二

168 後三条院越前　越前守源経宗女
後一

169 祐子内親王家駿河　駿河守忠重女
後一

170 皇后宮美作　美作守源資定女
後二　金一

171 高階章行女
後一

172 遊女宮木
後一

173 前中宮出雲 後一条　出雲守成親女
後一　詞一」
（29オ）

174 涼
散位源頼範女
前ー義太政大臣家女房〔二条ヵ〕
後一

175 小式部
下野守義忠女
祐子内親王家女房
後二　千一　玉一　新千一

176 中宮内侍
伊賀守有家女
後四

177 紀式部
紀伊守俊忠女
上東門院女房
後一　新千一

178 式部命婦
筑前守信尹女
後冷泉院女房
後二　玉一後冷泉院ーー

179 上東門院中将
道雅卿女
後五

180 筑前乳母
筑前守成順女
母伊勢大輔本定
後三条院明白女房
後一　金
二品俊子内親王乳母

181 康資王母
筑前守成順女、仍始号筑前、母伊勢大輔、
大皇太后宮女房
後九　金三　詞一　千二
新四　勅六　続一　今一
玉一　戈一　幺一　風三
新千二」（29ウ）

182 少将内侍
能登守実方女〔房〕
白川院女房
後二　金一

183 周防内侍
周防守棟仲女
白川院女房
後四　金四　新三〔詞⑦〕　千二
新五　勅四　続一　遺三
玉二　幺一　新千二

184 下野
下野守源政隆女
太皇太后宮女房
後一下野　金一下野　勅二　玉一
風二四条太皇太后宮ー同人歟
後撰之下野者別人歟、政隆女之由雖注之、不可候大皇太后宮也、別人也、

185 中原頼成女
散位為定女〔言〕
後二

186 太皇太后宮越前
越前守経宗女
後一

187 絵式部
散位平繁兼女
前中宮女房
後一

188 小左近
散位中原経相女
三条院女房三条小左近同人歟
後三」（30オ）

189 新左衛門
散位中原経相女
後三

190 少輔
兼房女　母江侍従
後二

191 小弁
越前守懐尹女
祐子内親王家女房
後十五祐子内親王家小弁　千二　新三　勅
続四　今二　遺
一　玉八　戈一　幺一小弁
風一

192 伊勢中将
伊勢守孝忠女
上東門院女房
後一釈教

金ー
193 京極前関白家肥後
肥後守
定成女
金八　詞二　千八　新三
勅六　続七　遺三　玉五
風三

（頭書）堀川院百首作者　金皇后宮肥後　詞太皇太后宮肥後　千二条太皇太后宮肥後　新古肥後
勅京極前関白家肥後　続後同

194 前斎宮河内　永縁僧正妹歟、号由利花云々、俊子内親王家女房　金二　千三　新一

195 二条関白家筑前　金一　千一

196 待賢門院堀河　神祇伯顕仲女　金六 齋院六条　詞二 待賢ー　千十五　新二　勅四　続七　今五　遺四　玉七　才二　戈二　幺二　風二　新千一」（30ウ）

197 大納言顕雅卿女〔母〕　信乃守時綱女　金一

198 大納言忠教室　民部卿イ　金二　詞一

199 内大臣公教母　正三位顕季女　金二

200 大納言保実室　讃岐守藤顕綱女　金一

201 長実卿母　大弐経章女イ　中納言資仲女イ　金二　詞一

202 花園左大臣家越後　金五　千一

203 花園左大臣家小大進　式部大輔在良女　金三 内大臣家小大進　千四　勅一 花園左大臣家小大進　玉一　戈一　幺一　新千一

204 大皇大后宮摂津　二条歟　金三　詞一　玉一　戈二」（31オ）

205 実任母〔信〕　保実室也　金一
《庶女200大納言保実室と同人か》

206 源光綱母　金一

207 堀河院中宮御匣殿　金一

208 土左内侍　金一

209 権僧正永縁母　金一

210 藤知信母　宮内大輔源公業女　金一

211 櫻井尼　金一

212 上総侍従　金二」（31ウ）

213 二条大皇大后宮大弐　金一 皇后宮　詞一 太皇　千一 二条ー　勅六　続一　遺一　玉五　幺一　新千一

214 意尊法師母　金一

215 珎海法師母　金一

216 大中臣輔弘母　金一

217 藤有教母（庶女198大納言忠教室と同人か）　金一

218 前中宮甲斐　皇后宮大進季孝女　金一　詞一

219 白川女御越中　金一

220 皇后宮大貳（庶女213既出）　金二」（32オ）

221 前斎院肥前　金一

222 前斎宮常陸 甲斐歟　金一　千一常陸千目彔〔録〕无之、

223 前斎院六条　待賢門院堀川同人歟　金二六イ

224 賀茂成平妻　金一

225 前斎院尾張　金二

226 平康貞女　金二

227 二条太皇大后宮別当　基俊女　金一　千一

228 郁芳門院安芸　金一　勅二　続二　才二　玉三　戈一　幺一　風一　新千一」（32ウ）

229* 待賢門院中納言　金一

230 二条大皇大后宮式部　金二　千一

231 神祇伯顕仲女　金三　詞一

232 大夫典侍　金二

233 前斎宮内侍　大蔵大輔永相女　金五　前斎宮内侍、僧正永縁妹同人歟、可勘之、

234 皇后宮美乃　源仲正女　金二

235 摂政家三川　金二

236 藤盛経女〔母〕　金二」（37オ）

237 橘俊宗女　金二

238 皇后宮右衛門佐　金二

239 前斎宮内侍（庶女233既出）　僧正妹同人歟　金五

240 上西門院兵衛　待賢門院―同人　金一　千九　新二　勅一　続一　遺一　玉一　戈三　幺一　風二

241 前斎宮越前　金一

242 輔仁三宮大進　金二

243 摂政家堀川　金一

244 皇后宮少将　金二」（37ウ）

245 前中宮上総　新勅撰堀川院中宮上総同人歟　金二　勅二　続一　今二　遺二　幺一　新千一

246 藤原賢子（一二三位8大弐三位と同人）　金一

247 高松上　西宮左大臣女　堀川右大臣母同人也、続古今一首、詞一　詞―

248 源俊雅卿母　源頼綱朝臣女　詞一

249 待賢門院安芸（庶女228郁芳門院安芸と同人か）　皇太后宮少進橘俊宗女　詞一　千四　新一

250 皇嘉門院治部卿　兵部少輔信綱女　詞一

251 源義国妻　文章博士大江有元女　詞一

252 皇嘉門院出雲　大内記藤令明女　詞一」（33オ）

253 傀儡靡　詞一

254 俊子内親王家大進　詞一

255 章行朝臣女（庶女171既出）　若後拾遺代書之歟本定　詞一

256 民部内侍　詞一

257 藤教良母（庶女198大納言忠教室と同人か）　詞一

258 成尋法師母　千―　千一　新一　勅一　続一　幺一

259 前斎宮新肥前　千一

260 花園左大臣室　大納言公実女　千一　新二」（33ウ）

261 皇嘉門院別当　大宮権亮俊隆女　千二　勅二　続一　玉一　幺一　新千一

262 皇嘉門院尾張　刑部少輔家基女　千一　新一

263 二条院内侍三川　加賀守為業女　千三　新一　玉一　風三

264 二条院讃岐　従三位頼政女　千四 新十六 勅十二 続三 今六 遺二 扌三 玉八 戈四 幺三 新千二

265 殷富門院大輔　民部（ママ）大輔在良女　千五 新十 勅十五 続七 今三 遺二 扌一 玉四 戈二 幺一 風四

266 大皇大后宮小侍従　石清水別当光清女 母小大進 号大宮小侍従　千四 新七 勅五 続二 今六 遺二 扌四 玉十 幺一 風二 新千二

267 侍従乳母　千一 幺一

268 式子内親王家中将　千一 風一」（34オ）

269 殷富門院尾張　縫殿頭賀茂在憲女　千一

270 宜秋門院丹後　散位源頼行女　千三 新九 勅五 続二 遺二 扌四 玉五 戈一 幺二 新千二

271 二条院前皇后宮常陸　千一 勅二

272 皇太后宮若水　千一

273 大江維順女　千一

274 三宮甲斐　千一

275 後一条院前中宮宣旨　千一

276 三条院皇后宮五節　千」（34ウ）

277 刑部卿頼輔母　賀茂神主成続女　（庶女198大納言忠教室と同人か）　千二

278 遊女戸々　千一

279 法性寺入道関白家三川　源仲正女　（庶女235既出）　千一 法性寺入道為（ママ）太政大臣家三川 勅一 法性寺入道為（ママ）関白家 新千一

280 待賢門院加賀　母斎院新肥前　千一

281 土御門院〔前カ〕斎院中将　千一

282 六条院宣旨　民部卿顕良女　千一 幺一 新千一

283 八条院六条　前中納言師仲女　千一 新一 勅三 玉一 幺一

新ー

284 女蔵人内匠　新一」（35オ）

285 安法法師女　新三

286 重之女　新一 玉四 戈二 幺二 風一 源重之女 新千一

287 御形宣旨　新二　勅一　玉二

288 加賀少納言　新一

289 菅原孝標女　母倫寧女　四位人也而不載儒歴　祐子内親王家女房　新一　勅一　続一　今二　玉六孝標朝臣女　弋一　幺一　新千一

290 待賢門院新少将　俊頼朝臣女　新一

291 高松院右衛門佐　新一　勅二　今二

292 上東門院小少将　新二　勅二」（35ウ）

293 遊女妙　新一

294 前中納言教盛母　大宮権大夫家澄朝臣女〔隆十〕　新一

295 後鳥羽院宮内卿　右京大夫源師光女　新十五　勅二　今三後鳥羽院宮内卿　才一　玉九　幺二　風一　新千一

296 前中納言定家母　若狭守親忠女　新一　勅一

297 皇大后宮大夫俊成女　新十九　勅八侍従具定之母　続十俊成卿女　今八　遺八　才六俊成女　玉六　弋六　幺六　風五

298 八条院高倉　前大納言実長女　新七　勅十四　続六　今一　遺二　才一　玉一　弋二　幺一　新千二

299 七条院大納言　中納言実綱女　新三　勅一

300 嘉陽門院越前　伊勢氏人女　新七　勅四　続三　今三　遺一　才一　玉二　幺一　新千一」（36オ）

301 七条院権大夫　左京権大夫光綱女　新一　今一

302 修明門院大弐　石清水別当成清女　新一　続一　今二　弋一　幺一

303 信濃　日吉禰宜允仲女　後号後鳥羽院下野　新二　続六　今六後鳥羽院下野　遺一　才一　玉　弋一　幺一　風一　新千一

304 藤恒興女　勅一

305 式部卿敦慶親王家大和　勅一　続一

306 釆女明日香　勅一

307 一条左大臣室　勅一

308 大納言師氏女　為光妻　勅一　続一」（36ウ）

309 選子内親王家宰相　勅二

310 権中納言定頼女（庶女122既出）　勅一

311 禖子内親王家宣旨（庶女163六条斎院宣旨と同人）　勅一　玉一　幺一

312 堀川院讃岐典侍　勅一

313 禛子内親王家摂津（祐子イ）（庶女204大皇大后宮摂津と同人）　勅三　続一　遺一

314 上西門院武蔵　勅一

315 中院右大臣家夕霧　左近将監大神宗賢女　勅一

316 建礼門院右京大夫　勅一二　玉一　風六　新千一」（38オ）

317 後白河院京極　勅一

318 殷富門院新中納言（大イ）　勅一

319 後堀川院民部卿典侍　勅五　続六　今二　遺五　玉二　戈一　幺一　新千一

320 土御門院小宰相　従二位家隆女　勅二承明門院小宰相同人歟　続六　今十二　遺二土御門院小宰相　才二　戈一　幺一　風一

321 藻壁門院少将　右京大夫信実女　勅六　続四　今十一　遺十一　才七　玉二　戈八　幺三　新千二

322 藻壁門院但馬　家長朝臣女　母下野　勅四中宮但馬　続三　遺二　戈一　幺一　風二　新千一

323 藤重頼女　勅一　今一

324 典侍〔因〕内子　定家卿女（庶女319後堀川院民部卿典侍と同人）　勅二」（38ウ）

325 式乾門院御匣　後久我内大臣女　勅　続一　今十一　遺七　才八　玉三　戈五　幺三　新千二

326 石川郎女（続一）　続一

327 大伴郎女　続一　玉一

328 監命婦　続一　今一　新千一

329 後嵯峨院大納言典侍　民部卿為家女　続一　遺二　才二　玉一　今二院大納言典侍

330 鷹司院按察　按察使光親女　続二　今七　遺一　才二　玉二　幺一　風一　新千一

331 鷹司院帥　右大弁光俊朝臣女　続三　今九　遺十　才六　玉一　戈二　幺一　新千一

332 中納言典侍也 藤親子朝臣　右大弁光俊朝臣女　続三　今一尚侍家中納言　遺十　才六　玉一　戈二　幺一　新千一」（39オ）

333 後深草院 院少将内侍　信実朝臣女　続五　今八新院少将内侍　才三後深草院ー　玉七　戈四　幺二　風二　新千三

334 後深草院 院弁内侍　信実朝臣女　続四　今六新院弁内侍　遺七院弁内侍　才六弁内侍　玉十六　戈二後深草院ー　幺二　新千一

335 従二位行能女　続一　遺一

336 安嘉門院甲斐　〔有長⑦〕長有朝臣妹　続一　遺一　才一　戈一　幺一

337 荒木田成長女　成長女歟　続

338 高陽院木綿四手　続一

今ー
339 延喜皇大后〔宮⑦〕大輔　今一

340 源英明朝臣女　今一」（39ウ）

341 中務命婦　今一

342 規子内親王家但馬　今一

343 高松上、詞華一同人歟 堀川右大臣母　今一
（庶女247高松上と同人）

344 醍醐太政大臣女　今二　遺二

345 安嘉門院高倉　興福寺別当 僧正親縁女　今二　遺二　幺一　風二　新千一

346 大宮院権〔中〕大納言歟 前右兵衛督為教女　今一　遺三
（一二三位3従二位為子と同人）

347 京極院内侍　中納言頼資女　今一　遺二

348 後一条入道前関白家民部卿　今二」（40オ）

349 中務卿宗尊親王家右衛門督　今一無宗尊字　遺一

350 安嘉門院四条　前但馬守平廣〔則〕繁女 元右衛門佐　今三安嘉門院右衛門佐 四条　遺五　才一　玉十　戈一　幺一　風十五　新千二

351 東二条院兵衛佐　前大内記在氏女〔室カ〕 母同信実女〔藤カ〕　今一

352 安嘉門院大貳　従三位為継女 母織部正親成女　今一　遺二　才三　玉一　幺一　新千一

353 中務卿宗尊親王家小督　今三　遺一　才三

354 中務卿宗尊親王家備前　佐渡守基綱女　今一　遺

355 大宮院権中納言（一二三位3従二位為子と同人）　今一

356 平親清女　今二　遺四　才二　風一」（40ウ）

357 今出川院近衛　大納言伊平女　今一中宮権大納言　遺近衛　才三　玉一　戈五　厶五　新千一

遺ー
358 徳大寺入道前太政大臣女　遺一

359 九条左大臣女　九条左大臣道良、普光園子　遺二　才四　玉十一　戈二　一ィ　風五　新千一

360 右近大将通忠女　遺二　玉二

361 大蔵卿有教女　遺一

362 右大将通基母　遺

363 式乾門院左京大夫　遺

364 正親町院右京大夫　遺三　才一　新千一」（41オ）

365 春宮大蔵卿　遺一　才三遊義門院大蔵卿

366 春宮少将　執當法印源全女　遺一春宮少将　才一永陽門院少将　玉二　続十同（ママ）　風雅　永陽門院左京大夫

367 新陽明門院兵衛佐　前左京権大夫宗戊〔成〕女　遺一　玉一　戈一　新千一

368 安喜〔嘉カ〕門院甲斐（庶女336既出カ）　遺　新千一

369 平親清女妹　遺二　才三

新後
370 遊義門院権大納言（一二三位14為子と同人）　前大納言為世女　贈従三位為子同人　才

371 照慶門院一条　母前大納言師親女　才二　玉一　戈五　厶五　新千三

372 藤頼範女　母平親清女妹　才一　戈一藤頼教女」（41ウ）

373 院大納言典侍（一二三位3従二位為子と同人）　従二位為子也　前大納言為教女（ママ）　才七

374 院中納言典侍　前大納言経長女　才一　玉一

375 大江政国女　才一　戈三　厶一

376 大江忠成朝臣女　才一　玉一　戈一　厶一

377 権中納言経平女　実中将長平女　才一　戈一権大僧都聖尋母　厶一僧正聖尋母

378 右大臣家讃岐　後照念院関白　才一右大臣家讃岐　戈二前関白ー　厶一関白太政大臣家ー

379 典侍藤光子 才一前中納言資宣女 民部卿―女同人也 民部卿―女同人歟 幺一

380 東二条院半物河浪 才一」（42オ） 玉―

381 京極 前大納言基良女 才二 一前大納言基良女同人歟 玉一

382 源家清女 才一

383 宰相典侍 前参議雅有女 才一 戈四 幺二 風二後宇多歟 新千三

384 正三位経朝女 才一

385 惟康親王家右衛門督 才一

386 津守国助女 才一 戈三 幺一 新千一

387 権中納言公雄女 前中納言冬良室 才二

388 昭訓門院大納言 前大納言為世女 才一昭訓門院権大納言 玉一同 戈六昭訓門院春日 幺五権中納言公宗母 風六権大納言公宗母 新千七中宮大夫公宗母」（42ウ）

389 中務卿宗尊親王家三河 才二 玉一

390 前参議長成女 才一 玉一

391 前内大臣室 玉二

392 武隈ノ尼 玉一

393 永福門院内侍 玉十 戈一 幺一 風廿七 新千三

394 禖子内親王家出羽 玉一

395 従一位教良女 玉十二 風五

396 伏見院新宰相 玉十二 戈一 風十三伏見院新宰相」（43オ）

397 院中務内侍 玉二

398 基俊女 玉一

399 玄輝門院右京大夫 玉二

400 章義門院［小］兵衛督 玉二

401 藤為守女 玉一 風七

402 永福門院少将　玉二
403 永福門院右衛［門］督（庶女400章義門院小兵衛督と同人か）　風十一
404 新院少納言　玉一
405 前参議為相女　玉六　風五前中納言為相女」（43ウ）
406 四条大皇太后宮信乃　玉一
407 今出川院権中納言　玉一
408 延政門院新大納言　玉六　風二
409 永福門院二条　玉一
410 永福門院治部卿　玉一
411 町尻ノ子　玉一
412 紀郎女　玉二」（44オ）
413 遊女初若　玉一
414 参議篁妹　玉一
415 藤宗緒朝臣母　玉一　戈一
416 掌侍遠子　玉一
417 別当花園院冷泉同人也　玉一　戈一新院別当　風八院冷泉　新千一花園院冷泉
418 清慎公女　玉一
419 二条院宣旨　玉一
420 入道前太政大臣女　玉二」（44ウ）
421 笠郎女　玉一　新千一
422 新院宰相　玉一
423 女蔵人二条　玉一
424 新院中納言典侍　玉一　風三後伏見院ー歟
425 式部卿重明親王女　玉

426 兵衛　上西門院兵衛歟　後徳大寺左ー贈答人云々　玉一

427 後一条院少将内侍　玉一

428 枇杷皇太后宮御匣　玉一」（45オ）

429 章義門院右衛門佐　玉一

430 枇杷皇太后宮少将　玉一

431 三河内侍（庶女263既出）　玉一

432 建礼門院中納言〔春カ〕　玉一

433 後一条院中宮宣旨（庶女275既出）　玉一

434 崇徳院兵衛佐　玉一

435 従一位雅平女〔二〕　玉一

436 少輔命婦　玉一」（45ウ）

437 後一条関白左大臣女　玉一

戈ー

438 為道朝臣女　前関白押小路家二条同人歟〈別人也　土御門大納言雅長卿家也〉　戈一　顕宗母〔実〕　幺一　新千八　大納言

439 前大納言経長女　戈一　幺一

440 女蔵人万代　藤盛徳女　戈一　幺一

441 前大納言俊光女　戈　幺一　新千二

442 法眼行胤妹　戈二　千一　幺一　昭訓門院小督　新

443 伏見院新少将　戈一

444 山本入道前太政大臣女（庶女420入道前太政大臣女と同人）　戈二　風三」（46オ）

445 民部卿資宣女（庶女379典侍藤光子と同人）　戈一

446 関白家新少将　一条故殿　長舜法印女　戈一　新千一　芬陀利華院前関白内大臣家新宰相載内大臣不可然歟

447 延明門院大夫　戈一

448 覚鑁上人母　戈一

449 中宮宣旨　戈一　幺一　宣旨典侍同人歟

450 平親清四女　戈一
451 永福門院小兵衛督　戈一
452 春宮新兵衛督　戈一」(46ウ)
453 皇后宮兵衛督　戈一
454 中務卿恒明親王家按察　戈一
455 永〔嘉〕喜門院周防　戈一
456 皇后宮内侍　戈一
457 女三宮治部卿　戈一
458 新院兵衛督　戈一　風八院兵衛督　新千一花園院ー
459 大江政国女妹　戈一
460 前齋院〔宮〕折節〔節折〕　戈一」(47オ)
461 太政大臣室 実泰公〔重〕　戈二

462 談天門院帥　戈一
463 少将内侍 為信卿女　戈
464 前右大臣室　戈一
465 平宣時朝臣女　戈一
466 岩倉姫君　戈一
幺ー
467 宣旨典侍 為道朝臣女　幺一　戈一中宮宣旨同人歟
468 左中将女 不審可勘之　幺二」(47ウ)
469 西園寺前内大臣女　風十三无前字　新千二西園寺内大臣
470 徽安門院一条 大納言公蔭女　風十三　新千四
471 前大納言実明女　風十五　新千一
472 権大納言公宗女　風五　新千三中宮大夫公宗一女
473 前関白右大臣母　風一前関白右大臣師平　照光院ーー

474 花園院 院冷泉（庶女417別当と同人か） 風八玉二八別当
475 院一条 風十
476 徽安門院小宰相 風五」（48オ）
477 宣光門院新右衛門督 風九
478 賀茂保憲朝臣女 風一
479 選子内親王家中務（庶女133既出） 風一
480 昭訓門院権大納言 風二 新千一 新大納言同人歟
481 新室町院御匣 風二
482 後伏見院左京大夫 風一
483 永陽門院左京大夫 風五
484 源定忠朝臣母 風一」（48ウ）
485 後醍醐院少将内侍 為信卿女（庶女463既出） 風一

486 新宰相 在上或无上之 風三
487 光福寺前右大臣女〔内〕 女御代 風一
488 院別当 風一
489 藤原公直朝臣母 風三 新千一 権大納言公直母
490 徳大寺公清 内大臣室 風二
491 公顕 今出河前右大臣室（庶女464前右大臣室と同人） 風一
492 久我歟 前太政大臣女 風一」（49オ）
493 従二位兼行女 風一 新千一
494 後堀河院民部卿典侍（庶女319既出） 風一
495 四条太皇大后宮主殿 風一
496 在上 後宇多院宰相典侍（庶女383既出） 風二 新千三
497 郁芳門院宣旨 風一

498 二条太皇大后宮堀河（庶女196待賢門院堀河と同人）　風一
499 上東門院五節　風一
500 片野の尼　風一」（49ウ）
501 近衛院備前　風一
502 在上（庶女357既出）今出河院近衛　大納言伊平女　新千三
503 九条関白家 中宮大夫公宗三女　新千一
504 後宇多院大納言典侍　新千一
505 永福門院右京大夫　新千一 不審可尋之
506 上東門院兵衛　新千一
507 新作者 為道朝臣女　新千二
508 大炊御門前内大臣母　吉田大納言経長女　新千二」（50オ）
509 権大納言実俊母　大納言資名女　新千一

510 権中納言為明女　兵庫尼衆　新千一
511 宣光門院五条　新千一
512 藤原基世女　新千一
513 瑒子内親王家宰相　如覚尼山井女　新千一
514 左近中将実直母　新千一
515 弾正尹邦省親王家少将　頓阿法師女　新千一
516 瓊子内親王家小督　田楽道蓮女　新千一」（50ウ）
517 進子内親王家春日　新千一
518 源頼時女　土岐氏光母　新千一」（51オ）

○不知官位

1 柿本人麿　古七　拾百十一　新廿三　勅六　続十二　今廿四　戈四　幺十一　風一　新千十　新拾十五

2 安陪仲麿　古一　玉一　幺一

3 三人翁　古三

4 蝉丸　巽一　新二　今一

5 山辺赤人　巽一　拾二　新七　勅二　続四　今九　玉七　戈二　幺二　新千三　新拾五

6 大伴方見　拾二

7 久米廣縄　拾一」
（51ウ）

8 平行時　拾一

9 高岳相如　拾

10 高向草春　拾一

11 兼盛弟　拾

12 橘良利　新一

13 置始東人　勅一

14 大伴池主 万云民部丞　勅一

15 笠金村 岡歟　玉二　風一」
（52オ）

16 高圓廣世　玉一

17 高市黒人　玉一　新拾一

18 大伴四綱　玉一

19 三方沙弥　玉一

○神明

1 北野　古二　巽三菅原右大臣　拾五　新十六　続二菅贈太政大臣　今二以後北野　玉一　新拾一延喜廿五右大臣正三位（左大臣）正暦四五月贈太政大臣　十一月贈太政大臣

2 賀茂　拾一　新二　玉二　風一」（52ウ）

3 住吉　拾一　新三　玉一

4 伊勢太神宮　後一　玉一

5 貴布祢　後一

6 稲荷　詞

7 春日　詞一　新一　玉一　風三　新拾一

8 石清水　新一二イ　玉一三イ

9 日吉　新一　風一

10 熊野　新一　玉五　風二」（53オ）

11 宇佐宮　新一

12 安楽寺　新一

13 新羅明神　今一

14 天宮　今一　扌

15 高野明神　今一

16 筑紫比古之山　玉一

17 日吉聖真子　玉一

18 大原野　玉一」（53ウ）

19 清水寺地主権現　玉二　新拾一

20 祇園　玉一

21 熱田　玉一　新拾一

22 鴨　風一

○仏陀

1 清水寺観音　新二
2 伯耆大山　智縁上人夢　新二」（54オ）
3 菩提寺柱虫湌哥　新一
4 善光寺阿弥陀　玉一　風一
5 真如堂阿弥陀　玉一
6 粉河観音　玉一　風一

○化人

1 聖徳太子（親王12既出）　拾一　風一
2 波羅門僧正　拾一」（54ウ）
3 空也上人　天禄三九於東山西光寺入滅云々　拾一　新一　千一　勅一　玉一
4 行基菩薩　拾三　新一　勅一大僧正行基　続一
5 伝教大師　新一　今一
6 慈覚大師　新一　今一
7 智証大師　新一
8 弘法大師　勅一　戈一　風二」（55オ）

作者異議

○帝王上皇

古ー第六云、哥左書之、ナラノミカトノ御哥トナム、
文武天皇御歌也、此集依除万葉作者、奉載哥左
於御名、是慞（憚歟）〔憚ⓦ〕之故也、人麿以下如此、可知之、
第二云、ナラノミカトノ御歌、
平城天皇、大同天子也、
撰ー（ママ）アメノミカトノ御製」（55ウ）
醍醐天皇也、
今上（村上天皇）御製　御製
当御代也、
拾ー延喜（醍醐天皇）御製　天暦（村上天皇）御製
当今也、
法皇御製
朱雀院歟、天暦六年八月十五日崩、
陽成院御製、」（56オ）
拾ー延喜御製　天暦御製　円融院御製

後ー御製（白河天皇）
当代歟、
新ー何院御哥　延喜御哥　今上御哥
先代帝王皆御哥云々、此内於延喜天暦二代者、
奉称年号、以後同之、
太上天皇（後鳥羽天皇）
御自撰之故、無御哥字、又前代帝王改御製」（56ウ）
字、書御歌字、
小一条院
無御歌字、不登極之故歟、女院同之、
勅ー田原天皇
天智天皇皇子、光仁天皇父也、号施基皇子、光
仁天皇神護景雲四年十月一日受禅、奉授尊号於
田原天皇、新古今奉入之志貴皇子同人也、彼集
任万葉集奉書之歟、万」（57オ）葉依為尊号以前、書
皇子字、志貴施基其字異、依之新古今不奉書追
号歟、可決之、
此集無今上御製、

○親王東宮、
古ー惟〔喬〕高親王　文徳歟雲林院親王常康親王、
書様不一准、
撰ー行明親王　元良親王　朱雀院兵部卿親王(敦固親王)　閑院(貞元
三親王(親王)　こわかきみ惟高親王也」(57ウ)
拾ー兵部卿元良親王　中務卿具平親王　盛明親王
已上如後撰、
○一宮(ママ)
東宮保明親王也、延喜四年立太子、同廿三年於
雅院薨、追号文彦太子、本名崇象、然者薨後奉入此
集歟、
聖徳太子
飢人贈答之御哥奉入之、
凡春宮此集両人之外者無例歟、勘之、伏見院
春」(58オ)宮之時、不奉入之、
後ー弾正尹清仁親王
〔金〕今ー三宮輔仁親王
後三条院皇子、号延久第三宮、注付名字、

千ー無品親王輔仁、後三条院ー
仁和寺入道法親王覚性、鳥羽院ー
仁和寺親王守覚、後白川院ー
已上注付名字、」(58ウ)
新ー河嶋皇子天智天皇ー
中務卿具平親王天暦ー
太宰帥敦道親王冷泉院ー
惟明親王高倉院ー
*已上某親王皆一同、此以後同之、(ママ)続拾遺、故法(花園天皇カ)
皇坊新後撰、当御代(後醍醐天皇)坊玉葉、故春宮(邦良親王)後二条院皇子、続千
載、今院(光厳天皇)坊続後拾遺、皆不奉入之、
今ー中務卿宗尊親王」(59オ)
依為征夷将軍、恐関東之権威、不載名字、是
光俊朝臣(藤原)以将軍師範之功、蒙吹挙加撰者、為彼
朝臣計、不加其字、続拾遺以後載名字、
ォー大宰帥(尊治)御名親王後宇多院皇子
当今登極後猶貽御諱字於新後撰集、未着先蹤、(看カ、以下同)
玉ー式部卿親王字久明、後深草院皇子、

此集撰者慕光俊朝臣之非拠、如文永除名字、書官許歟、強不准的哉、」(59ウ)

○執政

古―前太政大臣
是忠仁公也、(藤原良房)延喜五年以前者前太政大臣之○人、
忠仁公・昭宣公両人也、(藤原基経)以加前後之字所弁知也、
有前字避未薨之間、所加也、

巽―太政大臣
貞信公(藤原忠平)　薨後也、

拾―小野宮太政大臣」(60オ)(藤原実頼)
清慎公也、

三条太政大臣
忠義公也、(藤原兼通)

一条摂政
謙徳公也、(藤原伊尹)

入道前太政大臣
法興院殿、(藤原兼家)或東三条入道前摂政太政大臣、
右大臣道兼」(60ウ)

粟田関白、正暦二年九月七日任内大臣、同五年八月廿八日転右大臣、然者正暦以前集加大臣字、尤不審、又大臣書名字、不普通歟、

後―入道前太政大臣
御堂殿(藤原道長)

宇治前太政大臣
宇治殿(藤原頼通)

前左大臣」(61オ)
当時関白也、京極殿(藤原師実)永保三年正月廿六日辞左大臣之替、俊房公(源)任之、其以前現任也、前字不審、

金―摂政左大臣
法性寺殿、(藤原忠通)

千―京極前太政大臣
後二条関白内大臣(藤原師実)(藤原師通)
法性寺入道前太政大臣(藤原忠通)
已上書様不一巡、」(61ウ)

新―清慎公小野宮殿、
謙徳公一条摂政、

已上諡号人皆書之、其外者摂政関白大臣入道前字等悉書之、又於故者居処字如恒、此集以後大略一同也、富家入道関白太政大臣（藤原忠実）、又書知足院入道前関白太政大臣云々、

玉―深心院関白前左大臣（近衛基平）近衛関白左大臣也、
文永四年十月九日任左大臣、同五年十一月十九日薨、不避大臣、」（62オ）同年十二月二日右大臣（鷹司基忠）円光院、転任、其間不避大臣、前字如何、
近衛関白右大臣（近衛家基）後近衛関白右大臣也、
奪先公居処之号、更授付深心院新名、於先公者、続拾遺号近衛関白左大臣、是也、
後近衛関白右大臣（家基）
改玉葉近衛関白右大臣号、今加後字、
近衛関白左大臣（基平）」（62ウ）
改玉葉深心院関白前左大臣号、如続拾遺付近衛字、

○大臣

（補書）
「巽―菅原右大臣（道真）　延喜廿五年右大臣正三位」

拾―右大臣（藤原師輔）　貞信公〔―〕、号九条右大臣、
左大臣道長（藤原）法興院入道―、号法成寺入道摂政太政大臣、
二人雖大臣書名字、御堂者長徳二年壬七月二日任左大臣、此集此時代之撰歟、或説云、不清書之集云々、思之、集者花山法皇御自撰、仍雖大臣猶以被載名字」（63オ）於草本歟、

新―儀同三司
帥前内大臣伊周公（藤原）、也、遂不叙従一位、然者非唐官之号歟、帰京之後被宣下此号、准三公之儀歟、

今―北郷贈太政大臣房前（藤原）、淡海公―（藤原不比等）
藤氏系図有北郷之号云々、所見未詳、非可用之歟、光俊朝臣所書加也、
北野聖廟」（63ウ）
贈官以前菅原朝臣、贈官之後者菅贈太政大臣、今集改嘯臣之号、奉書北野神明、

戈―六条内大臣有房、
元応元年六月廿八日任内大臣、宣下、元前大納言、

後花山院内大臣（師信）
元応元年十月十八日任内大臣、元大納言春宮傅〔東〕、
已上両公一集中書載前後両官、是文保三年四月
廿九日奏覧以後追加人所載後任」（64オ）之官也、

○大納言以下散三位

古ー中納言行平
延喜五年以前納言也、書在原行平朝臣、不書中
納言之官、此外中納言兼輔可勘之、
巽ー謙徳公（藤原伊尹）中納言、
天暦五年于時昇荊位、而左兵衛督伊尹朝臣云々、
拾ー中納言朝忠卿（藤原）、或無卿字、」（64ウ）
右衛門督公任卿（藤原）、或右衛門督公任卿、無卿字、
左大将忠時〔済〕（藤原）、同前、
小野好古朝臣、
源延光、
已上非一様、如先段之所載、此集花山法皇御自
撰、仍如此平懐事等有之歟、
新ー権大納言通光（源）
本左衛門督」（65オ）
権大納言通具（源）
本右衛門督
兄弟両人任大納言之時、一集内書両班之官、
玉ー中宮大夫師忠（源）
禅定殿下（二条師忠）同名、
権大納言実家（藤原）
故一条太政大臣（実経）御息、後一条殿同名也、
左近中将公衡（藤原）、」（65ウ）
故西園寺左大臣（実兼）息、後西園寺同名也、
左近中将重衡（平）、
朝敵未恩免之人也、又非指詞読歟、凡今度平家
党類十余輩雖非歌人皆入之、此内忠度・資盛・
経正者殊歌仙也、上蒙先代勅免之人也、仍入之歟、
従一位兼教（近衛）
〔前〕大納言之兼官也、着先例、前大納言良教（粟田口）、雖叙
従一位、入続拾遺之時、不書位載前大納言、前
大納言基俊〔具〕（堀川）」（66オ）、叙一品之人、皆以書官、大臣

以下至参議同之、但散二三位無官之人者書其位、
准之歟、
戈ー権大納言経継（中御門）、
元応元年十月廿七日任権大納言、本前中納言、
権大納言定房（吉田）、
同日任権大納言、本前中納言、
鷹司故関白冬教、
元応二年四月十二日任左大将、本権大納言、」（66ウ）
已上三人一集内書載前後両官、其子細注大臣所了、

○四位以下

拾ー蔵人仲文（藤原）
五位之人也、而猶云〔書〕六位蔵人之字、八雲抄云、別事
也云々、
金ー左近府生秦兼方
神主大膳武忠香椎神主
二人書官職、
詞ー少将藤義孝」（67オ）
伊勢守藤義孝
二人書官、令相替之故云々、
千ー祝部宿禰成仲
異姓人加戸字、
続ー藤道経
知足院右大臣（近衛道経）同名也、或云、道経依好和哥、鎮
坐于住吉小神社之故、不除之云々、仍于今令入
之歟、
今ー菅原孝標朝臣」（67ウ）
此集并玉葉加戸字、自余集不加之、是人非成業
者、不列儒歴之故歟、
ォー藤重綱号安東左衛門尉、
如藤範秀、依有関東免、挙玉葉集、奏覧了後、
隔一代集、被書加新後撰集云々、撰者宗匠（二条為世）右筆
不能左右、
玉ー藤範秀号小串六郎衛門尉
撰者大納言為兼卿適（ママ）處、依有関東之免一族家人不可入勅集」（68オ）之由、最勝園禅門（北条貞時）被誡云々、被書入于玉葉早、是無先例歟、

以平大納言経親為執筆云々、

撰ー兼盛弟

此人、女者可謂誰娘、首服男者可載其名字、思之兒童歟、勅集従昔未着童字、可決之、

○僧

古ー僧正遍昭

或書良峯宗貞、」（68ウ）

拾ー満誓沙弥筑紫観音寺別当、

加沙弥字、俗名従四位上笠朝臣麿也、又叙四品之人書法名、

行基菩薩

菩薩此一人也、

空也上人化人歟

上人号始也、

熊野蔵」（69オ）

此名一人也、

後ー僧正天台座主明快〔円〕

僧都天台座主教園

僧都天台座主源心

三人不書本官、天台座主、此内雖非当職、云之〔書〕歟、

詞ー沙弥蓮寂

加沙弥字、

玉ー喜撰法師」（69ウ）

古今集一首世ヲ宇治山ト外者、古来不求得云々、此集所入之蛍哥者如式者基泉哥云々、基泉・喜撰・々喜古今真名序、三人同人歟、未決、

○女

古ー春宮御息所贈太政大臣長良公ー、（藤原）

前皇太后宮諱高子、（藤原）清和女御、陽成院坊之時、与春宮御同居之故、号御息所也、

拾ー愛宮九条右大臣女、西宮左大臣室、（源高明）」（70オ）

希代名也、

小大君

三条院女蔵人左近、

後ー近衛姫君中納言師経（源）房女、
　又希代名也、続千載岩倉姫君忠房親王妹、撰〔撰カ〕之歟、
金ー齋院六条神祇伯（源）顕仲女、
　待賢門院堀川、
　前齋院宮（行カ）内侍大蔵大輔永相女、」（70ウ）
　僧正永縁妹、
詞ー高松上西宮左大臣女、堀川右大臣頼（藤原）宗公母、
　希代名也、
新ー信濃日吉禰宜祝部允仲女、
　後鳥羽院下野、
新ー皇太后宮大夫俊（藤原）成女、
　侍従具定（堀川）母勅ー
勅ー従一位源倫子一条左大臣雅（源）信公女、御堂室、（藤原道長）
　准后人也、」（71オ）
　承明門院小宰相従二位家（藤原）隆女、
　土御門院小宰相、遺
続ー藤親子朝臣右大弁光（藤原）俊朝臣女、
　中納言典侍、

新院少将内侍（藤原）信実朝臣女、
　後深草院少将内侍ｵ
　新院辨内侍信実朝臣女、」（71ウ）
　院辨内侍遺・辨内侍弁内侍［ｵ］・後深草院戈
今ー安嘉門院右衛門佐前但馬守平則繁女、
　安嘉門院四条遺
今ー今出川院中宮権大納言大納言（藤原）伊平女、
　今出川院近衛遺
遺ー春宮大蔵卿
　遊義門院大蔵卿ｵ
遺ー春宮少将執当源全法印女、」（72オ）
　永陽門院少将ｵ
ｵー尚侍藤原頊子朝臣後光明峯寺殿（二条家経）ー、万秋門院也、
　于時従二位人也、而猶加姓尸字、是撰続後撰尚
　侍藤原灌子朝臣之書様歟、
　遊義門院権大納言前大納言為（二条）世女、
　後二条院権大納言典侍玉、贈従三位為子戈
ｵー権中納言経（衣笠）平女

（鷹司基忠）円光院殿―
権大僧都聖尋母戈、」（72ウ）

ォ―前中納言資宣女 民部卿（日野）
典侍藤光子、

ォ―京極
前大納言基良女（粟田口）同人、

ォ―昭訓門院大納言
昭訓門院春[日]戈　権中納言公宗母糸（西園寺）

ォ―中宮宣旨春宮権亮為道朝臣女（二条）
宣旨典侍糸」（73オ）

歌仙事

（聖徳太子）
貞観格　聖徳太子事
見公事部、九月十五日灌頂、

（行基）
大僧正行基伝　行基大菩薩、是大唐清涼山文殊之化、為仏法興隆、離上位蓮台、為蒼生利益、求下界母胎、於淡海朝廷八年誕生和泉国大鳥郡蜂田郡家之内、大菩薩俗号高志史首、幼交童稚、化他為業、長誘男女、修善為本、年十五歳出家入道、廿四受具足戒、即依附日本定照、」（73ウ）新羅恵基、初住法興寺、学習法相大乗、兼修利他之行、生知自通、不待師説、別譯瑜伽論一巻、建立宗旨、一日[一]夜之間、十八時修行、一伽藍之内、三夏月安居、馳意六道、経論載輦、廻躅八方、衣鉢随身、或宿山林、荊藪為蓐、或留原野、沙石為床、棲息之処、則構石塔化他之地、忽立精舎、橋構河岸、使通人畜、泊作海浦、令避風浪、夏瞻萎苗、修築池塘、冬見行人、建立施院、出家以後引導生母、安在右京佐紀堂、尽力孝」（74オ）養、自爾以降、一人帰依、万民稽首、其間所為、利他之事、僧院卅四院、尼院十五所、橋六樋三所、布施屋九処、船息二所、池十五所、溝七所、堀川四所、直道一所、大井堰一所、就中養老五年五月、受命朝廷、参上京都得度也、于時寺史乙麿、以己居宅、奉施菩薩、即立精舎、号菅原寺、天平廿年十二月廿四日、天皇行幸菅原寺、一百人得度、便号喜光寺、神亀二年九月、将諸弟子等、行到山埼河、不得船仮、掩留河中、見有一大柱、大菩薩問云、彼柱有知人矣、或人申云、往」(74ウ)昔尊船大徳所度橋柱云々、爰大菩薩発願、従同月十二日始、度山埼橋、天平五年壬三月、朝廷與輦車一両、爰大菩薩和哥云、止夫久留末　和礼爾太末倍利　以加爾止々毛々　与呂己倍止毛止毛、八年於久修薗、結夏安居、七月三日、乗船下去善福寺、於寺内、以二千余蓮花荘厳、以二千余蓮浮於河水、迎道出居、俄爾之間、三僧乗船到来、一僧波羅門僧正、一人林邑僧、一人大唐僧云々、時波羅門僧正稽首大菩薩云、南讃阿利耶　曼蘇悉」(75オ)里菩地薩埵波耶　摩訶薩埵波耶云々、大菩薩答拝云、南讃阿利耶　波魯吉帝世波羅耶　菩地薩埵波耶　薩埵波耶、即波羅門僧正和歌云、伽毘羅衛爾聞天吾来之日本乃文殊乃御容今日見都留加奈、大菩薩答歌云、霊山乃釈迦乃御前爾結天之真如不朽天今日見都留加奈、則設無数供具、以盡主客之礼、時人嘆未曾有、自爾始称文殊也、十一年安居久修薗、徳度」(75ウ)百八十四人、同十三年春三月、掩留泉橋院、天皇行幸、終日清談、奉施食封一百戸、左大臣橘朝臣(諸兄)奉施食封五十戸、于時天皇玉駕巡於泉河、乃奉請大菩薩、終日讌楽、大臣弾琴云、蓮葉爾湛倍留水乃玉如　比加礼留人乃安不加宇礼之佐、又天皇和歌曰、玉乃如　比加礼留人爾　於保呂計爾　吾之念波々　己々爾安波女也、但所施戸大菩薩不受、仍置大蔵省、廿年十一月天皇行幸菅原寺、一百人得度、廿一年正月」(76オ)於平城中嶋宮、奉請大菩薩、而太上天皇・中宮・皇后宮并三所出家、受菩薩戒、成御弟子也、太上御名勝満、中宮御名徳満、皇后御名万福、太上聖武皇帝、中宮光明皇后、皇后孝撿皇女帝也、

(人　麿)

古序　オホキミツノクラヰ、カキノモトノ人丸ナン、ウタノヒシリナリケル、コレハ、キミモ人モ、身ヲアハセタリト云ナルヘシ、アキノユフヘ、タツタカハニナカル、モミチヲハ、ミカトノ御

メニハ、ニシキトミタマヒ、ハルノアシタ、ヨシノヤマノサクラハ、人丸カ心ニハ、クモカトソオホエ」(76ウ)ケル、マタヤマノヘノアカヒト、イフ人アリケリ、哥ニアヤシウタヘナリケリ、ヒトマロハアカ人カカミニタタムコトカタク、赤人ハ人丸カシモニタ、ムコトカタクナムアリケル、

真名序 先師柿本大夫云々、

私云、大夫者五位以上之称号也、諸節会時内弁召群臣曰、マチキンタチ云々、是大夫也、応召王公以下昇殿憶也、大夫者尤上位号也、

仲実古今目録 金玉集序云、正三位柿本人麿者、和哥仙也云々、」(77オ)

(藤原)仲実朝臣、因古今序書之上者、別無子細、

敦光人丸讃 柿本大夫者、和哥之上仙也、又云、仕持統・文武之聖朝、遇新田・高市之皇子、

私云、大夫事載先段畢、又奉仕持統・文武二代之人、不可及聖武御代歟、

オホキミハ臣也云々、人麿カ哥ノ本ニテ哥ノ臣ニテアル也ト云々、

私云、臣字訓オホキミ也、勿論歟、然而大臣称号之」(77ウ)時、臣字オホキミト讀歟、人丸哥臣也云々、是荒涼之義勢歟、

凡オホキミハ、帝王・親王・皇子未賜姓、代々御後諸王之名也、獨非三位之号、

萬ー 人麿哥雖揚大宝、無慶雲以後之年号、又雖挙文武之御代、不挙元明以後御代也、

私云、以之勘之、人丸遇文武之聖代、[難]及聖武之御代者也、」(78オ)

姓氏録 柿本者天足彦押人命之後也、有口伝云、或曰、敏達天皇御宇家門依有柿樹、為柿本臣氏云々、人麿者雖為万葉集撰者、不及宝字二年云々、采女投猿沢池之時、奈良帝幸其所、人丸作哥云々、

(頭書) 奈良帝ノ事、采女ノ事、或抄ニ古今ノ初ニ委、或抄又世継、

已上推之、人麿文武御代之人也、

佐手彦丸記 遣唐使大伴宿禰佐手彦丸・山城史生上道(カミツミチノ)人丸、

副使陸奥介従五位下玉手人丸云々、件使等、天平」(78ウ)勝宝元年四月二日進發、同二年九月廿四日歸着紀伊國云々、
思之、異姓同名之人也、
人丸入唐事、拾遺集哥外、曾無所見、
拾六 万十五 アマトフヤカリノツカヒヲエテシカナナラノミヤコニコトツテヤラン　柿本人丸　モロコシニテヨメル
万葉集云、天平八年遣新羅国使於筑紫誦」(79オ)詠云々、
私云、遣新羅之使、無人麿、案之、彼使等令詠吟人麿歌歟、其例証常在之、而如拾遺集詞者、人丸渡唐之由見之、人丸家集於唐国詠哥在之、旁不審、応決之、
今二 イノチアレハオホクノハルニアヒヌレトコトシハカリノハナハミサリツ　〔左〕右京大夫顕輔(藤原)
久寿二年二月人麿ヲ清輔(藤原)朝臣ニツタヘケルトキ花下言志トイフコトヲ、」(79ウ)

秘口伝近代尊卑多編柿本山辺詞事、
具載人倫部、サクサメノトシ、
（赤　人）
古序 マタヤマノヘノアカヒト、イフヒトアリケリ、哥ニアヤシウタヘナリケリ、人丸ハアカヒトカ、ミニタ、ムコトカタク、赤人ハヒトマロカシモニタ、ムコトカタクナムアリケル、
勘之文武天皇之御代人也、
万葉目録 藤原敦隆引姓氏録云、山辺宿禰赤人、垂仁天皇之後也、裔孫正六位上山辺大老人云々、」(80オ)
万一 神亀三年秋九月幸播磨国印南郡之時、山辺赤人従駕作哥曰、イナミノ、アサチヲシナミサネシヨノケナカクシアレハイヘシオホ、ユ
藤原盛房三十六人傳載之、
国史 神亀三年秋九月被定造頓宮司并装束司等、為将幸播磨印南野、ワキノ玉邑美頓宮、辛酉、従駕人及郡司百姓等供奉行在所者、授位賜禄、各有差、」(80ウ)

私云、思之赤人従駕之由見万葉集、然者定賜位階歟、又於叙位者尤可書其加級、然而無位階之所見、案之各雖授位、猶未載詔書、仍不書之歟、

或抄 山辺赤人、聖武天皇御代、上総国山辺郡出来之人也云々、養老神亀両代仕之云々、

私云、御門之龍田河御歌者現有之、於吉野山花詠雲之歌者人麿歌中未見之、如何、推之、専」(81オ)為謂合躰事、整対句之文章、書之歟、可決之、正三位事、日本記并萬葉集及諸書等、古来叙位歴名、曾以無三位之所見、愚試推之曰、依和哥之上仙、令崇敬之、推而加上階之位歟、彼素戔嗚尊者、依為卅一字之祖神、既称天照太神之兄、以之須准証例哉、

（笠金岡）

拾一 カサノカナヲカ　モロコシニワタリテ侍ケルトキ妻ノナカウタヨミテ侍ケル返シ　カナヲカ、ナミノ上ニミエシコシマノシマカクレユク」(81ウ)ソラモナシキミニワカレテ

彼証本注云、金岡、仁明天皇御時人也、承和四年九月二日圖御所絵、

（小町・貫之・躬恒・忠岑）

八雲抄六 万葉集作者オホケレト家持・人麿・赤人ナトヲ棟梁トセリ、其後野相公(小野篁)・在納言(在原行平)ナトコノ道ニタヘタル卿相也、ソノホカ遍昭・素性・小町・伊勢・業平・貫之・躬恒・忠岑マコトニコノ道ノヒシリ也、

八雲抄六 先年ニ古今ノ哥ノ殊ニ心ニシムヲカキツカフ事アリキ、」(82オ)左右ヲハナニトナクツカヒタリシヲ、小町夢ニミエテイハク、ワレト伊勢トナラヒタル女哥ヨミニテ侍ヲ、此御哥合ニ皆伊勢ヲハ左、ワレヲハ右ニツカハレテ侍事、フカキ愁也トイフ夢サメテ、カノ巻物ヲミルニ、番コトニ伊勢ハ左、小町ハ右ナリケリ、コレヲミルニ且ハ恐且随喜ス、サレハコレホトノ事ニモ心ヲ留メテテラシミケン事恐アルニヨリテ、カノ巻物ヲス

辨内侍集

ナハチ火中ニ入畢、又凡昔夢ニ小町カ手ヨリカネヲ百両ウルト云事ヲミタリシヨリ、天性哥ノヤウコトニイミシキウヘ、小町ヲハ深ク信仰ス、」(82ウ)今又カヽリ、勝事トスヘシ、
イニシヘノ世々ノミカトノ和哥ノ道ニナサケキコヘ給タメシモオホクコソ、延喜(醍醐天皇)ノ帝ハ躬恒ヲ御前ノミハシノモトニメシテ、ユミハリ月ノ入方ヲ御タツネアリ、村上ノミカトハ梨壺ノ五人御前ニチカクメシテ、ナタカキ月ヲエイシ給シコト、世ノソシリニアラサリシコトハ、君ノ御マツリコトノオモク、ミツネカワカノ道ニ長シタレハ、タメシニヒクヘキアラス、寛平(宇多)法皇ノアヤシノシロトイフモノメシアケテ、「クモタツ山ハ」トヨミテ、カツケ物タマハリケンハ、」(83オ)
女ハユルサルヘキ事ニヤ、
貞信公(藤原忠平)ノ松ノ枝ノ魚袋ノトキ、九条殿(藤原師輔)ノ貫之カ家ニタチ入給ケム、面目カキリナクナト、家ノ集ニモカヽレタルニコソ、カク申タリシヲ、
鷹司殿(基忠カ)、「マコトニナカキ世マテアトヲノコサムコト、道ノ思出ニモナリヌヘク侍ヲ、タイコ・ムラカミノフルキタメシↄ(ニ)コソ、中〳〵オクセラルヽ心チシテ侍レ、九条殿ノチトセノマツノカケコトニシタフヘキ事ニテ侍ヲ、友千鳥ノ跡ヤツルヽカタモヤ」トタメラハルヽ事ニテ、」(83ウ)

撰玉

延喜御ↄ(時)殿上ノヲノコトモノナカニ、メシアケラレテヲノ〳〵カサシサシ侍ケルツイテニ、
凡河内躬恒　カサセトモ老モカクレヌコノ春ソ
花ノオモテハフセツヘラナル
躬恒者或説近衛舎人、定国(藤原)ノ大将之時随身云々、然而依和哥達者、被聴一日之昇殿、相交侍臣、献和歌之例也、

和歌十躰

先師(紀貫之)土州刺史叙古今歌、粗以自帰云々、
忠峯以紀氏称先師也、」(84オ)

八雲抄六

梨壺五人メテタシトイヘトモ、彼古今ノ四人ニオヨフヘカラス、能宣(大中臣)・元輔(清原)ハ重代ノウヘ、尤

可然之哥人也、順（源）又稽古ノ者也、望城（坂上）・時文（紀）ハタ、父カ子ト云フハカリ也、其後兼盛（平）・重之（源）・好忠（曾禰）ナト昔ノアトヲワキ〔ツ〕テコトナル哥ヨミナリ、カノ輩ノ後ハタ、公任卿（藤原）一人天下無双、万人コレニオモムク、又道信（藤原）・実方（藤原）・長能（藤原）・道済（源）ナトヲ哥ヨミトス、女ノ哥ニハ赤染衛門・紫式部・相模、上古ニハチス〔ヌワ〕哥人也、其外モ道綱母・馬内侍様ノ哥人多侍シモ、ミナウセテ、天下ニ」（84ウ）哥人ナキカコトシ、六人カ党トテソノコロノ、シリケルハ、範永（藤原）・棟仲（平）・兼長（源）・経衡（藤原）・頼家（源）・頼実（源）、コレラ也、範永カホカハ哥ヨミトモミエス、

歌読事

八雲抄六 公任卿ノ事

兼盛・重之・好忠ナト昔ノアトヲツキテコトナル哥ヨミ也、カノ輩ノ後ハタ、公任卿一人天下無双、万人コレニオモムク、又道信・実方・長能・道済ナトヲ哥人トス、女ニハ赤染衛門・紫式部・相模、上古ニハチヌ哥人也、」（85オ）其外モ道綱母・馬内侍ヤウノ哥人オホク侍シモ、ミナウセ侍ニシ後ハ、天下哥人ナキカコトシ、ワレモ〱ト思タル人ハオホカレトモ、上ニモサシテ其沙汰アルコトナシ、公任卿無二無三ノ人ニテアルハカリ也、ソレモコモリニシノチハ、イヨ〱イフカキリナシ、六人カ党トテソノコロノ、シリケルハ、範永・棟仲・兼長・経衡・頼家・頼実、コレ範永カ外ハ哥ヨミトモミエス、上下ツヤ〱哥ヨミトイフ物アトヲケツリタリ、コノコロ庚辰年、コソカヤウニ侍ケレ、道ノ宗匠為世（二条）モ、ヲト、シノ秋」（85ウ）八十五若九歟ニテウセタマヒヌ、為定卿（二条）ハオハシマサ、リケルニヤ、吉野ノ宮ノ天皇（後醍醐）コソ昔ノ御代トモニモヲトリタマハヌ此ノ道ノキミニテオハシマシ、モ、去年ノ八月ニ神トアカラセオハシマシヌルノチハ、前大納言実教（小倉）卿、ハカリコソ、哥ヨム人トテハオハスレ、髣髴事歟、爰ニ至愚ノ元盛（藤原盛徳）ハ、新後撰ヨリコノカタ三代勅集ノ作者ニテ、彼亜相ト

二人、今ノ世ニ遺タレトモ、恨メシキコトハ、スヱノ世マテモ[シ]ノハレヌヘキ一首ヲモチタリセハ、ツヰノヨミチニモシルヘトハタノミテマシ、カヽルコトヲ思ニヨリテ、」(86オ)イマモミソナハシ、後ニモシノヘトテ、ナニトナキイタツラコトヲカキシルシテ、宗匠ノ家ニ寄ヘキ部類、五百巻ハカリモヤ侍ラム、テツカラミツカラヒトリシテタシナミ侍ヲハ、此道ノ神モマモリタマヘルニヤ、今年ヤソチノ老ヲカサヌル、

家長記 一条院御時、ヒロサハノ月ノヨ、範永カ月ノヒカリモサヒシカリケリトヨメルヲ、(藤原公任)四条大納言キヽテフミツカハシタリケルヲ、申イタシテソレタニハコノソコニオサメテ子孫ニ傳タリトキヽ、侍リ、」(86ウ)祝部成茂相伝之、

証歌納事

清輔抄 和哥ハ従古無師、能因、当初肥後進士ト云ケル時、入(藤原)長能家云、和謌ハ何様ニ可読候哉、長能云、ヤマフカミ落テツモレル紅葉ノ乾ル上ニ時雨布留也、如此可詠云々、自此始長能ヲ為師云々、

八雲抄等 能因法師以長能為師、

於和哥之道者、雖無師匠、以之為師弟之例、」(87オ)

諸抄等 皇太后宮大夫(藤原俊成)入道昔遇左金吾(藤原基俊)、始受古今集説、禅門以前達人各諳通之歟、是以下彼家独相伝之、

清輔抄 (藤原)定頼卿問〽式部〽赤染勝劣於四条大納言、答云、非一口之論、和泉式部、コヤトモ人ノイフヘキニトヨメル哥読也、凡夫ノイフヘキニアラス、

六百番 ミシアキヲナニヽノコサム草ノ原 ヒトヘニカハルノヘノケシキニ (藤原良経)女房

右申云、草ノハラキヽツカス、題枯野、判云、ナニヽノコサム」(87ウ)草ノハラトイヘル、エムニ

コソ侍ヌレ、右方人、草ノハラ難申之条、頗ウタ、アルニヤ、紫式部哥読ノホトヨリモ物カク筆ハ殊勝之上、花宴ノマキハコトニエムナル物ナリ、源氏見サル哥ヨミハ遺恨ノ事也、

草原ノ事、哥読ハ可見源氏事、

八雲抄六

公任卿、寛和ノコロヨリ天下無双ノ哥人トテステニ二百余歳ヲヘタリ、在世ノ時イフニ及ハス、経信（源）・俊頼（源）已下チカク俊成存生マテハソラノ月日ノコトクアフク、」（88オ）シカルヲチカコロヨリ公任無下ナリト云事出来テ、アサク思ヘル輩少々アリ、コレコノ三十余年ノ事也、サホトノ物ヲハ、心ニアハストモ、サテコソアルヘキニ、一向ニスツル、以外ノ事也、貫之モサシモナシト云事少々キコユ、哥ノ魔第一也、ケニモ公任卿哥名誉ホトニハ覚ス、スコシイカニヤラムアレトモ、サスカ哥ノサマヨクコソミエ侍レ、

八雲抄六

経信卿ハカリコソ楚国ニ屈原カ有ケル様ニヒトリ古躰ヲ存シテナラヒナカリシカト、天下ニヨシトサタムル人ナシ、」（88ウ）白河院、後拾遺撰ラレシオリ、経信卿ヲ、キナカラ通俊（藤原）コレヲウケ給ハル、コレ末代ノ不審也、シカレトモユヘアル事也、カノ集ハ天気ヨリオコラス、通俊コレヲ申ヲコナヘリ、

八雲抄六

経信卿ハ一人天下判者ナテナラヒナシ、ソノホカハ匡房・俊頼ナトハカリ也、サラテハ名誉モ堪能モソノ人ナシ、

八雲抄六

匡房（大江）ハコトナル上手也シヲ、通俊ムカヒサマニイハク、貴殿ハ詩賦ニ長シタマヘリ、何ソシラヌミチニ入テ哥ヲコノアタマ〔ミ（ワ）〕ウトイヘリ、匡（マサ）房カ云ク、今ヨリコソ此道ト、メ侍ラメト」（89オ）イフ時ニ、経信カ云ク、詩賦ニヨルヘカラス、野相公・在納言ハトモニコソ侍レトイヒケリ、コレヲキクニサラニ〳〵心ウルトコロナシ、何事モ当時ノ名誉ト後代ノ名誉トハカハリケル事ニヤ、通俊匡房ハ賢臣コソナラヒテ侍ケレト、哥ノ道

ハ同日ノ論ニアラス、匡房ハマサレリ、而ヲサ様ニムカヒサマニイヒケルニ、匡房モオレケル、イカナル事ニカ、サレト高陽院歌合ニハ通俊カ哥ニ、「シルキハコシノシタカネ」ヲハ、無下ニヒヤウカイナリト、「アマノコヤネハオソロシ」ト難ス、ケニモイフ所ソノ理アリ、」(89ウ)私云、匡房卿、其後哥ヲト丶メスヨメリシハ、通俊ノイヒケルヲ無ニ処シテ、今ヨリコソコノ道ト丶メ侍ラメト云ケルニヤ、又匡房卿和漢〔雑ワ〕誰談ト云物ニハ、哥ヲコノムハエセ物ナリト云リ、コレヲ思ニハ匡房卿ハ思ハヌ事ヲモワサト云ハレケルニヤ、智才ノ人ノ言談諳ニハカリカタシ、

八雲抄六

悪名事

隆源カ「オホヲソトリ」トイヒ、〔藤原〕道経カ「ネスヒサ」ニトイヒテ、」(90オ)異名ニツク恐ヘシ、

八雲抄六

基俊トイフ者コソ道ノ稽古アリテ、俊頼ニトキ〳〵アラソフオリアリシカ、然ハ今ノ世マテ二ノ流タリトイヘトモ、ソノ骨俊頼ニヲヨフヘカラス、

顕注密勘

密勘云、彼朝臣ハスヘテ証哥ヲヒカヘ道理ヲタ、シテ哥ヲヨマヌ人ニテ侍也、ソノ身堪能イタリテイヒトイフコト皆秀哥ノ躰也、〔源経信〕帥大納言ノ子ニテ殊勝ノ哥ヨミ父子二代ナラフ人ナキニ人ナシト思テ、心ノ泉ノワクニマカセテ、風情[二]タリ、又年老テ後弥コ」(90ウ)ノ道ニカタハラニノヨリクルニシタカヒテ、オチスハ、カラスイヒツ、ケタルカ、ソシリ難スヘキコトハリモ思ヒツ、ケラレス、アナオモシロ、カクコソハイハメトミユレハ、時ノ人モ後ノ人モユルシツレハ、ヤカテ先例ノ証哥ニナリテ用侍也、ソノホトニオモシロク上手ニミヘサラム人ハ思ヨルマシキコトナリ、「サクラアサノオフノウラナシ」ナト云事ソレヨリサキニハ見及侍ラヌモノヲ、

人ノクセト思ナシテ、信仰スルハカリ也、サレハ基俊公ハ「哥ハ俊頼ニソムセ」(91オ)ラレヌルソカシ、マネヒタマフナ、真名ノ文字モカ、ス、シリタル事ナキマ、ニワラハヘノカタル事ニツキテ無辺法界ノイタツラコト哥ニヨミチラス物ソ、哥ノ外道ナリ」トソツネニ侍ケル、亡父ハ師匠金吾ノイハレシコトナレト、哥ヨム人俊頼ヲモトキテハ三十一字ハイタツラコトニナリナントソ申サレ侍シ、ナラヒタル人ハ其短ヲミル、ノチノ人ハソノミニシタカフナリ、

俊頼朝臣ヲ褒誉ノ事」(91ウ)

八雲抄六

俊頼ハ天下ニカタヲナラフルモノナクテ数年ヲヘタリ、

住吉哥合喜応(ママ)二十九

ワカサカリヤヨイツカタヘユキニケム
シラヌオキナニ身ヲハユツリテ　散位清輔

判俊成卿、心ヲカシクミユルヲ、壮年辞身、タレノ人モウラミシタフヘキ事ナレト、サカリノ時、殊為声華容、或帯重職顕官、或列羽林蘭省ナトシテ、コトニ思出アラム人ノ、「我サカリヤヨイツカタヘ」ナトイヘラム、ヲカシクキコユヘキナリ、サタメテサヤウノヒトノ御」(92オ)哥ナルヘシトヲカシ、

可依読人之哥事

八雲抄六西行之事

定家云、哥ノ道ハアトナキコトクナリシヲ、西行ト申物カヨミナシテ、イマニソノ風有也トイヘリ、西行ハマコトニ此道ノ権者也、其後チカコロマテノ哥人昔ニモオヨヒ中比ニモコヘテヤ侍ケム、

八雲六

経信近クハ西行カアトヲマナフヘシ、其様ハ別ノ事ニアラス、タ、詞ヲカサラスシテ、フツ〱トイヒタルカキ、ヨキナリ、」(92ウ)但是等ハ此道ノ堪能ニテイヒイテタル様ヲ、イマノヨノ人アシサマニトリナシテ、一定平懐ニカタハライタキ事アリヌヘシ、俊頼・俊成ハイツレニモワタリテ侍レハ、ソノ様ヲマネヒ侍ラムコソ、イ

タク顕〔題ソ(ワ)〕フルマシク侍レ、

哥堪能事

俊成大夫入道之事 八雲抄 順徳院御作

順徳院ハ俊成卿ヲナラヒナキイミシキ此道ノヒシリト思食タリケルニコソ、八雲抄ニカ、セオハシマスニモ、凡中比ヨリコノカタハコノ道ニエタル人モスクナシ、タ、経信チカ」(93オ)クハ西行カ跡ヲマナヌヘシ、ソノ様ハ別ニアラス、タ、詞ヲカサラスシテ、フツ〳〵トイヒタルカキ、ヨキナリ、タ、シコレラハコノ道ノ堪能ニテイヒイテタルヤウヲ、イマノヨノ人アシサマニトリナシテ、一定平懐ニ、片腹痛事有ヌヘシ、俊頼・俊成ハイツレニモワタリテ侍レハ、ソノ様ヲマナヒ侍ラムコソ、イタク題ソルマシク侍レト云々、又大夫入道殿ハ基俊君ニ古今ヲツタヘテオハシケルニ、「ハチスヲハハスナトヨムホトノ哥読ソ、俊頼ニシタカフヘカラス」トイハレケルニ、「ウツラナクマノ、入江」ト」(93ウ)ヨメル、俊頼ノ哥ヲミテ、禅下ハ金吾ノイマシメニカ、ハラス、俊頼ノ哥ヲハマナフヘシトソ云タマヒケル、サレハ木公禅下ハ天下第一ノ宗匠ニオハシケルニコソ、又通俊卿ハ桂大納言(源経信)ニハ及ハネト、後拾遺ヲ撰ラレキ、江帥(大江匡房)モ同時ノ哥仙ナリシカト、ムカヒサマニ「貴殿ハ詩賦ニコソ長タマヘ、何ソシラヌ哥ヲコノミタマフ」ト、通俊卿ニイハレケルニ、此禅門ハ多年ノアヒタ、判者撰者ヲツトメテ肩ヲナラヘソシリヲナス人ナカリケルニヤ、」(94オ)

家長記 ワカ所ノ寄人ニ隆信(藤原)朝臣ハシメテ参スル夜奏侍ル、

建仁
ウレシクモワカノウラカセシツカニテチヨヘムタツノカスニ入ヌル

石上哥合 月ユヘニイトヒシニシノハ(山イ)レヨリモイラヌニアクルオホソラソウキ　僧祐盛

判、大夫入道(藤原俊成)、又例ノコトナレハ、子細クラ

クシテ不能申勝劣、此祐盛哥、皆不詠普通事、
　悉乖判者之意趣、
八雲抄六 寂蓮法師カイヒケルハ、「哥ノヤウニイミシキ物
ナシ、ヰノシ、ナトイフオソロシキ物モ、フス
ヰノトコノナトイヒツレハ、ヤサシキナリ」ト
イフ、マシテヤサシキ物ヲオソロシケニイヒナ
ス、無下ノ事也、」（94ウ）

有家（藤原）・家隆（藤原）卿、大夫入道之門弟、知家（九条）卿・光俊
所見非一 朝臣者京極黄門（藤原定家）之弟子、行家（九条）・雅有（飛鳥井）等卿、民部卿（藤原為家）入
道之門徒也、
　此外嗜道之諸家誰人不受業習説哉、不遑勝計、
　併略之不注也、
或抄師弟事 壬生二品家隆、九条三品知家ハ入道京極黄門之
門弟云々、家隆卿兼五条入道大夫之弟子云々、
光俊朝臣中院入道大納言（藤原為家）弟子、但六条内府（有房）云、
不然云々、是有」（95オ）子細被謂也、
入道皇太后宮大夫、前左衛門佐基俊之弟子云々、

家長記 鴨長明和哥所ノ寄人[ニ㋻]マイリシヨ、建仁、
ワカキミノチヨヲツメトヤアキツスニカヨヒソ
メケムアマノツリフネ
家長記 藤原秀能、和哥所ニマイリシヨ、
ツモリユクカキリモシラヌキミカヨニヨロツヨ
カケテワカノウラナミ
隆祐集 イロフカキモリノコトノハイカナレハアルカナ
キカニヒトノミルラム
新勅撰ニスクナクイリタルトフラヒノ次ニ、
白河三位伊時」（95ウ）入道ノモトヨリ
カスナラヌカスコソアラヌクチハツルコトノハ
ヲシモナトカ、クラン
返シ、二首イリテ侍リ、人々ノ合点ニモハツ
レ、コトニミトコロオホキモノニ侍レハ、
私云、道ニイマタオモムカサル人ノ所存今モ
コノタクヒ多シ、人ノ合点ニヨリテ入ヘクハ、

撰者何用哉、哥員数事、不知涯分、准例哉、

八雲六貫之ハサシモナシナト云事少々キコユ、哥ノ魔
　第一也、」(96オ)
玉葉撰ノコロハ「為氏(二条)卿ハ哥ノ道ヲハシラス、
無下ナル哥ヨミナリ、家隆卿ナトモ哥ヲハシ
ラヌ人ナリ」云々、眼クラクシテ重淵ノ深ヲ
不見、心ヲロカニシテ曾雲ノ凌(峻)ヲヘタツル也、

嘉元百タラチネノコトヲシソオモフワカノ浦ヤタマヨ
　セエラフ御代ニアヒテモ　藤原(飛鳥井)雅孝朝臣
或人云、「タマヨセエラフ」トハ勅撰事歟、
「タマヒロフ」ナトイフコトハ、キヽナレタレ
トモ、「タマヨセヒロフ」ト云ル詞ハメツラシ
キ詞ニ侍リ、又「タラチネ」トハ、彼朝臣ノ
父ト号スル二条相公雅」(96ウ)有事歟、雅有卿ハイ
ツレノ撰者ニテ侍リケルヤラム、

将軍宮(守邦親王)月五首延慶二八十五ナヲエタル月ヤテラサムワカイヘニツタヘシカ
　セノコヽロ〱モ　右衛門督為相(冷泉)
此作者幼稚之時、厳親禅閤(藤原為家)被満寂了、不傳家風
之条勿論也、此時宗匠亜相(二条為世)下向之間、被交父子
為藤(二条)卿懐帋、然者伝受人與不伝輩、定有心々詠作
歟、」(97オ)

本云
建武四年七月六日類聚之、更
清書之、忘余算之相迫、成多
日之労功、速黐此愚老之業力、
忽資被〔彼カ〕作者之菩提而已、
元盛判」（97ウ）

（六行分空白）

書写了
刑部侍郎光之」（98オ）

風雅集・新千載集作者等、
失錯多端、疑殆非一、然而拭
老眼、聊書入本部了、
康安二年正月七日
和歌所旧生光之」（98ウ）

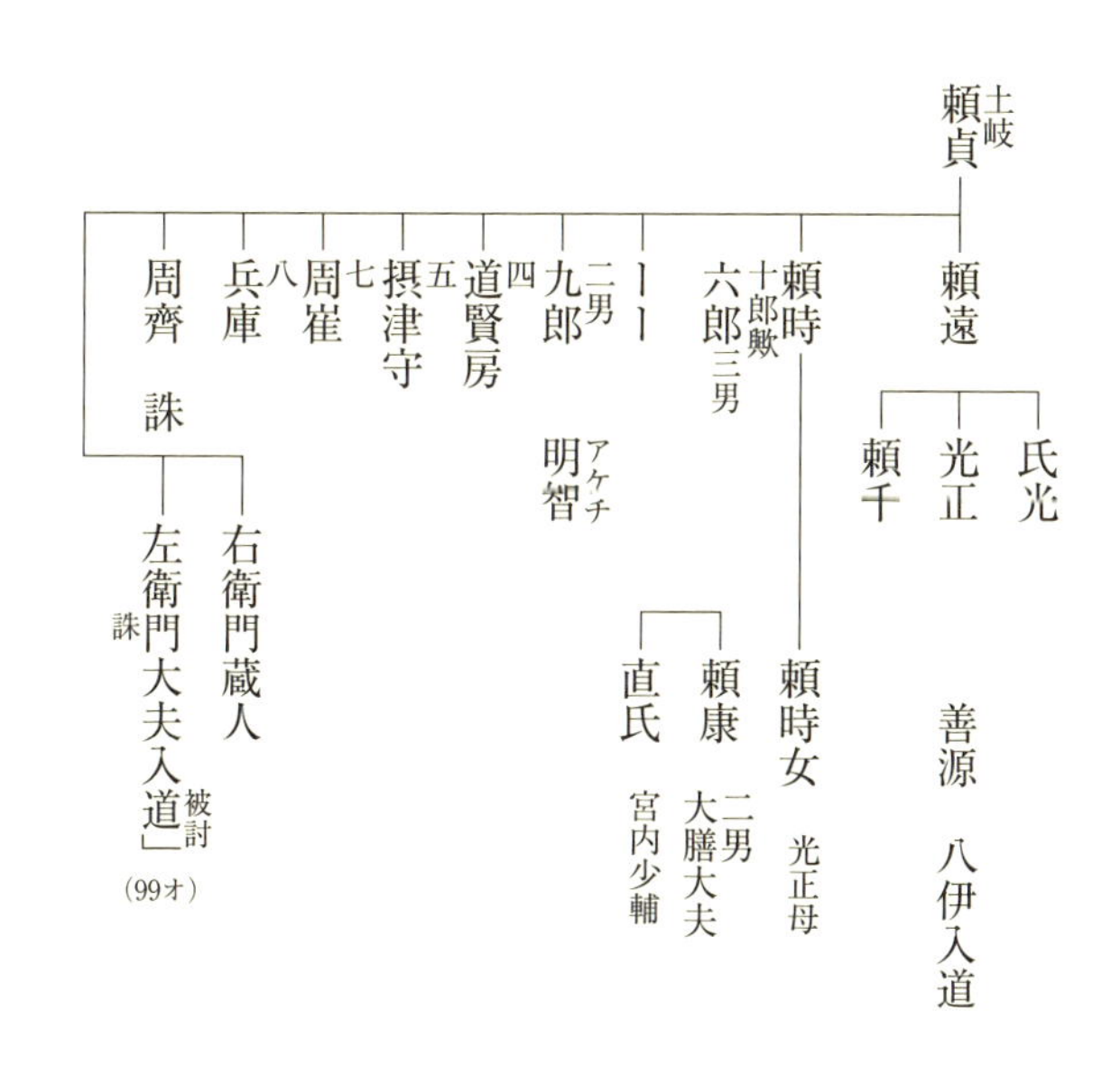

（上冊外題）
続三代集作者部類上

帝王　親王　執政　大臣　大納言
中納言　参議　散二三位　諸王　四位
五位以下」（扉オ）

帝王附尊号　以哥之次第載之

新拾
1 光明院　新拾｜九首法皇御製
2 後嵯峨院　新拾十一｜　新後拾五｜　新続八｜
3 亀山院　新拾五｜　新後拾二｜　新続六｜
4 後宇多院　新拾八｜　新後拾四｜　新続二｜
5 後鳥羽院　新拾十二｜　新後拾七｜　新続十八｜
6 伏見院　新拾十八｜　新後拾十一｜　新続四｜
7 花山院　新拾六｜　新後拾三｜　新続二｜」（1オ）
8 宇多院　新拾三｜亭子院　新後拾一｜同
9 後光厳院　新拾十七｜御製　新後拾十｜後光厳｜　新続七｜同
10 後伏見院　新拾六｜　新後拾一｜　新続一｜
11 崇光院　新拾八｜院　新後拾十一｜太上天皇　新続四｜崇光｜
12 後二条院　新拾八｜　新後拾八｜　新続五｜
13 花園院　新拾十六｜　新後拾六｜　新続一｜
14 順徳院　新拾六｜　新後拾九｜　新続十三｜
15 土御門院　新拾八｜　新後拾六｜　新続十一｜」（1ウ）
16 崇徳院　新拾二｜　新後拾二｜　新続四｜
17 後醍醐院　新拾十｜　新後拾五｜

18 醍醐天皇　新拾一｜延喜御製　新後拾一｜同　新続一｜同

19 二条院　新拾一｜　新後拾二｜

20 聖武天皇　新拾一｜　新後拾一｜

21 円融院　新拾一｜　新後拾一｜

22 村上天皇　新拾一｜天暦御製　新後拾一｜同　新続一｜同

23 三条院　新拾一｜」（2オ）

新後拾 24 光厳院　新後拾七｜　新続二｜

25 白河院　新後拾一｜

新続 26 冷泉院　新続一｜

27 朱雀院　新続一｜

右帝王歌、自古今至新千載十八代集内載之、既見作者部類旧本、故今唯記新拾遺新後拾遺新続古今三代集所載之歌数而其系譜等略之、親王以下諸部皆傚之、」（2ウ）

新拾 28 元正天皇　女帝 天武孫草壁皇子女　新拾一｜

29 仁明天皇　嵯峨天皇第二子　新拾一｜

新後拾 30 後円融院　後光厳院長子　新後拾十三｜御製 新続四｜後円｜

新続 31 後小松院　後円融院長子　新続廿六｜

32 後花園院　後小松院養子 実後崇光院子　新続十二｜今上

33 後亀山院　後醍醐第五皇子義良親王第二子熙成王自吉野降有尊号　新続四｜

（二行分空白）」（3オ）　（余白）」（3ウ）

親王

新拾 1 二品法親王覚助 新拾六首 新後拾三｜ 新続六｜
2 入道二品親王性助 新拾二｜ 新後拾一｜ 新続三｜
3 弾正尹邦省親王 新拾十｜ 新続八｜同 新後拾三｜式部卿
4 入道二品親王法守 新拾七｜ 新続二｜一品法親王 新後拾三｜
5 忠房親王 新拾二｜ 新後拾一｜ 新続八｜弾正尹
6 中務卿具平親王 新拾三｜ 新後拾一｜ 新続一｜
7 入道二品親王覚誉 新拾七｜ 新後拾三｜ 新続八｜」［二品法親王㋻］（4オ）
8 入道二品親王尊円 新拾六｜ 新続八｜同 新後拾七｜贈一品
9 入道親王尊道 新拾四｜ 新続六｜一品 新後拾八｜二品
10 二品法親王寛尊 新拾三｜ 新後拾四｜一品
11 中務卿宗尊親王 新拾八｜ 新後拾十二｜ 新続十｜
12 邦世親王 新拾二｜
13 入道二品親王道助 新拾二｜ 新後拾一｜ 新続三｜
14 二品法親王覚性 新拾一｜
15 貞数親王 新拾一｜」（4ウ）
16 二品法親王承覚 新拾一｜ 新後拾二｜
17 二品法親王守覚 新拾一｜ 新後拾三｜ 新続五｜
18 式部卿久明親王 新拾一｜ 新後拾一｜
19 二品法親王慈道 新拾一｜
20 聖尊法親王 新拾二｜ 新後拾一｜ 新続一｜二品
21 兵部卿元良親王 新拾一｜ 新後拾一｜
22 深守法親王 旧本載僧正部 新拾二｜ 新後拾七｜ 新続五｜
23 式部卿恒明親王 新拾二｜ 新後拾三｜」（5オ）
24 全仁親王 新拾一｜
25 静仁親王 新拾一｜ 新後拾一｜ 新続三｜
26 二品法親王尊胤 新拾三｜ 新続四｜
27 澄覚法親王 新拾一｜ 新後拾一｜ 新続二｜
28 雅成親王 新拾一｜ 新後拾一｜ 新続三｜
新後拾 29 入道親王道覚 新後拾一｜
新続 30 惟明親王 新続四｜
31 中務卿広平親王 新続一｜」（5ウ）
32 大宰権帥敦道親王 新続一｜
33 入道親王尊快 新続一｜

右見旧本

新拾 34 式部卿敦賢親王 三条院子 新拾一｜

新後拾 35 覚増法親王　聖護院、後光厳院子　新後拾二｜
36 恒助法親王　円満院、深草院子　新後拾一｜
新続 37 貞成親王　後崇光院、栄仁親王子　新続六｜無品親王」(6オ)
38 栄仁親王　大通院、崇光院子　新続六｜
39 一品法親王尭仁　妙法院天台座主、後光厳院子　新続三｜
40 入道一品親王永助　御室、後光厳院子　新続八｜
41 二品法親王承道　後二条院第五世　木寺宮世平親王子　後小松院猶子　新続一｜
42 義仁法親王　光厳院子、住栂尾　新続一｜
43 二品法親王道朝　上乗院、後円融院子　新続二｜
44 二品法親王道深　号開田院御室　後高倉院子　又光台院　新続一｜

（一行分空白）」(6ウ)

執政

新拾 1 藤冬平 後照念院関白太政大臣　新拾五首　新後拾二｜　新続七｜
2 藤忠通 法性寺入道前関白太政大臣　新拾五｜　新後拾一｜
3 藤基忠 円光院入道前関白太政大臣　新拾二｜　新後拾一｜　新続一｜
4 藤良経 後京極摂政前太政大臣　新拾八｜　新後拾十一｜　新続廿八｜
5 藤内経 芬陀利華院前関白内大臣　新拾三｜　新後拾一｜　新続三｜
6 藤良基 後福光園摂政前太政大臣　新拾十｜関白前左｜　新後拾廿九｜内 十四太政大｜ 十五摂政太政｜　新続九｜後福光園摂政太政｜

新後拾遺四季部内作者称太政大臣者良基公也、按公卿補任康暦三年七月廿三日良基公任太政大臣云々、此集四季部永徳二年奏覧此年」(7オ)四月十一日良基公摂政、雑春以下者永徳三年三月廿八日奏覧、故載良基公歌、則称摂政太政大臣、

7 藤道嗣 後深心院前関白左大臣　新拾九｜前関白左大臣近衛　新後拾十九｜前関白近衛　新続六｜後深心院前関白左｜
8 藤基嗣 後岡屋前関白左大臣　新拾四｜　新後拾四｜　新続二｜
9 藤道家 光明峯寺入道前摂政左大臣　新拾二｜　新後拾三｜　新続二｜
10 藤経教 後報恩院入道前関白左大臣　新拾二｜前関白左大臣九条　新後拾五｜前関白大閤　新続二｜後報恩院入道前関白左｜

11 藤実経 後一条前関白左大臣　新拾二|

12 藤経通 後芬陀利花院前関白左大臣　新拾一|後芬院利花院前関白左|　新後拾一|後芬院利花院前関白左|

新拾遺集内称前関白左大臣者数箇所有之、其名之下近衛九条両家各有小書、近衛者道嗣、九条者経教也、但一ヶ所有不書」（7ウ）家名者、此撰集之比、称前関白左大臣者考補任道嗣経教之外、又有経通、仍知与後芬陀利花院為一人也、

13 藤兼経 岡屋入道前摂政太政大臣　新拾二|

14 藤良実 普光園入道前関白左大臣　新拾一|　新続一|

15 藤道平 後光明照院前関白左大臣　新拾三|　新続二|　新後拾一|

16 藤教実 洞院摂政前左大臣　新拾三|　新続五|

17 藤基平 近衛関白前左大臣　新拾二|

18 藤兼実 後法性寺入道前関白太政大臣　新拾二|　新続二|

19 藤師平 照光院前関白右大臣　新拾一|」（8オ）

20 藤家経 後光明峯寺前摂政左大臣　新拾一|　新後拾二|

21 藤頼忠 廉義公　新拾一|

22 藤師教 己心院前摂政左大臣　新拾二|　新後拾一|

23 藤伊尹 謙徳公　新拾一|　新後拾一|

24 藤家基 浄妙寺関白右大臣　新拾一|

25 藤実頼 清慎公　新拾一|　新続一|

26 藤家平 岡本前関白左大臣　新拾一|

27 藤経忠 後猪熊前関白左大臣　新拾一|　新続一|堀川

後猪隈者為岡本関白家平一男経忠之由廿一代大臣名集有之、按系図経忠又号堀川、因茲同人相定畢、経忠者既載于旧本執政内、前関白左大|」（8ウ）

28 新後拾 藤道長 法成寺入道前摂政太政大臣　新後拾一|　新続一|

29 藤師実 京極前関白太政大臣　新後拾一|　新続一|

右見旧本

30 新拾 是心院入道前関白左大臣　新拾二|左近衛大将師良　新続二|是心院入道前関白|

藤師良二条　太政大臣良基公男」（9オ）

31 後己心院前関白左大臣　新拾二|権大納言忠基　新後拾二|前関白九条　新続一|後己心院前関|

藤忠基九条　後報恩院関白経教公男

32 新後拾 後香園院入道関白前左大臣　新後拾四|内 二首前関白左大臣 二首関白前左大臣　新続四|後香園院入道関|

藤師嗣二条　後福光園摂政良基公二男

33 成恩寺関白前左大臣　新後拾一|権大納言経嗣　新続九|成恩寺関白前左|

藤経嗣一条　後芬陀利花院関白経通公一男

34 新続 前摂政左大臣　新続九|

藤兼良号後成恩寺　一条 成恩寺関白経嗣公男」（9ウ）

35　関白前太政大臣　新続三ー
藤持基号後福照院　二条 福照院関白満基公男

36　前関白左大臣　新続四ー
藤満輔号後三縁院 元ー教 又改ー家　九条 後報恩院関白経教公男

37　福照院関白左大臣　新続一ー
藤満基　二条 後香園院関白師嗣公男

（一行分空白）」（10オ）　（空白）」（10ウ）

大臣

新拾
1　藤実兼
後西園寺入道前太政大臣　新拾十三首　新後拾七ー
新続一ー

2　藤実重
三条入道前太政大臣　新拾三ー　新続四ー

3　源義詮　旧本載参議部
宝篋院贈左大臣　新拾十六ー権大納言義詮
新後拾十九ー宝篋院贈左ー
新続六ー同

4　源尊氏
等持院贈左大臣　新拾十七ー　新後拾十八ー
新続十二ー

5　藤公能
大炊御門右大臣　新拾三ー　新後拾一ー
新続一ー

6　藤実雄
山階入道前左大臣　新拾六ー　新後拾四ー
新続六ー

7　源通光
後久我太政大臣　新拾四ー　新後拾一ー
新続六ー」（11オ）

8　藤家良
衣笠前内大臣　新拾八ー　新後拾四ー
新続五ー

9　藤基家
後九条前内大臣　新拾五ー　新後拾二ー
新続九ー

10　藤内實
一条内大臣　新拾三ー

11　藤公賢
中園入道前太政大臣　新拾十ー　新後拾二ー
新続六ー

12　藤実定
後徳大寺左大臣　新拾二ー　新後拾一ー
新続一ー

13　藤公忠　旧本載大納言部
後押小路前内大臣　新拾六ー前内大臣
新後拾二ー同
新続六ー後押小路前内ー

14　藤実継　旧本載大納言部
後八条入道前内大臣　新拾七ー按察使実継
新後拾五ー前内大臣實
新続十四ー後八条入道前内ー

15 藤
贈左大臣長実　新拾一ー」（11ウ）

16 藤公相
冷泉前太政大臣　新拾四ー　新後拾一ー
新続二ー

17 藤実氏
常盤井入道前太政大臣　新拾七ー　新後拾九ー
新続七ー

18 藤公経
西園寺入道前太政大臣　新拾二ー　新後拾二ー
新続一ー

19 藤実房
三条入道左大臣　新拾二ー　新続四ー

20 藤公清
後野宮前内大臣　新拾二ー徳大寺前内大臣
新後拾一ー後野宮前内ー

21 源通相
千種入道前太政大臣　新拾三ー右大臣
新後拾一ー千種入道前太ー

22 藤経顕
後勧修寺前内大臣　新拾七ー権大納言経顕
新後拾二ー後勧修寺前内ー
新続三ー同

23 藤実俊　旧本載大納言部
後常盤井前右大臣　新拾五ー内大臣
新後拾四ー前右大臣
新続一ー後常盤井前右ー」（12オ）

新拾遺集撰集之比、為内大臣者、藤実夏藤実俊両人也、雖難決定而此集奏覧者、貞治三年四月廿日云々、実夏者同年二月十九日辞退也、此集一箇所前内大臣実有之、即是実夏也、又実俊者同年三月十四日任内府、奏覧比当職也、故議定畢、

24 源通顕
如法三宝院入道前内大臣　新拾一ー　新後拾一ー

25 源実朝
鎌倉右大臣　新拾二ー　新後拾二ー
新続四ー

26 藤実頼（ママ）
六条入道前太政大臣　新拾二ー　新続一ー

27 藤実衡
西園寺内大臣　新拾一ー

28 藤実忠
後三条前内大臣　新拾一ー　新後拾一ー
新続四ー

29 源師房
土御門右大臣　新拾一ー」（12ウ）

30 源有房
六条内大臣　新拾三ー　新後拾一ー
新続一ー

31 藤公顕
今出河前右大臣　新拾二ー　新続一ー

32 藤実行
八条前太政大臣　新拾一ー

33 源善成　旧本載散二三位部
四辻入道前左大臣　新拾一ー左近中将善成
新後拾四ー前大納言善ー
新続八ー四辻入道前左ー

34 藤師信
後花山院内大臣　新拾一ー　新後拾一ー
新続一ー

35 藤実泰
後山本前左大臣　新拾二ー　新後拾二ー

36 藤公教
三条内大臣　新拾一ー

八条太政大臣実行公男公教云々、千載集称後三条内大臣、続後撰集、雖無後字為同人由見旧本、然則新拾遺集作者又為同前歟、」（13オ）

37 藤実夏　旧本載大納言部
後山階前内大臣　新拾一ー前内大臣実
新後拾一ー後山階前内ー
新続二ー同

38 藤公秀
八条入道内大臣　新拾四ー内一ー入道前内大臣
新続一ー

新拾遺之内一首有称入道前内大臣者、考之此時代内府入道者藤公秀也、雖然同集所載八条入道内大臣亦公秀也、同人異称不審、然而新千載有入道内大臣、

是為公秀云々、因茲一所載之、

39 山本入道前太政大臣 藤公守 新拾一｜ 新後拾一｜

40 土御門入道前内大臣 源通成 新拾二｜ 新続四｜ 新後拾一｜

41 醍醐入道前太政大臣 藤良平 新拾一｜ 新続三｜ 新後拾一｜

42 花山院前内大臣 藤師継 新拾二｜ 新続五｜」（13ウ）

43 西宮前左大臣 源高明 新拾一｜ 新後拾一｜

44 三条入道前内大臣 藤公親 新拾一｜

45 堀河右大臣 藤頼宗 新拾一｜

46 野宮左大臣 藤公継 新拾一｜ 新続一｜

47 後中院前太政大臣 源長通 新拾一｜

新後拾 48 土御門内大臣 源通親 新後拾一｜ 新続三｜

49 六条右大臣 源顕房 新後拾一｜

新続 50 三条右大臣 藤定方 新続一｜」（14オ）

51 恒徳公 藤為光 新続一｜

52 竹林院入道前左大臣 藤公衡 新続一｜

53 大臣九条右 藤師輔 新続二｜

54 竹林院前内大臣 藤公重 新続二｜

右見旧本

新拾 55* 中院前内大臣 新拾一｜
源通成　右大将通方一男」（14ウ）

56 花山院入道前太政大臣 新拾一｜
藤忠雅　大納言忠宗卿一男

57 称名院入道前内大臣 新拾一｜権中納言公豊 新続八｜称名院入道前内｜
藤公豊　後八条内大臣実継公一男

新後拾 58 鹿苑院入道前太政大臣 新後拾十九｜左大臣 新続七｜鹿苑院入道前太｜
源義満　宝篋院贈左大臣義詮公一男

59 後三条入道前太政大臣 新後拾三｜ 新続二｜
藤実冬　後押小路内大臣公忠公一男」（15オ）

60 瑞雲院贈左大臣 新後拾三｜儀同三司 新続一｜瑞雲院贈左｜
藤兼綱　廣橋（ママ）　権大納言光業卿男後円融院外祖

61 野宮入道前内大臣 新後拾一｜

62 儀同三司資 新後拾四｜内一首左衛門督 三首権中納言資教 新続二｜儀同｜
藤資教 号快楽院　日野 大納言時光卿男

応永比准大臣有資字之名者、有藤資教藤資国両人、
雖然新続古今哥詞書永和二年百首云々、以公卿補任

考其年齢、資国者永和二年十一歳歟、猶為幼稚也、資教者廿歳歟、因茲資教相定畢」（15ウ）

63 内大臣　新後拾四－
藤実持〔時(ﾜ)〕号野宮太政大臣　後野宮内大臣公清公男

64 久世入道前太政大臣　新後拾二－権大納言具通　新続一－久世入道前太－
源具通　千種相国通相一男

65 儀同三司実　新後拾二－　新続三－
藤実音　正親町八条内大臣公秀公二男

新続
66 左大臣　新続十八－
源義教号普広院　鹿苑院義満公三男」（16オ）

67 前右大臣　新続二－
藤公冬元－量又－光号後白河右大臣　後三条入道実冬公男

68 養徳院贈左大臣　新続五－
源満詮号小川殿　宝篋院贈左大臣義詮公二男

69 勝定院贈太政大臣　新続六－
源義持　鹿苑院入道太政大臣義満公一男

70 紹宏院贈内大臣　新続三－
藤公雅　三条実躬末大納言実豊卿一男」（16ウ）

71 儀同三司兼　新続一－
藤兼宣法名常寂　廣橋権大納言仲光卿男

72 後今出河前左大臣　新続一－
藤公行　今出河右大臣実直公男

73 後野宮入道前太政大臣　新続一－
藤公俊　徳大寺野宮太政大臣実時公男

74 入道前内大臣　新続二－
藤満季号西山入道内大臣　洞院実雄末大納言実信卿男、但祖父公定猶子也」（17オ）

75 右大臣　新続一－
藤房平号後照光院関白　鷹司後一心院右大臣冬家公男

（六行分空白）」（17ウ）

大納言

新拾
1 前大 藤為氏　新拾十九首　新後拾十四ｌ　新続十二ｌ
2 前大 藤実教　新拾十二ｌ　新後拾八ｌ　新続八ｌ
3 前大 藤為定　新拾十八ｌ　新後拾廿七ｌ　新続十四ｌ
4 藤齊信　新拾二ｌ
5 藤師賢　新拾三ｌ
6 源師頼　新拾一ｌ
7 前大 藤為家　新拾廿六ｌ　新後拾十六ｌ　新続十一ｌ」
（18オ）
8 前大 藤為世　新拾廿九ｌ　新後拾十四ｌ　新続六ｌ
9 前大 藤経継　新拾七ｌ　新後拾三ｌ　新続七ｌ
10 前大 藤為兼　新拾八ｌ　新後拾六ｌ　新続三ｌ
11 前大 藤俊光　新拾二ｌ　新後拾二ｌ　新続三ｌ権大ｌ
12 前大 藤基良　新拾一ｌ　新後拾一ｌ
13 前大 藤公宗　新拾一ｌ中宮大夫　新後拾二ｌ同
14 権大 藤為遠 旧本載四位部　新拾四ｌ右兵衛督　新後拾八ｌ権大ｌ　新続十二ｌ同
15 源経信　新拾六ｌ　新後拾三ｌ　新続四ｌ」
（18ウ）
16 前大 藤公蔭　新拾八ｌ　新後拾二ｌ　新続一ｌ
17 前大 藤忠季　新拾五ｌ
18 源延光　新拾一ｌ
19 前大 藤俊定　新拾二ｌ　新後拾一ｌ　新続二ｌ
20 前大 藤実躬　新拾一ｌ　新続三ｌ
21 前大 藤実名 旧本載参議部 本名季保 改実ｌ　新拾三ｌ前参議　新後拾二ｌ同　新続三ｌ前大ｌ
22 藤公実　新拾二ｌ
23 前大 藤公任　新拾一ｌ　新後拾二ｌ」
（19オ）
24 源通具　新拾二ｌ　新後拾二ｌ　新続三ｌ
25 権大 藤公明　新拾二ｌ　新続一ｌ
26 前大 藤隆房　新拾二ｌ　新後拾一ｌ　新続一ｌ
27 前大 藤公敏　新拾二ｌ按察使　新後拾一ｌ同　新続一ｌ同
28 前大 藤忠良　新拾三ｌ　新後拾二ｌ　新続五ｌ
29 前大 藤資季　新拾一ｌ　新後拾二ｌ　新続一ｌ
30 権大 藤行成　新拾一ｌ
31 藤成通　新拾一ｌ　新続三ｌ」
（19ウ）
32 藤資明　新拾二ｌ按察使　新後拾二ｌ同　新続三ｌ同
33 藤公通　新拾二ｌ按察使

34 前大 源雅言　新拾一｜　新後拾一｜　新続三｜

35 権大 藤長家　新拾一｜　新後拾一｜　新続一｜

36 前大 藤良教　新拾一｜

37 権大 藤長雅　新拾一｜

38 藤顕朝　新拾一｜按察使　新続四｜同

39 権大 藤隆季　新拾一｜　新続一｜前大｜」（20オ）

40 前大 藤資名　新拾一｜　新後拾二｜

41 前大 源宗明　新拾一｜　新後拾一｜

42 前大 藤伊平　新拾一｜　新続一｜

43 新後拾 大伴旅人　新後拾一｜

44 藤朝光　新後拾一｜左近大将

45 藤隆親　新後拾一｜兵部卿　新続二｜同

46 新続 前大〔源〕 藤重資　新続二｜　旧本載大納言部（ママ）

47 〔藤〕前大 源重光　新続二｜」（20ウ）

48 前大 藤公泰　新続七｜

49 前大 藤経通　新続一｜

50 前大 藤兼宗　新続三｜

右見旧本

51 前大 藤実家　新続一｜

52 前大 藤師氏　新続一｜

53 前大 藤忠嗣　新続一｜

54 前大 藤実冬　新続一｜

55 前大 藤忠信　新続一｜」（21オ）

56 前大 藤教良　新続一｜

57 新拾 権大 藤房経　関白経通公男　新拾一｜

58 前大 藤良冬　今小路 入道関白兼基公男　新拾二｜

59 権大 藤宣明　参議経宣卿男　新拾二｜　新後拾一｜

60 権大 藤公時　三条 後八条内大臣実継公二男　新拾一｜藤原公時朝臣　新後拾一｜権中｜　新続二｜権大｜

61 新後拾 権大 藤忠光　日野 権大納言資明卿四男　新後拾四｜　新続二｜」（21ウ）

62 前大 藤為尹　権中納言為秀卿男　新後拾二｜藤原為尹朝臣　新続六｜前大｜

63 前大 藤仲光　広橋 瑞雲院贈左大臣兼綱公男　新後拾二｜大宰権帥　新続一｜前大｜

64 前大 藤親雅　中山 権中納言定宗卿男　新後拾二｜左近中将 右衛門督　新続三｜前大｜

新続

65 前大 藤公兼　右大臣実俊公二男　新後拾一ー

66 権大 藤宗実　前内大臣冬信公男　新後拾一ー

67 前大 藤教嗣　前関白経教公二男　新後拾一ー

68 前大 藤経任　前大納言為経卿二男　新続二ー

69 藤公保　中納言実清卿男　実入道内大臣公豊公男　新続五ー按察使」（22オ）

70 権大 源義嗣　鹿苑院義満公二男　新続一ー

71 前大 藤隆直　権大納言隆郷卿男　新続一ー

72 権大 藤実量　右大臣公光公男　新続三ー

73 前大 藤公種　小倉 権大納言実名卿男　新続一ー

74 権大 藤満親　大納言親雅卿男　新続二ー

75 権大 藤実盛　徳大寺 太政大臣公俊公男　新続一ー

76 藤公名　右大臣実永公男　新続三ー左大将ー

77 権大 藤実秀　洞院 権大納言公仲卿男　新続一ー」（22ウ）

78 権大 藤実秋　権中納言公勝卿男　新続一ー

79 前大 藤実宣　前参議公時卿男　新続一ー

80 藤基冬　権大納言良冬卿男　新続一ー

81 藤資広　権大　本名藤光改資ー　権大納言資藤卿男　新続一ー

82 権大 藤資藤　柳原 一品忠光卿二男　新続二ー

83 権大 藤経豊　権大納言経重卿男　新続一ー

84 権大 源通守　権大納言通氏卿男　新続一ー

（一行分空白）」（23オ）

（空白）」（23ウ）

中納言

新拾

1 藤為藤 新拾廿七首 新後拾十一｜民部卿 新続十一｜

2 前中 藤定家 新拾廿五｜ 新後拾十八｜ 新続十九｜

3 前中 藤為相 新拾五｜ 新後拾二｜ 新続四｜

4 権中 藤通俊 新拾二｜ 新続三｜

5 前中 江匡房 新拾四｜ 新後拾五｜ 新続四｜

6 権中 藤公雄 新拾十三｜ 新後拾五｜ 新続七｜前中｜

7 前中 藤為明 新拾十一｜民部卿 新後拾二｜前中｜ 新続「十一｜(ワ)」民部卿」（24オ）

8 前中 旧本載散二三位部 藤為秀 新拾三｜前参議 新後拾二｜前中｜ 新続六｜同

9 前中 源有光 新拾三｜

10 前中 旧本載参議部 藤雅孝 新拾五｜ 新後拾二｜ 新続十｜

11 権中 源具行 新拾二｜ 新続二｜

12 前中 藤基成 新拾二｜ 新後拾二｜

13 前中 藤長方 新拾一｜

14 （ママ） 藤家持 新拾七｜ 新後拾一｜ 新続四｜

15 権中 平宗経 新拾二｜」（24ウ）

16 前中 藤実任 新拾一｜ 新後拾一｜ 新続二｜

17 前中 旧本載参議部 藤定宗 新拾二｜前参議 新後拾六｜前中｜ 新続三｜同

18 藤定頼 新拾一｜ 新後拾一｜ 新続一｜

19 藤祐家 新拾一｜

20 権中 藤俊忠 新拾一｜ 新続一｜

21 権中 旧本載参議部 藤時光 新拾三｜ 新後拾五｜

22 前中 藤高定 新拾一｜

23 藤兼輔 新拾一｜権中｜ 新後拾一｜中｜」（25オ）

24 前中 源有忠 新拾二｜ 新後拾一｜ 新続三｜

25 前中 藤隆長 新拾一｜

26 前中 藤冬定 新拾一｜

27 前中 藤基隆 新拾一｜ 新続二｜

28 前中 源資平 新拾一｜ 新続二｜按察使

29 権中 旧本載四位部 藤為重 新拾二｜藤原為重朝臣 新後拾廿四｜権中｜ 新続九｜同

30 前中 藤季雄 新拾一｜ 新後拾一｜

31 前中 藤実前 新拾一｜」（25ウ）

32 前中 藤定資 新拾一｜ 新後拾一｜ 新続一｜

33 藤為経 新拾一｜大宰権帥 新後拾一｜同 新続五｜

34 前中 藤実遠　旧本載散二三位部　中納言遠雄子也（ママ）　同部有同名　新拾一ー従三位　新後拾二ー前中ー　新続四ー同

新後拾 35 藤資宣　新後拾二ー民部卿　新続二ー同

36 権中 藤敦忠　新後拾一ー

37 権中 源師時　新後拾一ー

38 藤朝忠　新後拾一ー

39 前中 藤為忠　旧本載散二三位部　新後拾一ー　新続六ー」（26オ）

新続 40 前中 藤公脩　新続一ー

41 源資綱　新続一ー

42 前中 源国信　新続一ー

43 源雅兼　新続一ー

44 藤家房　新続二ー中宮権大夫

45 藤顕頼　新続一ー民部卿

右見旧本」

（一行分空白）」（26ウ）

新拾 46 前中 源親光　権中納言光忠卿男（ママ）　新拾一ー

新後拾 47 前中 藤資康　大納言時光卿男永徳三十月兼左衛門督　新後拾五ー内二ー按察使ー三ー左衛門督ー

48 前中 藤公勝　前権大納言実材卿男　新後拾一ー

49 権中 藤経重　内大臣経顕公男　新後拾一ー

新続 50 権中 藤雅縁　従三位雅家卿男　新続廿九ー

51 権中 藤雅世　本名雅清 改雅ー　中納言雅縁卿男　新続十八ー

52 藤文範　参議元名卿二男　新続一ー民部卿

53 藤実雅　紹宏院贈内大臣公雅公男　新続六ー左衛門督」（27オ）

54 権中 藤家賢　花山院流　権大納言師賢卿男　新続一ー

55 前中 藤宗重　前権中納言冬定卿男　新続一ー

56 権中 平範輔　従三位治部卿親輔卿男　新続一ー

57 前中 源保光　中務卿三品代明親王男　号桃園　新続一ー

58 藤定嗣　按察使光親卿男　新続一ー

59 権中 藤実清　権大納言公時卿男　新続二ー

60 権中 藤宗継　権中納言宗宣本名宗量男　新続二ー

61 権中 藤経家　権中納言定頼卿男　新続一ー」（27ウ）

62 権中 公時　新続一ー

新続古今集作者有権大納言公時、是内大臣実継二男也、既載大納言部、又別有権中納言公時、蓋是同人歟、有不審、相考之、実継子公時者此撰集以前永徳三年大納言当職之内薨畢、然時当集不可称中納言、

則為別人、仍載於此、但中字誤歟、然諸本皆如此、
又見諸家系譜中有、曰滋野井大納言実国男公時者為
権中納言、則此人歟、但公卿補任実国子前参議公時
承元三年出家云々、不任中納言、如何、難決、

63 権中 藤宗泰　中御門 権中納言宗重男　新続一丨
64 前中 藤宗宣　本名宗量改丨教又丨宣 権中納言宗重卿男　新続一丨
65 権中 藤経成　本名経興改丨成 大納言経豊卿男　新続一丨
66 権中 源重有　従二位経有卿男　新続一丨」（28オ）
67 権中 藤為行　前権中納言為方卿男　新続一丨

（七行分空白）」（28ウ）

参議

新拾 1 藤雅経　新拾五首　新後拾三丨　新続十七丨
2 前参 藤為実　新拾三丨　新後拾三丨
3 前参 藤教長　新拾二丨　新後拾一丨　新続四丨
4 藤基氏　新拾一丨右兵衛督
当集基氏左右兵衛相交、右兵衛督者中納言基家子歟、見前集、仍載爰、ウツ、トモユメトモ丨、此歌也、
5 前参 藤為嗣　新拾二丨
6 前参 藤経宣　新拾二丨　新後拾一丨
7 前参 藤雅有　新拾一丨　新後拾二丨　新続十四丨」（29オ）
8 前参 藤家親　新拾一丨
9 前参 藤行忠　旧本載散二三位部 新拾三丨従二位　新続二丨前参丨
10 藤教定　新拾一丨右衛門督
旧本載参議部、公卿補任為非三木云々、不審、
11 藤宇合　新拾一丨式部卿
12 前参 源敦有　新拾一丨　新後拾一丨
13 前参 源彦良　新拾一丨
14 源具氏　新拾一丨左近中将　新後拾二丨同
新後拾 15 前参 藤忠定　新後拾二丨　新続六丨」（29ウ）
16 前参 藤能清　新拾二丨　新続一丨
新続 17 前参 菅為長　新続一丨

18　藤親隆　新続一|
19　藤忠基　新続一|右衛門督
20　藤脩範　新続一|左京大夫
右見旧本
21　藤永行（前参）　参議永季男　新後拾一|藤原永行　新続一|」（30オ）
22　藤定親（新続）　大納言満親卿男　新続三|左近中将|
23　藤教経　従一位良教卿二男　新続一|
24　藤行俊（前参）　前参議行忠卿男　新続一|
25　菅長遠　式部大輔長秀（ママ）卿男　新続一|
26　源通敏（前参　本名通清改通|）　三条坊門通成末　権大納言通冬卿二男　新続三|
27　藤家豊（本名教豊改家|）　権中納言教興卿男　新続一|
28　藤季尹　従三位家尹卿男　新続一|
「（一行分空白）」（30ウ）

散二三位

1　源頼政（従三、新拾）　新拾二首　新後拾二|　新続四|
2　藤知家（正三）　新拾十|　新後拾五|　新続六|
3　藤家隆（従三）　新拾十九|　新後拾十|　新続十四|
4　藤為親　新拾二|侍従　新後拾一|同　新続一|同
5　藤俊成　新拾十四|皇太后宮大夫　新後拾九|同　新続廿一|同
6　源基氏（旧本　載四位部）　新拾八|左兵衛督　新後拾四|同　新続一|同
（頭書）当集基氏左右兵衛相交、左兵衛督者尊氏二男歟、系図従三位云々、仍載爰、
7　藤顕輔　新拾三|左京大夫　新後拾二|同　新続一|同」（31オ）
8　藤行家（従二）　新拾九|　新後拾四|　新続六|
9　藤為教（従三）　新拾二|前右兵衛督　新後拾一|同
10　加茂（ママ）氏久（従三）　新拾一|　新続二|
11　藤為信（従三）　新拾三|　新後拾三|　新続三|
12　源直義　新拾四|左兵衛督　新後拾二|同　新続五|前左|
13　源顕仲　新拾一|神祇伯　新後拾一|同　新続二|同
14　藤高遠　新拾二|大宰大弐　新後拾|一同　新続一|同

15 藤顕季 正三 新拾三｜修理大夫 新続三｜同」（31ウ）
16 藤隆教 従三 新拾五｜ 新後拾三｜ 新続四｜
17 藤経有 新拾一｜
18 藤頼輔 新拾一｜刑部卿 新続四｜同
19 藤重家 新拾二｜大宰大弐 新後拾一｜同 新続二｜同
20 藤有家 従三 新拾四｜大蔵卿 新後拾三｜同 新続四｜同
21 藤雅家 従三 旧本載五位部 新拾二｜藤原雅家 新後拾一｜従三位 新続七｜
22 藤為理 従三 新拾四｜ 新後拾二｜ 新続三｜
23 藤隆博 従一 新拾五｜大蔵卿 新後拾一｜従二位 新続四｜大蔵卿」（32オ）
24 藤経朝 正三 新拾一｜ 新後拾一｜ 新続一｜
25 菅長綱 新拾二｜大蔵卿 新後拾三｜兵部卿 新続一｜同
26 祝部成国 正三 新拾四｜ 新後拾二｜
27 藤範兼 従三 新拾一｜刑部卿 新後拾一｜同 新続二｜同
28 藤行能 正三 新拾四｜ 新後拾一｜ 新続五｜
29 藤経家 正三 新拾一｜ 新続一｜
30 大中輔親 祭主 新拾二｜ 新続一｜
新拾一｜右兵衛督 或本右衛門督 新後拾二｜前右兵衛督 前左兵衛督
31 藤教定 新続六｜前左兵衛督」（32ウ）

教定有同名者、而新後拾遺・新続古今哥詞書、或建長之年号、或中務卿宗尊親王家百首云々、彼時節者参議雅経卿男教定相応歟、既見旧本、但新拾遺哥一首右兵衛督右衛門督有異説、雅経男教定者不任右衛門督、又有曰、右中将教頼朝臣男教定者是任右衛門督、雖難決、姑為一人、以載於此、

32 藤為継 従三 新拾一｜ 新後拾一｜
33 源行宗 従三 旧本載四位部 新拾一｜大蔵卿 新後拾一｜同
34 加茂教久 従三 新拾一｜
35 度会常昌 従三 新拾一｜
36 藤季経 正三 新拾一｜ 新続三｜
37 藤隆朝 正三 新拾一｜侍従」（33オ）
38 藤有範 従三 新拾一｜
39 藤経尹 従三 新拾一｜
40 津守国量 新後拾 従三 旧本載五位部、而応永五年十二月廿一日叙従三位、見公卿補任、 新後拾七｜ 新続二｜
41 菅長衡 従三 旧本載四位部 新後拾一｜
42 藤忠兼 従三 新後拾一｜
43 藤範宗 新続 従三 新続三｜
44 藤経家 新続一｜左近中将

散二三位之中藤経家多同名者、新続古今哥、詞書後九条前内大臣基家家謌合云々、因茲基家男経家相定畢、」（33ウ）

45 高階重経　新続一｜大蔵卿

46 藤季能 正三　新続二｜

47 藤伊成 従三　新続一｜侍従

48 藤家衡　新続二｜

49 藤成家　新続二｜兵部卿

50 藤保季 従三　新続二｜

51 藤重氏 従三　新続一｜

52 藤公衡　新続一｜左近中将」（34オ）

右見旧本

新拾 53 祝部成清 従三　片岡祝部成保男　新拾一｜

54 藤雅宗 従三 本名雅光後還本名　前参議正二位雅孝卿男　新拾一｜　新続二｜

55 加茂脩久 従三　松下神主雅久男　新拾一｜加茂脩久　新後拾一｜同　新続二｜従三位｜

新後拾 56 藤為敦 従三　法性寺長良末葉中務大輔為量男　新後拾四｜　一｜従三　三｜侍従　新続六｜侍従

57 加茂定久 従三　忠久男　新後拾一｜

58 卜部兼煕 正三　神祇大副兼豊子　新後拾一｜兼煕朝臣　新続三｜正三位｜

59 菅秀長　兵部卿長綱子永徳三年従三位　新後拾一｜右大弁　新続二｜式部大輔」（34ウ）

60 藤為盛 正三　法性寺長良末葉中務大輔為量孫従三位為敦男　新後拾一｜藤原為盛　新続四｜前右衛門督

61 紀俊長　新後拾一｜紀俊長　新続二｜従三位｜

新続 62 源義重 正三　斯波義将子　新続五｜

63 藤家尹 従二　月輪内大臣基家末良尹男　新続一｜

64 藤成実 正三　正三位親実卿男　新続四｜

65 藤伊定 従二　白河中将伊長朝臣男　新続一｜

謌詞書弘安百首云々、彼比伊定為四位故歟、当集雖称朝臣、考公卿補任大系図等、為従二位、仍入当部、

66 菅長方 従三　参議長嗣卿孫　正四位下淳嗣子　実従三位豊長子　新続一｜」（35オ）

従二　但公卿補任正三云々、不審、

67 紀行文 従三　刑部卿頼経一男　祖父　新続二｜

68 藤宗長 従三　刑部卿頼輔為子　新続一｜刑部卿

69 藤基親 正三　従三位基清卿男　新続一｜前右兵衛督

70 安倍有世 従二　西市正泰世孫大炊権助泰吉男　新続一｜」（35ウ）

諸王

新拾 1 額田王　新拾一首

右見旧本

新拾 2 廉仁王　後二条院孫邦省親王子　新拾一｜

新続 3 直明王　亀山院御末常盤井殿 満仁親王子　新続二｜

4 治仁王　大通院第二子　号保光院　新続一｜

（一行分空白）」(36オ)　（空白）」(36ウ)

四位

新拾 1 源俊頼　新拾六｜　新後拾三｜　新続十二｜

2 藤隆祐　新拾二｜　新後拾一｜　新続四｜

3 大中能宣　新拾一｜　新後拾二｜　新続一｜

4 藤為道　新拾六｜　新後拾七｜　新続一｜

5 藤光俊　新拾二｜　新後拾六｜　新続四｜

6 藤隆信　新拾五｜　新後拾一｜　新続五｜

7 藤清輔　新拾六｜　新後拾二｜　新続六｜」(37オ)

8 津守国冬　新拾六｜　新後拾十｜　新続五｜

9 藤道信　新拾一｜　新後拾一｜

10 源信明　新拾三｜　新後拾一｜　新続一｜

11 祝部成久　新拾二｜　新後拾二｜　新続二｜

12 平宣時　新拾一｜

13 藤雅朝　新拾三｜　新後拾一｜　新続三｜

14 藤信実　新拾九｜　新後拾八｜　新続六｜

15 祝部行氏　新拾二｜　新後拾一｜」(37ウ)

16 在業平　新拾一｜　新後拾一｜　新続一｜

17 藤為綱　新拾一｜

18 藤行輔　新拾二｜　新後拾二｜
19 惟宗光吉　新拾三｜　新後拾三｜　新続三｜
20 源有長　新拾三｜　新後拾二｜
21 藤雅冬　新拾三｜
22 平政村　新拾四｜　新後拾三｜
23 大中頼基　新拾一｜　新後拾一｜」(38オ)
24 平経正　新拾一｜
25 橘俊綱　新拾一｜
26 祝部成茂　新拾二｜　新後拾一｜　新続二｜
27 津守国助　新拾二｜　新後拾六｜　新続四｜
28 藤仲実　新拾二｜　新後拾三｜　新続一｜
29 丹波忠守　新拾一｜　新続三｜
30 荒木田氏忠　新拾一｜
31 卜部兼直　新拾一｜　新後拾二｜　新続二｜」(38ウ)
32 源家長　新拾一｜　新後拾一｜　新続五｜
33 祝部行親　新拾二｜　新後拾一｜
34 源兼氏　新拾三｜　新後拾三｜　新続二｜
35 源邦長　新拾一｜　新後拾一｜

36 祝部成仲　新拾三｜　新後拾一｜　新続二｜
37 源氏経 旧本載五位部　新拾三｜　新後拾二｜
38 平忠度　新拾二｜
39 平英時　新拾一｜平英時　新後拾二｜内一｜朝臣」(39オ)
40 藤実方　新拾三｜　新後拾一｜　新続一｜
41 藤頼清　新拾一｜　新後拾一｜
42 賀茂雅久　新拾一｜　新後拾一｜　新続二｜
43 藤経清　新拾一｜
44 藤業清　新拾一｜
45 源和義　新拾三｜　新後拾一｜
46 藤為量　新拾一｜　新後拾四｜　新続一｜
47 荒木田延季　新拾一｜」(39ウ)
48 賀茂遠久　新拾一｜　新続一｜
49 賀茂経久　新拾一｜
50 祝部成繁　新拾一｜　新後拾一｜
51 津守国道　新拾一｜　新後拾二｜　新続二｜
52 津守国平　新拾一｜　新後拾一｜　新続一｜
53 高階宗成　新拾一｜　新後拾一｜

54 藤範永　新拾一｜　新後拾一｜　新続一｜

55 藤為冬　新拾一｜　新後拾十三｜　新続一｜」（40オ）

56 源顕氏　新拾二｜源顕氏　新後拾一｜同　新続一｜朝臣

雖為四位、宗匠不知之、不書朝臣字之由見旧本、

57 平泰時　新拾一｜

58 賀茂基久　旧本載五位部　新拾一｜

新後拾

59 源頼之　新後拾七｜　新続五｜

60 源頼春　新後拾五｜

61 惟宗光之　新後拾一｜

62 平重時　新後拾一｜」（40ウ）

63 源基時　旧本称千恵載凡僧部　新後拾二｜

64 津守棟国　新後拾一｜

65 藤懐通　新後拾一｜

66 小槻匡遠　新後拾一｜　新続一｜

67 平宗宣　新後拾一｜　新続三｜

68 源親長　新後拾一｜

69 藤敏行　新後拾一｜

新続

70 藤顕仲　新続一｜」（41オ）

71 藤教雅　新続一｜

72 源公忠　新続一｜

73 藤行房　新続三｜

74 源通能　新続一｜

75 源具親　新続三｜

76 藤伊長　新続三｜

77 賀茂季保　新続一｜

78 藤顕綱　新続一｜」（41ウ）

79 度会行忠　新続一｜

80 藤為忠　新続四｜

81 藤資隆　新続一｜

82 源有房　新続二｜

83 藤為季　新続一｜

84 橘為仲　新続一｜

85 江匡衡　新続一｜

86 藤盛方　新続一｜」（42オ）

87 藤兼房　新続二｜

88 中原師尚　新続一｜

89 祝部成賢　新続一｜
90 祝部允仲　新続一｜
91 源経有　新続一｜
92 賀茂重保　新続一｜
93 和気種成　新続一｜
94 中原師光　新続一｜」（42ウ）

右見旧本

新拾
95 源義高　新拾二｜
96 藤俊顕　坊城 中納言経俊孫 経世号吉田男　新拾二｜ 新後拾一｜ 新続二｜
97 〔菅〕藤在夏　新拾一｜
98 大中行広　新拾一｜ 新後拾一｜
99 藤良尹　月輪 内大臣基家末 従五位下良兼男　新拾二｜
100 藤嗣定　藤井 参議嗣実孫 嗣家男　新拾一｜ 新後拾一｜」（43オ）
101 兵大 安倍宗時　新拾一｜
102 藤為邦　冷泉 権中納言為秀卿二男　新拾一｜ 新続二｜
103 源成賢　新拾一｜
104 惟宗行冬　新拾一｜惟宗行冬 新後拾一｜同 新続一｜朝臣

105 〔平守時　北条久時号赤橋鎌倉執事男　新拾一｜ ㋻〕
新後拾
106 源義将　斯波宗家孫 高経男　新後拾八｜ 新続六｜
107 藤雅幸（中納言50雅縁と同人）　新後拾一｜
108 紀親文　新後拾二｜
109 多々良義弘　大内弘世一男　新後拾二｜」（43ウ）
110 藤資衡　柳原 従一位忠光男　新後拾一｜
111 丹波成忠　新後拾一｜
112 賀茂定宣　新後拾一｜
113 源兼能　新後拾二｜
114 河内守 賀茂清宣　春賀大夫清成子　新後拾一｜
115 源尊宣　新後拾一｜
116 惟宗貞俊　新後拾一｜
新続
117 源満元　細川頼春孫 頼元男　新続五｜」（44オ）
118 法名浄空 藤雅永　飛鳥井 権中納言雅縁卿二男　新続八｜
119 源家俊　新続一｜
120 源持之　細川頼春彦 満元男　新続四｜
121 藤為衡　権大納言為遠卿男　新続一｜

122 源有宗　新続一｜

123 多々良持世（大内修理大夫）　義弘二男　新続三｜

124 卜部兼敦　正二位兼熙男　新続一｜

125 藤為之　権大納言為尹卿男　新続二｜」（44ウ）

126 藤助信　左大臣時平孫　権中納言敦忠男　新続一｜

127 源範政　今川上総介泰範男　新続二｜

128 紀俊豊　新続二｜

129 中原師郷　掃部頭師胤男　新続一｜

130 和気茂成　従三位典薬権助嗣成彦　従三位明成男　新続一｜

131 藤実勝　（滋野井）中納言実前孫　参議公尚男　新続一｜

132 源資雅　神祇伯資忠王男　新続一｜

133 源持康　（北畠）権大納言顕泰孫　俊泰男　新続一｜」（45オ）

134 源義忠　（左衛門佐歟）畠山満則男　新続一｜

135* 胤材　新続一｜大蔵卿

位階不得考之、但大蔵卿者正四位下相当云々、仍四位部載之、重而可決之、

（五行分空白）」（45ウ）

五位以下

1 （新拾）五位 藤基俊　新拾七首

2 五 紀貫之　新拾十三｜　新後拾四｜　新続三｜

3 六位 曾根好忠　新拾二｜　新後拾三｜　新続三｜

4 六 壬生忠見　新拾五｜

5 五 源道斉〔済〕　新拾四｜　新続二｜

6 五 源重之　新拾三｜　新後拾一｜　新続二｜

7 五 藤基任　新拾五｜　新後拾三｜　新続一｜」（46オ）

8 五 源仲正　新拾二｜

旧本有同名、新拾遺哥一首詞書白河院北面之時云々、是三河守源頼経子兵庫頭仲正歟

9 六 壬生忠岑　新拾一｜　新後拾二｜

10 五 凡河内躬恒　新拾七｜　新後拾三｜　新続二｜

11 五 源順　新拾一｜　新後拾一｜　新続一｜

12 五 藤長能　新拾二｜　新後拾一｜　新続二｜

13 五 藤季縄　新拾一｜

14 五 源仲綱　新拾一｜　新後拾一｜　新続一｜」（46ウ）

15 大江頼重 五 新拾二｜
16 平氏村 五 新拾一｜ 新後拾一｜
17 藤盛徳 五 新拾四｜ 新後拾一｜ 新続一｜
18 清元輔 五 新拾一｜ 新後拾一｜ 新続二｜
19 大江貞重 五 新拾二｜
20 源頼康 五 新拾四｜ 新後拾四｜
21 藤為業 五 新拾一｜
22 清深養父 五 新拾三｜ 新後拾一｜ 新続二｜」
（47オ）
23 源家清 五 新拾一｜ 新続一｜
24 紀友則 六 新拾一｜
25 坂上是則 五 新拾二｜ 新後拾一｜ 新続一｜
26 平義政 五 新拾一｜
27 藤清正 五 新拾一｜ 新後拾一｜
28 祝部成光 五 新拾二｜ 新後拾四｜ 新続四｜
29 源光行 五 新拾二｜ 新後拾一｜ 新続一｜
30 源頼貞 五 新拾二｜ 新後拾三｜」
（47ウ）
31 源師光 五 新拾三｜ 新続四｜

旧本有同名者、一人者美濃守源頼国子至康和二年、一人者大納言源師頼子至仁安三年、右両人之内、難決定、但新続古今四首之内、一首正治百首有詞書、二首守覚法親王家哥有之、考年号是大納言師頼子右京大夫師光也、其外一首又新拾遺三首同名之内不得考、為執人、

32 藤経衡 五 新拾一｜ 新続一｜
33 藤基世 五 新拾一｜
34 藤宗秀 五 新拾一｜ 新後拾一｜ 新続一｜
35 藤行春 五 新拾二｜ 新後拾二｜
36 平行氏 六 新拾三｜ 新後拾一｜」
（48オ）
37 大江茂重 五 新拾一｜ 新続四｜
38 藤秀茂 五 新拾一｜ 新続七｜
39 大江広房 五 新拾二｜ 新後拾一｜
40 鴨長明 五 新拾一｜ 新後拾一｜ 新続二｜
41 源高秀 五 新拾二｜ 新後拾四｜
42 平常顕 五 新拾二｜ 新後拾二｜ 新続二｜
43 藤長秀 五 新拾三｜ 新後拾四｜
44 鴨祐夏 五 新拾一｜」
（48ウ）
45 賀茂成助 五 新拾一｜

46 六 三善為連 新拾一｜ 新後拾二｜ 新続一｜
47 六 藤輔相 新拾一｜
48 六 源藤経 新拾一｜ 新後拾三｜
49 五 源頼隆 新拾二｜ 新後拾二｜
50 五 源貞世 新拾二｜ 新後拾一｜ 新続一｜
51 五 大江広秀 新拾二｜ 新続一｜
52 五 源孝朝 新拾一｜」（49オ）
53 五 源信武 新拾一｜
54 五 津守国夏 新拾三｜ 新後拾九｜ 新続｜二
55 五 惟宗忠貞 新拾一｜
56 源時秀 旧本称寂昌載凡僧部 新拾二｜
57 五 藤仲文 新拾二｜ 新後拾一｜
58 五 源和氏 新拾二｜ 新後拾二｜ 新続三｜
59 六 源仲教 新拾一｜
60 五 藤基隆 新拾一｜ 新続一｜」（49ウ）
61 五 藤忠兼 新拾一｜
62 五 阿保経覧 新拾一｜
63 五 源知行 新拾一｜

64 五 中臣祐殖 新拾一｜ 新続一｜
65 五 源直氏 新拾二｜ 新後拾二｜
66 六 藤興風 新拾一｜
67 五 藤基名 新拾一｜ 新後拾一｜
68 六 三善資連 新拾一｜ 新後拾二｜ 新続一｜」（50オ）
69 五 祝部成任 新拾一｜
70 五 藤元真 新拾一｜ 新後拾一｜
71 五 源宗氏 新拾二｜
72 五 大江経親 新拾一｜
73 五 高階重茂 新拾一｜
74 五 平貞文 新拾一｜
75 五 源頼遠 新拾一｜ 新後拾一｜
76 五 平高宗 新拾一｜」（50ウ）
77 六 平時常 新拾一｜
78 五 平兼盛 新拾一｜ 新後拾一｜ 新続一｜
79 五 藤高範 新拾一｜ 新後拾二｜ 新続三｜
80 五 藤為顕 新拾一｜ 新続二｜
81 五 藤高光 新拾一｜ 新後拾一｜

82 五 藤朝村　新拾一｜　新後拾一｜
83 五 惟宗忠景　新拾一｜　新続一｜
84 五 大江高広　新拾一｜」(51オ)
85 五 藤成藤　新拾一｜
86 六 源光正　新拾一｜　新後拾二｜　新続四｜
87 五 藤宗遠　新拾一｜　新後拾二｜
88 六 大江千里　新拾一｜　新続一｜

新後拾

89 六 津守経国　新後拾一｜
90 五 大江宗秀　新後拾二｜
91 五 藤行朝　新後拾三｜
92 五 藤泰宗〔茂〕　新後拾一｜」(51ウ)
93 五 藤藤成　新後拾一｜
94 六 橘遠村　新後拾三｜　新続二｜
95 五 津守国基　新後拾一｜　新続二｜
96 五 津守国実　新後拾一｜
97 六 源直頼　新後拾一｜
98 六 藤信良　新後拾一｜
99 五 源兼澄　新後拾二｜
100 五 藤惟成　新後拾一｜」(52オ)
101 五 源季広　新後拾一｜　新続一｜
102 五 藤秀長　新後拾一｜
103 五 源孝行　新後拾一｜

新続

104 五 藤雅顕　新続五｜
105 五 源雅光　新続一｜
106 五 源俊平　新続一｜
107 六 大江嘉言　新続一｜
108 六 山口重如　新続一｜」(52ウ)
109 五 橘則長　新続一｜
110 五 源時清　新続一｜
111 五 藤資忠　新続一｜
112 五 源高国　新続一｜
113 六 平康頼　新続一｜
114 六 藤有高　新続一｜
115 五 中臣祐臣　新続二｜
116 五 藤基綱　新続一｜」(53オ)
117 五 狛秀房　新続二｜

118 五 藤道経　新続一｜

119 五 荒木田経顕　新続一｜

120 五 藤時朝　新続一｜

121 五 源親房　新続一｜

右見旧本

新拾

122 平兼氏　新拾一｜」（53ウ）

123 藤経尹 従五下阿波守　日野 右中弁有信二男 大学頭宗光男　新拾一｜

124 源業氏　細川頼貞孫　顕氏男　新拾一｜

125 源季賢　新拾一｜

126 平斉時　新拾一｜

127 平光明　新拾一｜

128 平重基　新拾一｜　新後拾二｜

129 祝部成景　新拾一｜　新後拾二｜

130 藤為清　中納言為藤卿二男　新拾一｜」（54オ）

131 三善信方 従五上遠江守問注所　新拾一｜

132 伴周清　新拾一｜　新後拾三｜ 新続一｜

133 源宗範　新拾一｜

134 大江忠幸　新拾一｜

135 高階重直　新拾一｜

136 藤冬長　新拾一｜

137 祝部成藤　新拾一｜

138 源基幸　新拾一｜」（54ウ）

139 藤政元　新拾一｜

140 源氏兼　新拾一｜　新後拾一｜

141 源公信　新拾一｜

142 祝部成豊　新拾一｜　新後拾二｜

143 源時朝　新拾一｜

144 祝部尚長　新拾一｜　新後拾一｜

145 祝部忠成　新拾一｜

146 源高嗣　新拾一｜」（55オ）

147 五位 源氏頼　吉見彦三郎頼宗孫　頼隆男　新拾一｜

新後拾作者有同名者、但貞治年中新玉津嶋社哥合作者源氏頼称吉見云々、当新拾遺撰集比也、仍此人相定畢、

148 六位 平貞秀　左衛門少尉　松田　新拾一｜　新後拾四｜ 新続一｜

149 源頼仲　新拾一｜
150 清通定（四郎左衛門尉）　四郎兵衛職定孫　兵衛尉職顕男　新拾一｜　新後拾一｜
151 三善直信　新拾一｜
152 源義春　新拾一｜　新後拾一｜
153 津守国久（新後拾）　神主国量二男　新〔後㋻〕拾一｜」（55ウ）
154 源経氏　新後拾三｜　新続四｜
155 源義種　斯波宗家孫　高経男　義将弟　新後拾二｜　新続一｜
156 源氏頼　宇多源氏佐々木六角　時信男　新後拾二｜
為新後拾作者由見系図、又新拾遺作者有同名、委細前載之、
157 源頼元　細川頼春男頼之弟也　新後拾二｜　新続一｜朝臣
158 津守国貴　神主国夏二男　新後拾三｜
159 源義則　赤松権律師則祐男　新後拾一｜
160 源詮政　新後拾二｜　新続一｜」（56オ）
161 藤雅能　新後拾一｜
162 平師氏　東常顕男　新後拾一｜　新続二｜
163 清良兼（正五下）　正四下良枝孫　正五上　宗尚男　新後拾一｜
164 祝部成広　新後拾一｜

165 源氏春（兵少）　細川公頼孫　掃部頭師氏男　新後拾一｜
166 清景実　新後拾一｜
167 大江氏元　正五下宗秀彦〔挙〕　奉冬男　新後拾一｜
168 藤昌家　姉小路　参議家綱卿男　新後拾一｜」（56ウ）
169 藤満親　新後拾一｜
大納言親雅子有権大納言満親者、新続古今作者也、既載大納言部、撰新後拾遺時、永徳比、雖為五位、年齢十二三歳歟、幼稚也、仍為別人、載当部、
170 三善為永　新後拾一｜
171 紀盛家（安富左衛門尉）　右衛門佐之泰二男　新後拾一｜　新続一｜
172 藤政宗　新後拾一｜
173 源詮直　土岐頼清孫　直氏男　新後拾一｜
174 源秀春（三河守四郎左衛門尉）　京極　佐渡判官入道道誉孫　左衛門尉秀宗男　新後拾一｜
175 藤頼兼　新後拾一｜」（57オ）
176 藤藤経　新後拾一｜
177 三善長康　新後拾一｜
178 勝部師綱　新後拾一｜
179 小槻兼治　千宣孫　匡遠二男　新後拾一｜　新続二｜

180 高階宗顕　新後拾一|

181 源頼言　新後拾一|

182 平光俊　新後拾一|　新続二|

183 陸奥守 源棟義　斯波家氏末　和義男　［新後拾一|㋻］」（57ウ）

184 藤清春　新後拾一|

185 大江冬時　新後拾一|

186 陸奥守 源氏清　山名時氏男　新後拾一|

187 祝部行直　新後拾一|

188 祝部行藤　新後拾一|

189 刑部少輔法名浄傳 源詮信　桃井小次郎頼直末　修理大夫直信男　新後拾一|　新続三|

190 藤行詮　新後拾一|

191 三善頼秀　新後拾一|　新続一|」（58オ）

192 津守量夏　新後拾一|

193 藤長信　新後拾一|

194 源頼資　新後拾一|

195 祝部成詮　新後拾一|

196 藤康行　新後拾一|

197 源顕則　新後拾一|

198 平直基　新後拾一|

199 源氏直　新後拾一|」（58ウ）

200 橘重吉　新後拾一|　新続一|

201 中臣延朝　新後拾一|

202 荒木田経直　一禰宜号粟野 経賢男　新後拾一|

203 度会朝勝　一禰宜朝棟孫　朝泰男　新後拾一|

新続 204 藤雅親　飛鳥井 権中納言雅世男　新続五|

205 源持信　一色 兵部少輔詮範孫　満元二男　新続一|

206 源持元　細川頼元孫　満元男　新続一|

207 左京大夫 源満祐　赤松則祐孫　義則男　新続二|」（59オ）

208 源時熈　山名時義男　新続一|

209 祝部成胤　新続三|

210 従五上 藤懐国　巨勢磨末葉 上北面親尹男　新続一|

211 系図従四下云々 源持賢　細川頼春彦　満元二男　新続二|

212 源満政　赤松則祐孫　満則男　新続一|

213 正五下皇后宮権大進 藤資有　大学頭有綱末葉 正五下将監基綱男　新続一|

214 平氏数 東師氏男 異本系図師氏孫　益之子云々 新続一｜
215 源頼豊 新続二｜」(59ウ)
216 賀茂行久 森神主基久男 新続一｜
217 源熙貫 山名氏冬孫　中務権大輔氏家男 新続一｜
218 源頼益 細川義久弟 律師宗義彦　刑部少輔頼元男 新続一｜
219 藤永能 新続一｜
220 橘遠房 新続一｜
221 三善元秀 新続一｜
222 藤資任 烏丸 権中納言豊光卿男 新続一｜
223 平親清 新続二｜」(60オ)
224 藤直親 新続一｜
225 平貞国 伊勢守貞行男 新続一｜
226 源保綱 新続二｜
227 紀之盛 修理大夫 右衛門佐之泰男 新続一｜
228 藤光経 新続一｜
229 藤元康 新続一｜
230 藤頼業 新続一｜

231 紀行長 弥太郎 行春孫　民部少輔行俊男 新続一｜」(60ウ)
232 津守国博 神主国豊子 新続一｜
233 賀茂益久 神主久宗男 新続一｜
234 賀茂夏久 神主季久男 新続一｜
235 源基之 細川頼春彦　兵部少輔満之男 新続一｜
236 藤雅明 正親町三条 内大臣実雅男 新続一｜
237 藤公綱 新続一｜
238 多々良盛見 弘世二男 新続一｜
239 源持春 細川頼春孫　満国男 新続一｜」(61オ)
240 源教親 一色左京大夫 号成就院 兵部少輔持信男 新続一｜
241 津守国豊 神主国秀子 但兄国清為子 新続一｜
242 三善為種 新続一｜
243 惟宗行範 新続一｜
244 祝部成前 新続一｜
245 三善弥秀 新続一｜
246 平貞行 伊勢七郎右衛門尉貞信男 新続一｜
247 橘元吉 新続一｜」(61ウ)

248 源業清　新続一｜

249 藤朝家　新続一｜

250 宮内大輔 紀行頼　民部少輔行俊二男　新続一｜

251 賀茂秀久　賀茂社司康久男　新続一｜

（四行分空白）」（62オ）（空白）」（62ウ）

（下冊外題）
続三代集作者部類下

僧正　法印　僧都　法眼　律師
法橋　凡僧　女院　后宮　内親王
女御　女一二三位　女王　庶女　不知官位
神明　仏陀　化人」（扉オ）

新拾

僧正

1 前大 慈鎮 新拾六首内一首慈円 新後拾二｜ 新続十一｜
2 前大 慈勝 新拾二｜
3 前権 雲雅 新拾二｜ 新後拾一｜ 新続五｜
4 行意 新拾一｜ 新後拾一｜ 新続一｜
5 前大 杲守 旧本載法印部 新拾三｜権僧正 新後拾三｜［僧正｜㋻］ 新続十二｜前大僧正
6 前大 実超 新拾二｜
7 前大 賢俊 新拾二｜ 新後拾一｜ 新続四｜」（1オ）
8 権 永縁 新拾一｜ 新後拾一｜［僧正｜㋻］ 新続二｜［権僧｜㋻］
9 権 道我 新拾一｜ 新続三｜
10 大 行尊 新拾一｜ 新後拾一｜
11 前大 実伊 新拾二｜ 新続三｜
12 前大 公豪 新拾一｜ 新続一｜
13 前権 円伊 新拾二｜ 新後拾一｜
14 前大 玄円 新拾一｜前権僧正 新続二｜下巻前大僧正
15 権 経深 旧本載僧都部 新拾二｜法印 新後拾一｜権僧正」（1ウ）
16 権 良憲 旧本載律師部 新拾一｜
17 前大 寺 道意 新拾一｜ 新後拾一｜ 新続五｜
18 前大 禅助 新拾一｜
19 前大 良信 新拾二｜
20 前 顕遍 新拾一｜
21 前大 公澄 新拾一｜
22 前大 隆弁 新拾一｜ 新続一｜
23 前大 桓守 新拾一｜」（2オ）
24 前大 栄海 新拾一｜ 新後拾一｜
25 前権 慈慶 新拾一｜
26 前大 良覚 新拾一｜ 新続一｜
27 前大 桓豪 新拾一｜
28 桓覚 新拾二｜
29 覚信 新拾一｜
30 前大 道昭 新拾一｜ 新続一｜
31 前 慈快 新拾一｜」（2ウ）
32 前大 尊什 新拾一｜
33 前大 頼仲 新拾一｜ 新後拾二｜
34 大 忠性 新拾一｜

新後拾35 前大 公朝 新後拾二｜
36 前権 良宋 新後拾一｜
37 前 宋縁 新後拾一｜ 新続四｜
38 前 道性 新後拾一｜
39 前大 尊玄 旧本載僧都部 新後拾一｜前僧正 新続一｜前大僧正」
（3オ）
40 前大 道玄 新後拾一｜ 新続二｜
新続41 前大 道慶 新続二｜
42 大 道順 新続二｜
43 実瑜 新続一｜

右見旧本

新拾44 前大 良瑜 常住院 二条 光明照院兼基公末子 新拾二｜僧正 新続三｜前大僧正
45 山 慈能 洞院太政大臣公守孫 大納言実明卿二男 新拾二｜」（3ウ）
46 権 隆経 新拾一｜法印 新後拾二｜権僧正
47 天台座主 院源 光孝天皇末葉 陸奥守平元平子 新拾一｜
48 前 寛伊 新拾一｜権僧正 新続一｜前僧正
49 前大 孝覚 大乗院 九条師教公男 新拾一｜
50 前大 禅守 後二条院孫 邦省親王子 東寺一長者 真光院 新拾一｜法印 新続五｜前大僧正

新後拾51 前大 光済 三宝院 柳原 大納言資明卿二男 新後拾二｜
52 権 興雅 新後拾一｜
53 権 頼印 新後拾一｜」
（4オ）
54 権 増瑜 新後拾一｜
55 権山 円守 知足院道経孫 権中納言道嗣子 新後拾一｜
56 前 弘賢 新後拾一｜
57 定伊 花山院 右大臣家定公子 新後拾一｜
58 前大 道基（僧正17道意と同人） 実相院 後普光園院良基公三男 新後拾一｜ 新続一｜
59 前権 宋助 新後拾一｜
60 前 寺 桓恵 法輪院 後白河院末子 新後拾一｜
新続61 前大 満済 三宝院 今小路儀同三司師冬公男 鹿苑院義満公猶子 新続四｜」
（4ウ）
62 前大 義運 実相院 宝篋院義詮孫 満詮子 新続八｜
63 前大 隆源 報恩院 四条大納言隆蔭卿猶子 新続一｜
64 前大 義賢 三宝院 満詮二男 新続一｜
65 前大 満意 如意寺 二条 後普光園院良基公末子 ［聖護院⑦］ 新続二｜
66 前 慈澄 新続一｜

67 権道助〔通⑦〕　新続一｜
68 実意　新続一｜
69 禅信　真光院　洞院大納言実信卿男　新続一｜」(5オ)
70 前大定助　尊勝院　大炊御門内大臣冬忠孫　冬輔子　新続一｜
71 前大増弥　宗尊親王孫　惟康親王子　新続一｜
72 前大行雅　新続一｜

(五行分余白)」(5ウ)

法印

1 新拾定為　新拾八首　新後拾五｜　新続六｜
2 浄弁　新拾四｜　新後拾四｜　新続六｜
3 定円　新拾三｜　新後拾一｜　新続一｜
4 隆淵　新拾二｜　新後拾一｜
5 実性　新拾二｜　新後拾一｜　新続二｜
6 経賢　旧本載律師部　新拾二｜権少僧都　新後拾三｜権大僧都　新続十三｜法印
7 長舜　新拾五｜　新後拾二｜　新続二｜」(6オ)
8 定煕　新拾二｜　新続一｜
9 公順　新拾一｜
10 覚寛　新拾一｜
11 栄運　新拾一｜
12 覚為　新拾一｜　新後拾一｜
13 顕詮　新拾二｜　新後拾二｜　新続二｜
14 実顕　新拾一｜
15 幸清　新拾一｜　新続二｜」(6ウ)
16 成運　新拾一｜
17 延全　新拾一｜　新後拾一｜

18 雲禅 新拾一｜
19 房観 新拾一｜
20 憲実 新拾一｜ 新続二｜
21 源全 新拾一｜ 新後拾一｜
22 定宗 新拾一｜
23 中〔仲〕顕 新拾一｜」（7オ）
24 禅隆 新拾一｜
25 宗尋 新拾一｜
新後拾 26 慶運 新後拾四｜ 新続十三｜
27 実清 新後拾一｜
28 実算 新後拾一｜
29 実甚 新後拾一｜ 新続一｜
新続 30 静賢 新続一｜
右見旧本」（7ウ）
新拾 31 源意 藤氏鷲取末葉 帥法印源守子 聖護院坊官 新拾二｜ 新後拾一｜
32 村基 新拾一｜ 新続一｜
33 深源 新拾一｜
34 守遍 菩提院 久我通宣子 新拾一｜ 新後拾一｜ 新続三｜

35 宗信 新拾一｜法眼 新後拾二｜法印
36 兼舜 新拾一｜
37 乗基 功徳院 松殿 摂政師家孫 大納言基嗣卿子 新拾一｜権律師 新後拾一｜法印
38 慈応 贈法 新拾一｜」（8オ）
39 良清 梁イ 八幡竹法印 紀古佐美後胤 田中法印行清子 新拾一｜
新後拾 40 頼俊 新後拾一｜
41 宋親 新後拾一｜権大僧都 新続一｜法印
42 長尊 新後拾一｜
43 義室〔宝〕 新後拾一｜権律師 新続二｜法印
44 善差 算イ 新後拾一｜
45 増運 新後拾一｜
46 俊憲 新後拾一｜」（8ウ）
47 昌算 新後拾一｜
48 有雅 新後拾一｜
新続 49 継尊 新続一｜
50 慈忠 九条忠家孫 新続一｜
51 慶源〔深歟㋻〕 新続一｜
52 仁杲 新続一｜

53 宋助　新続一｜

54 尭全　民部少輔紀行俊末子　新続一｜」(9オ)
」(9ウ)

僧　都

新拾 1 権少 源信　新拾二首

2 権少 寛耀　新拾二｜

3 権少 行顕　新拾一｜

新続 4 観教　旧本載法橋部　新続一｜

右見旧本

新拾 5 権大 信聡　新拾一｜」(10オ)

新後拾 6 権少 覚家　大納言藤為定卿子　号西南院　新後拾二｜

7 権大 能運　新後拾一｜

8 権大 尭尋　頓阿孫　法印経賢子　新後拾一｜　新続十｜

9 権大 隆縁　新後拾一｜

10 権 顕深　新後拾一｜

11 権少 運円　新後拾一｜

12 権少 慶有　新後拾一｜

新続 13 権大 尭孝　権大僧都尭尋子　新続六｜」(10ウ)

14 権大 良春　新続二｜

15 前権大 祐性　新続一｜

16 権大 賢雅 新続一｜

（五行分空白）」（11オ）

」（11ウ）

法眼

1 行経 旧本載法橋部 新拾 新拾二首
2 行済 新拾二｜ 新後拾一｜
3 源承 新拾五｜ 新後拾二｜
4 慶融 新後拾 新後拾一｜ 新続一｜
5 澄基 新後拾一｜
6 円忠 新後拾一｜
7 源意 新続 新続一｜」（12オ）
右見旧本
8 聖承 新拾 新拾一｜ 新後拾一｜
9 源忠 新拾一｜
10 頼英 新後拾 新後拾一｜
11 能賢 新後拾一｜
12 宗済 新後拾一｜
13 玄全 齊藤左衛門尉致基 刑部左衛門尉基材子 新後拾一｜」（12ウ）
新千載新拾遺等作者有玄勝法師者、齊藤刑部左衛門尉基材男、左衛門四郎入道宗基法名云々、是玄全同人異名歟、系図有不審、

14 禅厳　新後拾一｜

（六行分空白）」（13オ）

（空白）」（13ウ）

律　師

新拾 1 権 則祐　新拾三首　新続一｜　新後拾一｜

2 権 仙覚　新拾一｜　新続一｜

3 前 永観　新拾一｜　新続一｜

新後拾 4 権 桓瑜　新後拾一｜

右見旧本

新後拾 5 権 承恵　新後拾一｜」（14オ）

6 権 秀雅　出羽守藤秀時孫　秀経子　新後拾一｜

7 権 寛宗　新後拾一｜

8 権 隆覚　新後拾一｜

9 権 実蔵　新後拾一｜

10 権 幸円　新後拾一｜

新続 11 権 玄覚　新続一｜

（二行分空白）」（14ウ）

法　橋

新拾 1 顕昭　新拾一首　新続四〻

右見旧本

新続 2 俊栄　新続一〻

（三行分空白）」（15オ）

（余白）」（15ウ）

凡　僧

新拾 1 西行　新拾九首　新後拾三〻　新続三〻

2 素性　新拾二〻　新後拾三〻　新続一〻

3 素暹　新拾二〻　新後拾一〻　新続二〻

4 俊恵　新拾七〻　新後拾一〻　新続六〻

5 如願　新拾三〻　新後拾二〻　新続八〻

6 寂蓮　新拾六〻　新後拾三〻　新続六〻

7 頓阿　新拾九〻　新後拾八〻　新続十九〻」（16オ）

8 道命　新拾二〻　新後拾一〻　新続三〻

9 真昭　新拾三〻

10 増基　新拾一〻　新続一〻

11 信生　新拾二〻　新後拾一〻

12* 如舜 旧本載中納言部　新拾一〻

如舜者中納言藤資長法名也、歌之詞書最勝四天王院障子之哥云々、資長時代相叶、仍儀定畢、

13 兼好　新拾三〻　新後拾三〻　新続六〻

14 善了　新拾一〻」（16ウ）

15 寂真　新拾一〻　新後拾四〻　新続二〻

16 性厳　新拾二丨　新後拾一丨
17 如円　新拾一丨
18 常元　新拾一丨
19 祖月　新拾一丨　新後拾一丨　新続一丨
20 行乗　新拾一丨
21 善源　新拾二丨　新後拾一丨
22 如雄　新拾一丨」（17オ）
23 是法　新拾二丨　新後拾一丨
24 昌義　新拾一丨　新後拾一丨
25 能誉　新拾一丨　新後拾一丨
26 行蓮　新拾一丨
27 壽暁　新拾一丨　新後拾一丨
28 昭覚　新拾一丨　新後拾二丨
29 只皈　新拾二丨
30 覚空上人　新拾二丨」（17ウ）
31 寂然　新拾一丨　新後拾二丨　新続二丨
32 夢窓国師　新拾三丨　新後拾三丨
33 円胤上人　新拾一丨

34 双救上人　新拾一丨
35 兼空上人　新拾二丨　新続一丨
36 瞻西上人　新拾一丨　新後拾一丨
37 心海上人　新拾一丨　新続一丨
38 慶政上人　新拾一丨　新後拾一丨」（18オ）
39 円嘉　新拾一丨
40 安法　新拾一丨
41 寂恵　新拾一丨　新続一丨
42 登蓮　新拾一丨　新後拾一丨　新続二丨
43 玄勝　新拾一丨
44 信快　新拾一丨　新後拾一丨
45 道因　新拾一丨　新後拾一丨
46 能因　新拾一丨　新続二丨」（18ウ）
47 恵慶　新拾一丨　新続二丨
48 戒仙　新拾一丨
49 山田　新拾一丨
50 円空上人　新拾一丨
新後拾 51 元可　新後拾四丨　新続一丨

52 道甚　新後拾一｜
53 浄阿上人　新拾三｜　新続一｜
54 聖統　新後拾一｜」（19オ）
55 雄舜　新後拾二｜
56 道洪　新後拾一｜
57 定顕　新後拾三｜　新続三｜
58 蓮生　新後拾一｜　新続二｜
59 良暹　新後拾一｜
60 高弁上人　新後拾一｜　新続一｜
61 如空上人　新後拾一｜
62 源空上人　新後拾一｜」（19ウ）
新続 63 良心　新続一｜
64 仏国禅師　新続一｜
65 〔寂〕舜身　新続二｜
66 〔寂〕舜照　新続一｜
67 〔寂〕舜縁　新続一｜
68 舜念　新続二｜
69 清空上人　新続一｜

右見旧本

70 念阿　新続一｜」（20オ）
71 勝命　新続｜
72 行観　新続｜
73 祐盛　新続｜
新拾 74 信専　新拾一｜　新後拾二｜
75 境空上人　洞院中園相国公賢公子　新拾一｜　新続二｜
76 妙宗　新拾一｜」（20ウ）
77 性威　安威左衛門入道　新拾二｜　新後拾一｜
78 道暁　土岐源光行末葉国氏子俗名頼藤　新拾一｜
79 宗恵　新拾一｜
80 頓宗　新拾一｜
81 定暁　新拾一｜
82 道知　新拾一｜
83 蘊賢　［武藤掃部入道歟㋻］［年中行事歌合作者㋻］　新拾一｜　新続一｜
84 慈威上人　新拾一｜」（21オ）
85 円昭　新拾一｜　新後拾一｜　新続一｜
86 禅信　新拾一｜

87 宗久〔平吉大炊助入道歟㋻〕〔年中行事哥合作者㋻〕　新拾一｜　新後拾一｜　新続二｜
88 乗功　新拾一｜
89 惟賢上人〔宝戒寺長老㋻〕　新拾二｜　新続二｜
90 範空上人　新拾一｜
91 公寛　新拾一｜
92 普活〔詁〕　新拾一｜」（21ウ）
93 宗祐　新拾一｜　新後拾一｜
94 真俊〔道㋻〕　新拾一｜
95 通昌　新拾一｜
新後拾 96 淳家　新後拾一｜
97 道英 齊藤　新後拾一｜
98 超空上人　新後拾一｜
99 信空〔千秋左衛門大夫高範子㋻〕　新後拾一｜　新続一｜
100 道元　新後拾一｜」（22オ）
101 秀幸 持明院　新後拾一｜
102 道應　新後拾一｜
103 素観上人　新後拾一｜
104 崇全　新後拾一｜

105 栄室〔宝〕　新後拾一｜
106 厳阿上人　新後拾一｜
107 通源上人　新後拾一｜
108 昭祐　新後拾一｜」（22ウ）
109 源秀　新後拾一｜
110 道成 上池院祖　新後拾一｜
111 十仏 源頼光後胤　新後拾一｜
112 唯円　新後拾一｜
113 信慶　新後拾一｜
114 基運　新後拾一｜
115 道喜 土岐源光行末葉国氏孫 国成子 俗名頼数　新後拾一｜
116 善為　新後拾一｜」（23オ）
117 真覚　新後拾一｜
118 道勝　新後拾一｜
119 宗仲 津守　新後拾一｜　新続一｜
120 暁勝　新後拾一｜
121 秀胤〔示〕　新後拾一｜
122 舟空上人　新後拾一｜

123 参玄　新後拾一｜
124 紹弁上人　新後拾一｜」（23ウ）
125 蓮道　新後拾一｜
126 宗鏡禅師　新後拾一｜
127 中忻　新後拾一｜
128 妙藤　新後拾一｜　新続一｜
129 宗覚　新後拾一｜
130 禅要　新後拾一｜
131 道雄　新後拾一｜
132 一響上人　新後拾一｜」（24オ）
133 詑〔託〕阿上人　新後拾一｜
134 覚源深イ　新後拾一｜
135 楽示イ証上人　新後拾一｜
136 顕願イ蓮　新後拾一｜
137 賢性〔珠イ(ワ)〕上人　新後拾一｜
138 重阿上人　新後拾一｜　新続一｜
139 如月　新後拾一｜

新続
140 明魏　花山院流　尹大納言師賢孫　権中納言家賢卿子　俗名長親　新続六｜」（24ウ）
141 幽提　新続一｜
142 実叡　新続一｜
143 瑞禅　新続一｜
144 堪覚　新続一｜
145 善谷イ節　新続二｜
146 浄意　新続一｜
147 宝城　新続一｜
148 素明　東　平師氏子　俗名益之　新続一｜」（25オ）
149 尋継　新続一｜
150 梵燈　〔勝部師綱(ワ)〕　新続一｜
151 宝蜜　新続一｜
152 真縁上人　俗名高氏　従五下　佐渡判官　新続一｜
153 道誉　宇多源氏佐々木　左衛門尉宗氏三男　新続一｜
154 陵阿　極楽院　新続一｜
155 雄運　新続一｜
156 聖遵　新続一｜」（25ウ）

女院

新拾 1 永福門院　新拾六首　新続一ー
2 後京極院　新拾一ー
3 月華門院　新拾三ー
4 万秋門院　新拾二ー　新後拾一ー　新続四ー
5 達智門院　新拾三ー　新続一ー
6 寿成門院　新拾二ー
7 西華門院　新拾一ー」(26オ)
8 上東門院　新拾一ー　新続一ー
新続 9 章義門院　新続一ー
10 談天門院　新続一ー

右見旧本

新後拾 11 通陽門院　内大臣公忠公女後小松院国母　新後拾五ー従二位厳子　新続一ー
12 崇賢門院　廣橋瑞雲院藤兼綱公女後円融院国母　新後拾五ー内二ー四季部従二位仲子　新続三ー

右新後拾遺之内四季部称従三位仲子、其外者称崇賢門院、彼集四季部者永徳二年奏覧、其餘部者同三年奏覧云々、仲子院号者永徳三年四月廿五日之由見系図、仍同人相定畢、」(26ウ)

后宮

新拾 1 堀河中宮　新拾一首
2 七条后　新拾一ー
新後拾 3 枇杷皇太后宮　新後拾一ー

右見旧本

(三行分空白)」(27オ)

(空白)」(27ウ)

内親王

新拾 1 進子内親王　新拾五首　新後拾一｜　新続五｜
2 式子内親王　新拾三｜　新後拾四｜　新続四｜
3 瑒子内親王　新拾二｜　新後拾四｜　新続一｜
4 禖子内親王　新拾一｜
5 栄子内親王　新拾一｜　新続一｜
6 欣子内親王　新拾一｜　新後拾一｜　新続三｜
新後拾 7 選子内親王　新後拾一｜」（28オ）
8 婍子内親王　新後拾一｜
新続 9 瓊子内親王　新続一｜
右見旧本
新続 10 粛子内親王　後鳥羽院皇女　母丹波局兵衛督　新続一｜
（二行分空白）」（28ウ）

女御

新拾 1 梅壺女御　新拾一首
右見旧本
新後拾 2 女御徽子女王　醍醐天皇孫　重明親王子号承香殿斎宮　新後拾一｜　新続一｜
（三行分空白）」（29オ）　（空白）」（29ウ）

女
一二三位

新拾1 従二位為子　新拾六首　新続三｜
2 贈従三位為子　旧本載庶女部　遊義門院権大納言云々　新拾六｜　新後拾六｜　新続六｜
3 従三位親子　新拾一｜
4 従二位宣子　新拾二｜　新続一｜
5 従三位藤子　新拾一｜　新後拾一｜［従二位イ㋻］
6 大弐三位　新拾一｜　新後拾一｜　新続一｜」（30オ）
右見旧本
新拾7 従三位吉子　新拾一｜
8 従一位宣子　日野権大納言資名女　新拾二｜従三位　新後拾六｜従一位　新続二｜同
旧本有曰従三位宣子者、雖為同名、考之為別人歟、資名女宣子貞治年中新拾遺比為従三位由見新玉津嶋社哥合、其後叙従一位由在大系図、
新後拾9 従二位業子　日野権大納言時光女　新後拾五｜
（三行分空白）」（30ウ）

女　王

新続1 高田女王　天武天皇御後高安王女賜大原真人姓　新続一首
（六行分空白）」（31オ）
（空白）」」（31ウ）

庶女

新拾

1 皇太后宮大夫俊成女　新拾四首　新後拾五｜　新続七｜

2 嘉陽門院越前　新拾一｜　新後拾一｜　新続二｜

3 小弁　新拾二｜　新後拾一｜　新続一｜

4 土御門院小宰相　新拾四｜　新続四｜

5 二条院讃岐　新拾三｜　新後拾一｜　新続四｜

6 後宇多院宰相典侍　新拾四｜　新続四｜

7 中務　新拾三｜　新後拾一｜　新続一｜」（32オ）

8 永福門院内侍　新拾三｜　新後拾一｜

9 伏見院新宰相　新拾一｜

10 宜秋門院丹後　新拾二｜　新後拾一｜　新続三｜

11 兵衛可為待賢門院兵衛　新拾一｜

哥詞書待賢門院御供侍云々、然則可為彼院兵衛、而旧本作者部類、以上西門待賢門両院兵衛為同人載於一所、今考系図、両兵衛者神祇伯顕仲女也、待賢門兵衛者上西門兵衛者妹云々、仍各別載之、

12 昭慶門院一条　新拾四｜　新後拾一｜

13 後深草院少将内侍　新拾三｜　新後拾一｜　新続一｜」（32ウ）

14 安嘉門院大弐　新拾二｜　新後拾一｜　新続四｜

15 式乾門院御匣　新拾四｜　新後拾一｜　新続一｜

16 後鳥羽院宮内卿　新拾三｜　新後拾四｜　新続三｜宮内卿哥詞書見同人、

17 河内可為前斎宮河内　新拾一｜

哥詞書堀河院百首云々、時代相応故前斎宮河内相定畢、

18 中宮大夫公宗母旧本為昭訓門院大納言同人云々　新拾四｜　新後拾三｜　新続七｜

19 伊勢　新拾三｜　新後拾二｜　新続一｜

20 和泉式部　新拾四｜　新後拾四｜　新続二｜」（33オ）

21 徽安門院一条　新拾四｜　新続一｜

22 菅原孝標女　新拾二｜

23 正三位通藤女旧本称従三位　新拾一｜　新後拾四｜　新続一｜

24 堀河院中宮上総　新拾一｜　新後拾一｜　新続一｜

25 九条左大臣女　新拾一｜

26 上西門院兵衛　新拾二｜

旧本與待賢門院兵衛為同人、令各別載之子細在前、

27 前大納言俊光女　新拾一｜　新後拾一｜」（33ウ）

28　二条院三河内侍　新拾一｜　新続一｜
29　大納言顕実母　新拾四｜　新後拾一｜
30　二条太皇太后宮摂津　新拾一｜
31　安嘉門院四条　新拾三｜　新後拾一｜　新続五｜
32　小野小町　新拾三｜　新後拾二｜　新続一｜
33　康資王母　新拾二｜　新後拾一｜　新続一｜
34　相模　新拾一｜　新後拾一｜　新続一｜
35　今出河［院］近衛　新拾四｜　新後拾一｜　新続一｜」（34オ）
36　赤染右衛門　新拾五｜　新後拾一｜
37　瑒子内親王家宰相　新拾一｜　新後拾二｜
38　殷富門院大輔　新拾四｜　新後拾一｜　新続三｜
39　祐子内親王家紀伊　新拾一｜　新続一｜
40　平親清女　新拾三｜
41　三条院女蔵人左近　新拾一｜　新続二｜
42　兵衛内侍　新拾一｜　新続一｜
43　建礼門院右京大夫　新拾一｜　新後拾一｜　新続二｜」（34ウ）
44　弁乳母　新拾一｜

45　京極前関白太政大臣家肥後　新拾二｜
46　新少将 可為待賢門院新少将　新拾二｜
　哥詞書謂俊頼女、故待賢門院新少将相定畢、
47　成尋法師母　新拾一｜　新後拾一｜　新続二｜
48　待賢門院堀河　新拾二｜内一｜以哥詞書考之　新続一｜
49　永陽門院左京大夫　新拾一｜　新続二｜
50　源頼時女　新拾一｜」（35オ）
51　江侍従　新拾二｜
52　出羽弁　新拾一｜　新続一｜
53　笠女郎　新拾一｜
54　前大納言実明女　新拾一｜
55　権大納言実直母　新拾三｜権中納言　新後拾三｜権大納言
56　西園寺内大臣女　新拾一｜　新後拾三｜前内大臣　新続二｜
57　小侍従　新拾四｜　新後拾一｜　新続一｜
58　八条院高倉　新拾二｜　新後拾一｜　新続一｜」（35ウ）
59　藻壁門院但馬　新拾二｜　新続二｜
60　小少将 可為上東門院小少将歟　新拾一｜

61 伊勢大輔　新拾三｜　新続一｜
62 後堀河院民部卿典侍　新拾二｜
63 鷹司院帥　新拾三｜　新続三｜　新後拾一｜
64 鷹司院按察　新拾一｜　新続一｜　新後拾一｜
65 馬内侍　新拾二｜　新後拾一｜
66 後醍醐院女蔵人万代　新拾三｜　新続一｜」（36オ）
67 藤原基世女　新拾一｜　新後拾一｜
68 藻壁門院少将　新拾一｜　新続一｜　新後拾二｜
69 皇嘉門院別当 旧本信濃同人云々　新拾一｜
70 後鳥羽院下野　新拾一｜　新後拾一｜
71 閑院　新拾一｜
72 後深草院弁内侍　新拾二｜　新続三｜　新後拾三｜
73 後醍醐院少将内侍　新拾一｜　新続二｜
74 平親清女妹 旧本称別当為同人云々　新拾一｜　新続一｜」（36ウ）
75 花園院冷泉　新拾一｜　新続一｜
76 典侍藤原親子　新拾一｜
77 周防内侍　新拾一｜　新続二｜　新後拾二｜
78 弾正尹邦省親王家少将　新拾一｜　新続三｜式部卿｜

79 徽安門院小宰相　新拾一｜　新続三｜
80 延政門院新大納言　新拾一｜
81 加賀左衛門　新拾一｜
82 紫式部　新拾一｜」（37オ）

新後拾

83 安嘉門院高倉　新後拾二｜
84 源重之女　新後拾一｜
85 郁芳門院安芸　新後拾一｜
86 瓊子内親王家小督　新後拾一｜
87 小式部内侍　新後拾一｜
88 監命婦　新後拾一｜
89 本院侍従　新後拾一｜
90 花園左大臣家小大進　新後拾一｜　新続一｜」（37ウ）

新続

91 進子内親王家春日　新続一｜
92 二条院宣旨 旧本可為太皇太后宮女房下野同人　新続一｜
93 四条太皇太后宮下野　新続一｜
94 六条院宣旨　新続三｜
95 賀茂保憲女　新続一｜
96 三河内侍（庶女28二条院三河内侍と同人）　新続一｜

97 後一条入道前関白左大臣女　新続一｜
98 従二位雅平女　新続一｜」（38オ）
99 坂上郎女　新続一｜
100 宣光門院新右衛門督　新続一｜
101 禎〔禛〕子内親王家摂津　新続一｜
102 永福門院右衛門督　新続一｜

右見旧本

新拾 103 六条内侍　新拾一｜
104 崇徳院安芸　新拾一｜」（38ウ）
105 達智門院兵衛督　新拾三｜
106 輔仁親王家甲斐　新拾一｜
107 祝部成仲女　見哥詞書記之　新拾一｜
108 前参議為秀女　新拾三｜
109 権中納言経定女　新拾一｜　新後拾一｜
大伴宿禰奈良麿卿女
110 坂上大嬢　新拾一｜
111 三条右大臣女　新拾一｜
112 一条太政大臣女　新拾二｜　新続一｜一条前大｜」（39オ）
113 平守時朝臣女　新拾一｜　新後拾一｜

114 陽徳門院中将　新拾一｜
115 清少納言女　新拾一｜
116 左近中将基冬母　新拾一｜
新後拾 117 順徳院兵衛内侍　長良孫藤原隆信女　新後拾一｜
118 前中納言親賢女　新後拾二｜
119 陽徳門院少将　新後拾一｜
120 源義久二女　新後拾一｜」（39ウ）
121 大中臣行広朝臣女　新後拾一｜
新続 122 後三条入道前太政大臣女　新続四｜
123 岡屋入道前摂政家民部卿　新続一｜
124 傀儡あこ　新続一｜
125 傀儡侍従　新続一｜
126 としこ　新続一｜
127 一宮紀伊　東（庶女39祐子内親王家紀伊と同人）　新続一｜
128 平胤行女　新続一｜」（40オ）
129 澄覚法師母　新続一｜
130 万秋門院一条　新続二｜
131 神祇伯顕仲女　肥後守（前イ）藤定成女　新続一｜

132 中務卿宗尊親王家新右衛門督　新続一丨
133 四条宮甲斐　新続一丨
134 常陸乳母　新続一丨
135 参議家綱女　新続一丨
136 尼西蓮　新続一丨」（40ウ）
137 後嵯峨院中納言　新続一丨
138 前中納言為定女　新続一丨
（六行分空白）」（41オ）（空白）」（41ウ）

不知官位
1 山辺赤人　新拾　新拾五首　新後拾二丨　新続一丨
2 柿本人麿　新拾十二丨　新後拾三丨　新続三丨
3 高市黒人　新拾一丨
右見旧本
（二行分空白）」（42オ）（空白）」（42ウ）

神明

新拾 1 春日　新拾一首

2 地主権現　新拾一〱

3 日吉　新拾一〱　新続一〱

4 熱田　新拾一〱

5 北野　新拾一〱　新続一〱

新続 6 住吉　新続一〱

右見旧本」（43オ）

新続 7 玉津嶋　新続一〱

（七行分空白）」（43ウ）

仏陀

新続 1 清水観音　新続一首

右見旧本

新拾 2 普賢菩薩　新拾一〱

（三行分空白）」（44オ）（空白）」（44ウ）

化人

新拾1 伝教大師　新拾一首

2 慈覚大師　新拾一ー

右見旧本

（三行分空白）」（45オ）（空白）」（45ウ）

倭歌作者部類自古今集至続後拾遺者、建武四年元盛（藤原盛徳）・光之（惟宗）編輯焉、其後康安二年光之増補風雅・新千載二集、併為三巻、以行於世、余今考新拾遺・新後拾遺・新続古今三部而倣旧本篇目、悉挙其作者、新拾遺以下初見者詳註其官位・世系・歌数、而其既見於旧本者、唯記三部所載之歌数而已、遂集為二巻、以附旧本之後、於是二十一代集全備焉、然或下官、或」（46オ）卑位、或凡僧、或女子等未勘出者、姑闕之、以俟再校、且有同時同諱者、又有記其家号而不記姓名者、今尋其始末、拠其事跡、以考書之、唯恐有牽合伝会之誤、然可為他日便覧之小補也、

正保三年仲秋　中大夫源考功郎中（榊原忠次）

（一行分空白）」（46ウ）

校訂附記

勅撰作者部類
帝王19　堀河院　頭書「金葉―」花山院の項に在り、ⓦにより移す。
親王16　輔仁親王　注記「延大云々」、千載集に懸けるべきで、かつ「延久云々」とあるべき。三九〇～一頁参照。
親王52　尊良親王　頭書「幺―」恒明親王の項に在り、ⓦにより移す。
執政37　光明照院前関白太政大臣　二条兼基。これを玉葉集一首入集の作者「前関白太政大臣」とするが、27鷹司基忠が正しい。兼基は勅撰作者にならなかった。
大臣88　中院入道前内大臣　入集注記「権大納言又前内大臣重　秋下追加」は、続千載に懸けるべき。三五九、三六九頁参照。
四位68　藤基房　傍書「治暦二年十十八卒」は、玉葉養和元年十月十四日条の「未刻、長光入道来、日来在播州之所知、為営祖父明衡朝臣忌日并其息光経朝臣忌日共今月十八日也、等、所上洛也云々」と符合するので、69明衡に懸けるべきか。
四位295　源長俊　頭書「季廣子歟」、294藤為冬の項に在り、尊卑分脈等により移す。
五位14　清原深養父　注記「延長八年十一廿二」、15小野滋蔭に懸ける、ⓦⓝおよび中古歌仙三十六人伝により移す。
五位55　藤敦敏　傍書「天慶六年左少将蔵人、九年十一月正五下、天暦元卒卅」、54橘敏仲の項に在り、敦敏の官歴により移す。

五位234　藤成宗　注記「左大将済時後、信季ー」、233平行盛の項に在り、尊卑分脈等により移す。

五位307　豊原政秋　注記「大夫将監近秋[ー]」、308平久住の項に在り、豊原氏系図等によりて移す。

五位308　平久住　298平久時を誤りて再掲か。

五位352　平時綱　傍書「美濃守・越前守」、「時員ー」に懸ける。㋻により訂す。

五位394　平貞資　注記「六波羅」、貞資に懸ける、㋻により訂す。

五位440　菅原朝元　三九二頁参照。なお津戸朝元は雑訴決断所番衆および室町幕府引付衆として活動した「出羽権守入道道元」（新後拾遺作者か）の俗名か。

六位82　藤秀行　傍書「範イ」は「秀」に懸かり、「藤範行」が正しいと考えられる。三六〇～一頁参照。

凡僧135　長寛　傍書「覚歟」「仁　阿」、㋻㋤により移す。

女御1　中将（朱雀院）御息所（鮮子）　勅撰作者に見えず。朱雀天皇女御で後撰集作者となったのは女御20藤原慶子で「大将御息所」と号した。「中将御息所」は藤原忠平女貴子、保明親王室を指す（こちらは尚侍部1・尚侍として立項）。鮮子は藤原連永女、醍醐天皇更衣。

女御14　女御煕子女王　注記「保明親王也」、13藤生子の項に懸ける、本朝皇胤紹運録等により移す。但し煕子の父は重明親王。

更衣4　少将更衣　傍書「中将更衣同人歟」、底本は3中将更衣に懸ける、意により移す。

庶女229　待賢門院中納言　以下244皇后宮少将まで十六名は、錯簡により、308大納言師氏女の後に在り。㋻㋤により移す。

作者異議

五四六頁　この箇所は皇太子が勅撰集に入集しない慣習を指摘しており、続拾遺集以後の先例を挙げる。その本文は「伏見院坊続拾遺、故法皇坊新後撰、当御代坊玉葉、…」とあるべきで、「伏見院坊」を脱したと思われる。但し、「当御代」は後醍醐、「今院」は光厳である。「故法皇坊」は花園であるはずだが、生前なので矛盾が起こる。単に「法皇坊」とあったものを、貞和四年十一月十一日崩御を受けて訂正し、さらに「伏見院坊」が脱落したか。

続作者部類

大臣55　中院前内大臣　中院通成ではなく久我通基が正しい。

四位135　胤材　作者「大蔵胤材」の大蔵は姓であり官職ではない。四位ではなく恐らく五位以下の人物。

凡僧12　如舜　法名の一致により中納言藤原資長に比定するが、四位75源具親を指す。

凡例

一、本書で翻刻した、勅撰作者部類・続作者部類（以下それぞれ正編・続編とする）に立項されている歌人を対象とし、現代仮名遣い五十音順に排列し、所在を示した。

一、天皇・上皇・女院は諡号・院号により、それ以外は原則として実名・法名によって掲げた。摂関・大臣などは諡号・院号・官名などで示されているが、それは見よ項目とした。

一、実名は漢音（但し地名などに因む実名は通行の読みのままとした）、法名は呉音により、それ以外は通行の読みによった。姓は（　）に入れて後置した。

　例　為氏→いし　海恵→かいえ　亀山院→かめやまいん　下野→しもつけ

一、所在は各部の名称と通し番号によって示した。続編の各部の名称には「続」を冠した。適宜略称を用いた。

　例　帝王〈尊号〉→帝王

一、女房名はその最少単位で掲げ、出仕した主人名や居住場所などは（　）に入れた。国名・官名＋女房名はそのままにした。

一、正編・続編のうちで、同名で重出する歌人は、原則として前出する項目に統一して示した。

一、正編・続編のうちで、異名で複数回重出する歌人は、原則として本人の実名、あるいは代表的・最終的な名称をもって統一し、それ以外の異称を見よ項目とした。但し、同人である可能性が高いと推定される場合、入集歌の一部だけが同名の他人の作品とみなされる場合などは、それぞれを立項し、互いに参照項目とした。

例　藤公蔭（大納言）・藤忠兼（四位）は同人なので、公蔭を親項目として統一し、忠兼は見よ項目「忠兼　↓公蔭」とする。

例　尊宣（源）・直宣（大中臣）は同一人物の可能性が高いが、敢えて統一せず、それぞれの項目の最後に「↓直宣」「↓尊宣」を付けた。俗名・法名混在する作者なども同じである。

一、現存通行の勅撰集本文には見えない作者は×を冠し、別人の誤りと思われる場合は↓で参照させた。

一、翻刻では底本の誤りと思われる文字には異文、あるいは正当と判断される文字を〔　〕に入れて傍注したが、索引では原則として訂正された文字を採った。

一、作者異議に立項の歌人は、「異550」のような形で頁数を示した。

一、勅撰歌人を網羅したものではないので使用には留意して欲しい。

あ

阿一上人　凡僧190
愛宮　庶女93、異551
赤染衛門　庶女114、続庶女36
安芸（郁芳門院）　庶女228、続庶女85　→安芸（待賢門院）
安芸（待賢門院）　庶女249　→安芸（郁芳門院）
安芸（崇徳院）　続庶女104
安貴王　諸王8
あこ（傀儡）　続庶女124
あこき（承香殿）　庶女61
明日香（采女）　庶女306
按察（恒明親王家）　庶女454
按察（鷹司院）　庶女330、続庶女64
按察御息所　→正妃
熱田　神明21、続神明4
天宮　神明14
粟田関白　→道兼（藤）
安国（藤）　五位39
安子　后宮13（天暦中宮）・15（天暦贈太皇太后宮）・22（贈太皇太后宮）
安性　凡僧109
安法　凡僧18、続凡僧40
安法女　庶女285
安麿（大伴）　大臣66
安楽寺　神明12

い

伊尹（藤）　執政4、続執政23、異547
為尹（藤）　続大納言62
為永（三善）　続五位以下170
為遠（藤）　四位313、続大納言14
伊家（藤）　五位133
為家（藤）　大納言55、続大納言7
惟岳（紀）　六位11
伊賀少将　庶女155
惟幹（藤）　六位10
為貫（大中臣）　六位79
惟規（藤）　五位98
為基（大江）　五位84
為基（藤）　四位296
為季（藤）　四位138、続四位83
為義（橘）　四位55
惟久（賀茂）　四位311
為躬（藤）　五位385
為教（藤）　散二三位48、続散二三位9
為業（藤）　五位204、続五位以下21　→寂念
惟喬親王　親王2、異546
惟喬親王女　女王2
為教女　→為子（従二位）
郁芳門院　女院14
伊経（藤）　四位135
惟継（平）　中納言83
為経（惟宗）　五位105
為経（藤）　中納言59、続中納言33
為継（藤）　散二三位50、続散二三位32
惟賢上人　続凡僧89
為兼（藤）　大納言74、続大納言10
為憲（源）　五位85
為顕（藤）　五位280、続五位以下80
以言（大江）　四位105

為言（菅）　五位112
×伊光（源）　参議37
伊光（藤）　五位241
伊綱（藤）　四位266・五位217
伊衡（藤）　参議4
為光（藤）　大臣17、続大臣51
為綱（藤）　四位181、続四位17
為行（藤）　続中納言67
為衡（藤）　続四位121
惟済　凡僧8
伊嗣（藤）　四位185
威子　后宮12
為嗣（藤）　参議61・四位269、続参議5
為氏（藤）　大納言60、続大納言1
為之（藤）　続四位125
茨子　后宮9
為子（従二位）　一二三位3、庶女346（前右兵衛督為教女）・355（大宮院権中納言）・373（院大納言典侍）、続一二三位1
為子（贈従三位）　一二三位14・庶女370（遊義門院権大納言）、続一二三位2、異552

為時（藤）　五位95
為時（平）　五位297
維時（大江）　中納言53
石川郎女　庶女326
伊実（藤）　中納言55
為実（藤）　五位182
為実（藤）　参議53、続参議2
依子内親王　内親王8
為守（藤）　五位335
為種（三善）　続五位以下242
伊周（藤）　大臣18、異548
為秀（藤）　散二三位91、続中納言8
為重（藤）　四位317、続中納言29
為守女　庶女401
為秀女　続庶女108
伊俊（藤）　散二三位95
維順女　庶女273
伊信（藤）　四位190
惟信（藤）　四位94
為信（藤）　散二三位64・四位220、続散二三位11

為親（藤）　散二三位82、続散二三位4
和泉式部　庶女113、続庶女20
出雲（前中宮）　庶女173
出雲（皇嘉門院）　庶女252
伊勢　庶女22、続庶女19
伊成（藤）　散二三位53、続散二三位47
惟成（藤）　五位77、続五位以下100
為世（藤）　大納言72、続大納言8
為世（藤）　五位45
為成（源）　五位172
為成（藤）　散二三位78
為政（善滋）　四位43・85
為正（藤）　五位136
為清（藤）　続五位以下130
為盛（藤）　続散二三位60
為盛女　庶女145
伊勢太神宮　神明4
伊勢大輔　庶女138、続庶女61
伊勢中将　庶女192
為善（源）　四位61
為宗（藤）　四位244

為相（藤）　中納言78、続中納言3
為相女　庶女405
意尊　凡僧59
意尊母　庶女214
一条　庶女38
一条（院）　庶女475
一条（徽安門院）　庶女470、続庶女21
一条（昭慶門院）　庶女371、続庶女12
一条（万秋門院）　続庶女130
一条院皇后宮　→定子
一条右大臣　→恒佐（藤）
一条前太政大臣　→実家（藤）
一条左大臣　→雅信（源）
一条左大臣室　→雅信室
一条左大臣女雅　→雅信女
一条天皇　帝王11
一条内大臣　→内実（藤）
為仲（橘）　四位81、続四位84
為忠（藤）　散二三位92、続中納言39
為忠（藤）　四位104、続四位80
伊長（藤）　四位184、続四位76

為長（菅）　参議39、続参議17
為長（藤）　五位94
伊通（藤）　大臣29
為通（藤）　参議21
一響上人　続凡僧132
伊定（藤）　続散二三位65
為定（大中臣）　四位131
為定（藤）　大納言93、中納言82、続大納言3
維貞（平）　四位268
為定女　続庶女138
井手左大臣　→諸兄（橘）
井手尼　庶女129
出羽（禖子内親王家）　庶女394
出羽弁　庶女150、続庶女52
為冬（藤）　四位294、五位415、続四位55
為藤（藤）　中納言76、続中納言1
為道（藤）　四位225、続四位4
為道女　→顕実母
為道女　庶女507
伊豆内親王　内親王1

為敦（藤）　続散二三位56
因幡　庶女15
稲荷　神明6
為任（藤）　四位53
伊平（藤）　大納言52、続大納言42
倚平（橘）　五位74
惟方（藤）　参議22
為方（藤）　中納言73
為邦（藤）　続四位102
伊房（藤）　中納言22
伊望女　庶女78
今子（亭子院）　庶女50
今木　庶女42
今出河前右大臣室　→公顕室
今出川入道前右大臣　→兼季（藤）
為名（藤）　四位298
為明（藤）　中納言99、続中納言7
惟明親王　親王24、続親王30、異546
為明女　庶女510
伊与三位　一二三位10
為頼（藤）　四位37

為理（藤）　散二三位67、続散二三位22
為量（藤）　四位308、続四位46
為連（三善）　六位86、続五位以下46
岩倉姫君　庶女466
石清水　神明8
院　→崇光天皇
蔭基（藤）　六位32
允恭天皇　帝王36
院源　続僧正47
因香（藤）　庶女3
胤行女　続庶女128
胤材（大蔵）　続四位135
因子　庶女319（後堀川院民部卿典侍）・324・494（後堀河院民部卿典侍）、続庶女62
印性　僧正18
允仲（祝部）　四位148、続四位90

う

右衛門　庶女58
右衛門督（永福門院）　庶女403・続庶女102　→小兵衛督（章義門院）
右衛門督（惟康親王家）　庶女385
右衛門督（宗尊親王家）　庶女349
右衛門佐（皇后宮）　庶女238
右衛門佐（高松院）　庶女291
右衛門佐（章義門院）　庶女429
×右京大夫（永福門院）　庶女505　→左京大夫（永陽門院）の誤りか
右京大夫（正親町院）　庶女364
右京大夫（玄輝門院）　庶女399
右京大夫（建礼門院）　庶女316、続庶女43
宇合（藤）　参議29、続参議11
右近　庶女41
宇佐宮　神明11
宇治入道関白　→頼通（藤）
右大臣　→道嗣（藤）
右大臣　→房平（藤）
宇多天皇　帝王6、続帝王8
馬内侍　庶女110、続庶女65
梅壺女御　→生子
運円　続僧都11
雲雅　僧正62、続僧正3
蘊賢　続凡僧83
雲禅　法印93、僧都42、続法印18

え

永胤　凡僧45
栄運　法印98、続法印11
永縁　僧正8、続僧正8
永縁母　庶女209
栄海　僧正101、続僧正24
叡覚　凡僧50
永観　律師11、続律師3
永慶　僧都15
叡空上人　凡僧136
永源　凡僧51
永光（藤）　五位240
永行（藤）　続参議21
栄西　僧正33
栄算　法印53
英時（平）　五位417、続四位39
永実（藤）　五位154

栄子内親王　内親王21、続内親王5
永手（藤）大臣13
叡俊　僧都41
栄昭　法印58
永助（入道一品親王―）　続親王40
永成　凡僧31
栄仁親王　続親王38
栄禅　法眼10
永尊法親王　親王54
永能（藤）続五位以下219
永範（藤）散二三位19
永福門院　女院9、続女院1
栄宝　凡僧257、続凡僧105
英明（源）四位26
英明女　庶女340
益久（賀茂）続五位以下233
恵慶　凡僧7、続凡僧47
恵欽上人　凡僧258
絵式部　庶女187
恵章　凡僧96
恵助法親王　親王50

越後（花園左大臣家）庶女202
越前（嘉陽門院）庶女300、続庶女2
越前（後三条院）庶女168
×越前（前斎宮）庶女241
越前（太皇太后宮）庶女186
恵鎮上人　凡僧279
越中（白川女御）庶女219
円伊　僧正65、続僧正13
円胤上人　凡僧243、続凡僧33
円嘉　凡僧133、続凡僧39
延季（荒木田）四位177、続四位47
遠久（賀茂）四位231、続四位48
円経　僧正25
円空上人　凡僧159、続凡僧50
円玄　凡僧84
延光（源）大納言7、続大納言18、異549
延行（荒木田）四位236
遠衡（三善）四位274
円光院入道前関白　→基忠（藤）
遠興女　庶女79
延子（堀河女御）女御12

遠子（掌侍）庶女416
円守　続僧正55
円俊　法印63
円昭　続凡僧85
円松　凡僧34
延真　僧都29
円世　律師18
延成（荒木田）四位162
延誠（度会）四位289
延全　法印91、続法印17
遠村（橘）六位94、続五位以下94
円忠　法眼28、続法眼6
円朝　法印56
延朝（中臣）続五位以下201
円道　凡僧174
縁忍上人　凡僧137
円範　律師17
遠房（橘）続五位以下220
円勇　法印34
円融天皇　帝王10、続帝王21、異545
円蓮　凡僧218

お
近江更衣　↓周子
大炊御門右大臣　↓公能（藤）
大炊御門前内大臣　↓冬信（藤）
大炊御門前内大臣母　↓冬信母
大炊御門左大臣　↓経宗（藤）
大炊御門内大臣　↓冬忠（藤）
大嬢（坂上）　続庶女110
大蔵卿（春宮）　庶女365、異552
大隅国郡司　六位42
大津皇子　諸王9
おほつふね　庶女40
大伴郎女　庶女327
大原野　神明18
大宮太政大臣　↓伊通（藤）
大宮入道内大臣　↓実宗（藤）
岡屋入道摂政　↓兼経（藤）
岡本関白　↓家平（藤）
億良（山上）　五位231・六位67
押小路前内大臣　↓公茂（藤）
乙（壬生）　庶女16
乙麿（石上）　中納言11
小野宮右大臣　↓実資（藤）
尾張（殷富門院）　庶女269
尾張（前斎院）　庶女225
尾張（皇嘉門院）　庶女262
温子　后宮3、続后宮2

か
甲斐（安嘉門院）　庶女336・368（安喜門院ｰ）
甲斐（前中宮）　庶女218
甲斐（四条宮）　続庶女133
甲斐（輔仁親王家）　庶女274、続庶女106
懐円　凡僧38
快雅　僧正37
快覚　凡僧30
懐国（藤）　続五位以下210
懐子　后宮6
懐寿　僧都8
快修　僧正13
戒秀　凡僧19
懐尋　凡僧60
懐世（藤）　四位283
戒仙　凡僧11、続凡僧48
懐通（藤）　四位307、続四位65
家尹（藤）　続散二三位63
雅永（藤）　続四位118
雅縁　僧正19
雅縁（藤）　続中納言50・続四位107（雅幸）
家雅（藤）　大納言78
雅家（藤）　五位482、続散二三位21
加賀（待賢門院）　庶女280
加賀左衛門　庶女136、続庶女81
加賀少納言　庶女288
鏡王女　女王11
家基（藤）　執政29、続執政24、異548
家基（藤）　五位201　↓素覚
夏久（賀茂）　続五位以下234
雅久（賀茂）　四位309、続四位42
家教（藤）　大納言71
雅具（源）　中納言62

×覚意　法印27
覚為　法印101、続法印12
覚円　僧正69
覚延　凡僧82
覚家　続僧都6
覚雅　僧都18
覚懐　法印88、凡僧203
覚寛　法印17、続法印10
覚空上人　凡僧254、続凡僧30
覚源　法印36
覚実　僧正89
覚守　法印42
覚樹　凡僧68
覚俊上人　凡僧92
覚照　凡僧195
覚性法親王　親王18、続親王14、異546
覚助法親王　親王37、続親王1
覚信　僧正108、続僧正29
覚審　凡僧88
覚深　続凡僧134
覚仁法親王　親王31

覚盛　凡僧86
覚禅　凡僧91
覚宗　法印23
覚増法親王　続親王35
覚忠　僧正12
覚超　僧都11
覚鑁母　庶女448
覚弁　僧都23
覚法法親王　親王17
覚誉　法印4
覚誉法親王　親王58、続親王7
覚蓮　凡僧106
家経（藤）　四位66
家経（藤）　執政25、続執政20
雅経（藤）　参議31、続参議1
家賢（藤）　続中納言54
嘉言（大江）　六位38、続五位以下107
雅兼（源）　中納言28、続中納言43
雅顕（藤）　五位318、続五位以下104
雅言（源）　大納言66、続大納言34
家光（藤）　中納言71

家綱（藤）　五位145
家行（度会）　五位465
家衡（藤）　散二三位35、続散二三位48
雅光（源）　五位158、続五位以下105
雅孝（藤）　中納言96、参議52、続中納言10
雅幸　→雅縁
雅康（平）　五位197
家綱女　続庶女135
笠郎女　庶女421、続庶女53
花山院右大臣　→忠経（藤）
花山院前内大臣　→師継（藤）
花山院入道前太政大臣　→忠雅（藤）
花山天皇　帝王18、続帝王7
訶子（源）　更衣6
×夏時（平）　五位407
家持（大伴）　中納言12、続中納言14
家時（源）　五位157
雅実（源）　大臣24
雅子内親王　内親王18
嘉種（源）　五位245

雅重（源）四位118
家俊（源）続四位119
家信（藤）大納言109
家親（藤）参議57、続参議8
雅信（源）大臣43
雅親（藤）続五位以下204
雅信室　庶女307
雅信女　庶女108
春日　神明7、続神明1
春日（進子内親王家）庶女517、続庶女91
上総（前中宮）庶女245
上総（堀河院中宮）続庶女24
上総侍従　庶女212
上総大輔　庶女143
上総乳母　庶女146
家成（藤）中納言33
家清（源）五位250、続五位以下23
雅世（藤）続中納言51
雅正（藤）五位48
雅清（源）参議36

雅成親王　親王28、続親王28
家清女　庶女382
雅宗（藤）続散二三位54
片野の尼　庶女500
嘉智子　后宮2
家仲（高階）五位246
雅忠（源）大納言57
家長（源）四位152、続四位32
賀朝　凡僧12
雅朝（藤）四位271、続四位13
家通（藤）中納言42
雅通（源）大臣34
雅通（源）四位57
雅通女　庶女156
かつみ　庶女66
家定（藤）大臣83
雅定（源）大臣27
雅冬（藤）四位321、続四位21
雅能（藤）続五位以下161
家平（藤）執政34、続執政26
雅平女　庶女435、続庶女98

家豊（藤）続参議27
家房（藤）中納言50、続中納言44
鎌倉右大臣　→実朝（源）
雅明（藤）続五位以下236
亀山天皇　帝王40、続帝王3
賀茂　神明2
鴨　神明22
雅有（藤）参議47、続参議7
雅頼（源）中納言40
家隆（藤）散二三位21、続散二三位3
家良（藤）大臣56、続大臣8
河嶋皇子　親王21、異546
河内（前斎宮）庶女194・続庶女17
河浪（東二条院半物１）庶女380
河原左大臣　→融（源）
寛伊　続僧正48
観意　凡僧165
閑院　庶女17、続庶女71
閑院大君　庶女43
閑院左大臣　→冬嗣（藤）
閑院少将　庶女51

閑院贈太政大臣　→能信（藤）
寛胤法親王　親王64
桓恵　続僧正60
堪覚　続凡僧144
桓覚　僧正107、続僧正28
歓喜園院摂政左大臣　→兼忠（藤）
観教　法橋1、続僧都4
元慶　凡僧36
桓豪　僧正105、続僧正27
菅根（藤）　参議2
貫之（紀）　五位30、続五位以下2
灌子（藤）　尚侍2
桓守　僧正79、続僧正23
勧修　僧正21
寛信　法印24
寛信（源）　四位29
観暹　凡僧166
寛宗　続律師7
菅贈太政大臣母　→道真母
寛尊（二品法親王ー）　親王61、続親王10
寛湛母　庶女35
寛念　凡僧73
関白前太政大臣　→持基（藤）
関白左大臣　→経教（藤）
桓瑜　律師27、続律師4
寛祐　凡僧20
関雄（藤）　五位1
寛耀　僧都52、続僧都2
願蓮　続凡僧136

き

徽安門院　女院18
紀伊（祐子内親王家）　庶女151、続庶女39・127（一宮）
季尹（藤）　続参議28
基運　続凡僧114
義運　続僧正62
季遠（源）　五位186
義円　凡僧216
祇園　神明20
基夏（藤）　六位78
基家（藤）　大臣55、続大臣9
基雅（藤）　散二三位51
義家（源）　四位113
義懐（藤）　中納言13
義懐女　庶女104
熈貴（源）　続五位以下217
基久（賀茂）　四位291、続四位58
義久二女　続庶女120
義教（源）　続大臣66
季景（源）　六位65
季経（藤）　散二三位25、続散二三位36
義景（藤）　五位339
基顕（藤）　中納言92・参議50
季賢（源）　続五位以下125
義賢　続僧正64
基光（藤）　五位153
基幸（源）　続五位以下138
基綱（藤）　五位244、続五位以下116
基綱（平）　五位146
基行（藤）　四位275
季広（源）　五位209、続五位以下101

季行（藤）散二三位17
義孝（藤）五位78、異550
義孝（藤）五位104、異550
義弘（多々良）続四位109
義行（源）五位356
義高（源）続四位95
季綱女　庶女102
義国妻　庶女251
基嗣（藤）執政41、続執政8
基氏（源）四位314、続散二三位6
基氏（藤）参議41、続参議4
基之（源）続五位以下235
季子　→顕親門院
貴子（尚侍）尚侍1
貴子（高階）庶女89
基時（源）続四位63　→千恵
熙時（平）五位327
義嗣（源）続大納言70
義氏（源）四位198
義持（源）続大臣69
徽子女王　女御9、続女御2

熙子女王（女御ㅣ）女御14
規子内親王　内親王11
儀子内親王　内親王23
義種（源）続五位以下155
義重（源）続散二三位62
基俊（藤）五位148、続五位以下1
義春（源）続五位以下152
基俊女　庶女398
季縄（藤）五位227、続五位以下13
義将（源）続四位106
基親（藤）続散二三位69
基世（藤）五位370、続五位以下33
基成（藤）中納言105、続中納言12
基政（高階）四位212
基政（藤）五位261
基盛（藤）四位257
希世（平）四位14
義政（平）五位268、続五位以下26
基世女　庶女512、続庶女67
喜撰　凡僧1、異551
義詮（源）参議63、続大臣3

季宗（藤）四位179
義宗（平）五位287
義則（源）続五位以下159
北郷贈太政大臣　→房前（藤）
北野　神明1、続神明5、異548
北辺左大臣　→信（源）
基忠（藤）中納言35
基忠（藤）執政27、続執政3
義忠（源）続四位134
義忠（藤）参議17
基長（藤）中納言20
季通（橘）五位109
季通（藤）四位107
義通（橘）四位62
吉子（従三位）続一二三位7
義貞（橘）六位87
義定（藤）六位49
基冬（藤）続大納言80
儀同三司　→伊周（藤）
儀同三司〈兼〉→兼宣（藤）
儀同三司〈資〉→資教（藤）

儀同三司〈実〉→実音（藤）
儀同三司母 →貴子（高階）
基冬母　続庶女116
基任（藤）五位330、続五位以下7
義仁法親王　続親王42
衣笠前内大臣 →家良（藤）
紀郎女　庶女412
季能（藤）散二三位24、続散二三位46
紀式部　庶女177
紀内親王　内親王5
紀皇女　女王10
紀乳母　庶女18
貴布祢　神明5
基平（藤）執政23、続執政17、異548
基輔（藤）散二三位33
基輔（藤）四位139
季保（賀茂）四位153、続四位77
基房（藤）執政14
基房（藤）四位68
義宝　続法印43
義方（良峯）四位28

義満（源）続大臣58
基名（藤）五位477、続五位以下67
基明（藤）五位374
煕明親王　親王62
季茂（源）六位74
客子（従三位）一二三位19
基有（藤）五位360
基祐（藤）五位476
基雄（藤）五位454
季雄（藤）中納言86、続中納言30
躬恒（凡河内）五位23、続五位以下10
久時（平）五位298
×久住（平）五位308
久世（賀茂）四位206
久宗（賀茂）四位237
久明親王　親王40、続親王18、異546
久良親王　親王63
凝（源）六位68
慶意　律師3
行意　僧正23、続僧正4
経因　凡僧89

業尹（藤）四位222
行胤　法眼19
行胤妹　庶女442
慶運　法印89、続法印26
匡遠（小槻）四位328、続四位66
教円　僧都6、異551
経円　僧都26
幸円　続律師10
行円　凡僧143
行円上人　凡僧189
教家（藤）大納言67
教雅（藤）四位164、続四位71
興雅　続僧正52
行雅　続僧正72
孝覚　続僧正49
行観　凡僧219、続凡僧72
行基菩薩　化人4、異551
教久（賀茂）四位312、続散二三位34
行慶　僧正11
行経　法橋10、続法眼1
境空上人　続凡僧75

教経（藤）　続参議23
慶経　凡僧71
京月　凡僧160
教兼（藤）　四位297
経賢　律師26、続法印6
行賢　法橋8
行顕　僧都53、続僧都3
匡衡（大江）　四位49、続四位85
尭孝　続僧都13
京極　庶女381、異553
京極（後白河院）　庶女317
京極入道関白　→師実（藤）
京極御息所　→褒子
慶算　法印10
教嗣（藤）　続大納言67
業子（従二位）　続一二三位9
業氏（源）　続五位以下124
教実（藤）　執政19、続執政16
経乗　凡僧134
暁勝　続凡僧120
幸清　法印9、続法印15

行清　法印22
行生　凡僧173
行乗　凡僧222、続凡僧20
教親（源）　続五位以下240
興信　凡僧183　→宗信（紀）
慶深　続法印51
経深　僧都51、続僧正15
慶尋　凡僧48
行深　法印65
行真　凡僧64
尭尋　続僧都8
教成（平）　五位103
業清（源）　続五位以下248
業清（藤）　四位323、続四位44
業清（藤）　五位223
行済　法眼16、続法眼2
慶政上人　凡僧151、続凡僧38
共政妻　庶女103
教盛母　庶女294
慶暹　律師2
尭全　続法印54

慶宗　法眼20
行尊　僧正7、続僧正10
慶忠　法印14
匡長（祝部）　五位359
教長（藤）　参議19、続参議3
教定（藤）　参議59
教定（藤）　散二三位49、続参議10
尭仁（一品法親王―）　続親王39
行念　凡僧125
匡範（大江）　四位137
教範　僧正48
慶範　律師7、凡僧40
業平（在原）　四位2、続四位16
行遍　法橋7
匡房（大江）　中納言24、続中納言5
慶有　続僧都12
慶融　法眼13、続法眼4
教良（藤）　大納言70、続大納言56
教良母　庶女257　→忠教室
教良女　庶女395
業連（藤）　五位405

行蓮　凡僧172、続凡僧26
玉淵女　庶女72
巨城　→宗城
清水寺観音　仏陀1、続仏陀1
清水寺地主権現　神明19、続神明2
基頼（藤）　五位288
基隆（藤）　中納言112、続中納言27
基隆（藤）　五位272、続五位以下60
基良（藤）　大納言53、続大納言12
勤子内親王　内親王9
均子内親王　内親王4
欣子内親王　内親王20、続内親王6
今上　→後光厳天皇
金村（笠）　不知官位15

く

空仁　凡僧108
空也上人　化人3、異551
具顕（源）　四位254
具行（源）　中納言90、続中納言11
具氏（源）　参議45、続参議14
九条院　女院5
九条右大臣　→師輔（藤）
九条前関白　→忠家（藤）
九条左大臣　→道良（藤）
九条太政大臣　→信長（藤）
九条内大臣　→良通（藤）
具親（源）　四位150、続四位75
久世入道前太政大臣　→具通（源）
屎　庶女10
具通（源）　続大臣64
具定（源）　散二三位37・87
宮内（延喜太皇太后）　庶女87
宮内卿（後鳥羽院）　庶女295、続庶女16
具平親王　親王13、続親王6、異546
具房（源）　大納言69
熊野　神明10
熊野蔵　凡僧26、異551
蔵内侍　庶女28

け

経尹（藤）　散二三位63、続散二三位39
経尹（藤）　続五位以下123
景家（藤）　六位72
経家（藤）　続中納言61
経家（藤）　散二三位26、続散二三位29
経家（藤）　散二三位45、続散二三位44
景基（津守）　六位53
経基（源）　五位63
経季（藤）　参議62
景久（賀茂）　四位262
経久（賀茂）　四位224、続四位49
経教（藤）　執政46、続執政10
経継（藤）　大納言81、続大納言9、異550
経顕（荒木田）　五位357、続五位以下119
経顕（藤）　大納言95、続大臣22　→忠定（藤）
景綱（藤）　五位283
経光（藤）　中納言61
経行（源）　五位505
経衡（藤）　五位114、続五位以下32
経国（津守）　五位236、続五位以下89
恵子女王　庶女92

計子（広幡御息所）　女御7
慶子（藤）　女御20
経嗣（藤）　続執政33
経氏（源）　続五位以下154
景式王　諸王2
景実（清）　続五位以下166
経実（藤）　大臣72
馨子内親王　后宮16
瓊子内親王　内親王28、続内親王9
経重（高階）　四位143
経重（藤）　続中納言49
経章（平）　四位82
経信（源）　大納言16、続大納言15
経臣（藤）　五位61
経親（大江）　五位412、続五位以下72
経親（平）　大納言83
敬信（尼ー）　庶女2
経信母　庶女117
経成（高階）　四位92
経成（藤）　続中納言65
×経成（平）　参議35
経正（平）　四位157、続四位24
経清（藤）　四位238、続四位43
経盛（平）　参議34
経宣（藤）　参議60、続参議6
経宗（藤）　大臣33
経則（中原）　五位164
継尊　続法印49
経忠（藤）　執政40、続執政27
経忠（藤）　散二三位11
経朝（藤）　散二三位55、続散二三位24
経長（源）　大納言21
経長（丹波）　四位180
経朝女　庶女384
経長女　庶女439
経直（荒木田）　続五位以下202
経通（藤）　執政44、続執政12
経通（藤）　大納言45、続大納言49
経通（藤）　五位168
経定（藤）　四位183・五位397
経定女　続庶女109
経任（源）　五位111
経任（藤）　続大納言68
経平（藤）　大臣91
経平（藤）　中納言63
経平女　庶女377、異552
経輔（藤）　大納言12
経方（藤）　中納言113
経豊（藤）　続大納言83
景房（藤）　四位233
経房（源）　四位34
経房（藤）　大納言38
景明（源）　五位82
経有（源）　続四位91
経有（藤）　散二三位84、四位293、続散二三位17
経覧（阿保）　五位20、続五位以下62
経隆（源）　四位67
月花門院　女院7、続女院3
源意　法眼30、続法印31
源為　法印51
顕意上人　凡僧176
兼胤（源）　四位259

源恵　僧正46
源縁　凡僧52
玄円　僧正104、続僧正14
兼家（藤）執政6、異547
顕家（藤）散二三位28
賢雅　続僧都16
元可　凡僧263、続凡僧51
元夏（三統）四位45
兼覚　法眼4
顕覚　凡僧256
玄覚　僧都32、続律師11
顕雅母　庶女197
×賢寛　法印71　→覚寛か
×兼基（藤）執政37
兼季（藤）大臣86
兼熙（卜部）続散二三位58
憲基　法印45
顕基（源）中納言17
顕季（藤）散二三位9、続散二三位15
元規（平）五位27
元吉（橘）続五位以下247
兼久（秦）六位51
兼教（藤）大納言82、異549
源慶　凡僧98
兼空上人　凡僧237、続凡僧35
源空上人　凡僧209、続凡僧62
兼経（藤）執政20、続執政13
兼藝　凡僧3
顕兼（源）散二三位44
顕賢（藤）五位203
源賢　法眼1
兼光（源）五位67
兼光（藤）中納言45
兼好　凡僧201、続凡僧13
兼孝（源）四位218
兼康（源）四位173
兼綱（藤）中納言111、続大臣60
兼綱（藤）四位60
兼行（藤）散二三位66
兼高（藤）参議38
顕光（藤）大臣14
顕綱（藤）四位78、続四位78
元康（藤）続五位以下229
兼行女　庶女493
顕国（源）四位101
兼三（藤）四位15
源三位　一二三位11
兼子（従一位）一二三位2
兼氏（源）四位193、続四位34
×兼氏（平）続五位以下122
賢子（藤）→大貳三位
顕氏（源）四位333、続四位56
顕氏（藤）散二三位46
顕資（源）参議55
妍子（藤）后宮11、続后宮3
元子（藤）女御11
原子（藤）女御17
兼治（小槻）続五位以下179
兼実（藤）執政15、続執政18
憲実　法印35、続法印20
顕実母　庶女438、続庶女29
健守　凡僧16
賢珠上人　続凡僧137

玄守　法印73
元秀（三善）　続五位以下221
源秀　続凡僧109　→重茂（高階）
兼舜　続法印36
憲俊　法印77
賢俊　僧正90、続僧正7
憲淳　僧正80
兼俊母　庶女167
賢助　僧正74
兼昌（源）　五位179
見性　凡僧184
顕昭　法橋5、続法橋1
源承　法眼12、続法眼3
玄勝　凡僧244、続凡僧43
玄上（藤）　参議7
元正天皇　続帝王28
玄上女　庶女34
兼信（藤）　中納言84
顕深　続僧都10
顕真　僧正32
顕尋　法眼15

元真（藤）　五位137、続五位以下70
源信　僧都20、続僧都1
源心　僧都7、異551
源深　法印54
顕親門院　女院20、一二三位16（季子）
兼盛（平）　五位64、続五位以下78
顕盛（藤）　五位346
兼盛弟　不知官位11、異551
兼宣（藤）　続大臣71
顕詮　法印102、続法印13
元善（藤）　四位13
源全　法印61、続法印21
玄全　続法眼13
兼宗（藤）　大納言40、続大納言50
顕宗天皇　帝王37
鎌足（藤）　大臣65
顕則（源）　続五位以下197
兼泰（源）　五位284
賢智　凡僧57
兼仲（藤）　中納言74
兼忠（藤）　執政36

顕仲（源）　散二三位10、続散二三位13
顕仲（藤）　四位93、続四位70
顕忠（藤）　大臣11
源忠　続法眼9
顕忠母　庶女32
顕仲女　庶女231、続庶女131
兼忠乳母　庶女39
兼澄（源）　五位81、続五位以下99
兼朝（源）　五位251
兼長（源）　五位118
顕朝（藤）　大納言59、続大納言38
顕長（藤）　中納言49
褰帳女王　女王9
兼直（卜部）　四位160、続四位31
言直（藤）　六位17
兼通（藤）　執政8、異546
謙徳公　→伊尹（藤）
謙徳公北方　→恵子女王
兼敦（卜部）　続四位124
元任（橘）　五位121
兼能（源）　続四位113

監命婦　庶女328、続庶女88
顕範　法印74
玄範　凡僧75
玄賓　僧都5
見仏上人　凡僧169
兼平（藤）執政26
元平親王女　女王1
顕遍　僧正106、続僧正20
兼輔（藤）中納言2、続中納言23
顕輔（藤）散二三位13、続散二三位7
元輔（清原）五位68、続五位以下18
元輔（藤）参議10
兼方（秦）六位50、異550
顕方（藤）→顕賢
顕方（藤）五位414
兼房（藤）四位65、続四位87
顕房（源）大臣22、続大臣49
元方（在原）六位14
顕房室　庶女121
元妙　凡僧272
兼明親王　親王14
元明天皇　帝王28
兼茂（藤）参議3
兼茂女　庶女76
兼誉　法眼18
顕頼（藤）中納言65、続中納言45
兼覧王　諸王1・五位22
兼覧王女　庶女75
顕隆（藤）中納言26
兼良（藤）続執政34
彦良（源）参議65、続参議13
元良親王　親王5、続親王21、異546

こ

後一音院入道前関白左大臣　→房実（藤）
小一条院　帝王17、異545
後一条院中宮・後一条院前中宮　→威子
後一条関白左大臣女　→実経女
小一条左大臣　→師尹（藤）
後一条入道前関白　→実経（藤）
後蔭（藤）四位8
後蔭女　庶女84
篁（小野）参議1
向阿　凡僧247
篁妹　庶女414
公胤　僧正20
公蔭（藤）大納言94、四位264（忠兼）、続大納言16
恒蔭（坂上）五位41
行尹（藤）散二三位89
公恵　法印84
公円　僧都13
高遠（藤）散二三位3、続散二三位14
高遠妻　庶女67
公円母　庶女159
杳園院入道前関白左大臣　→師忠（藤）
行家（藤）散二三位47、続散二三位8
行家（藤）四位140・五位226
公雅（藤）続大臣70
皇嘉門院　女院4
公寛　続凡僧91
公基（藤）大臣60
光吉（惟宗）四位277、続四位19

広義門院　女院13
行久（賀茂）　続五位以下216
公教（藤）　大臣30、続大臣36
公教母　庶女199
光経（藤）　続五位以下228
公景（大江）　五位213
公経（藤）　大臣47、続大臣18
公経（藤）　四位75
公継（藤）　大臣46、続大臣46
孝継（藤）　五位258
広経（大江）　四位77
恒景　↓恒蔭
行経（惟宗）　五位255
高経（藤）　四位10
光兼（鴨）　五位242
公兼（藤）　続大納言65
公賢（藤）　大臣95、続大臣11
公顕（藤）　大臣79、続大臣31
弘賢　続僧正56
高兼（藤）　五位421
光源　凡僧42

広言（惟宗）　五位216
行元（大江）　五位498
厚見王　諸王4
公顕室　庶女464（前右大臣室）・491（今出河前右大臣室）
好古（小野）　参議8、異549
光行（源）　五位224、続五位以下29
公光（藤）　中納言37
公孝（藤）　大臣89
公綱（藤）　続五位以下237
公行（藤）　参議18、続大臣72
公衡（藤）　大臣99、続大臣52
公衡（藤）　散二三位27、続散二三位52、異549
孝行（源）　五位259、続五位以下103
康光（藤）　五位249
康行（藤）　続五位以下196
康衡（三善）　四位261
行広（大中臣）　続四位98
高光（藤）　五位71、続五位以下81
高広（大江）　五位424、続五位以下84

公豪　僧正35、続僧正12
光孝天皇　帝王4
光綱母　庶女206
恒興女　庶女304
行広女　続庶女121
高国（源）　五位438、続五位以下112
好古女　庶女36
光厳天皇　帝王50、続帝王24
恒佐（藤）　大臣42
光済　続僧正51
光西　凡僧141
光子（藤）　庶女379・445（民部卿資宣女）、異553
光之（惟宗）　四位316、続四位61
公資（大江）　四位63
行子（従二位）　一二三位4
行氏（祝部）　四位227、続四位15
行氏（平）　六位71、続五位以下36
行資（橘）　五位89
高嗣（源）　続五位以下146
高子　后宮1、異551

媓子　続后宮1
洽子　庶女9
公時（藤）続大納言60
公時（藤）参議26、続中納言62
行時（平）不知官位8
康資王母　庶女181、続庶女33
江侍従　庶女154、続庶女51
公実（藤）大納言17、続大納言22
行実（中原）四位195
公守（藤）大臣76、続大臣39
公種（藤）続大納言73
杲守　法印107、続僧正5
公秀（藤）大臣104、続大臣38
公脩（藤）中納言89、続中納言40
広秀（大江）五位428、続五位以下51
康秀（文屋）六位1
高秀（源）五位489、続五位以下41
公什　僧正60
公重（藤）大臣105、続大臣54
公重（藤）四位109
公守女　庶女420（入道前太政大臣女）・444（山本入道前太政大臣女）
興俊（大江）六位34
光俊（藤）四位166、続四位5
光俊（平）続五位以下182
公俊（藤）続大臣73
行俊（藤）続参議24
行春（紀）五位452
行春（藤）五位491、続五位以下35
公順　法印82、続法印9
公勝（藤）続中納言48
公紹　僧正66
広縄（久米）不知官位7
恒助法親王　続親王36
公信（源）続五位以下141
公信（藤）中納言15
公親（藤）大臣69、続大臣44
行信（藤）四位304
行親（祝部）四位272、続四位33
高真（中原）五位175
高津内親王　内親王2
後生（藤）四位36
光成（源）六位46
光成（藤）散二三位54
光正（源）六位92、続五位以下86
光清　法印2
光盛（藤）五位324
公世（藤）散二三位62
公成（藤）中納言18
公清（藤）大臣101、続大臣20
公誠（平）五位88
行成（藤）大納言18、続大納言30
行政（惟宗）五位404
行盛（藤）四位102
行盛（平）五位233
高世（菅野）六位22
広世（高円）不知官位16
公清室　庶女490
行詮（藤）続五位以下190
公禅　法印64
孝善（藤）五位131
公宗（藤）大納言89、続大納言13
公宗（藤）中納言68

公相（藤）大臣62、続大臣16
康宗（紀）六位61
行宗（源）散二三位14、続散二三位33
行相（藤）五位423
高宗（平）五位471、続五位以下76
公宗三女　庶女503
公宗母　庶女388、続庶女18、異553
公宗女　庶女472
公泰（藤）大納言90、続大納言48
後宇多天皇　帝王41、続帝王4
光忠（源）大納言88
公忠（源）四位16、続四位72
公忠（三統）五位53
公忠（藤）大納言104、続大臣13
好忠（曾禰）六位37、続五位以下3
行忠（度会）四位215、続四位79
行忠（藤）散二三位101、続参議9
公澄　僧正47、続僧正21
公朝　僧正42、続僧正35
公長（大中臣）散二三位12
孝朝（源）五位504、続五位以下52

行朝（藤）五位381、続五位以下91
行朝（藤）五位382　→朝村（藤）
行長（紀）続五位以下231
光朝母　庶女125
行直（祝部）続五位以下187
公直母　庶女489
公通（藤）大納言29、続大納言33
光庭（惟宗）五位474
広庭（安倍）中納言10
高定（藤）中納言70、続中納言22
康貞女　庶女226
公冬（藤）続大臣67
行冬（惟宗）続四位104
行藤（祝部）続五位以下188
公篤（平）五位348
恒徳公　→為光（藤）
公任（藤）大納言8、続大納言23、異549
公能（藤）大臣32、続大臣5
行能（藤）散二三位36、続散二三位28
行能女　庶女335
光範（藤）散二三位22

行範（惟宗）続五位以下243
行範（中原）五位253
高範（藤）五位450、続五位以下79
孝標（菅）四位187、異550
孝標女　庶女289、続庶女22
公敏（藤）大納言87、続大納言27
興風（藤）六位5、続五位以下66
好風（藤）五位18
高風（宮道）五位35
光福寺前内大臣女　→冬氏女
行文（紀）続散二三位67
幸平（賀茂）四位147
行平（在原）中納言1、異549
広平親王　親王11、続親王31
公平女　庶女74
高弁上人　凡僧124、続凡僧60
公保（藤）続大納言69
行輔（藤）四位319、続四位18
公豊（藤）続大臣57
光房（狛）五位466
広房（橘）五位232

広房（大江）　五位358、続五位以下39
行房（藤）　四位249、続四位73
行房（藤）　→道全
弘法大師　化人8
光明（平）　続五位以下127
光明皇后　后宮4
光明照院前関白太政大臣　→兼基（藤）
光明天皇　帝王51、続帝王1
光明峰寺入道摂政　→道家（藤）
公名（藤）　続大納言76
公明（藤）　大納言102、中納言88、続大納言25
高明（源）　大臣16、続大臣43
恒明親王　親王47、続親王23
行明親王　親王10、異546
高明室　庶女115
公茂（藤）　大臣94
広茂（大江）　五位319
高野明神　神明15
公有（藤）　中納言108
公猷　律師14
公雄（藤）　中納言69、続中納言6
公雄女　庶女387
公誉　僧正72
光頼（藤）　大納言47
公頼（橘）　中納言5
康頼（平）　六位62、続五位以下113
行頼（紀）　続五位以下250
行頼（源）　四位125
後円光院前関白左大臣　→冬教（藤）
後円融天皇　続帝王30
小大君　庶女111、異551　→三条院女蔵人左近
後岡屋前関白左大臣　→基嗣（藤）
久我前太政大臣女　→長通女
後花山院内大臣　→師信（藤）
後花山院入道前右大臣　→定雅（藤）
後花山院入道前太政大臣　→通雅（藤）
久我太政大臣　→雅実（源）
久我内大臣　→雅通（源）
後亀山天皇　続帝王33
粉河観音　仏陀6
後京極院　女院22、后宮21（故中宮）、続女院2
後京極摂政　→良経（藤）
国夏（津守）　四位270、五位413、続五位以下54
国基（津守）　五位143、続五位以下95
国貴（津守）　続五位以下158
国久（津守）　続五位以下153
国経（藤）　大納言1
国光（津守）　五位220
国行（藤）　五位108
国時（平）　五位342
国実（津守）　五位448、続五位以下96
黒主（大伴）　六位12
国助（津守）　四位210、続四位27
国章（藤）　散二三位2
後九条内大臣　→基家（藤）
国助女　庶女386
国信（源）　中納言30、続中納言42
黒人（高市）　不知官位17、続不知官位3

国長（祝部）四位196・五位294
国通（藤）中納言56
国冬（津守）四位239、続四位8
国道（津守）四位240、続四位51
国博（津守）続五位以下232
国平（津守）四位194、続四位52
国豊（津守）続五位以下241
国房（藤）五位127
国用（藤）五位69
国用女　庶女105
国量（津守）五位478、続散二三位40
戸々（遊女）庶女278
小督（瓊子内親王家）庶女516、続庶女86
小督（宗尊親王家）庶女353
後香園院入道関白前左大臣　→師嗣（藤）
後光厳天皇　帝王53、続帝王9
後光明照院前関白　→道平（藤）
後光明峰寺摂政　→家経（藤）
後久我前内大臣　→通基（源）
後久我太政大臣　→通光（源）

後己心院前関白左大臣　→忠基（藤）
後小松天皇　続帝王31
後西園寺入道前太政大臣　→実兼（藤）
小宰相（徽安門院）庶女476、続庶女79
小宰相（土御門院）庶女320、続庶女4、異552
後嵯峨天皇　帝王35、続帝王2
小左近　庶女188
後三条前内大臣　→実忠（藤）
後三条天皇　帝王15
後三条内大臣　→公教（藤）
後三条入道前太政大臣　→実冬（藤）
小式部　庶女175
小式部内侍　庶女137、続庶女87
小侍従（太皇太后宮）庶女266、続庶女57
小侍従命婦　庶女153
五条（宣光門院）庶女511
小少将（上東門院）庶女292、続庶女60
後照念院関白太政大臣　→冬平（藤）
後白河天皇　帝王24
己心院前関白左大臣　→師教（藤）

後朱雀天皇　帝王13
五節（三条院皇后宮）庶女276
五節（上東門院）庶女499
後醍醐天皇　帝王46、続帝王17
小大進（花園左大臣家）庶女203、続庶女90
故中宮　→後京極院
後土御門内大臣　→定通（源）
後徳大寺前太政大臣　→公孝（藤）
後徳大寺左大臣　→実定（藤）
後鳥羽天皇　帝王31、続帝王5、異545
後中院前太政大臣　→長通（源）
後二条関白　→師通（藤）
後二条天皇　帝王45、続帝王12
近衛（今出河院）庶女357・502、続庶女35、異552
近衛関白　→基平（藤）
近衛太皇太后宮　→多子
近衛天皇　帝王23
近衛姫君　庶女160、異552
後野宮入道前太政大臣　→公俊（藤）

小八条御息所　→貞子
後花園天皇　続帝王32
小兵衛督（永福門院）　庶女451
小兵衛督（章義門院）　庶女400　→右衛門督（永福門院）
後深草天皇　帝王47
後伏見天皇　帝王44、続帝王10
小弁　庶女191、続庶女3
後法性寺入道前関白　→兼実（藤）
後堀河天皇　帝王32
小町（小野）　庶女1、続庶女32
小町姉　庶女4
小町いとこ　庶女25
小町孫　庶女26
小馬命婦　庶女112
後山本前左大臣　→実泰（藤）
後冷泉天皇　帝王14
厳阿上人　続凡僧106
近院右大臣　→能有（源）
厳恵　法印32
厳雅　僧都30
厳教　僧都35
金光院入道前右大臣　→家定（藤）
権大納言（遊義門院）　→為子（贈従三位）
権大納言（昭訓門院）　庶女480
権大夫（七条院）　庶女301
権中納言（大宮院）　→為子（従二位）
権中納言（今出川院）　庶女407
今道（布留）　五位9

さ

西院皇后宮　→馨子内親王
西円　凡僧185
西音　凡僧147
西園寺内大臣　→実衡（藤）
西園寺内大臣女　→実衡女
西園寺入道太政大臣　→公経（藤）
在夏（菅）　続四位97
済慶　僧都19
西行　凡僧103、続凡僧1
在匡（菅）　四位202
斎宮女御　→徽子女王
斎宮内侍　庶女95
×済高　僧都3
最厳　凡僧74
西住　凡僧102
宰承　法印90、法眼22
宰相（選子内親王家）　庶女309
宰相（瑒子内親王家）　庶女513、続庶女37
×宰相（新院）　庶女422
宰相典侍（後宇多院）　庶女383（宰相典侍）・496、続庶女6
最信　法印31
在藤（賀茂）　四位230
西日　凡僧115
斉明天皇　帝王39
在良（菅）　四位155
西蓮女（尼ー）　続庶女136
嵯峨天皇　帝王42
坂上郎女　庶女83、続庶女99
嵯峨后　→嘉智子
相模　庶女152、続庶女34

盛少将　庶女134
前右大臣　↓公顕（藤）
前右大臣　↓公冬（藤）
前右大臣室　↓公顕室
前関白右大臣母　↓師平母
前関白左大臣　↓経忠（藤）
前関白左大臣　↓経通（藤）
前関白左大臣　↓満輔（藤）
前関白左大臣　↓良基（藤）
前摂政左大臣　↓兼良（藤）
前内大臣　↓公重（藤）
前内大臣　↓公清（藤）
前内大臣室　↓実重室
左京大夫（永陽門院）　庶女483、続庶女49　↓少将（春宮）
左京大夫（式乾門院）　庶女363
左京大夫（後伏見院）　庶女482
朔平門院　女院12
櫻井尼　庶女211
佐経（大江）　五位125
佐清　六位43

左大臣　↓義教（源）
佐忠（藤）　四位31　↓輔尹
×左中将女　庶女468
讃岐　庶女14
讃岐（二条院）　庶女264、続庶女5
讃岐（後照念院関白家）　庶女378
讃岐典侍（堀川院）　庶女312
佐保左大臣　↓安麿
三縁院入道前関白左大臣　↓道教（藤）
参玄　続凡僧123
三条院女蔵人左近　続庶女41　↓小大君
三条右大臣　↓定方（藤）
三条小右近　庶女166
三条左大臣　↓実房（藤）
三条太皇太后宮　↓遵子
三条天皇　帝王12、続帝王23
三条入道前太政大臣　↓実重（藤）
三条入道前内大臣　↓公親（藤）
三条町　更衣1
三方沙弥　不知官位19

し

慈威上人　続凡僧84
師員（中原）　四位170
師尹（藤）　大臣12
氏胤（平）　五位500
滋蔭（小野）　五位15
時雨（藤）　四位24
慈恵　僧正31
資栄（源）　参議64
時英（平）　五位422
慈円　僧正15、続僧正1
時遠（平）　五位302
慈応　続法印38
志遠上人　凡僧170
資雅（源）　続四位132
慈快　僧正97、続僧正31
慈覚大師　化人6、続化人2
慈寛　凡僧221
滋幹（藤）　五位36
滋幹女　庶女80
師季（中原）　四位169

師季（平）　五位144
資基（藤）　五位188
資季（藤）　大納言56、続大納言29
只皈　凡僧232、続凡僧29
持基（藤）　続執政35
時熙（源）　続五位以下208
式子内親王　内親王14、続内親王2
式部（二条太皇太后宮）　庶女230
式部命婦　庶女178
師久（賀茂）　四位279
氏久（賀茂）　散二三位58、続散二三位10
師教（源）　四位116
師教（藤）　執政31、続執政22
師郷（中原）　続四位129
資教（藤）　続大臣62
資業（藤）　散二三位6
慈慶　僧正84（慈仙）・85、続僧正25
×時教（平）　五位347　→時敦か
示空上人　続凡僧122
師経（藤）　散二三位7

師継（藤）　大臣64、続大臣42
氏経（源）　五位503、続四位37
時景（藤）　五位292
淑景舎女御　→原子（藤）
師賢（源）　四位83
師賢（藤）　大納言86、続大納言5
氏兼（源）　続五位以下140
資賢（源）　大納言34
氏元（大江）　続五位以下167
資元（藤）　五位174
持賢（源）　続五位以下211
時見（平）　五位411
時賢（平）　五位299
持元（源）　続五位以下206
時元（平）　五位309
市原王　諸王10
四綱（大伴）　不知官位18
師光（源）　五位139
師光（源）　五位206、続五位以下31
師光（中原）　四位186、続四位94
師光（藤）　五位384

師綱（勝部）　続五位以下178　→梵燈
師行（源）　散二三位80
氏光（源）　五位495
氏綱（藤）　五位501
資広（藤）　続大納言81
資康（藤）　続中納言47
資綱（源）　中納言19、続中納言41
資衡（藤）　続四位110
資高（藤）　中納言77
持康（源）　続四位133
時光（藤）　参議67、続中納言21
時広（平）　五位265
時綱（源）　五位128
時綱（平）　五位352
時香（平）　五位425
時高（平）　五位296　→斉時（平）
×時国（平）　五位354
諟子　后宮7
師嗣（藤）　続執政32
師氏（藤）　大納言4、続大納言52
師氏（平）　続五位以下162

氏之（荒木田）五位395
師時（源）中納言27・102、続中納言37
持之（源）続四位120
師実（藤）執政11、続執政29、異547
資実（藤）中納言47
時実（中原）五位391
資子内親王　内親王17
師氏女　庶女308
師重（源）大納言77
師重（中原）四位330
時秀（源）続五位以下56　→寂昌
侍従（傀儡）続庶女125
侍従乳母　庶女267
師俊（源）中納言29
氏春（源）続五位以下165
持春（源）続五位以下239
時俊（惟宗）四位286
時春（平）五位326
滋春（在原）六位3
慈順　僧正54
思順上人　凡僧152

師尚（中原）四位128、続四位88
慈勝　僧正75、続僧正2
慈成　律師21
時昌（藤）五位205
自性　凡僧192
時常（平）六位73、続五位以下77
四条（安嘉門院）庶女350、続庶女31、異552
四条宰相　庶女140
四条太皇太后宮　→諟子
示証上人　凡僧213、続凡僧135
四条御息所女　庶女27
慈助法親王　親王38
師信（藤）大臣85、続大臣34、異549
師親（平）五位426
資信（藤）中納言32
資信（藤）五位181
持信（源）続五位以下205
時親（藤）五位376・六位84
時親（平）五位270
治仁王　続諸王4

氏数（平）続五位以下214
氏成（荒木田）散二三位88
氏清（源）続五位以下186
資成（橘）五位113
資盛（平）散二三位39
之盛（紀）続五位以下227
持世（多々良）続四位123
時清（源）五位274、続五位以下110
×時清（平）五位271　→清時（平）か
慈仙　→慈慶
資宣（藤）中納言72、続中納言35
資宣女　→光子
師宗（中原）四位229
資宗（藤）四位76・144
氏村（平）五位373、続五位以下16
時村（平）四位209
七条后　→温子
師仲（源）中納言36
師忠（源）大納言42、異549
師忠（藤）執政28
氏忠（荒木田）四位246・278、続四位30

資仲（藤）中納言21
資忠（藤）五位215、続五位以下111
慈忠　続法印50
時仲（平）五位410
時忠（平）大納言35
師長（藤）大臣35
資長（藤）中納言67
慈澄　続僧正66
時朝（源）続五位以下143
時朝（藤）五位278、続五位以下120
師直（高階）五位433
氏直（源）続五位以下199
時直（平）五位264
慈鎮　→慈円
実（源）五位17
実伊　僧正29、続僧正11
実意　続僧正68
実因　僧都4
実尹（藤）大納言98
師通（藤）執政12、異547
資通（源）参議12

実叡　続凡僧142
実遠（藤）散二三位74
実遠（藤）散二三位100、続中納言34
実音（藤）続大臣65
実夏（藤）大納言99、続大臣37
実家（藤）大臣78
実家（藤）大納言36、続大納言51、異549
実雅（藤）続中納言53
実快　僧都22
実家女　続庶女112
実基（源）四位70・111
実基（藤）大臣73
実季（藤）大納言14
実熙（藤）四位302
実基女　庶女358
実躬（藤）大納言101、続大納言20
実教（藤）大納言75、続大納言2
実経（藤）執政22、続執政11
実継（藤）大納言106、続大臣14
実経女　庶女437、続庶女97
実兼（藤）大臣75、続大臣1

実顕　法印103、続法印14
実源　律師6
実光（藤）中納言31
実孝（藤）中納言107
実綱（藤）中納言39
実綱（藤）散二三位81
実綱（藤）四位72
実行（藤）大臣26、続大臣32
実衡（藤）大臣92、続大臣27
実香（藤）中納言80
実衡女　庶女469、続庶女56
実国（藤）大納言32
実算　法印95、続法印28
実氏（藤）大臣57、続大臣17
実資（藤）大臣15・44
実時（源）続大臣63
実時（藤）参議49
実守（藤）中納言41
実寿　僧正100
実修　法印5
実秀（藤）五位321

実秀（藤）続大納言77
実秋（藤）続大納言78
実重（藤）大臣80、続大臣2
実重（平）五位185
実重室　庶女391（前内大臣室）・461（前太政大臣室）
実俊（藤）参議51
実俊（藤）大納言105、続大臣23
実俊母　庶女509
実勝（藤）続四位131
実承　僧正50
実性　法印86、僧都45、続法印5
実清　法印97、続法印27
実甚　法印96、続法印29
実信母　→保実室
実政（藤）参議16
実清（藤）続中納言59
実清（藤）四位117
実盛（藤）続大納言75
実誓　僧都9
実宣（藤）続大納言79

実前（藤）中納言85、続中納言31
実宗（藤）大臣40・90
実聡　僧正63
実蔵　続律師9
実泰（藤）大臣82、続大臣35
実忠（藤）大臣97・大納言91、続大臣28
実澄　法印92
実朝（源）大臣53、続大臣25
実超　僧正67、続僧正6
実長（藤）大納言30
実直母　庶女514、続庶女55
実定（藤）大臣36、続大臣12
実冬（藤）大納言73、続大納言54
実冬（藤）続大臣59
実冬女　続庶女122
実任（藤）中納言87、続中納言16
実能（藤）大臣28
実文（藤）四位256
実方（藤）四位39、続四位40
実房（藤）大臣37、続大臣19
実名（藤）参議69、続大納言21

実明女　庶女471、続庶女54
実瑜　僧正30、続僧正43
実有（藤）大納言54
実雄（藤）大臣61、続大臣6
実誉　僧都43
実頼（藤）執政3、続執政25、異547
実頼女　庶女418
実利（橘）四位20
実隆（藤）中納言54
実量（藤）続大納言72
嗣定（藤）続四位100
慈伝　僧正103
師冬（高階）五位446
資藤（藤）続大納言82
時藤（藤）五位457
時藤（平）五位303・六位76
持統天皇　帝王27
慈道法親王　親王43、続親王19
時敦（平）五位379
信濃　庶女303、異552
信乃（四条太皇太后宮）庶女406

資任（藤）　続五位以下222
慈能　続僧正45
師範（大春日）　六位31
時範（平）　五位311
治部卿（永福門院）　庶女410
治部卿（皇嘉門院）　庶女250
治部卿（女三宮）　庶女457
時文（紀）　五位93
師平（藤）　執政43、続執政19
資平（源）　中納言64、続中納言28
時平（藤）　大臣5
師平母　庶女473
慈弁　法眼7
師輔（藤）　大臣10、続大臣53、異548
嗣房（藤）　四位226
師房（源）　大臣20、続大臣29
時邦（平）　五位344
治方（藤）　五位37
時房（藤）　五位135
時望（平）　中納言4
時望妻　庶女24

滋包女　庶女73
資名（藤）　大納言97・中納言98、続大納言40
資明（藤）　大納言96・中納言95、続大納言32
資茂（源）　散二三位97
時茂（平）　五位267
下野　庶女63
下野（後鳥羽院）　続庶女70　→信濃
下野（四条太皇太后宮）　庶女184、続庶女93
寂恵　凡僧186、続凡僧41
寂延〈荒木田長延〉　凡僧118
寂縁　凡僧142、続凡僧67
寂昌　凡僧261　→時秀（源）
寂昭　凡僧32、続凡僧66
寂信　凡僧206
寂真　凡僧242、続凡僧15
寂身　凡僧130、続凡僧65
寂然　凡僧105、続凡僧31
寂超　凡僧104

寂念　凡僧234、続凡僧68　→為業（藤）
寂蓮　凡僧107、続凡僧6
資有（藤）　続五位以下213
×資雄（源）　中納言93
時有（平）　五位380
秀胤　続凡僧121
重延（賀茂）　四位134
秀雅　続律師6
重家（藤）　散二三位20、続散二三位19
秀岳（良峯）　五位7
重基（藤）　五位156
重基（平）　続五位以下128
重吉（橘）　続五位以下200
秀久（賀茂）　続五位以下251
脩久（賀茂）　続散二三位55
秀経（藤）　五位456
重経（高階）　散二三位65、続散二三位45
秀賢（藤）　五位369
重顕（藤）　五位353
秀幸　続凡僧101

秀行　→範行
重光（源）　大納言6・58
重光（藤）　続大納言47
重孝（藤）　五位171
重綱（藤）　四位130
重綱（藤）　六位75、異550
重衡（平）　散二三位77、異549
周子（近江更衣）　更衣2
周嗣　凡僧276
秀治（藤）　五位445
重氏（藤）　散二三位57、続散二三位51
重資（源）　中納言101、続大納言46
重之（源）　五位75、続五位以下6
重時（平）　四位172、続四位62
柔子内親王　内親王6
重之祖母　庶女85
重之女　庶女286、続庶女84
秀春（源）　続五位以下174
重如（山口）　六位45、続五位以下108
秀信（藤）　五位460
秀崇　→秀岳
周清（伴）　続五位以下132
重成（高階）　五位439
重政（賀茂）　四位133
重村（平）　五位402
重泰（源）　五位364
秀長（菅）　続散二三位59
秀長（藤）　五位316、続五位以下102
↓
如浄
重直（高階）　続五位以下135
重貞（賀茂）　五位315
秀能（藤）　五位228
重能（藤）　五位430
脩範（藤）　参議25、続参議20
十仏　続凡僧111
重保（賀茂）　四位121、続四位92
秋峯（紀）　六位24
秀房（狛）　五位372、続五位以下117
重名（藤）　四位204・285
重明親王女　庶女425
秀茂（藤）　五位273、続五位以下38
重茂（高階）　五位442、続五位以下73
↓源秀
重有（源）　続中納言66
重頼女　庶女323
修理　庶女96
守覚法親王　親王20、続親王17、異546
寿暁　凡僧204、続凡僧27
淑光（紀）　参議5
淑氏（紀）　四位243
祝子内親王　内親王24
粛子内親王　続内親王10
淑人（紀）　四位9
淑文（紀）　四位203・276
淑望（紀）　五位25
寿玄　凡僧23
守時（平）　続四位105
守子内親王　内親王25
守時女　続庶女113
寿証　凡僧171
守正（藤）　五位47
種成（和気）　四位201、続四位93
寿成門院　女院19、続女院6

守禅　法印48
守藤（荒木田）　五位483
守文（藤）　五位52
種平（賀茂）　四位178
守遍　続法印34
守誉　僧正51
俊（源）　四位23
順（源）　五位72、続五位以下11
俊阿　凡僧245
潤為　僧都47
俊恵　凡僧78、続凡僧4
俊栄　続法橋2
淳家　続凡僧96
俊快　法眼11
俊雅母　庶女248
順空上人　凡僧181
俊兼（藤）　散二三位75
俊憲　続法印46
俊憲（藤）　参議23
俊顕（藤）　続四位96　→頓乗
俊言（藤）　参議58

俊賢室　庶女118
俊光（藤）　大納言76、続大納言11
俊綱（橘）　四位79、続四位25
春衡（三善）　四位281
淳行（伊香古）　六位25
俊光女　庶女441、続庶女27　→中納言典侍（新院）
淳国（源）　六位52
順西　凡僧225
春時（平）　五位419
遵子　后宮5
俊実（源）　大納言22
俊実（藤）　中納言100
媞子内親王　内親王29、続内親王8
詢子内親王　内親王19
俊秀　凡僧99
俊重（源）　五位200
順助法親王　親王46
俊成（橘）　五位122・191
俊成（藤）　散二三位15、続散二三位5
俊盛　凡僧93

春誓　法橋9
俊成女　庶女297、続庶女1、異552
俊宗　律師12
俊宗（橘）　五位132
俊宗女　庶女237
俊忠（藤）　中納言25、続中納言20
俊長（紀）　続散二三位61
俊定（源）　四位189
俊定（藤）　大納言79、続大納言19
俊冬（藤）　中納言106
順徳天皇　帝王34、続帝王14
春風（小野）　五位3
俊文（紀）　五位387
俊平（源）　五位260、続五位以下106　→禅信
俊豊（紀）　続四位128
俊房（源）　大臣21
俊明（源）　大納言61
俊誉　法印47
俊頼（源）　四位95、続四位1
少輔　庶女190

昇（源）　大納言2
常（源）　大臣7
生阿　凡僧191
浄阿　凡僧250
浄阿上人　続凡僧53
性威　続凡僧77
乗伊　僧正99
浄意　凡僧131、続凡僧146
静伊　僧正93、法印72
定伊　続僧正57
定意　法印37
定為　法印40、続法印1
清因　僧都17
清胤　僧都16
成運　法印78、続法印16
承恵　続律師5
証恵上人　凡僧153
勝延　僧都1
静円　僧正5
静縁　凡僧87
定円　法印33、続法印3

定縁　法印39
成恩寺関白前左大臣　↓経嗣（藤）
昌家（藤）　続五位以下168
乗雅　法印41
聖戒　凡僧197
定海　法印68
照覚　凡僧270、続凡僧28
聖覚　法印12
定覚　凡僧175
承覚法親王　親王49、続親王16
勝観　凡僧21
証観　法印3
静観　僧正26
清基　凡僧49
昌義　凡僧252、続凡僧24
乗基　続法印37
定熙　法印105、続法印8
章義門院　女院11、続女院9
貞慶　凡僧138
定暁　続凡僧81
承香殿女御　↓元子

彰空上人　凡僧180
承空上人　凡僧212
照空上人　凡僧208
証空上人　凡僧240
性空上人　凡僧114
清空上人　凡僧236、続凡僧69
貞空上人　凡僧177
章経（中原）　五位167
性憲　法眼5
聖兼　僧正44
聖憲　法印29
常顕（平）　五位490、続五位以下42
成賢　僧正83
静賢　法印6、続法印30
定顕　僧正77
定顕　凡僧278、続凡僧57
常元　凡僧266、続凡僧18
成源　僧正38
乗功　続凡僧88
照光院前関白右大臣　↓師平（藤）
紹宏院贈内大臣　↓公雅（藤）

常康親王　親王1、異546
章行女　庶女171・255
性厳　凡僧264、続凡僧16
静厳　凡僧62
昌算　続法印47
尚侍　→貴子（藤）
荘子女王　女御10
奨子内親王　→達智門院
昌子内親王　后宮14
祥子内親王　内親王27
清寿　法印66
定修　凡僧132
性遵　凡僧277
聖遵　続凡僧156
定助　続僧正70
昭清　法印15
清成　法印1
聖勝　法印46
聖承　続法眼8
常昌（度会）　散二三位98、続散二三位35　→常良

静昭　法橋3
成清　法印8
少将（陽徳門院）　続庶女119
少将（永福門院）　庶女402
少将（皇后宮）　庶女244
少将（藻壁門院）　庶女321、続庶女68
少将（春宮）　庶女366、異552　→左京大夫（永陽門院）
少将（枇杷皇太后宮）　庶女430
少将（邦省親王家）　庶女515、続庶女78
少将井尼　庶女130
勝定院贈太政大臣　→義持（源）
少将更衣　更衣4
少将内侍　庶女31
少将内侍　庶女182
少将内侍（後深草院）　庶女333、続庶女13、異552
少将内侍（後醍醐院）　庶女463（少将内侍）・485、続庶女73
少将内侍（後一条院）　庶女427
性助法親王　親王36、続親王2

浄助法親王　親王39
勝臣（藤）　六位16
成尋　凡僧56
成尋母　庶女258、続庶女47
承仁法親王　親王25
静仁法親王　親王32、続親王25
定宗　法印76、続法印22
浄蔵　凡僧22
聖尊法親王　親王60、僧正87、続親王20
尚忠（藤）　六位44
聖忠　僧正52
勝超　凡僧66
尚長（祝部）　続五位以下144
尚長（丹波）　四位200
承澄　僧正39
静澄　法眼24
承鎮法親王　親王51
聖統　凡僧246、続凡僧54
浄道　僧都36
承道（二品法親王－）　続親王41
上東門院　女院2、続女院8

聖徳太子　親王12、化人1、異546
少納言　庶女109
少納言（新院）　庶女404
少納言（天暦御乳母）　庶女88
小弐命婦　庶女48
少弐乳母　庶女54
照念院入道前関白　→兼平（藤）
少輔命婦　庶女436
勝範　僧正9
昭平親王　親王34
紹弁上人　続凡僧124
浄弁　法印80、律師20、続法印2
聖宝　僧正2
聖梵　凡僧46
静命　律師9
称名院入道前内大臣　→公豊（藤）
浄妙寺関白右大臣　→家基（藤）
浄妙寺左大臣　→経平（藤）
聖武天皇　帝王29、続帝王20
勝命　凡僧117、続凡僧71
成瑜　僧都44

昭祐　続凡僧108
性瑜上人　凡僧182
清誉　法印43
常良（度会）　四位251　→常昌
静蓮　凡僧95
諸兄（橘）　大臣50
諸実（清原）　六位33
助信（藤）　続四位126
庶明（源）　中納言8
舒明天皇　帝王38
師頼（源）　大納言25、続大納言6
氏頼（源）　続五位以下147
氏頼（源）　続五位以下156
白河天皇　帝王16、続帝王25、異545
資隆（藤）　四位127、続四位81
師良（藤）　散二三位61
師良（藤）　続執政30
氏良（荒木田）　四位149
資連（三善）　六位93、続五位以下68
白女　庶女11
信（源）　大臣9

信阿　凡僧144
心阿　凡僧268
新右衛門督（宗尊親王家）　続庶女132
新右衛門督（宣光門院）　庶女477、続庶女100
信永　凡僧69
心円　凡僧148
真延　凡僧9
真縁上人　続凡僧152
信家（藤）　大納言46
信家（藤）　参議54・散二三位60
信雅　法印60
信雅（藤）　四位273
親雅（藤）　続大納言64
信快　凡僧249、続凡僧44
心海上人　凡僧156、続凡僧37
心覚　凡僧61
深覚　僧正3
真覚　続凡僧117
深観　僧都24
真願　凡僧162

信久（賀茂）　散二三位96
信慶　続凡僧113
親教（源）　散二三位68
信空　続凡僧99
親継（藤）　五位243
尋継　続凡僧149
信兼（藤）　五位355
信賢（藤）　五位83
信顕（藤）　四位245
深源　続法印33
親元（源）　五位192
親源　僧正76
尋源　法眼29
親賢女　続庶女118
親光（源）　続中納言46
親康（藤）　五位237
親行（源）　五位247
親行（藤）　四位299
親厳　僧正24
新宰相　庶女486
新宰相（上東門院）　庶女142
新宰相（伏見院）　庶女396、続庶女9
新左衛門　庶女189
信氏（藤）　五位383
親子（従三位）　一二三位13、続一二三位3
親子（藤）　庶女332、続庶女76、異552
信実（藤）　四位163、続四位14
進子内親王　内親王22、続内親王1
信寂　凡僧44
深守　僧正102、続親王22
真俊　続凡僧94
真楯（藤）　大納言65
信生　凡僧128、続凡僧11
×信聖　法印57　→雲聖の誤りか
真昭　凡僧126、続凡僧9
真静　凡僧2
新少将（関白家）　庶女446
新少将（待賢門院）　庶女290、続庶女46
新少将（伏見院）　庶女443
真浄上人　凡僧188
信臣（平）　五位90
人真（酒井）　五位24
信成（藤）　参議40
親世（平）　五位295
親清（平）　続五位以下223
親盛（藤）　五位222
親清女　庶女356、続庶女40
親清女妹　庶女369、続庶女74
親清四女　庶女450
信専　続凡僧74
信詮（源）　五位496
仁善子（女御）　女御2
信宗（源）　四位56
信聡　続僧都5
親宗（平）　中納言44
神退　凡僧6
新大納言（延政門院）　庶女408、続庶女80
真忠（藤）　四位21
真忠かいもうと　庶女49
新中納言（殷富門院）　庶女318
信長（藤）　大臣52

親朝（藤）五位277
親長（源）四位205、続四位68
信定（源）四位161
真如堂阿弥陀　仏陀5
信繁（平）四位176
親範（源）五位116
親範（藤）五位306・336
親範（平）参議24
尋範　僧正10
新肥前（前斎宮）庶女259
新兵衛督（春宮）庶女452
信武（源）五位486、続五位以下53
親文（紀）続四位108
親方（藤）四位221
親房（源）大納言84
親房（源）五位187、続五位以下121
信方（三善）続五位以下131
人麿（柿本）不知官位1、続不知官位2
信明（源）四位19、続四位10
親瑜　法眼21

深養父（清原）五位14、続五位以下22
新羅明神　神明13
親隆（藤）参議20、続参議18
信良（藤）六位91、続五位以下98

す

瑞禅　続凡僧143
崇賢門院　続女院12
崇全　続凡僧104
崇明門院　女院24
周防（永嘉門院）庶女455
周防内侍　庶女183、続庶女77
崇光天皇　帝王52、続帝王11
朱雀天皇　帝王8、続帝王27、異545
涼　庶女174
崇徳天皇　帝王22、続帝王16
住吉　神明3、続神明6
駿河　庶女64
駿河（祐子内親王家）庶女169
駿河麿（大伴）参議44

せ

済（源）五位44
整（源）五位34
成胤（祝部）続五位以下209
清蔭（源）大納言5
×盛永（橘）五位176　→盛長（橘）の誤りか
成家（藤）散二三位29、続散二三位49
正家（藤）四位89
正家（平）五位126
清家（藤）四位86
清河（藤）参議43
盛家（紀）続五位以下171
×盛家（源）四位98
清雅（藤）中納言97・参議56
西華門院　女院23、続女院7
成貫（祝部）五位441
政季（藤）五位163
清季　→季広
政義（中原）五位123
成久（祝部）四位228、続四位11

盛久（金刺）　五位310
成景（祝部）　続五位以下129
盛経（藤）　五位467
盛継（伊豆）　五位314
盛経母　庶女236
成兼（高階）　五位388
成賢（源）　続四位103
成賢（祝部）　四位182、続四位89
清兼（源）　四位242
盛見（多々良）　続五位以下238
成元（橘）　五位138
政元（藤）　続五位以下139
正言（大江）　五位97
成光（祝部）　五位499、続五位以下28
成広（祝部）　続五位以下164
正光（藤）　参議30
清綱（源）　六位89
清行（安倍）　四位4
盛弘　凡僧198
成国（祝部）　散二三位93、続散二三位
成国（藤）　五位46
政国女　庶女375
政国女妹　庶女459
清子（贈従二位）　一二三位6
清子（命婦）　庶女55
清氏（源）　四位315
生子（女御藤－）　女御13・16（梅壺女御）、続女御1
済時（藤）　大納言10、異549
清時（平）　五位282
斉時（平）　続五位以下126　→時高
成実（藤）　散二三位40、続散二三位64
盛実（源）　五位493
清樹（橘）　五位6
清樹（宮道）　六位28
政秋（豊原）　五位307
清重（中原）　六位63
清春（藤）　続五位以下184
成助（賀茂）　五位140、続五位以下45
成章（高階）　散二三位8
清少納言　庶女123
清少納言女　続庶女115
成親（藤）　六位60
斉信（藤）　大納言15、続大納言4
清慎公　→実頼（藤）
清慎公女　→実頼女
清仁親王　親王15、異546
成清（祝部）　続散二三位53
政成（源）　五位130
正清（源）　四位46・142
清正（藤）　五位50、続五位以下27
清正（平）　五位345
盛清（源）　五位180
清正母　庶女23
清成女　庶女81
清正娘　庶女94
成詮（祝部）　続五位以下195
清宣（賀茂）　続四位114
成前（祝部）　続五位以下244
成宗（藤）　四位171・五位234
政宗（藤）　続五位以下172
政村（平）　四位174、続四位22

成仲（祝部）　四位108、続四位36、異550
成忠（丹波）　続四位111
清忠（佐伯）　六位39
清忠（藤）　中納言94
成仲女　続庶女107
成朝（高階）　四位234・五位313
成長（荒木田）　四位158
政長（平）　五位289
盛長（惟宗）　五位248
成長女　庶女337
正直（橘）　六位58
成通（藤）　大納言26、続大納言31
正通（橘）　六位54
成藤（祝部）　続五位以下137
成藤（藤）　五位453、続五位以下85
盛徳（藤）　五位329、続五位以下17
成任（祝部）　五位481、続五位以下69
成繁（祝部）　四位336、続四位50
成範（藤）　中納言38・散二三位90
政範（藤）　五位469
清範（藤）　五位238

正妃（更衣1）　女御6（按察御息所）・更衣5
政平（賀茂）　四位110
成平妻　庶女224
成保（賀茂）　四位120
清輔（藤）　四位119、続四位7
成豊（祝部）　続五位以下142
盛方（藤）　四位123、続四位86
盛房（藤）　五位152
盛房（平）　五位322
盛明親王　親王9、異546
成茂（祝部）　四位151、続四位26
清友（橘）　大臣4
成頼（藤）　参議33
政利（惟宗）　五位106
成良（祝部）　四位207
世良親王　親王53
赤人（山辺）　不知官位5、続不知官位1
是心院入道前関白左大臣　↓師良（藤）
是則（坂上）　五位13、続五位以下25

是忠親王　親王6
是忠親王女　女王3
節信（藤）　五位102
摂津　庶女204（二条太皇太后宮）・313（禎子内親王家）、続庶女30（二条太皇太后宮）・101（禎子内親王家）
説房（藤）　五位484
是法　凡僧223、続凡僧23
蝉丸　不知官位4
是茂（源）　中納言6
善（源）　四位11
善為　続凡僧116
千蔭（藤）　五位59・91（千景）
千恵　凡僧274　↓基時（源）
仙覚　律師15、続律師2
千観　凡僧121
禅休　凡僧275
仙慶　凡僧15
瞻空上人　凡僧155
漸空上人　凡僧178
禅空上人　凡僧158

千景（藤）→千蔭
千兼（藤）五位40
宣源　凡僧54
善源　凡僧271、続凡僧21
全玄　僧正96
千古（大江）五位33
善光寺阿弥陀　仏陀4
千古母　庶女8
禅厳　続法眼14
瞻西上人　凡僧70、続凡僧36
善算　続法印44
鮮子　→中将御息所
宣子（従一位）続一二三位8
宣子（従二位藤ー）一二三位5・15（従三位藤ー）、続一二三位4
宣旨（郁芳門院）庶女497
宣旨　庶女163（六条斎院）・311（禖子内親王家）
宣旨（後一条院前中宮）庶女275・433（後一条院中宮）
宣旨（中宮）庶女449、異553　→宣旨典侍
宣旨（二条院）庶女419、続庶女92
宣旨（六条院）庶女282、続庶女94
選子内親王　内親王10、続内親王7
宣旨典侍　庶女467、異553　→宣旨（中宮）
宣時（平）四位208、続四位12
宣時女　庶女465
禅守　続僧正50
善珠　僧正88
暹秀　法印67
禅助　僧正45、続僧正18
全性　凡僧194・235
禅性　法眼9
善縄女　庶女69
詮信（源）続五位以下189
善信　凡僧193
全真　僧都34
禅信　凡僧146、続凡僧86　→俊平（源）
禅信　続僧正69
禅心　凡僧205
全仁親王　親王67、続親王24
詮政（源）続五位以下160
善成（源）散一二三位102、続大臣33
全成（和気）四位306
宣政門院　女院21
善節　続凡僧145
宣直（平）五位338
詮直（源）続五位以下173
宣平（津守）五位389
千包女　庶女71
宣明（藤）中納言110、続大納言59
善祐　凡僧17
禅要　続凡僧130
宣耀殿女御　→芳子
宣陽門院　女院15
千里（大江）六位2、続五位以下88
禅隆　法印83、続法印24
善了　凡僧248、続凡僧14

そ

祖意　凡僧187
素意　凡僧53
宗于（源）四位6

増運　続法印45
宗恵　続凡僧79
宗円　法印79
宗円　法眼8
宗延　法眼2
宗延　凡僧122
宗遠（藤）　五位485、続五位以下87
宋縁　法印108、続僧正37
宗家（藤）　大納言33
宗覚　続凡僧129
増覚　律師8
増賀上人　凡僧113
宗基（紀）　四位327
増基　凡僧10、続凡僧10
宗久　続凡僧87
双救上人　凡僧259、続凡僧34
宗鏡禅師　続凡僧126
承均　凡僧5
宗経（藤）　四位159
宗経（平）　中納言103、続中納言15
宗継（藤）　続中納言60

宗兼（紀）　五位160
宗兼（藤）　四位115
宗顕（高階）　続五位以下180
宗興（中原）　六位30
宗光（藤）　四位303
宗行（源）　四位329
宗行（藤）　五位323
贈皇后宮　→茨子
贈皇后宮　→懐子
宗国（藤）　五位165
宗厳　法眼23
宗済　続法眼12
贈左大臣　→長実（藤）
桑子（中納言御息所）　女御8
宗氏（源）　五位371、続五位以下71
宗時（安倍）　続四位101
宗実（藤）　続大納言66
聡子内親王　内親王13
宗秀（大江）　五位300、続五位以下90
宗秀（藤）　五位328、続五位以下34
宗重（藤）　続中納言55

宗俊（高階）　四位260
草春（高向）　不知官位10
宋助　続僧正59
宋助　続法印53
相如（高岳）　不知官位9
相如（藤）　五位189
宗昭　法印99
宗性　僧正40
宗城（源）　四位22
宗緒母　庶女415
相如女　庶女148
宗信　続法印35
宗信（紀）　五位399　→興信
宗親（藤）　五位462
宋親　僧都50、続法印41
相真　法眼25
宗尋　法印100、続法印25
宗成（高階）　四位211、続四位53
宗宣（藤）　続中納言64
宗宣（平）　四位241、続四位67
宗尊親王　親王35、続親王11、異546

宗泰（藤）　続中納言63
宗泰（藤）　五位293
宗泰（平）　五位378
贈太皇太后宮　→安子
×贈太政大臣　大臣77
贈太政大臣　→経実（藤）
贈太政大臣　→実季（藤）
宗仲　続凡僧119
宗忠（藤）　大臣68
宗朝（藤）　五位408、六位81
宗長（安陪）　四位305
宗長（藤）　続散二三位68
宗直（平）　五位334
増珎　続僧正71
宗通（藤）　大納言24
宗範（源）　続五位以下133
相方（源）　四位48
宗満（源）　五位458
宗明（源）　大納言108、続大納言41
増瑜　続僧正54
宗祐　続凡僧93
宗隆（藤）　中納言46
素覚　凡僧116　→家基（藤）
素観上人　続凡僧103
則光（橘）　四位87
則俊（藤）　四位197
則成（源）　五位107
則善（大窪）　五位51
則忠女　庶女107
則長（橘）　五位101、続五位以下109
則祐　律師23、続律師1
祖月　凡僧269、続凡僧19
素俊　凡僧129
素性　凡僧4、続凡僧2
素暹　凡僧145、続凡僧3
帥（鷹司院）　庶女331、続庶女63　→民部卿（後一条入道前関白家）
帥（談天門院）　庶女462
素明　続凡僧148
尊胤（二品法親王―）　親王57、続親王26
尊円　凡僧83
尊円（入道二品親王―）　親王48、続親王8
尊家　法印30
尊海　法印25
尊快法親王　親王30、続親王33
村基　続法印32
尊空上人　凡僧211
尊玄　僧都49、続僧正39
尊氏（源）　大臣98・大納言92、続大臣4
尊子内親王　内親王15
尊守　律師24
尊什　僧正91、続僧正32
尊助法親王　親王42
尊深　僧正59
尊親　凡僧214
尊宣（源）　続四位115　→直宣（大中臣）
尊珍法親王　親王55
尊道法親王　親王66、続親王9
尊良親王　親王52

た
泰覚　法眼6
泰基（藤）五位320
待賢門院　女院6
泰光（安陪）四位331
泰光（源）散二三位34
泰綱（藤）五位254
太皇太后宮　→多子
醍醐天皇　帝王7、続帝王18、異545
醍醐入道太政大臣　→良平（藤）
泰氏（平）五位393
泰時（平）四位168、続四位57
×泰実（藤）五位349　→泰基（藤）
大将御息所　女御3　→能子（藤）
大織冠　→鎌足（藤）
大進（俊子内親王家）庶女254
大進（三宮）庶女242
泰宗（藤）五位363、続五位以下92
泰朝（藤）六位70
大納言（七条院）庶女299
大納言（昭訓門院）→公宗母
大納言典侍（院）→為子（従二位）
×大納言典侍（後宇多院）庶女504
大納言典侍（後嵯峨院）庶女329
大弐（安嘉門院）庶女352、続庶女14
大弐（修明門院）庶女302
大弐　庶女213（二条太皇太后宮）・220（皇后宮）
大弐三位　庶女246・一二三位8（藤賢子）、続一二三位6（藤賢子）
×対の子　庶女65
大夫（延明門院）庶女447
大夫典侍　庶女232
泰方（大中臣）四位267
大輔（宗岳）六位26
妙（遊女）庶女293
高倉（安嘉門院）庶女345、続庶女83
高倉（八条院）庶女298、続庶女58
高倉天皇　帝王49
高田女王　続女王1
高松上　庶女247・343（堀川右大臣母）、異552
託阿上人　続凡僧133
武隈ノ尼　庶女392
多子　后宮10（太皇太后宮）・20（近衛太皇太后宮）
但馬（規子内親王家）庶女342
但馬（藻壁門院）庶女322、続庶女59
太政大臣室　→実重室
橘贈太政大臣　→清友
達智門院　女院16、内親王16（奨子内親王）、続女院5
玉津嶋　続神明7
大輔　庶女19
大輔（殷富門院）庶女265、続庶女38
大輔（延喜皇太后宮）庶女339
大輔命婦　庶女126
田原天皇　帝王30、異545
湛円　凡僧29
湛空上人　凡僧139
丹後（宜秋門院）庶女270、続庶女10
談天門院　女院17、続女院10

ち

知家（藤）散二三位43、続散二三位2
智海　法印26
筑紫比古之山　神明16
筑前（二条関白家）庶女195
筑前乳母　庶女180
竹林院入道前左大臣　→公衡（藤）
致経（平）六位56
知行（源）五位427、続五位以下63
知行（大江）五位487
致時（中原）四位50
致時（藤）五位141
池主（大伴）不知官位14
智証大師　化人7
知信（藤）五位147
致親（源）五位170
知信母　庶女210
知長（丹波）四位320
致平親王　親王22
智弁　僧正82
致方（源）四位38

知房（藤）四位90
忠依（平）五位70
仲遠（橘）五位239・六位66
忠家（藤）執政24
忠家（藤）大納言13
忠雅（藤）続大臣56
忠快　法印62
忠快　凡僧63
仲覚　法印59
忠家母　庶女119
忠幹（橘）五位65
忠基（藤）参議42、続参議19
忠基（藤）続執政31
忠季（源）五位151
忠季（藤）大納言103、続大納言17
忠義公　→兼通（藤）
忠久（賀茂）四位265
仲教（源）五位461、続五位以下59
忠教（藤）執政30
忠教（藤）大納言23・63
仲業（源）五位263

忠教室　庶女198・257（藤教良母）
忠君（藤）四位40
忠景（惟宗）五位275、続五位以下83
忠経（藤）大臣45
仲顕　法印106、続法印23
忠兼（四位）→公蔭（大納言）
忠兼（藤）散二三位56、続散二三位42
忠兼（藤）五位162・195、続五位以下61
忠見（壬生）六位29、続五位以下4
×忠賢（源）五位49
忠顕（安倍）五位401
忠源　僧正57
中興（平）五位19
仲光（藤）続大納言63
仲綱（源）五位214、続五位以下14
忠光（藤）続大納言61
忠幸（大江）続五位以下134
忠行（藤）五位16
中興女　庶女77
忠国（藤）五位57
中忻　続凡僧127

仲算　凡僧25
忠嗣（藤）大納言110、続大納言53
忠資（藤）四位199
忠時（平）五位291
仲実（藤）四位99、続四位28
忠実（藤）執政17
忠守（丹波）四位250、続四位29
忠秀（惟宗）五位365
忠性　僧正95、法印75、続僧正34
中将（陽徳門院）続庶女114
中将（式子内親王家）庶女268
中将（上東門院）庶女179
中将（大斎院）庶女132
中将（土御門前斎院）庶女281　→中将（式子内親王家斎院）
中将更衣　更衣3
中将内侍　庶女56
中将尼　庶女128
×中将御息所　女御1
忠信（藤）大納言49、続大納言55
忠臣（菅野）六位20

忠岑（壬生）六位18、続五位以下9
忠仁公　→良房（藤）
忠信母　庶女164
仲成（和気）四位300
仲正（源）五位56
仲正（源）五位155、続五位以下8
忠成（祝部）四位167、続五位以下145
忠成（大江）四位192
忠清（藤）五位193
忠盛（平）四位103
忠成女　庶女376
仲宣（源）四位27
忠宗（惟宗）五位317
忠長（祝部）散二三位71・四位332
忠通（藤）執政13、続執政2
忠貞（惟宗）五位451、続五位以下55
忠定（藤）参議32、続参議15
忠定（藤）四位287　→経顕（藤）
忠度（平）四位156、続四位38
中納言（承香殿）庶女53
×中納言（建礼門院）庶女432

中納言（待賢門院）庶女229
中納言（後嵯峨院）続庶女137
中納言典侍（院）庶女374
中納言典侍（新院）庶女424　→俊光女
中納言女王　女王5
中納言御息所　→桑子
仲能（藤）四位191
忠能（藤）五位312
仲敏（藤）六位69
仲文（藤）五位73、続五位以下57、異550
仲平（藤）大臣3
忠平（藤）執政2、異547
忠房（藤）四位7
忠房親王　親王44、続親王5
忠房女　庶女106
仲麿（安陪）不知官位2
忠命　法橋2
忠有（藤）四位325
仲頼（源）五位208
忠隆（藤）散二三位31
忠良（藤）大納言37、続大納言28

×忠蓮　凡僧24
寵　庶女5
重阿上人　続凡僧138
朝尹（藤）　四位324
長胤（大中臣）　四位288
朝恵　凡僧97
長恵　法印20
朝円　法印94
長遠（菅）　続参議25
長遠（藤）　六位85
長延（荒木田）→寂延
朝家（藤）　続五位以下249
長家（藤）　大納言19、続大納言35
長雅（藤）　大納言68、続大納言37
長覚　凡僧81・135
澄覚母　続庶女129
澄覚法親王　親王33、続親王27
澄基　法眼26、続法眼5
長季（平）　五位285
超空上人　続凡僧98
長景（藤）　五位290
長経（藤）　五位305
澄憲　法印7
朝元（菅）　五位440
長験　僧都48
朝光（藤）　大納言9、続大納言44
朝康（文屋）　六位6
朝綱（大江）　参議9
長康（三善）　続五位以下177
長綱（菅）　散二三位99、続散二三位25
長綱（藤）　五位279
長衡（菅）　四位322、続散二三位41
長国（中原）　五位99
長国妻　庶女157
長谷雄（紀）　中納言3
長済　律師5
長算　僧都12
朝子（従三位）　一二三位18
長時（平）　五位262
長実（藤）　大臣31、続大臣15
長実母　庶女201
暢子内親王　内親王26、続内親王3
澄守　僧都39
長秀（藤）　五位480、続五位以下43
澄俊　法印87、僧都38
澄舜　僧都31
長俊（源）　四位295
長舜　法印50、続法印7
澄成　凡僧67
朝勝（度会）　続五位以下203
超清　法印16
長信（藤）　続五位以下193
長真　法眼3
澄世　律師19
澄成　凡僧72
長清（藤）　五位350
長盛（橘）　五位29
長成女　庶女390
長宣（菅）　散二三位79
朝宗（藤）　五位304
朝村（藤）　五位455、続五位以下82
行朝（藤）
長尊　続法印42
↓

朝仲（藤）　五位219
朝忠（藤）　中納言9、続中納言38、異549
長通（源）　大臣102、続大臣47
長通女　庶女492
朝貞（平）　五位333
朝定（藤）　五位429
長典（丹波）　四位258
長田王　諸王7
朝棟（度会）　四位290
朝任（源）　参議11
奝然　法橋6
長能（藤）　五位86、続五位以下12
朝範　律師4
長方（菅）　続散二三位66
長方（藤）　中納言43、続中納言13
長房（藤）　参議15
長房（藤）　中納言60　→長方（藤）
長明（鴨）　五位221、続五位以下40
長有（丹波）　四位214
朝頼（藤）　四位17
直幹（橘）　四位18
直基（平）　続五位以下198
直義（源）　散二三位86、続散二三位12
直子　庶女6
直氏（源）　五位488、続五位以下65
直信（三善）　続五位以下151
直親（藤）　続五位以下224
直宣（大中臣）　五位434　→尊宣（源）
直明王　続諸王3
直頼（源）　六位90、続五位以下97
弥海母　庶女215
弥覚　僧都28
弥秀（三善）　続五位以下245

つ

通雅（藤）　大臣71
通海　僧正49
通基（源）　大臣74、続大臣55
通基母　庶女362
通具（源）　大納言44、続大納言24、異549
通顕（源）　大臣96・大納言85、続大臣24
通源上人　続凡僧107
通光（源）　大臣49、続大臣7、異549
通氏（源）　散二三位52
通時（源）　四位91
通時（平）　五位340
通守（源）　続大納言84
通重（源）　大臣88
通俊（藤）　中納言23、続中納言4
通助　続僧正67
通親（源）　大臣39、続大臣48
通成（源）　大臣63、続大臣40
通清（源）　五位225
通宗（藤）　四位84
通相（源）　大臣103、続大臣21
通忠（源）　大納言62
通忠女　庶女360
通定（清）　続五位以下150
通藤女　続庶女23
通能（源）　四位126、続四位74
通敏（源）　続参議26
通方（源）　大納言50

通房（藤）大納言20
通房室　庶女120
通有（源）四位213
通雄（源）大臣93
通陽門院　続女院11
通頼（藤）五位87
土御門内大臣　→通親（源）
土御門天皇　帝王33、続帝王15
土御門右大臣　→師房（源）
土御門入道内大臣　→通成（源）
土御門御匣殿　庶女141

て

定家（藤）中納言48、続中納言2
定雅（大中臣）六位64
定雅（藤）大臣59
貞懐（大江）五位444
定家母　庶女296
貞煕（平）五位396
定季（源）五位115
定久（賀茂）続散二三位57

定経（藤）参議28
貞憲（藤）四位122
定兼（藤）四位253
貞元親王　親王3、異546
貞康（三善）五位392
貞行（源）五位435
貞行（平）続五位以下246
貞広（大江）五位337
貞国（平）続五位以下225
貞子（小八条御息所）女御5
貞資（藤）五位497
貞資（平）五位394
定嗣（藤）続中納言58
定子　后宮8
定資（藤）中納言75、続中納言32
貞時（平）四位219
亭子院　→宇多天皇
貞樹（小野）五位2
貞秀（平）続五位以下148
貞重（大江）五位301、続五位以下19
貞俊（惟宗）続四位116

貞俊（平）五位367
定信（源）五位149
定親（藤）続参議22
貞信公　→忠平（藤）
貞数親王　親王4、続親王15
貞世（源）五位436、続五位以下50
定成（坂上）五位117
定成（藤）四位252
定成（藤）五位198
貞成親王　続親王37
貞宣（平）五位361・418
定宣（賀茂）五位398、続四位112
貞宗（平）五位375
定宗（源）四位132
定宗（藤）参議68、続中納言17
貞泰（源）五位437
貞忠（藤）五位368
定忠（大中臣）散二三位70
定忠母　庶女484
貞長（祝部）五位406
定長（大中臣）四位97

定長（藤）参議27
定長（藤）五位459
貞直（平）五位400・416
定通（源）大臣54
定通（藤）五位159
貞文（平）五位26・377、続五位以下74
定方（藤）大臣2、続大臣50
定房（源）大納言31
定房（藤）大臣87、異550
貞房（平）五位341
定方女　続庶女111
貞保親王女　女王4
定輔女　庶女158
貞頼（源）五位443
定頼（藤）中納言16、続中納言18
定頼母　庶女116
定頼女　庶女122・310
貞亮（源）四位88
伝教大師　化人5、続化人1
天智天皇　帝王1
恬子内親王　内親王3

天暦贈太皇太后宮　→安子
天暦中宮　→安子

と

登（貞）五位5
等（源）参議6
道意　僧正78
道意　続僧正17・58（道基）
道因　凡僧94、続凡僧45
洞院摂政　→教実（藤）
道英　続凡僧97
道円　凡僧150
道応　続凡僧102
道家（藤）執政18、続執政9
道我　僧正81、続僧正9
道雅（藤）散二三位5
道覚法親王　親王29、続親王29
道雅女　庶女99
冬基（藤）大納言80
棟義（源）続五位以下183
道喜　続凡僧115

道基　凡僧207
道基（僧正）→道意（僧正）
道義　凡僧215
道煕法親王　親王65
冬教（藤）執政39、異550
道教（藤）執政42
道慶　僧正34、続僧正41
道暁　続凡僧78
道洪　凡僧163、続凡僧56
藤経（源）五位492、続五位以下48
藤経（藤）続五位以下176
道経（藤）五位150・257（通経）、続五位以下118、異550　→蓮寂
道兼（藤）執政7、異547
道賢　凡僧255
道玄　僧正36、続僧正40
道元　続凡僧100
湯原王　諸王5
冬綱（藤）四位255
道綱（藤）大納言27
道綱母（右大将―）庶女90

棟国（津守）　四位223、続四位64
藤三位　一二三位9
冬嗣（藤）　大臣8
藤子（従三位）　一二三位20、続一二三位5
冬時（大江）　続五位以下185
当時（源）　中納言52
道嗣（藤）　執政47、続執政7
道…　→通…も見よ
等持院贈左大臣　→尊氏（源）
冬氏女　庶女487
当純（源）　五位21
道潤　僧正56
道順　僧正53、続僧正42
道勝　続凡僧118
道昌　続凡僧95
道昭　僧正68、続僧正30
道性　僧正55、続僧正38
道性法親王　親王19
道成　続凡僧110
道清　法印13
道生　凡僧161
道助法親王　親王26、続親王13
冬信（藤）　大臣100
東人（置始）　不知官位13
東人（中臣）　四位1
道信（藤）　四位42、続四位9
道深（二品法親王—）　続親王44
道甚　凡僧239、続凡僧52
冬信母　庶女508
道真母　庶女91
藤清（藤）　四位326
道済（源）　五位92、続五位以下5
道成（源）　四位59
道政　凡僧262
道誓　凡僧241
道全（藤原行房）　凡僧228
道知　続凡僧82
冬忠（藤）　大臣70
棟仲（平）　五位110
冬長（藤）　続五位以下136
道長（藤）　執政9、続執政28、異547
道朝（二品法親王—）　続親王43
道珎　僧正71
冬通（藤）　大納言100
冬定（藤）　中納言109、続中納言26
道然上人　凡僧154
道風（小野）　四位25
登平（源）　五位190
冬平（藤）　執政32、続執政1
道平（藤）　執政33、続執政15
道輔（藤）　散二三位76
道宝　僧正43
道命　凡僧28、続凡僧8
藤茂（藤）　五位502、続五位以下93
道瑜　僧正64
道雄　続凡僧131
道誉　続凡僧153
冬頼（藤）　五位449
統理（藤）　五位142
冬隆（藤）　四位248
棟梁（在原）　五位11
道良（藤）　大臣58

道良女　庶女359、続庶女25
登蓮　凡僧79、続凡僧42
常磐井入道前太政大臣　→実氏（藤）
篤行（平）　五位28
篤子内親王　后宮19
徳大寺左大臣　→実能（藤）
徳大寺入道前太政大臣　→実基（藤）
徳大寺入道前太政大臣女　→実基女
土左　庶女62
土左内侍　庶女208
刀自子　庶女59、続庶女126
主殿（四条太皇太后宮）　庶女495
鳥羽天皇　帝王20
富小路右大臣　→顕忠（藤）
頓阿　凡僧200、続凡僧7
敦家（藤）　四位112
敦経（藤）　四位129
敦慶親王　親王7
敦兼（藤）　四位154
敦賢親王　続親王34
敦光（藤）　四位100
敦実親王　親王8
頓乗　凡僧273　→俊顕（藤）
頓宗　続凡僧80
敦仲（藤）　五位211
敦忠（藤）　中納言7、続中納言36
敦忠母　庶女33
敦道親王　親王23、続親王32、異546
敦敏（藤）　五位55
敦輔王　諸王3
敦有（源）　参議66、続参議12

な

内経（藤）　執政38、続執政5
内侍（永福門院）　庶女393、続庶女8
内侍（京極院）　庶女347
内侍（皇后宮）　庶女456
内侍（前斎宮）　庶女233・239、異552
×内侍（前中宮）　庶女37
内侍（中宮）　庶女176
内実（藤）　大臣81、続大臣10
内大臣　→実時（源）
内大臣　→通相（源）
内大臣室　→公清室
長岡左大臣　→永手（藤）
中務　庶女30、続庶女7
中務　庶女133（齋院）・479（選子内親王家）
中務典侍　庶女144
中務内侍（院）　庶女397
中務命婦　庶女341
中院右大臣　→雅定（源）
中院前太政大臣　→通雄（源）
中院前内大臣　→通基（源）
中院入道前内大臣　→通重（源）
中御門右大臣　→宗忠（藤）
靡（傀儡）　庶女253
南院式部卿のみこのむすめ　→貞保親王女
×南松女　庶女70

に

西三条右大臣　→良相（藤）

西宮左大臣　→高明（源）
西宮左大臣室　→高明室
二条　庶女7
二条（永福門院）　庶女409
×二条皇后宮　后宮18
二条天皇　帝王25、続帝王19
二条后　→高子
日蔵上人　凡僧112
入道前太政大臣　→公賢（藤）
入道前太政大臣女　→公守女
入道前内大臣　→満季（藤）
入道内大臣　→公秀（藤）
如円　凡僧164、続凡僧17
如願　凡僧119、続凡僧5
如空上人　凡僧210、続凡僧61
女蔵人内匠　庶女284
女蔵人二条　庶女423
女蔵人兵庫　庶女98
女蔵人三河　庶女97
女蔵人万代　庶女440、続庶女66
如月　続凡僧139

如舜　続凡僧12
如浄　凡僧231　→秀長（藤）
如法三宝院入道前内大臣　→通顕（源）
如雄　凡僧251、続凡僧22
仁覚　僧正6
仁教　僧都2
仁杲　続法印52
仁俊　凡僧227
仁昭　凡僧80
仁上　凡僧100
仁澄　僧正70
仁徳天皇　帝王26
任弁　法印55
仁明天皇　続帝王29
仁祐　律師10

ぬ

額田王　諸王6、続諸王1

ね

念阿　凡僧217、続凡僧70

の

能因　凡僧35、続凡僧46
能運　続僧都7
能円　法眼17
能海　法印44
能喜　法眼27
能賢　続法眼11
能元（橘）　五位169、六位55
能子（藤）　女御18　→大将御息所
能信　法印69
能信（藤）　大臣23
能清（藤）　参議46、続参議16
能盛（藤）　五位229　→能蓮
能宣（大中臣）　四位35、続四位3
能通（藤）　四位51
能有（源）　大臣1
能誉　凡僧202、続凡僧25
能蓮　凡僧111　→能盛（藤）
野宮左大臣　→公継（藤）

は
禖子（従一位）一二三位1
禖子内親王　内親王12、続内親王4
博雅（源）散二三位83
博道　凡僧196
八条大君　庶女86
八条太政大臣　→実行（藤）
初若（遊女）庶女413
花園左大臣　→有仁（源）
花園天皇　帝王48、続帝王13
波羅門僧正　化人2
範永（藤）四位71、続四位54
範永女　庶女162
範空上人　続凡僧90
範兼（藤）散二三位18、続散二三位27
範憲　僧正58
範玄　僧正17
範行（藤）六位82
範光（藤）中納言51
範綱（藤）五位202
範秀（藤）六位77、異550
範重（藤）四位235
万秋門院　女院10、続女院4、異552
範政（源）続四位127
範宗（藤）散二三位38、続散二三位43
範忠（藤）四位188
範貞（平）五位332・420
範藤（藤）散二三位73
範輔（平）続中納言56
繁茂（平）五位256
鑁也　凡僧123
範隆（橘）六位88

ひ
日吉　神明9、続神明3
日吉聖真子　神明17
檜墻女　庶女82
東三条院　女院1
東三条左大臣　→常（源）
東三条入道摂政　→兼家（藤）
肥後（京極前関白家）庶女193、続庶女45
肥後国僧　凡僧27
美材（小野）五位12
肥前（前齋院）庶女221
備前（近衛院）庶女501
備前（宗尊親王家）庶女354
×常陸（前斎宮）庶女222　→甲斐（前中宮）か
常陸（二条院前皇后宮）庶女271
常陸乳母　続庶女134
百世（大伴）五位58
兵衛　庶女20
兵衛　庶女29
兵衛　庶女426
兵衛（待賢門院）続庶女11
兵衛（上西門院）庶女240、続庶女26
×兵衛（上東門院）庶女506
兵衛督（達智門院）庶女453（皇后宮）、続庶女105（達智門院）
兵衛督（新院）庶女458
兵衛佐（新陽明門院）庶女367
兵衛佐（崇徳院）庶女434

兵衛佐（東二条院）庶女351
兵衛内侍　庶女139、続庶女42
兵衛内侍（順徳院）続庶女117
広河女王　女王8
広幡左大臣　→顕光（藤）
広幡御息所　→計子
枇杷皇太后宮　→妍子
枇杷左大臣　→仲平（藤）
敏延母（橘ー）庶女100
敏行（藤）四位5、続四位69
敏仲（橘）五位54

ふ

浮（源）五位42
扶幹（藤）大納言3
福照院関白左大臣　→満基（藤）
富家入道関白　→忠実（藤）
普賢菩薩　続仏陀2
普誥　続凡僧92
普光園入道前関白　→良実（藤）
孚子内親王　内親王7

伏見天皇　帝王43、続帝王6
武忠（大膳）五位173、異550
仏国禅師　凡僧230、続凡僧64
文幹（紀）五位62
文時（菅）散二三位1
芬陀利華院前関白内大臣　→内経（藤）
文範（藤）続中納言52

へ

平子（内侍）庶女60
平城天皇　帝王3
別当　庶女417　→冷泉（花園院）
別当（院）庶女488
別当（皇嘉門院）庶女261、続庶女69
別当（二条太皇太后宮）庶女227
弁基　凡僧120
弁斅　法印104
遍救　僧都10
遍昭　僧正1、異551
弁内侍（後深草院）庶女334、続庶女72、異552
弁乳母　庶女147、続庶女44

ほ

保胤（慶滋）五位80
輔尹（藤）四位32・54　→佐忠（藤）
法円上人　凡僧33
法皇　→光厳天皇・光明天皇
報恩院入道前関白左大臣　→忠教（藤）
房観　法印81、続法印19
伯耆大山　仏陀2
房経（藤）続大納言57
房継（度会）五位464
方見（大伴）不知官位6
法源　凡僧238
望行（紀）六位21
房厳　僧都33
芳子（女御藤ー）女御15（宣耀殿女御）・19
房子（従三位）一二三位17
褒子（京極御息所）女御4
房実（藤）執政35
法守（入道二品親王ー）親王56、続親

王4
宝城　続凡僧151
望城（坂上）五位66
法成寺入道摂政　→道長（藤）
坊城内大臣　→実宗（藤）
邦正（源）四位30
邦省親王　親王45、続親王3
邦世親王　親王68、続親王12
房前（藤）大臣67、異548
邦長（源）四位217、続四位35
房平（藤）続大臣75
宝蜜　続凡僧151
峯雄（上野）六位15
邦祐（鴨）五位470
保季（藤）散二三位32、続散二三位50
保憲女　庶女478、続庶女95
保光（源）続中納言57
保綱（源）続五位以下226
輔弘（大中臣）五位129
輔弘母　庶女216
輔時（紀）六位40
保実室　庶女200・205（実信母）
保昌（藤）四位58
輔昭（菅）五位79
輔親（大中臣）散二三位4、続散二三位30
輔仁（藤）五位43
輔仁親王　親王16、異546
輔相（藤）六位41、続五位以下47
菩提寺柱虫喰哥　仏陀3
法性寺入道関白　→忠通（藤）
穂積親王　親王59
保能（藤）五位362
堀川（摂政家）庶女243
堀河（待賢門院）庶女196・498（二条太皇太后宮）、続庶女48　→六条（前斎院）
堀河院中宮　→篤子内親王
堀川右大臣　→頼宗（藤）
堀河右大臣母　→高松上
堀川左大臣　→俊房（源）
堀河中宮　→媓子
堀河天皇　帝王19
堀河女御　→延子
本院贈太政大臣　→時平（藤）
本院右京　庶女47
本院蔵　庶女45
本院侍従　庶女44、続庶女89
本院兵衛　庶女46
本康親王　親王27
梵燈　続凡僧150　→師綱（勝部）
本如　凡僧220

ま
町尻ノ子　庶女411
松殿入道関白　→基房（藤）
万里小路右大臣　→公基（藤）
満意　続僧正65
満基（藤）続執政37
満季（藤）続大臣74
満元（源）続四位117
満済　続僧正61
満親（藤）続大納言74
満親（藤）続五位以下169

満政（源）　続五位以下212
満誓　凡僧14、異551
満詮（源）　続大臣68
満仲（源）　四位33
満輔（藤）　続執政36
万雄（難波）　六位19
満祐（源）　続五位以下207

み

御形宣旨　庶女287
三河（宗尊親王家）　庶女389
三川（法性寺入道関白家）　庶女235（摂政家）・279
三河内侍　庶女263（二条院）・431、続庶女28（二条院）・96
御匣（式乾門院）　庶女325、続庶女15
御匣（新室町院）　庶女481
御匣（枇杷皇太后宮）　庶女428
御匣殿（堀河院中宮）　庶女207
三国町　庶女13
三人翁　不知官位3
陸奥　庶女12
陸奥（皇太后宮）　庶女161
美乃（皇后宮）　庶女234
美作（皇后宮）　庶女170
美作三位　一二三位7
宮木（遊女）　庶女172
明雲　僧正14
妙音院太政大臣　→師長（藤）
明快　僧正4、異551
明魏　続凡僧140
明教　凡僧157
明玄　凡僧224
妙宗　続凡僧76
明尊　僧正22
明通　凡僧233
妙藤　続凡僧128
命婦乳母　庶女131
民部卿（岡屋入道前摂政家）　続庶女123
民部卿（後一条入道前関白家）　庶女348
　→帥（鷹司院）
民部卿典侍（後堀河院）　→因子
民部内侍　庶女256

む

武蔵　庶女52
武蔵（上西門院）　庶女314
夢窓国師　凡僧229、続凡僧32
村上天皇　帝王9、続帝王22、異545
紫式部　庶女124、続庶女82

め

明兼（坂上）　五位194
明賢（源）　四位114
明衡（藤）　四位69
明子（典侍）　庶女57
×名実（清原）　六位36　→諸実（清原）の誤りか
名実（矢田部）　六位8
明親（大中臣）　五位230
明頼（高階）　五位178

も
茂重（大江）　五位325、続五位以下37
茂成（和気）　続四位130
文智　凡僧226
文武天皇　帝王2、異545

や
八代女王　女王6
山口女王　女王7
山階入道前左大臣　→実雄（藤）
山田　凡僧13、続凡僧49
山田中務　庶女127
大和（敦慶親王家）　庶女305
大和宣旨　庶女149
倭大后　后宮17
山本入道前太政大臣　→公守（藤）
山本入道前太政大臣女　→公守女

ゆ
唯円　続凡僧112
唯教　凡僧168

融（源）　大臣6
有安（中原）　五位212
雄運　続凡僧155
猷円　法印11
有家（藤）　散二三位30、続散二三位20
祐夏（鴨）　五位366、続五位以下44
祐夏（中臣）　五位447
祐家（藤）　中納言34、続中納言19
有雅　続法印48
有基（津守）　五位199
有季（文屋）　六位13
遊義門院　女院8
祐挙（平）　五位76
有教（源）　散二三位41
有慶　僧都21
有業（藤）　五位166
有教母　庶女217　→忠教室
有教女　庶女361
夕霧（中院右大臣家）　庶女315
友景（中原）　五位252
祐賢（中臣）　五位281

有光（源）　中納言104、続中納言9
有好（藤）　五位38
有高（藤）　六位80、続五位以下114
有杲　僧都25
祐光（鴨）　四位310
有佐（藤）　四位96
×祐視（中臣）　五位390　→祐親（中原）の誤りか
有時（藤）　五位60
祐治（鴨）　四位292
木綿四手（高陽院）　庶女338
祐守（鴨）　五位473
祐春（中臣）　四位216
雄舜　凡僧265、続凡僧55
有淳　律師22
有助（御春）　六位7
祐性　続僧都15
有常（紀）　四位3
有常女　庶女21
祐殖（中臣）　五位403、続五位以下64
有信（藤）　四位106

有親（藤）　五位96
祐臣（中臣）　五位331、続五位以下115
祐親（中臣）　四位247
有仁（源）　大臣25
有世（安倍）　続散二三位70
有政（源）　五位184
祐世（鴨）　四位232
祐世（中臣）　五位386
祐盛　凡僧85、続凡僧73
幽仙　律師1
有禅　法橋4
有宗（源）　続四位122
雄宗（下野）　六位27
友則（紀）　六位4、続五位以下24
幽提　続凡僧141
×友忠（藤）　五位161　→為忠（藤）の誤りか
有仲（源）　五位235
有忠（源）　中納言79、続中納言24
有長（源）　四位165、続四位20
×有貞（藤）　四位12

有定（藤）　五位177
祐敦（鴨）　四位284
祐任（中臣）　五位463
有範（藤）　散二三位94、続散二三位38
有文（藤）　五位32
有朋（紀）　五位10
有房（源）　大臣84、続大臣30、異548
有房（源）　四位136・146
有房（源）　五位207、続四位82
祐茂（中臣）　五位276
祐隆（清原）　五位183
有仁室　庶女260

よ

耀空上人　凡僧253
耀清　法印21
陽成天皇　帝王5、異545
養徳院贈左大臣　→満詮（源）
陽明門院　女院3
節折（前斎宮）　庶女460
吉田前内大臣　→定房（藤）

ら

頼（源）　六位35
頼印　続僧正53
頼益（源）　続五位以下218
頼英　続法眼10
頼円　凡僧101
頼遠（源）　五位472、続五位以下75
頼家（源）　四位74
頼家母　庶女135
頼基　僧都14
頼基（大中臣）　四位44、続四位23
頼基（藤）　散二三位69
頼慶　凡僧43
頼業（藤）　続五位以下230
頼景（藤）　五位266・351
頼兼（藤）　続五位以下175
頼験　僧都37
頼元（源）　続五位以下157
頼言（源）　続五位以下181
頼言（高岳）　五位100
頼光（源）　四位41

頼孝（藤）六位59
頼康（源）五位479、続五位以下20
頼綱（源）四位52
頼氏（藤）散二三位42
頼氏（藤）六位83
頼資（源）続五位以下194
頼資（藤）中納言57
頼之（源）五位494、続四位59
頼時（藤）五位475
頼実（源）六位47
頼実（藤）大臣38、続大臣26
頼時女　庶女518、続庶女50
頼秀（三善）続五位以下191
頼重（大江）五位269、続五位以下15
頼俊　続法印40
頼俊（源）五位124
頼春（源）四位334、続四位60
頼舜　法印49
頼成（中原）五位119
頼成（藤）五位431
頼政（源）散二三位16、続散二三位1

頼清（藤）四位263、続四位41
頼成女　庶女185
頼宗（藤）大臣19、続大臣45
頼泰（藤）四位280
頼泰（平）五位286
頼仲　僧正98、続僧正33
頼仲（源）続五位以下149
頼忠（藤）執政5、続執政21
頼朝（源）大納言43
頼通（藤）執政10、異547
頼貞（源）五位343、続五位以下30
頼女　庶女68
頼範女（藤）庶女372
頼保（藤）五位196
頼輔（藤）散二三位23、続散二三位18
×頼方（藤）中納言58
頼豊（源）続五位以下215
頼輔母　庶女277　→忠教室
頼隆（源）五位468、続五位以下49

り

利春（高向）五位31
利貞（紀）五位8
理平（三統）四位141
隆縁　凡僧77
隆縁　続僧都9
隆淵　法印85、続法印4
隆家（藤）中納言14
隆覚　凡僧58
隆覚　続律師8
隆季（藤）大納言28、続大納言39
隆教（藤）散二三位72、続散二三位16
×隆経　続僧正46
隆経（藤）四位73
隆源　続僧正63
隆源　凡僧55
隆康（藤）参議48
隆綱（源）参議13
隆衡（藤）大納言48
隆国（源）大納言11
隆氏（藤）四位282

隆資（藤）五位120
隆時（藤）四位145
隆俊（藤）中納言66
隆勝　僧正92
隆昭　律師16
隆聖　律師13
隆信（藤）四位124、続四位6
隆親（藤）大納言51、続大納言45
隆親（藤）五位218
隆成（藤）五位134
隆清（藤）四位301
隆専　凡僧149
隆泰（源）五位409
隆朝（藤）散二三位85、続散二三位37
隆長（藤）中納言91、続中納言25
隆直（藤）続大納言71
隆博（藤）散二三位59、続散二三位23
隆弁　僧正28、続僧正22
隆方（藤）四位80
隆房（藤）大納言39、続大納言26
隆明　僧正27

隆祐（藤）四位175、続四位2
隆頼（惟宗）六位57
隆良（藤）中納言81
陵阿　続凡僧154
良印　法印28
良尹（藤）続四位99
了雲　凡僧199
良雲　僧都40
量夏（津守）続五位以下192
良海　僧正94
良覚　僧正41、続僧正26
良喜　凡僧90
良基（藤）執政45、続執政6
良基（藤）参議14
良教（藤）大納言64、続大納言36
良空上人　凡僧260
良経（藤）執政16、続執政4
良経（藤）四位64
良兼　法印70
良兼（清）続五位以下163
良憲　律師25、続僧正16

良香（都）五位4
良算　法印18
良実（藤）執政21、続執政14
良守　法印19
良種妻　庶女101
良春　続僧都14
良聖　僧正86、僧都46
良助法親王　親王41
良信　僧正61、続僧正19
良心　凡僧167、続凡僧63
梁清　続法印39
良勢　凡僧39
良成（高橋）六位48
良清（藤）五位210
良仙　僧都27
良暹　凡僧47、続凡僧59
良宋　僧正73、法印52、続僧正36
良相（藤）大臣51
良通（藤）大臣41
良弥　法眼14
良冬（藤）大納言107、続大納言58

了然上人　凡僧179
良平（藤）　大臣48、続大臣41
良平女　庶女344
良宝　法印38
良房（藤）　執政1、異547
良名（物部）　六位23
良瑜　続僧正44
良利（橘）　不知官位12
旅人（大伴）　大納言41、続大納言43
倫円　僧正16
琳賢　凡僧65
倫子（源）　准后2、異552
倫寧（藤）　四位47

れ

麗景殿女御　→荘子女王
麗子（源）　准后1
冷泉（花園院）　庶女474、続庶女75　→別当
冷泉院太皇太后宮　→昌子内親王
冷泉前太政大臣　→公相（藤）
冷泉天皇　帝王21、続帝王26
列樹（春道）　六位9
蓮阿　凡僧140
廉義公　→頼忠（藤）
廉子（従三位）　一二三位12
蓮寂　凡僧76、異551　→道経（藤）
蓮生　凡僧127、続凡僧58
蓮上　凡僧110
廉仁王　続諸王2
蓮智　凡僧267
蓮仲　凡僧41
蓮道　続凡僧125
連敏　凡僧37

ろ

鹿苑院入道前太政大臣　→義満（源）
六条（前斎院）　庶女223、異552　→堀河（待賢門院）
六条（八条院）　庶女283
六条右大臣　→顕房（源）
六条右大臣北方　→顕房室
六条太政大臣　→頼実（藤）
×六条内侍　続庶女103
六条内大臣　→有房（源）

わ

若水（皇太后宮）　庶女272
和義（源）　四位318・335、続四位45
和氏（源）　五位432、続五位以下58
童木　庶女165

終　章

最後に各章の内容につきまとめ、今後の展望について記す。

第一部では、鎌倉後期から南北朝中期までの、この時期に成立した勅撰和歌集に対する、朝廷・幕府の要人の対応について考察した。

勅撰集は国政上の序列秩序を体現する。その権威は言うまでもないが、同時に各方面の圧力のうちで撰集を進めなければならないことを意味している。とくに武家政権を強く意識せざるを得ない。第一章は続後拾遺集を題材に論じた。十三代集でも話題になる機会が少ない集であるが、歌道家がそうした方面に対応するノウハウ——撰集故実が既に備わり、かつ朝幕の軋轢が嵩ずるさなかに成立している。撰集に直接関わる史料は乏しいが、本文の異同に分け入り、この時期に成立した勅撰作者部類を援用することで、意外な内実に肉迫できる。

ここで、和歌史で存在感を増してくる「武家歌人」とはいかなるものか、その規準を勅撰集の秩序に求めた。「武士」の定義も議論百出であるが、五位と六位の区分に着目すると理解しやすい。勅撰集は明確に五位の諸大夫以上を撰歌の対象として、六位の侍を排除していた。秩序の変調をもたらす武士の増加とは六位やその遁世後の姿である凡僧の進出であるといってよい。そして有力な得宗被官（依然として六位に過ぎない）——安東・塩飽・長崎・尾藤の諸家がいずれも歌道を嗜み、この集に名を止めていること、まさに当時の幕府政治を壟断していただけに、重大である。得宗被官の出自身分や社会的評価についての史料は必ずしも多くはないから、こうした割り出しは政治史にも資するところがあろう。

なお、この集だけの問題ではないが、勅撰集の本文研究がまだ途上であることも明らかである。勅撰集の伝本はまず和歌の有無を目安に系統を立てることが常道であるが、十三代集では複数の本が書写に用いられて本文が混淆することが多く、問題ある箇所は必ずしも系統分類と連動させずに諸本を参照することが必要である。ことに作者表記は微細な異同でも影響が大きい。

第二章は、玉葉集の撰者をめぐる二条為世と京極為兼との相論を追ったもので、朝廷・幕府を巻き込んで数十年にわたったが、そこに「徳政」思想の影響を見たものである。徳政とは世を淳素に回帰させる善政のことであるが、社会構造が変動し閉塞感の増す鎌倉中後期、公武の政治家は世襲を楯にする「譜代（重代）」の権利を一旦リセットし個人の「器量」を優先することが徳政と考え、人材の登庸や権益をめぐる係争では自ら裁断するシステムを整えた。為世・為兼も公家政権の訴訟の手続きに従って、伏見院のもとで三問三答の応酬を交わしたのである。とはいえ、この「器量」は必ずしも個人に備わる才能ではなく、主として二人の祖父為家からいかに嘱望されていたかを言い募るものであった。正しく父祖の庭訓を継承していることも「器量」の一つであるから、実は譜代の価値は不変である。そうなれば嫡流庶流の別も相対的なものに過ぎない。伏見院の支持する為兼の勝訴は分かりきったことであり、白熱する訴陳に同時代の歌壇は冷ややかであった。「器量」に一定配慮する姿勢を見せても、「徳政」の実態は治天の君や得宗に権力が集中する専制政治であったし、そもそも和歌のような芸道に訴陳などなじまないはずが、それでもこの手続きに固執したのは時代がいかにこの「徳政」思想に自縛されていたかを示す。社会状況は上からの改革などではいかんともし難いほど混迷を深めており、理想は理想に過ぎず、研究には醒めた視線が求められる。

第三章では南北朝動乱のまっただ中で成立した新千載集を取り上げた。国文学研究者の関心は低調であるが、その下命が「武家執奏」による先例を開いたことで、勅撰集の歴史のみならず、公武関係史の転換の象徴とみなされる。まず、その経緯を補完する史料を紹介した。冷泉門の武家歌人斎藤道恵が、恐らく為秀に対して、自らはこの集への入集を辞退することを訴えた申状である。道恵は鎌倉幕府奉行人の生き残りで、当時は駿河守護今川範国に仕えていた。こういった奉行人は右筆の職務柄、文学を嗜む人が目立つ。両幕府や六波羅で重用された斎藤氏はことに顕著であり、二条派歌人が輩出したが、新たに冷泉門の歌人を加えることになった。

道恵は後に冷泉派の闘将として活動した今川了俊の先蹤としても興味深い。かねて為秀や了俊は新千載集に入集していないことが注意されていたが、この申状によって、門弟らに突き動かされた結果であることが推定できる。それにしても歌道師範家の人間が勅撰集に背を向けた事実は重く、冷泉家の一種の運のなさもこういう所から生じたのであろう。実は新千載集の撰進にいそしむ二条家でも、門弟の頓阿らが縦横に力を振るっており、歌道師範家の人材枯渇を予感させる。

第二部では南北朝後期から室町前期、長らく歌壇に君臨した二条家の衰頽と断絶、冷泉家の逼塞、飛鳥井家の興隆という、歌道師範家交替の過程を論じた。足利義満ら室町殿が公武社会に君臨するようになった時期であるが、この時期は意外に史料が乏しく、まだ隠れている事実は多いことと思われる。

歌道師範家にとって古今集の講義伝授は、勅撰集撰進とならぶ家学の主柱である。南北朝期には二条（宗匠）家説を祖述した浄弁・元盛・行乗など門弟の注が依然スタンダードであるが、北畠親房・四辻善成・了誉聖冏・子晋明魏らも注釈をまとめ、歌道師範家とは縁のない人物が手を染め始めた傾向が看取できる。第四章ではその時期に成立した二条為忠の序注を論じた。戦乱のなかで南北両朝を往来し、さらに有力守護大名のもとを渡り歩く蹉跌を繰り返しながらも歌道師範らしさを失わなかった人である。

為忠序注は歌道師範自らの手になることで価値を持つが、戦国期になって注目されるのも、既に断絶していた二条家の説を伝えると目されたからであろう。宗祇流の注が主流となる中で、浄弁注や六巻抄とともに為忠序注は曼殊院蔵古今伝授資料のうちに伝来していたことを海野圭介氏に教示いただいたので、これを活かした。また慶應義塾大学図書館蔵本（「古今和歌集序注首欠」）も為忠序注の一本であり、この点も修正した。

第五章では、二条為右・下冷泉持為の歌壇からの退場を、それぞれ未紹介であった公家日記の記事に基づいて考証した。為右の刑死はスキャンダルであったが、他に男子がいたのに二条家が遂に復興しなかったのは、常光院流・飛鳥井家に主導権が移り、定家の子孫という権威さえ冷泉家に奪われていたせいであろう。その冷泉家もまったく精彩を欠く。飛鳥井家が最終的に勅撰集の撰者となったものの、やはり二条家に比して実績の懸隔があり過ぎた。第六章は、飛鳥井家の家学の形成、具体的には雅縁の事績に焦点を当てた。書物を愛し才能に富んだ雅縁であるが、ほとんど独自の見解を持たず、むしろそれを培う段階であった。そして二条家という俊成・定家の遺産を独占した一門が居なくなり、飛鳥井家もさしたる見識を持たないとすると、真作・偽作取り混ぜた歌書類が世に出て来ることになる。たとえば百人一首が知られるのもまさにこの時期で、実力名望はあっても所詮は門弟筋に過ぎない常光院流の歌人が、定家に直接つながるテキストに注目するのはよく分かる。歌学史・歌論史でもこの空白期に焦点を当てた研究はもっとあってよい。第七章は飛鳥井雅孝の蔵書目録断簡の考証で、これまで縷記してきた歌道師範家の活動実態を窺わせる稀有の資料である。雅経・教定・雅有・雅孝の四代、ことに後二代の活動が刻み込まれており、さらに分類・排列や注記の法則を理解することで、掲げられた典籍・文書の年代内容を推定することも可能となり、いわゆる目録学的な分析にも堪える。

室町中期以後も歌道師範家は存続するものの、少なくとも前代のような主導権を喪失した。勅撰和歌集の伝統も飛鳥井雅親が命を受けた寛正勅撰の挫折を経て、十五世紀末には絶えた（最後まで存命していた勅撰歌人も延徳二年〔一四九〇〕に没した雅親なのではないか）。応仁・文明の乱では、飛鳥井家・冷泉家の和歌所も焼失した。そのような中で、歌書を蒐集し管理し、さらに撰集を編纂する主体は、それまでパトロン的地位であった武家へと移っていった。生み出された撰集の多くは、当代の歌人の作ではなく、古歌や名所和歌を対象とした類題集であり、流布は限定されるものの、極めて盛んに行われた。

最も注目されるのは、文明十五年（一四八三）二月に始まる、室町幕府九代将軍足利義尚による室町殿打聞の試みである。義尚の早世により完成に至らず終わったが、これが勅撰集を目指していたのか議論がある。当初は現存者のみを対象にしていたが、義尚が古歌への理解を深めた故に（同年十月に新百人一首を自撰）、故人の詠も集めることになっており、何より手続きを経ていないから（准勅撰の綸旨を得る可能性はあるが）、たとえ完成しても勅撰に数えられることはなかったであろう。「室町殿（御方御所をかやうニ申候）ニハ打聞集を御自撰分候、自終（始カ）悉皆之事ハ我らを御たのミ候と被仰候間、細々事ハ不祇候候、今少沙汰よせられ候て悉意見を申入へきにて候[1]」とあるように、雅親は撰歌が形を取ってから顧問に預かることになっているだけで、撰歌の主体はあくまで室町殿自身であった。

この打聞では、いかなる資料が必要とされ集められたか、どのような過程で撰歌を進めるか、撰定衆となった廷臣たちの日記によって具体的な手順が判明する。勅撰集編纂に関する史料の僅少さに比しても異様であるが、歌道師範家の出身ではない故に進んで記録を遺したのであろう。

ところで、書物の本文の伝来を知り原態に遡源する文献批判において、ある時点で存在した書物を列挙した目録は極めて有用である。ところが、和歌は早くからジャンル意識が確立していたわりに、こうした目録が乏しい。

歌道師範家では、勅撰集の資料となる私家集・詠草類について必ず目録類を編纂していたはずであるが、なぜかほとんど残らず、前記第七章で紹介した断簡が貴重とされる所以である。但し私家集については、この時期に禁裏・宮家・将軍家などで目録（とはいえ整備されたものではなく蔵書点検用の手控えに近い）あるいは蔵書に関する情報が散見され、当時存在した家集をかなり網羅していると推測される。そこで第三部ではこうした史料を整理し、現存の伝本と比較することで、かつて存在した私家集群の形成に遡及し、歌書の文献学的研究に資することを目指した。

第八章は起点で、「伏見殿家集目録」の名で知られる目録が、前記義尚の室町殿打聞のために伏見宮から提供された家集の目録であり、それは鎌倉後期の伏見院の治世、永仁勅撰の議にあたり蒐集され、持明院統・伏見宮へと伝来した大きな私家集コレクションの一部であることを突き止めた。これを受けた第九章は、実際に中古中世の私家集の本文のうちに、伏見院宸筆ないしその周辺で書写された本の痕跡を探ったものである。この結果、定家本・資経本などに伍する私家集群として、伏見院本があったことが分かった。

なお、伏見院宸筆の歌書は貴顕の間では珍重され、贈答品として用いられている。直系の子孫である伏見宮には厖大なストックがあり、あたかも銀行の通貨のように供給され、室町社会に流通していた。そこで中古歌人の私家集は歌数も少なく一帖で独立しており、贈答にはもってこいであった。しかしさしもの伏見宮の蔵書も戦国期には地方の大名・国人にまで流れていき、遂に払底するのである。私家集のコレクションが解体して目録さえとどめないこと、あるいは予想もつかない伝来をする理由の一端はこのようなところに求められるかも知れない。

足利義尚が自身の打聞にあたり、右の伏見宮蔵書のほか、あちこちの権門から私家集を蒐集し、書写させていたことは既に指摘され、検討もされている。そこで第十章では、義尚がどのような手順で私家集を書写し、活用したかを考察した。若くて精力的な義尚は人使いも荒かったが、それだけに歌書を蒐集していった手続きが廷臣の証言により浮き彫りになる。この組織的な書写活動は単に義尚個人の和歌好尚という問題ではない。史料の空白ゆえ見過ごされてきたが、義満・義教・義政にも認められ、室町殿の文化事業として評価すべきである。たとえば、この過程では禁裏よりも門跡の蔵書が活用された。仁和寺御室は義教に多数の典籍を提供し、本朝書籍目録は必要書目のチェックに利用された。足利氏の子弟との関係が深い実相院の蔵書からは義政の命により枕草子三巻本が書写され、後世流布の発端となった。

そして義尚に特徴的であったのが、家集の増補改編であった。所収和歌を歌題ごとにまとめる類題形式は、鎌倉後期以後定着していたが、義尚は入手した家集を側近に複写させる際、しばしば類題に改めさせている。あるいは勅撰集・私撰集などによって家集未収歌を拾遺増補させることもあり、使いやすくするための改編を厭わなかった。義尚の蔵書は散佚したものの、こうした「部類本」がいくつかの私家集の伝本に系統を保っている。たとえばこれまで素性を詳らかにしなかった金槐和歌集の柳営亜槐本こそ、義尚の手になる部類本であったことが判明するのである。「柳営亜槐」とは権大納言時代の将軍義尚の自称に他ならない。

「部類」は和歌のみならず、写本の時代である中世の学知の符牒である。たとえば類題集。これまで類題集は、ありていに言えば、逸文拾遺のための資料的価値しか認められてこなかったが、これだけの数が現存するのだから、各集がいかに古歌を分類し排列しているか、構造を分析することが課題であろう。分類することは自分のものにすることである。そのことで、こうしたものが時代に要請された理由も見えてくる。そこで第十一章では、最も浩瀚な類題集である夫木和歌抄の成立を探った。あまりに厖大で直接の証言も乏しいため、成立事情は不分明であったが、本章では中古の歌合詠の撰歌を手がかりに、藤原清輔が晩年に撰び、二〇〇巻という規模を誇った扶桑葉林という和歌資料集成を抄出し分類したのではないかとの仮説を示した。つまり「扶桑」の旁を採って

「夫木」となったのである。

ある学藝の領域において、前代の資料を網羅的に蒐集する――「類聚」事業は、院政期文化のキーワードであり、文学でも詩文・歌合・説話・辞書などの各分野で浩瀚な類聚文献が成立していることは周知の事柄であるが、扶桑葉林はその典型である。しかし、こうした類聚文献は、利用に不便なことから散佚していく運命にあり、扶桑葉林もわずか一巻を遺すのみである。いっぽう鎌倉期にはこうした類聚文献を、目的に沿って抄出分類することが行われたらしい。扶桑葉林が枯朽するにつれ、無数の蘖の如き類題集が生まれたのであろう。その一つは新たな和歌を加えて夫木抄のごとき大樹に生まれ変わり、さらに今度は夫木抄から抄出された小さな抜書本が生ずる、という繰り返しなのである。その具体的な事例として第十二章では、後陽成天皇の撰んだ名所歌集、方輿勝覧集の諸本を比較した。これは当代の和歌を対象とはせず、鎌倉時代成立の歌枕名寄を抄出したものである。そして、その伝本は、国郡別・雑纂・名所イロハ別と、三種の異なる原理によるものに分かれ、それぞれに自筆本が伝存するという僥倖に恵まれている。後陽成はその後半生、より精緻な分類を目指してこの撰集を改編し続けたわけで、改編の過程ごとに伝本が遺されたのである。集積された前代の文化資源をいかに活用するか、その営みはたしかに中世的な知のあり方を証明する。いっぽうこの書名は、南宋に成立した地誌、方輿勝覧に因んでいる。分類された巨大な韻書・字書・類書は、大量の坊刻本によって伝えられ、本邦の学問にも影響を与えた。もちろん写本によって伝えられる和歌との関係は単純ではないが、それでも古くは古今和歌六帖と白氏六帖との関係が取沙汰されるように、類題集と中国の類書とは、少なくとも根源的なところではつながりがある。なお、このことは「室町時代の文化」（『岩波講座日本歴史8　中世3』岩波書店、平26・8）でも論じた。

中世の歌道師範家でも和歌関係文献を渉猟し、蒐集・部類を続けていたらしい。その成果の一つが勅撰歌人の入集状況と略伝を一覧した勅撰作者部類であり、南北朝時代の初頭、続後拾遺集までの十六集について、二条家の門弟であった元盛法師の手で集成されたものが最もよく知られている。同じく和歌所寄人であった惟宗光之が書写、風雅集・新千載集の作者を増補した。第五部はその勅撰作者部類の伝本・成立・翻刻・索引といった基礎的研究に充てたが、類聚から類題へという問題意識では第四部に接続する。

第一章に述べた通り、勅撰作者部類とは、いわば勅撰集の内包する世界秩序を可視化した書物であるから、そのノウハウを知って利用しなければならない。たとえば附載の作者異議は元盛の考証で、平家一門十余人が玉葉集に採られたことに触れ、忠度・資盛・経正らは「殊なる歌仙」であり、かつ「先代の勅免」を蒙ったので問題ないが、重衡は「未だ恩免せざる人」であるという（五四九頁参照）。重衡だけが赦免されていないのは平家物語などで強調される南都焼亡の咎か。しかし平家は既に歴史の彼方にあり、実際に没後に名誉恢復の沙汰があったとしても（「先代」は当時は鎌倉幕府を指すが、朝廷の専権事項であるから、幕府滅亡前の時代を指すか）、もはやほとんど意識されなかったであろう。それがまさに勅撰集の世界だからこそ作用したのである。もとより歌人の入集資格、作者表記の原則は撰集故実の最たるものであり、これは軍記物語など当時の史料の人名記載方法を考える時にも有用である。

そこで第十三章では本書の性質と具体的な活用方法を述べた。続く第十四章は伝本研究である。作者部類は写本で伝えられたために、後世に増補改編を重ねた上、元盛・光之と無関係に成立したものも数多く混在し、極めて錯雑した状態にある。索引として機能させるため、もとの身分階層別の分類を撤廃し、歌人頭字の字音により排列したのが現在の活字本である。史料として利用するためには、江戸期になお流通していた改編以前の伝本を腑分けし、そこから元盛・光之当時の本文に遡源することが必要である。残念ながら古写の善本を見出せないが、後西天皇宸筆外題の禁裏本が現存伝本の祖本に比較的近く、そのほか数本によって、現時点で拠るべき本文を再建した。細部の不審は依然残り、善本の探索と校訂は長く続くことになろうが、今後ここから歌人伝のみならず種々新たな史実を抽き出すことができるであろう。

本書について、第一部・第二部では歌ではなく人を撰んでいた時期、第三部・第四部は人ではなく歌を撰んでいた時期とも要約できそうである。撰集故実を知ることで、勅撰集の隠された内奥に立ち入ることができたし、類題集の分類方法を知ることによって、当時の歌題の設定と本意とが明瞭となり、実作を読むためのヒントも豊富に与えられるであろう。

これまで研究者人口が乏しかったのは、実作を読む人が少なく、そして実作を読もうとしても手がかりがないからである。校訂テキストはもちろんとして、やはり手に取りやすい注釈書が必要であろう。人気も需要もないと言われながらも、十三代集の注釈書は次第に揃いつつある。また室町・戦国期の歌人については、各地域に密着した存在が目立ち、作品が現存するならば読んでみたいという要望は必ずある。今後は信頼できるテキストに基づいて、当時の読み方によって注解したものが必要であろうし、著者もいくつか手がけている。しかし、撰集にしろ題詠にしろ、その「当時の読み方」の復原は、言うは易く行うは難しで、これからも長い道のりを要するが、本書のようなアプローチがまずは必要であった。南北朝期から室町期の和歌活動について、今後考えていく一助となれば幸いである。

注

（1）　日前宮文書、紀伊国造行孝宛、文明十五年八月十一日栄雅（飛鳥井雅親）書状。『大日本史料』第八編之四十で翻刻されている。第八編の編纂を担当される末柄豊氏からはそのほかにも多大の御教示をいただいた。特に記して深謝申し上げる。

初出一覧

各章の初出となった論文を原題・発表誌・刊行年月とともに示す。特に断らない場合でも、本書に収録するにあたって、気付いた誤りを正し、見落とした史料を追加するなど、すべてにわたって加筆訂正を施している。

序章
　新稿。

第一部　勅撰和歌集と公武政権

第一章　鎌倉武士と和歌――続後拾遺集
　「鎌倉武士と和歌――続後拾遺集をめぐって」（村井章介編『東アジアのなかの建長寺　宗教・政治・文化が交叉する禅の聖地』勉誠出版、平26・11）。

第二章　歌道家の人々と公家政権――「延慶両卿訴陳」
　「歌道家の人々と公家政権――「延慶両卿訴陳」をめぐって」（兼築信行・田渕句美子編『和歌を歴史から読む』和歌文学会論集、笠間書院、平14・10）をもとにするが、大幅に改稿した。

第三章　勅撰集入集を辞退すること――新千載集と冷泉家の門弟たち
　新稿。

第二部　歌道師範家の消長

第四章　二条家と古今集注釈書――二条為忠古今集序注
「南北朝期の二条家歌人と古今集説――東山御文庫蔵『二条為忠古今集序注』をめぐって」（明月記研究3、平10・11）。
第五章　為右の最期――二条家の断絶と冷泉家の逼塞
「為右の最期」（日本古典文学会々報132、平12・7）および「下冷泉家の成立――持為をめぐって」（季刊ぐんしょ再刊73、平18・7）とを併合した。
第六章　飛鳥井家の家学と蔵書――新続古今集まで
「飛鳥井家の家学と蔵書――新続古今集まで」（前田雅之編『中世文学と隣接諸学5　中世の学芸と古典注釈』竹林舎、平23・11）。
第七章　南北朝期飛鳥井家の和歌蹴鞠文書――大津平野神社蔵某相伝文書書籍等目録断簡考証
「大津平野神社蔵『某相伝文書書籍等目録断簡』考証――南北朝期飛鳥井家の歌道蹴鞠文書目録か」（かがみ〈大東急記念文庫〉39、平21・3）。
第三部　私家集の蒐集と伝来
第八章　「伏見殿家集目録」をめぐる問題
「私家集の蒐集と伝来――砂巌所収「伏見殿家集目録」をめぐる問題」（武蔵野文学57、平21・12）。
第九章　伏見院の私家集蒐集
「伏見院の私家集蒐集とその伝来について」（斯道文庫論集48、平26・3）。
第十章　足利義尚の私家集蒐集

「足利義尚の私家集蒐集とその伝来について」（和歌文学研究106、平25・6）。

第四部　古歌の集積と再編

第十一章　類聚から類題へ――夫木和歌抄の成立と扶桑葉林

「古歌の集積と再編――『扶桑葉林』から『夫木和歌抄』へ」（夫木和歌抄研究会編『夫木和歌抄　編纂と享受』風間書房、平20・3）。

第十二章　禁裏における名所歌集編纂――方輿勝覧集

「禁裏における名所歌集編纂とその意義――後陽成天皇撰『方輿勝覧集』を中心に」（吉岡眞之・小川剛生編『禁裏本と古典学』塙書房、平21・3）。

第五部　勅撰作者部類をめぐって

第十三章　歌人伝史料としての勅撰作者部類

「五位と六位の間――十三代集と勅撰作者部類」（軍記と語り物50、平26・3）。

第十四章　勅撰作者部類伝本考

「勅撰作者部類の成立――「作者部類」と題する一群の写本について」（藝文研究109―1、平27・12）。

附録一　勅撰作者部類・続作者部類　翻刻

附録二　勅撰作者部類・続作者部類　索引

新稿。

終章

新稿。

あとがき

前著『二条良基研究』を刊行して十二年、中世和歌史についての論文集をまとめようと思い立った。以前『禁裏本と古典学』を編纂した時、お引き受け下さった塙書房の寺島正行氏から「つぎの論文集を出す時は」とお話しいただいたのを記憶していて、昨春、臆面もなく連絡を取ったところ、ただちに応じて下さった。書名に散々逡巡し、たいへんな御面倒をおかけしたが、万事手際よく進行され、内校まで済まされた氏に御礼申し上げる。大学院生の田口暢之・太田克也・川上一の三氏が校正を一読、批正してくれたことにも感謝のほかない。また翻刻・図版の掲載・転載のご許可をいただいた所蔵者各位・出版社には深謝申し上げる。

書かれたものがすべてである。まず、研究者生活を続けるにあたり御教導また御支援いただいている方々に、本書を謹んで呈上したいと思う。

平成二十九年三月十八日

小川　剛生　識

附記　本書は、科学研究費補助金（基盤研究（C））による研究「『勅撰作者部類』校本作成による中世の人名表記原則の研究」（平成二十六～二十八年度、課題番号二六三七〇二二一）の成果の一部である。

索　引

凡例

一、論文中に登場する人名（神仏名）、書名（一部の文書も含む）・主要な件名、研究者氏名を対象とした。
一、現代仮名遣いの五十音別で排列した。人名は実名の漢音により、書名・件名は通例の読み方によった。
一、主要な異称など必要に応じて見よ項目を立てた。
一、外国人は姓と名、禅僧は道号と諱で示した。
一、歌集名から和歌を省くなど、書名は適宜略した場合がある。
一、頁数字のうち、ゴチック体はそこにやや詳しく記してあることを示す。–は連続して現れる場合、…は毎頁ではないがその間に頻出することを示す。

人名索引

あ

赤人(山辺)　347
按察二位局(行子か)　186, 189
阿仏尼(阿仏・阿仏房)　43, 44, 64, 114, 122, 138
安元(脇坂)　397

い

為員(冷泉)　120
為尹(冷泉)　80, 83, **119–121**, 136
為遠(二条)　65, 82, 91, 106, 107, 116, 134
為家(藤原)　8, 28, **40, 41**, 45, 53, 54, 58, 70, 74, 81, 100, 108, 109, 114, 115, 131, 135, 138, 140, 173, 178, 179, 188, 211, 213, 214, 282, 284, 349, 350, 360, 367
為教(京極)　**41**, 43, 44, 53, 138, 189
為景(下冷泉)　213
為経(下冷泉)　121
惟賢(恵欽か)　356
為兼(京極)　**25**, 26, 28, 29, **39…59**, 71, 74, 104, 114, 132, 149, 150, 155, 156, 159, 173, 174, 183…190, 227, 370, 688
為憲(源)　286
為顕(藤原)　92
為広(冷泉)　36, 200, 290
為衡(二条)　119, 120, **124**, 125
為子(従二位、藤大納言典侍)　41, 209
為氏(二条)　28, 41, 43, 44, 54, 58, 70, 74, 91, 122, 135, 138, 149, 173, 185, 211
為之(冷泉)　**120…124**, 141
為実(二条)　92, 185
為秀(冷泉)　**64–66**, **76…86**, 93, 107, 111, 228, 689
為重(二条)　82, 116, 117, 119, 124
為親(二条)　92
惟成(藤原)　115
為世(二条)　21, 28, 29, 32, **39…58**, 71, 73, 76, 78, 82, 91, 92, **102–104**, 106–110, 114, 116, 132, 135, 136, 149, 150, 155, 159, 172, 173, 177, 181, 184, 190, 209, 225–227, **359…365**, 369, 376, 688
為成(冷泉)　64
伊勢大神宮　135
為宗　84, 85
為相(冷泉)　31, 40, 44, 46, 49, 51, 64, 71–76, 78, 83, 94, 104, 114, 121, 138, 150, 158, 161, 225, 226, 261, 262, 265, 288, 290
為忠(二条)　65, **91…116**, 149, 365
—花押　97
為忠(藤原)　279
伊定(藤原)　185
為定(二条)　19, 20, **63–68**, 72, 75, 76, 82, 91, 92, **106**, 107, 110, 116, 134, 149, 355, 356, 358, 368, 369
維貞(大仏)　35
為冬(二条)　119
為藤(二条)　19, 21, 23, 91, 92, 108–110, 135, 149, 184, 363, 376
為道(二条)　46, 149, 177, 185, 190
猪熊四郎(赤松範実候人)　98
為富(冷泉)　124

為邦(冷泉)　141
今参局(後小松天皇女房)　118
為明(二条)　66, 82, 91, 92, 106…109, 116, 134, 141, 143, 149, 275
為右(二条)　117-119, 124, 125, 141, 690
為雄(二条)　183
尹賢(月輪)　122
胤行(東、素暹)　35, 189, 353

う

右衛門督局(熙仁親王家)　187
上野民部大輔入道　119
宇多天皇(法皇)　382, 383

え

栄雅　→雅親
永康(高倉)　183
栄子(日野)　121
英時(平)　35, 36
永助親王(仁和寺)　233, 234, 237, 238
永福門院　210
恵欽　→惟賢ヵ
円位　→西行
円胤　356
円雅　268
円心(赤松、則村)　99
円爾弁円　321

か

雅威(飛鳥井)　59, 144, 145
雅永(飛鳥井)　141, 237
雅縁(飛鳥井、雅氏)　9, 119, 121, 127, 133-139, 141, 143-146, 150, 159, 160, 236, 690
雅家(飛鳥井)　127, 150
家教(花山院)　132, 155
覚誉親王(聖護院宮)　72, 75
雅経(飛鳥井)　127…132, 143, 144, 149, 156…159, 175-177, 181, 185, 191, 192, 690
雅顕(飛鳥井)　149, 185, 190
家康(徳川)　319
雅孝(飛鳥井)　127, 129-132, 144, 149…160, 184, 186-188, 365, 690
雅康(飛鳥井)　240
雅行(飛鳥井)　149
家氏(足利)　178
家実(近衛)　394
雅親(飛鳥井、栄雅)　139, 141, 144, 239, 240, 268, 691, 696
雅世(飛鳥井)　4, 127, 140…144, 159, 202, 237
雅宗(飛鳥井)　150
家泰(本郷、照覚)　67, 69, 85, 357
家平(近衛)　186, 188
亀山天皇(院)　41, 43, 44, 47, 157, 173, 178, 180, 182-185, 209, 226
雅有(飛鳥井)　44, 45, 48, 52, 70, 114, 115, 127…132, 144, 149…160, 172-192, 365, 690
雅有室(実時女)　185, 188
家隆(藤原)　73, 81
家良(衣笠)　52
観意　→基永
観証(菅原宗長)　188
願生(難波)　182
観世　188
桓武天皇　105

き

基永(斎藤、観意)　35, 77, 78
基夏(斎藤)　35, 78
基家(九条)　8, 74, 219
義熙　→義尚
義教(足利)　4, 121-123, 141, 142, 199, 233, 234, 236-238, 240, 241, 252, 693
季経(藤原)　272
義景室　→吉田殿か
基綱(姉小路)　200, 253
基綱(後藤)　353
基綱(斎藤)　→道恵
基行(斎藤、行生)　78
季綱(藤原)　30, 31
紀光(柳原)　70, 125, 195, 201, 202, 291
基国(畠山)　119
貫之(紀)　53
基氏(源・足利)　355, 379, 380
基氏(藤原・園)　379
基時(堀川、千恵)　357
熈時(北条)　391
義持(足利)　121-124, 136, 236
基実(近衛)　394
義重(斯波)　133
基俊(藤原)　91, 104, 106, 115, 275
義将(斯波)　133
義尚(足利、義熙・柳営亜槐)　4, 36, 86, 200, 201, 235…255, 318, 375, 691-693
一花押　248-250, 254
基世(斎藤)　78
基盛(持明院)　191

義政(足利)　35, 124, 140, 225, 235, 238-242, 246, 248, 250, 254, 323, 693
一花押　248-250, 254
基宣(斎藤)　77
義詮(足利)　65-68, 78, 82, 83, 85, 99, 106, 116, 134
亀泉集証　323
基村(斎藤)　67
北野天神　135
基長(飛鳥井)　149, 171
基通(近衛)　394
義貞(橘)　357
基任(斎藤)　35, 67, 78
基任(園)　318
基茂(斎藤)　77, 78
義満(足利)　117-120, 124, 125, 133, 135, 136, 138, 236, 240, 248, 689, 693
一花押　125
基名(斎藤)　78
基明(斎藤)　35, 78
基有(斎藤)　78
基祐(斎藤)　78
躬恒(凡河内)　289
久時(赤橋)　36
久治郎(中野)　326
久世(賀茂)　181
久宗(賀茂)　181
久明親王　36, 46, 87, 114, 173, 184
行阿　→知行
慶運　64
尭恵　95, 112, 268
教久(賀茂)　109
業顕(白川)　189
尭孝　4, 95, 140-143
行済　22
業子(日野)　118
教秀(勧修寺)　240, 241, 254
行生　→基行
行乗(証如)　91, 103, 106, 109, 275, 689
教長(藤原)　172
慶椿(良椿)　246
教定(飛鳥井)　127, 129, 131, 149, 156, 158, 177, 178, 180-183, 690
行念　35
匡房(大江)　262, 286
慶融　135
行有(二階堂)　178
教頼(山科)　57
基隆(後藤)　35

く

具顕(源)　174
具親(源)　176
具房(久我)　184

け

経継(中御門)　21, 23
景綱(宇都宮)　35, 176
経厚　94, 95, 104, 112, 113
経康(冷泉)　187
景綱室　189
経嗣(一条)　120
経資(綾小路)　183
経信(源)　73, 81, 198
経親(平)　25, 26, 49, 58, 184, 186
経正(平)　695
契沖　213, 214
経忠(近衛)　188
経長(吉田)　157, 182, 184
経長(丹波)　190, 191
経有(飛鳥井)　150
玄以(里村)　268
賢家(上原)　254
顕家(藤原)　224
元可　→公義
元家(赤松有間)　122, 123
賢覚　189　→玄覚か
顕覚　→在夏
玄覚　189
兼熙(吉田)　117
兼教(二条)　191
顕教(紙屋川)　270, 271
兼経(近衛)　394
兼顕(広橋)　69, 239, 240
源賢　246
兼行(楊梅)　209
兼載　246, 268
顕氏(源・細川)　367, 368
顕資(源)　40
兼実(九条)　110
顕尚(三善、善了か)　84, 85
顕昭　115, 131, 151, 155, 172, 174, 175, 268, 285, 372
源承　22, 103, 135
玄勝　→宗基
源信　245
元盛(藤原、盛徳)　20, 55, 135, 175, 343…350, 356, 359, 362-365, 376-378, 389…397, 689, 695

玄誓　186
兼宣(広橋)　121, 122
兼尊　185
玄陳(里村)　263
兼敦(吉田)　117
兼平(鷹司)　178
兼方(卜部)　172
元妙(松田)　357
兼右(吉田)　95, 97, 112
兼良(一条、詞林㮤散)　119, 123, 232, 248, 254

こ

向阿　356, 368　→信貞
公維(徳大寺)　372
公蔭(正親町)　63, 64, 188
高遠(塩飽)　32
行家(藤原)　8
公貫(正親町三条)　182
公義(薬師寺、元可)　66, 357
光吉(惟宗)　68
行景(紀)　185
高景(安達)　32
高経(斯波)　113
公賢(洞院)　65, 66
孝謙天皇　105
光行(源)　27, 35
公綱(宇都宮、道治)　355, 356, 368
公衡(西園寺)　58, 59
孝行(源)　174
宏行(河内)　242
広光(町)　69, 70, 86
広綱(藤原)　286
広綱(上野)　178
綱光(広橋)　239-241
高広(大江・長井)　22-24, 35
光厳天皇(量仁親王、上皇・法皇)　63-65, 187, 188, 198, 354, 355
光之(惟宗)　68, 343…356, 376-379, 389…396, 695
行子　→按察二位局カ
行氏(東)　35
高氏　→尊氏
高資(長崎)　33-35
高時(北条)　23, 32, 33
康秀(文屋)　101
高秀(京極)　83, 87, 355
香集斎(祖白)　372
光俊　→真観
孝章(藤原)　25
公条(三条西)　268, 269
高駿河守(高駿州)　262, 264, 265
光政(秋山)　66
公相(西園寺)　180
行宗　→行朝
綱村(伊達)　398
光泰(片岡)　263
後宇多天皇(院・法皇)　19, 46-48, 136, 178
康仲(白川)　185
公朝　36
孝朝(小田)　355
行朝(伊達、行宗・朝村)　394, 398
行朝(二階堂)　35, 398
行定(紀)　185
公任(藤原)　101
康能(藤原)　183, 186, 189
光範(赤松)　99, 114
孝範(藤原)　286
高範(千秋)　66
公保(三条西)　141
光豊(勧修寺)　318
公豊(正親町三条)　134
広房(中条)　35
行房(伊賀、道全)　370
光明天皇(法皇)　65, 187
広茂(中条)　35
後円融天皇　134, 144
国助(津守)　190
国長(多治見)　26
国量(津守)　355
後光厳天皇(院)　11, 63…67, 75, 82, 106, 116, 218
後小松天皇(院・法皇)　122, 123, 136, 141
後西天皇　12, 247, 383, 389, 393, 397
後嵯峨天皇(院)　47, 50, 51, 56, 73, 74, 178, 180, 182, 209, 228
後白河天皇(院・法皇)　42, 136, 234
後崇光院　→貞成親王
後醍醐天皇　19, 20, 33, 42, 47, 56, 66, 109, 186, 188, 264, 355, 356, 363, 368
後土御門天皇(院)　225, 240, 241, 254
後鳥羽天皇(院)　42, 127, 132, 156, 157, 175-178, 181, 318, 319, 359
後花園天皇　141, 252
後深草天皇(院)　157, 180, 209, 228
後伏見天皇(院)　184, 187, 188
後堀河天皇(院)　73
後水尾天皇(院)　316

後村上天皇　93, 99, 100
後陽成天皇(院)　209, 309…327, 694
護良親王(大塔宮)　26
権大納言典侍　→親子

さ

在夏(菅原、顕覚)　357
西行(円位)　135, 352
西順　262, 288, 369
斎藤雅楽四郎入道　→道恵
在富(勘解由小路)　269
嵯峨天皇　268, 269, 280, 291

し

塩飽新右近入道　32
持為(下冷泉、持和)　120-124, 690
持為継母比丘尼　121, 122
時英(平)　35, 36
似閑(今井)　211, 213, 214, 217, 228-231
師季(中原)　349, 350
持基(二条)　145
竺源恵梵　→師成親王
師継(花山院)　182, 184
氏経(斯波)　355
資経(藤原)　207, 224, 225
時慶(西洞院)　318
時景(安達)　189
資顕(白川)　185
氏康(北条)　229
氏綱(宇都宮)　355, 356
資広(尾藤、如雄)　31, 37, 356
資行(山科)　57
師郷(中原)　142
時広(北条)　35
時香(北条)　35
資国(日野西)　118
持之(細川)　123
氏重(福能部、常元)　67, 69, 85, 357
時秀(佐々木加持、寂昌)　357
氏春(細川)　99
師親(大友)　35
氏親(今川)　211
子晋明魏　689
資盛(平)　695
時盛(安達、道洪)　35, 191
師成親王(竺源恵梵)　101
師宗(中原)　177, 187
時宗(北条)　28
氏村(東)　35
時村(北条)　35
師忠(二条)　184
師直(高)　262, 354, 357
資直(富小路)　253
師通(藤原)　286
実雅(正親町三条)　142, 199
実躬(正親町三条)　184
実継(正親町三条)　106
実兼(西園寺)　54, 58, 59
実顕(阿野)　318
実興(正親町三条)　240
実枝(三条西)　267
実時(北条)　161
実朝(源)　25, 36, 247, 255, 352
実冬(滋野井)　233, 234
実任(正親町三条)　20
実隆(三条西)　56, 69, 200, 201, 225, 232, 235, 240
…246, 268, 372
実量(転法輪三条)　141
時藤(北条)　36
治部卿局(伏見院)　189
師名(中原)　233, 234
資名(日野)　187
資明(柳原)　187, 188
師茂(高)　265, 368
寂恵　171
寂延　→長延
寂昌　→時秀
寂真(門真)　357
寂蓮　52-54
順徳院　359
重家(藤原)　272
秀吉(豊臣)　395
重経(高階)　183
秀行(長沼・中沼)　35, 361
重綱(安東)　28-31, 34, 36
重衡(平)　695
周嗣　357
重時(北条)　35, 353, 366
什証　269
秀信(小串)　26
重成(高階)　392
重清(藤原)　185
秀忠(徳川)　248
重貞(安東か)　36
重保(賀茂)　207
重茂(高)　265

守覚法親王　174, 175, 238
朱熹　320
祝洙　320
祝穆　320, 321
守光(広橋)　69, 85
俊阿　→貞俊
俊恵　172, 294, 295
俊景(紀か)　187
俊顕(中御門、頓乗)　357
俊光(日野)　270, 291
春時(北条)　35
春正(山本)　213
俊成(藤原)　65, 91, 104, 106, 108, 115, 134, 136, 208, 283, 290, 369, 690
俊成卿女(藤原)　73, 81
周阿　263, 264, 289
性阿　272
浄阿　355
定為　103, 106, 109, 115, 172, 189, 363
常縁(東)　140, 268
照覚　→家泰
上覚　174
承空　207, 224, 364, 365
尚経(九条)　322
定顕(横川宝蔵坊)　357
常元　→氏重
性厳(摂津)　357
尚俊　→尚正
昭淳(蓮光院)　95, 112
性準(赤松)　98
性遵(安威)　357
尚正(広沢、尚俊)　253
昌琢(里村)　308
正徹　81, 84, 123, 140, 142
聖徳太子　364
証如　→行乗
城尼　191　→吉田殿カ
紹巴(里村)　262, 263, 268, 291
浄弁　363, 689
聖武天皇　105, 106, 115, 116, 138
勝命　372
尚祐(曾我)　248
助景(浦上)　117
時頼(北条)　32, 180
白河天皇(院)　179, 207, 391
詞林樗散　→兼良
持和　→持為
心阿　→親宗
親家(藤原)　190
信快(飯尾)　357
真観(藤原、光俊)　8, 51, 207, 219, 224, 226
親顕(北畠)　229
親行(源)　28, 191, 285, 360
親子(源、権大納言典侍)　209, 217
信生　→朝業
真昭　35
信尋(近衛)　394, 395
心省　→範国
親清女妹(佐分利)　36
親宗(世保、心阿)　357
親朝(結城)　368
親長(甘露寺)　200, 235, 242, 245
信貞(塩飽)　32
信貞(武田)　356　→向阿
親房(北畠)　101, 356, 368, 689

す

周防内侍　264
崇光天皇(上皇)　65
住吉明神　96, 137, 145

せ

政為(下冷泉)　124
聖遠(塩飽)　32
成家(藤原)　54
政家(近衛)　242
惺窩(藤原)　121
盛経(藤原)　363
盛継(藤原)　363
政顕(勧修寺)　240
政行(二階堂)　242, 375
清光(平木)　325
清氏(細川)　67–69, 85, 99, 114
清時(北条)　36
斉時(北条)　35
聖秀(安東)　32
成助(賀茂)　218
成尚(高階)　224, 225, 233
政宗(伊達)　394, 395
政村(北条)　25, 35
政定(三田)　242, 252
正道(橘)　286
盛徳　→元盛
晴富(壬生)　151
政平(鷹司)　85
清輔(藤原)　115, 172, 269…274, 280…287, 693

盛方(藤原)　273
清茂(賀茂)　214, 230
是空　172
是心　181
雪村友梅　25
宣胤(中御門)　211, 242, 243
千穎　211
千恵　→基時
仙覚　285
禅休(三須)　357
宣賢(清原)　122
善源　368　→頼仲ヵ
宣時(大仏)　35, 73…78, 86
宣親(中山)　239
善成(四辻)　111, 284, 689
善了　→顕尚か

そ

宗伊　200
増運(実相院)　240, 241
宗恵　308
宗遠(伊達)　355, 398
宗遠(塩飽)　32
宗基(斎藤、玄勝)　67, 78, 84, 357
宗祇　268, 308, 372
宗教(難波)　180, 185
宗継(難波)　58, 185
宗継(松木)　141
宗綱(松木)　240, 246
宗行(藤原)　36
宗行(小串)　26
宗佐(佐方)　290
宗氏(佐々木京極)　35
宗種(難波)　148
宗秀(長井)　35, 49
宗秀(長沼)　35, 360, 391
宗親(藤原)　354
宗成(高階)　178, 190, 225, 233
宗清(難波)　149
宗碩　308
宗宣(大仏)　35
宗尊親王　36, 51, 129, 158, 171, 173, 174, 178-180, 190, 197, 201
宗泰(長沼)　35
宗緒(難波)　149
宗長　252
宗直(北条)　35
宗輔(藤原)　281
宗茂(藤原)　36
宗有(難波)　178
宗養　268
則祐(赤松)　99, 100, 114
祖月　357
素暹　→胤行
祖白　→香集斎
尊円親王(青蓮院)　134
尊賢　369
存孝　→頼貞
尊氏(足利、高氏)　22-25, 32, 35, 36, 63-68, 76, 77, 83, 85, 134, 264, 354, 357
村重(荒木)　267
尊宣(源)　→命鶴丸
尊鎮親王(青蓮院)　94, 112
尊応(青蓮院)　240

た

泰国(畠山)　191
泰時(北条)　35, 353
泰盛(安達)　191, 353
泰宗(宇都宮)　35
高倉天皇(院)　390
玉津嶋明神　96, 137, 145

ち

知家(藤原)　84, 224
知行(源、行阿)　27, 28, 35
知親(内藤)　353
智仁親王　317, 327
忠季(正親町)　63, 64
忠教(九条)　158
忠景(惟宗)　35
仲資(卜部)　190
忠次(榊原)　344, 376, 379, 380, 397
仲実(藤原)　281, 372
忠守(丹波)　140
忠秀(惟宗)　35
忠親(中山)　180
忠岑(壬生)　53, 267-269
忠成女(長井頼重室)　36
忠通(藤原)　275, 282
忠度(平)　695
長延(荒木田、寂延)　370
長遠(塩飽)　22, 31, 32, 36
長家(藤原)　106
朝業(塩谷、信生)　35, 353
長景(安達)　189, 191

朝元(津戸)　392
長眼(極楽寺)　263
長綱(藤原)　178, 186
朝治(結城小峯)　368
長秀(中条)　66
長政(浅野)　395
長清(勝間田、蓮昭)　71, 76, 78, 86, 261…265, 283, 288, 290
朝宗(伊達)　394
長相(藤原)　183
朝村(伊達)　→行朝
長明(鴨、蓮胤)　352
直義(足利)　76, 392
直氏(土岐)　355
直宣(大中臣)　→命鶴丸
稙通(九条)　268

つ

通憲(藤原)　281
通秀(中院)　200, 235
通重(中院)　360, 369
通俊(藤原)　73, 228
通勝(中院)　318, 319
土御門院　359

て

定為(安藤)　214
定家(藤原)　4, 8, 53, 54, 73, 91, 108, 110, 115, 128, 135, 140, 160, 173, 201, 241, 247, 254, 268, 282, 285, 349, 350, 352, 366, 690
貞広(長井)　49
貞子(藤原)　178
貞資(庄)　355
定資(坊城)　22, 187
貞時(北条)　25, 26, 29…35, 176, 189
貞重(長井)　35
貞俊(北条)　35
貞俊(惟宗、俊阿)　357, 358
定親(中山)　141, 236
貞世　→了俊
定世(大中臣)　189
定成(世尊寺)　45
貞成親王(伏見宮、後崇光院)　145, 198, 199, 202, 237
貞清親王(伏見宮)　213, 214
貞宣(大仏)　35, 36
貞宗(大友)　35
貞泰(宇都宮、蓮智)　357
貞忠(二階堂)　35
貞直(大仏)　21, 23, 24, 35
貞藤(二階堂、道蘊)　33, 49
貞敦親王(伏見宮、菀園隠翁)　209, 211, 217, 222, 229
テル(宋女)　117-119

と

道蘊　→貞藤
道恵(斎藤、基綱)　71…80, 86, 87, 689
道恵(法印)　86
道灌(太田)　242, 255
道洪　→時盛
道慶　190
道晃法親王(聖護院)　231
道嗣(近衛)　37
道治　→公綱(宇都宮)
道信(藤原)　242
道政(和田)　357
道誓(行願寺)　186
道誓(二階堂氏か)　356, 368
道全　→行房(伊賀)
藤大納言典侍　→為子
道澄(聖護院)　395
道長(藤原)　106
道平(二条)　92, 109, 110
道輔(松殿)　71
導誉(京極)　66, 83, 114
菀園隠翁　→貞敦親王
敦基(藤原)　281
頓乗　→俊顕
頓阿　27, 64, 66-69, 82…87, 101, 107, 111, 115, 134, 140, 142, 143, 346, 363, 689

に

二条天皇(院)　274
日孝　213, 214, 219
女蔵人万代(後醍醐天皇女房)　363
如雄　→資広
仁明天皇　101

の

能清(一条)　40

は

梅庵　→由己
白居易　137
花園天皇(院)　20, 48, 184, 186

濱臣（清水）　384
範兼（藤原）　94, 104, 173, 307
範顕（広瀬）　→範実
範行（小串）　26, 360, 361
範国（今川、心省）　77, 85, 87, 689
範資（赤松）　97, 98
範実（赤松・広瀬、範顕）　96-100, 107, 108, 113, 114
―花押　98
範秀（小串）　22-26, 28, 29, 36
範春（藤原）　179
範貞（常葉）　24, 26, 35
範藤（藤原）　182, 183
範隆（橘）　357

ひ

彦五郎　→範実
彦次郎　→尚正
人麿（柿本）　105

ふ

富子（日野）　85, 239, 242
伏見天皇（院・熈仁親王）　29, 39, 43-51, 54, 55, 71, 76, 129, 132, 149, 155, 157, 158, 171…189, 201, 207…227, 234, 688, 692
武政（森田）　263

へ

平城天皇　105, 115
弁斅　363

ほ

輔尹（藤原）　218
保胤（慶滋）　286
邦永親王（伏見宮）　214
邦経（高階）　182, 183
邦高親王（伏見宮）　200-202, 235, 242
邦省親王　346
邦房親王（伏見宮）　208, 317
輔仁親王（三宮）　390, 391
堀川殿局（後伏見院女房）　188

ま

満元（細川）　123, 133
満仲（源）　245, 246

み

御杖（富士谷）　63
明恵　74, 81
妙純（斎藤）　242
命鶴丸（饗庭、大中臣直宣・源尊宣）　354
明極楚俊　32

も

文武天皇　105, 106, 115, 116, 138

ゆ

有家（藤原）　53, 54
祐顕（鴨）　186
由己（大村、梅庵）　395
幽斎（細川）　266-269, 290, 319, 372, 375
友則（紀）　52, 53
有房（六条）　25

よ

吉田殿（安達義景室城尼か）　189

ら

頼遠（土岐）　355
頼経（藤原）　26, 190, 248
頼源　190
頼康（土岐）　111, 355
頼綱（宇都宮、蓮生）　35
頼嗣（藤原）　161, 180, 181
頼氏（尾藤）　31, 36
頼之（細川）　355, 368
頼時（戸次）　355
頼重（長井）　35
頼仲（土岐、善源ヵ）　356
頼朝（源）　36, 127
頼通（藤原）　207
頼貞（土岐、存孝）　71, 76, 356
頼藤（葉室）　188
頼輔（藤原）　172, 180
羅山（林）　321

り

利行（斎藤）　78
柳営亜槐　→義尚
隆教（九条）　22, 49
隆康（四条）　182
隆博（藤原）　43, 45, 48, 52, 132, 155, 173, 189
隆茂（冷泉）　191
良基（二条）　65, 66, 78, 82, 92, 93, 106, 107, 109, 111, 116, 263, 264, 275, 280, 289, 368
了山昌義　357

了俊(今川、貞世)　67, 69, 77, 80, 81, 84, 85, 265, 287, 353, 354, 689
良心　190
良暹　294
良忠(殿法印)　26
了緩(辻)　263
良椿　→慶椿
量仁親王　→光厳天皇
了誉聖冏　689

れ

霊元天皇(院)　12, 219, 310, 327, 379, 398
令世(吉田)　6
蓮昭　→長清
蓮生　→頼綱
蓮智　→貞泰

わ

和氏(細川)　68

書名・件名索引

あ

赤染衛門集　199
赤松氏　99, 100, 108
秋篠月清集　145
飛鳥井家　6, 124, 127-144, 147…160, 237, 252, 689, 690
一歌学　140, 144
東路のつと　252
吾妻鏡　32, 129, 158, 181, 190, 353
吾妻鏡断簡(金沢文庫蔵)　161
熱田大宮司家　35
有国集　286
有栖川宮　219, 310
安法法師集　214, 217
一三手文庫蔵本　222, 230

い

家隆集　219, 225, 243
一広本系三巻本　232
一宮内庁書陵部蔵資経本　225, 226
一高松宮家伝来禁裏本玉吟集　219, 226, 231, 232
家経朝臣集　214
一三手文庫蔵本　223, 230
遺塵和歌集　233
和泉式部集　210
和泉式部続集　210
伊勢集(歌仙家集本)　278
伊勢物語　242, 254
一条摂政御集　→豊蔭
一万首作者　76, 78
一掬集　397
一子伝　→大綱初心
今川氏　77, 83
今川了俊書札礼　353
今西春定文書　98
蔭涼軒日録　323

う

鵜鷺系偽書　135
歌合〈文治二年十月廿二日〉　364
無哥作者一巻　163
歌枕名寄　13, 308, 312-314, 319, 323, 326, 694
打聞　4, 11, 65, 66, 84, 228
宇津宮下野入道状并相州哥一巻　163
鵜舟集　27

え

詠歌大概聞書(実枝)　267
詠歌大概抄(紹巴)　268, 291
詠歌大概抄(京都大学附属図書館谷村文庫蔵本)　268, 290
詠歌大概注(宗養)　268, 291
詠歌大概附録秀歌躰大体　268
詠歌一体　140
永久四年七月忠隆家歌合　294
永徳百首　145, 284
永仁勅撰の議　39, 43…55, 127, 131, 155, 173, 177, 189, 209, 217, 226, 227, 692
恵慶集　227
宴歌　273, 274
円覚寺文書　87
延慶両卿訴陳　39…56, 128, 159
延慶両卿訴陳状(延慶訴状・延慶訴論状・延慶陳鈔)　39…58, 71, 106, 114
延文百首　72, 75, 134

お

応永十四年百首　145
奥義抄　173
応製百首　5, 7, 80, 364
大名寄　→歌枕名寄
小野荘(近江国)　117-119, 124, 125, 141
小野小町集　224
御室(仁和寺)　237, 240, 693
御湯殿上日記　317

か

会席作法　128, 173
歌苑連署事書　55, 84
河海抄　145
家記・文書　40, 42-44, 83, 143, 159, 226
革匊御記抄一巻〈建暦二〉　164
革匊要略集　181, 185, 190
嘉元百首　150, 364
課試　47, 48, 55
勧修寺家　240
歌書集(肥前島原松平文庫蔵)　112
歌書続集(肥前島原松平文庫蔵)　146
歌書目録(岡山大学附属図書館池田家文庫蔵)
　291
歌書目録(宮内庁書陵部蔵)　397
歌書類目録(柳原紀光編)　291
春日権現験記絵　151
於歌道成業譜代頗相違之事　59, 144
歌道目録(東山御文庫蔵)　398
和字秘書　163
兼顕卿記　239
兼顕卿暦記　239
金沢文庫古文書　37
兼宣公記　121, 124
兼行集　210
上冷泉家　124, 252
家門相論　39, 41, 43, 46, 56
歌林　67
歌林良材集　282
管絃譜　281
寛治五年八月宗通卿家歌合　294
寛正勅撰　691
巻子本　8, 29
関東名所歌集(細川幽斎撰)　319
観音経三巻　118
官務家　151
官務文庫記録　151
看聞日記　199, 210, 237
看聞日記紙背文書　198

き

北野天神法楽和歌　135
喜連川家御書案留書　87
久安百首　218, 219
京極家　127, 159
京極氏　83
京極派贈答歌集　210
京極派勅撰集　10, 366
玉吟集　→家隆集
局務家　347, 350
玉葉集　10, 25…31, 39, 48…59, 76, 128, 176, 363,
　370, 688
一正本(定成筆)　45
吉良氏　133
桐火桶(冷泉家時雨亭文庫蔵為広筆)　290
器量(才学・稽古)　46-48, 53, 54, 688
金槐集　247, 250, 251, 255
一柳営亜槐本　247-251, 255, 693
一高松宮家伝来禁裏本　247, 248, 254
禁制詞　140, 146
金葉詞華注各一帖　→金葉集顕昭注　詞花集顕
　昭注
金葉集顕昭注　163, 175
金葉集作者部類　375
近来風躰　66, 92, 93, 107
禁裡御蔵書目録(大東急記念文庫蔵)　226, 315,
　394

く

公家法　50, 51
句抄序　163
国基集　218
一伝二条為明筆本　218
一高松宮家伝来禁裏本　218
愚秘抄　37, 354
雲井の春　119
君臣歌合　246

け

元永元年十月内大臣家奥州名所歌合　294
元永元年十月二日内大臣家歌合　115, 275, 294
元永二年七月内大臣家歌合　294
源賢法眼集　245, 255
一宮内庁書陵部蔵古歌集所収本　254
源氏物語　27, 174, 191

拾遺抄顕昭注　175
顕昭陳状　→六百番陳状
源承和歌口伝　103, 114
顕注密勘　91, 108
建長八年百首歌合　283
建保三年内裏名所百首　308
建礼門右京大夫集　397

こ

五位　24, 351-353　→諸大夫
公宴(歌会・鞠会)　92, 93, 156, 157
光台院五十首和歌　→道助親王家五十首
江談抄　286
高野山金剛三昧院短冊和歌　76, 77, 79
高良玉垂宮神秘書紙背和歌　276, 279, 285
御歌書目録(永青文庫蔵)　290
古官庫歌書目録　226, 327
古簡雑纂　87
後京極摂政百首和歌顕昭陳状　→六百番陳状
古今韻会挙要　323
古今集　25, 52, 53, 91, 93, 94, 99-107, 133, 135, 137, 253, 268, 382, 383
古今集仮名序　100, 102, 104, 172
古今集口決相伝目録〈次第不同〉　112
古今集作者目録　229, 372
古今集の説　134, 138
—飛鳥井家の説　139
—家隆の説　115
—宗匠家の説　92, 95, 102-104, 107, 363, 689, 690
—為忠の説　101
—為明の説　106
—定家の説　104
—二条家為世の流　115
—二条家末流の説　104
古今集の注釈書　91, 108
—仮名序古注　101
—兼好注　116
—顕昭注　146, 163, 174
—古今栄雅抄　139
—古今秘聴抄　55, 91, 363
—三流抄　115
—浄弁注　91, 102, 103, 690
—宗祇流の注　690
—為重注(古今集略抄)　116
—童蒙抄　115
—頓阿序注　115
—内閣文庫本古今和歌集注(伝冬良注)　101, 109
—両度聞書　112
—了誉序注　112
—六巻抄　91, 102, 103, 112, 114, 275, 690
—六巻抄裏書　46, 106, 114, 115
古今集の伝授(伝受)　6, 99, 106, 116, 275, 689
古今集の伝本　134, 138
—嘉禄本　134, 139
—貞応本　134, 139, 146
—為秀筆本　134
—定家本　134
—伝式子内親王筆本　134
—伝二条為定筆本(呉文炳旧蔵)　114
—教長本　134
—雅経筆本　139, 191
古今集の難義　104
—「ながらの橋の事」　104, 115
—「ならのみかどの事」　104-106, 115, 116, 138, 139
—「ふじの煙の事」　53, 94, 104, 106, 114, 138, 139, 275
古今集略抄　→古今集為重注
古今序以下注十帖　→古今集顕昭注
古今為家序抄(為家序抄)　100…103, 108
古今問答(雅縁筆)　146
古今六帖(紀氏六帖)　13, 269, 324, 694
古今和歌集真名序聞書　→両度聞書
古今和漢六帖一帖　164
後光厳天皇宸翰書状并二条良基自筆書状　84, 228
後光明照院関白記　109, 110
古釈今勘　101, 109
五社百首　253
後拾遺集　5, 11, 65, 73, 81, 134, 228, 294, 345
後拾遺集顕昭注　175
後拾遺集目録(序)　371, 397
後拾遺注二帖　163
御抄物一帖〈地〉　164
後白川院御記一巻　164
御成敗式目　77
古蹟歌書目録(桑華書志所載)　274
後撰集　210
後撰集顕昭注　175
後撰集天暦五年禁制文　134
後撰注四帖　163
後撰秘説(後撰集秘説歌・後撰集秘説伝受歌且三十二首)　93, 112
御前落居記録　85
五代集歌枕　173, 307
御点哥一巻　163
後鳥羽院御口伝　4, 81

御文庫文書目録(九条忠教)　158, 160
小馬命婦集　214, 219
―宮内庁書陵部蔵伏見宮本　213, 229
惟方集　232
権大納言典侍集　214, 217
―三手文庫蔵本　230
根本和歌所　→冷泉家和歌所

さ

佐伯藤之助氏所蔵文書　87
砕玉類題　255
西国受領歌合　283
西湖志　321
斎藤氏　67, 77, 78, 689
最要秘抄　134, 135
嵯峨のかよひ　173, 179, 188, 192
先御代御法楽一座　240
作者抄一二三巻　163
作者部類　372-375　→勅撰作者部類
作者部類十一帖　163, 365
作者目録　372
ささめごと　64
薩戒記　123
雑々記(飛鳥井雅縁自筆)　136, 137
冊府元亀　321
信明家集(定家卿筆)　230
侍　24, 35, 351　→六位
座右抄　→和簡礼経
座右銘(白居易)　102, 103
三行五字　128, 144, 145
三条西家　201, 268
三代集
―為忠筆八半本　111
―定家本　254
三代秘抄(冷泉家時雨亭文庫蔵)　119
散木集　202

し

塩飽氏　32
四位　24　→殿上人
私家集　11, 65, 84, 228, 693
―擬定家本　221, 224
―禁裏本（御所本）　12, 221
―承空本　221, 224
―真観本　214, 221, 225
―資経本　221, 225-227, 692
―定家本　221, 225, 692
―伏見院本　207, 210, 213, 214, 217-227, 232, 692
―三手文庫本　222
―冷泉家本　221
―六条家本　225
私家集の蒐集　13, 195, 207, 209, 235, 692
私家集の部類　242-245, 250, 251
詞花集　352
詞花集顕昭注　163, 175
職　41-43, 46, 56
四季恋雑已下廿巻　164
私所持和歌草子目録　158, 160, 202
師説自見抄　81
四代部類　163
実相院　237, 240, 693
事文類聚　320, 321
持明院統　46, 56, 150, 217, 221
―蔵書　198
―治天の君　55
下冷泉家　121-124, 252
砂巌　70, 111, 195, 201, 202
寂恵法師文　171, 173
蔗軒日録　117, 119
拾遺集　279
拾遺抄注一帖　163
拾遺風躰集　86
拾芥抄　6
拾玉集贈答部　243
常光院流　94, 690
十三代集　5, 7, 9, 19-21, 25, 37, 128, 346, 359, 366, 687, 688, 696
十四代集歌枕　308
十八代集作者部類　→旧作者部類
集目録(藤原定家筆)　158, 160, 202
寿永百首家集　207
樹下集　245
准后賀礼記一巻　164
俊成卿詠歌(伝姉小路基綱筆)　253
俊成卿九十賀記　253
春草集(宗尊親王集)　199
正応宸翰　208, 209, 211, 222, 229
松吟和歌集　76, 86
承空書状并盛徳勘返状　364
承元御鞠記　186
尚歯会記(西尾市立図書館岩瀬文庫蔵)　272
尚歯会和歌　271
―嘉保二年尚歯会和歌　271
―承安二年尚歯会和歌　272-274
正中百首　19, 23
正徹物語　81, 142, 159

青蓮院門跡　112, 237, 240
貞和百首　145, 150
正和四年四月詠法華経和歌　291
続現葉集　32, 33
続古今集　8, 45, 51, 52, 73, 81, 211, 345
続古今和謌集目録　371, 377
一故者　202, 346, 396
一当世　346, 396
続後拾遺集　19…37, 78, 110, 246, 255, 358, 359, 363, 376, 379, 380, 687
一正保四年版二十一代集所収本　21
一吉田兼右筆二十一代集所収本　19, 31, 32
一宮内庁書陵部蔵二十一代集(508-208)所収本　36
一高松宮家伝来禁裏本二十一代集(H-600-422)所収本　27, 30, 36
続後撰集　9, 28, 74, 349, 353, 360
続後撰集目録(序)　171, 371, 397
続拾遺集　10, 27, 41, 44, 135, 217, 242, 379
続拾遺集の異名　→鵜舟集
続拾遺依勅定被改注文　163
続千載集　9, 19, 23, 24, 28, 30, 71…78, 136, 352, 359-363, 365, 369, 394, 398
一小保内道彦氏蔵本　361
一宮内庁書陵部蔵二十一代集(400-7)所収本　361
一久保田淳氏蔵本　361
一河野美術館蔵本　361
一国立公文書館蔵本(200-125)　361
一陽明文庫蔵本(近-53-7)　361
続草庵集　66, 111, 116
諸雑記(飛鳥井雅縁自筆)　9, 66, 116, 133-139, 146
諸大夫　24, 351-353, 358, 687　→五位
白河院御集　179
白表紙　134
新古今集　8, 34, 45, 52, 131-134, 143, 156, 175, 176, 253, 318, 319, 353, 372, 374
一隠岐本　319
一雅縁筆本　146
一承元三年奥書本　134
新古今集作者目録(永青文庫蔵)　372-375, 383
新古今和歌集撰歌草稿　8, 9
新後拾遺集　9, 63, 117, 134, 344, 346, 376, 379, 393
新後撰集　28, 29, 46, 48, 53, 72, 75, 346, 352, 359, 362, 363, 365
一吉田兼右筆二十一代集所収本　28, 362
一尊経閣文庫蔵伝蜷川親元筆本　28, 359
一伝二条為貫筆四半切　362
新後撰集目録　382
新拾遺集　63, 82, 110, 111, 134, 141-143, 344, 375, 379, 380, 393
新拾遺集作者部類　375
新続古今集　12, 63, 127, 128, 133, 141-144, 146, 159, 202, 236, 237, 344, 351, 376, 379
新制(制符)
一延慶二年三月二十八日新制　50
一元亨元年四月十七日新制　47
一弘長三年八月十三日新制　47
一正応五年七月二十五日新制　50
新千載集　21, 37, 63…87, 134, 136, 352, 354-358, 363, 369, 376, 377, 379, 382, 689, 695
新撰歌枕名寄　308
新千載集作者不競望子細事　69…76
新千載集目録　382
新撰菟玖波集作者部類　372
新撰六帖題和歌　282
新勅撰集　8, 27, 44, 73, 81, 160, 353, 359, 366
新勅撰集目録　349, 371, 397
陣座花書　163
新百人一首　691
新編四六必用方輿勝覧　→方輿勝覧・嘉熙三年初刻本
新編方輿勝覧　→方輿勝覧・咸淳三年再刻本
新葉集　111
新和歌集作者目録　372

す

季通集　219
周防内侍集　199
資賢集
一三手文庫蔵本　213, 214, 229
輔尹集
一彰考館蔵本　218
諏方氏　30

せ

井蛙抄　27, 112
惺窩文集　121
制詞　135, 140
制符　→新制
尺素往来　254
撰歌　3-12, 43-45, 55, 79, 84, 131-134, 141, 142, 155, 200, 210, 691
仙洞記一巻〈亀谷殿御記、嘉禎・宝治・建長〉164
千載集　7, 65, 66, 134, 136, 352, 391

千載集目録　350, 371, 397
撰集佳句部類　176
撰集作者異同考　13, 365, 369
撰藻鈔　→室町殿打聞
仙洞御文書目録　198

そ

草庵集　66, 68, 84
宋雅百首　136
宗傑(紀俊長)書状　145
宗匠　28, 68, 82, 91, 92, 106, 108, 119, 120, 173, 368
奏状〈二条為世〉　44
増補古筆名葉集　111
惣領制　41
続三代集作者部類　→続作者部類
続史愚抄　202
尊卑分脉　36, 77, 384, 393

た

大覚寺統　46, 150
―治天の君　47, 55
大広益会玉篇　323
大綱初心(龍谷大学図書館蔵)　245
大治元年忠通家歌合　276
大神宮并北野御哥　163
代々集大臣名字他　→撰集作者異同考
代々集部類　163
代々撰集大臣諱名考　→撰集作者異同考
代々勅撰集事(冷泉家時雨亭文庫蔵)　177
代々勅撰部立　177
太平記　26, 32, 33, 97, 99, 113, 114, 264, 265, 355
太平御覧　321
太平広記　321
大明一統志　321
内裏九十番歌合(応永十四年十一月)　120, 136
題林　274, 280
題林愚抄　13
隆綱卿家歌合(隆綱朝臣家歌合)　283, 295
高松宮旧蔵大手鑑(京都国立博物館蔵)　145
孝行入道抄物目六　163
竹むきが記　188
伊達家　398
伊達正統世次考　398
哆南弁乃異則　63
玉津島明神　137, 145
為家卿続古今和歌集撰進覚書　28, 211, 360
為兼卿記　48
為忠家後度百首　279
為忠家初度百首　279
為忠序注　→二条為忠古今集序注
為忠筆秀歌撰　93
為世十三回忌品経和歌　66, 86
為頼朝臣集　214
―三手文庫蔵本　223, 231

ち

千穎集　214, 217
―尊経閣文庫蔵資経本　222
―穂久邇文庫蔵定家本　222
―伏見院宸翰本　222
―三手文庫蔵本　211, 213, 222, 228
親隆集　214
―三手文庫蔵本　218, 230
竹馬集　327
治天の君　5, 11, 39, 42, 47, 50, 51, 58, 127, 157, 237, 366, 688
柱下類林　281, 286
柱史抄　286
中納言親宗集(尊経閣文庫蔵伝近衛家基筆本)　232
中右記部類紙背漢詩集　281, 286
勅撰歌人(作者)　23, 29, 64, 74, 84, 135, 175, 346, 352, 691
―異名同人　370
―隠名入集(よみ人しらず)　24, 27, 28, 33, 74, 76, 85, 352, 353, 359, 360
―追顕名入集　28, 359-362
―顕名入集　27, 28, 359, 361
―追加入集　28, 359, 391, 394
―同名異人　13, 135, 345
―法名での入集　24, 352, 358
勅撰作者部類　13, 14, 20, 26, 28, 29, 31-33, 35, 36, 84, 105, 135, 175, 343-346, 351, 354…398, 687, 695
―改編作者部類(二十一代集作者部類)　344, 368, 378, 380-381, 383, 384
―旧作者部類(十八代集作者部類)　36, 343, 344, 346, 378, 383…398
―集別作者部類(二十一代集作者部類)　378, 383
―続作者部類(続三代集作者部類)　344, 376, 378-380, 384, 397
―倭歌作者部類五音分　384
勅撰作者部類の注記「至一一一年」　344, 347-350
勅撰作者部類の伝本　345
―宮内庁書陵部蔵御所本(154-66)　344, 389-398, 695

―宮内庁書陵部蔵御所本(154-118)　397
―国立公文書館蔵本(200-158)　389-393
―早稲田大学図書館蔵本(へ４-1283)　389-393
―肥前島原松平文庫蔵本(125-２)　389-393
―陽明文庫蔵本(近-229-56)　389-394
―高松宮家伝来禁裏本(H-600-674)　379, 380
勅撰作者部類附録　作者異議以下　13, 25, 28, 29, 345, 363, 365, 376, 389, 695
勅撰の一体　81
勅撰名所和歌抄出　308
勅撰名所和歌要抄　307
勅撰和歌集の作者目録　7, 13, 197, 345-347, 355, 365, 371, 372, 374, 377, 382, 396　→後拾遺集目録　千載集目録　新勅撰集目録　続後撰集目録　続古今和謌集目録　新後撰集目録　新千載集目録
勅撰和歌集の成立過程
―御前評定　45
―撰者の人選　7, 50
―奏覧　7, 9, 10, 19, 28, 37, 68, 133, 142, 360, 381
―批判・非難　7, 79
―部類・排列　45, 132
―返納　7, 9, 10, 13, 19, 28, 29, 37, 133, 137, 142, 143
―住吉玉津島両社参詣　137, 359
勅撰和歌集の撰集故実　5, 6, 54, 128, 133, 211, 354, 358, 687, 695, 696
―作者表記　5
―詞書書式　5
―法体撰者　65, 66, 136, 358
勅撰和歌集の伝本　8, 33, 358
―撰者進覧本　45, 132, 155, 176
―奏覧本　29, 358
―中書本　8, 9, 45, 358
勅撰和歌集の部立
―恋部・雑部　9, 10, 23, 34, 37, 71, 74, 142, 143, 360, 375
―四季部六巻　9, 10, 34, 37, 69, 71, 142, 375
勅撰和歌集目録(尭孝)　6, 176
長元八年五月関白左大臣家歌合　294
知連抄　289

つ

通憲入道蔵書目録　151
菟玖波集　65, 66
土御門院御集　254
津戸氏　392
津守氏　69
貫之集(伝自筆本)　229

て

廷尉紕上下相論一巻　164
庭訓　101, 102, 104, 107, 108
擲金抄　286
殿上人　24, 347, 351, 353, 368　→四位
伝奏　48-50, 85, 121, 157, 239, 240

と

堂上略要　→補歴
道助親王家五十首　237, 238
東撰和歌六帖　251
藤大納言典侍集　210
東坡文集　323
東野州聞書　6, 140, 176
同類歌　134, 358
土岐氏　93
徳政　50, 56, 688
得宗被官　29…34, 353, 356, 358, 687
俊忠集Ⅰ　209
俊忠集Ⅱ(宮内庁書陵部蔵中納言俊忠卿集)　208, 211, 228
豊蔭(一条摂政御集)　245, 246

な

内外三時抄　131, 149, 177, 180, 182, 185-187
長崎氏　30
なくさみ草　119
南殿桜記一巻　163
成助集　218
成通卿集　246
難後拾遺　73
難続後撰　171
難波家　58, 147-149
難波家旧蔵蹴鞠関係資料(大津平野神社蔵)　129, 147

に

二十一代集　344, 345, 376, 381, 382
二十一代集作者部類　→改編作者部類・集別作者部類
二条家　6, 11, 32, 52, 65, 66, 74, 75, 82-84, 104-108, 117-120, 124, 127, 132, 133, 138, 143, 148, 159, 225-227, 237, 350, 689, 690
―歌学　140
―門弟　66, 67, 78
二条為忠古今集序注　91…116, 365, 689, 690
―慶應義塾大学図書館蔵本　94-96, 112, 690

—東山御文庫蔵本　95, 96, 112
二条派勅撰集　9, 19, 63, 74, 352, 354, 359, 365, 366
二八明題和歌集　285
日本紀竟宴歌　273
入道大納言資賢集　→資賢集
二老革匊話　181, 184, 187, 188
仁安二年八月経盛卿家歌合　294

の

野坂本賦物集　277-280, 285
野守鏡　45
教定卿記　158, 177, 178
教言卿記紙背文書　145
教長集(飛鳥井元祖雅経卿筆)　197, 230

は

梅花無尽蔵　255
梅松論　265
梅村載筆　321
白氏六帖　324, 694
馬上集(伝心敬作)　289
破窓不出書　115
八代集　5, 7, 111, 128, 346, 350, 366
花園院宸記　210
春のみやまぢ　155, 157, 171, 172, 174, 182, 184, 187, 189, 192
攀枝抄　266, 267, 281, 284, 290

ひ

非成業　108
秘蔵抄(古今打聞)　289
尾藤氏　30
日前宮文書　696
日野家　240
百首和歌(冷泉持和)　123, 125
百人一首　268, 690
百人一首抄(幽斎抄)　269
兵庫助範顕書下状　98
廣橋家　69, 85, 239, 240

ふ

風雅集(貞和御自撰之集)　9, 10, 21, 63, 64, 71…81, 86, 354, 358, 363, 370, 376, 392, 398
奉行人　35, 67, 77, 78, 87, 357, 392, 689
袋草紙　5, 273, 283, 295
武家歌人　20, 25, 28, 30, 33, 35, 66-69, 251, 351-354, 366, 687
武家家礼　52, 124, 127, 145, 240
武家御双紙(草子)　238, 247
武家執奏　52, 63, 75, 150, 689
藤孝事記　266, 319, 372
伏見院宸筆(本)　199, 213, 217-219, 692
伏見殿家集目録　195-205, 208, 214, 218, 219, 227, 230, 232, 692
伏見殿蔵諸記目録(早稲田大学図書館蔵)　230
伏見宮(家)　56, 142, 209, 213, 217-219, 227, 237
—蔵書　198, 210-214, 230, 692
藤原相如集　214, 217
—三手文庫蔵本　231
扶桑集　262, 264, 267, 284
扶桑葉林(扶桑葉林抄・扶桑葉林集)　106, 266-270, 274…288, 291, 294, 693, 694
—巻第六十八(冷泉家時雨亭文庫蔵)　270-274
譜代(重代)　42, 46-48, 53, 70, 71, 688
風土記　173
夫木抄(夫木・ふほく)　13, 76, 251, 261-265, 279-290, 308, 326, 693, 694
—異本抜書　261-265, 267, 284, 288, 294
—異本抜書(伝里村紹巴筆)　263, 289
—寛文五年版本　86, 261
—西順抜書　262, 288
—夫木抜書(後陽成院)　326
普門院経論章疏語録儒書等目録　321
補歴　347, 348, 350
補略〈永禄六年〉　347, 367
文苑英華　321
文保百首　150

へ

平家物語　695
僻案抄　70, 108, 109

ほ

法安寺預置文書目録　198
保安二年九月関白内大臣家歌合　294
北条貞時十三回忌供養記　32
北条氏(御一族)　24, 25, 35, 353
某相伝文書書籍等目録断簡　129-132, 147…192, 365
方輿勝覧　320-323, 694
—嘉熙三年初刻本　320
—咸淳三年再刻本　320, 322
—室町後期鈔本(宮内庁書陵部九条家本)　322
方輿勝覧集　307…339, 694
—国別本(倭歌方輿勝覧)　309-314, 316-318, 321, 325

―雑纂本(名所歌枕)　310, 313, 314, 317, 325, 326
―名所イロハ別本　310…317, 326, 327
方輿勝覧集草稿　316, 327
暮春白河尚歯会和歌　273
細川荘(播磨国)　43, 121-123
法曹類林　281
堀河百首　250
凡僧　351…358, 368, 382
本朝皇胤紹運録　393
本朝書籍目録　202, 227, 233, 234, 238, 252, 693
―彰考館文庫蔵本　269
本朝詞林　286
本朝文粋　115, 289

ま

毎月抄　171
枕草子　254
―三巻本　241, 252, 693
匡房卿集　242
増鏡　20
松尾社奉納神祇和歌　85
松葉名所和歌集　308
万葉集　105, 137, 174, 176, 273, 308, 312, 319
万葉集作者部類　375
万葉撰哥詞　163
万葉注釈　237

み

御子左家　39-41, 43, 52…58, 92, 104, 110, 119, 149, 285, 350　→二条家
道家公鞠日記　181
道信朝臣集　202, 242, 251
源兼澄集(陽明文庫蔵伝懽子内親王筆)　232
御裳濯和歌集　370
みやこの別れ　185, 192

む

宗尊親王集　232　→春草集
無名の記(飛鳥井雅有)　192
室町殿　5, 11, 121, 127, 138, 142, 146, 236-240, 246-248, 323, 689, 691, 693
室町殿打聞(撰藻鈔)　5, 86, 200, 201, 232, 235…253, 318, 375, 691, 692
室町殿行幸記(飛鳥井雅縁筆)　146
室町殿家司　240

め

明玉集　84
明月記(文治建久家記)　43
明月記紙背文書　349
名所歌枕(伝能因撰)　308
名所歌集　13, 307-309
名所名寄　327
名所之抜書　→方輿勝覧集・国別本
名所風物抄　308
名所方角抄　308
明題和歌全集　13

も

毛詩正義　100
最上の河路　192
目録ノ案(曼殊院蔵古今伝授資料)　112
持為詠草　122
基俊集　202
物語二百番歌合(飛鳥井雅縁筆)　146

や

八雲御抄　5, 6, 67, 173, 242, 308
山科家　57

ゆ

唯浄間書　77
遊庭秘抄　93, 110, 180, 187

よ

吉田家日次記　117, 119
好忠集
―陽明文庫蔵玉言集所収本　253
―曼殊院蔵本　243, 245, 247, 253
よみ人知らず　→勅撰歌人・隠名入集

り

李白詩　323
略本詠歌一体　→禁制詞
了俊大草紙　353
了俊歌学書　31, 66
了俊弁要抄　252
林家旧蔵古筆手鑑(東京大学史料編纂所蔵)　229
隣女集　179, 190
林葉集　294, 295

る

類字名所和歌集　308
類聚歌合　275, 276, 283
―二十巻本　282, 283
類聚近代作文　281

類聚抄　120, 125
類題集　13, 176, 251, 261, 269, 276, 283-285, 307-309, 323, 324, 691, 693-696
類別名所四季別　→名所名寄

れ

冷泉家　6, 11, 52, 64, 76, 80, 83, 84, 104, 123, 124, 127, 128, 138, 141, 237, 290, 689, 690　→上冷泉家　下冷泉家
冷泉家の歌学　80
冷泉家の門弟　63, 76-78, 83
冷泉家古文書　119, 121
冷泉家伝　120
冷泉族譜　123
歴代和歌勅撰考　6
練玉和歌抄　93
蓮華王院宝蔵　234

ろ

朗詠二巻(源経信筆)　199
六位　10, 24…36, 67, 69, 85, 351-358, 687　→侍
鹿苑院殿をいためる辞　236
六十六ヶ国并二嶋名所和歌　327
六条藤家(九条家)　49, 53, 115, 127, 270
六角氏　251
六百番歌合　283
六百番陳状　237, 238

わ

和歌一字抄　241
和歌色葉　112, 163, 223, 242, 388
和歌会次第　173
和歌現在書目録　274
和哥座右愚抄　164
和歌四天王　64, 66
和歌宗匠家系譜　119
和歌童蒙抄　254
和歌所　6, 7, 13, 41, 74, 141, 142, 237, 367, 396
一飛鳥井家　141, 241, 691
一二条家　9, 69, 79, 80, 134, 135, 346, 359, 362-365
一冷泉家　80, 141, 241, 691
和歌所永領　→小野荘
和歌所へ不審条々(二言抄)　80
和歌所々衆(連署衆)　66, 68, 69, 82, 132, 175, 355
和歌所の三十番神と三社　134
和歌所文書　146
和歌所落書　55
和歌土代　→名所名寄
倭歌方輿勝覧　→方輿勝覧集・国別本
和歌両神之事(飛鳥井雅縁筆)　136, 137
和歌類林　281
和簡礼経(座右抄)　248, 254

研究者氏名索引

あ

相田二郎　58
青山幹哉　36, 367
赤坂恒明　367
赤瀬信吾　161
赤瀬知子　325
朝倉治彦　397
浅田徹　292, 296
熱田公　125
新井栄蔵　109, 146
荒木尚　80, 85, 87, 290, 291, 295, 328
有吉保　144, 254

い

飯倉晴武　202
家永香織　292
家永遵嗣　252
伊倉史人　116
池和田有紀　328
伊地知鐵男　82
泉紀子　146
市沢哲　57
伊藤邦彦　36
伊藤敬　368
稲田利徳　144, 146
稲葉伸道　58
犬井善壽　255
犬養廉　254
井上優　255
井上宗雄　5, 7, 19, 23, 25, 29, 56, 64, 82, 86, 92, 107, 111, 124, 125, 136, 144, 146, 160, 172, 180, 202, 252, 309, 324, 327, 363, 364, 367, 368
今井明　291

索　引

今泉淑夫　160
岩佐美代子　57, 86, 228, 231
岩橋小彌太　202, 252

う

上島有　125, 254
上林尚子　232
臼井信義　57
海野圭介　116, 690

お

大隅和雄　292
大塚勲　86
岡田希雄　263, 289
小川信　85
小川靖彦　174
小木曽千代子　369
小倉慈司　228
小沢正夫　295, 328

か

笠松宏至　57
片桐洋一　109, 114, 115, 146, 160, 291
金子金治郎　84, 291, 397
川上新一郎　174
川平ひとし　254

き

木下聡　255
久曾神昇　295

く

久保木哲夫　228, 231
久保木秀夫　87, 228, 231–233, 291, 398
久保田淳　176, 231, 233, 363, 368
熊本守雄　232
黒田基樹　253
桑山浩然　147, 149, 160

こ

小秋元段　289
高坂好　114
児玉幸多　230
後藤昭雄　272, 273, 291
後藤重郎　7, 160
小林一彦　86, 290
小林大輔　86
小林強　296

五味文彦　57
是沢恭三　202
金土重順　229

さ

酒井茂幸　37, 146, 252, 326
佐々木孝浩　14, 37
佐藤進一　37, 87, 113
佐藤恒雄　8, 15, 57, 146, 160, 396
佐藤道生　296

し

鹿野しのぶ　84
柴田光彦　202, 367, 396
渋谷虎雄　312, 324
島津忠夫　290
清水昭二　368
下沢敦　36
福井久蔵　309

す

末柄豊　144, 254, 696
スコット・スピアーズ　344, 367, 378
須藤智美　144
住吉朋彦　328

せ

千艘秋男　144

た

高木昭作　254
高崎由理　172
高田信敬　398
高橋秀樹　57
竹居明男　367
武井和人　144, 232, 255
竹下喜久男　397
武田早苗　14
舘野文昭　87
田中登　112, 232, 233, 369
田中倫子　233
谷省吾　229

ち

千葉義孝　232
中條敦仁　37, 361, 369

つ

塚本とも子　36
次田香澄　56, 57, 60, 61
土田将雄　291

て

寺島恒世　15, 327

と

栃尾武　328
鳥居和之　255

な

永井晋　161
中川博夫　171
長坂成行　114
中田武司　367
中村文　231, 291

に

西谷正浩　57
西畑実　35
西丸妙子　290
西村加代子　397
西山秀人　222, 232

は

芳賀幸四郎　252, 328
羽下德彦　58
萩谷朴　282
橋本不美男　202
橋本義彦　58
長谷川端　85, 114
濱口博章　145, 263
林達也　327
原田正彦　255

ひ

樋口百合子　326
樋口芳麻呂　254, 367, 368, 396
日比野浩信　295
平林盛得　397
廣木一人　397

ふ

深沢眞二　327
深津睦夫　7, 19, 30, 33, 35, 66, 109, 368, 397
福井迪子　290
福田秀一　7, 9, 56, 57, 60, 61, 86, 125, 202, 229, 233, 263, 326, 358, 367, 368, 396, 397
福田安典　288
藤井隆　362, 369
藤田洋治　175
藤本孝一　57, 222, 232, 233
舟見一哉　231
古谷稔　398

へ

別府節子　228
部矢祥子　253

ほ

細川重男　37

ま

前田徹　114
松岡心平　144
松薗斉　57
松野陽一　7
松本一夫　87

み

ミシェル・ヴィエイヤール＝バロン　112
水上甲子三　85
水川喜夫　160
三村晃功　15, 309

む

村尾誠一　146
村田正志　56, 57, 60, 61
村戸弥生　160

も

森茂暁　58
森幸夫　77, 84, 87

や

安井久善　292
彌富秋村　229
簗瀬一雄　309
山内洋一郎　291
山崎誠　327, 328
山本啓介　144
山本登朗　253
山本宗尚　229

小川　剛生（おがわ・たけお）

略　歴

1971年　2月　東京都に生まれる
1997年　3月　慶應義塾大学大学院文学研究科博士課程退学（2000年6月学位取得）
1997年　4月　熊本大学文学部講師
2000年　4月　熊本大学文学部助教授
2001年　4月　国文学研究資料館文献資料部助教授
2009年　4月　慶應義塾大学文学部准教授
2016年　4月　慶應義塾大学文学部教授

主要著書

『二条良基研究』（笠間書院、2005年）
『武士はなぜ歌を詠むか－鎌倉将軍から戦国大名まで』（角川叢書、角川学芸出版、2008年〔角川選書、KADOKAWA、2016年〕）
『禁裏本と古典学』（編著、塙書房、2009年）
『中世の書物と学問』（日本史リブレット、山川出版社、2009年）
『足利義満－公武に君臨した室町将軍』（中公新書、中央公論新社、2012年）

中世和歌史の研究　撰歌と歌人社会

2017年5月10日　第1版第1刷

著　者　小川剛生
発行者　白石タイ
発行所　株式会社　塙書房

〒113-0033　東京都文京区本郷6丁目8-16
電話　03(3812)5821
FAX　03(3811)0617
振替　00100-6-8782

亜細亜印刷・弘伸製本

定価はケースに表示してあります。落丁本・乱丁本はお取替えいたします。

ISBN978-4-8273-0127-4　C3091